尼尔斯骑鹅旅行记

（上）

[瑞典] 塞尔玛·拉格洛夫 著　　石琴娥 译

巴蜀书社

北京长江新世纪文化传媒有限公司

www.cjxinshiji.com

出品

名家导读

我欠下的不是钱，父亲。

父亲，是您使我喜欢上那些童话故事与英雄传奇，热爱我们的国家，无论贫富荣辱、顺境逆境都要热爱人生。

使我获益匪浅的人可真不少呀！那些在韦姆兰唱歌、演喜剧的流浪艺人，他们粗犷、欢闹的街头艺术使我增长了见识。那些森林边灰色小农舍里的老爷爷、老奶奶，向我灌输了许多灵秀的小姑娘、小水怪、小精灵的故事，使我懂得峻岩幽林那么富有诗意。那些苍白、清瘦的隐修士，讲述目睹的怪诞景象、耳闻的奇妙声音，我借用了他们难忘的口头创作。还有那些徒步朝圣的农民，他们非凡的举动为我提供了很多素材。

我不仅欠了人间的债，对大自然，我也欠了债。飞禽走兽、林木花草，无不向我吐露了他们的秘密，无不使我的创作得益。

——1909年12月10日塞尔玛·拉格洛夫在诺贝尔文学奖授奖仪式上的演说

二次大战期间，我在森林里度过了孩童时代。当时有两本书占据了内心，《哈克贝利·费恩历险记》和《尼尔斯骑鹅旅行记》。

在尼尔斯的故事中，我感受到多层次的愉悦。由于像祖先那样长年生活在小岛茂密的森林里，我天真而固执地相信，大自然中的真实世界及生活方式，都像故事所描绘那样获得了解放。这是第一个层次。在旅行中，尼尔斯与大雁朋友们相互帮助，为他们而战斗，改造了自己淘气的性格，成为自信又谦虚的纯洁的人。这是第二层。终于回到家乡的尼尔斯，呼喊着家中思念已久的双亲。最高层次的愉悦正在那呼喊声中。我觉得自己也一同发出那声声呼喊，因而感受到净化了的高尚情感。

他这样喊道：妈妈、爸爸，我长大了，我又回到了人间！

——1994年12月7日大江健三郎在诺贝尔文学奖授奖仪式上的演说

《尼尔斯骑鹅旅行记》，书名若按瑞典文直译，则为《尼尔斯·豪格尔森周游瑞典的奇妙旅行》。这部充满奇趣的名著分上、下两册，于1906和1907年出版。从首版到1940年塞尔玛·拉格洛夫去世，总共发行了三百五十万册。此后，每隔几年就再版一次，是瑞典文学作品中发行量最大的一部。此书已译成五十余种文字，是第一部，也是唯一一部获得诺贝尔文学奖的童话作品。瑞典近几代人，上至国王、首相，下至平民百姓，几乎每个人从小都读过这本书，在这个故事的潜移默化下长大。

拉格洛夫的创作把幻想同真实交织在一起，把现实幻想化而又不完全离开现实，把自然浪漫化而又不完全脱离自然。在这部作品中，世上的万物都有了思想和感情。

全书以尼尔斯从人变成拇指大的小人儿，又从小人儿重新变成人为主线，穿插了许多独立成篇的童话、传说和民间故事，有的是为了向读者叙述历史事实，有的是为了讲述地形地貌，有的是为了介绍动植物的生活、生长规律，有的则是为了赞扬扶助弱者的优良品德，歌颂善良战胜邪恶，纯真的爱战胜自私、冷酷和残暴。各章既自成一体，又互相连贯。

——石琴娥《尼尔斯骑鹅旅行记译序》

名师讲《尼尔斯骑鹅旅行记》
的阅读价值

目　录

这个男孩子

小精灵

三月二十日　星期日

从前有一个男孩子。他十四岁左右，身体很单薄，是个瘦高个儿，长着一头像亚麻那样的淡黄色头发。他没有多大出息。他最乐意睡觉和吃饭，再就是很爱调皮捣蛋。

有一个星期日的早晨，这个男孩子的爸爸妈妈把一切收拾停当，准备到教堂去。男孩子自己只穿着一件衬衫，坐在桌子边上。他想，这一下该多走运啊，爸爸妈妈都出去了，在一两个小时里他自己可以高兴干什么就干什么了。"那么我就可以把爸爸的鸟枪拿下来，放它一枪，也不会有人来管我了。"他自言自语道。

不过，可惜就差那么一丁点儿，爸爸似乎猜着了男孩的心思，因为他刚将一只脚踏在门槛上准备往外走，却停下了脚步，转过身来把脸朝着男孩。"既然你不愿意跟我和妈妈一起上教堂去，"他说道，"那么我想，你起码要在家里念念训言①。你能做到吗？"

"行啊，"男孩子回答说，"我做得到。"其实，他心里在想，反正我乐意念多少就念多少呗。

男孩觉得他从来没有看到过他妈妈的动作像这时候这样迅速。一

---

① 马丁·路德所著《圣训布道集》中的一章，称作训言。

眨眼的工夫，她已经走到挂在墙壁上的书架旁，取下了路德①著的《圣训布道集》，把它放在靠窗的桌子上，并且翻到了当天要念的训言。她还把《福音书》翻开，放到《圣训布道集》旁边。最后，她又把大靠背椅拉到了桌子旁边。那张大靠背椅是她去年从威曼豪格牧师宅邸的拍卖场上买来的，平常除了爸爸之外，谁都不可以坐。

男孩子坐在那里想，妈妈这样搬动摆弄实在是白操心，因为他打算顶多念上一两页。可是，大概事情有第一回就有第二回，爸爸好像能够把他一眼看透似的。他走到男孩子面前，声音严厉地吩咐说："记住，你要仔仔细细地念！等我们回家，我要一页一页地考你。你要是跳过一页不念的话，对你是不会有什么好处的。"

"这篇训言一共有十四页半哩，"妈妈又叮嘱了一句，把页数定下来，"要想念完的话，你必须坐下来马上开始念。"

他们总算走了。男孩子站在门口看着他们渐渐远去的背影，不由得怨艾起来，觉得自己好像被捕鼠夹子夹住一样寸步难行。"他们俩到外面去了，现在他们心里一定很得意，居然想出了这么巧妙的约束我的办法。在他们回家之前的这段时间里，我不得不坐在这里老实念训言啦。"

其实，爸爸和妈妈并不是很放心得意的，恰恰相反，他们很苦恼。他们是穷苦的佃农，所拥有的全部土地比一个菜园子大不到哪里去。在刚刚搬到那个地方住的时候，他们只养了一头猪和两三只鸡，别的什么也养不起。不过，他们极其勤劳，而且非常能干，如今也养起了奶牛和鹅群，他们的家境已经大大地好转了。倘若不是这个儿子叫他们牵肠挂肚的话，他们在那个晴朗的早晨本来可以心满意足、高高兴兴地到教堂去的。爸爸埋怨儿子太慢吞吞而且懒惰得要命，在学校里什么都不愿意学，说他不顶用，连叫他去看管鹅群都叫人不大放心。

---

① 即马丁·路德 (1483—1546)，16 世纪德国宗教改革的倡导者，基督教路德宗的创始人。

妈妈并不觉得这些责怪有什么不对，不过她最烦恼伤心的还是他的粗野和顽皮。他对待牲口非常凶狠，对待人也很无礼。"求求上帝赶走他身上的那股邪恶，使他的良心变好，"妈妈祈祷说，"要不然他迟早会害了自己，也会给我们带来不幸。"

男孩子呆呆地站了好长时间，想来想去，到底念还是不念训言？后来终于拿定主意，这一次还是听话的好。于是，他一屁股坐到大靠背椅上，开始念起来。他有气无力，叽里咕噜地把书上的那些字句念了一会儿，那半高不高的喃喃声似乎在为他催眠，他迷迷糊糊，觉得自己在打盹儿。

窗外阳光明媚，一片春意。虽然才三月二十日，可是男孩子住的斯科讷省南部的威曼豪格教区，春天早已来到了。树林虽然还没有绿遍，但是含苞吐芽，已是一派生机勃勃的景象。沟渠里冰消雪融，渠边的迎春花已经开花了。长在石头围墙上的矮小灌木都泛出了光亮的棕红色。远处的山毛榉树林好像每时每刻都在膨胀，变得越来越茂密。天空是那么高远晴朗，碧蓝碧蓝的，连半点儿云彩都没有。男孩子家的大门半开半掩着，在房间里就听得见云雀的婉转啼唱。鸡和鹅三三两两地在院子里踱来踱去。奶牛也嗅到了透进牛棚的春天的气息，时不时地发出哞哞的叫声。

男孩子一边念着，一边前后点头打着盹儿，他使劲儿不让自己睡着。"不行，我可不愿意睡着，"他想，"要不然我整个上午都念不完。"

然而，不知怎么，他还是呼呼地睡着了。

他不知道自己睡了一小会儿还是很长时间，可是他被身后发出的窸窸窣窣声惊醒了。

男孩子面前的窗台上放着一面小镜子，镜面正对着他。他一抬头，恰好看到镜子里，妈妈的那只大衣箱的箱盖是开着的。

原来，妈妈有一个很大很重、四周包着铁皮的栎木衣箱，除了她自己外，别人都不许打开它。她的箱子里收藏着从她母亲那里继承来的遗物和她特别心爱的所有东西。那里面有两三件式样陈旧的农家妇女穿的裙袍，是用红颜色的布料做的，上身很短，下边是打着褶裥的裙子，胸衣上还缀着许多小珠子。那里面还有浆得梆硬的白色包头布、沉甸甸的银质带扣和项链等等。如今早已不时兴穿戴这些东西了，妈妈有好几次打算把这些老掉牙的衣物卖掉，可是总舍不得。

现在，男孩子从镜子里看得一清二楚，那只大衣箱的箱盖的确是开着的。他弄不清楚这是怎么回事，因为妈妈临走之前明明把箱盖盖好了。再说只有他一个人留在家里，妈妈也决计不会让那口箱子开着就走的。

他心里害怕得要命，生怕有小偷溜进了屋里。于是，他一动也不敢动，只好安安分分地坐在椅子上，两只眼睛盯住那面镜子。

他坐在那里等着，小偷说不定什么时候会出现在他面前。忽然他诧异起来，落在箱子边上的那团黑影究竟是什么东西？他看着看着，越看越不敢相信自己的眼睛。那团东西起初像黑影，这时候越来越分明了。不久，他就看清楚那是个实实在在的东西，而且不是个什么好东西，是个小精灵，他正跨坐在箱子的边上。

男孩子当然早就听人说起过小精灵，可是从来没有想到过他们竟这样小。坐在箱子边上的那个小精灵还没有一个巴掌高。他长着一张苍老而皱纹很多的脸，但是脸上没有一根胡须。他穿着黑颜色的长外套、齐膝的短裤，头上戴着帽檐很宽的黑色硬顶帽。他浑身的打扮都非常整洁讲究，上衣的领口和袖口上都缀着白色挑纱花边，鞋上的系带和吊袜带都打成蝴蝶结。他刚刚从箱子里取出一件绣花胸衣，那么入迷地观赏那件老古董的精致做工，压根儿没有发觉男孩子已经醒来了。

男孩子看到小精灵，感到非常惊奇，但是并不特别害怕。那么小的东西是不会使人害怕的。小精灵坐在那里，那样聚精会神地观赏着，既看不到别的东西，也听不到别的声音。男孩子便想，要是恶作剧一下捉弄捉弄他，或者把他推到箱子里去再把箱子盖紧，或者其他这类动作，那一定十分有趣。

但是男孩子还没有那么胆大，他不敢用手去碰小精灵，所以他朝屋里四处张望，想找一样家伙来戳那个小精灵。他把目光从沙发床移到折叠桌，再从折叠桌移到了炉灶。他看了看炉灶旁边架子上放着的锅子和咖啡壶，又看了看门口旁边的水壶，还有从碗柜半掩半开的柜门里露出的勺子、刀叉和盘碟等等。他还看了看他爸爸挂在墙上的丹麦国王夫妇肖像旁边的那支鸟枪，还有窗台上开满花朵的天竺葵和垂吊海棠。最后，他的目光落到挂在窗框上的一个旧苍蝇罩上。

他一见到那个苍蝇罩便赶紧把它摘下来，蹿过去，贴着箱子边缘扣了上去。他感到奇怪，怎么竟然这样走运，连他还没有明白自己是怎样动手的，那个小精灵就真的被他逮住了。那个可怜的家伙躺在长纱罩的底部，脑袋朝下，再也无法爬出来了。

在起初的一刹那，男孩子简直不知道他该怎么对付这个俘虏。他只顾小心翼翼地将纱罩摇来晃去，免得小精灵钻空子爬出来。

小精灵开了腔，苦苦地哀求放掉他。他说，他多年来为他们一家人做了许多好事，按理说应该受到更好的对待。倘若男孩子肯放掉他，他将会送给他一枚古银币、一把银勺子和一枚像他父亲的银挂表底盘那样大的金币。

男孩子并不觉得小精灵的出价很高，可是说来也奇怪，自从他可以任意摆布小精灵以后，他反而对小精灵害怕起来了。他忽然觉得，他是在同某些陌生而又可怕的妖怪打交道，这些妖怪根本不属于他这个世界，因此他倒很乐意赶快放掉这个妖怪。

所以，他马上就答应了那笔交易，把苍蝇罩抬起，好让小精灵爬出来。可是正当小精灵差一点儿就要爬出来的时候，男孩子忽然转念一想，他本来应该要求得到一笔更大的财产和尽量多的好处。起码他应该提出一个条件，那就是小精灵要施展魔法把那些训言变进他的脑子里去。"唉，我真傻，居然要把他放跑！"他想，随手又摇晃起那个纱罩，想让小精灵再跌进去。

就在男孩子刚刚这样做的时候，他脸上挨了一记重重的耳光，他觉得脑袋都快震裂成许多碎块了。他一下子撞到一堵墙上，接着又撞到另一堵墙上，最后倒在地上失去了知觉。

当他清醒过来的时候，屋里只剩下他一个人，那个小精灵早已不见踪影了。那只大衣箱的箱盖盖得严严实实的，而那个苍蝇罩仍旧挂在窗子上原来的地方。要不是他觉得挨过耳光的右脸颊热辣辣地疼的话，他真的几乎要相信方才发生的一切只不过是一场梦而已。"不管怎么说，爸爸妈妈都不会相信发生过别的事情，只会说我在睡觉做梦，"他想，"再说，他们也不会因为那个小精灵而让我少念几页。我最好还是坐下来重新念吧。"

可是，当他朝着桌子走过去的时候，他发现了一件不可思议的怪事，房子明明不应该变大的，应该还是原来的大小，可是他比往常多走好多好多步路才能走到桌子跟前。这是怎么回事呢？那把椅子又是怎么回事呢？它看上去并没有比方才更大些，他却要先爬到椅子腿之间的横档上，然后才能攀到椅子的座板。桌子也是一样，他不爬上椅子的扶手便看不到桌面。

"这究竟是怎么回事？"男孩子惊呼起来，"我想一定是那个小精灵对椅子、桌子还有整幢房子都施过妖术了。"

那本《圣训布道集》还摊在桌上，看样子跟早先没有什么不同，可是也变得非常邪门，因为它实在太大了，要是他不站到书上去的话，他连一个字都看不全。

他念了两三行，无意之中抬头一看，眼光正好落在那面镜子上。他立刻尖声惊叫起来："哎哟，那里又来了一个！"

因为他在镜子里清清楚楚地看到了一个很小很小的小人儿，头上戴着尖顶小帽，身上穿着一件皮裤。

"哎哟，那个家伙的打扮同我一模一样！"他一面吃惊地叫喊，一面两只手紧握在一起。这时，他看到镜子里的那个小人儿也做了同样的动作。

男孩子又揪揪自己的头发，拧拧自己的胳膊，再把自己的身体扭来扭去。就在同一时间，镜子里的那个家伙也照做不误。

男孩子绕着镜子奔跑了好几圈，想看看镜子背后是不是还藏着一个小人儿。可是他根本找不到什么人。这一下可把他吓坏了，他浑身发抖。因为他猛地明白过来，原来小精灵在他身上施了妖法，他在镜子里看到的那个小人儿不是别人，正是他自己。

大 雁

男孩子简直无法使自己相信，他竟然摇身一变成了小精灵。"哼，这准保是一场梦，要不就是胡思乱想，"他想，"再等一会儿，我保管还会变成人的。"

他站在镜子前，紧闭起双眼。过了几分钟，他才睁开眼睛，他等待着自己那副怪模样烟消云散。可这一切还是原封不动，他仍旧还像方才那样小。除此之外，他的模样还是同以前完全一样——淡得发白的亚麻色头发，鼻子两边的不少雀斑，皮裤和袜子上的一块块补丁，都和过去一模一样，唯一的不同就是它们都变得很小很小了。

不行，这样呆呆地站在这里等待是没什么用的，他想到了这一点。他一定要想出别的法子来，而他能想得出来的最好的法子就是找到小精灵，同他讲和。

他跳到地板上开始寻找。他把椅子和柜子背后、沙发床底下和炉灶里通通都看过了，他甚至钻进两三个老鼠洞里去看了看，可是他没有法子找到小精灵。

他一边寻找，一边呜呜地哭起来。他苦苦地恳求，还许愿要做一切可以想出来的好事，他保证从今以后再也不对任何人说话不算数，再也不调皮捣蛋，念训言时再也不睡觉了。只要他能够重新变成人，他一定做一个非常讨人喜欢的善良而又听话的孩子。可惜不管他怎么许愿，一点儿用都没有。

他忽然灵机一动，记起了曾经听妈妈讲过，那些小人儿常常住在牛棚里。于是，他决定马上到那里去看看能不能找到小精灵。幸亏屋门还半开着，否则他连门锁都够不到，更无法打开大门了。不过，现在他可以毫无障碍地走出去。

他一走到门廊里就找他的木鞋，因为在屋里他当然是光穿着袜子来回走动的。他正想着该如何拖动那双又大又重的木鞋，可是他马上看到门槛上竟放着一双很小的木鞋。小精灵想得那么细致周到，竟然也将木鞋变小了。这么一想他心里就更加烦恼，照这么看来，他倒霉的日子似乎还长着哩。

门廊外面竖着的那块旧桩木板上，有一只灰色的麻雀在跳来跳去。他一见到男孩子就高声喊道："叽叽，叽叽，快来看放鹅倌儿尼尔斯！快来看拇指大的小人儿！快来看拇指大的小人儿尼尔斯·豪格尔森！"

院子里的鸡和鹅纷纷掉过头来盯着男孩子，乱哄哄地叫着，闹成一片。"喔喔喔喔，"公鸡鸣叫道，"他真是活该，喔喔喔喔，他曾经扯过我的鸡冠！""咕咕咕，他真活该！"母鸡们齐声呼应，而且没完没了地咕咕咕下去。那些大鹅围成一圈，把头伸到一起问道："是谁把他变了样？是谁把他变了样？"

可是最叫人奇怪的是男孩子竟然能够听懂他们在说些什么。他非常吃惊，便呆呆地站在台阶上听起来。"这大概是因为我变成了小精灵吧，"他自言自语，"准保是这个原因，我才能听得懂鸟呀、鸡呀、鹅呀那些长着羽毛的家伙的话。"

他觉得那些母鸡无止无休地嚷嚷他活该，叫他实在无法忍受下去了。他捡起一块石子朝她们扔过去，还骂骂咧咧："闭上你们的臭嘴，你们这些浑蛋！"

可他忘记了，他不再是母鸡们看见就害怕的那个人了。整个鸡群都冲到他的身边，把他团团围住，齐声高叫："咕咕咕，你活该，咕咕咕，你活该。"

　　男孩子想要摆脱纠缠，可是母鸡们追逐着他，一边追一边叫喊，他的耳朵险些被吵聋，倘若他家里养的那只猫没有在这时走出来，他就休想冲出她们的包围。那些母鸡一见到猫，就顿时安静下来，装作一心一意地在地上啄虫子吃。

　　男孩子马上跑到猫跟前，说："亲爱的猫咪，你不是对院子每个角落和隐蔽的孔洞都很熟悉吗？请你行行好，告诉我在哪儿可以找到小精灵。"

　　猫没有立刻回答。他坐了下来，把尾巴优雅地卷到腿前盘成一个圆圈，目光炯炯地盯住男孩子。那是一只很大的黑猫，脖颈儿底下有一块白斑。他周身的毛十分光滑，在阳光照耀下显得油光油光的。他的爪子蜷曲进脚掌里，两只灰色的眼睛眯成一条细缝。这只猫看起来非常温驯。

　　"我当然晓得小精灵住在什么地方，"他低声细气地说道，"可是，这并不是说我愿意告诉你。"

　　"亲爱的猫咪，你千万要答应帮帮我，"男孩子说道，"你难道没看出来他用妖法害得我变成了什么模样？"

　　猫把眼睛稍微睁开一些，闪出了含着恶意的绿色光芒。他幸灾乐祸地扭扭身体，心满意足地咪呀咪呀、喵呀喵呀地叫了老半天，这才做出回答。"难道我非得帮你不可，就因为你常常揪我的尾巴？"他终于说道。

　　这下子气得男孩子火冒三丈，他把自己是那么弱小和没有力气这件事忘得一干二净。"哼，我还要揪你的尾巴！"他叫嚷着向猫猛扑过去。

　　霎时间，猫变了个模样，男孩子几乎不敢相信他就是刚才那个畜生。他浑身的毛全都笔直地竖立起来，弓着腰，四条腿像绷紧的弹弓，尖尖的利爪在地上刨动着，那条尾巴缩得又短又粗，两只耳朵向后贴着，血盆大口发出嘶嘿嘶嘿的咆哮，一双眼睛瞪得滴溜儿圆，射出火星。

男孩子不肯被一只猫吓倒，他朝前逼近了一步。这时候，猫一个虎跃扑到了男孩子身上，把他掀翻在地，前爪踏着他的胸膛，血盆大口对准他的咽喉一口咬下来。

男孩子感觉到猫的利爪刺穿了自己的背心和衬衣，刺进了他的皮肉，猫的大尖牙在他的咽喉上蹭来蹭去。他使出了浑身力气，放声狂呼救命。

可是没有人来。他认定这下子完了，他的最后时刻来到了。就在这个时候，他忽然觉得猫把利爪缩了回去，也松开了他的喉咙。

"算啦，"猫大度地说道，"这一回就算啦，我看在女主人的面上饶你这一次。我只不过想让你领教领教，咱们两个之间现在究竟谁厉害。"

猫说完这几句话便扭身走开了，他的模样又恢复得同最初一样温驯善良。男孩子羞愧得连一句话也说不出来，他三步并作两步跑到牛棚里去寻找小精灵。

牛棚里只有三头奶牛。可是当男孩子走进去之后，里面顿时沸腾起来，喧闹成一片，听起来真叫人相信至少是三十头奶牛。

"哞！哞！哞！"那头名叫五月玫瑰的奶牛吼叫道，"真是好极了，世界上还有公道！"

"哞！哞！哞！"三头奶牛齐声吼叫起来，她们的声音一个盖过一个，男孩子简直没法听清楚她们在叫喊什么。

男孩子想要张口问问小精灵住在哪里，可是奶牛们吵得天翻地覆，他根本没法让她们听见自己的话。她们怒气冲冲，就像他平日把一只陌生的狗放进牛棚在她们之间乱窜时的情景一样。她们后腿乱蹦乱踢，脖颈儿上的肉来回晃动，脑袋朝外伸出，尖角都直对着他。

"你快上这儿来，"五月玫瑰吼叫道，"我非要踢你一蹄子，管叫你永远忘不了！"

"你过来，"另一头名叫金百合花的奶牛哼哼道，"我要让你吊在我的犄角上跳舞！"

"你过来，我让你尝尝挨木头鞋揍的滋味，你在去年夏天老是这么打我。"那头名叫小星星的奶牛也怒吼道。

"你过来，你曾把马蜂放进我的耳朵里，现在要你得到报应。"金百合花狠狠地咆哮。

五月玫瑰是她们当中年纪最大、最聪明的，她的怒气也最大。"你过来，"她训斥道，"你干下了那么多坏事，我要让你得到惩罚。有多少次你从你妈妈身下抽走她挤奶时坐的小板凳！有多少次你妈妈提着牛奶桶走过的时候你伸出腿来绊得她跌倒！又有多少次你气得她站在这儿为你直流眼泪！"

男孩想告诉她们，他已经后悔了，他过去一直欺负她们，可是只要她们告诉他小精灵在哪里，他就决计不会亏待她们，会对她们很好很好的。然而奶牛们都不听他说，她们吵嚷得非常凶，他真害怕有哪头牛会挣脱缰绳冲过来，所以趁早从牛棚里溜出来为妙。

他垂头丧气地走了出来。他心里明白，这个农庄上恐怕不会有人肯帮他去寻找小精灵的。就算他找到了小精灵，也不见得会有多大用处。

他爬上了那堵环绕农庄的厚厚的石头围墙，围墙上长满了荆棘，还攀缘着黑莓的藤蔓。他在那里坐了下来，思索着万一他变不回去，不再是人，那日子怎么过呀！爸爸妈妈从教堂回家后一定会大吃一惊。是呀，连全国各地都会大吃一惊！东威曼豪格镇、托尔坡镇还有斯可鲁坡镇都会有人来看他的洋相，整个威曼豪格教区远近都会有人赶来看他。说不定，爸爸和妈妈还会把他领到基维克的集市上去给大家开开眼哪。

唉，越想越叫人心惊胆战。他真愿意从今以后再也没有一个人看到他的怪模样。

他真是太不幸了。世界上再没有人像他那样不幸。他已经不再是人，而成了一个妖精。

他开始渐渐地明白过来，要是他变不回去，不再是人，那会是什么后果。他将丧失人世间所有的一切：他再不能同别的孩子一起玩耍，也不能继承父母的小农庄，而且休想找到一个姑娘同他结婚。

他坐在那里，凝视着自己的家。那是一幢很小的农舍，原木交叉做成的梁柱、泥土垒成的墙壁，仿佛承受不了那高而陡峭的干草房顶的重压而深深陷进了地里。外面的偏屋也全都小得可怜。耕地更是狭窄得几乎难容一匹马翻身打滚。尽管这个地方那么小、那么贫穷，但对他来说已经是好得不能再好了。他现在只消有个牛棚地板下的洞穴就可以容身了。

天气真是好极了，沟渠里流水淙淙作响，枝头上绿芽绽放，小鸟叽叽喳喳，四周一片欣欣向荣。而他却坐在那里，心情非常沉重，难过得要命。任何事情都无法使他高兴起来。

他从来没有看到过天空像今天这样碧蓝。候鸟成群结队匆匆飞过。他们长途跋涉，刚刚从国外飞回来，横越波罗的海，绕过斯密格霍克，如今正在朝北行进的途中。一群群鸟各式各样，可是他只认出了几只大雁，他们分为两行，排成楔形的队伍飞行前进。

已经有好几群大雁飞过去了。他们飞得很高很高，然而他还能隐约听得到他们在叫喊："加把劲儿飞向高山！加把劲儿飞向高山！"

当大雁们看到那些正在院子里慢吞吞、迈着方步的家鹅的时候，就朝地面俯冲下来，齐声呼唤道："跟我们一起来吧！跟我们一起来吧！一起飞向高山！"

家鹅们禁不住仰起了头，仔细倾听。可是他们明智地回答说："我们的日子过得很好！我们的日子过得很好！"

就像刚才讲的那样，这一天天气格外晴朗，空气是那么新鲜，阳光是那么和煦。在这样的晴空丽日中翱翔，真是一种绝妙的乐趣。随着一群又一群大雁飞过，家鹅们越来越蠢蠢欲动。有好几次，他们振动翅翼，似乎打算跟着大雁一起飞上蓝天。可是每次有一只上了年岁的鹅妈妈都告诫说："千万别发疯！他们在空中一定又挨饿又受冻。"

大雁的呼唤使得一只年轻的雄鹅怦然心动，真的萌发了长途旅行的念头。"再过来一群，我就跟他们一起去。"他说道。

又一群大雁飞过来了，他们照样呼唤。这时候那只年轻的雄鹅就回答说："等一下，等一下，我来啦！"

他张开两只翅膀，扑向空中。但是他不经常飞行，结果又跌了下来，落在地面上。

大雁们大概听见了他的叫喊，他们掉转身体，慢慢地飞回来，看看他是不是真的要跟上来。

"等一下，等一下！"他叫道，又做了一次尝试。

躺在石头围墙上的男孩子对这一切都听得一清二楚。"哎哟，如果这只大雄鹅飞走的话，那该是多么大的损失呀！"他想，"爸爸妈妈从教堂里回来，一看大雄鹅不见了，他们一定会非常伤心。"

他这么想的时候又忘记了自己是多么矮小，多么没有力气。他一下子从墙上跳了下来，恰好跳到鹅群当中，用双臂紧紧地抱住了雄鹅的脖颈儿。"你可千万别飞走啊。"他央求着。

不料就在这一瞬间，雄鹅恰恰弄明白了怎样才能使自己离开地面，腾空而起。他来不及停下来把小男孩从身上抖掉，只好带着他一起飞到了空中。

一下子升到空中，使得男孩子头晕目眩。等他想到应该松手放开雄鹅的脖子的时候，他早已身在高空了。倘若他这时候再松开手，他必定会掉下来，摔得粉身碎骨。

想要稍微舒服一点儿的话，他唯一可做的事情就是爬到鹅背上去。他费了九牛二虎之力，到底爬了上去。不过，要在两只不断上下扇动的翅膀之间稳坐在光溜溜的鹅背上，也不是一件容易的事情。他不得不用两只手牢牢地抓住雄鹅的翎羽和绒毛，以免滑落下去。

方格子布

男孩子觉得天旋地转，好长一段时间晕晕乎乎的。一阵阵气流强劲地朝他扑面吹来。随着翅膀的上下扇动，翎毛里发出暴风雨般的呜呜巨响。有十三只大雁在他身边飞翔，个个都振翼挥翅，放声啼鸣。男孩子头晕目眩，耳朵里嗡嗡鸣响。他不知道大雁们飞行的高低如何，也不晓得究竟飞向哪里。

后来，他的头脑终于清醒了一些，他想他应该弄明白那些大雁究竟要把他带到哪里去。不过这并不那么容易做到，因为他不晓得自己有没有勇气低头朝下看。他几乎敢肯定，只要朝下一看，他非眩晕不可。

大雁们飞得并不特别高，因为这位新来的旅伴在稀薄的空气中会透不过气来。为了照顾他，他们比平常飞得慢了一点儿。

后来男孩子勉强朝地面上瞥了一眼。他觉得在自己的身下铺着一块很大很大的布，上面分布着数目多得叫人难以相信的大大小小的方格子。

"我究竟到了什么地方呀？"他问道。

除了接二连三的方格子以外，他什么都看不见。有些方格是斜方形的，有的是长方形的，但是每块方格都有棱有角，四边笔直。既看不到圆形的，也看不到弯弯曲曲的。

"我朝下看到的究竟是什么样的一块大方格子布呢？"男孩子自言自语地问道，并不期待有人回答他。

但是，在他身边飞翔的大雁们马上齐声叫道："耕地和牧场，耕地和牧场。"

这一下他恍然大悟，那块大方格子布原来就是斯科讷的平坦大地，而他就在它的上空飞行。他开始明白过来，为什么大地看上去那么色彩斑斓，而且都是方格子形状了。他首先认出了那些碧绿颜色的方格子，那是去年秋天播种的黑麦田，在积雪覆盖之下一直保持绿色。

那些灰黄颜色的方块是去年夏天庄稼收割后残留着茬根的田地。那些褐色的是老苜蓿地，而那些黑色的，是还没有长出草来的牧场或者已经犁过的休耕地。

那些镶着黄边的褐色方块想必是山毛榉树林，因为在这种树林里大树多半长在中央，到了冬天，大树叶子脱落，长在树林边上的那些小山毛榉树却能够把枯黄的干树叶保存到来年春天。还有些颜色暗淡模糊而中央部分呈灰色的方块，那是很大的庄园，四周盖着房屋，屋顶上的干草已经变得黑乎乎的，中央是铺着石板的庭院。还有些方格，中间部分是绿色的，四周是褐色的，那是一些花园，草坪已经开始泛出绿色，而四周的篱笆和树木仍然裸露着光秃秃的褐色躯体。

男孩子看清楚所有这一切都是那么四四方方的，便忍俊不禁。

大雁们听到他的笑声，便不无责备地叫喊道："肥美的土地！肥美的土地！"

男孩子马上神情严肃起来。"哎呀，你碰上了随便哪个人都不能遇到的最倒霉的事情，亏你还笑得出来！"他想道。

他神情庄重了不一会儿，又笑了起来。

他越来越习惯于骑着鹅在空中迅速飞行了，所以非但能够稳稳当当地坐在鹅背上，还可以分神想点儿别的东西。他注意到天空中熙熙攘攘，全都是朝北方飞去的鸟群。这群鸟同那群鸟之间还你喊我嚷，大声啼叫着打招呼。"哦，原来你们今天也飞过来啦！"有些鸟叫道。"不错，我们飞过来了。"大雁们回答。"你们觉得今年春天的光景怎么样？""树上还没有长出一片叶子，湖里的水还是冰凉的哩。"有些鸟这样说道。

大雁们飞过一个地方，那里有些家禽在场院里信步闲走，他们鸣叫着问道："这个农庄叫什么名字？这个农庄叫什么名字？"有只公鸡仰起头来朝天大喊："这个农庄叫作'小田园'！今年和去年，名字一个样！今年和去年，名字一个样！"

在斯科讷这个地方，农家田舍多半是跟着主人的姓名来称呼的。

然而，那些公鸡不愿约定俗成地回答说这是比尔·马蒂森的家，或者那是鸟拉·布森的家。他们挖空心思给各个农舍起些更名副其实的名字。如果他们住在穷人或者佃农家里，他们就会叫道："这个农庄名字叫作'没余粮'！"而那些最贫困的人家的公鸡则叫道："这个农庄名叫'吃不饱'！'吃不饱'！"

那些日子过得红火的富裕大农庄，公鸡们都给起了响亮动听的名字，什么"幸福地"啦，"蛋山庄"啦，还有"金钱村"啦，等等。

可贵族庄园里的公鸡又是另外一个模样，他们太高傲自大，不屑于讲这样的俏皮话。曾经有这样一只公鸡，他用足以声震九天外的力气啼叫，大概是想让太阳也听到他的声音，他喊道："本庄乃是迪贝克老爷的庄园！今年和去年，名字一个样！今年和去年，名字一个样！"

就在稍过去一点儿的地方，另一只公鸡也在啼叫："本庄乃是天鹅岛庄园，想必全世界都知道！"

男孩子注意到，大雁们并没有笔直地往前飞。他们在整个南方平原各个角落的上空盘旋，似乎他们对于到斯科讷旧地重游感到分外喜悦，所以想要向每个农庄问候致意。

他们来到了一个地方，那里矗立着几座雄伟而笨重的建筑物，高高的烟囱指向空中，周围是一片稀疏的房子。"这是尤德贝里糖厂，"大雁们叫道，"这是尤德贝里糖厂！"

男孩子坐在鹅背上顿时全身一震，他早该把这个地方认出来。这家厂离他家不远，他去年还在这里当过放鹅娃呢！这大概是从空中看下去一切东西都变了样的缘故。

唉，想想看！唉，想想看！放鹅的小姑娘奥萨，还有小马茨——去年他的小伙伴，不知道他们现在怎么样？男孩子真想知道他们是不是还在这里走动。要是他们知道他就在他们的头顶上高高地飞过的话，他们会说些什么呢？

尤德贝里渐渐从视野中消失了。他们飞到了斯韦达拉和斯卡伯湖，然后又折回到布里恩格修道院和海克伯亚的上空。男孩子在这一天里见到的斯科讷的地方比他出生到现在那么多年里所见到的还要多。

当大雁们看到家鹅的时候，他们是最开心不过的了。他们会慢慢地飞到家鹅头顶上，往下呼唤道："我们飞向高山，你们也跟着来吗？你们跟着来吗？"

可是家鹅回答说："地上还是冬天，你们出来得太早，快回去吧，快回去吧！"

大雁们飞得更低一些，为的是让家鹅听得更清楚。他们呼唤道："快来吧，我们会教你们飞上天和下水游泳。"

这一来家鹅都生起气来了，一声也不回答。

大雁们飞得更低了，身子几乎擦到了地面，然而又闪电般直冲空中，好像他们突然受到了什么惊吓。

"哎呀，哎呀！"他们惊呼道，"这些原来不是家鹅，而是一群绵羊，而是一群绵羊！"

地上的家鹅气得暴跳如雷，狂怒地喊叫："但愿你们都挨枪子儿，都挨枪子儿，一个都不剩，一个都不剩。"

男孩子听到这些嘲弄戏谑，禁不住哈哈大笑起来。就在这时候，他记起了自己是如何倒霉，又忍不住呜呜哭了起来。可是，过了一会儿，他又笑了起来。

他从来不曾以这样快的速度向前飞驰过，也不曾这样风驰电掣般乘骑狂奔，虽然他一直喜欢这么做。他当然从来想象不出，在空中遨游竟会这样痛快惬意，地面上会冉冉升起一股泥土和松脂混合的芬芳。他也从来想象不出，在离地面那么高的地方翱翔是怎样的滋味——就像是从一切能想得到的忧愁、悲伤和烦恼中飞出去一样。

大雪山①来的大雁阿卡

傍　晚

那只白色大雄鹅由于能够同大雁们一起在南部平原的上空来回游览，还可以戏弄别的家禽，所以非常开心。可是，不管他多么开心，也无济于事，到了下午晚些时候，他开始感到疲倦了。他竭力加深呼吸和加速拍动翅膀，然而还是远远地落在大雁后边。

那几只飞在队伍末尾的大雁注意到这只家鹅跟不上队伍，便向飞在最前头的领头雁叫喊道："喂，大雪山来的阿卡！喂，大雪山来的阿卡！"

"你们喊我有什么事？"领头雁问道。

"白鹅掉队啦！白鹅掉队啦！"

"快告诉他，快点儿飞比慢慢飞要省力！"领头雁回答说，并且照样向前伸长翅膀扇动着。

雄鹅尽力按照她的劝告去做，努力加快速度，可是他已经筋疲力尽，径直朝向耕地和牧场四周已经剪过枝的槲树丛中坠落了。

"阿卡，阿卡，大雪山来的阿卡！"那些飞在队尾的大雁看到雄鹅苦苦挣扎就又叫喊道。

"你们又喊我干什么？"领头雁问道，从她的声音里听得出来她

---

① 指凯布讷山，瑞典最高峰，位于瑞典北部今北博滕省，海拔 2117 米。

有点儿不耐烦了。

"白鹅朝地上坠下去啦！白鹅朝地上坠下去啦！"

"告诉他，飞得高比飞得低更省劲儿！"领头雁说，她一点儿也不放慢速度，照样扇动翅膀往前冲。

雄鹅本想按照她的规劝去做，可是往上飞的时候，他喘不过气来，连肺都快要炸开了。

"阿卡，阿卡！"飞在后面的那几只大雁又叫喊起来。

"难道你们就不能让我安生地飞吗？"领头雁更加不耐烦了。

"白鹅快要撞到地上啦，白鹅快要撞到地上啦！"

"跟他讲，跟不上队伍可以回家去！"她气冲冲地说道，她的脑子里似乎根本没有要减慢速度的念头，还是同早先一样快地向前扇动翅膀。

"嘿，原来就是这么一回事啊！"雄鹅暗自思忖道。他这下子明白过来了，大雁根本就没有打算带他到北部的拉普兰去，只是把他带出来散散心罢了。

他非常恼火，可自己心有余而力不足，没有能耐向这些流浪者展示，即便一只家鹅，也能够做出一番事业来。最叫人受不了的是他同大雪山来的阿卡碰到一块儿了，尽管他是一只家鹅，也听说过有一只一百多岁的名叫阿卡的领头雁。她的名声非常大，那些最好的大雁都愿意跟她结伴而行。不过，再也没有谁比阿卡和她的雁群更看不起家鹅了，所以他想要让他们看看，他跟他们是不相上下的。

他跟在雁群后面慢慢地飞着，心里盘算着到底是掉头回去还是继续向前。这时候，他背上驮着的那个小人儿突然开口说道："亲爱的莫顿，你应该知道，你从来没有在天上飞过，要想跟着大雁一直飞到拉普兰，那是办不到的。你还不在活活摔死之前赶快转身回家去？"

雄鹅知道这个佃农家的男孩子是最让他浑身不舒服的，他听到连这个可怜虫都不相信他有能耐做这次飞行，他就下定决心要坚持下去。"你要是再多嘴，我就把你摔到我们飞过的第一个泥灰石坑里去！"雄鹅气鼓鼓地叫了起来。一气之下，他竟然力气大了好多，能够同大雁飞得差不多快了。

当然，要长时间这样快地飞行，他是坚持不住的，况且也没必要，因为太阳迅速地落下山了。太阳刚刚落下去，雁群就赶紧往下飞。男孩子和雄鹅还没有回过神来，他们就已经站立在维姆布湖的湖滨上了。

"这么说，我们要在这个地方过夜啦。"男孩子心想，就从鹅背上跳了下来。

他站在一道狭窄的沙岸上，面前是一个相当开阔的大湖。湖面的样子很难看，就跟春天常见的那样，湖面上几乎满满地覆盖着一层皱皮般的冰层，这层冰已经发黑，凹凸不平，而且处处都有裂缝和洞孔。用不了多久，冰层就会消融干净。它已经同湖岸分开，周围形成一条带子形状的黑得发亮的水流。可是冰层毕竟存在，还向四周散发着凛冽的寒气和可怕的冬天的味道。

湖对岸好像是一片明亮的开阔地带，雁群栖息的地方却是一个大松树林。看样子，那片针叶林有股能够把冬天拴在自己身边的力量。其他地方已经冰消雪融露出了地面，而在松树枝条繁密的树冠底下仍然残存着积雪，这里的积雪融化后又冻了起来，所以坚硬得像冰一样。

男孩子觉得他到了冰天雪地的荒原，十分苦恼，真想号啕大哭一场。

他饿得很，肚子一直在咕噜咕噜地叫，已经整整一天没有吃东西了。可是到哪儿去找吃的呢？现在刚刚三月，地上或者树上都还没有长出可以吃的东西。

唉，他到哪里去寻找食物呢？有谁会给他房子住呢？有谁会为他铺床叠被呢？有谁来让他在火炉旁边取暖呢？又有谁来保护他不受野兽伤害呢？

太阳早已隐没，湖面上吹来一股寒气，夜幕自天而降，恐惧和不安也随着黄昏悄悄地到来。大森林里开始发出淅淅沥沥的响声。

男孩子在空中遨游时的那种喜悦已经消失殆尽。他惶惶不安地环视他的那些旅伴，除了他们之外，他无依无靠。

这时候，他看到那只大雄鹅的境况比自己还糟糕。他一直趴在原来降落的地方，像是马上就要断气一样：他的脖颈儿无力地瘫在地上，双眼紧闭着，只有一丝细如游丝的气息。

"亲爱的大雄鹅莫顿，"男孩子说道，"试试去喝喝水吧！这里离湖边只有两步路。"

可是大雄鹅一动也不动。

男孩子过去对动物都很残忍，对这只雄鹅也是如此。但此时此刻他觉得雄鹅是他唯一的依靠，他害怕得要命，弄不好会失去雄鹅。他赶紧动手推他、拉他，设法把他弄到水边去。雄鹅又大又重，男孩子费了九牛二虎之力才把他推到水边。

雄鹅把脑袋伸进了湖里。他在泥浆里一动不动地躺了半晌，不久就把嘴巴伸出来，抖掉眼睛上的水珠，呼哧呼哧地呼吸起来。后来，他恢复了元气，昂然在芦苇和蒲草之间游了起来。

大雁们比他先到了湖面上。他们降落到地面上后，既不照料雄鹅，也不管鹅背上驮的那个人，而是一头钻进水里。他们游了泳，刷洗了羽毛，现在正吃着那些半腐烂的水浮莲和水草。

那只白雄鹅交了好运，他一眼瞅见水里有条小鲈鱼，便一下子把他啄住，游到岸边，放在男孩子面前。

"这是送给你的，谢谢你帮我下到水里。"他说道。

在这整整一天的时间里，男孩子第一次听到了亲切的话。他那么高兴，真想伸出双臂紧紧地拥抱雄鹅的脖颈儿，但是他没有这样冒失。他也很高兴能吃这个礼物来解饿，起初他觉得他一定吃不下生鱼，可是饥饿逼得他想尝尝鲜。

他朝身上摸了摸，看看有没有把小刀带在身边。幸好小刀是随身带着的，拴在裤子的纽扣上。不用说，那把小刀也变得很小很小了，只有火柴杆那样长短。行啊，就凭这把小刀把鱼鳞刮干净，把内脏挖出来吧。不一会儿，他就把那条鱼吃光了。

男孩子吃饱之后却不好意思起来，因为他居然能够生吞活剥地吃东西了。"唉，看样子我已经不再是个人，而成了一个货真价实的妖精。"他暗自思忖道。

在男孩子吃鱼的那段时间里，雄鹅一直静静地站在他身边。当他咽下最后一口的时候，雄鹅才放低声音说道："我们碰上了一群趾高气扬的大雁，他们看不起所有的家禽。"

"是呀，我已经看出来了。"男孩子说道。

"倘若我能够跟着他们一直飞到最北面的拉普兰，让他们见识见识，一只家鹅照样能够干出一番轰轰烈烈的事业，这对我来说是十分光荣的。"

"哦——"男孩子支吾着，拖长了声音。他不相信雄鹅能够实现他的那番豪言壮语，可是又不愿意反驳他。

"不过，我认为光靠我自己单枪匹马地去闯，那样应付不了这一趟旅行，"雄鹅说道，"所以我想问问你，你是不是肯陪我一起去，帮帮我？"

当然，男孩子除了急着回到家里之外，别的什么想法都没有，所以他一时间不知道应该怎样回答才好。

"我还以为，你和我——咱俩一直是冤家对头呢。"他终于这样回答。可是雄鹅似乎早已把这些全都抛到脑后了，他只牢记着男孩子刚才救过他的性命。

"我只想赶快回到爸爸妈妈身边去。"男孩子说出了自己的心思。

"那么，到了秋天我一定把你送回去，"雄鹅说道，"除非把你送到家门口，否则我是不会离开你的。"

男孩子思忖起来，隔一段时间再让爸爸妈妈见到他，这个主意倒也挺不错。他对这个提议也不是一点儿不动心。他刚要张口说他同意一起去，就听到身背后传来一阵呼啦啦的巨响。原来大雁们全都从水中飞了出来，站在那儿抖搂身上的水珠。然后他们排成长队，由领头雁率领，朝他们这边过来了。

　　这时候，那只白雄鹅仔细地观察着这些大雁，心里很不好受。他本来估计他们的相貌会更像家鹅，这样他就可以感觉到自己同他们的亲属关系。可他们的身材要比他小得多，他们当中没有一只是白颜色的，反而几乎只是灰颜色的，有的身上还有褐色的杂毛。他们的眼睛简直叫他感到害怕，黄颜色、亮晶晶的，似乎后面有团火焰在燃烧。雄鹅生来就养成的习惯是：走起路来要慢吞吞，一步三摇头地踱方步，这样的姿势最为适合。然而这些大雁不是在行走，而是半奔跑半跳跃。他看到他们的脚，心里更不是滋味，因为他们的脚都很大，而且脚掌都磨得碎裂不堪，伤痕累累。可以看出来，大雁们从来不在乎脚下踩到什么东西，他们也不愿意遇到麻烦就绕道走。他们相貌堂堂，羽翎楚楚，脚上那副寒酸样子却让人一眼就看出他们是来自荒山僻野的穷苦人。

　　雄鹅对男孩子悄悄地说道："你要大大方方地回答问话，不过不必说出你是谁。"他刚刚来得及说完这么一句话，大雁们就来到了他们面前。

　　大雁们在他们面前站定身子，伸长脖子，频频点头行礼。雄鹅也行礼如仪，只不过点头的次数更多。等到互致敬意结束之后，领头雁说道："现在我们想请问一下，您是何等人物？"

　　"关于我，没有太多可说的，"雄鹅说道，"我是去年春天出生在斯堪诺尔的。去年秋天，我被卖到西威曼豪格的豪格尔·尼尔森家里，然后我就一直住在那里。"

　　"这么说来，你的出身并不高贵，本族里没有哪一个值得炫耀的，"领头雁说道，"你究竟哪儿来的勇气，居然敢加入大雁的行列？"

　　"或许恰恰因为如此，我才想让你们大雁瞧瞧我们家鹅也不是没有一点儿出息的。"

　　"行啊，但愿如此，假如你真能让我们长长见识的话，"领头雁说道，"我们已经看见你飞行得还算可以，除此之外，你也许更擅长别的运动技能。说不定你善于长距离游泳吧！"

"不行，我并不擅长。"雄鹅说道。他隐隐约约看出来领头雁拿定主意要撵他回家，所以根本不在乎他怎样回答。"我除了横渡过一个泥灰石坑，还没有游过更长的距离。"他继续说道。

"那么，我估摸着你准是个长跑冠军？"领头雁又发问道。

"我从来没有见到过哪个家鹅能奔善跑，我自己也不会奔跑。"雄鹅回答说，这一来使得事情比刚才还糟糕。

大白鹅现在可以断定，领头雁必定会说，她无论如何不能收留他。但他非常惊奇地听到领头雁居然说："哦，你回答得很有勇气。而有勇气的人能成为一个很好的旅伴，即使他开头不熟练，也没有关系。你跟我们再待一两天，让我们看看你的本事，你觉得好不好呢？"

"我很满意这样的安排。"雄鹅兴高采烈地回答。

随后，领头雁噘噘她的扁嘴问道："你带着一块儿来的这位是谁？像他这样的家伙我还从来没有见过呢。"

"他是我的旅伴，"雄鹅回答说，"他生来就是看鹅的，带他一起走会有用处的。"

"好吧，对一只家鹅来说大概有用处。"领头雁不以为然地说道，"你怎么称呼他？"

"他有好几个名字。"雄鹅吞吞吐吐，一时间竟想不出来怎样掩饰过去才好，因为他不愿意泄露这个男孩子有个人的名字。"哦，他叫大拇指。"他终于急中生智地这样回答。

"他同小精灵是一个家族的吗？"领头雁问道。

"你们大雁每天大概什么时候睡觉？"雄鹅突如其来地发问，企图这样避而不答最后一个问题，"这么晚了，我的眼皮自己就会合在一起啦。"

不难看出，那只同雄鹅讲话的大雁已经上了年纪。她周身的羽毛都是灰白色的，没有一根深色的杂毛。她的脑袋比别的大雁大一些，双腿比他们粗壮，脚掌比他们磨损得更厉害。羽毛硬邦邦的，双肩瘦削，脖颈儿细长，所有这些都显示出年岁不饶人，唯独一双眼睛没有受到岁月的磨蚀，仍旧炯炯有神，似乎比其他大雁的眼睛更年轻。

这时候她扭过身来，神气活现地对雄鹅说道："雄鹅，告诉你，我是从大雪山来的阿卡，靠在我右边飞的是从瓦西亚尔来的亚克西，靠在我左边飞的是诺尔亚来的卡克西。记住，右边的第二只是从萨尔耶克恰古来的科尔美，左边的第二只是斯瓦巴瓦拉来的奈利亚。在他们后边飞的是乌维克山来的维茜和从斯恩格利来的库西！记住，这几只雁同飞在队尾的那六只雁——三只右边的，三只左边的——他们都是出身于最高贵家族的高山大雁！你不要把我们当作和随便什么人都可以结伴的流浪者。你也不要以为我们会让哪个不愿意说出自己来历的家伙和我们睡在一起。"

当领头雁阿卡用这种神态说话的时候，男孩子突然朝前走了一步。雄鹅在谈到自己的时候那么爽快利落，在谈到他的时候却那么吞吞吐吐，这使得他心里很不好受。

"我不想隐瞒我是谁，"他说道，"我的名字叫尼尔斯·豪格尔森，是个佃农的儿子，直到今天为止我一直是个人，可是今天上午——"

男孩没有来得及说下去。他刚刚说到他是一个人，领头雁就猛然后退三步，别的大雁往后退得更远，他们一个个伸长了脖子，暴怒地朝他鸣叫起来。

"自从我在湖边第一眼看到你，我就起了疑心，"阿卡叫嚷道，"现在你马上就从这里滚开！我们不能容忍有个人混到我们当中！"

"那是犯不着的，"雄鹅从中调解，"你们大雁用不着对这么个小人儿感到害怕，到了明天他当然应该回家去，可是今天晚上你们务必要留他跟我们一起过夜。要是让这么一个可怜的人儿在黑夜里单独去对付鼬鼠和狐狸，我们当中有哪一个能够交代得过去？"

于是领头雁走近了一些，但看样子她还是很难压制住自己心里的恐惧。"我可领教过人的滋味，不管他是大人还是小人儿，都叫我害怕。"她说道，"雄鹅，要是你能担保他不会伤害我们，今天晚上他就可以同我们在一起。可我觉得我们的宿营地不论对你还是对他来说恐怕都不大舒服，因为我们打算到那边的浮冰上睡觉。"

她以为雄鹅听到这句话就会踌躇，不料他不动声色。"你们挺聪明，懂得怎样挑选一个安全的宿营地。"

"可是你要保证他明天一定回家去。"

"那么说，我也不得不离开你们啦，"雄鹅说，"我答应过绝不抛弃他。"

"你乐意往哪儿飞，就听凭自便吧！"领头雁冷冷地说道。

她振翅向浮冰飞过去，其他大雁也一只接一只跟着飞了过去。

男孩子心里很难过，他的拉普兰之行终于没有指望了，再说他对露宿在这么寒冷刺骨的黑夜里感到胆战心惊。"大雄鹅，事情越来越糟糕了，"他惶惶不安地说道，"首先，我们露宿在冰上会冻死的。"

雄鹅却勇气十足。"没什么要紧的，"他安慰说，"现在我只要你赶快动手收集干草，你尽力，能抱多少就抱多少。"

男孩子抱了一大捧干草，雄鹅用嘴叼住他的衬衫领子，把他拎了起来，飞到了浮冰上。这时大雁都已经立着双脚，把嘴缩在翅膀底下，呼呼地睡着了。

"把干草铺在冰上，这样我可以有个站脚的地方，免得把脚直接放在冰上冻着了。你帮我，我也帮你！"雄鹅说道。

男孩子照着吩咐做了。他把干草铺好之后，雄鹅再一次叼起他的衬衫领子，把他塞到翅膀底下。"我想，你会在这儿暖暖和和地睡个好觉。"他说着把翅膀夹紧。

男孩子在羽毛里被裹得严严实实，无法答话。他躺在那里既暖和又舒适，而且真的非常疲乏了，一眨眼的工夫，他就睡着了。

黑　夜

浮冰是变幻无常的，因此它是靠不住的，这是一条千真万确的真理。到了半夜，维姆布湖面上那块和陆地毫不相连的大浮冰渐渐地漂移过来，有个地方竟同湖岸连接在了一起。这时候，有一只夜里出来觅食的狐狸看见了这个地方。那只狐狸名字叫斯密尔，那时候住在大湖对岸的鄂威德修道院的公园里。斯密尔本来在傍晚的时候就见到了这些大雁，不过他当时没敢指望抓到一只。这时候他便一下子蹿到了浮冰上。

当斯密尔快到大雁身边的时候，他脚底下一滑，爪子在冰上刮出了声响。大雁们顿时惊醒过来，拍动翅膀腾空而起。可是斯密尔实在来得太突然，他像断线的风筝一样身子笔直地往前蹿过去，一口咬住一只大雁的翅膀，叼紧了就回头往陆地上跑。

然而这一天晚上，露宿在浮冰上的并不只是一群大雁，他们当中还有一个人，不管他怎么小，毕竟是个人。男孩子在雄鹅张开翅膀的时候就惊醒了，他摔倒在冰上，睡眼惺忪地坐在那儿，起初不明白怎么会这样乱成一团。后来他一眼瞅见有只四条腿短短的"小狗"嘴里叼着一只大雁从冰上跑掉，这才明白过来发生这场骚乱的原因。

男孩子马上追赶过去，想要从"狗"嘴里夺回那只大雁。他听到雄鹅在他身后高声地呼叫："当心啊，大拇指！当心啊，大拇指！"可是，男孩子觉得像这么小的一只狗哪用得着害怕，所以一往无前地冲了过去。

那只被狐狸斯密尔叼在嘴里的大雁听到了男孩子的木鞋踩在冰上发出的呱嗒呱嗒声，几乎不敢相信自己的耳朵。"说不定这个小人儿是想把我从狐狸嘴里夺过去。"她怀疑起来。尽管她的处境那么糟糕，她还是扯着嗓门呱呱地呼叫起来，声音听起来就像哈哈大笑。

"可惜他一跑就会掉到冰窟窿里去。"她惋惜地想。

尽管夜是那么黑，男孩子仍然能够清清楚楚地看到冰面上的所有裂缝和窟窿，并且放大胆子一一跳了过去。原来他现在有了一双小精灵的夜视眼，能够在黑暗里看清东西。他看到了湖面和岸边，就像在大白天一样清楚。

狐狸斯密尔从浮冰同陆地相连接的地方登上了岸，正当他费劲儿地顺着湖堤的斜坡往上奔跑的时候，男孩子朝他喊叫起来："把大雁放下，你这个坏蛋！"

斯密尔不知道喊叫的那个人是谁，也顾不得回头向后看，只是拼命地向前奔跑。

狐狸跑进了一片树干高大挺拔的山毛榉树林里，男孩子在后面紧追不舍，根本想都不想会碰到什么危险。他一心只想着昨天晚上大雁们是怎么奚落他的，他要向他们显示一番：一个人不管身体怎么小，毕竟比别的生物更通灵性。

他一遍又一遍地朝那只"狗"喊叫，要他把嘴里叼走的东西放下来。"你到底是一只什么样的狗，居然不要脸地偷了一整只大雁！"他叫喊道，"马上把她放下，否则你就等着挨一顿痛打！马上把她放下，否则我要向你的主人告状，叫他轻饶不了你！"

当狐狸斯密尔听到自己被误认为是一只怕挨打的狗时，他觉得十分可笑，几乎把嘴里叼着的那只雁掉到地上。斯密尔是个无恶不作的大强盗，他不满足于在田地里捕捉田鼠，还敢于蹿到农庄上去叼鸡和鹅。他知道这一带人家见到他都害怕得要命，所以像这样荒唐的话他从小到现在还真没有听到过。

不过，男孩子跑得那么飞快，他觉得那些粗壮的山毛榉树似乎在他身边哗啦啦地往后面退。终于，他追上了斯密尔，一把抓住了他的尾巴。"现在我要把大雁从你嘴里抢下来！"他大喊道，并且用尽全身力气攥住了狐狸的尾巴。但是他没有那么大的力气，拖拽不住斯密尔。狐狸拖着他往前跑，山毛榉树的枯叶纷纷扬扬地飘落在他的身边。

这时候斯密尔好像明白过来，原来追上来的人没什么危险。他停下来，把大雁撂到地上，用前爪按住她，免得她得空逃走。狐狸低下头去寻找大雁的咽喉，想要一口咬断它，可是转念一想，还不如先逗逗那个小人儿。"你快滚开，跑回去向主人哭哭啼啼吧！我现在可要咬死这只大雁啦！"他冷笑着说道。

男孩子看清楚他追赶的那只"狗"长着很尖很尖的鼻子，吼声嘶哑而野蛮，心头猛然一惊。可是狐狸那么贬低捉弄他，他气得要命，连害怕都顾不上了。他攥紧了狐狸尾巴，用脚蹬着一棵山毛榉树的树根。正当狐狸张开大嘴朝大雁咽喉咬下去的时候，他使出浑身力气猛地一拽，斯密尔不曾提防，被他拖得往后倒退了两三步。这样大雁就抽空脱身了，她吃力地拍动翅膀腾空而起。她的一只翅膀已经受伤，几乎不能再用，加上在这片漆黑的森林里她什么也看不见，就像一个盲人一样无能为力，所以她帮不上男孩子什么忙，只好从纵横交错的枝丫织成的顶篷的空隙中钻出去，飞回到湖面上。

斯密尔却恶狠狠地朝男孩子直扑过去。"我吃不到那一个，就要得手这一个！"他吼叫道，从声音里听得出来他是多么恼怒。

"哼，你休想得到！"男孩子说道。他救出了大雁，心里非常高兴。他一直死死地攥住狐狸的尾巴，当狐狸转过头来想抓住他的时候，他就抓着尾巴闪到另一边。

这简直像在森林里跳舞一样，山毛榉叶纷纷旋转落下，斯密尔转了一圈又一圈，可是他的尾巴也跟着打转，男孩紧紧地抓住尾巴闪躲，让狐狸无法抓住他。

男孩子起初为自己这么顺利地应付过来而非常开心，他哈哈大笑，逗弄着狐狸。可是斯密尔像所有善于追捕的老猎手一样很有耐力，时间一长，男孩子禁不住害怕起来，担心这样下去迟早要被狐狸抓住。

就在这时候，他一眼瞅见了一棵小山毛榉树，它细得像根长竿，笔直地穿过树林里纠缠在一起的枝条伸向天空。他忽然放手松开了狐狸尾巴，一纵身爬到那棵树上。而斯密尔急于抓住他，仍旧跟着自己的尾巴继续兜圈子，兜了很长时间。

"快别再兜圈子了。"男孩子说道。

斯密尔觉得自己连这么一个小人儿都制伏不了，简直太出丑了，他就趴在这棵树下等待机会。

男孩子跨坐在一根软软的树枝上，很不舒服。那棵小山毛榉树长得不够高，够不到那些大树的树冠枝条，所以他无法爬到另一棵树上去，而他又不敢爬下树去。

他冷得要命，几乎冻得连树枝也抓不紧，而且困得要命，可是不敢睡觉，生怕睡着了会摔下去。

啊，真想不到半夜坐在森林里竟凄凉得那么令人恐惧，他过去从来不知道"黑夜"这个字眼的真正含义——就仿佛整个世界都已经僵死得变成了化石，再也不会恢复生命。

天色终于徐徐亮起来，尽管拂晓的寒冷比夜间更叫人受不住，但是男孩子心里很高兴，因为一切又恢复了原样。

太阳冉冉地升起来了，它不是黄澄澄的，而是红彤彤的。男孩子觉得太阳似乎带着怒容，他弄不明白它为什么要气得满脸通红，大概是因为黑夜趁太阳不在的时候把大地弄得一片寒冷和凄凉吧！

太阳射出了万丈光芒，想要察看黑夜究竟在大地上干了哪些坏事。四周远近一切东西的脸都红了起来，好像他们也因为跟随黑夜干了错事而感到羞惭。天空的云彩，像缎子一样光滑的山毛榉树，纵横交错的树梢，地上的山毛榉叶子上面盖着的白霜，全都在火焰般的阳光照耀下变成了红色。

太阳的光芒越来越强，继续射向整个天空，不久，黑夜的恐怖就完全被赶走了。万物僵死得像化石的景象已经不复存在，大地又恢复了蓬勃的生机，飞禽走兽又开始忙碌起来。一只红脖子的黑色啄木鸟在啄打树干；一只松鼠抱着一颗坚果钻出窝来，蹲在树枝上剥咬果壳；一只椋鸟衔着草根朝这边飞过来；一只燕雀在枝头婉转啼叫。

于是，男孩子听懂了，太阳是在对所有这些小生灵说："醒过来吧！从你们的窝里出来吧！现在我在这里，你们就不必再提心吊胆啦！"

湖上传来了大雁的鸣叫声，他们排齐队伍准备继续飞行。过了一会儿，整个雁群呼啦啦地飞过了树林的上空。男孩子扯开喉咙向他们呼喊，但是他们飞得那么高，根本就听不到他那微弱的喊声。他们大概以为他早被狐狸当了点心，他们甚至一次都没有来寻找过他。

男孩子伤心得快哭出来了，但是此刻太阳稳稳地立在空中，金光灿烂地露出了个大笑脸，使整个世界增加了勇气。"尼尔斯·豪格尔森，只要我在这儿，你就犯不着为哪件事担心害怕。"太阳说。

大雁的捉弄

大约在一只大雁吃顿早饭那样长的时间里，树林里没有什么动静，但是清晨过后，上午刚刚开始的时候，有一只孤零零的大雁飞进了树林浓密的树枝底下。她在树干和树枝之间心慌意乱地寻找出路，飞得很慢很慢。斯密尔一见到她，就离开那棵小山毛榉树，蹑手蹑脚地去追踪她。大雁没有避开狐狸，而是紧挨着他飞着。斯密尔向上直蹿起身来扑向她，可惜扑了个空，大雁便朝湖边飞过去了。

没过多久，又飞来了一只大雁，她的举止同前面飞走的那一只一模一样，不过飞得更慢、更低。她甚至擦着斯密尔的身子飞过，他朝她扑过去的时候，向上蹿得更高，耳朵都碰着她的脚掌了。可是她安全无恙地脱身闪开，像一个影子一样无声无息地朝湖边飞走了。

过了一会儿，又飞来了一只大雁，她飞得更低、更慢，好像在山毛榉树干之间选了路却找不到方向。斯密尔奋力向上一跃，几乎只差一根头发丝的距离就能抓住她，可惜还是让大雁脱险了。

那只大雁刚刚飞走，第四只又接踵而至。她飞得有气无力，歪歪斜斜，斯密尔觉得要抓住她是手到擒来的事。这一次他唯恐失败，所以打算不去碰她，放她过去算了。这只大雁飞的路线同其他几只一样，径自飞到了斯密尔的头顶上，她身子坠得非常低，逗引得他忍不住朝她扑了过去。他跳得如此之高，爪子已经碰到她了，但她忽然将身子一闪，这样就保住了自己的性命。

还没有等斯密尔喘过气来，只见三只大雁排成一行飞过来了。他们的飞行方式和先前的那几只完全一样。斯密尔跳得很高去抓他们，可是他们一只只都飞过去了，哪一只也没有被捉到。

随后又飞来了五只大雁，他们比前面几只飞得更稳当一些。虽然他们似乎也很想逗引斯密尔跳起来，但他到底没有上当，拒绝了这次诱惑。

又过了好大一会儿，有一只孤零零的大雁飞过来了。这是第十三只。这是一只很老的雁，她那浑身灰色的羽毛，连一点儿深色杂毛都没有。她似乎有一只翅膀不大好使，飞得歪歪扭扭、摇摇晃晃，以至于几乎碰到了地面。斯密尔不但直蹿过去扑她，还连跑带跳地追赶她，一直追到湖边，然而这一次也是白费力气。

第十四只来了，他非常好看，因为他浑身雪白。当他挥动巨大的翅膀时，黑黝黝的森林仿佛出现了一片光亮。斯密尔一看见他，就使出全身的力气腾空跳到树干的一半高，但是这只白色的也像前面几只一样安然无恙地飞走了。

山毛榉树下终于安静下来。好像整个雁群已经都飞过去了。

突然，斯密尔想起了他先前守候的猎物，便抬起头来一瞧，果然不出所料，那个小人儿早已无影无踪了。

不过斯密尔没有多少时间去想他，因为第一只大雁这时候又从湖上飞回来了，就像方才那样在树冠下面慢吞吞地飞着。尽管一次又一次地不走运，斯密尔还是很高兴她又飞回来了。他从背后追赶上去，朝她猛扑。可是他太性急了，没有来得及算准步子，结果跳偏了，从她身边擦过，扑了个空。

在这只大雁后面又飞来了一只，接着是第三只、第四只、第五只，轮了一圈，最后飞来的还是那只灰色的上了年纪的大雁和那只白色的大家伙。他们都飞得很慢很低。他们在狐狸斯密尔头顶上空盘旋而过时下降得更低，好像存心要让他抓到似的。斯密尔于是紧紧地追逐他们，一跳两三米高，结果还是一只都没有捉到。

这是斯密尔有生以来心情最为懊丧的日子。这些大雁接连不断地从他头顶上空飞过来又飞过去，飞过去了又飞过来。那些在德国的田野和沼泽地里养得肥肥胖胖、圆圆滚滚、又大又漂亮的雁，整天在树林里穿梭来回，都离他那么近，他曾有好几次碰着了他们，可惜抓不着一只来解饿。

冬天还没有完全过去，斯密尔还记得那些日日夜夜，他那时饿得发慌而四处游荡，却找不到一只猎物来果腹。候鸟早已远走高飞，老鼠已经在结冰的地下躲藏起来，鸡也都被关在鸡笼里不再出来。但是，他在整个冬天忍饥挨饿的滋味都不如今天这么一次次的失望叫他更不能忍受。

斯密尔已经是一只并不年轻的狐狸，他曾经遭受过许多次猎狗的追逐，听到过子弹从耳旁嗖嗖飞过。他曾经无路可走，只好深藏在自己的洞穴里，而猎狗已经钻进了洞口的通道，险些抓到他。尽管斯密尔亲身经历过你死我活的追逐场面，他却从来没有像现在这样烦恼过，因为他居然连一只大雁都逮不到。

早上，在这场追逐开始的时候，狐狸斯密尔是那么魁梧健壮，大雁们看到他时都分外惊讶。斯密尔很注重外表。他的毛发色泽鲜红，亮闪闪的，胸口一大块雪白雪白的，鼻子黑黑的，那条蓬松的尾巴像羽毛一样丰满。可是到了这一天的傍晚，斯密尔的毛一绺一绺地耷拉着，浑身汗水，湿漉漉的，双眼失去了光芒，舌头长长地拖在嘴巴外面，嘴里呼哧呼哧地冒着白沫。

斯密尔到下午时已经疲惫不堪，他头晕眼花，趴倒在地上，他的眼前无止无休地晃动着飞来飞去的大雁。连阳光照在地上的斑斓阴影他都要扑上去。一只过早从蛹里钻出来的可怜的飞蛾也遭到了他的追捕。

大雁们却继续不知疲倦地飞呀，飞呀。他们整整一天毫不间断地折磨斯密尔。他们眼看着斯密尔心烦意乱、焦躁不安、大发癫狂，但是丝毫不顾怜他。尽管他们明明知道他已经眼花缭乱，看不清他们，只是跟在他们的影子后面追赶，然而他们还是毫不留情地继续戏弄他。

直到后来斯密尔几乎浑身散了架，好像马上就要断气一样瘫倒在一大堆干树叶上面的时候，他们才停止戏弄他。

"狐狸，现在你该明白了，谁要是敢惹大雪山来的阿卡，他会落得什么下场！"他们在他耳边呼喊了一阵，这才饶了他。

野鸟的生活

在农庄上

就在这几天里，斯科讷平原上发生了一桩咄咄怪事，非但大家传来传去，报上也登载出来了。不过许多人以为这件事必定是虚构出来的，因为谁也说不清其来龙去脉。

事情是这样的，有人在维姆布湖岸上的榛树丛里逮住一只母松鼠，把她带到了附近的一个农庄上。农庄上的老老少少都很喜欢这只美丽的小动物，她长着大大的尾巴、聪明好奇的眼睛和漂亮小巧的脚爪。他们打算整个夏天都观赏她那轻盈的动作、啃剥坚果的灵巧办法，还有逗人开心的滑稽游戏。他们很快就修理好一个旧的松鼠笼子，笼子里面有一间漆成绿色的小屋和一个铁丝编的吊环。这间小屋有门有窗，可以作为松鼠的餐厅和卧室。大家还用树叶在房子里面铺了一张床，放进去一碗牛奶和几个榛子。那只铁丝吊环就是她的游戏室，她可以在上面跑跑跳跳、爬上爬下和打秋千。

大家都以为他们给母松鼠安排得挺好了，可是令人惊奇的是，她看起来并不喜欢这个环境。她烦躁地蜷曲在小屋里，不时发出抱怨的尖叫，她碰都不碰那些食物，一次也不肯去玩吊环。"准保是因为她还害怕，"农庄上的人说道，"等明天习惯过来了，她就会又吃又玩了。"

当时，农庄上的妇女正在为节日的盛宴而忙碌，抓到松鼠的那一天正好赶上她们忙着烤一大批面包。不知道是因为她们运气不好，面团发酵慢，还是因为她们手脚太慢，反正直到天黑以后她们还在那里忙个不停。

厨房里当然是一派忙忙碌碌、热热闹闹的景象，这样就没有人顾得上去照管那只母松鼠了。可是农庄上有位老奶奶，因为上了年纪手脚不便，大家都没有让她去帮忙烤制面包。她自己对人家的一片好意也很领情，可是又不大乐意人家什么事都不让她过问。她心里一不自在就不想上床睡觉，坐在起居室窗下往外张望。厨房里的人嫌屋里太热，把房门大开着，灯光照到了院里。那是一个四面都有房子的院子，整个院子里一片通亮，老奶奶连对面院墙上的裂缝和孔洞都能够看得一清二楚。那只松鼠笼子恰好挂在光线最明亮的地方，老奶奶当然看得见。她注意到那只松鼠整整一夜总是从卧室里钻出来奔到吊环上，再从吊环上奔回卧室里，来来回回，一刻也没有停过。她觉得很奇怪，那只小动物怎么会这样烦躁不安，她想那大概是因为灯光太亮使她难以入睡。

那个农庄的牛棚和马厩隔着一个很宽阔的、有门檐的拱门，那里也正好被厨房里透出来的光照得通亮。入夜之后不久，老奶奶看到有个小人儿从拱门里蹑手蹑脚地走了出来，他还不及巴掌那么高，穿着皮裤和木鞋，一身干活儿的打扮。老奶奶马上明白过来那是个小精灵，她一点儿也不害怕。虽然她从来没有亲眼见到过，可是她老听人说小精灵住在马厩里，而且他在哪里显灵，就会给哪里带来好运气。

小精灵一走进铺着石板的院子，就径直朝松鼠笼子跑过去。笼子挂得很高，他够不到，于是到工具棚里找来一根棍棒，然后就像水手攀爬缆绳一样爬了上去。他到笼子跟前用力摇晃那间小绿房子的门，似乎想要把门打开。老奶奶还是很沉得住气，稳稳地坐在那儿不动，因为她知道那些孩子生怕邻居家的孩子偷走松鼠而在门上加了一把锁。老奶奶看到那个小精灵打不开门，松鼠就钻出来跑到铁丝吊环上，他同小精灵在那儿叽叽喳喳地商量了老半天。小精灵等到被关在笼子里的那只小动物把话说完，就顺着木棍滑到地上，从院子的大门跑了出去。

老奶奶估摸着当天晚上再也不会见到小精灵了，但是她仍旧坐在窗边没有走开。但过了不久，小精灵又返回来了，他脚步匆忙地奔向松鼠笼子。他奔跑得那么快，老奶奶儿乎觉得他的双脚好像没有沾地一样。老奶奶朝远处看的眼力极好，所以她看见他双手都拿着东西，但究竟拿的是什么东西她看不清楚。他把左手拿着的东西放在石板地上，带着右手里的东西爬到了笼子上。他用木鞋使劲儿地踢那扇小窗户，玻璃啪啦一声被踢碎了，他把手里的东西递给了母松鼠，然后又滑下来，拿起先前放在地上的东西又爬了上去。随后他马上跑了出去。他跑得那么快，老奶奶的目光差点儿追不上他。

这时候，老奶奶没法再安安稳稳地在屋里坐下去了。她轻轻地从椅子上站起来，蹑手蹑脚地走到院子里，站在水泵的阴影里等候那个小精灵。这时候那家喂养的那只猫也发现了他，而且对他起了好奇心，也蹑手蹑脚地走过来，停在离亮光两三步路的墙脚里。

在那春寒料峭的三月的夜晚，老奶奶和那只家猫等待了很久很久。老奶奶已经有点儿不耐烦了，刚要转身返回屋里，却听见石板地上传来了吧嗒吧嗒的响声，举目一看，那个模样像小精灵的小人儿又迈着沉重的脚步回来了。他像上次一样，两只手里都拿着东西，而手里的东西还在一边蠕动一边吱吱叫。这时候老奶奶方才恍然大悟，她明白过来了，原来小精灵跑到榛树丛里去把松鼠妈妈的孩子们找来了，他把他们送回给母松鼠，免得他们活活饿死。

为了不去打扰小精灵，老奶奶站在那儿一动也不敢动，小精灵似乎也没有看见她。当他刚要把一只幼小的松鼠放在地上，把另一只送上笼子的时候，他忽然瞅见他身旁不远处那只家猫闪闪发亮的绿眼睛。他双手各托着一只幼小的松鼠站在那儿，一时间拿不定主意。

他回过头来朝四处张望，忽然看到了那位老奶奶，就毫不迟疑地走过去把一只小松鼠递给了她。

老奶奶不愿意辜负他的信任，她弯下腰去，把幼小的松鼠接了过来，托在手里，一直等到小精灵爬上去把他手里的那一只递进笼子，又下来把托付给她的那一只取走。

第二天早晨，农庄上的人聚在一起吃早饭的时候，老奶奶再也憋不住了，便讲起了她昨天夜间亲眼见到的事。大家听后都哈哈大笑，取笑说那只不过是她做的一个梦。他们还说，在这么早的季节里哪儿来的幼松鼠。

然而她一口咬定自己亲眼所见的那些事，并且要他们去看一看松鼠笼子。他们真的去看了。在松鼠卧室里树叶铺成的小床上，果然躺着四只身上还没有几根毛、眼睛还没有完全睁开的幼松鼠，看样子出生起码有两三天了。

当农庄主人亲眼看见那儿只肉乎乎的幼松鼠之后，他叹了口气，说道："不管这究竟是怎么回事，有一点是错不了的，那就是我们农庄上的人做了一件不太光彩的事，不管是对动物还是对人，都不应该这样做。"他说着就把那只母松鼠和那儿只幼松鼠都掏出来，放到老奶奶的围裙上。

"你把他们送回榛树丛里吧，"他说，"让他们重新获得自由吧！"

这件事在这一带流传得很广，甚至登在了报纸上。不过大多数人还是不愿意相信，因为他们解释不了为什么会发生这样的事。

在威特斯克弗莱

三月二十六日　星期六

两三天后，又发生了一件稀奇古怪的事。有一天早上，斯科讷东部在离威特斯克弗莱大庄园不远的地方，飞过来了一群大雁，他们降落在那儿的田野里。雁群里一共有十三只平常见到的灰色大雁，还有一只白色的雄鹅，雄鹅背上驮着一个上身穿着绿色背心、下身穿着黄皮裤、头戴白色尖顶帽的小人儿。

他们这时候离波罗的海不远，大雁降落的那片田地是海滩上常见的泥沙地。看样子过去这一带是一片漂移不定的流沙，不得不靠人工固定流沙，因而在好几个地方都可以见到大片大片人工种植的松树林。

大雁们在地头寻觅了一会儿食物。这时有几个孩子沿着田埂走了过来。那只负责站岗放哨的大雁立即拍打翅膀呼啦一声腾空而起，以使整个雁群都明白马上就有危险发生。所有大雁都一下子飞了起来，但是那只白鹅还若无其事地在地上走来走去。当他看到别的大雁腾空而起的时候，他抬起头来朝他们高喊道："你们用不着见了他们就逃跑，那不过是几个孩子。"

曾经骑坐在白鹅身上飞行的那个小人儿，这时候正坐在树林边的一个小土丘上从松球里往外剥松仁。孩子们已经走到靠他非常近的地方，他就没敢跑过田地到白鹅那边去。他赶快躲到蓟花的一片大枯叶底下，与此同时向白鹅发出了报警的喊叫。

可是那只大白鹅显然拿定主意不甘示弱。他照样在地里慢吞吞地踱来踱去，连孩子们朝哪个方向走都不看一眼。

然而孩子们从路上拐过来，越过田地，向雄鹅这边走了过来。当他终于抬起头来张望的时候，他们已经来到了他的身边。他这才张皇失措，不知怎么办才好，竟然忘记了自己会飞，只顾在地上跑来跑去，躲避孩子们的追逐。孩子们在后面追赶着，把雄鹅赶进了一个坑里，把他抓住了。他们中间那个最大的孩子把他夹在胳肢窝底下带走了。

躲在蓟花叶子底下的那个小人儿看到了这一切，立刻跑了出来，想把雄鹅从孩子们的手里夺回来。但是他马上又想起了自己是那么弱小无力，于是扑倒在小土丘上，握紧双拳在地上狂怒地捶打起来。

雄鹅拼命地呼救道："大拇指，快来救我！大拇指，快来救我！"本来焦急万分的那个小人儿听到后又哈哈大笑起来。"哈，我倒成了最合适的人啦！我哪儿有力气救啊！"他说道。

可是他到底还是爬起身来去追赶雄鹅了。"我虽说帮不上他多少忙，"他想，"至少要亲眼看看他们究竟会怎么对待他。"

孩子们早就走了一段时间，不过他还是能够不算太难地盯住他们。可是后来他走进了一个峡谷，那里有一条小溪。小溪并不宽，水流也不急，但是他仍旧不得不在岸边转悠很久，才找到一个地方跳了过去。

他走出峡谷的时候，那几个孩子已不见了踪影。不过，他还是能够在一条小路上认出他们的脚印。那几行脚印是朝向森林走去的。于是他继续往前追赶。

不久，他走到了一个十字路口，孩子们大概是在这里分手各奔东西的，因为两个方向都有脚印。这一下小人儿觉得毫无指望了。

可是，就在这时候，小人儿在一个长满灌木丛的小土丘上发现了一小根白色的鹅毛。他明白了，那是雄鹅扔在路边告诉他去向的，所以他又继续向前走。他沿着孩子们的脚印穿过了整个森林。他虽然看不到雄鹅的踪影，但是当他快要迷路的时候，总会有一小根白色鹅毛为他指引方向。

小人儿放心大胆地跟随那些鹅毛继续追赶下去。一路上，那些鹅毛指引他走出森林，越过两三块耕地，走上一条大路，最后到了通向一个贵族庄园的林荫大道。在林荫大道的尽头，隐隐约约可以见到红砖砌成的、有不少闪闪发亮的装饰物的山墙和塔楼。小人儿一看到眼前的这个大庄园，便大致估摸出雄鹅生命有危险。"不消说，那些孩子准是把大鹅带到这个庄园里来了，说不定他早就被人宰了。"他自言自语道。可是他没有得到确凿消息，毕竟还不死心，于是更加心急如焚地向前飞奔过去。在林荫大道上他一直没有遇上什么人，这正是他求之不得的，因为像他这副模样，是唯恐被人瞅见的。

他走到的那个庄园有一座巍峨壮观的老式建筑物，四周平房环绕，中央是一座大城堡。东边是一条非常深长的拱形廊道，一直通到城堡的院子里。在走到大门口之前，小人儿毫不犹豫地一直向前奔跑，可是当他走到那儿的时候便停下了脚步。他不敢再往前走了。他站在那里发愁，不知该怎么做才好。

正当小人儿手指揪着鼻尖沉思的时候，忽然听到身后传来一阵嗒嗒的脚步声。他回头一看，只见一大群人从林荫大道上走了过来。他赶忙走到拱门旁边一个水桶后面躲藏起来。

来的是一所农村平民中学的二十来个年轻的男学生，他们是出门远足来到这里的。一位教师陪着他们一起走来。这支队伍走到拱形廊道前面时，那位教师让他们先在外面稍候片刻，他自己走进去问问，看看是不是可以参观一下威特斯克弗莱城堡。

这些刚刚到来的人似乎走了很远的路，所以又热又渴。其中有个人实在口渴得厉害，便走到水桶旁边弯下腰去喝几口水。他脖子上挂着一个锡皮的植物标本罐。他觉得带着它喝水很不方便，就摘下来顺手撂在地上。撂下去的时候锡皮罐的盖子开了，可以看得见里面放着采集来的几株迎春花。

那个植物标本罐正好撂在小人儿面前，他觉得进入城堡弄清楚雄鹅下落的大好机会来了。于是他当机立断，马上跳进了这个植物标本罐，就在银莲花和款冬花底下严严实实地躲藏起来。

他刚刚藏好身子，那个年轻人就把标本罐拎了起来，挂到脖子上，并且吧嗒一声把盖子关紧了。

这时候，那位教师走回来了。他告诉大家可以到城堡里去参观。他把学生们带进城堡的内院里，站在那儿向他们讲解起这座古老的建筑物来。

他向学生们讲道，从前这个国家刚刚开始有人聚居的时候，人们不得不居住在山洞里或者泥洞里，后来住在用兽皮绷起来的帐篷里，再往后居住在用树枝搭成的小木棚里。经过漫长的岁月，人类才逐渐学会砍伐树木，盖起木屋。后来不知又过了多少时间，经过艰苦的奋斗，人类才从光会盖只有一间房子的小木房，发展到竟然可以兴建起像威特斯克弗莱那样宏伟的有上百个房间的大城堡。

他告诉大家，这是三百五十年前有财有势的人建造的城堡。可以清楚地看出，威特斯克弗莱城堡建于斯科讷平原被战争和掠夺者闹得鸡犬不宁的那个时代。所以城堡四周环绕着一条壕宽水深的护城沟，古时候沟上还有一座可以随闭随启的吊桥。拱形廊道上的哨楼至今还在。堡垒四周的城墙上筑有卫兵巡逻时走的小路，城堡的四个角上都有墙壁达一米多厚的瞭望塔楼。幸好这座城堡不是建造于兵荒马乱的战争年代，所以城堡的建造者詹斯·布拉赫不惜工本地把它建造成一座富丽堂皇的宏伟大厦。如果人们有机会看到比它早几十年建造在格里姆格的那幢坚固而巨大的石头建筑，他们就会很容易地注意到，城堡的主人詹斯·哈尔格森·乌夫斯但德只顾追求建造得坚固和巨大，根本没有想到美观和舒适。如果人们看到马茨温岛、斯文斯托埔和鄂威德修道院这些地方的华丽宫殿，他们就会注意到这些宫殿比威特斯克弗莱城堡修建得晚了一二百年，那些年代更安定，于是建造那些宫殿的贵族老爷就舍弃了城堡，改而追求建筑宽敞豪华的住宅。

那位教师侃侃而谈，无止无休，小人儿在植物标本罐里憋得实在忍耐不下去了。但是他不得不安生地躺着，那个挂着植物标本罐的人一点儿也没有发觉他躲在里面。

后来，这群人终于走进了城堡。小人儿本来想找个机会从植物标本罐里溜出来，但他失望了。那个学生一直挂着那个罐子没有放下来，害得小人儿也不得不跟着走遍了各个房间。

他们参观得很慢，那位老师每走一步都要停下来详细讲解一番。

一间屋子里有个古老的炉灶。老师在炉灶前停住脚步，讲起了人类在不同时代用过的不同的生火煮东西的法子。第一个室内炉灶是在农舍中央地上用石头砌成的火塘，在屋顶上有个出烟的孔洞，不过这个孔洞也透风漏雨。第二个是一个很大的用泥土砌成的炉灶，但是没有烟囱，虽然一生火，屋里就十分暖和，可是屋里也会到处是滚滚浓烟和呛人的烟味。在兴建威特斯克弗莱城堡的时候，人类刚好学会在炉灶上加盖一个又粗又大的烟囱，浓烟固然放出屋外了，可惜大部分热量也随之跑到空中去了。

倘若小人儿过去性情急躁，毫无耐心，那么这一天对他来说就是一次很好的耐性锻炼。他居然一动不动地躺在那里足足有一个小时。

那位教师走进下一个房间之后，就站在一张顶篷很高、四周挂着华丽床幔的古色古香的大床前面，开始介绍古代的床和床架。

教师不慌不忙地讲着，他当然不知道有一个可怜的小人儿躺在植物标本罐里，盼着他赶快讲完。他走进一间用烫金兽皮挂毯装饰起来的房间，就滔滔不绝地从人类最初怎样装饰墙壁讲起。走近一张旧得褪色的全家合影的照片时，他就讲述节日盛装在各个时代的种种变化。当他走进那些宴会厅的时候，他就大讲特讲古时候庆祝婚礼的仪式和安葬入殓的礼仪。

之后，他还把曾经在这座城堡里居住过的许许多多精明强干的男男女女逐一进行介绍。他谈到了历史悠久的布拉赫家族和古老望族巴纳可夫家族；讲了克里斯田·巴纳可夫怎样在大撤退途中把自己的战马让给国王当坐骑；讲到了玛格丽塔·阿希贝格在嫁给契尔·巴纳可夫之后不久就丧夫寡居，以遗孀身份治理这个庄园和整个地区长达三十五年之久；讲到了银行家哈格曼怎样从威特斯克弗莱一个出身贫贱的佃农家庭的孩子变得多么有钱，他买下了整个庄园；还讲到了以铸造刀剑闻名的谢尔恩家族怎样为斯科讷的农民制造出了一种比较轻便灵巧的耕犁，使他们终于摆脱了那种三对公牛还拉不动的旧式木犁。

在这段时间里，小人儿躺在那儿一动不动。他过去淘气捣蛋的时候曾经偷偷地把爸爸或者妈妈关在地窖里，那么现在他不得不亲身领受这种难受的滋味，因为教师讲起来没完没了，一直讲了几个小时才住了口。

教师终于从屋里走了出来，来到了城堡院子里。他在那里又讲起人类通过世世代代的辛勤劳动才学会制作工具和武器，缝衣服和盖房子，还有制造家具和装饰品。他说，像威特斯克弗莱这样巍巍壮观的城堡是历史进程中的一个里程碑。在这里可以看到人类在三百五十年前就进步到了什么程度。至于这以后人类是前进了还是倒退了，这就见仁见智了。

可是这段话那个小人儿没有来得及听，因为带着他的那个学生这时候又口渴了，悄悄地溜到厨房里去找水喝。小人儿来到了这里，就忍不住朝四处偷看，想要知道雄鹅的着落。他开始爬动，可是用力太猛，无意中顶撞了一下植物标本罐的盖子，盖子就打开了。植物标本罐的盖子有时候会自己弹开的，所以那个学生没有太在意，就随手把盖子盖上了。那个厨娘却问他有没有往标本罐里放一条蛇。

"没有啊，我只在里面放了几株花草。"那个学生莫名其妙地回答。

"不对，里面一定有东西在爬。"厨娘一口咬定。

那个学生就把盖子打开，想让她看看是她错了。"你不妨自己来看看吧！"

他还没有来得及讲下去，那个不敢再在标本罐里待下去的小人儿就纵身一跃跳到地板上，一溜烟往门外奔去。那些女仆没有看清楚地上是什么东西在跑，但她们还是跟着从厨房里追了出去。

那位教师还站在那里口若悬河地讲着。突然间一阵高声呼喊打断了他。"抓住他！抓住他！"从厨房里跑出来的那些人高喊道。那些年轻人也纷纷转身去追赶那个比老鼠窜得还快的小人儿。他们想在大门口截住他，可是没有堵住，因为想要抓住那么小的一个玩意儿不是一件轻而易举的事。小人儿终于脱身，跑到了露天里。

小人儿没敢朝那条宽敞的林荫大道方向跑，而是一转身朝着另一个方向跑了。他奔跑着穿过花园，进入了后院。那些人一直高声大叫大笑地追赶他。这个小人儿用尽力气拼命奔跑，有好几次化险为夷，但是看样子似乎迟早会被人抓住。

当他跑过一幢雇工住的小屋时，猛听得有一只鹅在那里呼叫，他低头一看，台阶上有一根白色的鹅毛。啊！原来就在这里面，雄鹅就在这里面！真是踏破铁鞋无处觅，他早先白费功夫走错了路。

这时候他已经顾不得在后面追赶他的那些女仆和男学生了，立刻爬上台阶，奔进门廊。可是他再也没有法子往前走了，因为房门是锁着的。他听得很分明，雄鹅在里面哀声啼叫和呻吟，但是他打不开门。而后面那些人越来越近了，屋里雄鹅哀号得也越来越凄惨了。在这种危急的情境之中，小人儿鼓足了勇气，使出全身力气在门上捶得嘭嘭直响。

一个小孩把门打开了。小人儿趁机朝屋子里一看，只见有个女人坐在地板的中央，手里紧紧地抓着雄鹅，正要剪掉他的翅膀尖。雄鹅是她的孩子带回家来的，她没有什么恶意，只不过想把雄鹅的翅尖剪短，使他没法再飞走，这样就可以把他留在家里喂养了。雄鹅其实没有遭受到更大的不幸，但是不断地拼命哀叫着。

幸亏那个女人动手晚，还没有真正下剪刀。在门被打开，小人儿站在门槛上的时候，只有两根长翼毛被剪刀剪了下来。像小人儿这样的一个人，那个女人过去从来没有看见过。她吓了一大跳，心想准保是小精灵显灵了，吓得手一松，剪刀掉到了地上。她双手绞在一起，忘记了去抓雄鹅。

雄鹅一觉得自己被松开了，就立即跑向门口。他脚不停步地向前飞奔，顺便一口叼住小人儿的衣领把他带走了。他在台阶上张开翅膀飞向天空。与此同时，他那长长的脖子姿势优美地往后一扭，把小人儿放到他羽毛平滑的背上。

他们就这样飞向了天空，整个威特斯克弗莱地区的居民都站在那儿，仰起了头，凝神观望。

在鄂威德修道院的公园里

就在大雁们戏弄狐狸的那一天，男孩子躺在一个早已废弃的松鼠窝里睡着了。快到傍晚时分，他醒过来了，心里怏怏不乐。"我很快就要被送回家去了，看样子免不了以现在这副模样去见爸爸妈妈啦。"他苦恼地想。

可是当他找到在维姆布湖上游弋并且在湖里洗澡的大雁们的时候，他们当中没有一个提过一个字要让他回去。"他们大约觉得白鹅太累了，今天晚上没法子送我回家去啦。"男孩子这样猜测。

第二天一大早，大雁们在天色微明，离太阳露脸还有很长时间的时候就已经醒过来了。男孩子马上断定他就要动身回家了，但奇怪的是雁群照样让他和白鹅参加他们每天天刚亮时的例行飞翔——在空中绕一大圈。男孩子一时间想不出来推迟打发他回家的缘故，可是他猜想大雁们一定是不肯在让雄鹅饱餐一顿之前就打发他去进行路途那么遥远的飞行。不管怎么说，他还是为能晚点儿见到爸爸妈妈而高兴，哪怕晚一时一刻也好。

大雁们正在鄂威德修道院的那座大庄园上空飞行，那座庄园坐落在湖岸东畔风光宜人的园林地带。它是一座高大宏伟的宅邸，背侧有石板铺地的精致庭院，亭台楼阁错落有致地分布在各处，四周有矮矮的围墙环绕。宅邸的前面是格调高雅的古典大花园，那里面精心修剪得整整齐齐的灌木树丛排列成一行行树篱，参天的古树浓荫匝地，林中小路蜿蜒曲折。池塘里绿水盈盈，喷泉旁水珠迸溅。大片大片的草坪修剪得平平整整，草坪边上的花坛里盛开着色彩缤纷的春花。这一切真是美不胜收。

当大雁们那天清早从庄园上空飞过的时候，那里没有任何动静，连个人影都看不到。他们确信下面真的没有人，便朝着一个狗棚俯冲下去，叫喊着："那里是什么小木棚？那里是什么小木棚？"

从狗棚里立即蹿出一只被铁链锁着的狗，愤怒地狂吠起来，并喊道："你们居然敢把这里叫作小木棚？你们这群到处流浪的无赖！难道你们没有长眼睛看看，这是一座用岩石砌成的宏伟宫殿？你们难道没有看到这座宫殿的墙壁有多么美丽？你们难道没有看到这里有那么多扇窗户、那么宽阔的大门和那么有气派的平台吗？汪！汪！

汪！而你们却把这里叫作小木棚，真是岂有此理！你们也不睁大眼睛去看看它的大花园和庭园，难道你们没有看到它的温室？没有看到大理石的雕塑？你们敢把这个地方叫作小木棚，真是岂有此理！难道小木棚外面通常都有大花园的吗？而且大花园里满是山毛榉树林、棕树林、槭树林、云杉林，树林间有着大片草地，鹿圈里养着许多麋鹿！汪！汪！汪！你们竟把这个地方叫作小木棚，真是岂有此理！难道你们见到过有哪个小木棚四周有像一个村子那么多的附属房屋？你们可曾听说过有哪个小木棚能够拥有自己的教堂、自己的牧师宅邸，而且管辖着那么多大庄园，那么多自耕农农庄、佃农房舍和长工工房？汪！汪！汪！你们居然把这个地方叫作小木棚，真是岂有此理！要知道斯科讷一带最大的地产都属于这个小木棚，你们这群叫花子，你们从空中放眼朝四面望吧，你们能望见的土地没有一块不属于这个小木棚。汪！汪！汪！"

那只看家狗一口气吐出了这么一大串话，大雁们在庄园上空来回盘旋，默不作声地倾听着。当他不得已歇口气的时候，大雁们这才喊叫着回答："你又何必生这么大的气？我们问的不是那座宫殿，我们问的恰恰是那个狗窝。"

小男孩听到他们这样取笑时，起先忍俊不禁，随后一个想法从他脑海中冒了出来，使他一下子变得严肃起来。"唉，只消想想，如果能跟随着大雁们一道飞过全国直到拉普兰，那能听到多少这类有趣的笑话呀！"他自言自语道，"如今你已经倒霉透了，能够进行这样一次旅行是你最好的盼头了。"

大雁们飞到庄园东边一片荒芜的土地上去找草根吃。他们找呀，找呀，一找就是几个小时。在这段时间里，小男孩跑到耕地旁边的那个大花园里，在榛树林里仔细寻找，看看能不能找到去年秋天留下来的果实。当他在花园里走动时，跟随着大雁们去旅行的想法一次又一次地浮现在他的心头。他饶有兴味地为自己描绘着，倘若能跟随大雁们一起旅行，那该有多美好。当然，他要忍饥挨冻，这是预料之中的，而且会常常挨饿受冻。但是，他可以逃避干活儿和读书。

正当他在那里走着的时候，那只年老的灰色领头雁走到他的面前，问他有没有找到什么可以果腹的东西。"没有啊，"他说，"找了大半天什么也没有找到。"于是，那只老灰雁也尽力帮他寻找。可是她也没有找到榛子之类的坚果，不过她终于在野蔷薇丛中发现了几个还挂在枝上的野蔷薇果。小男孩狼吞虎咽地把它们吃掉了。这时候他忽然想，如果妈妈知道他现在是靠生吞活鱼和吃冬天留下来的野蔷薇果充饥的话，她会说些什么呢？

大雁们吃饱以后就返回湖上去了。他们在那里玩耍，一直到中午时分。大雁们向白雄鹅提出挑战，要同他比试比试各项运动的技艺。他们比了游泳、赛跑和飞行。那只在农家驯养已久的大雄鹅使出了浑身本事，却总是败给那些身手敏捷的大雁。小男孩一直骑坐在大雄鹅的背上，为他打气加油，玩得和大家一样痛快。湖面上回荡着呼喊声、欢笑声，喧哗成一片，奇怪的是住在庄园上的人却什么也没有听见。

大雁玩累了以后就飞到冰上，在那里休息了一两个小时。那天下午几乎也是同上午一样度过的，先是觅食一两个小时，然后在浮冰四周的水里游泳嬉戏，一直玩到太阳落山。而太阳一落山，他们就马上睡觉了。

"这种生活倒挺适合我，"当小男孩钻到雄鹅翅膀底下去的时候，他这样想，"可惜明天我就要被赶回家去啦！"

他久久未能入眠，躺在那里想，要是能跟随着大雁们一起去旅行，他起码可以避免因为懒惰而遭到训斥。他那时可以整天东游西逛，无所事事。唯一的烦恼就是要寻觅吃的东西。可是他如今吃得很少，总是可以有办法解决的。

他在脑子里为自己描绘着一路上将会看到哪些新鲜东西，将亲身经历哪些冒险活动。不错，那跟闷在家里埋头干活儿和读书简直没有法子相提并论。"倘若我能够跟着大雁们去旅行，我也就不会因为自己变得这么小而伤心了。"小男孩想。

他现在对别的什么都不害怕，唯独害怕被送回家去。但是到了星期三，大雁们一句都没有提到要把他发回家。那一天是同星期二一样度过的，小男孩对荒野上的生活更加习惯了。他觉得鄂威德修道院旁边那个同大森林差不多大小的公园几乎成了他一人所有，他不再想回到家里那拥挤不堪的农舍和狭小的耕地上去了。

星期三，他满心以为大雁们打算收留他了。可是到了星期四，他的希望全都落空了。

星期四那一天起初同往常没有什么两样。大雁们在荒野上觅食，小男孩到公园里去寻找自己吃的东西。过了一会儿，阿卡走到他面前，问他可曾找到什么吃食。没有，他什么都没有找到。于是，她为他找来了一株干枯的葛缕子，那些小果实仍旧完整地悬挂在它的茎上。

小男孩吃完之后，阿卡便对他说，她认为他在公园里到处乱跑，未免过于不谨慎了。她问他是不是知道像他这样的一个小人儿究竟需要时刻小心提防多少敌人。不知道，他心中一点儿数都没有。于是，阿卡一五一十地把那些敌人逐个说给他听。

她告诉他，当他在公园里走动时，他务必要提防狐狸和水貂。当他走到湖岸边去的时候，他务必留心水獭。如果他想要在石头围墙上坐下来的话，他绝对不能忘记鼬鼠，因为鼬鼠可以从很小很小的洞里钻出来。倘若他想要在一堆树叶上躺下来睡会儿觉，他要先检查一下有没有正在冬眠的蝮蛇。只消他身子一露在四面空旷的开阔地带，他就要留神看看空中有没有正在盘旋的鹰隼和秃鹫。到榛树林里去的时候，他说不定会被雀鹰一下子叼走。喜鹊和乌鸦处处都可以碰到，但是对他们也千万不可掉以轻心。只要天一黑，他就应该竖起耳朵认真细听，有没有大猫头鹰飞过来，他们拍打起翅膀时无声无息，往往还没有等人发觉，他们就已经来到你的身边。

小男孩听明白了，原来有那么多敌人要伤害他，他觉得想要保全自己似乎是不大可能了。他并不特别怕死，可是他很讨厌被别人吃掉。

于是他问阿卡，他究竟应该怎样做，才能避免成为这些残暴的禽兽的口中餐。

阿卡马上回答说，小男孩应该努力同树林里和田野上的小动物和睦友爱地相处，同松鼠、兔子、山雀、白头翁、啄木鸟和云雀都很好地结交。如果他同他们成了好朋友，一有什么危险，他们就会向他发出警告，为他找好藏身之所，在紧急关头还会挺身而出，齐心协力地保护他。

男孩子听从了这番忠告，那天晚些时候便去找松鼠西尔莱，想要求得他的帮助。但是事情并不顺遂，松鼠不愿意帮他的忙。"你不要指望从我或者其他小动物那里得到任何帮助，"西尔莱一口拒绝道，"你难道以为我们不知道你就是放鹅娃尼尔斯？你去年拆毁了燕子的窝，打碎了椋鸟的蛋，把乌鸦的幼雏扔进泥灰石坑里，用捕鸟网捕捉了鹟鸟，还抓了松鼠关在笼子里，是不是？哼，你休想有人会来帮你。我们没有联合起来对付你，把你赶回老家去，就算你走运。"

要是他还是早先的那个放鹅娃尼尔斯，那么他听到这样的回答自然不肯善罢甘休，非要报复一下不可，然而他现在非常害怕大雁们知道原来他竟是这么调皮捣蛋，他一直提心吊胆，生怕不能留在大雁们身边，因此他自从同大雁们结伴以来，一直规规矩矩，不敢做出一点儿不安分的事情。当然，因为他如今这么小，没有能力去做大的坏事。但是只要想动手的话，打碎许多个鸟蛋，拆毁许多个鸟巢，他还是可以做到的。可是他没有那样做，他一直很温顺和善，他没有从鹅翅膀上拔过一根羽毛，回答别人问话时从不失礼，每天清早向阿卡问候时总是脱下帽子恭恭敬敬地鞠躬。

星期四整整一天他都在想，大雁们之所以不带他到拉普兰去，肯定是因为他们晓得了他以前调皮捣蛋的种种劣迹。所以，那天晚上，他听说松鼠西尔莱的妻子被人抓走，孩子们快要饿死的时候，他便决心去营救他们。他营救成功，干得很出色，这在前面已经讲过了。

男孩子在星期五那天走进公园里时，听到每个灌木丛里苍头燕雀都在歌唱，唱的都是松鼠西尔莱的妻子如何被野蛮的强盗掳去，留下嗷嗷待哺的婴儿，而放鹅娃如何英勇地闯入人类之中，把松鼠婴儿送到她的身边。

"现在在鄂威德修道院公园里，"苍头燕雀这样唱道，"有谁像大拇指那样受人赞扬？当他还是放鹅娃尼尔斯的时候，人人都害怕他。可是现在不同啦！松鼠西尔莱会送给他坚果。贫穷的野兔会陪他一起玩耍。当狐狸斯密尔出现的时候，麋鹿就会驮起他逃走。雀鹰露面的时候，山雀会向他发出警报。燕雀和云雀都歌颂他的英雄事迹。"

男孩子可以肯定阿卡和大雁们都听到了这一切，但是星期五整整一天过去了，他们还是没有说出他可以留在他们身边的话。

直到星期六之前，大雁们还可以在鄂威德周围的田野上自由自在觅食，而不受到狐狸斯密尔的骚扰。可是星期六清早大雁们来到田野的时候，他早已埋伏在那里，虎视眈眈地等候着。他紧随他们从一块田地追到另一块田地，使他们无法安生地觅食。当阿卡明白过来斯密尔存心不让他们得到安宁的时候，她便当机立断，挥动翅膀飞上天空，率领雁群一口气飞了几十公里，飞越菲什县平原和林德厄德尔山。他们一直飞到威特斯克弗莱一带才降落下来歇歇脚。

可是，前面已经讲过了，大雄鹅在威特斯克弗莱被人偷偷地掳走了。倘若不是男孩子竭尽全力舍命相救的话，大雄鹅恐怕已经尸骨无存了。

当男孩子同雄鹅在星期六晚上一齐返回维姆布湖的时候，他觉得自己这一天见义勇为，表现得十分出色。他很想知道阿卡和其他大雁会说些什么。大雁们委实把他夸奖了一番，然而他们偏偏没有说出他所渴望听到的话。

又是一个星期日来到了，男孩子被妖术改变形象已经有一个星期了，而他的身体一直是那么小。

不过，他似乎已经不再因为这一点而烦恼不堪了。星期日下午，他蜷曲着身体，坐在湖边一大片茂密的杞柳丛里，吹奏起用芦苇做成的口笛。他身边灌木丛中的每个空隙里都挤满了山雀、燕雀和椋鸟，他们唧唧啾啾，不停地歌唱，他试图按着曲调学习吹奏。可是男孩子的吹奏技术还没有入门，常常走调，那些精于此道的小先生听得身上的羽毛直竖起来，失望地叹息和拍打翅膀。男孩子对他们的焦急感到很好笑，忍不住咯咯地笑了起来，连手中的口笛都掉到了地上。

他又重新开始吹奏，但是仍旧吹得那么难听，所有的小鸟都气呼呼地埋怨说："大拇指，你今天吹得比往常更糟糕。你老是走调。你脑袋里究竟在想些什么呀，大拇指？"

"我一心不能二用嘛。"男孩子无精打采地回答。其实他的确心事重重。他坐在那里，心里老在嘀咕自己究竟还能同大雁们在一起待多久，说不定当天下午就会被打发回家。

突然，男孩子将口笛一扔，从灌木丛中纵身跳下来，钻了出去。他已经一眼瞅见阿卡率领着所有的大雁排成一列长队朝他这边走来，他们的步伐异乎寻常地缓慢而庄重。男孩子马上就明白了，他将知道他们究竟打算拿他怎么办了。

他们停下来以后，阿卡开口说道："你有一切理由对我产生疑心，大拇指，因为你从狐狸斯密尔的魔爪中将我救出来，而我却没有对你说过一句感激的话。但是，我是那种宁愿用行动不愿用言语来表示感谢的人。大拇指，现在我相信我已经为你做了一件大好事来报答你。我派人去找过对你施展妖术的那个小精灵。起先，他连听都不听那些想要让他把你重新变成人的话。我再三派人去告诉他，你在我们中间的表现是何等出色。他终于让我们祝贺你，只要你回到家里，你就会重新变回跟原来一样的人。"

事情真是出乎意料，大雁刚开始讲话的时候，男孩子还是高高兴兴的。而当她讲完话的时候，他竟然变得那么伤心！他一言不发，扭过头去呜呜哭了起来。

"这究竟是怎么啦？"阿卡问道，"你似乎指望我做更多的事情来报答你，是不是？"

然而，男孩子心里想的是，那么多无忧无虑的愉快日子，那么逗笑的戏谑，那么惊心动魄的冒险和毫无约束的自由，还有在离地面的那么高的空中飞翔，这一切他都将失去。他禁不住伤心地号啕大哭起来。

"我一点儿都不在乎是不是重新变成人，"他哭喊道，"我只要跟你们去拉普兰！"

"听我一句话，"阿卡劝慰道，"那个小精灵脾气很大，容易发火，如果你这次不接受他的好意，那么下一回你再想去求他就难啦。"

这个男孩子真是古怪得不可思议。他从一出生就没有喜欢过任何人。他不喜欢自己的爸爸和妈妈，也不喜欢学校里的老师和同学，更不喜欢邻居家的孩子。无论是在玩耍的时候，还是干正经事的时候，凡是他们想要叫他做的事，他都厌烦。所以，他如今既不挂念哪个人，也不留恋哪个人。

只有两个同他一样在地头放鹅的孩子——放鹅姑娘奥萨和小马茨，还勉强同他合得来。不过，他也没有真心实意地对待他们，一点儿都不是真心喜欢他们。

"我不要变成人，"男孩子呼喊着，"我要跟你们一起去拉普兰。就是这个缘故，我才规规矩矩了整整一星期。"

"我也不是一口拒绝你跟着我们旅行，倘若你当真愿意，"阿卡回答说，"可是你要先想明白，你是不是更愿意回家去。说不定有一天你会后悔的。"

"不会的，"男孩子一口咬定说，"没有什么可后悔的。我从来没有像跟你们在一起这么快活。"

"好吧，既然如此，那就随你的便吧。"阿卡说道。

"谢谢！"男孩子兴奋地回答，他高兴得流下了眼泪，方才哭泣是因为伤心，而这一回哭泣却是因为快乐。

格里敏大楼

黑老鼠和灰老鼠

在斯科讷平原东南部离大海不太远的地方，矗立着一座名叫格里敏大楼的古城堡。这座城堡四周没有房屋墙垣，只有一幢光秃秃的、高大而又坚固的岩石建筑物，从平原上十几公里开外就能够一眼望见它。这座城堡虽说只有四层楼，但是非常巍峨壮观，要是同样的地方再有一幢普通房子的话，那么那幢房子看起来准保像给小孩玩耍的小游戏屋。

这幢岩石砌成的大楼有厚厚的外墙、隔墙和拱形天花板，所以它的内部除了厚实的墙壁之外，剩下的空间就很小很小了。它的楼梯十分狭窄，门廊非常小，而里面的房间也为数不多。由于要保持墙壁的坚固，墙上只在最上面三层开了几扇窗户，最底下的一层连一扇窗户都没有，只有几个用来透光线的小孔。在古时候兵荒马乱的战争年代，人们非常乐意把自己深锁在这样一幢坚固高大的房屋里，就如同现在人们到了寒风凛冽的严冬宁愿缩在皮大衣里面一样。可是到了大好的和平年代，人们便不再愿意居住在古城堡阴暗寒冷的石头房间里了。他们在很久以前就舍弃了格里敏大楼，搬迁到那些阳光充足、空气畅通的住宅里去了。

也就是说，在尼尔斯·豪格尔森跟随着大雁们到处漫游的时候，格里敏大楼里已经没有人居住了，但是这幢房子并没有因此缺少房客。每年夏天一对白鹳都在屋檐下搭起大巢。在顶楼里居住着一对猫头鹰。在黑暗的过道里居住着蝙蝠。在厨房的炉膛里居住着一只年纪很大的猫。而在地窖里面则聚居着几百只在那里已经住了许多年头的黑老鼠。

一提到老鼠，在别的动物心目当中，他们的名声是不太好的，格里敏大楼里的黑老鼠却是例外。其他动物在谈论到他们的时候总是免不了心怀敬意，因为他们在同自己的敌人打仗时非常英勇无畏，他们在自己的种族惨遭横祸的时候表现得非常沉着和顽强。他们属于一个曾经数量众多、势力强大的老鼠种族，现在却每况愈下，几乎快到灭绝的地步。多少年来，斯科讷乃至瑞典全国各地都是他们的地盘。他们在每一个地窖、每一个顶楼、每一幢堆放干草的棚屋和谷仓、每一个食品贮藏室和面包烘房、每一个牛棚和马厩、每一座教堂和城堡、每一个酿酒作坊和磨坊出没，反正在人们建造起来的每一幢房子里都可以找到他们的踪迹。但是如今他们都被从那些地方赶了出来，而且差点儿被通通消灭。兴许偶尔在哪个古老偏僻的地方还能够碰到几只，但是其他地方都没有格里敏大楼里麇集得那样多。

大凡动物的种族灭绝，罪魁祸首往往是人类，而这一次并非如此。人类固然同黑老鼠进行过斗争，但是给他们造成的损害是微不足道的，使他们濒于绝境的是他们本家的另一个族类——灰老鼠。

灰老鼠并不像黑老鼠那样从上古时代就在这块土地上繁衍生息。他们的祖先是几个穷得无立锥之地的外来户。一百多年以前，他们的祖先搭乘一艘从吕贝克①驶来的驳船，在瑞典南部的马尔默登陆，踏上了这块土地。他们是一群无家可归、饿得快要咽气的可怜虫。他们先在港口栖身，在码头底下的木桩之间游来游去，寻找那些被人倒在水里的渣滓来填饱肚皮。他们那时候根本不敢到城市里去，因为那些地方是黑老鼠的地盘。

---

① 德国北部的一座城市。

　　然而时移境迁，灰老鼠的数量越来越多，他们的胆量就逐渐大起来了。他们先是搬进了几幢被黑老鼠舍弃的荒芜不堪、摇摇欲坠的破旧房子里。他们跑到排水沟和垃圾堆去寻找那些黑老鼠不屑一顾的残渣来充饥。他们吃苦耐劳，惯于艰难生活，又能够随遇而安，要求不高，而且他们历尽苦难变得坚忍不拔、无所畏惧。没几年，他们就变得势力强大了。于是，他们着手将黑老鼠驱赶出马尔默。他们从黑老鼠那里逐个夺取了顶楼、地窖和仓库，让黑老鼠活活饿死，或者干脆咬死黑老鼠，因为灰老鼠打起仗来是毫不留情的。

　　在得到马尔默这块地盘之后，他们要么大队人马浩浩荡荡地，要么小股小股地出动奔赴各地，终于占领了全国各地。令人费解的是，为什么黑老鼠没有纠集起一支讨伐大军，趁灰老鼠还立足未稳的时候就将他们一网打尽呢？大概是由于黑老鼠过分相信自己势力强大，根本不相信会有丧失权势的可能性。他们高枕无忧地坐享自己的财富，而灰老鼠却乘虚而入，从他们手中一个仓库接着一个仓库、一个村子接着一个村子、一座城市接着一座城市夺了过去。黑老鼠只好被活活饿死，被驱赶得走投无路，或者被聚而歼之。在整个斯科讷平原上，他们已经没有容身之地了，只有格里敏大楼还在他们的手里。

　　那幢岩石砌成的古老房子的墙壁是如此坚固，以至穿墙而过的老鼠通道寥寥无几，所以黑老鼠能够成功地守卫，抵御住了灰老鼠的攻势。年复一年，日复一日，入侵者和守卫者之间的战争从未停歇过。黑老鼠一直枕戈达旦地守卫着，视死如归，无比英勇地投入战斗，也多亏了那幢坚固的老城堡，他们至今一直占着上风。

　　毋庸讳言，在黑老鼠还得势的时候，别的动物也非常厌烦他们，就像如今憎恶灰老鼠一样。这是完全合乎情理的。因为黑老鼠过去干的坏事也不少，比方说他们常常扑到那些被绳子捆绑的可怜的俘虏身上去折磨他们。他们还啃噬尸骸。他们把穷人地窖里的最后一根萝卜偷走。他们还啃咬正在睡觉的鹅的脚掌，从母鸡身边夺走鸡蛋和鸡雏。总而言之，他们的确干过成千上万件坏事。然而自从他们落难以来，所有这些事情似乎都被忘得干干净净。对这个族类中最后一批同敌人长期周旋，为自卫而进行殊死战斗的黑老鼠，没有哪个动物不由衷地表示敬佩。

居住在格里敏庄园上及其周围的灰老鼠也仍然坚持不懈地进行着战斗，他们虎视眈眈，遇有合适的机会便要一举攻下这座城堡。或许有人会以为，既然灰老鼠已经赢得了全国各地的所有地盘，那么他们就应该网开一面，让这一小撮黑老鼠在格里敏大楼里安生地生活下去。然而，灰老鼠容不得这种想法，他们口口声声地说，一鼓作气地最后战胜黑老鼠是一个攸关荣誉的问题。但是知情者都心里明白，那是因为格里敏大楼是被用作堆放粮食的，因此灰老鼠志在必得，不占领誓不罢休。

白　鹤

三月二十八日　星期一

有一天大清早，露宿在维姆布湖面的浮冰上的大雁们被来自半空中的大声喧哗惊醒。"呱呱，呱呱，呱呱！"叫声在空中回荡，"大鹤特里亚努特要我们向大雁阿卡和她率领的雁群致敬。明天在库拉山举行鹤之舞表演大会，欢迎诸位光临。"

阿卡马上仰起头来回答道："谢谢并向他致意！谢谢并向他致意！"

鹤群呼啸而过，继续向前飞去。大雁们在很长一段时间里仍然可以听得见，他们一边飞行一边对每一块田地和树林发出呼唤："鹤之舞表演大会明天在库拉山举行。大鹤特里亚努特欢迎诸位光临。"

大雁们听到这个消息后非常高兴。"你真是好运气，"他们对白雄鹅说道，"竟然可以亲眼看到鹤之舞表演大会。"

"看灰鹤跳跳舞有那么了不得吗？"白雄鹅不解地问道。

"哦，这是你做梦也难想得出来的呀！"大雁们回答说。

"我们要想想周全，明天大拇指该怎么办，我们到库拉山去的时候，千万不要让他发生意外。"阿卡吩咐道。

"大拇指不必单独留在这里，"雄鹅说道，"要是灰鹤们不让他去看他们的舞蹈表演，那么我留下来陪着他好啦。"

"唉，要知道直到如今还没有人类被允许去参加库拉山的动物集会，"阿卡叹了口气说道，"所以我也就不敢把大拇指带去。不过，这件事在今天这一整天里还可以慢慢地商量，现在我们先去找点儿吃的吧。"

于是阿卡发出了起程的信号。这一天她为了躲避狐狸斯密尔，仍旧尽量往远处飞，他们一直飞到格里敏大楼南边那片潮湿得像沼泽地一样的草地上，才降落下来寻觅食物。

整整一天，男孩子都闷坐在一个小池塘的岸边吹芦苇口笛。他因为不能去看鹤之舞表演大会而闷闷不乐，然而又不好意思向雄鹅或者别的大雁张口提这件事情。

他心里非常难过，因为阿卡到底不大信任他。他想到，一个男孩子宁可不重新变成人，而是跟随着这些一无所有的大雁到处奔波，那么大雁们就应该明白，他是决计不会背叛他们的。再说他们也应该明白，他为了同他们在一起已经做出了那么大的牺牲，那么他们自然也应该义不容辞地让他看一看这一了不起的奇事。

"看样子我不得不直截了当地向他们说出我的想法啦。"男孩子思忖着。但是熬了一个小时又一个小时，他还是拿不定主意。这听起来似乎有点儿奇怪，其实不然，因为男孩子确实对那只领头老雁抱着敬意，他觉得要违抗她的意志可不容易。

在那片湿漉漉的草地的另一边，也就是大雁们正在觅食的地方，有一道很宽的石头墙垣。一件不可思议的事情发生了：快到傍晚的时候，男孩子终于抬起头来要同阿卡讲话，他的目光落到了那堵围墙上。他由于吃惊而发出了小声的尖叫。所有的大雁都马上抬起头来，目光一齐朝向他凝视的方向转过去。起初，他们同男孩子一样都疑惑不解，怎么围墙上的灰色鹅卵石竟长出了腿脚，而且在跑动。可是他们定睛细看，很快就看清楚了，原来有一支声势浩大的老鼠大军在墙垣上行进。他们行动得非常迅速，而且密密麻麻地挤在一起向前飞奔，一排接着一排，数目多得有很长一段时间把整道围墙都遮盖住了。

男孩子向来害怕老鼠，在他还是个正常人的时候就是如此。而现在他变得这么小，两三只老鼠就能够断送掉他的性命，他怎能不打心眼儿里感到害怕呢？当他站在那里看的时候，他浑身不寒而栗，脊梁骨上透出了一阵又一阵的凉气。

奇怪的是，大雁们也同他一样厌恶老鼠。他们没有同老鼠讲话，而且在老鼠走后，他们都一个劲儿地抖动翎羽，仿佛觉得羽毛里已经沾上了老鼠屎，因此非要抖干净不可。

"嘿，那么多灰老鼠一齐出动呀！"从瓦西亚尔来的大雁亚克西若有所思地自言自语道，"这可不是什么好兆头。"

这时候男孩子打算张口对阿卡说出自己的想法，他觉得她应该让他跟着他们一起去库拉山。但是话刚到嘴边又没有说出，因为刚巧有一只大鸟突然飞落到大雁群中间。

一见到这只鸟，真的会认为他的身躯、脖子和脑袋大概都是从一只小白鹅那里借来的，而他又长着一对又大又黑的翅膀、一双红颜色的细长腿，他那细长而扁平的嘴对那个小脑袋来说未免大得过分，并且重得使脑袋往下垂，这一来，他的模样总是显得烦恼和忧伤。

阿卡赶紧整整翎翼赶过去迎接，连连弯下脖子鞠躬致意。她对在这样的早春季节就在斯科讷一带见到鹳鸟并没有感到意外，因为她知道在雌白鹳做横越波罗的海的长途跋涉之前，雄白鹳往往会先行一步，来检查一下他们的窝巢是不是在冬季遭到了损坏。然而她心中疑惑的是白鹳登门拜访究竟有何用意，因为鹳鸟向来只跟自己的同族往来。

"我想您的寓所大概没有什么损坏吧，埃尔曼里奇先生。"阿卡说道。

人们常常说：鹳鸟不开口，张嘴必诉苦。现在又一次证实了这句话。更加糟糕的是这只鹳鸟发声吐字十分困难，因而听他的讲话就更令人难受了。他站在那儿很长一段时间只是嘎嘎地掀动嘴，后来才用嘶哑而轻微的声音讲出话来。他牢骚满腹，大肆抱怨：他们在格里敏大楼屋脊下的窝巢被严冬暴风雪摧垮了，他如今几乎在斯科讷寻觅不到食物，斯科讷的老住户正在设法图谋他的全部家当，因为他们竟然在沼泽地里排水，并且在低洼地里开始播种。他说，他打算从这个国家迁移出去，再也不回来啦。

在白鹳诉苦抱怨的时候，没有安身之处的大雁阿卡不禁自怨自艾起来，她想："唉，要是我的日子也能过得像您那么舒服，埃尔曼里奇先生，我才不向人抱怨诉苦哩。您虽然仍旧是一只自由自在的野生鸟，可是您能得到人类的如此厚爱，他们不会朝您发出一颗子弹，或者从您的窝里偷走一个蛋。"当然这些话都是阿卡憋在自己肚子里的，她只是对白鹳说，她不大相信他愿意从建成以来一直就是白鹳栖身之所的那幢大楼里搬走。

于是，白鹳慌忙询问大雁们是否看见浩浩荡荡的灰老鼠大军前去包围格里敏大楼。阿卡回答说她已经看到那批坏家伙。白鹳就开始对她讲起那些多年来保卫那座城堡的英勇的黑老鼠。"可惜今天夜里格里敏大楼就要落入灰老鼠的手中啦！"白鹳长长地叹息一声。

"为什么就在今天夜里呢，埃尔曼里奇先生？"阿卡问道。

"唉，那是因为几乎所有的黑老鼠昨天晚上都已经动身到库拉山去啦，"白鹳说，"他们以为其他所有动物也会赶到那里去。但是，你们看清楚了吧，灰老鼠留了下来。现在他们正在集合，今天晚上趁大楼里只有几只走不了远路而没有跟着到库拉山去的老家伙看家的时候强行闯入。看来他们能够达到目的。可是我已经同黑老鼠和睦相处多年了，如今要同他们的敌人居住在一个地方，那真叫人不好受。"

阿卡现在明白过来了。原来白鹳对灰老鼠的所作所为感到十分气愤，所以找上门来发泄一通。然而从白鹳孤高的习性来看，想必他一定没有努力去制止这件不幸的事情的发生。

"您去向黑老鼠通风报信了没有，埃尔曼里奇先生？"她问道。

"没有，"白鹳回答说，"送了信也不顶用。等不到他们赶回来，城堡就已经被攻占了。"

"您先不要那么肯定，埃尔曼里奇先生，"阿卡说道，"据我所知，有一只上了年纪的大雁，也就是说在下，想要出力制止这种无赖行径。"

在阿卡说这番话的时候，白鹳扬起了脑袋瞪大双眼逼视着她。他的这副神情并不令人奇怪，因为老阿卡身上既没有利爪也没有尖嘴可以用来肉搏血战。再说，大雁是白天活动的鸟类，一到天黑就不由自主地睡着了，而老鼠偏偏是在深夜里交战开火的。

然而阿卡显然已经拿定主意要援救黑老鼠。她把从瓦西亚尔来的亚克西叫到跟前，吩咐他带着大雁们飞回维姆布湖。大雁们纷纷表示异议，她就以权威的口气说道："我以为，为了我们的最大利益，你们必须服从我的安排。我不得不飞到那幢石头大房子去，要是大家一齐跟着去，庄园上的住户难免会看见我们，并且会开枪把我们打落。在这次飞行中，我只带一个帮手，那就是大拇指。他会对我有很大用处，因为他有一双很好的眼睛，而且夜里可以不睡觉。"

男孩子心里已经别扭了整整一天。他听到阿卡这番话，便把腰杆挺得笔直，尽量让自己显得个子大一些，又把双手交叉放在背后，鼻子朝天地走上前去，打算说他根本就不想去参加同灰老鼠的战斗，如果阿卡想要找个帮手，她就另请高明吧。

可是男孩子刚刚露脸的一刹那，白鹳也马上行动起来。本来他站立的姿势是鹳鸟惯常用的，也就是低垂着脑袋把嘴贴在脖颈儿上。而这时候从他喉咙深处发出一阵叽叽咕咕的响声，仿佛他高兴得发出了笑声。他以迅雷不及掩耳之势把嘴往下一铲，便逮住了男孩子，把他抛到两三米高的空中，如此反复抛了七次。男孩子吓得尖声大叫，大雁们也喊道："您这是在做什么，埃尔曼里奇先生？他不是青蛙，而是一个人，埃尔曼里奇先生！"

后来，白鹳终于把男孩放回到地上，一点儿也没有伤害他。他对阿卡说道："现在我要飞回格里敏大楼去啦，阿卡大婶。我出来的时候，居住在那里的所有动物都急得要命。您可以相信，我回去告诉他们，大雁阿卡和那个小模小样的人——大拇指要来搭救他们，他们一定会喜出望外。"

说完这句话，白鹳伸长了脖子，挥动翅膀，就像一支离弦的箭一样，嗖地无影无踪了。阿卡心里有数，他这样做是存心想显显身手压她一头，但是她一点儿也没有在意。她等了一会儿，等到男孩子把被白鹳甩掉的木鞋找回来穿好后，她就把男孩子驮到自己背上，飞去追赶白鹳。这一回男孩子连一句不愿意去之类的话都没有说，因为他非常生白鹳的气，他骑在大雁背上还忍不住发出一阵阵气愤的冷笑。哼，那个长着红色细长腿的家伙太小看他啦，以为他长得太小就什么事情都做不了，他要做出一番事业来，让他见识见识，从西威曼豪格镇来的尼尔斯·豪格尔森可是个真正的男子汉。

过了片刻，阿卡就到了格里敏大楼房顶上白鹳的窝巢里。那真是一个又宽敞又漂亮的窝。它的底部是一个车轮，上面铺着好几层树枝和草茎。这个窝巢有些年头，许多灌木和野草都已经在它上面生根发芽。当雌白鹳蹲在窝中央的圆坑里孵蛋的时候，她可以极目远眺斯科讷一大片的美丽景色来怡情，她还可以就近观赏四周的野蔷薇花和长生草。

男孩子和阿卡一眼就看出，这里正在发生一场使得生活的正常秩序完全被颠倒过来的大乱子。在鹳鸟的窝巢边沿坐着两只猫头鹰，一只身上长满灰色斑纹的老猫和十来只牙齿已经长得太长、眼泪汪汪的年迈的老鼠。这些动物平日里是很难这样和睦地聚在一起的。

他们当中没有一个转过头来看阿卡一眼，或者对她表示欢迎。他们心无二用，目不转睛地盯着严冬过后依旧光秃秃的田野上这里那里隐约可见的几条蜿蜒伸展的灰色长线。

所有的黑老鼠都默默无言，从他们的神态表情上可以看得出来，他们已经陷入了深深的绝望。他们显然明白自己性命难保，这座城堡也岌岌可危。两只猫头鹰坐在那里转动着大眼睛，抖动着眼睫毛，用尖锐刺耳、难听得要命的声音控诉着灰老鼠的残暴罪行，并且说他们不得不背井离乡投奔他方，因为他们听说灰老鼠决计不会轻易放过他们的蛋和幼雏。那只满身灰色斑纹的猫断定，一旦城堡失陷，大批灰老鼠蜂拥而至时，他们会把他咬死。他一刻不停地责骂黑老鼠："你们怎么愚蠢到这般地步，竟然让你们最好的斗士都走了？"他责问道，"你们怎么可以轻信灰老鼠？这是绝对不能饶恕的过失。"

那十二只黑老鼠无言以对，那只白鹳虽然心里也很焦虑，却免不了还要去逗弄那只老猫。"不必那样心慌意乱嘛，老猫芒斯，"他说道，"难道你没有看到，阿卡大婶和大拇指特地前来拯救这座城堡？你尽管放心吧，他们会成功的。现在我可要睡觉了，而且是高枕无忧地睡个好觉。明天我睁眼醒过来的时候，格里敏大楼里决计不会有一只灰老鼠的。"

男孩子瞅了瞅阿卡，使了个眼色，意思是说：要是白鹳果真在这时候蜷起一条长腿在窝巢边沿睡过去的话，他就动手把这个家伙推到下面的坡地上。但是阿卡制止了他。她似乎一点儿也不动气，相反她还用心满意足的腔调说道："我这么一把年纪，要是解决不了这么一点儿麻烦，那也太不中用啦。倘若可以彻夜不眠的猫头鹰夫妇出力为我去传递信息，我想一切都会顺当的。"

猫头鹰夫妇双双表示愿意效劳。于是阿卡请求雄猫头鹰马上动身去找那些外出未归的黑老鼠，叫他们火速赶回来。她派雌猫头鹰到居住在隆德大教堂的草鹗弗拉敏亚那里去执行一项任务。那项任务非常秘密，阿卡不敢大声说出来，只是压低了嗓门小声地说给雌猫头鹰听。

捕鼠者

到了午夜时分，灰老鼠终于寻觅到一个敞开着口的通往地窖的孔道。那个洞穴在墙壁上相当高的地方，不过老鼠一个踩着一个的肩膀往上爬，不消多少时间，他们当中最勇敢的那一个就爬到了洞口，准备闯入格里敏大楼。而在这幢大楼的墙角下，灰老鼠的许多祖先曾在战争中殒命。

那只灰老鼠在洞口稍稍停留了一会儿，以免遭到暗算。尽管守卫者的主力部队已经外出了，但是灰老鼠估计留在城堡里的黑老鼠决计不肯坐以待毙。他胆战心惊地倾听着哪怕是最细小的动静。但是四下里一片寂静。于是灰老鼠的头领便鼓足勇气，纵身一踊，跳进了黑得伸手不见五指的地窖里。

灰老鼠一只接一只跟着他们的头领跳下去。他们全都轻手轻脚地保持寂静，大家随时都警惕着黑老鼠的埋伏。一直等到大批灰老鼠进入了地窖，窖底再也容纳不下更多的老鼠时，他们才敢向前推进。

尽管他们过去一步也没有踏进过这幢建筑物，但是这并没有给他们寻找道路造成困难。他们很快就在墙壁内部找到了黑老鼠用来爬往上面几层楼的通道。在爬上这些狭窄而陡峭的通道之前，他们又认真细心地倾听了周围的动静。黑老鼠如此神出鬼没更叫他们心惊肉跳，比明阵对仗更可怕。当他们安然无事地来到一层楼的时候，他们几乎不敢相信自己竟然那么走运。

他们刚进门，就闻到地上大堆大堆的谷物的香味。不过，对于他们来说现在就开始消受胜利果实未免为时过早。他们先要把那些阴森逼人而又空荡荡的房间仔仔细细地搜索一遍。他们逐个角落进行搜查，甚至跳到城堡老式大厨房的地板中央的炉灶上去，而在厨房的里间他们险些掉进水井里。每个透光用的小孔都被他们仔仔细细地检查过，但是仍旧寻找不到黑老鼠的踪迹。他们在完全占领这一层楼之后，便以同样小心翼翼的方式朝第二层楼推进。他们不得不硬着头皮在墙壁里面爬过一段艰险的路程，与此同时还必须凝神屏息随时提防着敌人猝然猛扑上来。尽管谷物堆朝他们散发着诱惑力极强的香气，他们还是强忍住了，仍旧每个角落都不放过地仔细搜索早先兵士们住过的那些用竖柱加固的房间、他们曾经用过的石头桌椅和炉灶、深深嵌入墙壁的壁龛和在地板上凿通的大窟窿眼儿，从前人们把熬得滚烫的石蜡从这些孔洞中浇下去，用来对付入侵的敌人。

一直到这个时候仍然见不到黑老鼠的踪影，灰老鼠便搜索前进，来到了第三层。城堡主人宽敞的大客厅就在这一层，这个大客厅也早已经失去了昔日的光辉，如今同城堡里其他房间一样阴森寒冷，空荡荡的。他们甚至爬到了只有一个凄凉可怕的大房间的最高一层楼。唯独房顶上白鹳的那个大窝巢他们没有在意，想不到要去搜查。恰恰就在这个时候，雌猫头鹰把阿卡叫醒，告诉她草鹗弗拉敏亚同意了她的要求，并把她想要的东西送来了。

灰老鼠把整个城堡里里外外仔细彻底地搜查遍了之后，才放下心来。他们以为黑老鼠已经狼狈逃窜不再抵抗了，于是他们兴高采烈地扑到那一大堆一大堆的谷物上去。

可是灰老鼠刚刚把几颗麦粒放到嘴里还没有来得及咽下去，就听得下面庭院里传来了一只小口哨发出来的尖锐刺耳的声音。灰老鼠们从谷物堆上抬起头来，心神不定地侧耳细听，他们跑了几步，好像想要离开谷物堆，然而又舍不得，便再回过身去大嚼起来。

小口哨猛烈刺耳的声音再一次响了起来，这时候不可思议的事情发生了。一只老鼠、两只老鼠，哎呀，一大群老鼠丢下了谷物，从谷物堆上蹿了下来，抄着最近的路往地窖里跑，以便尽快地跑出这幢房子。不过还有许许多多灰老鼠留了下来，他们盘算着征服这幢格里敏大楼，已经花费了九牛二虎之力，胜利来之不易，因而恋恋不舍，不甘心离去。可是小口哨的声音再一次催促他们，他们不得不服从。于是他们满腹委屈，从谷物堆里慌忙蹿出来，顺着墙壁里面的狭窄通道一溜烟地滑了下去，他们争先恐后地往外蹿，顾不得你踩我、我踩你，滚成了一团。

在庭院中央站立着一个小人儿，他在吹奏一只形状像烟斗的小口哨。在他身边，已经团团围了一大圈老鼠，如痴如醉地耸耳聆听着，更多的老鼠还在络绎不绝地过来。有一次，他把那只小口哨从嘴边拿开一会儿，对他们做个鬼脸。这时候老鼠便按捺不住，好像要扑上去把他咬死。可是他一吹起那只小口哨，他们便服服帖帖地受制于他了。

那个小人儿一直吹奏到所有的灰老鼠都从格里敏大楼里撤出来后，才转过身来，慢慢地走出庭院，朝向通往田野的大路走去。所有的灰老鼠都尾随在他后面，因为那只小口哨发出的声音实在好听得很，他们无法抗拒它的魔力。

小人儿走在他们前面，把他们引向通往瓦尔比镇的路上去。一路上他存心引领着他们大兜各式各样的圈子，并且专拣着难走的地方走，他七绕八拐，爬过许多道篱笆，还穿过了好几条地沟。可是无论他朝哪边走，那些灰老鼠都不得不紧跟不舍。他不停吹奏的那只小口哨似乎是用一只兽角做成的，不过那只兽角非常小，在如今的年代已经再也见不到有哪种动物的前额上长着这么一只小巧玲珑的兽角了。至于那只小口哨是哪个匠人制造的，现在已经没有人知道了。草鹗弗拉敏亚在隆德大教堂的一个壁龛里发现了它，便把它拿给渡鸦巴塔基鉴赏。他们俩一致认定，这样的小口哨是早先那些捕捉老鼠和田鼠的人常常制作的。渡鸦是阿卡的好朋友，阿卡从他那里晓得弗拉敏亚有这么一件宝物。

小口哨的确魔力无穷，老鼠根本无力抗拒。男孩子走在他们前面吹奏着，老鼠们则恋恋不舍跟着他转悠，他从星光洒满大地时开始吹奏，一直吹奏到熹微破晓，吹奏到旭日冉冉升起，大队的老鼠仍旧浩浩荡荡地跟随在他身后，被他引领得离格里敏大楼的大谷仓越来越远。

库拉山的鹤之舞表演大会

三月二十九日　星期二

人们不得不承认，整个斯科讷境内虽然建造了许多巍然壮观的建筑物，但是没有哪一幢建筑物的墙壁能够和年代悠远的库拉山的陡崖峭壁媲美。

库拉山并不高，峰峦低矮，地形狭长，它称不上是一座大山或名山。山岽上十分宽阔，上面树林和耕地纵横交错，间或有些布满石楠草的沼泽地，除此之外还有一些长满石楠草的圆形山丘和一些光秃秃的山峰。从山顶上望过去，景色平庸得很，没有什么奇景可言，同斯科讷别的高地几乎毫无二致。

有人从那条横贯山岽的大路走到山顶，会禁不住感到有点儿失望。

可是，倘若他从大路上折过去走到山顶边缘，顺着陡崖峭壁朝下看，他会立刻发现值得观赏的美景多得目不暇接，简直不知道怎样才能看完。这是因为库拉山不像矗立在陆地上的其他山脉那样四周有平原和峡谷环抱，它朝大海之中突兀地伸展得很远很远。山脚下没有一寸土地可以替它抵挡海浪的侵袭，汹涌的浪涛直接拍打着峭壁，尽情地冲刷和剥蚀岩壁，并且任意地改变它的形状。

因而，悬崖峭壁被大海和助它肆虐的大风经年累月地琢磨成了美不胜收的奇形怪状。那里有笔立险峻的绝壁、楔入山腰而深邃阴森的峡谷。有些突出在水面上的岩石岬角经历了大风的不断鞭笞，变得溜光平滑。那里有从水面上异军突起、一柱擎天的石柱，也有洞口狭小而穴道幽深的岩洞。那里既有光秃秃的陡直如削的峭壁，也有绿树依依的缓坡斜滩。那里有小巧玲珑的岬角和峡湾，还有被每一次汹涌拍岸的激浪冲刷得起伏翻滚，彼此磕碰得嘎嘎作响的小鹅卵石。那里有在水面上高高地拱起的雍容壮丽的石门，也有一些不断激起泡沫般白色浪花的尖尖的石笋，还有一些石头倒映在墨绿色静止不动的水中。那里还有在悬崖峭壁上自然形成的像一口巨锅的朝天窟窿，崖石中的巨大罅隙更是使游人大发思古探幽的豪兴，非要闯进此山深处去寻找古代库拉人的住所不可。

在这些峡谷和悬崖峭壁的上上下下长满了爬藤和卷须蔓，它们紧贴着山崖匍匐散开。那里也长着一些树木，但是狂风肆虐的巨大威力逼迫得它们反倒攀缘在藤蔓上，这样才可以在山崖上牢牢地扎根。槲树的树干紧贴在地面上，它们的树冠却像罩在上面的圆屋顶。矮小的山毛榉树就像一顶顶在峡谷上面凸起的用树叶编织成的帐篷。

这些稀奇古怪、引人入胜的悬崖峭壁，前面有碧波万顷的浩瀚大海，上面天高云淡，空气清新，这一切就使得库拉山分外招人喜爱。在夏季里，每天都有大批游客前来游览。至于究竟是什么原因使得这座山对动物也有这样大的魅力，以至于他们每年都要在这里举行一次游艺大会，这就难以解答了。然而这是自古以来约定俗成的习惯，只有那些看到过大海的波涛第一次拍打库拉山岸边激得浪花四溅的人才能够解释清楚，为什么偏偏是库拉山而不是别的哪座山被选中作为会场。

每次游艺大会之前，马鹿、麋鹿、山兔和狐狸等等四足走兽为了避开人类的注意，便在前一天夜间动身奔赴库拉山。在太阳升起之前，他们就络绎不绝地来到游艺会的场地——那是大路左边离最靠外的山嘴不远的一大片长满石楠的荒野。

这片游戏场的四周都被圆形山丘环抱，除了无意闯进来的人之外，人们从外面是看不见它的。再说在三月份，也不大会有什么游客迷路闯到这来里。那些常常在土丘之间漫游和攀登悬崖峭壁的外地人，早在几个月前就被深秋季节的暴风雨撵走了。而海岬上的那个航标灯看守人，库拉农庄上的那个老主妇，还有库拉山的那个农夫和他的雇工，都只走他们走惯的熟路，不会在这些长满石楠的荒山野岭上到处乱跑。

那些四足走兽来到游戏场地之后便蹲坐在圆形山丘上，各种动物都分别按族类聚在一处。这一天不用说是天下太平、歌舞升平的一天，任何一只动物都用不着担心会遭到袭击。在这一天里，一只幼山兔可以大模大样地走过狐狸聚集的山丘而平安无事，不会被咬掉一只长耳朵。话虽如此，各种动物还是各自成群地聚在一处。这是自古以来因袭下来的老规矩。

所有的动物都各自蹲坐停当之后，他们就四处张望，等着鸟类来到。那一天总是晴朗的大好天。灰鹤是优秀的气候预报家，要是这一天会下雨的话，他是决计不会把动物界的各路人马都召集到这里来的。那一天虽说是明朗晴空，没有任何东西挡住四足走兽的视线，但是他们都仍然见不到鸟类在空中出现。这可奇怪啦，太阳早已高悬在空中，鸟类无论如何早就应该在途中了。

库拉山上的动物们注意到平原的上空忽然飘过一小朵一小朵乌云。看哪！有一片云彩现在突然顺着厄勒海峡朝库拉山飘来啦！这片云彩飘到游戏场地的上空便不动了，就在这一刹那，整片云彩发出了嘹亮的鸣叫，仿佛整个天空都充满了悦耳的音调。这种鸣声此起彼伏，一直缭绕不断。后来这片云彩整个降落在一个山丘上，而且是整片一下子覆盖上去的。转眼间山丘上布满了灰色的云雀，漂亮的红色、灰色和白色的燕雀，翎毛上斑斑点点的紫翅椋鸟和嫩绿色的山雀。

另外一朵云紧随其后从平原上空飘然而至。那朵云在每一个院落、雇农住的农舍、宫殿般的华厦、乡镇、城市，还有农庄和火车站甚至捕鱼营地和制糖厂的上空都要停留一下。每次停留的时候，它都要像龙卷风一样从地面上各家各户的院子里吸上来一小根灰颜色的柱子，或是零零星星的灰色小尘埃。这样不断汇聚起来，这朵云便越来越大，待到最后汇集在一起飘向库拉山的时候，已经不再是一朵云，而是整整一大片乌云，它的阴影投射下来，把从汉格耐斯到莫勒的大块土地都遮暗了。当乌云停留在游戏场地上空时，那遮天蔽日的景象极为壮观。太阳压根儿连影子都见不到了，麻雀像倾盆大雨一样哗啦哗啦地落在一座山丘上，直到很长时间以后，处在这片乌云最中央的麻雀才重新看见阳光。

最大的鸟群组成的云彩虽然姗姗来迟，但是终于出现了。这是由来自四面八方的各式各样的鸟群会聚而成的。这是一片蓝莹莹、灰蒙蒙的沉重的云层，它遮天蔽日，连一丝阳光都透不过去。它就像大雷雨来到之前乌云摧城那样令人沮丧和害怕。这片乌云里充满了最可怕的噪音、最令人毛骨悚然的尖啸、最刺耳的冷嘲热讽和带来最糟糕的不祥之兆的哀鸣。当这一大片乌云终于春风化雨般地散成拍打翅膀并呱呱啼叫的乌鸦、寒鸦、渡鸦和秃鼻乌鸦的时候，游戏场上的所有动物才松了一口气，重新露出了笑颜。

后来在天空中见到的不只是云彩，还有一大批不同形状的长线或者符号。从东边和东北边来的那些断断续续的长线，是从耶英厄地区来的森林中的鸟类——黑琴鸡和红嘴松鸡，他们彼此相隔两三米排成长长的纵队飞了过来。那些居住在法斯特布罗外面的莫克滩的蹼足鸟，他们从厄勒海峡那边，以三角形、弯钩形、斜菱形和半圆形等稀奇古怪的飞行队形徐徐地飞来。

在尼尔斯·豪格尔森跟着大雁们到处遨游的这一年里所举行的游艺大会上，阿卡率领的雁群姗姗来迟。这没有什么可奇怪的，因为阿卡必须飞越整个斯科讷才能抵达库拉山。再说，她清早一醒过来首先要做的事情是赶紧出去寻找大拇指，因为大拇指在头一天夜里一边吹着小口哨一边走了好几个小时，把灰老鼠引领到离格里敏大楼很远很远的地方去了。在这段时间里，雄猫头鹰已经带回消息说，黑老鼠将会在日出之前及时赶回家来。也就是说天亮以后，不再吹奏小口哨，任凭灰老鼠随便行动也不会有什么危险了。

　　但是发现男孩子和跟在他身后那支浩浩荡荡的队伍的倒不是阿卡，而是白鹳埃尔曼里奇先生。白鹳发现男孩子的踪影后，便凌空一个急遽俯冲，扑下来用嘴把他叼起来带到了空中。原来白鹳也是大清早就出去寻找他了。当他把男孩子驮回自己的鹳鸟窝以后，他还为自己头一天晚上瞧不起人的失礼行为向男孩子连连道歉。

　　这使得男孩子十分开心，他同白鹳成了好朋友。阿卡也对他十分亲昵，这只老灰雁好几次用脑袋在他胳膊上蹭来蹭去，并且称赞他在黑老鼠遭受祸害之时见义勇为，拯救了他们。

　　必须说男孩子在这一点上是值得表扬的，那就是他不愿意冒领他并不相配的那些称赞。"不，阿卡大婶，"他赶忙说道，"你们千万不要以为我引开灰老鼠是为了拯救黑老鼠。我只不过想向埃尔曼里奇先生显示显示我不是那么不中用。"

　　他的话音刚落，阿卡就转过头来询问白鹳把大拇指带到库拉山去是否合适。"我的意思是说，我们可以像相信自己那样相信他。"她又补了一句。白鹳就马上急切地说可以让大拇指跟着一起去。"您当然应该带上大拇指一起上库拉山啦，"他说道，"他昨天晚上为了我们那么劳累受苦，我们应该报答他，知恩图报是使我们大吉大利的好事情。我对昨晚失礼的举止深感内疚，因此务必由我亲自把他一直驮到游戏场地。"

　　世界上再也没有比受到聪明非凡、本事超群的人的夸奖更为美好的事情了。男孩子觉得自己从来不曾像听到大雁和白鹳夸奖他的时候那样高兴过。

　　男孩子骑坐在白鹳背上向库拉山飞去。尽管他知道这是给他的一个非常大的荣誉，可他还是有点儿提心吊胆，因为埃尔曼里奇先生是一位飞行大师，他的飞行速度大雁们自叹弗如。在阿卡均匀地拍动翅膀笔直向前飞翔的时候，白鹳却在玩弄各种飞行技巧。他时而在高不可测的空中静止不动并且根本不展翼振翅，而是让身子随着气流翱翔滑行；时而他猛然向下俯冲，速度之快就好像一块石头欲罢不能地直坠向地面；时而他围绕阿卡飞出一个又一个的大圈圈和小圈圈，就好像一股旋风一样。男孩子从来没有经历过这样的飞行，尽管他胆战心惊，但是心里不得不暗暗承认，他以前还不曾弄明白究竟怎样才算是飞行技术高超。

他们在途中短暂停留过一次，当时阿卡飞到维姆布湖上同她的旅伴们会合，欢呼着告诉他们灰老鼠已经被战胜了。然后他们就一齐径直飞赴库拉山。

大雁们在留给他们的那个山丘上降落。男孩子举目四顾，目光从这个山丘转向那个山丘。他看到，在一个山丘上全是马鹿头上多枝杈的角，而在另一个山丘上则挤满了苍鹭的脖子。狐狸围聚的那个山丘是火红色的，海鸟麇集的山丘是黑白两色相间的，而老鼠所在的那个山丘则是灰颜色的。有个山丘上布满了黑色的渡鸦，他们在无休止地啼叫。另一个山丘上是活泼的云雀，他们接连不断地跃向空中，欢快地引吭高歌。

按照库拉山的规矩，这一天的游艺表演是以乌鸦的飞行舞开始的。他们分为两群，面对面飞行，碰到一起后又折回身去重新开始。这种舞蹈来来去去重复了许多遍，对于那些并不精通舞蹈规则的观众来说，未免太单调了。乌鸦对他们自己的精彩舞蹈感到非常自豪，其他动物却非常高兴他们终于跳完了。在这些动物眼里，这支舞就像隆冬季节狂风卷起雪花一样沉闷、无聊，他们看得不胜厌烦，焦急地等待能够给他们带来欢乐的节目。

他们倒并没有白白等候。乌鸦刚跳完，山兔们就连蹦带跳跑上场来。他们长长一串蜂拥而至，并没有排成什么队形，有时候是单个表演，有时候三四只一起跑。所有的山兔都蜷起前腿竖直身体向前跑，他们跑得飞快，长耳朵朝着各个方向摇来晃去。他们一边朝前奔跑，一边做各种各样的动作，一会儿如陀螺般地不断旋转，一会儿高高地蹦跳起来，有时还用前爪拍打肋骨发出咚咚的擂鼓声。有些山兔一连串翻了许多筋斗，有一些把身体弯曲成车轮状滚滚向前。有一只山兔来了个单腿独立，另一条腿一圈又一圈地旋转。还有一只山兔用两只前腿倒立着向前走。他们没有一点儿秩序，但是他们的表演非常滑稽有趣，许多站在那里观看表演的动物都看得呼吸越来越急促。现在已经是春天啦，欢天喜地的日子快要来到啦。寒冷的日子已经熬出头啦。夏天快要来到啦，要不了多久，生活就像游戏那样轻松快乐啦。

山兔们蹦蹦跳跳地退场之后，轮到森林里的鸟类大松鸡上场表演了。几百只身披色彩斑斓的深褐色羽毛、长着鲜红色眉毛的红嘴松鸡跳到游戏场地中央的一棵大槲树上。那只落在最高那根树枝上的松鸡鼓起了羽毛，垂下了翅膀，翘起了尾巴，这样他贴身的雪白羽绒也让大家看得清楚了。随后他伸长了脖子，从憋足了气而胀得发粗的咽喉里发出了两三声深沉浑厚的啼鸣："喔呀，喔呀，喔呀！"他再多几声就鸣叫不出来了，只是在咽喉深处咕噜咕噜了几下。于是他闭起双目，悄声细气地叫道："嘻嘻！嘻嘻！嘻嘻！多么好听啊！嘻嘻！嘻嘻！嘻嘻！"他就这样自鸣得意，自我陶醉，根本不理会周围在发生什么事情。

在第一只红嘴松鸡还在这样陶醉的时候，落在下面最靠近他的树枝上的那三只松鸡就开始引吭高歌。一曲尚未终了，落在更下面的树枝上的十只松鸡也啼鸣起来，歌声从一根枝杈传到另一根枝杈，直到几百只松鸡一齐放开喉咙啼鸣不止："喔呀！喔呀！嘻嘻……"啼叫声一时间不绝于耳。他们沉湎在自己美妙的歌声之中。正是这种令人沉醉的情绪感染了所有的动物，使他们如饮醇酒一般陶醉起来。方才血液还在平静自如地流动，而此时却开始变得猛烈冲动和滚烫起来。"哦，春天真正来到啦！"各种动物都在心里呼喊，"冬天的严寒总算熬过去啦！春天的野火正在燃烧整个大地。"

黑琴鸡看到红嘴松鸡的表演这样讨喜，他们也不甘示弱，再也不肯沉默下去。他们见聚集的那个地方没有树木可以落脚，便干脆跑到游戏场地上去，可惜场地上石楠长得太高了，大家看不到他们的全身，只能看到他们长着美丽尾翎、不断晃动的屁股和宽大的嘴。他们齐声歌唱："咕呃呃，咕呃呃！"

正当黑琴鸡和红嘴松鸡的较量如火如荼地进行时，一个非常不得了的意外发生了。有一只狐狸趁所有动物都在聚精会神地欣赏黑琴鸡和红嘴松鸡歌唱的时候，偷偷地溜到大雁们聚集的山丘上。他蹑手蹑脚地靠拢过去，被发现时，他已经走上了那个山丘。有一只大雁突然瞅见了他。大雁心想狐狸混进雁群里来准保不怀什么好意，便叫喊起来："当心啊，大雁们！当心啊，大雁们！"狐狸朝她直扑过去，一口咬住了她的咽喉。他这样做，多半是因为她不肯住嘴。大雁们听到了她的警报，便一齐呼啦啦飞上了天空。大雁们都飞走之后，只见狐狸斯密尔嘴里叼着一只死雁站在大雁们先前所在的那个山丘上。

由于狐狸斯密尔破坏了游艺节日的和平而遭到了严厉的惩罚，他不得不后悔终生，当时他没能够抑制报复的冲动，竟然想出用偷偷摸摸的方式去袭击阿卡和她的雁群。他马上就被一大群狐狸团团包围，并且按照自古以来的规矩受到了判决。无论是谁，只要他破坏了这个盛大节日的和平，就要被驱逐出群。没有一只狐狸要求缓减那个判决，因为他们都很清楚，倘若他们敢提出这样的要求，他们就会被赶出游戏场地，并且不准再来。这也就是说，所有在场者一致宣判要将斯密尔驱逐出境，没有任何反对意见。从今以后他被禁止留在斯科讷，他将被迫离开自己的妻子和亲属，舍弃他至今占有的猎场和藏身之所，背井离乡到别的陌生地方去碰碰运气。为了让斯科讷境内所有的狐狸都知道斯密尔已遭放逐和被剥夺一切权利，狐狸之中最年长的那只扑向斯密尔，一口把他的右耳朵尖啃了下来。这一手续刚刚办完，那些嗜血成性的年轻狐狸便号叫着，扑到斯密尔身上撕咬起来。斯密尔没有其他办法，只好夺路逃命。他在所有年轻狐狸的穷追猛赶之下，气急败坏地逃离了库拉山。

这一切都是在黑琴鸡和红嘴松鸡进行精彩表演的过程中发生的，但是这些鸟类都深深沉醉在自己的歌唱之中，他们听而不闻，视而不见，因此他们并没有受到什么打扰。

红嘴松鸡的表演刚结束，来自海克贝尔卡的马鹿便开始登场献技，表演他们的角斗。有好几对马鹿同时进行角斗。他们彼此死命地用头顶撞，鹿角噼噼啪啪地敲打在一起，鹿角上的枝杈错综交叉在一起。他们都力图迫使对方后退。石楠丛下的泥土被他们的蹄子踩得扬起一股股烟尘。他们嘴里呼哧呼哧像冒烟似的不断往外吐气，从喉咙里挤出了吓人的咆哮声，泛着泡沫的唾液从嘴角一直流到前胸上。

这些能征善战的马鹿厮打在一起的时候，四周山丘上的观众都凝神屏息，寂静无声，所有的动物都被激发出新的热情。所有的动物都感到自己是勇敢而强壮的，浑身重新充满了使不完的劲儿，仿佛大地回春使得他们又获得了新生，他们意气风发，敢于投身到任何冒险行动中去。虽说他们并没有彼此恨得咬牙切齿非要拼个你死我活不可，但一个个伸展翅膀，竖起颈翎，摩擦脚爪，大有一决雌雄之势。倘若海克贝尔卡的马鹿再搏斗一会儿，那么各个山丘上难免不发生一场场混战，因为他们个个都感受到了烈焰般的渴望，都急于露一下自己的身手，来表明他们都是生气勃勃的。冬天肆虐的日子已经熬出头了，如今他们浑身充满了力量。

正在这个时候，马鹿恰到好处地结束了角斗表演。于是一阵阵悄声细语立即从一个山丘传到另一个山丘："现在大鹤来表演啦！"

那些身披灰色云雾的大鸟真是美得出奇，不但翅膀上长着漂亮的羽毛，脖子上也围了一圈朱红色的羽饰。这些长腿细颈、头小身大的大鸟从山丘上神秘地飞掠而下，使大家眼花缭乱。他们在朝前飞掠的时候，旋转着身躯，半似翱翔，半似舞蹈。他们高雅洒脱地展翅振翼，以不可思议的速度做出各种各样的动作。他们别具一格的舞蹈大放异彩，但见灰影幢幢，舞姿翩跹，真叫观众目不暇接。这舞蹈仿佛是荒凉的沼泽地上翻滚奔腾着的阵阵云雾，很有一种魔力，以前从未到过库拉山的人这才恍然大悟，怪不得整个游艺大会是用"鹤之舞表演大会"来命名的。这舞蹈蕴含着粗犷的活力，然而激起的是一种美好而愉悦的憧憬。在这一时刻，没有人会想要格斗拼命。相反，不管是长着翅膀的，还是没有长翅膀的，所有的动物都想从地面腾飞，飞到无垠的天空中，飞到云层以外的太空去探索永恒的奥秘。他们都想舍弃那越来越显得笨重的肉体，把灵魂从滞留地面的躯壳中解放出来，投奔那虚无缥缈的天国。

对不可能到手的东西想入非非以及想要探索生活中隐藏的奥秘，对动物来说每年只有一次，那就是在他们观看鹤之舞盛大表演的那一天。

在下雨天里

三月三十日　星期三

这是踏上旅途以来第一个下雨天。大雁们在维姆布湖逗留的那些日子里，天气一直晴朗和煦。然而就在他们开始朝北飞行的那一天，天公不作美，竟下起了滂沱大雨。男孩子骑在鹅背上，一连淋了几个小时的雨，浑身都湿透了，冻得瑟瑟发抖。

在他们起程的那天清早，天气仍旧很晴朗，没有什么风。大雁们飞到很高很高的空中，飞得平平稳稳、不慌不忙。阿卡领头飞在前面，其余的大雁保持着严格的队形在她身边斜分成两行，呈"人"字形紧紧地跟随。他们并没有花费时间去逗弄地面上的动物，但是做不到在很长一段时间里完全保持沉默。于是他们随着翅膀一上一下的扇动，不断地你呼我唤："你在哪儿？我在这儿。你在哪儿？我在这儿。"

所有的大雁都这样不停地鸣叫，只有在时不时地向那只大白鹅指点他们飞行路线上的地面标志时才不得不停一下。这段飞行路线的地面标志是林德罗德山光秃秃的山坡、乌威斯哥尔摩的大庄园、克里斯田城的教堂钟楼、位于乌普曼那湖和伊芙湖之间狭长地带的贝克森林的王室领地，还有罗斯山的峭壁断崖。

这次飞行十分单调乏味。可是当天空中出现乌云的时候，男孩子挺开心，觉得有东西可以消遣了。在这以前，他只从地面上仰望过乌云，那时候他觉得乌云黑沉沉的，非常令人讨厌。但是在云层里从上往下看去，那种景象就迥然不同了。现在他触目所见的是，那些云层就像在空中行驶的一辆辆硕大无朋的大货车一样，车上的东西堆积如山：有些装的是灰颜色的大麻袋，有些装载着一个个大桶，那些桶都大得足以装下一个湖的水，还有一些载满了许多大缸和大瓶，缸里和瓶里的水都满得快要溢出来了。这些货车越来越多，把整个天空都挤得满满的。就在这个时候，仿佛有人给了个信号，于是倾缸倾盆，连瓶带麻袋，汪洋大海般的水一下子全朝地面倾泻下去。

当第一场春雨滴答滴答地滴到地面上的时候，灌木丛里和草地上的所有小鸟都欢呼雀跃起来，他们的欢呼声震九天，以至于坐在鹅背上的男孩子也不免身体被震得直跳起来。"现在下雨喽！雨水给我们带来了春天，春天使鲜花盛开、绿叶生长，鲜花和绿叶送来了虫蛹和昆虫，虫蛹和昆虫是我们的食物，又多又可口，是再好不过的美味。"小鸟们心花怒放地歌唱道。

大雁们也为春雨感到高兴，因为春雨催苗助长，把植物从睡梦之中唤醒，也因为春雨融水解冻，在冰封的湖面凿出一个个洞。他们不再像方才那样严肃庄重，而是开始朝地面上发出戏谑的呼唤。

他们飞过大片大片种土豆的田地，在克里斯廷娜城一带有许许多多种土豆的田地，可眼前这些田地还都是光秃秃、黑乎乎的，什么东西都没有长出来。他们飞过这些田地时，便叫唤道："土豆地，快醒醒！土豆地，快醒醒！醒过来了就快长东西。春雨已经把你们叫醒，你们已经偷懒太久，再也不要懒下去。"

当他们看到行人们匆匆地找地方躲雨时，他们便埋怨地叫道："你们干什么要那样匆匆忙忙？你们难道没有看见，天上掉下来的是长面包和小点心，是长面包和小点心吗？"

有一个很大很厚的云层正在风驰电掣般朝北飘移，紧紧地跟随在大雁们的身后。大雁们幻想着，那是他们在拖着云层前进。正好在这个时候，他们看到地面上有个大花园，于是他们就得意地呼唤起来："我们送来了银莲花，我们送来了玫瑰花，我们送来了苹果花和樱桃花！我们还送来了豌豆、芸豆、萝卜和白菜！谁想要，就来拿！谁想要，就来拿！"

这就是雨滴刚刚落下时的动人情景，大家都为春雨的到来而喜上眉梢。可是这场雨持续下了整整一个下午，大雁们感到不耐烦了，就向伊芙湖四周干渴缺水的森林叫嚷道："难道你们还没有喝得肚里发胀？难道你们还没有喝得肚里发胀？"

天色越来越暗沉，太阳早已不见踪影，谁也不知道它究竟躲到哪里去了。雨下得越来越密，雨点沉重地击打着大雁们的翅膀，并且渗进外面那层有油脂的羽毛，一直浸到了肌肤里。大地上雨雾迷茫，湖泊、山岭和森林都已融成一幅模糊不清的图画。路面标志再也无法辨认了。他们飞得越来越缓慢，再也发不出欢快的鸣叫，而男孩子也冻得越来越受不了啦。

然而在天空飞行的那段时间里，男孩子一直咬紧牙关硬撑着。到了下午很晚的时候，他们终于在一块大沼泽地中央的一棵矮小松树下面降落。那里的一切都是又潮湿又冰凉的，有些土丘上还覆盖着积雪，而另一些土丘则浸泡在半化不化的冰水之中，露出光秃秃的丘顶。就在那时候，男孩子也没有感到气馁，而是情绪饱满地跑来跑去寻找蔓越橘和冻硬的野红莓。但是夜幕降临了，黑暗严丝合缝地裹住了一切，连男孩子那样敏锐的眼睛望出去也是漆黑一片，什么都看不见。荒野变得异乎寻常地可怕。男孩子躺在雄鹅翅膀底下，浑身湿漉漉、冷冰冰的，难受得无法入睡。他一会儿听到噼里啪啦、窸窸窣窣的声响，一会儿听到蹑手蹑脚的脚步声，一会儿又听到恫吓威胁的吼声。他听到那么多可怕的声音，简直害怕极了，不知道怎么办才可以摆脱。他必须走；到有火和灯光的地方去，这样他才不至于活活吓死。

"难道我就不能放大胆子到人住的地方去度过这难熬的一夜吗？"男孩子思忖道，"我只须在炉火边暖暖身体，再吃上点儿热饭，就可以在日出之前赶回大雁们这儿。"

他从翅膀底下溜出来，一骨碌滑到了地上，既没有把雄鹅惊醒，也没有惊醒大雁们。他无声无息地溜了出来，悄悄地走出了沼泽地。

他弄不清楚自己究竟在什么地方，究竟是在斯科讷省呢，还是在斯莫兰省或者布莱金厄省。但是刚才在朝这块沼泽地降落之前，他曾经隐隐约约地瞅见旁边有一个大村庄，现在他就是朝着那个方向走去。他走了不大一会儿，就找到了一条道路，再顺着这条路走了一会儿，就走到了一个村庄的大街上。那条街长得很，两旁树木成行，院落一个挨着一个。

男孩子来到一个很大的教区村庄[①]，这类教区村庄在瑞典越是朝北的地方越普遍，而在南部平原上却较为鲜见。

村民们的住房都是用木料建造的，而且造型十分精致美观。大多数房屋的山墙和前墙上都有精雕细凿的木制装饰，房前平台上都安装着玻璃窗，有些还装着彩色玻璃。大门和窗框都油漆得锃亮，有的是蓝颜色，也有的是绿颜色，甚至有的漆成红颜色。男孩子一边走着，一边打量这些房子，耳边不断传来居住在这些温暖馨香的小屋里的人的说话声和笑声。他分辨不清他们在说些什么，但是觉得人说话的声音是那么悦耳动听。"我真不知道，要是我敲敲门要求进去待一会儿，他们会说些什么。"他想。

他本来是想这样做的，可是他一见到灯光明亮的窗户，早先那种怕黑的恐惧就一下子消失了。相反，一直压在他心头的那种不敢同人类接近的顾虑又重新冒了出来。"那么，在我请求人家放我进屋之前，"他想，"我先在村子里兜一圈吧。"

一幢房屋楼上有一个阳台。男孩子走过的时候，阳台门刚好砰的一声被打开，淡黄色的灯光透过精致而轻盈的帷帘透射出来。一个美貌少妇娉娉婷婷走了出来，倚着栏杆。"一下雨，春天就要来了。"她自言自语。男孩子一眼看到她的时候，心里泛起一股奇怪的焦躁情绪。他几乎快要哭出来了，这是他自从害怕永远被排斥在人类之外以来第一次感到惴惴不安。

---

① 教区牧师和教区教堂所在的村庄，这类村庄一般较大，而且很热闹。

随后他又走过一家小店铺。店铺门口停着一部红颜色的播种机。他停下脚步，对它左看右瞧，最后忍不住爬到驾驶舱里去坐坐。他坐定之后，把两片嘴唇哑得吧嗒吧嗒直响，假装正在开动这部播种机。他心里不禁想，要是真的能够开这样漂亮的机器，那该有多么惬意呀。有一会儿工夫，他忘记了自己现在的模样。可是他忽然又想起来了，便赶紧从机器上跳了下来。他心里的不安变得越来越强烈了。倘若一直在动物中间生活下去，那么他必定会丧失许多美好的东西。人类毕竟非常聪明能干，不同于别的动物的。

他走过邮局，想起了各式各样的报纸，这些报纸每天都把世界各地的新闻送到人们的眼前。他看到药房和医生的住宅时，便想到人类的力量真巨大，居然可以同疾病和死亡做斗争。他走过教堂时，就想到人类建造教堂是为了倾听有关人世尘寰以外的另一个世界的情形，倾听有关上帝、复活和永生的福音。他越是往前走，就越舍不得人类了。

大凡孩子都是这样的：他们只想到鼻子底下的事物，而不往远处想。什么东西摆在他们面前，他们就立刻想把它抓到手，根本不在乎究竟要付出多大的代价。尼尔斯·豪格尔森当初选择继续做小精灵的时候，根本没有弄明白他究竟会失去什么。而现在，他却害怕得要命，唯恐他从此以后再也不能变回原来的模样。

他究竟应该怎么做，才能使自己重新变成一个人呢？这是他非常想知道的。

他爬上一座房屋的台阶，就在如注的大雨之中坐下来开始思索。他坐在那里想呀，想呀。一个小时过去了，两个小时过去了。他想得前额都起了皱纹，但是他并不比刚才更聪明一点点。各种各样的想法似乎在他的头脑里胡乱地搅在一起，他在那儿坐得越久，就越觉得找不出什么妙法良策来。

"对于我这样一个只读过一丁点儿书的人来说，这个问题肯定太深奥啦，"他最后终于想出了一个法子，"我倒不如不管好歹，先回到人类当中去。我要去请教牧师、医生、老师和别的有学问的人，说不定他们知道怎么治好我的毛病。"

就这样，他下了决心，马上着手去做。他站起身来抖搂身上的雨水，因为他早已浑身湿透，像只落汤鸡了。

正在这个时候，他看到一只大猫头鹰翩翩而来，飞落在街边的一棵树上。过了一会儿，一只栖息在屋檐底下的黄褐色小猫头鹰扭动身子打招呼说："叽咕咕，叽咕咕！你回家来啦，沼泽地来的大猫头鹰？你在外省生活得好吗？"

"多谢问候，小猫头鹰！我过得不错，"大猫头鹰回答说，"我出门在外的这段时间里，家里发生过什么有意思的事情吗？"

"在布莱金厄省倒没有，大猫头鹰！可是在斯科讷省发生了一件怪事。有个小男孩被一个小精灵施展妖术，变成一只松鼠那么大小。后来那个小男孩就跟着一只家鹅飞到拉普兰省去了。"

"嘿，世上的怪事真是无奇不有，真是无奇不有呀！那么请问，小猫头鹰，这个男孩子就永远也不能重新变成人了吗？难道他就永远不能重新变成人了吗？"

"这可是一个秘密，大猫头鹰，不过，说给你听也不碍事。那个小精灵关照说，倘若男孩子能够照顾好那只雄家鹅，让他平安无事地回到家的话，那么……"

"还有什么，小猫头鹰？还有什么？都说了吧！"

"跟我一起飞到教堂钟楼上去吧，大猫头鹰，那样你就可以知道一切！在这里大街上说话不方便，我怕被偷听了去。"

于是那两只猫头鹰一齐飞走了。男孩子兴奋得忍不住把小尖帽抛到空中。他放开嗓门，高声欢呼："只要我照顾好雄鹅，让他平安无事地回到家，我就可以重新变成人啦！好啊！好啊！那时候我可以重新变成人啦！"

尽管他放开喉咙欢呼，奇怪的是居住在房屋里的那些人却丝毫听不到动静。既然他们听不见他的说话声，他也不再多逗留，便迈开双腿，朝着大雁们栖息的潮湿的沼泽地大步流星地走去。

有三个梯级的台阶

三月三十一日　　星期四

　　第二天，大雁们打算朝北飞越斯莫兰省的阿勒布县。他们派出亚克西和卡克西先去探探路。可是他们回来报告说，一路上所有的水面都结着冰，地面上仍旧是积雪覆盖。"与其如此，我们还是留在这里的好，"大雁们说道，"我们没有法子飞越一个既没有水又没有草的地带。"

　　"如果我们待在原地不动，说不定还要等上一个月才冰消雪融，"阿卡说道，"倒不如先朝东飞过布莱金厄省，然后再试试能不能从莫勒县飞越斯莫兰省，因为那地方靠近海岸，春天要来得早一些。"

　　这样男孩子在第二天改道飞越布莱金厄省了。天光大亮，他的心情也随之平静下来。他真弄不明白昨天晚上自己为什么会那样害怕。现在他当然不肯放弃这次旅行和野外生活喽。

　　布莱金厄的上空笼罩着厚厚一层似烟如尘的雨雾，男孩子根本看不见底下是什么样子。"我真不知道我身下飞过的究竟是富饶地带，还是贫瘠地带。"他暗自思忖道。他苦思冥想，尽力在自己的脑海里寻找在学校里学过的关于全国地理的知识。不过与此同时，他马上明白这样做是徒劳无益的，因为他在学校里常常连课本都不好好地看一眼。

　　然而整个学校的情景一下子浮现在男孩子的眼前。孩子们端坐在小课桌旁边，大家都举着手，老师站在讲台上，一脸的不满意。他自己站在一张地图面前要回答一个关于布莱金厄省的问题，却张口结舌，一个字也说不上来。老师耐着性子等着，脸色一刻比一刻难看。男孩子心里很清楚，这位老师对地理课比对其他科目更加重视，谆谆教导大家要用心学好，他偏偏答不上来。老师终于走下讲台，把教鞭从男孩子手里接了过来，打发他回到自己的座位上去。"唉，这件事不会就这么罢休的。"男孩子想。

可是老师走到窗前，站在那里往外看了一会儿，又吹了几声口哨。然后，他又走回到讲台上，说他要给大家讲点儿布莱金厄的典故。他那时候讲的典故非常有趣，男孩子听得聚精会神，只消稍稍回忆一下，他就能一字不漏地全记起来。

"斯莫兰省是一座房顶上长着杉树林的高房子，"老师侃侃而谈，"在那幢高房子前面，有一座三个梯级的宽台阶，那座台阶就叫作布莱金厄省。

"那座台阶的梯级非常宽敞，梯级之间缓缓上伸。它从斯莫兰那幢大房子的正面往外伸展八十公里，有人想要从台阶上走下来到波罗的海去，就必须先走四十公里。

"那座台阶是在很久很久以前建造起来的。从把花岗岩凿成第一块梯级石头，将梯级平平整整地修好，到在斯莫兰和波罗的海之间修建好一条舒适的通行大道，经过了悠久的岁月。

"由于这座台阶历史如此悠久，所以人们不难理解，这座台阶今天的模样跟刚刚建造的时候大不一样了。我不大清楚那时候究竟有没有人关心它，但像那么一大片地方，光用一把扫帚是打扫不干净的。两三年后，那座台阶上就长出了苔藓和地衣。到了秋天，大风把枯草干叶刮到了那里。到了春天，那上面又堆积起了沙石砾土。这样年复一年越堆越多，腐烂发酵，台阶上就有了厚厚的肥沃土层，不但长出了青草和草本植物，灌木和大树也在这里生根发芽了。

"在这一过程中，三个梯级之间出现了巨大的差别。最高的那一层梯级，也就是离斯莫兰省最近的那个，多半是覆盖着小石砾的贫瘠的泥土，那里除了白桦树、稠李树和云杉之类能耐住高原地带寒冷缺水条件的树木之外，其他树木全都成活不了。只消看看在森林中间开垦耕作的田地是那么狭窄，那里的人建造的房舍是那么低矮窄小，还有教堂与教堂之间的距离是那么遥远，人们就很容易明白那里有多么荒凉贫穷了。

"中间的那一层土质比较好，也没有受制于严寒，所以人们马上就看到那里的树木都长得比较高大，品种也名贵一些。那里长着枫树、槲树、心叶椴、白桦树和棕树，偏偏不长针叶松。更显而易见的是，那里耕地非常多，而且人们建造起更大更美观的房屋。中间那一层梯级上有许许多多教堂，它们周围还有很大的村庄。无论从哪个方面来看，那里都比最高的那一层更加富饶和美丽。

"最下面的那一层是最好的。那里土壤膏腴，物阜民丰。由于地势依傍大海，受到海洋的滋润，便一点儿也感觉不到从斯莫兰省刮下来的凛冽寒气。那里适宜山毛榉树、醋栗树和核桃树的生长，它们都成长得枝干挺拔，可以和教堂的房顶比高低。那里平畴千里，阡陌纵横，然而那的居民不单依靠林业和农业为生，也从事渔业、商业和航海。所以，那里有最阔绰的住宅、最精美的教堂，教区村落已经发展成了乡镇和城市。

"不过，关于这三个梯级的台阶，要说的还不止这些。因为必须想到，当斯莫兰这幢大房子的屋顶上下雨，或者屋顶上的积雪融化时，势必有许多水要漫出来。不消说有相当一部分积水便顺着那座大台阶倾泻而下。最初是从整个台阶漫下来的，台阶有多宽，水也漫得多广。可是后来台阶上出现了裂缝鳞隙，积水便顺着日积月累冲刷出来的壕沟奔腾。水毕竟是水，它的本性难移，它总是流淌不息，无止无休。它在一个地方把泥沙翻滚起来，冲刷过去，带到另外一个地方淤积起来。流水把壕沟冲刷成了峡谷，并且在峡谷的岩壁上铺上一层松软的沃土。后来，灌木丛、藤蔓和树木渐渐在上面攀缘。它们长得非常茂密，几乎把在深峡里湍急的流水遮蔽了。然而急流照样奔腾向前，在梯级的边沿形成瀑布跌宕而下，水势澎湃汹涌，好似飞雪碎玉一般直泻下来，因此有力量推动水磨的轮子和机器。这样在每个瀑布旁边都兴建了磨坊和工厂。

"不过关于那个像有三个梯级的一座台阶的地带，要说的还不止这些。可以说说这一点，在斯莫兰那幢大屋子里曾经住过一个很老的巨人。活到他那么大年纪，还不得不走下那座长长的台阶才能捕捞到鲑鱼，这使他十分恼火。他觉得，要是鲑鱼能够摇头摆尾地径直游到他的面前来，那才算省力。

"于是他跑到那幢大屋子的房顶上，站在那里把许多大石头朝波罗的海猛掷过去。他力大无比，石头飞越整个布莱金厄，落进了大海。石头轰然坠入水中，把鲑鱼吓蒙了，他们居然从海里往岸边游过来，逆水溯流而上，沿着布莱金厄的急流游进峡谷，纵身一蹿跳到瀑布的上游，又在斯莫兰境内游了好久，一直游到老巨人面前才停住。

"姑且不论这个传说究竟是不是无稽之谈，布莱金厄海边确实可以见到许多岛屿和礁石。那些岛屿和礁石就是那个巨人原先扔下去的大石头。

"值得注意的是，一直到现在鲑鱼都沿着布莱金厄的大小河流逆水而上，穿过瀑布和湖泊，绕来绕去来到斯莫兰省。

"那个巨人真是值得布莱金厄省的居民大大感激和好好敬仰，因为直到今天，还有许多人以在急流里捕捞鲑鱼和在礁石岛屿上开凿石头为生。"

在罗纳比河的河岸

四月一日　星期五

无论是大雁们还是狐狸斯密尔，都不会相信他们在斯科讷分道扬镳之后，居然还会冤家路窄再次相遇。大雁们改变了原来的路线绕道布莱金厄，而狐狸斯密尔也正朝着这边逃命。他这几天不得不躲躲闪闪地在北方省份的荒山野岭里钻来钻去，在那里，他至今见不到养满麋鹿和鲜嫩馋人的雏鹿的大庄园的内庭园或者动物园。他满腔怒火，自然可以理解。

有一天下午，斯密尔在离罗纳比河不远的荒凉的森林地带踽踽而行，猛一抬头，看见空中掠过两行雁群。他定睛凝视，分辨出其中有一只居然浑身雪白，于是他明白过来这下该做些什么了。

斯密尔立即紧随不舍地追踪大雁们，不仅是因为他们逼得他走投无路，他要报仇雪耻，也是由于饥肠辘辘想要大嚼一顿。他观察着他们朝东飞去，一直飞到罗纳比河，然后折转方向，顺着河流朝南而去。他明白他们打算沿着河岸寻找一个过夜的地方。他盘算着，他不须花太大的力气就准能抓住一两只。

可是当斯密尔终于看到大雁们降落栖身的地方的时候，他不禁倒抽了一口凉气。原来他看到他们选择了一块如此安全隐蔽的地方，他根本没有本领攀登过去。

虽然说罗纳比河不是什么气势磅礴的名川大河，它却因为两岸风光旖旎而受人称道。在好几个地方，这条河在如削似刃的陡崖峭壁之间穿来绕去，两岸笔立的危崖陡壁上长满了忍冬树、稠李树、山楂树、花楸树和杞柳树。在风和日丽的夏日里，再也没有比在这条墨绿色的小河上泛舟，而又时时仰起头来观赏紧贴在危岩上的那一片郁郁葱葱的翠树更令人心旷神怡的了。

可是大雁们和斯密尔来到这条小河的时候，季节太早，仍旧是春寒料峭。所有的树木都还光秃秃的，一片叶子也没有。再说，到这里来的也都没有心思去品评河畔的风光究竟是美丽还是丑陋。大雁们都觉得十分庆幸，能够在一面峭壁底下找到一片足以容他们栖身休息的沙滩。他们面前是那条冰消雪融季节里水急浪大、湍急奔腾的河流；他们身后是插翅也难飞越的巉岩峭壁，峭壁上垂下来的藤蔓枝条正好做他们的屏障。他们觉得再也找不到比这里更合适的地方了。

大雁们立即睡着了，而男孩子却久久不能入梦。太阳一落山，他对黑暗和荒野的恐惧又冒出来了，又渴望着回到人类中去。他睡在雄鹅的翅膀底下，什么也看不见，听起来也很模模糊糊。他想到，要是雄鹅遭到什么不测，他是毫无能力去搭救的。各种各样窸窸窣窣的响声不断地传入他的耳朵里，他越发心神不宁起来，便一骨碌从雄鹅翅膀底下钻了出来，在大雁们旁边席地而坐。

斯密尔站在山峁上放眼眺望，远远地从上往下打量着那群大雁。"唉，你趁早放弃追踪他们的想法吧，"他自言自语道，"那么陡峭的山坡你爬不下去，那么湍急的河流你无法蹚过去，况且山脚下没有陆地可以通往他们露宿的地方。对你来说，那些大雁太精明了。你今后再也不要痴心妄想去抓这些猎物了。"

斯密尔眼巴巴地看着追逐已久的猎物，只可惜功亏一篑，无法把他们弄到手，然而他同其他的狐狸一样，总是贼心不死。所以，他趴在山峁最边沿处，目不转睛地盯着大雁们。他趴在那里看的时候，不由得回想起他们使他遭受的一切苦楚和凌辱。哼，就是由于这群家伙捣乱，他才被逐出斯科讷省，如今不得不到贫困的布莱金厄省来闯一条生路。他趴在那里，越想越恼火。他恨得牙痒痒，心想，就算他自己无法把他们生吞活剥，也希望他们早点儿送掉性命。

正在斯密尔怒不可遏的时候，他猛然听见他身边的一棵松树上传来一阵窸窸窣窣的响声，他看到有一只松鼠从树上狂奔下来，他身后一只紫貂在后面紧紧追赶。他们俩谁也没有工夫去注意斯密尔，他就在那里一动不动地观看他们从一棵树上追逐到另一棵树上。他看见那只松鼠轻巧灵活地在树枝之间穿来绕去，仿佛他会飞一样。他又看到那只紫貂虽然不如松鼠那样攀缘本事了得，但是也能顺着树干纵上蹿下，就像奔跑在林间山路上一样敏捷。"唉，要是我的攀缘本领有他们的一半强，"狐狸思忖，"那么下面那些家伙就休想再高枕无忧啦！"

那只松鼠终于没有能够逃脱，还是被紫貂抓住了，这场追逐就到此收场。追逐刚刚结束，斯密尔就朝紫貂走过去，不过在离他两步路左右又停了下来，他做了个姿势表示他并非前来强抢紫貂已经到手的猎物。他非常友好地向紫貂问候，并且祝贺他捕猎成功。斯密尔像其他狐狸一样也鼓起如簧之舌，信口吐出一大堆花言巧语。紫貂是个外表不同凡响、身形玲珑的漂亮人物。他的身材纤细颀长，他的头优雅高贵，皮毛柔软华贵，脖子上有一圈淡褐色的斑点，然而他心狠手辣，是森林中最凶残的杀手。他对狐狸几乎连理都不理。"我真是觉得惊奇，"斯密尔和颜悦色地说道，"像你这样身手不凡的猎手，怎么仅仅满足于抓抓松鼠，却把近在咫尺的鲜美野味放过了？"他说到这里收住了话头，但是看看紫貂满不在乎地对他冷笑，他继续说道，"也许你没有看见峭壁底下的那些大雁？再不然就是你的攀缘本领还没有到家，没有法子爬下山去捕捉他们？"

这一回他不消等待回答了。紫貂把腰拱得像弯弓一样，周身的毛一根根竖立，向狐狸猛扑过去。"你见到大雁了吗？"他龇牙咧嘴地叫嚷道，"他们在哪里？快快说出来，否则我咬断你的喉咙！"

"哼，说得轻巧，可别忘记我的身体有你两个那么大，还是放老实一点儿的好。我没有什么别的意思，只是想指点你一下大雁在哪里。"

一转眼的工夫，紫貂已经顺着绝壁攀缘而下。斯密尔蹲在那里，看着紫貂左歪右曲，扭动着像蛇一样细长的身子，从一根树枝纵身蹿到另一根树枝，心里不禁感慨起来："想不到外表如此漂亮的猎手竟然是森林中最心狠手辣的家伙。我想，大雁们真应该为这一场血腥的拜访而对我感恩戴德。"

正当斯密尔等着听到大雁们临死前的惨叫时，他看到的却是紫貂从一根树枝上来了个倒栽葱，扑通一声掉进了河里，水花飞溅得很高很高。紧接着就是一阵啪啦啪啦的振翅声，所有的大雁都匆忙飞到空中逃走了。

斯密尔本来打算立即去追赶大雁，但是他非常好奇，想尽快弄明白他们究竟是怎么得救的，所以他蹲在那里，一直等到紫貂爬上岸来。那个可怜的家伙浑身淌着水，时不时地停下来用前爪擦擦脑袋。"果然不出我的所料，你是个大笨蛋，会一失足摔到河里去，难道不是吗？"斯密尔轻蔑地说道。

"我的动作一点儿也不笨拙，你可不能埋怨我，"紫貂申辩道，"我已经爬到最底下的那根树枝上，蹲在那里盘算着怎样扑上去才能把一大群大雁通通撕个粉碎。就在这个时候，有一个同松鼠差不多大小的小人儿突然蹿了出来，用那么大的力气朝我脑袋上砸过来一块石头，我就被打得掉进了河里，在我来得及从河里爬起来之前，那群大雁已经……"

可是紫貂不必再多费口舌了，因为已经没有人听了，狐狸斯密尔早就转身追赶大雁去了。

这时候，阿卡朝南面飞去，寻找新的住宿地。落日熔金，余晖脉脉，而在另一边的天际却已经高高挂起了半圆形的新月，所以她还能够看得见东西。更幸运的是，她对这一带的地形了如指掌，因为她在每年春天飞越波罗的海时曾不止一次地顺风随势来到过布莱金厄。

她沿着河流一直向前飞去。她从上往下看去，那条小河在月光照耀下就像一条乌黑而波光粼粼的大蛇在地面上蜿蜒。就这样她一直飞到了尤尔坡瀑布。河流在那里先藏进了一条地下的沟壑，然后挤进一条狭窄的峡谷，再奔流而出，从上面泻下来，河水变得那么晶莹剔透，就像玻璃做的一样，水流在谷底撞个粉碎，变成了无数闪闪发亮的水珠和四处飞溅的泡沫。在那白色的瀑布中间凸出几块大岩石，水流绕过它们，形成旋涡呼啸向前。阿卡就在这里落下了脚。这又是一个很好的住宿地，尤其现在天色已经很晚，没有什么人会在这里走动。而在太阳落山前，大雁们是无法在这里歇脚的，因为尤尔坡瀑布并不是荒无人烟的地方。瀑布的一侧是一个纸浆厂，另一侧是尤尔坡风景区，那里危壁陡坡，树林茂密，常常有不少人豪兴大发，到这里来，在那些陡斜而容易使人滑跤的山间幽径上漫步，观赏峡谷底下急流汹涌奔腾的美景。

就像刚才那个地方一样，这些旅行者来这里以后，根本顾不上想他们到了一个远近闻名的风景美丽的地方。相反，他们都觉得，要站在啸声震耳的急流中几块光滑而潮湿的石头上睡觉，未免太可怕和危险了。但是在这里他们不会受到凶狠的野兽的侵犯而享受到太平安宁，这样他们也就知足了。

大雁们很快就入睡了，男孩子却因心神不宁而睡不着觉，他仍旧坐在一边看护着雄鹅。

过了不久，斯密尔连蹦带蹿地沿着河岸跑了过来。他一眼瞅见大雁们站在泡沫四溅的旋涡之中，便在心中暗暗叫苦，知道这一次他又无法下手抓他们了。可是他仍旧贼心不死，在河岸上蹲下来，凶狠地盯住了大雁们。他觉得自己出尽了丑，他那高明猎手的盖世英名快要丧失殆尽了。

就在这个时候，他看见一只水獭叼着一条鱼从旋涡里钻了出来。斯密尔赶快奔过去，在离水獭两步远的地方站定，表明他并不打算掠夺水獭的口中食物。"哎呀呀，你真是个古怪的家伙！水面的石头上站满了大雁，而你偏偏一个劲儿地去捕鱼。"斯密尔说道。他心里一着急，就没有做到把话讲得像平时那么婉转动听。水獭头都不回，根本没有朝河面上看一眼。他是个闯荡四方的流浪汉，就像所有的水獭一样。他多次来到维姆布湖抓鱼吃，同狐狸斯密尔还是旧相识。

"斯密尔，别来这一套啦，我可是一清二楚，我知道你为了把一条鳟鱼骗到手会使出什么样的花招。"他说道。

"哎哟，原来是您哪，格里佩。"斯密尔喜出望外地说道，因为他知道这只水獭非常勇敢，而且是个技术娴熟的游泳健将，"我丝毫也不感到奇怪，你对大雁瞧都不瞧一眼，那大概是因为你本事没有到家，没有法子洇水到他们那儿去。"水獭趾间有蹼，尾巴硬邦邦的像船桨一样好使，浑身皮毛毫不透水，居然听到有人取笑他连一条急流都洇不过去，他自然咽不下这口气。他回头转身朝河流那边望过去，一眼瞅见大雁后，便把嘴里叼的鱼吐在地上，从陡坡上跳进了河里。

倘若这一天不是那么早的早春季节就好了，那么夜莺就会回到尤尔坡风景区，他们可以一连几夜都会放开嗓子尽情地歌唱水獭格里佩怎样同旋涡做生死搏斗。有好几次，水獭被旋涡的狂澜卷走并且沉入了河底，但是他坚持不懈地奋力挣扎着重新浮到水面上来。终于他从旋涡侧面游过去，爬上了石头，渐渐向大雁们逼近。这真是一场惊心动魄的拼死洇渡，真是值得夜莺们大加歌颂。

斯密尔尽其所能地密切注视着水獭的前进过程。到了后来，他总算看到水獭快要爬到大雁们的身边了。就在这个关头，他猛地听得一声凄厉揪心的尖叫，水獭仰面朝天地翻倒，坠进了水中，像一只没有睁开眼睛的猫崽儿那样听凭急流把他卷走了。紧接着，传来一阵大雁剧烈拍动翅膀的声音，他们都冲天而起，又飞去寻找新的栖身之地了。

不久，水獭爬到岸上来了。他连一句话都顾不上说，便一股劲儿地揉他的一只前掌。斯密尔还不识趣地讥笑他没能把大雁抓到手，水獭不禁发作起来："我的游泳技巧一点儿毛病都没有，斯密尔。我已经爬到大雁们身边，刚要蹿起来扑上去的时候，却有个小人儿奔过来，用一块很尖的铁皮朝我的前爪上狠狠戳了一下。那真是疼得钻心，谁也受不了，我站立不稳，便滚入了旋涡之中。"

　　他的话还没有讲完，斯密尔早已扬长而去，继续追踪大雁了。

　　阿卡和她的雁群不得不再一次在夜间飞行。不幸中之大幸是月亮还没有落下去。在这朦胧的月光的照耀下，她终于又找到了一个她在这一带熟悉的宿营地。她先是沿着那条波光粼粼的小河一直朝南飞，飞过了尤尔坡贵族庄园，飞过了罗纳比城那一大片黑压压的屋顶，还飞过了犹如一道白练自天飞降的瀑布，她翱翔奋飞，一刻没有停留。在城市南面离大海不远的地方，有一口矿泉，那里有专门为矿泉疗养者兴建的浴室和茶室，还有大旅馆和消暑别墅。所有鸟都知道得很清楚，那里大大小小的房屋到了冬天都阒无人迹，空荡荡的。等到暴风雪来到的日子，这些鸟群便到那些没有人居住的房屋的阳台和回廊上去避避风雪。

　　大雁们在一个阳台上降落，如同往常一样，不消片刻就都睡着了。男孩子却没有睡觉，因为他不愿意钻到雄鹅翅膀底下去。

　　那个阳台坐北朝南，所以男孩子面对着大海，可以把大海一览无余。他没有一点儿睡意，就坐在那里观赏布莱金厄大海和陆地相接的美丽夜景。

　　要明白，大海同陆地相接的形状乃是千奇百怪。在许多地方，陆地朝大海伸出坑洼不平、寸草不长的岬角，而大海却用流沙堆起一座座堤坝和沙丘来阻止陆地的伸展。这一景象仿佛在表明它们双方都彼此憎恶，都把最难看的东西拿给对方看。不过，也有这样的情形，在伸向大海的时候，陆地猛然在自己面前筑起一堵峰峦起伏的墙，似乎大海是什么非常危险的东西，所以不得不防备。既然陆地这样戒心重重，大海也就毫不留情，急浪狂涛汹涌翻滚着，不断地鞭打、噬咬和撞击陡岩峭壁，大有要把陆地一块块地侵蚀殆尽之势。

　　但是在布莱金厄，大海和陆地相接处是另外一种景象。陆地自己分裂成许多岬角、岛屿和礁岩，而大海也自己分割成海湾、岬湾和海峡。也许是这个缘故，两者之间似乎是心平气和、相安无事地相接的。

　　不妨先看看大海吧！在远处它浩荡渺茫，一望无际，除了翻卷起灰色的波浪之外，什么事情也不干。在靠近陆地时，大海碰到了第一块礁石，便向它大发淫威，摧残一切绿色草木，把它变得同自己一样光秃秃的，灰暗难看。大海又碰到了一块礁石，这块礁石也难逃厄运。然后，它又碰到了一块礁石。不消说，也没有什么两样，那块礁石被剥掉全身衣衫，并且被抢劫一空，就像落到强盗手里一样。但是越到后来，礁石越发密集了。大海这才开始明白过来，原来陆地把自己最小的孩子全都派出来求饶了。大海难却情面，越是靠近陆地，就越发心平气和。它把浪头翻滚得不那么高，把狂涛缓和下来，使得罅隙和壕沟里的小草和灌木幸存下来。它又把自己分成了一些很小的海峡和岬湾。到了最后同陆地真正相接的时候，它一点儿危险都没有了，甚至小船都敢出海去。大海变得这样澄澈碧蓝，这样和颜悦色，恐怕连它自己都不认识了。

不妨再看看陆地吧！那里的地形十分单调，几乎到处都是一个模样。陆地上有大片耕地，中间也偶尔有几处桦树林，除了耕地之外，还有重峰叠翠的山岭，仿佛陆地心头牵挂的只是燕麦、萝卜和土豆，再不然就是杉树或者松树。忽然大海伸进来一个岬湾，长长地楔入陆地。陆地却若无其事，而是沿着岬湾周围栽种了桦树和桤树，就像对待普通的淡水湖一样。大海又深深地楔入了一个岬湾。陆地还是毫不在乎自己身上的裂缝，照样像对第一个海湾那样为它披上了绿色的衣裳。可是这些岬湾不安分起来，它们不断地拓展加宽，冲击泥土，所以陆地不得不注意起来。"我想，那是大海大驾光临啦！"陆地这样思忖道。于是陆地着手梳妆打扮，准备迎接贵客，它戴上了鲜花编成的花环，把连绵起伏的山岭山冈修饰得平平整整，并且朝大海撒去许多岛屿。它不再对松树和杉树有兴趣了，而是把它们当作穿旧的日常衣衫那样通通扔掉，然后栽上了高大的槲树、椴树和栗树，还有大片的草地和美丽的鲜花。陆地披上了如此华丽炫目的节日盛装，简直变成了贵族庄园里的花园。它变得那么厉害，在它同大海会面的时候，它都不认识自己了。

　　所有这些美丽的景致在夏天到来之前是不大能够见到的。然而男孩子还是注意到这里的大自然是那么温和可爱，所以他的心情也为之一畅，要比以前的夜里好得多。就在此时，他猛然听见从浴场花园里传来一阵鬼哭狼嚎般的咆哮。他站起身来一看，只见阳台下面洒满月光的院子里站着一只狐狸。原来斯密尔又一次追踪大雁而来。当他发现他们栖息的地方之后，明白过来他仍旧无法接近他们。他怒不可遏，忍不住号叫起来。

　　狐狸这么一叫，年老的领头雁就惊醒过来了。尽管她在夜里几乎什么东西都看不清楚，她还是能够辨别出这是谁的声音。

　　"原来是你，斯密尔，是你半夜三更在外面闹得鸡犬不宁吗？"她问道。

　　"不错，"斯密尔回答，"正是我。我还想请问一下，你们大雁觉得我为你们安排的这个晚上如何呀？"

　　"什么？你的意思是说，紫貂和水獭都是你派来暗算我们的吗？"阿卡追问道。

　　"不错，这样精彩的举动是犯不着矢口否认的，"斯密尔得意扬扬地说道，"你们曾经用你们大雁的方式戏弄过我一回，现在我要用狐狸的戏弄方式来回敬你们。只要你们中间还有一只大雁活着，我就要追逐下去，直到斩尽杀绝，哪怕我不得不为此跑遍全国各地。"

　　"你，斯密尔，你应该扪心自问这样做究竟对不对，因为你既长着尖牙又长着利爪，却这样苦苦地逼迫我们这些没有自卫能力的大雁。"阿卡叹息道。

　　斯密尔以为阿卡吓坏了，于是连忙加上几句："哼，阿卡，要是你识相的话，你就应该把那个曾经多次同我作对的大拇指扔下来，交到我的面前，那我就放你们一条生路，今后不再追赶你或者你们中的任何一只。"

　　"要想叫我交出大拇指，休想！"阿卡斩钉截铁地回答说，"我们中间从最小的到最老的都愿意为他献出自己的生命。"

"哼，你们这样喜欢他，"斯密尔咬牙切齿地说道，"那么我就向你们发誓，我报仇的时候第一个就拿他下手。"

阿卡不再搭腔，斯密尔又号叫了几声，一切又都归于静寂。男孩子躺在那里，一直醒着。阿卡大义凛然地答复狐狸的那一番话更使得他没有了睡意。他决计不曾想到，他居然能够听到有人愿意为他牺牲生命这样慷慨激昂的话语。从这一刻起，再也不能说尼尔斯·豪格尔森不喜欢任何人了。

卡尔斯克鲁纳

四月二日　星期六

这是在卡尔斯克鲁纳的一个傍晚，月亮已经升起，皎洁的清辉照亮了大地。一切都是那么惬意，天气爽适宜人，四周一片静谧。白天早些时候曾经有过大风大雨，人们大概都以为坏天气还没有过去，所以大街小巷几乎都空无一人。

就在这座城市万籁俱寂之时，大雁阿卡率领她的雁群飞过威姆岛和庞塔尔屿，朝向这边飞来了。他们这么晚还在空中飞翔，是因为想要在礁石上寻找一个安全的过夜的地方。他们不敢在平地上停留，因为无论他们降落到哪里，都会遭受狐狸斯密尔的侵袭。

男孩子骑在鹅背上在天际高高地飞行，俯视着大海和像空中繁星般散布在沿海的礁石屿群。他觉得，所有的景色似乎都变得光怪陆离，而且鬼影幢幢。天宇已不再是蓝莹莹的，而是像一个墨绿色的穹隆紧扣在他的头顶上。大海呈乳白色。他极目眺望，但见海面上泛起一阵阵轻轻的白浪，波光潋滟，闪烁不定。在茫茫大海之中的礁石岛屿星罗棋布，都呈一块块的黑色。无论这些岛屿是大还是小，也不管它们是平坦得像草地还是布满陡崖峭壁，它们看起来都是一样黑。哦，甚至在白天通常是白色或者红色的住宅、教堂和磨坊，也在墨绿色的天空之下显露出黑色的轮廓。男孩子觉得，他身体下面的大地仿佛变成了另一个星球，他好像到了另一个世界。

他正在思忖着今天晚上他要勇敢地面对黑夜的时候，忽然一眼看到了真正使他毛骨悚然的东西。那是一座陡立的石头岛屿，岛上鳞次栉比地布满了四四方方的大石头，在那些黑色的大方石头之间，有许多明晃晃的金色斑点闪烁不定。他不禁联想到斯科讷的特劳莱·荣比宫中那块名叫玛格莱斯的巨石，相传那块巨石是被神灵高高举起，安放在金子做的擎天柱上的。他心里纳闷，这底下的石头会不会也有这样的来历。

倘若底下只有那些石头和闪烁的金色斑点，那倒也罢了，可是在岛屿四周的水面上还浮动着那么多张牙舞爪的怪物，它们看上去像大鲸、大鲨鱼和其他许多大海兽。男孩子估摸着，那些聚集在岛屿周围的准保全是水妖海怪。他们要蜂拥上岸，去同盘踞在那里的土地神决一死战。土地神想必害怕了，因为男孩子看到在岛上最高处站着一个硕大无朋的巨人，他高高地举起了双臂，似乎对他和他的岛屿遭到的厄运陷入了绝望。

男孩子注意到阿卡开始朝向这座岛上降落，这一下吓得他非同小可。"不行，千万不行，我们千万不能停留在这里。"他呼喊道。

但是大雁们纷纷降落到了地面上。这一下男孩子大吃一惊，以为自己看花了眼。首先，那些四四方方的大石头不是什么别的东西，而是一幢幢房屋。原来整个岛屿就是一座城市，而那些闪闪发亮的金色斑点就是路灯和着了灯火的窗户。那个站立在全岛最高处朝天高举着双臂的巨人原来是一座教堂，两侧各有一个正方形的钟楼。那些他看作水妖海怪的东西，原来是停泊在岛屿周围水面上的大小不同、形状各异的船只。在靠近陆地的浅水里，停泊的大多是划桨的小艇和帆船，还有一些沿海岸航行的小汽轮。朝向大海的远方开阔处，停泊着装甲战舰：有的腰宽体粗，硕大的烟囱向后倾斜；有的又细又长，造型灵巧，看来它们必定能像鱼一样在水里大显身手。

这究竟是哪座城市呢？嗯，男孩子终于想出来啦，因为他看到了那么多军舰。他从小就喜欢船，虽说他只能在大路旁边的水沟里玩玩纸做的船。不过，他知道，能够有那么多军舰停泊的地方不会是别的城市，一定是卡尔斯克鲁纳。

男孩子的外祖父曾经是海军舰队里的一名老水兵。在他生前，他每天不停地对男孩提到卡尔斯克鲁纳，向他讲述那个修造战舰的造船厂，还有城里其他值得参观的名胜。男孩子有一种返回家乡的亲切感，他非常高兴自己能够来到这个曾经听说那么多次的地方。

在阿卡降落到那两座钟楼之一的平顶上之前，他只能隐隐约约地看到那些瞭望塔和用来封锁港口的火力工事，还有造船厂里的许多建筑物。

对大雁们来说，这里的确是可以避开狐狸的万无一失的栖身之所。于是，男孩子开始盘算，他是不是可以放心大胆地钻到雄鹅翅膀底下去睡一整夜。是呀，这是他求之不得的。能够安安心心地睡上一会儿，那该有多好哇！等到天光大亮以后，他再想法子去看看造船厂和那些大船好了。

⋯⋯⋯⋯⋯

男孩觉得十分奇怪，他总是安不下心来，没法等到第二天清早再去看那些大船。他刚刚睡了还不到五分钟，就从雄鹅的翅膀底下溜了出来，顺着避雷针和下水管道往下爬到了地上。

走了不久，他就到了一个很大的广场。那个广场伸展在教堂前面，地面是鹅卵石铺成的。这一下可苦了他，走在那样的路面上，就像在崎岖不平的荒原上跋涉一样步履艰难。那些久居荒原或者远乡僻壤的乡下人进城的时候，看到大街两旁高楼大厦林立，通衢大道笔直宽阔，心里总不免惴惴不安。走在这样的街道上，川流不息的行人彼此相望，更加叫人提心吊胆。此时此刻男孩子心里就是这般滋味。他站在那个广阔的卡尔斯克鲁纳广场上，举目环视德国教堂、市政府，还有那座他刚刚爬下来的大教堂，心里越来越紧张，恨不得立刻回到钟楼上去同大雁们待在一起。

幸亏这时候广场上空荡荡的，一个人都没有，要是不把那个站在高高的底座上的塑像计算进去的话。男孩子对着那座塑像注视良久，那是一个高大魁梧的粗壮汉子，头戴三角形毡帽，身穿长长的大氅和齐膝的紧身裤，脚上穿着笨重的鞋子。男孩子琢磨来琢磨去，想不出他究竟是什么人。这个大汉手里握着一根很长的手杖，看样子随时都要举起这根手杖来打人，因为他的脸上一副凶相。再说，他的那副尊容也委实丑陋，鼻子又大又是鹰钩状的，嘴巴也非常难看。

"这个厚嘴唇、大嘴巴的家伙站在这里干什么呢？"男孩子最后无可奈何地说道。他觉得自己从来没有像今天晚上那样矮小、那样可怜，因此，他想方设法说出句俏皮话来自我安慰一下。然后，他把那座塑像抛到脑后，迈开大步，沿着一条通向大海的宽阔大街向前走去。

可是男孩子还没有走出几步，就听得身背后有些动静。有个人从他身后走过来，那个人的沉重脚步在鹅卵石铺成的街面上踩得震天价响，他还用一根铁皮包头的手杖戳着地面。从声音上判断，似乎就是那个青铜大汉塑像从底座上走下来，到广场上信步漫游一番。

男孩子沿着大街往前奔跑，一边侧耳倾听着身后的脚步声。他越来越肯定，后面跟上来的就是那个青铜大汉。地面在震抖，房屋在晃动，除了青铜大汉之外，别人是不会有这样沉重的脚步的。男孩子忽然想到自己方才还朝他说过一句不好听的话，不禁害怕起来。他连头都不敢回一下，不敢去看看是不是真的是那个青铜大汉。

"他大概只是下来到处走走，散散心，"男孩子暗自思忖说，"他不见得因为我说了那句话就同我过不去，反正我说那句话一点儿恶意都没有。"

男孩子本来打算一直往前走去寻找造船厂，这会儿却拐进了一条朝东去的街道，他想先把那个跟在他背后的人甩掉了再说。

可是，他过了一会儿就听见青铜大汉也拐进了同一条街道。男孩子害怕极了，简直不知道应该怎么办才好，况且在这样一座家家户户都紧闭着大门的城市里，简直无法找到可以躲藏的地方。就在这时候，他看到右手方向有一幢旧式的教堂，那幢圆木结构的房子坐落在离大街不远的一座街心花园当中。他毫不迟疑，飞一般地朝向那幢教堂奔跑过去。"我只消跑到那儿，就可以受到保护，不受妖魔鬼怪的伤害啦。"他想道。

当他向前飞奔的时候，他忽然看到一个男人站在沙砾甬道上向他频频招手。"这一定是愿意帮我的好心人。"男孩子想，心里不由得为之一振，便赶忙朝那边跑了过去。他一直非常害怕，他的心在胸口怦怦乱跳。

可是等到他一口气奔到那个站在沙砾甬道旁边的一把小凳上的那个男人面前时，他却惊愕得两眼发直。"难道这就是方才向我频频招手的那个人吗？"他百思不解地自问道，因为在他眼前赫然站着一个木头人。

他站在那里，怔怔地瞪着那个木头人。那是一个粗壮的汉子，两腿很短，一张酱紫色的宽脸膛，头发乌黑发亮，满脸黑色的连鬓胡子。他的头上戴着一顶黑色的木头帽子，身上穿着一件棕色的木头大氅，腰间束着黑色木头腰带，下身穿着一条宽大的灰色齐膝短裤，腿上套着木头长筒袜子，脚上穿着黑色木头靴子。他是最近用油彩漆得焕然一新的，因此在月光照耀下，他的脸上容光焕发，身上闪闪发亮，这也使得他的面容显得和蔼可亲。男孩子马上就对他有了信任感。

木头人的左手托着一块木牌，男孩子把牌上的词句念了一遍：

> 我最最低声下气地乞求诸位，
>
> 虽然我已声嘶力竭，不能大声讲话，
>
> 请扔下一枚铜币来救济贫困，
>
> 做这件善事要先掀开我的帽子。

哦，原来这个木头人是一只收集慈善捐款的募捐箱。男孩子感到大为扫兴，他本来还以为碰上了什么了不得的东西哩。不过，现在他想起来了，外祖父也曾经向他提起过这个木头人，还说卡尔斯克鲁纳城里所有的孩子都非常喜欢他。这大概是言之有据的，因为男孩子觉得自己也不大舍得从这个木头人身边离开。他身上散发出一股古色古香的气息，大家都可以把他当作有几百年岁数的老古董，而与此同时，他又那么身强力壮、勇敢豪爽，充满了生活乐趣，使得大家不禁猜想我们的祖先大概就是这副模样。

男孩子乐滋滋地看着木头人，看得出了神，连有人在背后追赶他这回事也忘到脑后去啦。可是不消片刻，他又听到了沉重的脚步声，那个青铜大汉也从大街拐过来，正朝着教堂广场走来。哎呀，他也追到这里来啦，那叫男孩子往哪里逃呢？

就在这刻不容缓的关头，他看到木头人朝着他弯下腰来，伸出了又宽大又厚实的手。要说不相信木头人出自好意，那是不可能的，男孩子便纵身跳到那手掌上。木头人掀开自己的帽子，把男孩子塞到帽子底下。

真是千钧一发啊！男孩子刚刚躲藏好，木头人刚刚把手臂放回原位，青铜大汉就来到了木头人的面前。他把手杖往地上戳了戳，木头人就在小凳上晃悠起来。然后，青铜大汉用强硬而铿锵作响的声音问道："喂，你是什么人？"

木头人手臂向上一伸，旧木头发出嘎吱嘎吱的开裂声，他把手举到齐帽檐，一面敬礼一面回答说："陛下！请恕罪，我叫罗森博姆，曾经是'无畏'号战列舰上的上等兵，服役期满后在海军将校教堂当看门人，最近被雕刻成木像安放在这个教堂前院里，充当收集慈善捐款的募捐箱。"

男孩子听到木头人高呼"陛下"，心头往下一沉，不免更加害怕，蜷曲在帽子底下，浑身直打哆嗦。因为现在他开动脑筋，终于想出来了，原来刚才在广场见到的那尊青铜塑像就是这座城市的缔造者，也就是说刚才跟在他背后的不是哪个等闲之辈，而是卡尔十一世[①]——

---

① 卡尔十一世（1655—1697），瑞典国王。

国王陛下本人。

"哦，禀告得倒还算清楚，"青铜大汉说道，"再禀报给我听听，今天晚上有没有看到过一个很小的小家伙在城里到处乱窜？这是一个蛮横无理的小坏蛋，要是我抓到了他，非要叫他尝尝我的厉害不可。"他说着就又用手杖用力地戳了戳地，显得火气非常大。

"请您恕罪，陛下，我看到过那个小子。"木头人说道。男孩子蜷曲在帽子底下，一面从一道木头缝里向外窥望，一面害怕得止不住浑身发抖。可是不久他就镇静下来了，因为木头人继续禀告："陛下走岔道啦，那个坏小子故意直奔造船厂而去，在那儿可以躲藏起来。"

"嗯，言之有理，罗森博姆！那么你就不要再纹丝不动地站在小凳上啦，快随我来，跟我一起去寻找他！四只眼睛总比两只眼睛管用，罗森博姆！"

可是木头人用哀求的腔调说道："我最最卑微地请求允许我能站在此地不动。我新近刚刷过油漆，所以看起来浑身锃亮，很神气，其实我已经老朽无用，动弹不了啦。"

青铜大汉根本听不进一句拂逆他意思的话。"哼，难道一点儿规矩都没有了吗？马上给我滚下来，罗森博姆！"他又举起那根长手杖朝着木头人的肩膀上狠狠地敲了一下，敲出震耳欲聋的响声，"瞧，你还挺得住嘛，罗森博姆，难道不是吗？"

于是，他们结伴一前一后地出发了，他们俩在卡尔斯克鲁纳的大街上大摇大摆地走着，恍若入无人之境。他们一直来到造船厂又高又大的大门前。大门外有个水兵在站岗，青铜大汉却不予理睬，从水兵的身边擦了过去，抬起脚来把大门踢开，而那个水兵却假装没有看见。

他们进入造船厂里面，但见一个规模巨大的港口由一条又一条栈桥划分成许多泊位。在这些泊位上，停泊着许多军舰。在这么近处观看它们，它们远比男孩子从天上往下看时更像庞然大物，更加威风凛凛。"哎呀，难怪我方才把它们误认为是海里的妖怪啦。"男孩子暗暗想道。

"你看，我们从哪里着手搜查最合适，罗森博姆？"青铜大汉问道。

"像他那样的小个子，想必最容易躲藏在船只模型陈列室里。"木头人回答说。

从大门右首起沿着整个港口有一片狭长的陆地，那里有几幢古老陈旧的建筑物。青铜大汉走到一幢墙壁很低、窗户窄小、屋顶陡高的房屋面前。他用手杖捅了捅门，门就打开了。他们走了进去，顺着一道已经磨损不堪的楼梯脚步沉重地往上走。楼梯尽头是一个大厅，里面放满了桅索、帆樯一应俱备的小巧船只。男孩子不需要任何人的指点就明白过来，那是以前为瑞典海军制造的军舰模型。

那里陈列的船只五花八门，各色各样。有古老的战列舰，它们两侧船舷的炮洞里伸出了一排排大炮，船头和船尾都高高隆起，桅杆上挂满了令人眼花缭乱的船帆和桅绳。有沿着船舷装着一排排坐板的划桨小艇，有不设甲板的炮艇。还有舰身上镶镀金饰物而金碧辉煌的巡洋舰，那是国王御驾出海旅行用的。那里竟然也有如今还在使用的甲板上设有炮塔和大炮的，又笨重又宽大的装甲军舰，以及船体细长得像灵活的鱼、周身闪闪发光的鱼雷艇。

男孩子被带着在这些船只模型之间穿来穿去，不禁为之赞叹不已。"真了不起哇！这么大而漂亮的船只都是在瑞典造出来的呀！"他心里禁不住连声叫好。

他倒是有足够的时间把厅里陈列的一切尽兴地浏览一遍，因为青铜大汉一见到这些船只模型便把别的事情一股脑儿忘到九霄云外去了。他从第一个模型看起，一直看到最后一个，一边观看一边询问它们的情况。"无畏"号战列舰上的水兵罗森博姆尽其所能地逐一回答了这些问题，讲述了是哪些人设计建造了这些舰艇，哪些人指挥驾驶它们，还有它们的命运，等等。他讲到了著名的海军将领卡普曼、普盖和特鲁莱等人，讲到了海战古战场哈格兰德海湾和瑞典海峡，等等。他一口气讲述下来，一直讲到一八〇九年，因为自此以后的事情他没有亲身经历过。

他和青铜大汉两个人都喋喋不休地谈论着那些古老漂亮的木头船只，而他们对新式的铁甲军舰似乎都一窍不通。

"我说，罗森博姆，听起来你对这些新的玩意儿也不怎么在行，"青铜大汉不耐烦地说道，"我们倒不如去看看别的东西！这样会使我心里痛快些，罗森博姆。"

他早就不再搜寻男孩子了，所以男孩子可以放心安静地坐在木头帽子里。

这两个彪形大汉一起在那些巨大的工厂厂房里穿来绕去。他们参观了缝制船帆的工场、铸造铁锚的工场、机械和木工工场等地。他们看了桅杆起重机、船坞、巨大的仓库、贮放火炮的场院和军械弹药库，还有把几根绳索绞起来并成一根的那条狭长甬道，还有在岩石上爆炸而成但早已废弃不用的大船坞。他们走到栈桥上，一艘艘军舰都系缆停泊在那里。于是他们两人登上这些军舰，像两个老水手那样仔细地观看每一样设备，他们对有些设备心存疑虑，对另一些嗤之以鼻，也有一些受到他们的称赞，还有的令他们看了就恼火。

男孩子安安稳稳地坐在木头帽子底下，侧耳聆听他们的交谈。他听他们讲到，为了建造和装备每一艘从这里驶出去的船只，人们是如何在这个地方勤劳苦干和顽强奋斗的。他听他们讲到为了造出这些战舰，人们是如何甘冒生命和流血的危险，不惜献出最后一枚铜板，还有那些富有天才的人物如何把自己的毕生精力和全部心血都倾注在改进和完善这些船只的设计制造上，而正因为如此，这里才源源不断地生产出这些军舰，因而充实了保卫祖国的国防力量。男孩子听着听着，眼泪不止一次地夺眶而出。他觉得能够聆听到这样精彩的介绍真是不虚此行，心里充满了喜悦。

最后他们来到一个开阔的院落，那里陈列着装饰在古老的战列舰船艏上的船头像。这是男孩子前所未见的奇异景象，那些人像的面部表情都难以置信地威严勇猛，令人望而生畏。他们一个个都硕大无朋、英勇威武和粗犷豪迈，充满那些大战舰上特有的那种伟大的自豪感。他们属于另一个完全不同的时代，在他们面前他觉得自己越来越渺小。

他们来到这里之后，青铜大汉吩咐木头人道："脱下帽子，罗森博姆，向留在这里的人致敬！他们都曾经为了保卫祖国而英勇战斗。"

罗森博姆竟然也忘记了他为什么那么老远跑到这里来，就像青铜大汉一样。他不假思索地从头上掀起帽子，高声呼喊道："我脱帽向造好这个港口的人致敬！向建造这座造船厂的人致敬！向重建海军的人致敬！向使得这一切付诸实现的国王致敬！"

"谢谢，罗森博姆！你说得好！罗森博姆，你果然是一个非常出色的家伙……嗯，可是这是怎么回事呀，罗森博姆？"

因为就在这时候，他猛然看到尼尔斯·豪格尔森站在罗森博姆光秃秃的脑袋上。但是男孩子现在不再害怕了，他挥舞着自己的白色尖顶帽子，高声呼喊道："大嘴巴万岁！"

青铜大汉把手杖往地上狠狠地一戳，但是男孩子弄不清楚是怎么回事。因为就在那时候太阳冉冉升起，霎时间青铜大汉和木头人都化为一股烟尘随风消失了。男孩子站在那里，怔怔地凝视着他们消失，大雁们却从教堂的钟楼上飞了下来，在城市上空来回盘旋。他们很快看到了尼尔斯·豪格尔森，于是派那只大白鹅从空中飞下来把他接走了。

厄兰岛之行

四月三日　星期日

大雁们飞出城去，在沿海岩石礁中的一座小岛上降落，开始寻觅食物。他们在那里遇到了几只灰雁。灰雁感到很奇怪，竟会在这里见到他们，因为灰雁很清楚，这些同类朋友是宁愿由腹地飞往北方的。他们十分好奇，喋喋不休地问长问短，直到大雁们把他们遭受狐狸斯密尔追逐的经过一五一十都说给他们听了，他们才心满意足。在他们讲完之后，有一只似乎同阿卡一样苍老、一样聪明的灰雁长叹道："唉，那只狐狸被逐出同类，这对你们来说可是很人的不幸呀。他一定怀恨在心，非要实现报仇雪耻的誓言不可，他不追赶你们到拉普兰是不肯罢休的。我要是你们，我就不经过斯莫兰省朝北飞啦，而是绕道海上经过厄兰岛，这样他就找不到你们的踪迹了。为了完全地避开他的耳目，你们务必要在厄兰岛的南面岬角上停留两三天。那里会有许多吃的东西，也有许多鸟类可以做伴。我相信，你们要是绕道厄兰岛飞行，是不会后悔的。"

这真是一个非常高明的主意，大雁们决定就这样做。他们吃饱之后，就起程前往厄兰岛。他们当中谁都没有去过那里，亏得灰雁把一路上醒目的标记都告诉了他们，他们只消笔直地向南飞行。在布莱金厄省的海岸边他们会遇到大批大批的鸟群，那些鸟群都是在南大西洋过冬以后返回芬兰和俄罗斯的，他们都要经过那里，顺道在厄兰岛上歇歇脚。所以，大雁们想要找个把引路的向导并不是什么难事。

那天没有一点儿风，热得如同夏天一般，这正是出海遨游的最佳天气。唯一使人有点儿担心的是天空并不晴朗如洗，而是灰蒙蒙的，有点儿轻雾薄云，有些地方还有巨大的云团从天际直垂到海面，使得远处变成一片混沌。

这些身在旅途的大雁从沿海小岛飞走之后，他们身下的海面显得开阔起来，海面平静如镜，连一点儿涟漪也不泛起。男孩子偶尔探头俯视，只觉得水天一色，似乎海水都已经消失在天空中了。他身下不再有陆地，除了朵朵云彩之外，天上地下一片空荡，什么东西都不复存在了。他感到头晕目眩，便死命地紧紧贴在鹅背上，比第一次骑鹅飞行还要惶惶不安。他似乎无法在鹅背上坐稳了，不是朝这个方向就是朝那个方向倒。

更为糟糕的是，他们同灰雁讲起过的那些鸟群会合了。一点儿不假，确实有大群大群的鸟源源不断地朝着同一个方向飞。他们似乎都沿着一条早已规定好的道路争先恐后地向前飞。鸟群中有野鸭和灰雁、黑凫、海鸠、白嘴潜鸟、长尾鸭、秋沙鸭、鸬鹚、蛎鹬、潜鸭。男孩子俯身一看，本来应该是大海的地方现在忽然变成了黑压压的大片大片的鸟群，因为他看到的是水中倒影。可是他实在头晕得厉害，分辨不清究竟是怎么回事，只觉得这些鸟群怎么肚皮朝天地飞翔。他并没有因此大惊小怪，因为他自己也搞不清哪里是上哪里是下了。

那些鸟飞得精疲力竭，恨不得马上就可以飞到目的地。他们当中没有一只啼叫或者说句逗笑的话。这一切都显得光怪陆离，同日常迥然不同。

"想想看，倘若我们能飞离地球，那该有多好哇！"男孩子自言自语道，"想想看，要是我们这样飞呀，飞呀，一直飞到天堂里去，那该有多好！"

他看到周围除了云朵和鸟群之外茫茫一片，于是浮想联翩，自以为果真在飞往天堂的途中了。他心里乐滋滋的，并且开始遐想在天堂中能够见到什么样的胜景仙境。那种眩晕感一下子消失掉了，他只觉得非常高兴和痛快，因为他正在想象中离开地球飞向天堂。

就在这时候，他猛听得乒乓几声枪响，看到有几股细小的白色烟柱冉冉升起。

鸟群登时惊恐起来。"有人开枪啦！有人开枪啦！"他们惊慌地叫喊道，"是从船上开的枪！快往高处飞！快往高处飞！"

男孩子终于看清了，他们原来一直掠着海面飞行，根本没有升高往天堂飞。海面上有许多载满举枪射击者的小船，那些小船一字长蛇阵般地摆开，射手们乒乒乓乓一枪又一枪放个不停。原来，飞在最前头的鸟群没有来得及看到这些射击者，因为他们飞得太低了。不少颜色深暗的躯体扑通扑通地掉进了海里，每掉下去一只，那些幸存者便发出一阵高声的哀鸣。

对于这个自以为正在飞向天堂的白日梦者来说，被突如其来的惊叫和哀鸣声唤醒过来，心里真像打翻了五味瓶一样不好受。阿卡一个冲刺，拼命往高处飞去，整个雁群也尾随其后以最快的速度跟了上来。大雁们总算侥幸脱险了，男孩子却久久不能摆脱自己的困惑。只消想想看，竟然有人会对像阿卡、亚克西、卡克西、雄鹅和别的这么好的鸟下毒手！人类简直不知道他们已经十恶不赦到了什么地步。

待一切平静下来之后，他们又在寂静的天空中向前飞行，鸟群还是同先前一样默不作声，不过时不时地有几只累得快飞不动的鸟呼叫道："我们快到了吗？你敢保证我们没有迷路吗？"在前面领头飞行的鸟便回答："我们正朝着厄兰岛飞，正朝着厄兰岛飞。"

绿头鸭们渐渐体力不支，而白嘴潜鸟却迂回到他们前头去了。"不要那么匆忙！"绿头鸭叫喊道，"你们不要把我们的食物通通吃光！"

"够我们吃的，也够你们吃的！"白嘴潜鸟回答道。

他们又往前飞了很长一段路，还是没有见到厄兰岛。这时一阵微风朝他们迎面吹来，随着风吹过来一股股白絮般的烟雾，似乎不知哪个地方着了火。

鸟群一见到这些滚滚而来的白烟，神色就显得更加焦急，更加快了飞行速度。弥漫的烟尘越来越浓密了，后来把他们全部严严实实地紧裹在里面。烟尘倒没有什么异样的气味，不是黑色干燥的，而是白蒙蒙、湿漉漉的。男孩子忽然明白过来，这原来是一片大雾呀！

云烟氤氲，浓雾四合，几乎到了伸手不见五指的地步，鸟群开始装疯弄痴起来。原先他们都是秩序井然地往前飞行，现在却在云雾之中玩起游戏来了。他们穿过来绕过去，存心要诱使对方迷路。"千万小心啊！"他们还戏弄地呼叫道，"你们只是在原地绕圈子！赶快回转身去吧！照这么飞行，你们是到不了厄兰岛的。"

大家都知道厄兰岛在哪里，可是他们偏偏要尽量使对方迷失方向。"看看那些长尾鸭，"浓雾里传来叫声，"他们可是朝着飞往北海的回头路上去啊！"

"小心哪，灰雁们！"另一侧传来了叫喊，"如果你们再这么飞下去，你们会飞到吕根岛去的。"

前文已经说过，这些鸟群都是这条路上轻车熟路的行家，他们尽管逗趣戏弄，不过决计不会被愚弄得晕头转向以致飞错方向。但是这一下可把大雁们弄苦了。而那些起哄的鸟一看到他们不大熟悉这段路，便变本加厉，要使他们迷路。

"你们究竟打算到哪里去呀，亲爱的朋友？"一只笔直地朝阿卡飞过来的天鹅叫喊道。看起来他充满了同情，非常认真。

"我们要到厄兰岛去，可是我们过去不曾去过那里。"阿卡老老实实地回答，她觉得这只鸟是靠得住的。

"那太糟糕啦，"天鹅叹口气，说道，"他们弄得你们晕头转向迷了路。你们这是朝着布莱金厄方向飞。跟着我来，我给你们指路。"

他带着大雁们一起飞行，当他把大雁们带到离那源源不断的鸟的洪流很远很远的地方，再也听不到别的鸟叫的时候，他忽然不辞而别，消失在了浓雾之中。

大雁们只好漫无目的地翱翔了一段时间，他们寻找不到其他鸟的踪影。后来，一只野鸭飞了过来。"你们最好先降落到水面上歇着，等大雾散了之后再走。"野鸭规劝说，"看得出来，你们不认识路呀。"

这帮坏家伙串通一气把阿卡也搞得晕头转向了。事情已经很清楚了。男孩子回想起来，有很长一段时间大雁们都是在绕圈子。

"当心啊！难道你们没有留神自己在来来回回地白费力气大兜圈子吗？"有只白嘴潜鸟从旁边掠过时叫喊道。男孩子不由自主地抱紧了雄鹅的脖子。这正是他很长时间以来所害怕的。

倘若不是远处响起了一阵如同滚雷一般轰隆隆的炮声，那就说不好他们究竟什么时候才能飞到目的地了。

阿卡听到这炮声，精神为之大振，她伸长脖子，霍霍有声地拍打翅膀，以全速向前猛冲。现在她终于找到了辨别的标志，因为那只灰雁恰好曾经对她说过，叫她切莫在厄兰岛南面的岬角降落，因为那里安装着一尊大炮，人们常常放炮来驱散浓雾。现在她认出方向了，世界上再也没有人可以愚弄她了。

厄兰岛南部岬角

四月三日至六日

在厄兰岛的最南端，有一座古老的王室庄园，名叫奥登比。这座庄园的规模非常宏大，从这边海岸到那边海岸，贯穿全岛的地界之内的土地全部归它所有。这座庄园之所以引人瞩目，还因为那里一直是大群动物出没的场所。十七世纪，历代国王常常远途巡幸，到厄兰岛上狩猎，那时候整个庄园还只是一大片鹿苑。到了十八世纪，那里兴建起一座种马场，专门培育血统高贵的纯种良马，还有一个饲养场养了几百只羊。时到如今，在奥登比既没有纯种良马也没有羊群了，在庄园的马厩里饲养着大批马驹，那是将要给骑兵团用作战马的。

可以肯定地说，全国各地再也没有一座庄园比那里更适合动物生息繁衍。那个古老的饲养场是位于东海岸的一片纵向长达二公里半的大草地，它是整个厄兰岛上最大的牧场，所有的牲畜都可以自由自在地在那里觅食、玩耍，就像在大草原上一样。声名卓著的奥登比森林也在此地，有几百年历史的古老槲树高大参天，浓荫遍地，既遮住了炽烈的阳光，也挡住了强劲的厄兰岛海风。还有一件不能不提的，就是那道非常长的奥登比庄园的围墙，它从岛的这一端延伸到岛的那一端，把奥登比同岛上其他地方隔开，这样划地为界，也使得牲畜知道古老王室庄园的地界，而不至于乱跑乱闯到别的土地上去，因为到了外面他们就不见得能那么太太平平地过日子了。

但是，若说奥登比有许许多多牲畜，那是远远不够的。人们几乎可以相信，那些野生动物也有一种感觉，那就是在这样一块古老的王室领地上，无论家畜或者野生动物，都可以找到安身立命之地，因此他们也放大胆子成群结队地来到这里。那里至今还有古老品种的牡马鹿。山兔、麻鸭和鹬鸫也都喜爱在那里生活。在春天和夏末，这座庄园也是成千上万只候鸟的歇息地，尤其是饲养场下面潮湿而松软的东边海岸，候鸟都要在那里歇息和觅食。

当大雁们和尼尔斯·豪格尔森终于找到厄兰岛的时候，他们也像其他所有的鸟一样在饲养场下面的海岸上降落。弥天浓雾就像方才覆盖在海面上一样，紧紧地覆盖在这座岛上。可是，男孩子不禁大为惊愕，因为就在他目力所及的那一小段海岸上竟会聚集着那么多鸟。

那是一片很低的沙质海岸，上面布满了石头，到处是坑坑洼洼的水坑泥潭，还有被海浪冲刷上来的海藻。要是让男孩子来做选择的话，他决计不会在这样的地方歇息，可是鸟类都把这个地方看作真正的乐园。野鸭和灰雁在牧场里走来走去寻找食物。靠近水边的是鹬鸟和别的海滨鸟类。白嘴潜鸟在水里浮游，捕食鱼类。不过鸟类聚集得最多也是最热闹的地方，要算海岸外面的那片海藻滩了。在那里，万头攒动，那么多鸟紧紧地挤在一起，各自啄食着小虫子，虫子的数量也许多得数不胜数，因为一直不曾听到过他们发出没有东西吃的怨言。

大多数鸟都是要再往前赶路的，在这里停下来只是为了歇息一下。当领队的鸟认为自己这个鸟群的伙伴已经恢复体力的时候，他便会说道："你们准备好了吗？咱们出发吧！"

"没有，等会儿吧，等会儿吧！我们还没有来得及吃饱肚皮哩！"伙伴们这么回答。

"你们不要以为我会听任你们大吃，吃撑了连动也不想动一动的。"领队鸟说道。他亮翅展翼飞走了。可是不止一次，他不得不重新飞回来，因为他没有法子劝说伙伴们跟他一起走。

在海藻滩最靠外面的边缘游着一群天鹅。他们不乐意到岸上来，而宁可躺在水面上荡来荡去，舒展自己的筋骨。有时候，他们伸出脖子探入水内，海底捞月般拣捞食物。当他们拣捞到真正可口的美食的时候，他们便会仰天发出一声长啸，就像使劲儿吹喇叭一样，声震九霄。

男孩子听见天鹅的鸣叫，便赶紧朝海藻滩那边奔跑过去。他从来没有在近处看到过野天鹅，这次他却很幸运地能够一直走到他们面前。

听到天鹅长啸的不只是男孩子一个人，野鸭、灰雁和白头潜鸟也纷纷从海藻滩上游了出去，在天鹅群四周围成一圈，目不转睛地盯住他们。天鹅们鼓鼓翎毛，将翅膀像风帆般展开，还把脖子向空中高高地昂起。偶尔也有一两只天鹅纡尊降贵地游到一只野鹅或者一只大潜鸟、一只潜鸭面前，信口吐出两三个字来，而那些听众都诚惶诚恐得不敢张开嘴回答。

不过有一只小潜鸟——一只黑色羽毛的小捣蛋鬼，对天鹅这样趾高气扬的做派实在看不下去了。他忽然一个猛子潜入水底。马上有一只天鹅尖声惨叫起来，不顾体面地匆匆逃去，游得那么匆忙，以至在水面搅起一阵阵泡沫。待到游出一段距离之后，他又停了下来，重新摆出王者至尊的架子。可是过了一会儿，第二只天鹅也像第一只那样没命地哀叫起来，紧接着第三只也发出了惨叫。

那只小潜鸟在水下再也憋不住了，他浮到水面上来换口气，显得又瘦小又黑乎乎的，一副调皮模样。天鹅们气冲冲地朝他追了过去，可是当看到原来是那样一个瘦瘦的小可怜的时候，他们又不好发作，只得无可奈何地转过身去，他们不屑于屈尊同这样一个家伙计较。于是小潜鸟又潜到水底去啄他们的脚蹼。挨几下啄想必是很疼的，更糟糕的是这使得天鹅们无法保持自己的王者尊严。于是他们当机立断要赶快了结。他们先是扇动翅膀使空气发出呜呜咽咽的响声，然后就像在水面上奔跑一样滑行了很长一段距离，待到翼下生风，他们便冲天而去。

天鹅飞走之后，大家茫然若失，惋惜不已。甚至方才还为小潜鸟的鲁莽行为喝彩称快的鸟，现在也埋怨他太不检点了。

男孩又回到岸上。他站在那里观看鹬鸟怎样玩游戏。他们的模样像很小的鹤雏，有着鹤一样的瘦小身躯、长长的双腿和一样细长的脖子。他们的动作也是那样轻盈飘逸，不过他们的羽毛不是灰色的，而是棕褐色的。他们排成长长的一行，站在海浪拍岸的水边。一个浪头打过来时，他们整个行列全都往后倒退。等到海浪退下去时，他们这一长列又一齐朝前追波逐浪。他们就这样玩了几个小时。

在所有鸟当中，风姿最为翩跹的要算麻鸭了。他们大概同普通野鸭有血缘关系，因为他们也有粗壮笨重的身躯、扁长的嘴和长蹼的脚掌，但是他们的翎羽五光十色，非常艳丽。他们的羽毛本身是雪白的，脖子上有一道很宽的黄色圈带，锦缎般变换着色彩。

只要有几只麻鸭在海岸上出现，别的鸟就会起哄喊道："看看那些家伙！他们知道怎样把自己打扮得花里胡哨，那身上可打满了补丁！"

"嘿，他们要是没有那样一副漂亮的尊容，也就用不着在地下挖巢居住了，也就可以同别的鸟一样大大方方地躺在阳光下啦！"一只褐色雌绿头鸭挖苦道。

"唉，他们哪怕打扮得再漂亮，可长了这么一个翘鼻子总是没有办法掩饰的。"一只灰雁叹息道。这倒一点儿也不假，麻鸭的嘴末端长着一个大肉瘤，活像翘鼻子一样，这就使麻鸭大大地破相了。

在海岸外面的水面上，海鸥和燕鸥飞过来掠过去地捕捉鱼吃。"你们捉的是什么鱼？"一只大雁问道。

"刺鱼！厄兰岛的刺鱼！这是全世界最好吃的刺鱼，"一只海鸥说道，"你们难道不想尝尝看吗？"他塞了满嘴的小鱼飞到大雁面前，想给她尝尝。

"哼，真是要命！难道你以为我会吃这种腥臭难闻的龌龊东西吗？"

第二天清早照样是浓雾弥天。大雁们到牧场上去觅食，男孩子却跑到海岸边去捡贻贝。那里贻贝多得很。他想，说不定第二天就会到一个他根本找不到食物的地方去。他就下了决心要编织一只随身携带的小包，这样他就可以捡上满满一包贻贝。他从牧场上找来了前一年的蓑衣草，就用这些又有韧性又结实的草茎编结成一根根草辫，然后再编织成一个小背包。他在那里一口气干了几个小时，直到编结成功，他才高高兴兴地歇手。

晌午时分，所有的大雁都跑过来问他有没有看见过那只白色雄鹅。"没有啊，他没有同我在一起。"男孩子回答说。

"刚才他还同我们在一起，"阿卡说道，"可是这会儿工夫，我们不知道他到哪儿去啦。"

男孩子霍地站立起来，心里忐忑不安。他询问这里有没有人见到狐狸或者鹰隼来过，再不然在附近有没有见到过人类的踪迹。可是，大家都没有注意到有什么危险的迹象。雄鹅大概是在浓雾中迷路了。

无论白鹅是怎样失踪的，对男孩子来说都是莫大的不幸。他马上出发去寻找白雄鹅。幸好浓雾庇护着他，他可以随便跑到哪里都不会被别人看到，可是大雾也使他看不清东西。他沿着海岸往南奔跑，一直跑到岛上最南端岬角的航标灯和驱雾炮那里。遍地都是嘈杂的鸟群，却见不到雄鹅。他放大胆子闯进奥登比庄园去找，在奥登比森林里找遍了一棵又一棵已经空心的老槲树，可是也找不到雄鹅的一点儿踪迹。

他找呀，找呀，一直寻找到天开始暗下来。直到他不得不返回东海岸，他才拖着沉重的脚步徘徊而行，心里充满了懊丧和失望。他不知道如果找不到雄鹅，他今后究竟会怎样，究竟还能不能变回原来的模样。他这时更觉得雄鹅是自己须臾不可离的亲密伙伴。

可是当他蹒跚走过饲养场的时候，他忽然模模糊糊地看见一大团白色的东西在浓雾中显露出来并且朝着他这边过来了。那不是雄鹅还会是什么呢？雄鹅安然无恙地归来了。雄鹅说，他真高兴终于又回到了大雁们身边，是浓雾使他晕头转向的，他在饲养场上转悠了整整一天也没有找到大雁们。男孩子喜出望外，用双手勾住了雄鹅的脖子，连声恳求他以后多加小心，不要同大家走散。雄鹅一口答应说他再也不会走散了，再也不会啦。

可是次日清晨，男孩子跑到海岸沙滩上去捡拾贻贝的时候，大雁们又奔跑过来询问他有没有见到过雄鹅。

没有，他一点儿都不知道。哦，雄鹅又不见啦。他大概像头一天一样在大雾中迷失方向了。

男孩子大吃一惊，蹿起来去寻找他。他发现奥登比的围墙有一个地方已经塌落，他可以爬过去。爬出围墙以后，他沿着海滩寻找过去，海滩越来越开阔，地方越来越大。后来出现了大片的耕地和牧场，还有农庄。他走到这座海岛中部平坦的高地上去寻找，那里只有一座座风磨，没有其他的建筑物，而且植被非常稀疏，底下的白垩色石灰岩都裸露出来了。

雄鹅还是无影无踪，而天色又已接近黄昏。男孩子不得不返身往回赶。他相信自己的旅伴十有八九是走丢了。他心里难过，情绪消沉，不知道该怎么做才好。

他刚刚翻过围墙，耳际又传来了附近有块石头倒塌下来的声响。他转过身来，想看看究竟。忽然他隐隐约约地看到围墙边上的一堆碎石头里有个什么东西在移动。他蹑手蹑脚走近一看，原来是那只白雄鹅嘴里衔着几根长长的草正在费力地爬上乱石堆。雄鹅并没有看见男孩子，男孩子也没有出声喊他，因为他想，雄鹅一次又一次失踪，其中必定有原委，他想要弄个水落石出。

他很快就弄清了原因。原来乱石堆里躺着一只小灰雁，雄鹅一爬上去，小灰雁就欣喜地叫了起来。男孩子悄悄地再走近一些，这样就可以听到他们的讲话了。从他们的话里才知道，那只灰雁的一只翅膀受了伤，不能飞行了，而她的雁群却已经飞走，只留下她孤孤单单地在这里。她险些饿死，幸好前天白雄鹅听到了她的悲鸣，闻声赶来寻找她。从那时起，雄鹅就一直给她送食物。他们两个都希望在雄鹅离开这座岛之前，她能够恢复健康，可是她至今不能动弹，更不消说飞行了。她为此心里非常懊丧，可是他娓娓劝说，好言安慰她，并且告

诉她一时间他还不会离开此地。他向她告别时答应，他第二天还会来
看她。

男孩子让雄鹅先走了，没有惊动他。在雄鹅远去之后，他轻手轻
脚地走进乱石堆。他心里有点儿愤愤的，因为他一直被蒙在鼓里。现
在他要去对这只灰雁讲清楚，雄鹅是归他所有的，是要驮着他去拉普
兰的，所以根本谈不上为了她留下来。可是当他靠近灰雁一看，他才
明白为什么雄鹅一连两天殷勤地给她送来食物，为什么雄鹅一字不提
他在帮助她。她长着一个最最漂亮的小脑袋，羽毛光洁得像软缎一样，
眼睛里闪烁着温柔而又祈求的光芒。

当她瞅见男孩子时，她本想赶快逃走，但是左面的翅膀脱臼了，
耷拉在地上，使得她难以动弹。

"你不必害怕我，"男孩子赶紧安慰说，从他的样子一点儿也看
不出方才他是想来发泄怒气的，"我叫大拇指，是雄鹅莫顿的旅伴。"
他继续说道。说完，他就僵立在那里，一时间竟再也找不出话来。

其实动物身上往往也具有一种灵性，他们领悟能力如此之强，真
叫人惊叹不已，弄不明白他们究竟算是哪一类生物。人们几乎要担心
起来，倘若这些动物变成了人类，那么他们将会何等聪明。那只灰雁
就具有这种灵性。大拇指一说出他是谁，她就在他面前妩媚地伸伸脖
子点头致意，并且用悦耳动听的嗓音说道："我非常高兴你到这里来
帮我。白雄鹅告诉我，再也没有人比你更聪明更善良了。"

她说这番话的态度是那么雍容端庄，连男孩子都自愧弗如。"这
哪里是一只鸟，"他暗自思忖道，"分明是一位被妖术坑害的公主嘛！"

他心情激动起来，很想帮助她，便把他那双很小的手伸到羽毛底
下去摸摸翅骨，幸好骨头没有折断，只是关节错了位。他伸出一根手
指探了探那个脱臼的关节。"当心啦！"他一面说着，一面牢牢地捏
住那根管子状的骨头用力一推，把它推回原处。他是第一次做这样的
事情，手脚可以说是十分利索的，动作也很准确。可这一推毕竟还是
非常疼痛的，那只可怜的小雁发出一声撕心裂肺般的惨叫，然后便如

同稀泥瘫在乱石之中，一丝生气都没有了。

男孩子吓得失魂落魄，他本来是一片好意想要帮忙治愈她，想不到她却一命呜呼了。他纵身跳下乱石堆，没命地飞奔回去。他觉得自己已经谋杀了一个真正的人。

第二天，天色转晴，大雾已经消散。阿卡吩咐说现在可以继续飞行了。其他大雁都愿意早点儿动身，唯独雄鹅不赞成。男孩子心里有数，他不愿意离开灰雁。可是阿卡并没有理会雄鹅便动身了。

男孩子爬到雄鹅背上，雄鹅无可奈何，只好跟随着雁群出发，心里老大不乐意，飞得非常慢。男孩子倒为能够离开这座岛而松了一口气，他为了灰雁的事良心遭受着谴责，可是又无颜对雄鹅坦白交代事情的经过，说清楚他的本意是想治愈她。他想，雄鹅莫顿一辈子都不知道这件事才好呢，不过同时他又非常怀疑白雄鹅竟然硬得下心肠，丢下灰雁不管而一走了之。

突然雄鹅转过头来往回飞，对灰雁的关切在他心中具有至高无上的位置，至于能不能去成拉普兰，那就随它去吧。他明白，倘若他随着大雁们一起飞走，那么她孤苦伶仃，重伤未愈，躺在那里一定会活活饿死的。

雄鹅挥动了几下翅膀就来到了乱石堆，然而小灰雁杳无影迹。"小灰雁邓芬！小灰雁邓芬！你在哪儿？"雄鹅焦急地呼唤道。

"大概狐狸曾经来过，把她叼走了。"男孩子想。可是就在这个时候，他听到一个悦耳的声音在回答雄鹅："我在这儿，雄鹅，我在这儿！我一早起来就去洗澡啦。"小灰雁从水中跃起，她已经恢复了健康，一点儿毛病也没有了。她娓娓诉说道，全靠大拇指将她的翅膀用力一拉使关节复位。现在她已经痊愈了，可以继续飞行了。

水珠像珍珠一样在她绸缎般变换着颜色的翎羽上闪闪发亮。大拇指不禁又一次想道，她是一位真正的小公主。

大蝴蝶

四月六日　星期三

雁群在空中飞了很久很久，有座长长的海岛清晰地出现在他们的身下。男孩子在旅途中兴高采烈，这和昨天在岛上到处寻找雄鹅时的难过失望完全不同。

此刻映入他眼帘的是海岛的中央腹地，那是童山濯濯的高原，而四周沿岸是大片肥沃土地。现在他才开始明白昨天晚上他听到的那段对话的含义。

高原上有许多风磨。那时他正好坐在一个风磨旁边休息，有两个牧羊人带着猎狗赶着一大群羊走来了。男孩心里倒并不害怕，因为他坐在磨坊的台阶底下，隐匿得非常严实。那两个牧羊人偏偏不走了，就在台阶上坐了下来。这样男孩子就没有别的法子，只好老老实实一动不动地待着。

有一个牧羊人年纪很轻，看上去同其他许多人差不多。另一个上了年岁，长相有点儿古怪。他腰大体粗，两腿罗圈，而脑袋却很小，脸上皱纹密布，倒还算善相，不过头与身体的大小太不相称了。

那个老年牧羊人默不作声地坐在那里，以一种语言所无法形容的倦怠的眼光凝视着浓雾。过了半晌，他才开口同身旁的伙伴说话。那个年轻的牧羊人从背袋里取出面包和奶酪当晚饭。他几乎并不搭腔，只是耐心地闷声不响倾听，那神色仿佛在表明："我为了使你高兴，让你痛痛快快地说个够。"

"现在我给你讲一个典故，艾立克，"那个老牧人说道，"我琢磨着，古时候的人和动物大概都比如今的要大得多，连蝴蝶都大得不得了。曾经有一只蝴蝶，身体有几十公里长，翅膀像湖泊那样宽。这对翅膀宝蓝色里闪现着银色光辉，真是漂亮极了。那只蝴蝶在外面飞舞的时候，其他动物都停下来观看。

"可是毛病恰恰出在它委实太大了。那双翅膀实在难以支撑住它。要是它放聪明一点儿，就在陆地上飞来飞去的话，那倒还罢了。可是偏巧它不这样明白事理，而是一飞就飞到了波罗的海上空。还没有等到飞得很远，它就碰上了暴风雨，狂风刮打着它的翅膀，把它们撕裂开。艾立克，你是很容易理解的，波罗的海上的暴风雨对付起蝴蝶的翅膀来那简直不在话下，不消片刻就把那对翅膀撕得粉碎，碎片通通随风卷走，而那只蝴蝶就可怜巴巴地坠入了海中。起初它还随波逐流来回漂浮了一阵子，后来就搁浅在斯莫兰省外面的暗礁上了。从此以后，它就一直躺在那里，跟早先一样长，一样大。

"我说呀，艾立克，要是那只蝴蝶掉在陆地上的话，它早就腐烂得尸骨无存了。可是它是掉在海里的，浑身浸透了石灰质，变得像石头一样坚硬了。你知道，我们在海岸上发现的一些石头就是昆虫的化石。我想，那只大蝴蝶的身躯也就这样变成了化石。它变成了波罗的海里一块狭长的岩石礁。你难道不相信吗？"

他收住了话头，等着对方回答。可是那个年轻的牧羊人朝他点了点头。"说下去，我洗耳恭听，你到底想说些什么？"他说道。

"仔细听着，艾立克，你和我居住的这座厄兰岛就是原来那只蝴蝶。只消动动脑筋，就不难发现，整个岛屿的形状就像一只蝴蝶。在北面可以看得出来，那是细长的躯体上身和圆圆的脑袋，在南面可以看到躯体的下身，先是由细变粗，再由粗变细，收缩成一条尖尖的尾巴。"

他又一次收住了话头，打量着他的伙伴，似乎急着要听听他是否赞成这个说法。然而年轻的牧羊人自顾自地吃着东西，只点了点头让他继续往下说。

"那只蝴蝶变成岩石之后，各种青草和树木的种子就随风飘来，在这里生根发芽。然而，要牢牢地扎根在这样光秃秃、滑溜溜的山坡上也很不容易。很久以后，只有蓑衣草在这里生长出来。后来又有了羊茅草、野蔷薇和带刺玫瑰等等。不过，直到今天，在岛上的阿尔瓦莱特山周围仍旧没有多少草木，连山头都没有能够覆盖住，这里那里都有岩石裸露在外头。这里土层太薄，没有什么人指望到这里来耕种土地。

"不过即使你赞成我的说法，也就是说阿尔瓦莱特山和周围的崖壁是由那只蝴蝶的躯体组成的，那么你还免不了要问山下的土地是从哪里来的。"

"不错，正是如此，"那个吃东西的牧羊人说道，"我正想向你请教哩！"

"是呀，你要记住，厄兰岛已经在大海中沉睡了许多许多年。在这些年里，海藻、泥沙和贝螺就随着潮汐和海浪的起伏涌退沉淤在海岛的四周，越淤积越多。再有，从山上冲下来的泥石流也在山的东侧和西侧堆积起来。这样就在岛的四周形成了一圈很宽阔的海岸，在那里可以生长粮食和花卉草木。

"在蝴蝶坚硬的脊背上却不生长什么，只有牛羊马狗之类的家畜走动。鸟类也不多，只有凤头麦鸡和鸰到这里来栖息。山上也没有什么像样的房屋，只有一些风磨和几幢简陋的石头小屋，那是咱们牧羊人钻进去避避风雨用的。可是在沿海一带那就大不同啦，那里有挺大的农村和市镇，有教堂和牧师宅邸，有渔村，甚至还有一座挺像样的城市。"

他朝着年轻的牧羊人投去询问的目光。那一个已经吃完了，正在系他的口袋。"我不晓得你唠叨了老半天究竟想讲什么。"他说道。

"嘿，我想知道的也正是这个，"年老的牧羊人说道，他的声音低沉下来，几乎一字一句都是耳语般有气无力地吐出来的，他的眼睛失神地盯着茫茫浓雾，似乎在寻找一些虚无缥缈的东西，"我只是想知道，住在山下农庄里的那些农民，靠出海打捞为生的渔民，保格霍尔摩的商人，或者是每年夏天都到这里来洗海水浴的浴客，在保格霍尔摩宫廷废墟里漫游的游客，每年秋天到这里来猎取山鹑的猎人，到阿尔瓦莱特山上去画羊群和风磨的画家……我真想知道呀，他们这些人当中究竟有没有人知道，这座海岛曾经是一只蝴蝶，它曾经挥动着闪闪发光的巨大翅膀飞来飞去。"

"哎呀，"年轻的牧羊人哑然失笑道，"还真说不定有人晓得这一切呢。他们只消哪天傍晚坐在山崖边，听着树林里夜莺歌唱，从卡尔马海峡放眼远望，他们就会明白这座岛非比寻常，是有来历的。"

"我想问，"年老的那一个自顾自地说下去，"他们当中是不是有人想过给风磨插上巨大的翅膀，让它们飞上天。那对翅膀要大得能把整座岛屿从海中托举出来，让这座岛屿也像蝴蝶群中的一只那样翩翩飞舞。"

"这也许会成为真事，你说得很有道理，"年轻的牧羊人敷衍道，"因为夏天的夜晚，岛屿上空显得那么深远、那么开阔，我简直以为这座岛屿想要从大海里跳出来飞走哩。"

但是，那个年老的牧羊人终于使那个年轻人搭腔后，又不大听他在讲些什么。"我真想知道，"他还是用那越来越低沉的声音说道，"是不是有人能说个明白，为什么在阿尔瓦莱特山上会有这样的一种思念。我一生中每天都有这种感觉。我想，每一个不得不到这里来谋出路的人都有着牵肠挂肚的思念。我真想知道，是不是还有人明白过来，这种苦苦的思念之所以会缠着大家，那是因为这座岛是一只蝴蝶，它在苦苦地思念着失去的翅膀。"

小卡尔斯岛

大风暴

四月八日　星期五

雁群在厄兰岛北岬角过了一夜，转过身来朝向内陆飞行。在横越卡尔马海峡的时候南风劲吹，把他们朝北边吹过去。他们仍旧奋力朝向陆地高速飞去。就在他们快要靠近第一群礁石岛的时候，猛然传来了一阵呼啦啦的巨响，就像是千百只巨翅大鸟一齐拍打翅膀飞过来一样，海水登时变成了黑色。阿卡急忙停止挥动翅膀，几乎在空中一动不动，然后她赶紧朝海面上降落。可是还没有等到雁群落到水面上，从西面卷过来的大风暴已经追到他们头上。狂风已经将陆地上的尘埃刮得漫天都是，把海水卷起来变成泡沫般的水珠，把小鸟推挤得无路可逃，现在狂风又将雁群卷了进去，把他们刮得七零八落，朝着茫茫的大海抛送。

这场大风暴实在可怕，大雁们一次又一次企图折返回去，然而他们力不从心，被狂飙赶向波罗的海了。大风已经把他们推过了厄兰岛，一望无际的大海出现在他们的眼前。他们除了尽量避开狂风之外，别无其他办法。

阿卡一发现他们已经无法折返回去，便想到绝不能让狂风把他们吹过波罗的海去。所以她设法降落到水面上。大海在汹涌怒号，一时比一时剧烈。巨浪白沫飞溅起来，从碧绿色的海面上排山倒海而来，而且一浪高过一浪，似乎在比试哪个更有冲天之势，更有拍沫飞溅之势。但是大雁们面对浪峰涛谷倒并不十分害怕，他们反而觉得这是莫大的乐趣。他们不须花力气自己游水了，而是随着波峰浪谷上下地荡漾，就像孩子们玩秋千一样兴高采烈。他们唯一担心的就是雁群失散。那些被狂风席卷而去的可怜的陆地鸟类忌妒地呼喊道："你们会游泳的总算逃脱了这场灾难！"

然而大雁们并没有完全脱离险境。最要命的是，在水面上下摇荡不可避免地使他们产生了睡意。他们不断地把脑袋垂向后面，把嘴塞到翅膀底下呼呼熟睡，眼前再也没有比在这种境遇下熟睡更大的危险了。阿卡不停地呼喊道："大雁们，不许睡着！睡着了就会离群的，而离了群就会完蛋！"

尽管费尽力气支撑着不要睡过去，可是大雁们毕竟太疲倦了，仍然一只接着一只睡着了，甚至连阿卡自己也差点儿打起盹儿来。就在这时候，她忽然注意到一个浪头的顶峰露出一个圆圆的深色的东西。"海豹！海豹！海豹！"阿卡死命地大叫起来，扇动翅膀就冲上了天空。在最后一只大雁刚刚离开水面的时候，海豹已经到了跟前，张嘴就去咬那只大雁的脚掌。这真是在千钧一发之际脱了险。

这样大雁又回到了大风暴之中，而风暴又把他们朝着外海卷过去。大雁拼命往回返，而风暴却一刻不停地劲吹，没有给他们丝毫歇息的机会。他们望不见陆地的踪影，看到的只是茫茫的大海。

他们又放大胆子降落在水面上，可是在波汹浪涌的摇荡下没过多久又都瞌睡起来。而他们瞌睡的时候，海豹又游了过来。若不是老阿卡保持着警觉的话，他们恐怕就无一幸免了。

风暴持续了整整一天，对在这个季节飞回来的大批候鸟来说，这是一场浩劫。有不少鸟被风卷出了航线，降落在远处的海礁上，活活饿死了；也有不少鸟精疲力竭，摔入海里活活淹死了。还有许多鸟在悬崖峭壁上撞得粉身碎骨，也有许多成了海豹的果腹食物。

狂风从早怒号到晚，阿卡不免心惊胆战，生怕她和她的雁群会遭到不测。他们现在已经疲劳得快要死了，然而她仍看不到可以歇脚的地方。快到黄昏时分了，她更不敢在海上降落，因为从这时候起海面上会突然有大块大块的浮冰蜂拥而至，冰块往往相互挤压碰撞，她担心大雁们会被冰块挤压得粉身碎骨。有两次，大雁们企图降落在浮冰上，可是一次一阵狂风把他们扫进了水里，另一次凶残的海豹竟爬上了浮冰。

在日落的时候，大雁们又一次回到了空中。他们朝前飞去，心里都在为黑夜的来临而惶惶不安。在这个充满危险的傍晚，连天色似乎也黑得特别快。

要命的是他们至今还看不见陆地。倘若他们被迫在海上停留整整一夜，那么结果会怎么样呢？他们不是被浮冰挤压得粉身碎骨，就是成为海豹的口中食，再不然就是被大风暴刮得不知去向。

天空乌云层积，月亮躲得无影无踪，黑夜匆匆地来到了。整个大自然骤然笼罩上一层恐怖，这使得最勇敢者也心惊胆战。整整一天，空中充斥着身陷险境的候鸟所发出的呼救的哀号，当时谁都没有去留意。可是现在再也看不见那些发出啼叫的鸟时，这些声音听起来却分外凄厉和悲惨。海面上浮冰彼此冲撞，发出震耳欲聋的碎裂声。海豹吼出了粗野的捕猎之歌。这天晚上恐怖得简直像要天崩地裂一样。

绵羊群

男孩子骑在鹅背上往下面大海看去。忽然，他觉得风力比方才急骤增强。他抬头一看，就在离他两三米的地方迎面有一座怪岩嶙峋、巨石峥嵘的峭壁。山脚下白浪冲天，飞沫四溅。大雁们笔直地朝着这座峭壁飞去，男孩子心里暗暗叫声不妙，这岂不是自己甘愿撞个粉身碎骨吗？

他转念一想，是不是阿卡没有能够及时看清这个危险。可是还没有等他想好，他们就已经飞到了山跟前。这时他才看清，原来峭壁上豁然开着一个半圆形的洞口。大雁们鱼贯飞入洞内，转眼间化险为夷。

在终于得救而庆幸之余，他们想做的第一件事情便是，看一看是否所有的旅伴都已经安然脱险。当时在场的有阿卡、亚克西、科尔美、奈利亚、维茜、库西和六只小雁，还有雄鹅、灰雁邓芬和大拇指。可是左排第一只大雁——从诺尔亚来的卡克西却失踪了，谁也不知道他的命运如何。

大雁发现，除了卡克西之外，没有人掉队。他们就放心不少，因为卡克西年纪大，而且头脑聪明。她熟悉他们所有的飞行路线和习惯，她一定知道怎样才能够找到他们。

大雁们开始四处查看这个山洞。洞口还有一道朦胧的光线射进来，他们就借了这一点儿亮光仔细环视。这个山洞又大又深，他们为能够找到这样一个舒适宽敞的地方歇息过夜而高兴。就在这时候，有一只大雁突然发现，在一个阴暗的角落里有几个发亮的绿色光点。"那是眼睛，"阿卡惊呼起来，"这里面有大动物！"他们立即朝向洞口冲出去。可是大拇指的目力在黑暗中要比大雁们强得多，他向他们喊道："不用跑，角落里是几只羊！"

大雁们适应了洞里阴暗的光线之后，才看清楚那确实是几只羊。大羊的数目同大雁们差不多，另外还有几只羊羔。有一只大公羊长着又长又弯的犄角，看样子像是他们的领头羊。大雁们走到他面前恭恭敬敬地鞠躬致意。"幸会，幸会，荒原上的朋友。"他们招呼道。但是大公羊躺在那里一动不动，甚至连一句欢迎的话也不说。

大雁们以为，大概是羊们不乐意他们擅自闯进山洞里。"我们擅自闯到你们的屋子里来，是很不对的，"阿卡连忙解释道，"可是我是出于无奈，我们是被大风刮到这里来的。我们已经在风暴中受了整整一天的磨难，倘若我们能在这里借宿一夜，那就再好不过啦。"她说完之后，在很长时间里没有一只羊搭腔。然而，可以清楚地听到有几只羊在深深地长叹。阿卡知道，羊秉性扭捏怕羞，脾气也有点儿古怪，可是这些羊的表现并非如此，真是叫人弄不明白。终于，有一只拉长了脸、愁眉不展的老母羊开口说话了，她用凄苦的腔调说道："唉，不是我们不让你们在这里借宿，可惜这是个不吉利的住所，我们不能像早先光景好的时候那样殷勤待客啦。"

"哎哟，你们千万不要因此费心，"阿卡说道，"要是你们知道我们今天遭了什么样的罪，你们就会明白我们只消有块立足之地安生睡上一夜就心满意足了。"

既然阿卡这么说了，老母羊便站起身："唉，不管怎么说，我还是觉得你们随便在多大的风暴里飞来飞去，也比留在此地要好得多。不过你先不要走，我们把家里所有好吃的东西都拿出来，请你们吃饱了肚子再说。"

她把他们领到一个盛满清水的大坑前面，水坑旁边有一大堆谷糠和草屑。她请他们吃个痛快。"去年冬天这座岛上天寒地冻，雪很大，"她说道，"饲养我们的那些农夫给我们送来了稻草和燕麦秆，使我们不至于饿死。他们送来的食物就剩下这些了。"

大雁们马上跑到那堆草料上面啄食起来。他们觉得运气挺好，所以胃口奇佳。他们也都留意到那些羊一个个都心神不宁，不过他们知道，羊通常是容易受到惊吓的，因此他们并不真的相信会有什么危险。他们放开肚皮饱餐一顿之后，就像往常一样站好准备睡觉。这时，那只大公羊却站起来走到他们面前。大雁们觉得，他们从来没有看见过有哪只羊长着那么长、那么粗的犄角。他身上别的地方也很引人瞩目。他有着高大而凸起的前额、机灵的眼睛和威严的神态，仿佛他是一只英武非凡、勇不可当的野羊。

"我不能不负责任地让你们睡过去，而不对你们说清楚这里非常不安全，"他说道，"所以我们如今无法让客人借宿。"阿卡终于明白过来这是真情实况。"既然你们认为必须让我们离开这里，我们就只好告辞了，"她说道，"但是你们不妨先告诉我们，究竟是什么使你们这么受折磨？我们对这里不熟,甚至连我们到了哪里也弄不清楚。"

"这是小卡尔斯岛,"公羊说道,"它在哥得兰岛外面,在岛上居住的只有羊和海鸟。"

"大概你们是野羊吧？"阿卡问道。

"那倒不是,"公羊回答,"其实我们同人类也没有多少关系。不过,我们同哥得兰岛上一座庄园的农夫商量好了,双方约定俗成,遇到多雪的冬天,他们就给我们送来饲料,我们就让他们牵走一些这里过多的羊。这座岛非常小,所以没有足够的草料养活我们,而我们还越来越多。不过,我们一年到头都是自己过日子的,我们不住在有门有锁的棚屋里,而是居住在这样的山洞里。"

"你们也住在这里过冬吗？"阿卡惊异地问道。

"是呀,我们住在这里过冬,"公羊回答说,"这里山上一年到头都有很好的草料。"

"我觉得你们的生活听起来要比别的羊好一些,"阿卡说道,"那么你们现在遭到了什么飞来横祸呢？"

"去年冬天冷得出奇,大海也结了冰。有三只狐狸从冰上跑了过来,从此在这里长住下来。在这以前,这座岛上是没有食肉野兽居住的。"

"哦,原来如此,难道狐狸也敢对你们这样的大个儿下手吗？"

"哦,倒也不是,在白天是不敢的,因为在大白天我可以自卫,还可以保护我的伙伴。"公羊说道,晃了晃他的大角,"可是他们在晚上趁我们睡在山洞里的时候偷袭我们。我们尽量整夜整夜不合眼,可是总难免要睡上一会儿。等我们一入睡,他们就马上扑过来了。他们已经把别的山洞里的羊都咬死了,那里的羊群同我的羊群大小差不多。"

"说起来心里也难受,我们竟是这样没有能耐,"老母羊唉声叹气地说道,"我们的日子真难过呀,倘若我们是有人看管的家羊,说不定风险还会小一点儿！"

"那么你们觉得今天晚上那些狐狸会来吗？"阿卡问道。

"这是预料之中的事情，"老母羊回答，"昨天晚上他们也来了，叼走了一只羊羔。看样子只要我们还活着，他们就一定会来。他们在别的地方就是这么做的。"

"不过，让他们这样横行下去，你们很快就会全都被杀掉的。"阿卡说道。

"是啊，用不了多久，小卡尔斯岛上的羊群就会绝迹。"老母羊说道。

阿卡站在那里举棋不定。大风暴里的滋味实在叫人吃不消，而待在会有这样的不速之客登门拜访的地方，情况亦不见得有多妙。她沉思了片刻，回头向大拇指说道："我不知道你肯不肯像以前许多次那样帮助我们？"

那是不用说的，小男孩回答说他很乐意这样做。

"可惜你又要彻夜不睡了，"大雁们说道，"我不知道你能不能一直醒着不睡过去，直到狐狸来的时候把我们叫醒，好让我们飞出去。"男孩子虽然并不太乐意不睡觉，可这比起承受大风暴的苦楚来还是要强一些，因此他答应不睡着。

他走到洞口，将身子缩到一块石头后面去避避大风，就这样睁眼守卫着。

男孩子在那里坐了半晌，大风暴似乎渐渐减弱了。天空开始清朗起来，月亮的清辉开始在波海上闪烁。男孩子走到洞口朝外看去。山洞在半山腰里，有一条又窄又陡的山路直通到洞口。他就在那里守候着狐狸。

还不见狐狸的踪影，有些东西倒叫他一见就心惊胆战。在峭壁底下的狭长海滩上站着几个庞然大物，他们也许是巨人，也许是石头，或者说不定就是一些人。他起初以为自己在做梦，然而他又觉得自己分明没有睡着。他把这些巨大的人形怪物看得一清二楚，要说是看花了眼，那也不可能。他们有些人还站在海滩上，有些人已经上了山，似乎打算往上爬。有的长着大大的圆脑袋，而另外一些人根本没有脑袋。有的人只有一只胳膊，而另外一些人前后都长着大瘤子。男孩子从来没有见到过这样的怪物。

男孩子站在那里，被那些怪物吓得走了神，险些忘记自己是来看守狐狸的。不过他的耳际忽然响起了利爪在石头上抓挠的声响。他看到三只狐狸顺着山路跑上了陡坡。这时他才想到他有正经事情要干了，反而镇静下来，一点儿也不害怕了。他一转念想到，只去叫醒大雁，而不顾羊的死活，于心不忍。他觉得一定要用另一种法子。

他脚步如飞，急忙奔进洞里，用力摇晃大公羊的犄角，把公羊摇醒，与此同时，一个箭步骑到公羊背上。"快站起来，往前冲！我们要叫狐狸尝尝厉害！"男孩子说道。

他尽量不弄出声响。不过狐狸大概还是听到了动静，他们跑到洞口就站定身子商量起来。

"他们一定在里面，有的还在走动哩。"有只狐狸说道。

"我怀疑他们都还醒着。"另一只说道。

"哼，往里面冲！"第三只说，"反正他们对付不了我们。"

他们往洞口深处探了探，又站定身子，用鼻子嗅。

"今天晚上我们抓哪个？"

"哼，就抓那只大公羊，"最后一只狐狸说道，"以后对付别的就不在话下了。"

男孩子端坐在公羊背上，看着狐狸正悄悄地溜进来。"笔直朝前冲！"男孩子向公羊咬了咬耳朵。大公羊猛地用力将头朝前一顶，就把第一只狐狸顶回了洞口。"朝左边冲！"男孩子把公羊的大脑袋扳到正确的方向。公羊用犄角狠狠一戳，击中了第二只狐狸的腰侧。那只狐狸一连翻了好几个筋斗才稳住身形站了起来，匆匆地逃走了。男孩子本来也想撞一撞第三只狐狸，可惜那只早已逃跑了。

"我想，他们今天晚上尝到了滋味！"男孩子说道。

"是呀，我想也是这样。"大公羊笑呵呵地说道，"现在你快在我的背上躺下来，钻到我的绒毛里去吧！你在外边受了整整一天大风吹，现在该暖和暖和身体，舒舒服服地睡个好觉了。"

地狱洞

四月九日　星期六

第二天，大公羊驮着男孩子在岛上四处转悠，让他看看岛上的风景。这座岛原来是一块巨大的岩石礁，四周峭崖壁立，顶部平坦，宛如一幢巨大的房屋。大公羊先带着男孩子去看了看山顶上丰茂的草地。男孩子不得不承认，这座岛似乎专门为羊群生活而存在。山上除了羊喜欢吃的酥油草和气味芳香的青草之外，几乎不别的草。

但是登上山顶，从峭壁边缘放眼眺望，还可饱览美景。首先可以看到整片大海，蓝色的大海沐浴在日光下，波浪滚滚，只有在靠近一两个岬角的地方才溅起白色飞沫。正面朝东是哥得兰岛，那边整齐的海岸望不见尽头。朝西南方向是大卡尔斯岛，外貌和小卡尔斯岛大同小异。公羊走到峭壁边缘，男孩子从陡壁上俯视，他看到峭壁上密密麻麻的都是鸟窝，而在底下蓝色的海水里，黑海番鸭、绒鸭和海鸠正悠然自得地捕食小青鱼。

"这真是一个令人向往的地方，"男孩子说道，"你们住的地方可真美啊！"

"是呀，这儿确实很美。"大公羊说道，他好像还想说点儿什么，可是话到嘴边又咽了回去，只是喟然长叹。过一会儿，他又说道："你独自一人在这里走动的时候，千万要留神脚底下的裂缝，这山上有好几处很大的裂缝啊。"他继续说，这座山上有好几个地方都有又宽又深的大豁口，最大的一个叫地狱洞。"要是有人失足掉了下去，那就没命啦。"大公羊警告说。他的提醒非常及时，不过男孩子觉得他这番话似乎话中有话，是专门讲给他听的。

然后大公羊驮着男孩子来到海滩上。男孩子这一下才恍然大悟，那些在昨天晚上害得他惊恐不已的巨人原来竟是一些巨大的石柱，大公羊把它们叫作"海滩上的中流砥柱"。男孩子越看越不愿意离开。他觉得倘若真的有妖魔摇身一变变成了石头，那么他们就是这样奇形怪状的。

尽管海滩上景色也很美丽，男孩子还是更喜欢山顶。因为在海滩上有些惨不忍睹的景象，遍地可以见到羊的尸骸，大概狐狸把羊叼来之后就是在这里大嚼的。在这里他看到了肉被吃光后剩下的完整骨架，也有血肉狼藉的半片尸骸，还有些连一口都没有被啃过的尸体完整地躺在地上。那些残暴的野兽扑向羔羊只是为了取乐，只是为了猎取和杀戮，历历惨象令人心如刀割。

公羊在尸骸面前没有停住脚步，而是默默地走了过去。可是男孩不能对这些惨象视若无睹。

公羊又往山顶上走去。当他走到山顶上，他停住脚步，语重心长地说道："随便一个聪明能干的人看到这些惨状都不会无动于衷，除非狐狸得到应有的惩罚。"

"可是狐狸也要生存呀。"男孩子说道。

"不错，"大公羊正色道，"那些除了能够使自己活下去之外不再滥杀滥捕的动物，当然可以活下去。然而这些坏蛋不是，他们是伤天害理的罪犯。"

"这座岛的主人——那些农夫，应该到这里来帮助你们。"男孩子话锋一转说道。

"他们划船来过好几回，"大公羊回答，"每回来的时候，狐狸都在山洞和地缝里躲起来。农夫们找不到他们，没法子开枪。"

"老人家，您总不见得想叫我这么一个小得可怜的人儿去对付那些连您和农夫们都制伏不了的无法无天的家伙吧。"

"有的人虽小但心眼灵巧，照样也能干出许多惊天动地的大事来。"大公羊若有所指地说道。

他们不再多谈这件事，男孩子走到正在山顶上觅食的大雁旁边，坐了下来。他虽然不愿意在公羊面前露出声色，但其实他心里为羊的不幸遭遇而暗暗难过，他想帮助他们。"我起码可以找阿卡和雄鹅莫顿商量商量这件事，"他思忖着，"说不定他们能给我出个好主意。"

过了不久，白雄鹅就驮着男孩子越过山顶的平地朝着地狱洞那边飞去了。

雄鹅无忧无虑地在宽阔的山脊上漫游，似乎根本没有想到他是那么引人注意地又大又白。他没有在小丘或者其他隆起的高处背后躲躲藏藏，而是昂首挺胸地往前走。奇怪的是，他虽然似乎在昨天的大风暴中遭受过折磨，却没有因为身子不利索而更加小心谨慎一些。他走起路来右腿一瘸一拐，左边的翅膀耷拉在地上，好像折断了一样。

他走起来漫不经心，似乎四周不会有一点儿危险。他不时从地面上啄食一根草茎，却并不向周围打量一眼。男孩子四仰八叉地平躺在鹅背上，仰望着蓝色的天空。他现在骑鹅的技术已经非常老练，不仅能够坐，而且能站在或者躺在鹅背上。

雄鹅和男孩子都那么逍遥自在，当然也就没有注意到三只狐狸爬上了山顶。狐狸们很明白，要在开阔地带谋害一只鹅的性命，那几乎是不能得逞的，因此起初他们并没有打算去猎捕雄鹅。但是他们反正也在闲逛，就跳进了一道很长的裂缝里，打算偷袭一下雄鹅试试。他们行动得小心翼翼，雄鹅一点儿也没有瞅见他们。

狐狸们快要走近雄鹅时，雄鹅想试试看能不能飞起来，他拍打了几下翅膀，但是怎么也飞不起来。于是狐狸们恍然大悟，原来这只鹅不会飞。他们就比先前更加兴冲冲地追赶过去。他们不再在裂缝里躲闪迂回了，而是一口气直蹿上山顶。他们尽量利用土丘和凸出的高处掩护，不被雄鹅发现，继续向他步步逼近。这样狐狸终于悄然靠近了雄鹅，只消一个箭步就能把他逮住，于是三只狐狸一齐纵身扑向雄鹅。

雄鹅想必在最后一刹那发觉了动静，因为他朝旁边一闪身，狐狸扑了个空。但是这并没有缓解险情。因为雄鹅只抢先跑出了几步路，而且一瘸一拐的，但这个可怜虫还是拼命往前奔跑。

男孩子倒骑在鹅背上朝着狐狸大声呼喊道："你们这几只狐狸，吃羊肉吃得浑身肥膘，胖得连只鹅也追赶不上！"他的呼喊激怒了那三只狐狸，让他们暴跳如雷，不顾一切地往前蹿。

那只白鹅径直朝向那个大豁口飞奔过去，他来到豁口边上挥一挥翅膀就飞了过去，而狐狸差一点儿就能抓住他了。

在飞过地狱洞之后，雄鹅还是和方才那样大步流星地匆匆飞奔。可是还没有奔出几米远，男孩子就拍拍雄鹅的脖子，说道："现在你可以停下来啦，雄鹅。"

就在这时候，他们听见身后传来了疯狂的号叫和利爪抓挠岩石的声音，随后听见身体坠到谷底的沉重响声。狐狸再也不见踪影了。

第二天早上，大卡尔斯岛上的航标灯看守人捡到了一块从门缝底下塞进去的桦树皮，上面歪歪扭扭地刻着一行字："小卡尔斯岛上的狐狸掉进了地狱洞。快去抓！"

那个航标灯看守人真的去了。

两座城市

海底的城市

四月九日　星期六

这是一个安谧而晴朗的夜晚。大雁们不情愿栖身在山洞里，宁可露宿在山顶上。男孩子躺在大雁们身边低矮干枯的草丛中。

那一夜月色溶溶，皎洁的清辉照亮了大地。男孩子辗转反侧睡不着觉。他躺在那里思索着自己究竟离开家多久，算来算去，竟然出门在外三个星期了。就在这时候，他忽然记起今天晚上是复活节前夜。

"今天晚上所有的巫婆都要从蓝魔山上出来，骑着扫烟囱的扫帚回到家里去啦。"他思忖着，而且暗自好笑起来。因为他对小水妖和小精灵都有点儿害怕，但是对巫婆一点儿也不相信。

要是今天晚上巫婆果真骑着扫帚飞出来的话，那么他早就应该看到她们了，天空中月色明亮，哪怕有个最小的黑点在空中移动，也逃不过他的眼睛。

就在他面朝天躺着遐想的时候，忽然有一幅美妙的画面映入他的眼帘。那轮明月圆而不残，高高悬在天宇。有一只大鸟挡在月亮前面。那只大鸟不是从月亮的边上飞过，而是在月亮的正中，仿佛是从月亮中飞出来的。在明晃晃的月亮的衬托下，飞鸟呈黑色，双翅从明月的一侧边缘伸展到另一侧。他飞翔得如此悠然洒脱，而且一直朝着同一个方向，男孩子觉得他就是画在月亮上的一只鸟。他的身体很小，脖子细长，两条细长的腿向下垂着。从样子上来看，一定是一只鹳鸟。

过了片刻，那只白鹳飞落在男孩子身边，竟然是埃尔曼里奇先生。他弯下身来，用嘴碰碰男孩子想把他叫醒。

男孩子立即坐了起来。"我没有睡着，埃尔曼里奇先生，"他说道，"您怎么半夜三更还在外面忙碌？格里敏大楼里情况怎么样？您愿意同阿卡大婶谈谈吗？"

"今天晚上月光太亮了，我睡不着觉，"埃尔曼里奇先生回答，"所以我就飞了一段路到卡尔斯岛上去找你，我的好朋友大拇指。我从一只海鸥那里听说你今天晚上在这里。我还没有搬回格里敏大楼，而是住在波莫瑞①。"

埃尔曼里奇先生的到来使男孩子喜出望外。他们俩像老朋友重逢一样聊个没完，无话不谈。最后白鹳问男孩子是不是有兴趣出去转转，趁溶溶的月色骑在他背上去兜兜风。

行呀，男孩子当然愿意，只要白鹳能把握住时间在日出之前把他送回到大雁们身边就行。白鹳答应了，于是他们动身了。

埃尔曼里奇先生重新朝着月亮飞去，他们越升越高，大海在他们身下越来越往下陷。这次飞行异常轻松平稳，仿佛他们在空中凝滞不动了。

男孩子觉得这次飞行时间短得难以令人置信，因为刚过了不大一会儿，埃尔曼里奇先生就降落了。

他们降落在一处荒无人烟的海滩上，周围是一片大小均匀的细沙。沿岸有很长一排由流沙堆积成的沙丘，顶部长着蓬蒿。沙丘虽然不高，但足以挡住男孩子的视线使他无法看到内陆。

埃尔曼里奇先生站到一个沙丘上，蜷起一条腿，把脖子往后一歪，嘴塞在翅膀底下。"我要休息一会儿啦，"他对大拇指说道，"你可以在海滩周围走动，但是千万不要跑远了，免得你没法回到我的身边。"

① 波兰北部地名。

男孩子打算先爬到一个沙丘上去看看海岸的内陆究竟是什么样子。他刚迈出一两步，脚上的木鞋鞋尖就踩到了一个硬邦邦的东西，他弯腰一看，原来在沙堆中埋着一枚小铜钱。那枚铜钱铜绿斑驳，锈蚀得几乎穿孔了。它实在太破，男孩子根本无意捡起来，而是一脚把它踢开了。

可是当他直起身来的时候，他完全惊呆了。就在离他两步的地方，赫然矗立起一道黑黢黢的城墙，城门洞旁边还筑有碉楼。

就在他弯腰之前，眼前还是一片波光潋滟的大海，而转眼间竟然立起了一道筑有碉楼和雉堞的城墙。就在他眼皮底下，方才还是海草绵延，现在竟然大开着城门。

男孩子心里明白，这一定是妖魔鬼怪在作祟。可是，他觉得这没有什么可害怕的。这并不是他一直为之提心吊胆的那些夜里出来吃人吸血的魑魅魍魉。城墙和城门都巍巍壮观，他很有兴致去看看城墙背后。"我一定要去看个明白不可。"于是他大步跨进了城门。

在幽深的城门洞里，身穿华丽的绣花宽袖大氅的卫兵把锋刃很长的斧钺撂在身边，蹲坐在那里掷骰子。他们玩得那样起劲儿，连身边走过的男孩子都没有顾得上盘问一番。就这样男孩子毫不费力地通过了岗哨。

城门里面是一个广场，地面上铺着平整的大石板。广场四周高大漂亮的房屋鳞次栉比，房屋之间一条条窄长的街巷四通八达。

城门前广场上人流如潮，熙熙攘攘。男人们披着皮毛绲边的长大氅，里面穿着绫罗绸缎，头上戴着斜插羽毛的小圆帽，胸前挂着精致的金挂链。他们个个都服饰华美，俨然国王公侯。

女人们头戴尖顶帽，身着紧袖小袄和长裙。她们的穿戴也很讲究，但是远不及男人们那样富贵华丽。

这一景象就像男孩子的妈妈曾经从那个大木箱里拿出来给他看的古老的故事书里所描写的一样。男孩子简直不敢相信自己的眼睛。

但是这座城市本身要比那些男男女女更值得一看。每幢房屋都有一堵临街山墙，山墙上布满了彩绘浮雕，使人觉得它们是在竞相比美，夸富争豪。

一个人猛地看到许多新奇的东西出现在眼前，是来不及一下子全都记在心里的。不过男孩子事后仍旧记忆犹新，他看到了阶梯模样的山墙，墙上一层层全是耶稣和他的使徒的雕像。他看到了整面墙上一个神像壁龛接连另一个神像壁龛。他看到了用绚丽斑斓的彩色玻璃镶嵌而成的山墙，他还看到了用黑白两色相间的圆形和矩形大理石镶嵌的山墙。

男孩子在细细地观赏，对这一切赞叹不已的时候，心里忽然想到恐怕时间来不及了。"这样的东西我以前从未见过，我以后恐怕也见不到了。"他自言自语道。于是，他加快脚步往城里奔跑，穿过了一条又一条街道。

那些街道都是又窄又长的，不过并非像他所熟悉的城市那样空荡荡的，不见什么人影。这里到处是人。老太婆们端坐在自己家门口纺线，她们不用纺车而只用一个纺锤。商人们的店铺就像集市上的货摊一样朝街敞开着大门。所有的手工艺匠人都在露天干活儿。有一个地方在熬鲸油。另一个地方在鞣皮革。还有一个地方是狭长的打麻绳的场地。

倘若男孩子时间充裕，他说不定能够把这些手艺都学个七八成。他看到了兵器匠怎样用铁锤敲打出薄薄的护胸铁甲。他看到了金银首饰匠怎样把宝石镶嵌到戒指和手镯上。他看到了铁匠怎样锻造自己的铁块。他看到鞋匠怎样给红色软皮靴上鞋底。他看到纺金线的匠人怎样拉出细如发丝的金线。他也看到纺织匠人怎样把金丝银丝织到布面上去。

不过男孩子没有时间久留。他只能匆匆向前跑去，尽量多看一些，免得错过这一良机。

高高的城墙绕城而过，把整个城都圈在城墙之内，就像庄园的围墙把耕地圈起来一样。在每条街巷的尽头，他都能见到这座雉堞林立、碉楼高耸的城墙。城墙上头戴闪闪发光的铁盔、身穿锃亮铠甲的武士在游弋巡查。

他穿过全城之后，便来到了另一个城门前，那个城门外面是大海和港口。男孩子一眼看到了那种船头和船艉都有高高的船舱而划桨的位置设置在中间部位的老式船只。有些船靠岸停泊着，正在装卸。还有一些船只正在抛锚。港口里搬运夫和商人摩肩接踵，来往如梭。到处都是喧哗繁忙的热闹景象。

但是男孩子知道在这里也不能耽搁太久。他赶紧又折回身来朝城里跑去。他来到了市中心广场。广场上，大教堂巍然屹立，教堂的三个钟楼高耸入云，深邃的门洞里各式各样的塑像排列成行。连每面墙壁上也林林总总布满了塑像，没有一块石头不是经过石匠的雕琢变成精美装饰的。从那敞开的大门看进去，里面更是金碧辉煌。金灿灿的十字架，金子铸造的祭坛，连牧师们都身披金丝嵌织的锦绣法衣！和教堂遥遥相对的一幢大楼，屋顶四周有雉堞围绕，中央一座尖塔高耸入云，那是市政厅。在教堂和市政厅之间，环绕广场的是精美的华厦，雕梁画栋美不胜收，它们靠街的山墙更是一面比一面精美和富丽。

男孩子奔跑得又热又累。他觉得他已经看到了这座城市的精华，便放慢了脚步。现在他拐进来的这条街道想必是这座城市的居民购买华美服饰的地方。他看到那些小店铺门前站满了顾客，商人们在柜台上把一匹匹花团锦簇的绫罗绸缎、嵌金线的锦绣织物、颜色变幻莫测的天鹅绒、轻盈的纱巾和薄如蝉翼的花边都展示了出来。

在此以前，男孩子疾步奔跑的时候，街上没有人注意到他。他从别人身边一掠而过时，人家还以为是一只灰色小老鼠哩。但是，他此刻慢慢地沿着街走的时候，有个商人一眼看到了他，便向他招手。

男孩子起初惴惴不安，想要闪身躲避。可是那个商人殷勤地频频招手，满脸春风地朝他微笑。大概是为了把他吸引过去，那个商人还抽出了一块非常好看的锦缎放到柜台上。

这时候整条街各家店铺里的人都瞅见了他。不管他的眼睛朝哪个方向看过去，总会有兜销货物的商人殷勤备至地频频招呼他。他们把那些有钱的顾客撇在一边，顾不得理会他们，而专门来招待他，要他光顾。他看到那些商人怎样匆匆忙忙地跑进店铺里，从最隐蔽的角落里取出了他们最上乘的货色。他也看到，商人们在把货物放到柜台上的时候，双手因为慌乱和激动而瑟瑟发抖。

男孩子一步不停地往前走去。有一个商人甚至跨过柜台追了出来，把一些银丝嵌织的绸缎和色彩斑斓的丝织壁毯铺开在他的面前。男孩子乐不可支，不禁对他咯咯地笑了起来。唉，卖货的商人啊，像他这样一个身无分文的穷光蛋，怎么买得起这样贵重的东西呢？他停住脚步，摊开空空的双手，要让大家都知道他身上一无所有，不要再来纠缠他了。

可是那个商人却竖起了一根手指头，朝他连连点头，还把那一大堆贵重物品通通推到他的跟前。

"难道他的意思是，他这些东西要卖一枚金币？"男孩子琢磨起来。

那个商人从身边掏出一枚很小的、已经磨损得残缺不全的小钱币，也就是说价值最小的那种，朝着男孩子晃晃。那个商人急于做成这笔买卖，他又在那堆贵重物品上加了一只又大又重的银杯子。

这时候男孩子开始在衣服口袋里摸索起来。他明明知道自己身无分文，却还是情不自禁地要摸摸口袋。

其他商人都围在旁边，看着这笔买卖能不能成交。当他们看到男孩子开始摸衣服口袋的时候，他们便纷纷转身回去，翻过柜台拿出大把大把的金银首饰向他兜售。大家都向他比画，只消出一个小钱就全部卖给他。

可是男孩子把背心和裤子的口袋翻了个底朝天，让他们亲眼看看他身上的确一文钱都没有。这些气派不凡的商人一个个眼泪汪汪的，都要哭出来了，其实他们远比他富有得多。男孩子眼看着他们伤心难过的样子，动了恻隐之心。他认真地思索起来，看看能不能想个办法帮帮他们。他脑筋一转，忽然想到方才他在海滩上见到过的那枚铜绿斑驳的铜钱。

他不顾一切地奔跑起来，他挺走运，一跑就来到了刚才进城时走过的那个城门。他穿过城门，一口气奔到海滩上，开始寻找方才还在海滩上那枚浑身铜绿的铜钱。

他倒真的找到了，但是当他捡起铜钱要迈步奔回城里去的时候，他的眼前只有一片大海。别的东西蓦然消失了，城墙不见了，城门不见了，卫兵、街道、房屋通通化为乌有，只剩下一片大海。

男孩子这下着急得非同小可，泪水哗哗地涌出了眼眶。他起初以为是自己看花了眼才见到了那些奇怪的景象，可是后来就把起初的疑心全忘干净了。他一心只想着城里的一切是多么美丽。而当这座城市消失的时候，他不禁伤心起来。

就在这时候，埃尔曼里奇先生醒了过来，走到男孩子身边。但是男孩子没有听见他走过来，白鹳埃尔曼里奇先生不得不用嘴去碰碰他，让他知道身边有人。

"我想你也同我一样，方才在这里睡了一觉。"埃尔曼里奇先生说道。

"哦，埃尔曼里奇先生！"男孩子恍惚中呼喊起来，"方才还在这里的那座城市是哪一座城市呀？"

"你看见了一座城市？"白鹳愕然地反问道，"你大概是像我说的那样睡熟了，还做了个好梦。"

"不是的，我没有做梦。"他向白鹳讲述了方才亲身经历的一切。

埃尔曼里奇先生沉思片刻后说道："我还是认为，大拇指，你在海滩上睡着了，那一切不过是梦境。但是，我不想对你隐瞒，所有鸟中最有学问的那只鸟——渡鸦巴塔基有一次对我讲起过，从前在这片海滩上有过一座名叫威尼塔的城市。那座城市极其富有，那里生活好极了，没有哪座城市能够像它那样金碧辉煌。可惜，那座城市里的居民不知自爱，放纵自己，骄奢淫逸，无所不为。巴塔基说，恶总是有恶报的，上苍给予威尼塔城的惩罚是：在一次海啸中，这座城市被大水淹没并沉入了海底。城里的居民并不会死去，整座城市也完好如初。但是要每隔一百年，这座城市才在某个晚上从海底浮出水面，把它旧日的豪华风貌展现在陆地上，在地面上停留的时间只不过一个小时。"

"对呀，一定是这么回事，"大拇指说道，"我亲眼见到的正是这座城市。"

"但是一小时过去了，如果威尼塔城里没有一个商人能把随便什么东西卖给一个活生生的人，这座城市就会重新沉入海底。大拇指，你身边只要有一枚很小很小的铜钱付给商人，威尼塔城就会在这里的海岸上一直保留下去。那座城市里的居民也可以像其他人一样有生有死啦。"

"埃尔曼里奇先生，"男孩子说道，"现在我明白过来了，为什么您今天夜里把我接到这里来。您以为我能拯救那座古老的城市。可惜事与愿违，我非常难过。"

男孩子用双手捂住眼睛，呜呜地哭了起来。可究竟是男孩子还是埃尔曼里奇先生最黯然神伤，那就很难说啦。

活着的城市

四月十一日　星期一

复活节第二天的下午，大雁们和大拇指又继续飞行，他们来到了哥得兰岛上空。

他们身下的这座大海岛地势平坦，一马平川。岛上的土地也同斯科讷一样阡陌成行，分成一个个方格子。岛上有许多教堂和农庄。不同之处是这里耕地之间杂有更多的放牧草场，农庄大多是孤零零的一幢房屋，四周没有仓库、棚屋之类的附属建筑。那种主楼筑有尖塔，华丽得像宫殿一样，四周有大片园林的贵族庄园，这里一个也没有。

大雁们绕道拐到哥得兰岛上空，是为了大拇指。他这两天好像变成了另外一个人，连一句高兴的话都没有。这是因为男孩子仍在对那座曾经活灵活现地出现在他眼前的城市魂牵梦萦。他从来没有见到过如此美丽和气派的城市，而他却未能拯救它，因此他觉得自己罪孽深重得无法获得宽恕。他并不多愁善感，但是他确确实实地为那些漂亮的建筑和雍容华贵的人难过。

阿卡和雄鹅都再三劝说，尽力要使大拇指相信，他只不过做了一个梦，或者看花了眼，但是他连一句话也听不进去。他确信他真的看到了他眼前出现过的那一切景象，谁也休想改变他的看法，因为他是那么深信不疑。他茫然若失地走来走去，他的旅伴们都开始为他着急了。

正在男孩子心情最坏的时候，老卡克西回来了。她被狂风卷到了哥得兰岛上，不得不飞越整座岛屿，才从几只乌鸦那里打听到旅伴们在小卡尔斯岛。卡克西听说大拇指心情不好，完全出乎意料地说道："要是大拇指在为一座古老的城市而难过的话，那么我们很快就可以使他得到安慰。跟我走吧，我把你们领到我昨天见过的那个地方，他就不再那么伤心啦。"

于是大雁们告别了野羊，动身到卡克西要给大拇指看的那个地方。尽管他心里很难过，但在朝前飞行的时候，他还是忍不住像往常一样低下头去俯视大地。

他觉得，起初从上往下看整座岛，它似乎也是像卡尔斯岛那样的一块又高又陡峭的岩石，只不过要大得多。但是这块岩石后来被压扁了。有人拿了一根很大的擀面杖，像擀面团一样把它擀过，不过没有把这块面团擀得像烙饼那样平整。他们沿着海岸飞行的时候，就注意到好几个地方有很高的石灰石峭壁，峭壁上还有洞穴和石柱。但是大部分地方的山头已被削平了，海岸也是平缓地向大海伸展。

他们在哥得兰岛上的那个下午，天气晴朗，风平浪静。这是和煦的阳春天气，树木已经抽出茁壮的幼芽，春天的野花争妍斗艳，把草地打扮得色彩缤纷，杨柳垂下细长的枝条随风飘拂，每家每户农舍前面小园子里的醋栗树已经郁郁葱葱。

　　和煦的阳光和生意盎然的春光把人们吸引到大路上和院子里来。不论在哪里，只要有几个人聚集在一起，他们就玩耍起来，非但孩子们在游戏，大人们也在玩耍。他们将石子掷向目标，把球高高地抛向空中，几乎都可以碰到大雁了。看到大人们也在这样兴高采烈地做游戏，真叫人从心底里高兴。男孩子要是能够忘记他没有拯救那座古老城市的苦恼的话，那么他看到这种景象时必定乐不可支。

　　他心里暗暗地承认，这是一次非常愉快的旅行。空中荡漾着那么多歌声和笑声。孩子们围成一圈在做游戏、唱歌。救世军的老头老太太也到街上传道了。他看到一大群人身穿红黑两色相间的制服坐在坡地的小树林里弹着吉他，吹着铜号在那儿布道。从一条路上来了一大群人，那是禁酒协会的会员出来远足。男孩子从飘扬的旗帜上的金字上认出了他们。他们一首歌接着一首歌不断地歌唱，一直到他听不见为止。

　　从此以后，男孩子一想到哥得兰岛，就立即想到那些游戏和欢乐的歌声。

　　很长一段时间内，他一直骑在鹅背上往下看。不过他无意之中抬起头来朝前一瞧，不禁大吃一惊。原来还没有等他发觉，大雁们已经飞过了岛上的腹地，正朝西海岸飞行。他的面前又展现出碧波万顷的大海。可是大海并没有什么值得大惊小怪的，使他吃惊的是一座城市，是矗立在海岸上的一座城市。

　　男孩子是从东面飞过来的，太阳正好开始朝西坠落下去。当他飞近那座城市的时候，那里的城墙、碉楼、带有山墙的房屋和教堂在明亮的天空的衬托下全都显得黑黝黝的，所以他无法看清那座城市的真实面目。在最初看过一两眼后，他就觉得这座城市同他在复活节前夜所见到的那座同样气派非凡。

　　当他真的来到这座城市的上空时，他才看清原来它同海底城市既相似又不相同。它们之间的差别，就像在某一天看到一个人身穿绮罗锦绣，头上插金戴银，而在另一天看到他衣衫褴褛一样。

不错，这座城市也显赫过，就像他骑在鹅背上仍在魂牵梦萦的那座城市一样。这座城市也曾经城墙环绕、碉楼高耸，也曾经有过高大的城门。然而，现在还残留在地面上尚未圮倒的碉楼连屋顶都没有了，里面空荡荡的。城门洞口早已没有了门板，卫戍的武士和卫兵早已杳无踪影。昔日的显赫威势已经一去不回，只剩下光秃秃的残垣断壁。

当男孩子飞越市区的时候，他看到城里多半是低矮的小房屋，间杂也保留着昔日的几幢筑有山墙的高楼和教堂。那些高楼的墙壁是用白垩粉刷的，既无画栋雕梁，也没有重油彩绘。不过，男孩子不久之前看到过那座沉没在海底的城市，因此他能够想象得出这些高楼昔日的风采：有的墙壁上全用雕刻装饰，另一些是用黑白相间的大理石镶嵌起来的。古老的教堂也是如此。它们多半已经屋顶坍塌，只剩下断壁残垣。窗洞上空空如也，地面上杂草丛生，墙壁爬满了常春藤。但是，男孩子能够想象出它们昔日的奢华，满墙都是雕像和图画，圣堂里设有装饰华丽的祭坛和金灿灿的十字架，牧师们身披嵌金线的锦绣法衣在走动。

男孩子也看到了那些狭窄街巷，因为下午放假，街上一个人影也没有。然而他能够想象出昔日街上鲜衣美服的人群熙熙攘攘、摩肩接踵的热闹光景。他还能想象出五花八门的行业都在露天干活儿，街头巷尾都像工匠云集的露天大作坊一样。

尼尔斯·豪格尔森没有见到的是，这座城市至今仍是一座美丽而且引人注目的城市。他没有见到偏僻小街上那些黑色的墙壁、白色的房檐、明亮的玻璃窗后，放着鲜红的天竺葵花盆的舒适小屋。他也没有看到许多佳木葱茏的花园和林荫大道，也没有看到藤蔓攀缘的古迹遗址的胜景。他的眼睛被那座光彩照人的古代城市蒙上了一层云翳，以至于看不出眼前这座活生生的城市的美。

大雁们在城市上空来来回回地兜了好几个圈子，好让大拇指真正看清楚所有的东西。后来他们降落在一个杂草丛生的教堂遗址上，准备栖息过夜。

大雁们站在地上进入了梦乡，而大拇指却睁着眼久久不能入眠。他透过千疮百孔的穹隆的圆顶仰望着胭脂般的晚霞。他在那里静坐了半晌，心情渐渐平静下来，不再为自己无力拯救那座沉没在海底的城市而苦恼了。

是呀，看到这座城市以后，他再也不愿意为此烦恼了。即便他曾经一睹风采的那座城市没有沉入海底，说不定多少年后也会变得同眼前这座城市一样衰败，经不住风雨和时光的侵蚀而像眼前的这座城市一样，到头来只剩下屋顶残缺不全的教堂、四壁萧瑟的房屋和空旷阒寂的街巷。与其这样，还不如风采依旧、完好无缺地深藏在海底呢。

"过去的事情就让它过去好啦。"男孩子拿定了主意，"就算我有拯救那座城市的回天之力，我想我也不会那样做。"自此之后，他就不再为那件事黯然神伤了。

年轻气盛的后生们大概也会这么想的。可是在人们渐入老境，容易满足于点点滴滴的时候，他们就会觉得眼前的维斯比城①要比海底卜那座显赫的威尼塔城更为亲切可爱。

---

① 哥得兰岛的主要城市，因历史悠久、遗址众多而闻名。

斯莫兰的传说

四月十二日　星期二

大雁们顺利地飞过大海，来到了斯莫兰北部的尤斯特县。这个地方似乎还没有拿定主意到底是愿意当陆地还是当海洋。海湾伸向陆地的各个地方，把陆地分割成许多岛屿、半岛和岬角。大海是那样凶猛，它把所有的洼地都深藏在水下，最后只让山丘和山冈露出水面。

大雁们从海上飞来的时候，已是傍晚时分，这块遍地是小丘的陆地美丽地静静伏在月光闪烁的海湾间。男孩子看到，在这些岛上间或有一些茅屋或农舍，越是深入内地，住宅越显得大而好，最后便出现了宏大的白色庄园。通常，海岸边都长着树，树林后面便是一块块耕地，小丘的顶部又是树林。这一景象勾起了男孩子对布莱金厄的回忆。这里又是一个大海和陆地相接的地方，那样美丽和平静，双方好像都要拿出自己最好、最漂亮的东西来给对方看似的。

大雁们飞到了高斯湾内一座光秃秃的小岛上。他们向海岸一望，就立刻发现，在他们离开群岛期间，春天已大踏步地来临了。高大的树林虽然还没有披上绿装，但树底下的地面已被银莲花、番红花和打破碗花覆盖。

当大雁们看到这花毯时，他们想，他们恐怕在南方待得太久了。因此，阿卡说他们没有时间在斯莫兰寻找落脚点了，第二天早晨他们必须起程向北飞行，到东约特兰省去。

尼尔斯将再也看不到斯莫兰，这使他很难过。他听到的关于斯莫兰的传说比其他任何地方都要多，所以他一直渴望着能亲眼来看一看。

去年夏天，当他在邻近的尤德伯格一个农户家里当放鹅娃时，他几乎天天能遇到那两个从斯莫兰省来的孩子，他们也是放鹅的。这两个孩子因为讲斯莫兰的传说而惹得他怒气冲冲。

但是，如果说是放鹅姑娘奥萨使他生了气，那是不公平的。她是个聪明伶俐的姑娘，还不至于干出这样的事。倒是她的弟弟小马茨是个很调皮的小家伙，惹得尼尔斯生气。

"你听说过吗，放鹅娃尼尔斯，我们的上帝是怎样创造斯莫兰和斯科讷的？"他会这样提出问题。如果尼尔斯·豪格尔森说不知道，他就会滔滔不绝地讲述那个古老的民间传说。

"告诉你吧，那时上帝正在创造世界，正当他干得十分起劲儿的时候，圣彼得路过这里，停下脚步看了一会儿，然后问创造世界难不难。'嗯，确切地说并不容易。'上帝说道。圣彼得又在那里站了一会儿。当他看到上帝很容易地创造出了一块又一块土地的时候，他也跃跃欲试。'也许您需要休息一会儿了，'圣彼得说，'在您歇着的时候，我可以替您造。'但是上帝并不愿意。'我不知道你是不是擅长做这种工作，所以我不放心让你接着干。'上帝回答说。圣彼得非常生气，说他相信自己能够创造出同上帝本人创造的一样好的土地。

"当时上帝正好在创造斯莫兰，虽然还没有完成一半，但是看上去这肯定将是一块非常美丽富饶的土地。上帝难以拒绝圣彼得，上帝可能还以为，一件事情既然已经有了那么好的开端，别人总不至于把它毁坏吧。因此他说道：'那好吧，既然你愿意干，就让我们俩比试比试，看谁更善于做这项工作。你是一个新手，就在我已经开始的地方接着干吧，我另外去创造一块新的土地。'圣彼得立即同意了上帝的提议，他们就在两个不同的地方开始工作了。

"上帝向南走了一段路，开始在那里创造斯科讷。上帝很快就完成了他的工作。过了一会儿，他问圣彼得是不是也完成了，是不是愿意来看看他的作品。'我早就完成了。'圣彼得说道。从他的话音里可以听出他对自己的工作是多么满意。

"圣彼得看到斯科讷时，不得不承认，对于那块土地，除了'好'字以外他再也无话可说了。这是一块肥沃而便于耕作的土地，眼望四周，到处都是辽阔的平原，几乎看不到一道山脊。很显然，上帝真正考虑到了要让人们能够在那里舒适地生活。'是的，这真是一块好地方，'圣彼得说，'但我觉得我造的那一块更好。''好吧，我们就去看看吧。'上帝说。

"圣彼得开始工作的时候，北部和东部早已造好。南部和西部以及中部则完全是由他造的。当上帝来到圣彼得工作的地方时，突然吃惊地停了下来，失声叫道：'你到底是怎么搞的，圣彼得？'

"圣彼得也站在那里朝四周吃惊地看着。他本来认为，对一块土地来说再也没有比获得大量的热更好的了。因此，他收集了一大堆山石，创造了一块高地。这样，土地就更靠近太阳，能够吸收更多的阳光。他在山石堆上撒了薄薄的一层土，就以为万事大吉了。

"但是，在他去斯科讷的时候，这里下了几场大雨，他的工作究竟做得怎样就不消多说了。当上帝来视察这块土地的时候，所有的土早已被雨水冲走，光秃秃的山石暴露无遗。那些最好的地方也不过是在平坦的岩石上留下了一层黏土和沙砾，但是看起来很贫瘠，不难知道，除了云杉、松树、苔藓和灌木外，几乎什么都不能生长。那里唯一丰富的就是水。山下的峡谷积满了水，湖泊、河流和小溪到处可见，更不用说分布在大片土地上的沼泽和泥塘了。更糟糕的是，一些地区的水超过了需要，而另外一些地方却极度缺水。大片的土地像干旱的荒野，微风一吹就会尘土飞扬。

"'你创造这样的土地到底是什么用意？'上帝问道。圣彼得为自己辩解说，他想把地造得高高的，这样就可以从太阳那里吸收到充足的热量。'可是，这样也给夜间带来了寒冷，'上帝说，'因为夜间的寒冷也是从天上来的。我很担心，就是能在这里生长的少数植物也会冻死。'

"这一点圣彼得肯定没有想到。

"'毫无疑问，这将是一块贫瘠而且容易遭受霜冻侵袭的地方，'上帝说，'但是已经无可挽回了。'"

小马茨讲到这里的时候，放鹅姑娘奥萨立刻抗议道："小马茨，我不能容忍你把斯莫兰说得那么穷苦，你把那里那么多好的土地忘得一干二净。只要想一想卡尔马海峡附近的莫勒地区，我不知道哪里还有比那里更富庶的产粮区。那里的耕地一块连着一块，就像斯科讷一样。那里的土地非常肥沃，我不知道有什么东西不能在那里生长。"

"我也没有办法，"小马茨说，"我只不过是在重复别人以前讲过的事而已。"

"我还听好多人说过，再也没有比尤斯特更美丽的沿海地区了。想一想那里的港湾、小岛、庄园和树林吧！"奥萨说。

"对，那倒是真的。"小马茨承认道。

"你还记得吗，"奥萨说，"老师说过，斯莫兰在韦特恩湖以南的那部分是全瑞典最繁荣、最漂亮的地方。想一想那景色迷人的湖泊和那金灿灿的山麓吧！想一想格莱那镇和盛产火柴的延雪平市！想一想胡斯克瓦尔纳和那里所有的大工厂吧！"

"是的，那倒是真的。"小马茨又说了一遍。

"再想一想威星岛吧，小马茨，那里有许多古迹、槲树和有关的传说！想一想埃芒河流过的那条山谷吧，那里有许多的村庄、面粉厂、纸浆厂和木材加工厂！"

"是的，你说得很对。"小马茨说，看上去一脸的不高兴。

突然，他抬起头来仰望天空。"啊，我们怎么都那么笨呀，"他说，"所有这些不都是在上帝创造的斯莫兰那部分吗？也就是说，是在圣彼得接过创造斯莫兰的工作之前早就完成的那一部分。那一部分是如此美丽和娇艳，也就理所当然了。但在圣彼得创造的斯莫兰，看上去就像传说中讲的那样。因此，上帝看到那个地方感到很烦恼也就不足为奇了。"小马茨捡起他的故事，又说开了。

"圣彼得没有失去勇气，反而设法安慰上帝。'不要为此烦恼嘛，'他说，'等着瞧吧，到我创造出能够在沼泽地上耕种、在石头地上犁出耕地的人时就好了。'

"这时，上帝的忍耐到了极限，他说：'不！你可以到斯科讷创造斯科讷人，我已经把那里造成了一个美好而又易于耕种的地方。斯莫兰人还是由我自己来创造吧。'因此，上帝创造了斯莫兰人，创造了敏捷、知足、乐观、勤劳、有进取心和能干的斯莫兰人，以便他们在这个贫穷的地方得以生存。"

然后小马茨就沉默不语了。如果尼尔斯·豪格尔森这时也保持沉默，也许就没事了。但是，他情不自禁地问起了圣彼得是如何成功地创造斯科讷人的。

"嗯，你是怎么认为的呢？"小马茨说道，样子是那样趾高气扬，气得尼尔斯·豪格尔森朝他身上扑了过去，动手就打。但马茨只不过是一个小不点儿，比他大一岁的放鹅姑娘奥萨立即跑过去帮忙。平时温柔文雅的奥萨见到别人动手打她的弟弟，就会像一头狮子那样猛扑过去。尼尔斯·豪格尔森不屑和一个女孩子打架，转身就走，一整天都没有再朝这两个斯莫兰孩子看一眼。

乌 鸦

瓦 罐

在斯莫兰西南角有一个名叫索耐尔布的地方，那里地势平坦。如果有人在冬天冰雪覆盖的时候看见那个地方，一定会以为积雪下面是休耕地、黑麦田和苜蓿地，就像一般平原地区那样。但是，到了四月初，索耐尔布地区冰融雪化的时候，人们就会看到原来积雪下面只是一些砾石覆盖的干燥荒漠、光秃秃的山冈和大片湿软的沼泽地。当然，间或也有一些耕地，但是数量少得可怜，几乎不值一提。人们还能见到一些灰色或红色的小农舍深深地隐藏在桦树林里，好像怕见人似的。

在索耐尔布县与哈兰省交界的地方，有一片辽阔的沙质荒地，面积很大，一望无际。荒地上除了灌木外，其他什么也不长，要想让其他植物在这样的土地上生长也不容易。人们要想在这种地方种东西，首先必须把灌木连根拔掉。那里的灌木很细小，树枝又短又细，叶子干枯，但它们总以为自己也是一种树，所以也模仿真正的树木，大面积地繁殖成林，真诚地团结一起，把那些想侵占它们地盘的外来植物置于死地。

荒漠上唯一的灌木没有称雄称霸的地方是一道低矮多石的山脊。那里长着刺柏和花楸树，也长着几棵高大好看的桦树。在尼尔斯·豪格尔森随同大雁们四处漫游的时候，那里还有一间周围有一小块田地的小屋，但曾经在那里居住的主人因某种原因早已搬走。小屋已经没有人居住了，田地也一直闲置着。

房子的主人从那里搬走的时候关上了炉子，插上了窗户的插销，锁好了门。但是他们没有想到，窗户上有一块打破玻璃的地方是用破布遮挡着的。经过几个夏天的日晒雨淋，破布腐烂了，最后，一只乌鸦把破布扯走了。

荒漠上的那道山脊实际上并不像人们想象的那样荒芜，因为那里住着一大群乌鸦。当然，他们不是一年四季都住在那里，冬天他们就移居到外国去；秋天他们在约特兰从一块庄稼地飞到另一块庄稼地，啄食谷物；夏天他们散居在索耐尔布县的各个农庄上，靠食鸟蛋、浆果和幼鸟过日子，但每年春天筑巢产蛋的时刻来临的时候，他们又回到这片灌木丛生的荒漠上来。

那只从窗户上扯走破布的乌鸦是一只名叫白羽卡尔木的雄乌鸦，但是其他乌鸦都叫他迟儿或钝儿，或者干脆叫他迟钝儿，因为他总是笨手笨脚、傻里傻气的，除了让人当作笑料外，其他什么用处也没有。迟钝儿比其他任何乌鸦都要大而强壮，但是这一点并没有帮他多少忙，他仍然是大家的笑料。尽管迟钝儿出身名门，但是并没有从这良好的家庭出身中得到益处。如果事情进展顺利的话，他早已成为整个乌鸦群的首领了，因为这一荣誉自远古以来一直属于白羽家族的长者。但在迟钝儿出世以前，这一权力已经转移了，现在由一只名叫黑旋风的残暴凶猛的乌鸦掌握。

这次权力交替是由于乌鸦山上的乌鸦想改变一下自己的生活方式。许多人也许会以为，所有的乌鸦都是以一种方式生活的，实际并非如此。有许多乌鸦以极其体面的方式生活，也就是说，他们只会吃谷物、虫子和已经死亡的动物。而另一些乌鸦则过着一种强盗式的生活：他们袭击幼兔和雏鸟，把看到的每个鸟巢都洗劫一空。

过去白羽家族是个严格而又稳健的家族。在他们领队的那些年里，乌鸦的行为很规矩，使得其他鸟类对他们毕恭毕敬。但是乌鸦数量很多，生活也非常贫困。乌鸦们终于忍受不了那种清规戒律下的生活，起来造反，把权力交给了一只叫黑旋风的乌鸦。乌鸦黑旋风是一个最残暴的鸟巢洗劫者和强盗，不过他的老婆随风飘比他还坏。在他们的带领下，那些乌鸦便开始了另一种生活，现在看来他们比苍鹰和雕鹗还要可怕。

迟钝儿在这群乌鸦中自然也就没有什么发言权了。乌鸦们一致认为，他一点儿也不像他的父辈，因此不配当首领。要不是他经常做出一些傻事来，谁也不会提起他。一些比较识时务的乌鸦有时候说，迟钝儿的傻里傻气对他来说也许是件好事，不然，黑旋风和随风飘不会让他这样一个老首领家族的后代留在乌鸦群里。

现在，他们对他比较友善，愿意带着他出远门去渔猎。人们可以看出他们比他熟练得多，而且勇敢得多。

乌鸦群中没有一个知道是迟钝儿将破布从窗户上扯走的，如果他们知道是他干的，一定会感到非常惊奇。他们从来没有想到，他竟然有胆量接近人类居住的房屋。他对这件事极为保密，他这样做有他充分的理由。白天，当其他乌鸦在场的时候，黑旋风和随风飘待他还算好。但是，在一个漆黑的夜晚，当其他乌鸦栖息在树枝上的时候，他遭到了一群乌鸦的袭击，险些被谋杀。此后，他每天晚上天黑以后就离开平时睡觉的地方，到那座空房子里过夜。

一天下午，乌鸦们在乌鸦山上筑好巢以后，偶然发现了一个奇异的东西。黑旋风、随风飘和另外几只乌鸦飞进了荒漠一角的一个坑里。那不过是人们采石后留下的一个大坑，但乌鸦们并不满足这样一个简单的解释，而是不断地飞下去，翻遍每一颗沙粒，企图找出人们挖这么一个大坑的原因。正当乌鸦们在大坑底部寻来找去的时候，一大片沙石从旁边塌了下来。他们立即飞上前去，有幸在塌下来的石头和沙土里发现了一个用木钩子锁着的大瓦罐。他们自然想知道里边是不是有东西，因此一边用嘴在瓦罐上啄洞，一边想尽办法撬开盖子，但是都没有成功。

正当他们眼巴巴地站在那里，望着瓦罐无计可施的时候，忽然听到一个声音说："要不要我下来帮你们乌鸦的忙呢？"

他们迅速地抬起头来，只见在大坑的边上坐着一只狐狸，正俯视着他们。无论从毛色上还是从体形上看，他都是他们见到的最漂亮的狐狸之一，唯一的缺陷是他少了一只耳朵。

"如果你想帮我们，"黑旋风说，"我们是不会拒绝的。"

与此同时，他和其他的乌鸦从大坑里飞了上来，然后狐狸纵身跳下坑去，一会儿对着瓦罐撕咬，一会儿又撕扯盖子，但是也没能把它打开。

"那你能猜出里面装的是什么东西吗？"黑旋风说。

狐狸把瓦罐滚来滚去，并仔细倾听里面的声音。

"里面装的肯定是银币。"他说。

这可大大超出了乌鸦们的意料。

"你认为里面会是银币吗？"他们问道，同时露出了一副馋相，急得眼珠子都快掉出来了。说来也怪，世界上再也没有比银币更使乌鸦欢悦的东西了。

"你们听听里边叮叮咚咚的响声吧！"狐狸说着，又把瓦罐滚了一遍，"只是我不知道我们怎么样才能得到这些钱。"

"是的，看来是不可能了。"乌鸦们说。

狐狸站在那里，一边把头放在左腿上来回蹭，一边思考着，也许他现在可以借助乌鸦的力量，把那个一直没有抓到手的小人儿抓到手。

"对！我知道有一个人能替你们打开这个瓦罐。"狐狸说。

"那快告诉我们！快告诉我们！"乌鸦们喊着，他们几乎得意忘形，以至于都跌跌撞撞地掉进了大坑。

"我可以告诉你们，不过你们得首先答应我的条件。"他说。

然后，狐狸将有关大拇指的情况告诉了乌鸦，并且说，如果他们能把大拇指带到荒漠，大姆指会替他们把瓦罐打开。但是作为对这个建议的报答，他要求一旦大拇指替他们搞到了银币，就立即将大拇指

交给他。乌鸦们认为，留下大拇指对他们而言也没有多大用处，因此
很快就答应了他的要求。答应这件事倒很容易，到哪儿去找大拇指和
大雁群却难办得多。

　　黑旋风亲自带领五十只乌鸦出去寻找，还说他很快就会回来。但
是一天天过去了，乌鸦山上的乌鸦连大拇指的影子都没有找着。

遭乌鸦劫持

四月十三日　　星期三

　　这天早晨天刚破晓，大雁们就开始活动了，以便在起程飞往东约
特兰之前能够找到点儿吃的东西。他们在高斯湾过夜的那座岛光秃秃
的，但是岛周围的水中长着一些植物，可以供他们吃饱。然而对男孩
子来说很糟糕，他找不到任何可吃的东西。

　　他站在那里又冷又饿，昏昏欲睡，不时地四下张望，他的目光落
到了正在小岛对面一个长满树木的海岬上玩耍的一对松鼠上。他思忖
着，也许松鼠还有一些剩余的过冬食物。于是，他请白雄鹅把他带到
海岬那边去，以便跟松鼠要几个榛子吃。

　　白雄鹅带着他一会儿就游过了海峡，但不走运的是，松鼠们只顾
自己玩耍，从一棵树上追到另一棵树上，根本不想费心去听男孩子说
话。他们追追打打进了树林，男孩子紧追不舍，正站在海岸边等他的
白雄鹅很快就看不到他了。

　　尼尔斯正在与他下巴齐高的几棵银莲花之间深一脚浅一脚地走
着，突然觉得有人从背后抓住了他并试图把他拎起来。他转过头去，
看到一只乌鸦咬住了他的衣领。他竭力想挣脱开，但还没来得及脱身，
另一只乌鸦又赶了上来，咬住了他的袜子，把他拖倒了。

　　如果尼尔斯·豪格尔森立即呼喊救命的话，白雄鹅一定能够搭救
他。但是，也许男孩子认为他可以自己保护自己，对付两只乌鸦，他

不要任何人帮助。他又是脚踢又是拳打，但是乌鸦们紧紧地咬住他不放，不久就将他拎到了空中。更糟糕的是，乌鸦们飞行时毫不留意，结果他的头撞到了一根树枝上。他的头受到猛烈的撞击，两眼一黑，转而失去了知觉。

当他再次睁开眼睛的时候，发现自己已在高空中了。他慢慢地恢复了知觉，起先他不知道在哪里，也不知道看见的是什么。当他向下看的时候，他发现一块毛茸茸的大地毯铺在地上，上面织着巨大的毫无规则的绿色和棕色图案。地毯又厚又好看，但是他为没有很好地利用它而感到非常可惜。实际上地毯已经破烂不堪，上面有许多长长的裂缝，而且缺边少角，残缺不齐。最为奇怪的是，地毯正好铺在用镜子做成的地板上，在有破洞和裂缝的地方露出了光亮耀眼的玻璃。

接着，男孩子看到太阳在空中冉冉升起，地毯上有破洞和裂缝的地方的玻璃镜子立刻发出红色和金色的光芒，这景象看上去光彩夺目、绚丽无比。男孩子虽然不知道他看到的是什么，但是对不断变化的美丽的彩色图案感到特别开心。乌鸦现在开始降落了，他立即发现，他身下的大地毯原来是被翠绿的针叶树和光秃秃的褐色阔叶林覆盖的土地，那些破洞和裂缝原来是闪闪发光的海湾和小湖。

他还记得，他第一次在空中飞行的时候，以为斯科讷的土地看上去像一块方格布。但是这个看上去像一块破碎的地毯的地方会是哪儿呢？

他开始向自己提出一大堆疑问。为什么他没有骑在大白鹅的背上？为什么有那么一大群乌鸦围着他飞行？为什么他被扯来扯去，晃晃悠悠，总像要被扔下去摔成碎片似的？

然后，他突然恍然大悟。原来他是被几只乌鸦劫持了。白雄鹅还在海岸边等着他，今天大雁们将飞到东约特兰去。他正被乌鸦们带到西南方，这一点他是明白的，因为太阳在他的身后。他身下的大森林地毯肯定是斯莫兰了。

"我现在不能照顾白雄鹅了，他会不会出什么事？"男孩子一直在想这个问题，他开始向乌鸦们大声地呼喊，要他们立刻把他带回大雁们身边。而对他自己，他却一点儿也不担心。他认为乌鸦们把他抢走纯粹是出于恶作剧。

乌鸦们毫不理会他的大声呼喊，还是和原来一样快速地向前飞去。不一会儿，其中的一只乌鸦扑打着翅膀示意："注意！危险！"接着，他们就一头扎进了一个杉树林，穿过茂密的树枝，落在地上，把男孩子放在一棵枝叶茂密的杉树下，把他藏得严严实实，连游隼也发现不了。

五十只乌鸦把他团团围住，用尖尖的嘴对着他，以防他逃跑。

"乌鸦们，你们现在也许应该让我知道你们把我抢到这里来的原因了吧。"他说。

但是，他话还没说完，一只大乌鸦就嘶哑着嗓子对他说："住嘴！否则我就挖掉你的眼睛。"

很显然，乌鸦会说到做到，男孩子无可奈何，只好服从。因此，他坐在那里，眼巴巴地望着乌鸦，乌鸦也望着他。

他越看越不喜欢他们。他们的羽毛又脏又乱，令人恶心，好像他们从来就不知道洗刷和润滑。他们的爪子上带着干泥巴，肮脏不堪，嘴角上沾满了吃东西时留下的渣子。他发现，他们是和大雁完全不同的鸟。他认为，他们长相凶残、贪婪、多疑、鲁莽，完全是一副恶棍和流氓的形貌。

"我今天肯定落到了一帮十足的强盗手中。"他想。

就在这时，他听到大雁在他头顶上呼喊。

"你在哪儿？我在这儿。你在哪儿？我在这儿。"

他知道是阿卡和其他大雁出来找他来了，但是还没有等他回应，那只看上去是这帮强盗的头目的大乌鸦在他的耳边嘶哑着嗓门威胁说："想想你的眼睛！"他除了保持沉默外，别无选择。

大雁们显然不知道他离他们这么近，他们正好从这片树林飞过。他又听到他们呼叫了几次，后来就听不到了。

"好了，现在就看你自己的了，尼尔斯·豪格尔森，"他自言自语道，"现在你必须证明你在这几个星期的野外生活中是否学到了什么。"

过了一会儿，乌鸦发出了起飞的信号。很明显，乌鸦们还是想跟刚才一样，一只乌鸦叼着他的衣领，另一只乌鸦叼着他的袜子。男孩子于是说："难道你们中间就没有一个能背得动我吗？你们刚才叼着我飞，飞得很糟糕，把我折腾得够呛，我感到我都快让你们撕成碎片了。求求你们，让我骑在背上飞吧！我保证不从乌鸦的背上跳下去。"

"哦，你可别以为我们会管你好受不好受。"乌鸦的头目说。

但在这时，乌鸦群中最大的一只——那是只羽毛蓬乱、举止粗鲁的乌鸦，翅膀上还长了一根白色的羽毛——走上前来，说："黑旋风，如果把大拇指完整无损地带回去，对我们大家都好。因此我来把他背回去。"

"如果你能背得动的话，迟钝儿，我不反对，"黑旋风说，"但是一定不要把他弄丢了。"

男孩子觉得他已经取得了不小的胜利，因此又高兴起来了。

"我是被这些乌鸦劫持来的，没必要丧失勇气，"他思忖道，"我一定能够对付这些可怕的小东西。"

乌鸦们继续在斯莫兰上空朝西南方向飞行。那是一个美丽的早晨，风和日丽，地上的小鸟正唱着动听的情歌。在一片高大的、黑森森的树林里，一只鸫鸟垂着翅膀，憋粗了脖子，站在树梢上引吭高歌。

"你好漂亮！你好漂亮！你好漂亮！"他唱道，"没有谁比你更漂亮！没有谁比你更漂亮！没有谁比你更漂亮！"他一遍又一遍地唱着这支歌。

这时男孩子正从树林上空经过。他一连听了好几遍，发现鸫鸟不会唱别的歌，就用两只手合成一个小喇叭，放在嘴边向下面喊道："我们早就听过这支歌了！我们早就听过这支歌了！"

"是谁？是谁？是谁？是谁在嘲笑我？"鸫鸟问道，东张西望，试图找到是谁在说话。

"是一个被乌鸦劫持的人在嘲笑你唱的歌!"男孩子答道。乌鸦的头目听到这话,立即掉过头来说:"当心你的眼睛,大拇指!"

男孩子却想:"哼,我才不在乎呢。我要向你表明我是不怕你的!"

他们朝内陆方向越飞越远,森林和湖泊到处可见。在一片桦树林里,一只母斑鸠站在一根光秃秃的树枝上,她的前面站着一只公斑鸠。公斑鸠鼓起羽毛,拱着脖子,身子一起一落,腹部的羽毛对着树枝颤动。在这个过程中,他不停地咕咕叫着:"你,你,你是所有森林中最可爱的鸟。森林中没有谁比你更可爱,你,你,你!"

但是男孩子正好在天空中飞过,当他听到斑鸠先生的话时再也按捺不住了。

"你别相信他!你别相信他!"他高声喊道。

"谁,谁,是谁在说我的坏话?"公斑鸠咕咕地叫着,并试图找到向他喊话的人。

"是被乌鸦抓走的人在说你的坏话!"男孩子回答道。

黑旋风再次朝他转过头来,命令他闭嘴,但是驮着男孩子的迟钝儿说:"让他去说,这样所有的小鸟就会认为,我们乌鸦也成了机灵幽默的鸟。"

"哦,算了,他们又不是傻子。"黑旋风说,但是他自己也很赞赏这个建议,因为在这以后他任凭男孩子去喊去说,没有制止他。

他们大部分时间是在森林和林地的上空飞行。森林的边缘也有一些教堂、村庄和小茅屋。在一个地方,他们看到了一座漂亮古老的庄园。它背靠森林,面对湖泊,有红色的墙壁、尖尖的屋顶,庭院里栽满了枫树,花园里长着大而茂密的茶蔗子。一只紫翅椋鸟站在风标顶部高声歌唱,每一声都传进了在梨树枝上鸟窝里孵蛋的雌鸟的耳朵里。

"我们有四个漂亮的小圆蛋,"椋鸟唱道,"我们有四个漂亮的小圆蛋。我们满窝里都是优良出色的好蛋。"

当椋鸟唱到第一千遍的时候，男孩子正好随着乌鸦飞到这座庄园的上空，他把双手放到嘴边呈圆筒形，然后大声地喊道："喜鹊会来抢走的！喜鹊会来抢走的！"

"是谁在吓唬我？"椋鸟一边问一边不安地扇动翅膀。

"是一个被乌鸦劫持的人在吓唬你！"小男孩说。

这一次乌鸦的头领没有试图制止他，相反，他和整群乌鸦都觉得很有趣，因此满意地喳喳叫了起来。

他们越是往内陆方向飞，那里的湖泊越大，岛屿和岬角也越多。在一个湖泊的岸边，有一只公鸭正在对一只母鸭献殷勤。

"我将终生忠于你。我将终生忠于你。"公鸭说。

"他对你的忠诚连夏天也过不了。"男孩子喊道。

"你是谁？"公鸭问。

"我的名字叫被乌鸦偷走的人！"男孩子答道。

吃午饭的时候，乌鸦们落到一片牧场上。他们四处奔跑，为自己寻觅吃的食物，但是谁也没有想到给男孩子弄点儿吃的。这时，迟钝儿嘴里衔着一段带着几个红果子的大蔷薇枝飞到他们的头领那里。

"你吃吧，黑旋风，"他说，"这果子很好吃，很合你的口味。"

而黑旋风却对此嗤之以鼻，根本不放在眼里。

"你以为我会吃干枯无味的蔷薇果吗？"他说。

"我原来还以为你会高兴呢！"迟钝儿说，同时失望地将蔷薇枝扔到一边。但是那根树枝正好落在男孩子跟前，他毫不迟疑地抓起树枝，心满意足地吃了个够。

乌鸦们吃饱以后，就开始聊起天来了。

"你在想什么，黑旋风？你今天总是那么沉默寡言。"其中的一只乌鸦向他们的头目问道。

"我在想，从前这个地方有一只母鸡，她非常喜欢自己的女主人，为了使女主人大喜过望，她就到仓库的地板下面去孵一窝蛋，这些蛋是她早先藏在那里的。她一面孵蛋，一面乐滋滋地想，女主人看到这些小鸡将会多么兴高采烈呀！当然，女主人肯定会奇怪，母鸡那么长时间没有露面，到底藏到哪儿去了呢？她四处寻找，但是没有找到。你能猜着吗，长嘴巴，是谁找到母鸡和鸡蛋了？"

"我想我能猜得出来，黑旋风，但是在你讲了这个故事之后，我想我也要讲一件类似的事情。你还记得黑奈里德庄园的那只大黑猫吗？她对庄园的主人很不满意，因为他们总是抢走她刚生下来的小猫，并把他们溺死。只有一次她成功地把小猫藏了起来，那次她把小猫藏在屋外一个干草堆里。她为有这些小猫而感到心满意足，但是我相信我比她从小猫那里得到了更多的欢乐。"

现在他们一下子变得欢天喜地了，每只乌鸦都开始侃侃而谈。

"偷几只小猫又算得了什么？"有一只乌鸦说，"有一次我追逐一只快成年的小兔，也就是说，那得从一个树林追到另一个树林。"

还没有等他说完，另一只就接过话茬儿说："惹得鸡和猫生气也许会很有趣，但是我发现，一只乌鸦能使人类担心就更了不起。有一次我偷了一只银匙……"

现在，男孩子觉得他再也受不了听他们在那里饶舌了。

"乌鸦们，你们听我说！"他说，"你们这样大谈特谈你们的恶劣行为，我想你们应该觉得羞耻。我已经在大雁群中生活了三个星期，从来没有看见或听说他们做过什么坏事。你们肯定有一个坏的首领，他竟然允许你们去抢劫去谋杀。你们应该开始过一种新的生活，因为我可以告诉你们，人类对你们的罪恶行径已经厌烦了，他们正在竭尽全力设法将你们清除掉。到时候你们就完蛋了。"

黑旋风和其他乌鸦听到这些话简直狂怒不已，他们想扑上去把他撕成碎片。而迟钝儿却一边哈哈大笑一边咕咕地叫，站在男孩子跟前把他和乌鸦们分开了。

"哦，别这样！别这样！"他说，似乎很害怕，"你们想，要是你们在大拇指为我们搞到银币以前就把他撕成碎片，随风飘会说什么呢？"

"迟钝儿，只有你才怕女人呢。"黑旋风说。但是不管怎么样，他和别的乌鸦还是放过了大拇指。

过了一会儿，乌鸦们又开始起程了。到目前为止，男孩子认为斯莫兰并不像他听说的那样贫瘠、荒芜。虽然森林很多，山岭连绵，但是河旁湖畔是耕地，他还没看到真正荒凉的景象。但是，越往内陆飞行，村庄和房子越稀少。最后，他是在名副其实的荒凉地带上空飞行，除了苔藓、荒野和刺柏树丛外，什么也没有。

太阳已经落山了，但是乌鸦们到达那片灌木丛生的大荒漠时，天依然像白昼一样明亮。黑旋风派一只乌鸦先去报信，他已经成功地把大拇指带回来了。随风飘得到此信后，便带着乌鸦山上的数百只乌鸦飞上前去迎接。在乌鸦们一片震耳欲聋的叫声中，迟钝儿对男孩子说："你一路上非常幽默、快活，我现在真的喜欢你了。因此我想给你提出几点忠告。我们一着陆，他们就会叫你做一件对你来说很容易的事，但是你要谨慎行事。"

不久，迟钝儿把尼尔斯·豪格尔森放进一个沙坑的底部。男孩子翻身落地，滚到一边，躺在那里一动也不动，似乎已经精疲力竭了。那么多乌鸦在他的周围扑打着翅膀，就像刮起了风暴，他却看也不看一眼。

"大拇指，"黑旋风说，"快起来！你要为我们做一件对你来说很容易的事。"

男孩子一动也没动，而是装着睡着了。黑旋风叼住他的一只胳膊，把他拖到沙坑中那个古老的瓦罐跟前。

"起来，大拇指，"他说，"把这个罐子盖打开！"

"你为什么不让我睡觉？"男孩子说，"我实在太累了，今晚什么也不想干。等到明天再说吧！"

"把瓦罐盖打开！"黑旋风边说边摇晃着他，这时男孩子坐起来，仔细地端详那个瓦罐。

"我一个穷小孩怎么能打开这样一个瓦罐呢？这个瓦罐简直和

我一般大。"

"打开!"黑旋风再次命令道,"否则对你没有好处!"

男孩子站起身来,踉踉跄跄地走到瓦罐跟前,在盖子上胡乱摸索了几下,便又垂下了手。

"我平时不是这样虚弱无力的,"他说,"只要你们让我睡到明天早晨,我想我一定有办法把盖子打开。"

但是黑旋风已经不耐烦了,他冲上前去,对着男孩子的腿就啄。男孩子不能容忍一只乌鸦这样对待他,他猛地挣脱开,迅速向后退了两三步,从刀鞘里抽出小刀对准了前方。

"你最好还是小心点儿!"他对黑旋风说。

黑旋风也极为恼火,连危险都不顾了。他像一个什么也看不见的人那样向男孩子直飞过去,结果正好撞在刀口上,刀子穿过他的眼睛插进了他的脑袋。男孩子立即抽回了刀子,而黑旋风一扑扇翅膀倒在地上,死了。

"黑旋风死了!那个陌生人杀死了我们的头领黑旋风。"最靠近男孩子的几只乌鸦大叫起来,乌鸦群中立刻爆发出可怖的喧闹声。一些乌鸦号啕大哭,一些乌鸦则叫喊着要报仇。他们一齐跑着或飞着扑向男孩子,迟钝儿在最前头。但是他像往常一样表现反常。他只是扑打着翅膀,用翅膀盖住男孩子,不让其他乌鸦接近他、啄他。

男孩子这时觉得情况对他很不利。他既不能从乌鸦群中逃走,也没有地方藏身。此时,他突然想起了瓦罐。他紧紧地抓住盖子一掀,盖子打开了。他纵身一跃,跳进瓦罐躲了起来。但瓦罐不是一个藏身的好地方,因为里边装满了薄薄的小银币,他躲不到下面去。于是他弯下腰,开始将银币往外扔。

直到这个时候,乌鸦们还是密密麻麻地围着他飞并且想啄他。但是当他把银币往外扔的时候,他们立刻把报仇的事忘得一干二净,而是急急忙忙地去拾银币。男孩子大把大把地往外扔银币,所有的乌鸦,是的,甚至包括随风飘在内,都在捡银币,拾到银币的乌鸦以最快的速度飞回窝里，把银币藏了起来。

男孩子把所有的银币都抛出来之后，探出头来一看，发现沙坑里只剩下一只乌鸦，那就是翅膀上长着一根白羽毛、把他背到这里的迟钝儿。

"你帮了我一个你自己也料想不到的大忙，大拇指，"那只乌鸦说，声音和语气跟以前截然不同，"因此，我想救你。坐在我的背上，我要把你带到一个隐蔽的地方，这样你今天夜里就安全了。明天我再想办法让你回到大雁那里去。"

小　屋

四月十四日　　星期四

第二天早晨，男孩子醒来时躺在一张床上。当他看到他是在一栋四周有墙、上面有房顶的屋子里时，他还以为是在家里呢。

"我不知道妈妈是否会马上端着咖啡进来。"他躺在那里睡眼惺忪，自言自语。然后，他很快就想起他是在乌鸦山上一栋被人遗弃的房子里，是身上长着一根白羽毛的迟钝儿前一天晚上把他背到这里来的。

男孩子经过前一天的旅行，浑身疲乏无力，他静静地躺着，等待着答应来接他的迟钝儿。此时，他觉得非常惬意。

用格子布做成的帐子挂在床前，他拉开帐子观察起房子来。他突然觉得他从来没有看见过这样的房子。墙壁只是用几排木头做成的，紧接着就是房顶。房顶上没有天花板，他一眼就能望见屋脊。房子很小，看上去好像是专门为他这样的小人儿建造的，而不是为正常人建造的。但是，炉灶和烟囱很大，他觉得他没有见过比这更大的了。房门是在炉子旁边的一堵山墙上，而且很窄，似乎更像是一个豁口。在另一堵山墙上，他看见有一个又矮又宽的窗子，上面有许多方格玻璃。屋内几乎没有一件可以移动的家具。一边的长凳和窗子下的桌子也是固定在墙上的，甚至他睡的那张大床和那个色彩缤纷的橱柜也是固定的。

男孩子不禁想知道谁是这栋房子的主人，为什么现在又遗弃了它。看样子以前住在这栋房子的人还打算回来。咖啡壶和煮粥的锅还放在炉子上，炉子里还有一些木柴；火钩子和烤面包用的铁铲立在墙角；纺车放在长凳子上；窗子上方的木架上放着几团麻线和亚麻、几个线穗子、一支蜡烛和一盒火柴。

总之，种种迹象表明，房子的主人还是准备回来的。床上还有被褥，墙上仍然挂着长长的布条，上面画着三个骑马的人，他们叫卡斯帕、麦尔希尤和巴尔塔萨①。屋里有许多地方画着同样的马和骑士，他们在整个房子里驰骋，甚至要跑到房梁上去。

但是在房顶上男孩子发现了一件东西，他立刻精神振奋起来了。那是挂在铁钩上的几块干面包。虽然这面包看上去已经放了很长时间，而且有的已经发霉了，但毕竟是面包。他用烤面包的铲子敲了一下，有一块面包掉了下来。他一边吃，一边把他的口袋装得满满的。虽说面包又干又硬，而且长了毛，但是味道特别可口。

他又环顾了一遍房子，看看是否有什么有用的东西可以带走。

"既然这里没有人管，我还是需要什么就拿什么吧。"他想。但是绝大多数的东西又大又笨重，他唯一能拿得动的也许是几根火柴。

他爬上桌子，借助帐子使劲儿一荡，便上了窗子上面的木架。正当他站在那里往他的口袋里装火柴的时候，身上长着白羽毛的乌鸦从窗户飞进来了。

"嘿，我终于来了，"迟钝儿落在桌子上说，"我不能早点儿到这里，是因为今天我们乌鸦选举了一位新的头领代替黑旋风。"

"那你们选举谁啦？"男孩子问道。

---

① 他们是在耶稣出生后到耶路撒冷去祝贺的三位贤士。见《圣经·新约全书》的《马太福音》第二章，耶稣降生，博士朝拜。

"嗯，我们选了一只不允许进行掠夺和从事不法活动的乌鸦。我们选择了过去被称为迟钝儿的白羽卡尔木。"他回答道，同时挺直身子使自己看起来更像个君主。

"这是一个绝好的选择。"尼尔斯说，向他表示祝贺。

"你也许应该祝我运气好。"卡尔木说。接着他就向男孩子讲述了过去他与黑旋风和随风飘相处的日子。

正在这时，男孩子听到窗外传来一阵他很熟悉的声音。

"他是在这里吗？"狐狸问道。

"是的，他就藏在里边。"有一只乌鸦回答。

"小心，大拇指！"白羽卡尔木喊道，"随风飘和狐狸正站在窗外，狐狸想要吃掉你。"

他还没有来得及多说一句，狐狸斯密尔已经朝窗子猛冲过来。干朽的旧窗棂子被撞断了，转眼间斯密尔已经站在窗子下的桌子上。白羽卡尔木还没有来得及飞走，就被他一口咬死了。然后他又跳到地上，四处寻找男孩子。

男孩子想藏到一大团线后面去，但是斯密尔已经发现了他，正弓着腰准备做最后的冲刺。房子既小又矮，男孩子明白狐狸不费吹灰之力就能抓到他。但此时此刻，尼尔斯也并不是没有自卫的武器。他迅速划亮了一根火柴，点燃了线团。当线团烧着以后，他就把它扔到狐狸斯密尔的身上。狐狸被火包围，惊恐万分。他再也顾不上男孩子了，而是发疯似的冲出了房子。

男孩子虽然避免了一场灾难，却陷入了一场更大的灾难——他扔向斯密尔的线团上的火焰蔓延到了帐子上，他跳到地上，想把火扑灭，但是火已开始熊熊燃烧了。整个小屋霎时充满了浓烟，站在窗子外面的狐狸斯密尔开始明白屋内的情况了。

"好啊，大拇指，"他高兴地喊道，"现在你选择哪条路呢，是在里边让火活活地烧死，还是出来到我这儿？当然，我会美美地把你吃掉的，不管你怎么死，我都同样感到高兴。"

　　男孩子不得不认为狐狸说得有理，因为火势正在迅速蔓延，整张床都在燃烧，浓烟从地板冲天而起，火舌顺着挂在墙上的布条从一个骑士爬到另一个骑士的身上。男孩子跳到炉子上正想打开烤炉的火门，这时他听见钥匙慢慢地转动锁眼的声音。肯定是有人来了。在这极度艰难的时刻，他感到的不是害怕，而是高兴。房门终于被打开时，他早已站在门槛上了。他看见两个小孩子正面对着他，但是他没有时间去观察这两个孩子看见房子着火时的表情，而是擦身而过，跑到了门外。

　　他不敢跑远。他显然知道狐狸斯密尔就在附近等着他，他也懂得他必须待在这两个孩子附近。他转过头去看看这两个孩子究竟是什么样子，但是看了还不到一秒钟，就朝他们跑去并且喊道："喂，你好，放鹅姑娘奥萨！喂，你好，小马茨！"

　　因为当男孩子看见这两个小孩时，他完全忘记了他在什么地方。乌鸦、熊熊燃烧的房子和会说话的动物都从他的记忆中消失了。他似乎正漫步在西威曼豪格一片庄稼已收割完的田野上，放着一大群鹅，而在他旁边的一块地里，这两个孩子也在放鹅。他一看见他们，便跑上多石的田埂，喊道："喂，你好，放鹅姑娘奥萨！喂，你好，小马茨！"

　　但是，当这两个小孩看见这么小的一个家伙伸着双手向他们跑来时，吓得魂不附体、面如土色，紧紧地抱在一起，倒退了几步。

　　当男孩子察觉到他们的恐惧表情时，他猛然醒悟过来，想起了自己的样子。当时他认为再也没有比让这两个小孩看到他被人施了妖术变成小精灵更糟糕的了。不再是人的羞愧和悲痛压倒了他。他扭头就跑，至于跑到哪里去，他自己也不知道。

　　当他跑到荒野上时，等待他的却是令人高兴的相遇。因为他在灌木丛中隐隐约约地看到了一个白色的东西。白雄鹅在灰雁邓芬的陪伴下正朝他这边走来。当白雄鹅看见男孩子没命地奔跑时，以为有可怕的敌人在后面追赶，于是飞快地把小男孩放在自己的背上，带着他飞走了。

老农妇

四月十四日　星期四

三个疲惫不堪的旅行者在一个晚上较晚的时候还在外面寻找过夜的地方。他们来到的是斯莫兰北部一个贫瘠、荒芜的地方。但是，像他们想找的那种休息处照理应该找得到的，因为他们并不是那种寻求柔软的床铺和舒适的房间的娇生惯养的人。

"如果在这些此起彼伏的山梁中有一座山峰既高又陡，使得狐狸爬不上去，那么我们就会有一个很好的睡觉的地方了。"其中的一个说。

"这众多的沼泽中，只要有一处没有结冰，而且泥泞潮湿，狐狸不敢上去，那就是个过夜的好地方。"第二个也说。

"我们路过那么多大湖，如果有一个湖的湖面上的冰与湖岸不相连，这样狐狸到不了冰上，那么我们就找到我们正在寻找的地方了。"第三个说。

最糟糕的是，太阳落山以后，其中的两个旅行者已经困得不行了，每时每刻都会倒在地上睡过去。第三个还能保持清醒，但是随着夜幕的临近，他也变得越来越不安了。

"我们来到了一个湖泊和沼泽都结冰的地方，狐狸可以到处行走，这是我们的不幸。其他地方冰早就融化了，而现在我们到了斯莫兰最寒冷的地方，春天还没有来临。我们不知道怎样才能找到一个睡觉的地方。除非我能找到一个安全可靠的地方，要不然等不到天亮，狐狸斯密尔就会追上我们的。”

　　他环顾四周，四处寻找，但是哪儿也找不到一个可以栖身的地方，那是一个又黑又冷、风雨交加的夜晚，周围的情景越来越可怕，越来越不利。

　　这听起来也许很奇怪，但是那些旅行者无意到农庄里去寻找住所。他们已经走过许多村庄，但是没有敲过一家的门。就连那些每个可怜的流浪汉都会乐意看到的森林边缘的小屋，也没有使他们动心。人们几乎会说，他们落到这样的境地是活该，因为他们在有求必应的情况下不去请求帮助。

　　但最后，天终于黑了，黑得伸手不见五指，那两个急需睡觉的旅行者只是半睡半醒地向前移动着脚步。就在此时，他们碰巧走到了一个远离邻舍独居一处的农庄。它不但位置偏僻，而且完全不像有人居住的样子。烟囱里不冒烟，窗户里没有透出任何亮光，院子里也无人走动。当三个旅行者中还醒着的那位看到那个地方时，他想：“听天由命吧，我们必须到这个农庄里去，看来找不到比这更好的地方了。”

　　过了不久，三个旅行者就站在农庄的院子里了。其中的两个一停住脚步就睡着了，而第三个却急切地朝四周张望，想找个能避风挡雨的地方。这不是个小农庄，除了住房、马厩和牛棚外，还有一长排一长排的干草棚、库房和农具储藏室，但看上去还是给人一种寒酸和荒芜的感觉。房子的墙是灰色的，上面长满了青苔，而且已经歪歪斜斜，看上去随时都会倒塌。房顶上开着大口，房门歪歪斜斜地挂在断裂的合页上。显然，很久没有人操心在墙上钉个钉子了。

　　当时，没有睡觉的旅行者弄清了哪个屋子是牛棚。他将他的旅伴们从睡梦中摇醒，带着他们来到了牛棚门口。幸运的是，门没有上锁，只是用一个铁钩挂着，他用一根棍子很容易就把它拨弄开了。一想到马上就要到安全的地方，他如释重负，不由得松了口气。但是，当棚门吱呀一声打开的时候，他却听到一头母牛哞哞地叫着说：“你终于来了吗，女主人？我还以为你今晚不给我吃饭了呢。”

　　那个没有睡觉的旅行者发现牛棚并未空着，不禁停在门口，完全惊呆了。但是他很快就看清，里面只有一头母牛和三四只鸡，便又鼓起了勇气。

　　"我们是三个可怜的旅行者，想找个狐狸偷袭不着、人抓不到的地方过夜，"他说，"不知道这里对我们合适不合适。"

　　"我觉得再合适不过了，"母牛说，"说实话，墙壁是有点儿破，但是狐狸还不至于胆敢钻进来。这里除了一位老太太外，没有别人，而她是绝不会来抓人的。可是，你们到底是什么人？"她继续问道，同时回过头来看看来客。

　　"我叫尼尔斯·豪格尔森，家住西威曼豪格，现在被妖术变成了小精灵，"第一个旅行者说，"随我同来的还有我经常骑的一只家鹅，还有一只灰雁。"

　　"这样的稀客以前可从来没有到过我这里，"母牛说，"欢迎你们，尽管我个人希望是我的女主人来给我送晚餐。"

　　男孩子把雄鹅和灰雁领进了那个相当大的牛棚，把他们安置在一个空着的牛棚里，他们俩很快就睡着了。他用干草为自己铺了一张小床，希望他也和他们一样能很快入睡。

　　但是他怎么也睡不着，因为那头没有吃上晚饭的可怜的母牛一刻也不能保持安静。她摇晃着铃铛，在牛圈里转来转去，不停地埋怨说她饿得难受。男孩子连打个盹儿都不可能，只得躺在那里回想最近几天发生在他身上的一幕幕场景。

　　他想起了在意外情况下遇见的放鹅姑娘奥萨和小马茨。他想，他点火烧着的那间小屋一定是他们在斯莫兰的老家。现在他回忆起，他们曾经提到过这样一间小屋以及底下灌木丛生的荒漠。这次他们是回来探望老家的，当他们回到老家的时候，却发现自己的房子已处于一片大火之中。

　　他给他们造成了如此巨大的悲痛，心里感到非常难过。假如他有一天能重新变成一个人，他一定设法弥补损失和过错。

然后，他的思绪又跳到了那些乌鸦上。当他想到曾救了他的性命并在被选为乌鸦头领的当天便遭厄运的迟钝儿时，他万分悲痛，禁不住流下了眼泪。

在过去的几天里，他吃了不少苦。但是不管怎样，雄鹅和邓芬终于找到了他，这是不幸中的万幸。

雄鹅说过，大雁们一发现大拇指失踪，就向森林里所有的小动物打听他的下落。他们很快就打听到，是斯莫兰的一群乌鸦把他带走了。但是乌鸦们早已飞得无影无踪了，他们往哪个方向飞的，谁也说不上来。为了尽快找到小男孩，阿卡命令大雁们两只一组，兵分数路，出去寻找。他们预先约定好，无论找到还是找不到，两天后都要到斯莫兰西北部一个很高的山峰会合。那是一个像断塔一样的山峰，名叫塔山。在阿卡为他们指出最明显的路标并仔细描绘了怎样才能找到塔山之后，他们就分手了。

白雄鹅选择了邓芬作为他的旅行伙伴，他们怀着为大拇指提心吊胆的不安心情到处飞行。在飞行途中，他们听到一只鸫鸟站在树梢上又哭又叫，有一个自称被乌鸦劫持的人讥笑过他。他们上前向鸫鸟打听，鸫鸟把那个自称被乌鸦劫持的人的去向告诉了他们。后来他们又先后遇到了一只斑鸠、一只椋鸟和一只野鸭，他们都埋怨有一个坏蛋打扰了他们唱歌。那个家伙自称是被乌鸦抓走的人、被乌鸦劫持的人和被乌鸦偷走的人。他们就这样一直追踪大拇指到索耐尔布县的荒漠上，最后找到了他。

雄鹅和邓芬找到大拇指后，为了及时地赶到塔山，立即向北飞去。但是路途很遥远，还没等他们见到塔山顶，夜色就降临到他们的头上。

"只要我们明天赶到塔山，我们的麻烦就没有了。"男孩子想着，往干草堆深处钻去，以便睡得更暖和点儿。与此同时，母牛在圈里一刻不停地唠叨。然后，她突然同男孩子说起话来了。

"我已经不中用了，"母牛说，"没有人为我挤奶，也没有人为我刷毛。我的槽里没有过夜的饲料，身下没有人为我铺床。我的女主人黄昏时曾来过，为我安排这一切，但是她病得很厉害，来后不久就又回屋去了，后来再也没有回来。"

"可惜我人小又没有力气，"男孩子说，"我想我帮不了你。"

"你绝对不能让我相信因为你人小就没有力气，"母牛说，"我听说所有的小精灵都力大无比，他们能拉动整整一车草，一拳头就能打死一头牛。"

男孩子禁不住对着牛大笑起来。"他们是与我截然不同的精灵，"他说，"但是我可以解开你的缰绳，为你打开门，这样你就可以走出去，在院子里的水坑中喝点儿水，然后我再想办法爬到放草料的阁楼上去，往你的槽里扔一些草。"

"好吧，那总算是对我的一种帮助。"母牛说。

男孩子照自己说的做了。当母牛站在填满草料的槽子跟前时，男孩子想他这一下总可以睡会儿觉了。但是，他刚爬进草堆，还没有躺下，母牛就又开始和他说话了。

"如果我再求你为我做一件事，你就会对我不耐烦了吧？"母牛说。

"哦，不，我不会的，只要是我能够办到的事。"男孩子说。

"那么我请求你到对面的小屋去一趟，去看看我的女主人到底怎么样了。我担心她发生了什么不幸。"

"不！这件事我可办不了，"男孩子说，"我不敢在人的面前露面。"

"你总不至于怕一位年老而又病魔缠身的老妇人吧，"母牛说，"你用不着到屋子里，只要站在门外，从门缝里瞧一瞧就行了。"

"哦，如果这就是你要我做的，那我当然会去的。"男孩子说。

说完，他便打开牛棚门，往院子走去。那是一个可怕的夜晚，既没有星星，也没有月亮，只有狂风在怒吼，大雨如注。最可怕的是有七只大猫头鹰排成一排站在正房的屋脊上，正在那里抱怨着恶劣的天气。一听到他们的叫声，人们就会毛骨悚然。当他想到只要有一只猫头鹰看见他，他就会没命的时候，他就更加心惊胆战、惊恐万状了。

"唉，人小了真是可怜呀！"男孩子边说边鼓起勇气往院子里走。他这样说是有道理的，因为在他到达对面的屋子之前曾经两次被风刮倒，其中一次还被风刮进了一个小水坑，水坑很深，他差一点儿淹死了。但是他总算走到了。

他爬上几级台阶，吃力地翻过一个门槛，来到了门廊下。屋子的门关着，但是门下面的一个角去掉了一大块，以便让猫进进出出。这样，男孩子可以毫不费力地看清屋子里面的一切。

他刚向里面看一眼就吃了一惊，赶紧把头缩了回来。一位头发灰白的老妇人直挺挺地躺在地板上，既不动也不呻吟，脸色白得出奇，就像有一个无形的月亮把惨白的光投到了她的脸上。

男孩子想起他外祖父死的时候，脸色也是这样白得出奇。他立刻明白了，躺在里面地板上的那位老妇人肯定死了。死神是那么急速地降临到她的身上，她甚至来不及爬到床上去。

当他想到，在漆黑的深夜里自己只身一人和一个死人在一起时，就吓得魂不附体，转身奔下台阶，一口气跑回了牛棚。

他把看到的情况告诉了母牛，她听后停止了吃草。

"这么说，我的女主人死了，"她说，"那么我也快完了。"

"总会有人来照顾你的。"男孩子安慰地说。

"唉，你不知道，"母牛说，"我的年龄早比一般情况下被送去屠宰的牛大一倍了。既然屋里的那位老妇人再也不能来照料我了，我活不活已无所谓了。"

有那么一会儿工夫，她没有再说一句话，但是男孩子察觉到，她显然没有睡，也没有吃东西。不久，她又开始说话了。

"她是躺在光秃秃的地板上吗？"她问。

"是的。"男孩子说。

"她习惯到牛棚里来，"她继续说，"倾诉使她烦恼的一切。我懂得她的话，尽管我不能回答她。最近几天来，她总是说她担心死的时候没有人在她的身边，担心没有人为她合上眼睛，没有人将她的双手交叉着放在胸前，她为此一直焦虑不安。也许你能进去为她做这些事，行吗？"

男孩子犹豫不决。他记得他的外祖父死的时候，母亲把一切料理得井井有条。他知道这是一件必须做的事。但是另一方面，他又觉得他不敢在这个阴森森的黑夜到死人的身边去。他没有说不，但是也没有向牛棚门口迈出一步。母牛沉默了一会儿，她似乎在等待答复。但是当男孩子不说话的时候，她也没有再提那个要求，而是对男孩子讲起了她的女主人。

有很多事可以说，先来说说她拉扯大的那些孩子。他们每天都到牛棚来，夏天赶着牲口到沼泽地和草地上去放牧，所以老牛跟他们很熟。他们都是好孩子，个个开朗活泼，吃苦耐劳。一头母牛对照料她的人是不是称职当然是最了解的。

关于这个农庄，也有很多话可以说。它原来并不像现在这样贫穷寒酸。农庄面积很大，尽管其中绝大部分土地是沼泽和多石的荒地。耕地虽然不多，但到处都是茂盛的牧草。有一段时间，牛棚里每一个牛栏里都有一头母牛，现在已经空荡荡的公牛棚里当时也是公牛满圈。那时候，屋子里和牛棚里都充满了生机和欢乐。女主人推开牛棚门的时候，嘴里总是哼着唱着，所有的牛一听到她到来都高兴得哞哞叫。

但是，在孩子们都还很小，一点儿也帮不了什么忙的时候，男主人便去世了，女主人不得不独自挑起既要管理农庄又要操持所有劳动、承担一切责任的担子。她当时跟男人一样强壮，耕种收割样样都干。到了晚上，她来到牛棚为母牛挤奶，有时累得竟哭了起来。但是一想起孩子们，她就又高兴起来，抹掉眼里的泪水，说："这算不了什么，只要我的孩子们长大成人，我就有好日子过了。是的，只要他们长大成人！"

孩子们长大以后，却产生了一种奇怪的想法。他们不想待在家里，而是远涉重洋，跑到异国他乡去了。他们的母亲从来没有从他们那儿得到任何帮助。有几个孩子在离家之前结了婚，却把自己的孩子留在家里。那些孩子又像女主人自己的孩子一样，天天跟着她到牛棚来，帮着照料牛群。他们都是懂事的孩子。到了晚上，女主人累得有时一边挤牛奶一边打瞌睡，但是只要想起他们，她就会立刻振作起来。

"只要他们长大了，"她说着摇摇脑袋，以便赶走倦意，"我也就有好日子过了。"

但是那些孩子长大以后，就到他们在国外的父母那里去了，没有一个回来，也没有一个留在老家，只剩下女主人孤零零地待在农庄上。

也许，她从来没有要求他们留下来和她待在一起。"你想想，大红牛，他们能出去见世面，而且日子过得不错，我能要求他们留下来吗？"她常常站在老牛身边这样说，"在斯莫兰，他们能期待的只是贫困。"

但是当最后一个小孙子离她而去之后，她完全垮了，背一下子驼了，头发也灰白了，走起路来踉踉跄跄，似乎没有力气再来回走动了。她不再干活儿了，也无心去管理农庄，而是任其荒芜。她也不再修缮房屋，并卖掉了公牛和母牛。她只留下了那头正与大拇指说话的老母牛，这是因为家里所有的孩子都照料过她。

她完全可以雇女仆和长工帮她干活儿，但是既然自己的孩子都遗弃了她，她也就不愿意看到陌生人在自己身边。既然自己的孩子没有一个愿意回来接管农庄，让农庄荒芜大概是最自然不过的事了。她并不在乎自己变穷，因为她向来不重视自己所拥有的东西。不过，使她深感不安的是怕孩子们知道她正过着贫穷的生活。

"只要孩子们没有听到这些情况就好！只要孩子们没有听到这些情况就好！"她一边步履蹒跚地走过牛棚，一边叹息道。

孩子们不断地给她写信，恳求她到他们那儿去，但这不是她所希望的。她不愿意看到那个把他们从她身边夺走的国家。她憎恨那个国家。

"可能是我太糊涂了。那个国家对他们来说是那样好，我却不喜欢，"她说，"我不想看到它。"

她除了思念自己的孩子以及思索他们离开家园的原因外，其他什么也不想。到夏天来临的时候，她把母牛牵出去，让她在沼泽地上吃草，而自己却把双手放在膝盖上，整天坐在沼泽地的边上。在回家的路上她会说："你看，大红牛，如果这里是大片大片富饶的土地，而不是贫瘠的沼泽地，那么孩子们就没有必要离开这里了。"

有时她会对着大片无用的沼泽地生气发火；有时她会坐在那里滔滔不绝地说，孩子们离开她都是沼泽地的过错。

就在今天晚上，她比过去任何时候都颤抖得厉害，比过去任何时候都虚弱，甚至没有挤牛奶。她靠着牛栏说，有两个农夫曾到她这里来过，要求购买她的沼泽地。他们想把沼泽地的水抽干，在上面播种粮食。这使她既忧虑又兴奋。

"你听见了吗，大红牛，"她说，"你听见了吗？他们说这块沼泽地上能长出粮食。现在我要写信给孩子们让他们回来。现在他们再也用不着在国外无休止地待下去了，因为他们现在能在家乡得到面包了。"

她到屋里去就是为了写这封信……

男孩子没有听老母牛下面说了些什么。他推开牛棚的门，穿过院子，走到那个他刚才还非常害怕的死人的屋里。

屋子里并不像他所想象的那样破烂不堪。屋里摆着许多有美国亲戚的人家常见的东西——在一个角落里放一把美国转椅；窗前桌子上铺着颜色鲜艳的长毛绒台布；床上有一床很漂亮的棉被；墙上挂着精致的雕花镜框，里边放着出门在外的孩子们和孙儿们的照片；柜橱上摆着大花瓶和一对烛台，上面插着两根很粗的螺旋形蜡烛。

男孩子找到了一盒火柴，点燃了蜡烛。这并不是因为他需要更多的亮光，而是因为他觉得这是悼念死去的人的一种礼节。

然后，他走到死者跟前，合上了她的双眼，将她的双手交叉着放在胸前，又把她披散在脸上的银发整理好。

他再也不觉得害怕了。他从内心里为她不得不在孤寂和对孩子们的思念中度过晚年，而感到深深的难过和哀伤。在这一夜，他无论如何是要守在尸体身旁的。

他找出了一本圣歌集，坐下来低声念了几段赞美诗，但是刚念了一半，他就突然停了下来，因为他突然想起了自己的父亲和母亲。

唉，父母竟会如此想念自己的孩子！对这一点他以前是一无所知的。想一想，一旦孩子们不在身边，生活对他们来说似乎失去了意义！想一想，倘若家中的父母也像这位老妇人想念自己的孩子一样想念他，他该如何是好呢？

这一想法使他乐不可支，可是他又不敢相信，因为他从来就不是那种叫人想念的人。

他过去不是那种人，也许将来能变成那种人。

他看到四周挂满了那些居住在海外的人的照片。他们是高大强壮的男人和表情严肃的女人。那是几个披着长纱的新娘和服饰考究的男士。那是些长着卷曲头发、穿着漂亮的白色连衣裙的孩子。他觉得，他们都是毫无目的地凝视着前方而又不愿意看到什么。

"你们这些可怜的人！"男孩子对着照片说，"你们的母亲死了。你们遗弃了她，你们再也不能报答她了。可是我的父母还活着！"

他说到这里停了下来，点了点头，脸上露出了笑容。"我的母亲还活着，"他说，"我的父亲和母亲都活着。"

从塔山到胡斯克瓦尔纳

四月十五日　星期五

尼尔斯坐在那里，几乎整夜没有睡觉，但是快到凌晨的时候，他睡着了，梦见了他的父亲和母亲。他几乎认不出他们了，他们变得头发灰白，脸上布满了皱纹。他问他们怎么会变成这个样子，他们回答说，他们变得这样苍老，是因为他们太想念他了。他为此既感动又震惊，因为他原先一直以为，他们摆脱他后只会感到高兴。

当男孩子醒来时，已经是早晨了。外面天空晴朗，万里无云。他自己先在屋里找了点儿面包吃，然后给鹅和母牛喂了早饭，接着又把牛棚的门打开，让牛能出来到邻近的农庄上去。只要母牛单独出去，邻居们就会毫无疑问地想到，母牛的女主人一定出了什么事。他们就会赶到这个孤寂的农庄来看望老妇人，这样他们就会发现她的尸体并把她安葬。

男孩子和白雄鹅、灰雁刚飞上天空，就望见一座山坡陡峭、山顶平坦的高山，他们知道那肯定是塔山。阿卡和亚克西、卡克西、科尔美、奈利亚、维茜、库西，以及六只小雁早已站在塔山顶上等候着他们。当他们看到雄鹅和灰雁终于找到大拇指时，大雁群中立即爆发出鸣叫、扑翅声和喊叫声，那欢乐的场面真是难以形容。

塔山的悬崖峭壁上几乎从上到下长满了树木，顶上却是光秃秃的。人们可以站在那里极目远眺，纵览四周。要是朝东面、南面和西面看的话，看到的差不多都是贫瘠的高原，除了阴暗的杉树林、褐色的沼泽地、坚冰覆盖的湖泊和灰蒙蒙的连绵起伏的群山外，其他什么也看不到。男孩子也不禁觉得，造这块地的人并没有花多大的力气，而是急急忙忙，粗制滥造，用石头堆一堆就算了事了。不过，极目远眺北方，景色就截然不同了。看来造那块地的人怀着极大的热情和一丝不苟的精神。朝北看到的全是瑰丽巍峨的群山、平坦的峡谷和蜿蜒曲折的溪流，一直可以望到那片湖面很大的韦特恩湖。湖面上冰已融化，湖水清澈透明，闪闪发光，就好像里面装的不是水，而是蓝色的光。

正是韦特恩湖使北面风光旖旎，因为好像那道蓝色的光从湖中升起，又撒向大地。森林、小山、屋顶以及坐落在韦特恩湖畔的延雪平市的塔顶，处在一片淡蓝色的光环中，令人赏心悦目。男孩子想，如果天空中有国家的话，那么它们肯定也是这样蓝的，他认为他对天堂是什么样子似乎有了一个模糊的概念。

当天晚些时候，大雁群继续飞行，他们朝着蓝色峡谷飞去。他们心情愉快，欢天喜地，一路上高声呼叫，大声喧闹，凡是有耳朵的人都会听到他们的喊叫声。

入春以来，这是居住在这个地区的人见到的第一个真正的春天。在这之前，春天一直是在风雨中度过的。现在天气突然晴朗，人们对夏天的温暖和翠绿的森林的向往使得他们难于安心工作。当大雁群在高高的天空欢快地、自由自在地飞过时，没有一个人不停下手中的活儿抬头仰望。

这天最先看见大雁的是塔山的矿工，他们正在一个矿井口挖矿石。当他们听到大雁的叫声时，停止了挖矿，其中一个人向大雁们喊道："你们要去哪里？你们要去哪里？"

大雁们没有听懂他的话，但是男孩子从白雄鹅的背上探下身子，替他们回答道："我们要到既没有镐也没有锤的地方去。"

矿工们听到这些话，还以为是他们自己的愿望使大雁的叫声幻化成人的说话声传进了耳朵。

"带我们一块儿去吧！带我们一块儿去吧！"他们喊道。

"今年不行！"男孩子喊道，"今年不行！"

大雁们沿着塔山河向孟克湖飞去。一路上他们还是大声喧叫着。延雪平市及其四周的大工厂就坐落在孟克湖和韦特恩湖之间那条狭窄的陆地上。大雁群首先飞过的是孟克湖造纸厂，当时正是午休过后上班的时间，工人们成群结队拥向工厂的大门。他们听到大雁的叫声时便停住脚步，侧耳倾听了一会儿。

"你们要去哪里？你们要去哪里？"工人们喊道。

大雁们听不懂他们的话，因此男孩子替他们回答道："我们要到既没有机车也没有机器的地方去。"

当工人们听到这句话时，他们相信是他们自己的愿望使大雁的叫声幻化成人的说话声传进了他们的耳朵。

"带我们一块儿去吧！"一大群人一齐高声喊道，"带我们一块儿去吧！"

"今年不行！今年不行！"男孩子回答。

接着大雁们飞过了著名的火柴厂。这个工厂坐落在韦特恩湖畔，大得像一座城堡，巨大的烟囱高耸入云。厂院里没有一个人走动，但是在高大宽敞的厂房里，年轻的女工正坐在那里往火柴盒里装火柴。外边的天气好极了，因此她们打开一扇窗户，大雁们的叫声正好从窗口传了进来。一位最靠近窗户、手里还拿着一个火柴盒的姑娘探出身子喊道："你们要去哪里？你们要去哪里？"

"我们要到既不需要灯光也用不着火柴的地方去！"男孩子说。

那位姑娘以为她听到的只是大雁的叫声，但是她又觉得她似乎听出了几个字，因此她又喊道："带我一块儿去吧！带我一块儿去吧！"

"今年不行！"男孩子回答道，"今年不行！"

那些工厂的东边就是延雪平市，坐落在城市最理想的位置。狭长的韦特恩湖东西两边的沙岸都很陡峭，但是在湖的正南方沙墙已经塌落，好像开了一个大门，让人们到湖里去。在大门的正中央正好是延雪平市，左右两边都是山，背靠孟克湖，面对韦特恩湖。

大雁们在狭长的延雪平市上空飞过时，依然像在农村一样喧叫。但是在城里没有一个人对他们喊叫。他们也没有指望城里的居民会停下来对他们喊叫。

他们沿着韦特恩湖岸继续向前飞行，不久就到了萨纳疗养院。有几个病人在游廊上尽情地享受着春天清新的空气，这时他们听到了大雁们的叫声。

"你们要到哪里去？你们要到哪里去？"其中一个病人用微弱得几乎听不见的声音问道。

"我们要到既没有痛苦也没有疾病的地方去！"男孩子回答说。

"带我们一块儿去吧！"病人们说。

"今年不行！"男孩子回答，"今年不行！"

他们又向前飞了一段就到了胡斯克瓦尔纳。它坐落在一个山谷里，周围环绕着陡峭壮丽的山峦。一条小河从高处一泻而下，形成细长的瀑布。山脚下建造了许多作坊和工厂，山谷的谷底遍地都是工人住宅，房屋周围是花园和草地，谷底中央是学校。大雁们飞过那里时，学校正好在打铃，一大群儿童排着队从教室里出来。他们人数很多，整个校园里都挤满了孩子。

"你们要到哪里去？你们要到哪里去？"孩子们听到大雁的叫声时便喊道。

"我们要到既找不到书本也没有作业的地方去！"男孩子回答说。

"带我们一块儿去吧！"孩子们喊道，"带我们一块儿去吧！"

"今年不行，等到明年吧！"男孩子喊道，"今年不行，等到明年吧！"

大鸟湖

绿头鸭雅洛

韦特恩湖的东岸耸立着奥姆山，奥姆山东边是达格大沼泽地，沼泽地的东边则是陶庚湖，陶庚湖的四周就是平坦的东约特兰大平原。

陶庚湖是一个很大很大的湖，不过以前可能比现在还要大。但是，当时人们觉得这个湖占去了太多肥沃的土地，因此他们试图将水抽干，在湖的底部播种粮食，但是他们没有成功，湖水至今仍淹没着大片的良田。然而经过排水之后，湖水已经很浅了，几乎没有一个地方水深超过两米。现在湖岸上潮湿泥泞，湖中一座座小岛露出水面。

如今有一种植物喜欢让脚站在这样的水中，而头和身子却露在水面上，这种植物就是芦苇。它再也找不到比这狭长水浅的陶庚湖沿岸以及泥泞的小岛周围更好的地方生长繁殖了。它在这里生活得很惬意，长得比人还高，许多地方稠密得连小船都难以穿过。湖的四周已经形成一道绿色屏障，只有少数几个人类割掉芦苇的地方才能出入。

芦苇把人封锁在陶庚湖之外，同时又为其他大批生物提供了保护。芦苇丛中小水塘星罗棋布，小水沟纵横交错，碧绿而静止不动的水中，青萍和眼子菜在那里繁殖生长，孑孓、小鱼和蠕虫也在那里大量孵化，各种水鸟可以在水塘和水沟周围许多隐蔽的地方产蛋、哺育幼鸟，而不会受到敌人的袭扰，也不用担心没有食物。

在陶庚湖的芦苇丛中住着数不清的鸟，而且随着栖身的好地方为大家所知，越来越多的鸟聚到这里来。最先在那里定居的是绿头鸭，至今仍有上千只，但是他们不再拥有整个湖泊，而是不得不与天鹅、鸊鷉、骨顶鸡、白嘴潜鸟、翘鼻麻鸭等其他鸟类分享了。

陶庚湖无疑是全国最大最出名的鸟湖。鸟类都为有这样一个栖身的好地方而感到非常幸福。但是不知道他们对芦苇丛和泥泞湖岸的主权还能维持多久，因为人们至今没有忘记陶庚湖占着大片肥沃的良田，并且不时地提出排干湖水的方案。一旦这些方案付诸实施，成千上万只水鸟就要被迫迁移。

在尼尔斯·豪格尔森随着大雁们周游全国的时候，陶庚湖上住着一只名叫雅洛的绿头鸭。这是一只小鸭，出生后只过了一个夏天、一个秋天和一个冬天。现在是他度过的第一个春天。他刚刚从北部非洲归来，到达陶庚湖时正值好季节，湖面上还结着冰。

一天晚上，他和另外几只小鸭在湖面上互相追逐玩耍。一个猎人向他们放了几枪，结果雅洛的胸部中了弹。他以为自己要死了，但是为了不让开枪的人抓到他，他还是拼命地向远处飞。他不知道他是在朝什么方向飞，只是一个劲儿地向前飞。当他精疲力竭再也飞不动的时候，他已经离开陶庚湖上空，在内陆飞了一段距离，最后落在湖畔一座大庄园门前。

过了一会儿，有个年轻的长工正好从院子里走过。他看见了雅洛，便走过去把他捧了起来，但是一心想要平静地死去的雅洛为了使长工放掉他，便使出最后的力气去狠狠地咬他的手指。

雅洛没能够挣脱掉，但是他的反抗也有好处，那就是长工发现他还活着。他非常小心地把他抱到屋里去给年轻温柔的女主人看。她立即从长工手中接过雅洛，抚摩着他的背部，擦干了他颈部羽毛里渗出的血。她非常仔细地把他观察了一番，当她看到他那深绿色的闪闪发光的头、白色的颈环、赤褐色的背和蓝色的翼时，她觉得这只鸭非常漂亮。她一定觉得让这样漂亮的鸭死去太可惜了，所以立即收拾好一个篮子，把鸭子放在里面。

雅洛一直扑打着翅膀，试图挣脱掉。但是当他发现这里的人无意伤害他时，他就安心地躺在了篮子里。由于疼痛和失血过多，此时他感到筋疲力尽。女主人提起篮子，走过屋子，将篮子放在炉子旁边的角落里，还没有等她把篮子放下，雅洛已经闭上眼睛睡着了。

过了一会儿，雅洛觉得有人在温柔地推他，他就醒了。他睁开眼睛一看，吓得几乎失去了知觉。这回可要完了！因为篮子边站着一个比人和猛禽更危险的家伙。那不是别的，正是长毛狗赛萨尔，他正好奇地闻着他。

去年夏天，当雅洛还是一只黄毛小鸭的时候，芦苇丛里只要有人喊："赛萨尔来啦！赛萨尔来啦！"他就会吓得要命。当他看见那只毛上有褐色和白色斑点的狗龇牙咧嘴地钻进芦苇丛的时候，他简直觉得死亡就在眼前了。他一直希望千万不要再见到赛萨尔。

但不幸的是，他现在肯定落到了赛萨尔家的院子里，因为赛萨尔就站在眼前。

"你是谁？"他吼道，"你是怎么到这座房子里来的？你不是住在芦苇丛里吗？"

雅洛艰难地鼓起勇气回答道："赛萨尔，你不要因为我到这个家里来而生气！这不是我的过错。我被枪弹击伤了，是这里的主人把我放在这个篮子里的。"

"哦！原来是这里的人把你放在这儿的，"赛萨尔说，"那么，他们显然是想医治你的伤了。按我的想法，他们既然捉到了你，我认为他们更聪明的做法是把你宰掉吃了。不过，不管怎么说，你在这里是不会受到伤害的，你用不着这样害怕，现在我们不是在陶庚湖上。"

赛萨尔说完便到熊熊燃烧的炉火前睡觉去了。致命的危险一旦过去，一种极其疲倦的感觉便又开始袭扰雅洛了，于是他又睡着了。

当雅洛再次醒来时，他发现有人在他面前放了一盘谷粒和一碗水。他仍病得很厉害，但是毕竟觉得肚子有些饿了，因此吃了起来。女主人看到他开始吃东西，便走上前去抚摩他，显出一副很高兴的样子。雅洛吃完以后又睡着了。一连好几天，他除了吃、睡以外，其他什么也没干。

有一天早晨，雅洛感觉好多了，就从篮子里爬出来，在地板上来回走动。但是他没有走多远就摔倒在地板上，躺在那里动弹不得了。赛萨尔走了过来，张开大嘴把他叼了起来。雅洛当然以为狗是要咬死他，但是赛萨尔并没有这样做，而是把他送回篮子里，一点儿也没有伤着他。正因为这样，雅洛对赛萨尔有了一种信任，他第二次在屋里散步时就走到狗的跟前，在狗的身边躺了下来。从此，赛萨尔和他成了好朋友，每天，雅洛总要在赛萨尔的爪子间睡上好几个小时。

但是雅洛对女主人的好感远胜于他对赛萨尔的好感。他对女主人一点儿也没有恐惧感，当她走上前来喂食时，他总是用头蹭蹭她的手。每次她走出屋子的时候，他总有失落感，而当她回到屋里的时候，他会用自己的语言大喊大叫，以表示对女主人的欢迎。

雅洛完全忘了他以前对狗和人是多么害怕。他现在觉得他们是那么温柔和善良，他也喜欢上他们了。他渴望恢复健康，以便能飞到陶庚湖上去告诉所有的野鸭，他们过去的敌人对他们并没有威胁，他们根本用不着害怕。

他发现，人和狗都有一双温柔的眼睛，看到他们的眼睛，心里就觉得舒畅。屋子里唯一叫人看不顺眼的就是家猫克劳维娜，雅洛连看都不愿意看她一眼。她并没有伤害他，但是他对她没有任何信任感。另外，她还因为他喜欢人类而经常跟他发生争吵。

"你以为他们保护你是因为他们喜欢你吗？"克劳维娜说，"你等着瞧吧，等把你养肥了，他们就会把你的头拧下来。我了解他们，我太了解他们了。"

雅洛和其他鸟一样，有一颗脆弱而又充满柔情的心，当他听到这些话时心里非常难过。他简直难以想象他的女主人会把他的头拧掉，他也不相信那个在他的篮子旁一坐就是几个小时，与他断断续续地小声说话的小男孩——女主人的儿子——会这样做。他似乎觉得，他们母子俩都很爱他，就像他爱他们一样。

一天，雅洛和赛萨尔躺在火炉前他们经常躺的地方，克劳维娜坐在炉边又开始取笑绿头鸭了。

"我倒想知道，雅洛，明年陶庚湖的水抽干，改成粮田以后，你们野鸭能干些什么？"克劳维娜说。

"你说什么，克劳维娜？"雅洛惊叫着跳了起来，一时恐慌不已。

"雅洛，我老是忘记，你同赛萨尔和我不一样，听不懂人类的语言，"猫回答说，"不然的话，你肯定能听到，昨天有几个男人在这幢房子里商量，要把陶庚湖的水全部抽干，明年湖底就会像地板一样干燥。我不知道到那时候你们野鸭该往何处去安身。"

雅洛听了猫的这番话，气得像蛇一样咝咝大叫。

"你简直像骨顶鸡一样坏透了！"他冲着克劳维娜尖声叫道，"你只是想激起我对人类的仇恨。我不相信他们会做那样的事。他们也一定知道陶庚湖是绿头鸭的财产。他们为什么要使那么多绿头鸭无家可归，遭受不幸呢？你把这一切告诉我，肯定是想吓唬我。我真希望老鹰高尔果能把你撕成碎片！我也希望女主人把你的胡须剪掉。"

但是雅洛的大叫大闹并没有使克劳维娜闭上嘴巴。

"这么说，你认为我是在瞎说啦，"她说，"那么你问问赛萨尔吧，他昨天晚上也在屋里。赛萨尔是从来不撒谎的。"

"赛萨尔，"雅洛说，"你比克劳维娜更能听懂人类讲的话，你说，她一定听错了！想想吧，要是人类把陶庚湖的水抽干，把湖底变成粮田，会造成什么样的后果呀！那时候，鸭子吃的眼子菜或其他食物就没有了，小鸭子也无处去寻找小鱼、蝌蚪或孑孓吃了。那时候，供小鸭子藏身直到他们会飞行的岸边芦苇也就没有了，所有的鸭子将被迫移居他乡，另找新居。但是他们到哪儿去寻找像陶庚湖这样完美的栖息地呢？赛萨尔，你说，克劳维娜一定听错了！"

要是观察一下赛萨尔在这段谈话过程中的表现，就会觉得奇怪。他刚才一直很清醒，但是现在，当雅洛转向他同他讲话时，他却打着哈欠，把长鼻子放在前爪子上，呼呼睡着了，连眼皮都没有动一动。

克劳维娜看着赛萨尔，得意地笑了。

"我相信，赛萨尔并不想回答你的问题，"她对雅洛说，"他也和其他所有的狗一样，绝不承认人会做出任何错事。但是不管怎么样，你可以相信我的话。我还要告诉你他们为什么现在要把湖水抽干。只要你们绿头鸭还能控制陶庚湖，他们是不愿意把湖水抽干的，因为他们至少能从你们绿头鸭那儿得到点儿好处。但是现在，鸊鹈、骨顶鸡和其他鸟既不能供人食用，又几乎占据了所有的芦苇丛，因此他们认为，没有必要为这些没用的鸟保留这个湖了。"

雅洛并没有自找麻烦去回答克劳维娜的问题，只是抬起头对着赛萨尔的耳朵喊道："赛萨尔！在陶庚湖上仍然还有无数的绿头鸭，这一点你是知道的，他们飞起来就像云彩一样遮天蔽日。快说，人类要使所有这些鸭子无家可归的事不是真的！"

这时赛萨尔猛地跳了起来，对着克劳维娜大发雷霆。克劳维娜为了免遭袭击，迅速地跳上了一个架子。

"我要教训教训你，让你知道在我睡觉的时候要保持安静。"赛萨尔怒气冲冲地吼叫道，"当然，我知道有人在谈论要在今年把湖水抽干。这件事以前也谈论过好多次，都没有结果。不管怎么说，我是不赞成把湖水抽干的，不然，陶庚湖干枯了，到哪里去打猎呢？你真是只蠢猫，竟会为这样的事幸灾乐祸。陶庚湖上没有了鸟，我们拿什么来取乐呢？"

野鸭囮子①

四月十七日　星期日

几天后，雅洛已经康复，能够在屋子里飞来飞去了。这时，女主人抚摩他的次数比以往更多了，那个小男孩跑到院子里为他采集了刚长出的嫩草叶。每当女主人抚摩他时，雅洛总是想，尽管他现在已经很强健，随时都可以飞到陶庚湖上，他却不愿意离开这里的人，他很乐意终生留在他们身边。

但是有一天一大早，女主人在雅洛的身上套了一个绳圈或绊子之类的东西，使他的翅膀不能飞行，然后把他交给了那位在院子里发现他的长工。长工把他夹在腋下就到陶庚湖上去了。

雅洛养病期间，湖面上的冰已经化完了。湖岸上和小岛上还有去年残留下来的干枯的秋叶，但是各种水生植物已开始在水的深处扎根，绿色的芽尖已冒出水面，现在差不多所有的候鸟都已回来了，麻鹬从芦苇里伸出了弯嘴，鹛鹛带着新颈环到处游逛，沙锥鸟正在运草筑巢。

长工跳上一只小驳船，把雅洛放在舱底，就开始把船撑到湖面上。现在习惯于对人类往好里想的雅洛对随船同去的赛萨尔说，他非常感激长工把他带到湖上来。但是长工用不着把他拴得那么紧，因为他没有要飞掉的打算。对此，赛萨尔只字不答。那天早晨他一直没有说话。

唯一使雅洛感到奇怪的是长工随身带着猎枪。他不能相信农庄上这些善良的人竟会开枪打鸟。此外，赛萨尔也曾告诉过他，这个季节人们是不打猎的。

"现在是禁猎期，"他曾说，"当然，这跟我没什么关系。"

长工把船撑到一个四周被芦苇包围的小泥岛边。他跳下船来，把陈芦苇堆成一大堆，自己在芦苇堆后面躲了起来。雅洛翅膀上套着网

---

① 囮子是捕鸟时用来引诱同类鸟的活鸟，也叫子。

子，由一根长长的绳子系在船上，但是可以在小岛上来回走动。

突然，雅洛看见几只以前和他在湖上戏水玩耍的小鸭。他们离他还很远，但是雅洛向他们大声呼叫了几次。他们立刻做了回答，一大群美丽的野鸭向他飞了过来。但是还没有等他们飞近，雅洛就开始告诉他们他是如何神奇地得救的以及人类给予他的恩惠。就在这时，他的身后传来了几声枪响。三只小鸭应声栽进了芦苇丛中。赛萨尔扑通一声蹿了出去，把他们叼了回来。

雅洛这时完全明白了，原来那些人救他只是为了利用他做园子，而且他们成功了，三只野鸭因为他而丧失了性命，他觉得他应当含羞而死。他觉得甚至他的朋友赛萨尔也在用鄙视的目光看着他。他们回到家以后，他也不敢躺在狗的身边睡觉了。

第二天早晨，雅洛被再次带到了浅滩。这次他也看见了一些野鸭。但是当他发现他们在向他飞来时，他朝他们喊道："飞开！飞开！小心！朝别的地方飞去！有一个猎手正藏在芦苇堆后面。我只是一只野鸭园子！"他果然成功地制止了他们，使他们免于被枪杀。

雅洛一直忙于警戒，连尝尝草叶滋味的工夫都没有。只要发现有鸟朝他飞来，他便立即向他们发出警告。他甚至也向鸥鹬发出警告，尽管他因他们把绿头鸭挤出了最好的栖息地而憎恨他们。但是他并不希望任何鸟类因为他而遭到厄运。由于雅洛的警戒，这一天长工一枪没放就回家了。

尽管如此，赛萨尔却不像头一天那样看上去一脸不高兴了。到了晚上，他又把雅洛叼到炉子旁边，让他睡在自己的前爪之间。

然而，雅洛在这间屋子里再也不感到愉快了，而是感到深深的不幸。一想起这里的人类从来没有真心爱过他，他就心如刀绞。当女主人或小男孩过来抚摩他时，他就把头伸进翅膀，假装睡觉。

几天来，雅洛一直苦恼地充当着警卫，全陶庚湖上的鸟都认识他了。后来，有一天早晨，正当他像平时一样呼喊着"当心啊，鸟儿们！不要靠近我！我只是一只野鸭园子"的时候，一个鹬鹬窝朝他所在的浅滩漂了过来。这也没有什么大惊小怪的，那不过是去年的一个旧鸟窝，因为鹈鹕造的窝能像船一样在水上漂动，所以经常发生鹈鹕窝漂到湖上的事。但雅洛还是站在那里一动不动地盯着那个鸟窝。因为它径直朝他所在的小岛漂过来，就像有人在掌舵一样。

当鸟窝更加靠近他时，他发现一个他从未见过的最小的小人儿坐在鸟窝里，用两根小棍棒做桨向他划过来。那个小人儿向他喊道："尽量靠近水边，雅洛，做好起飞准备。你很快就会得救了。"

不一会儿，鹈鹕窝靠岸了，但是那个小船工没有下来，而是一动不动地缩着身子坐在窝里的树枝和草秆中间。雅洛也站在那里几乎一动都不动，他由于担心来救他的人被发现而吓得目瞪口呆了。

紧接着发生的事便是一群大雁朝他们飞了过来。雅洛也从惊呆中恢复了神志，大声向他们发出警告，但是他们没有理会，在浅滩上空来回飞了好几次。他们飞得很高，一直保持在射程之外。长工经受不住诱惑，对他们开了好几枪。枪声刚响，男孩子便飞快地跑上岸来，从刀鞘中抽出一把小刀，几下子就割破了套在雅洛身上的绊网。

"雅洛，在他重新装弹之前赶快飞走！"他叫道。他自己也迅速地跑回鹈鹕窝，撑篙离岸。

猎人一直盯着那群大雁，所以没有发现雅洛已被放走，赛萨尔却对刚才发生的情况看得一清二楚。雅洛刚要振翅起飞，他就蹿上前去一口咬住了他的脖子。

雅洛惨叫着，但是刚刚为雅洛松绑的小人儿极为镇静地对赛萨尔说："要是你真的像你的外表那样刚正不阿，那么，你肯定不愿让一只好鸟坐在这里当囮子，诱使其他鸟遭殃。"

赛萨尔听了这些话，上唇一动，狰狞地笑了笑，但是过了一会儿还是把雅洛放开了。"飞走吧，雅洛！"他说，"你太善良了，不应该让你当囮子。我也并不是因为让你当囮子才想把你留下来，而是因为没有你，家里就太寂寞了。"

排湖水

四月二十日　星期三

屋子里没有了雅洛，确实显得很寂寞。狗和猫因为没有同他们争论的雅洛而觉得时间漫长。女主人怀念着她以往每次进屋时听到的欢乐的叫声。但是最想念雅洛的要数那个小男孩佩尔·奥拉了。他才三岁，是家里唯一的小孩，他还没有结交过像雅洛这样的伙伴呢。当他得知雅洛已经回到了陶庚湖，回到了绿头鸭群中时，他没有就此罢休，而是总想着怎么样让他回来。

雅洛躺在篮子里养伤期间，佩尔·奥拉曾同他说过好多话，当时他很肯定绿头鸭听懂了他的话。他请求他的母亲把他带到湖上，找到雅洛，说服他回到他们中间来。他母亲没有理他，但是小家伙并没有因此放弃他的计划。

雅洛失踪的第二天，佩尔·奥拉在院子里跑来跑去。他像往常一样一个人在那里玩耍，赛萨尔躺在走廊上，女主人让小男孩到院子里玩的时候曾经对狗说："照料一下佩尔·奥拉，赛萨尔！"

要是在以前，赛萨尔会听从这项命令，小男孩会得到很好的照看，而不至于出任何危险。但是赛萨尔这几天自己也魂不守舍。他知道，居住在陶庚湖沿岸的农民这几天经常召开会议，讨论将湖水抽干的事宜，而且他们几乎已经做出了决定。这样一来野鸭就必须迁移，赛萨尔也绝不会有机会光明正大地进行狩猎了。他的脑子里总想着这未来的不幸，因而忘了看护好佩尔·奥拉。

小家伙一个人在院子里玩了一会儿，便觉得到陶庚湖边同雅洛谈话的时机到了。他打开一扇门，沿着湖岸上那条狭窄的小路向湖边走去。在屋里的人还能看见的时候，他走得很慢，但是后来他加快了步子。他非常害怕母亲或其他人喊他而使他去不成。他并不想做任何淘气的事，只不过想去说服雅洛回家，但是他感觉到家里的人是不会答应他这样做的。

佩尔·奥拉来到湖边，一遍又一遍地呼喊雅洛。然后他站在那里等了很久，雅洛始终没有出现。他看见的每一只鸟看上去都像那只绿头鸭，但是他们飞过时连看都不看他一眼。他这才知道他们当中没有一个是雅洛。

雅洛没有来到他的跟前。小男孩就想，到湖上去肯定会更容易地找到他。岸边停靠着好几只很好的船，不过都用绳子拴着。唯一没有拴着的是一只很破旧而且漏水的小划子，已没有人想起要使用这只破划子了。可是，佩尔·奥拉不顾船底已经浸满了水，一抬脚就跨了上去。他年纪太小，没有足够的力量划动双桨，只是坐在划子里胡乱摇晃。当然，成年人是不可能用这种方法将划子划到湖中去的，当水位高、该出事的时候，小孩却有不可思议的本领，能把划子划到湖中心。不久，佩尔·奥拉就在湖上漂来漂去，呼喊着雅洛。

旧划子到了湖中心，被这样来回地摇晃，裂缝越来越大了，水直往里灌。可是佩尔·奥拉一点儿也不在乎，他坐在划子前面的一张小板凳上，呼喊着每一只他所看见的鸟，他不明白为什么雅洛现在还不出现。

最后雅洛果然看到了佩尔·奥拉。当他听见有人在呼叫他在人群中时的名字时，他便知道那个小男孩到陶庚湖上来找他了。当雅洛发现还有一个人在真诚地爱着他时，心里感到说不出的高兴。他像一支箭一样飞向佩尔·奥拉，在他的身边坐下，任凭他抚摩。他们俩都为再次见面而非常高兴。

但是雅洛忽然发现了小划子的处境。划子里有一半已经浸满了水，随时都会下沉。雅洛试图告诉佩尔·奥拉，他既不会飞也不会游泳，必须立刻想办法上岸，但是佩尔·奥拉听不懂他的话。于是雅洛二话没说，立即飞去寻求帮助。

不一会儿，雅洛回来了，背上还驮着一个比佩尔·奥拉要小得多的小人儿。要不是那个小人儿能说会动，小男孩准以为那是一个洋娃娃。小人儿命令佩尔·奥拉立即拿起横放在划子底部的又细又长的杆子，尽力将小划子撑到附近的芦苇岛上。佩尔·奥拉服从了他的命令，他便和那个小人儿一起驾驶划子。他们使劲儿划了几下，将小划子划到了一座由芦苇包围的小岛旁。那个小人儿又告诉佩尔·奥拉必须立即上岸。就在佩尔·奥拉跨上岸的一刹那，小划子灌满了水，沉到了湖底。

佩尔·奥拉见此情景，就觉得父亲和母亲一定会很生他的气。要不是当时想到了其他事情，他一定早就哭起来了。也就是说，一群大灰鸟飞来落在了小岛上。小人儿把他带到大灰鸟跟前，告诉他那些大鸟都叫什么名字以及他们说了些什么。这情景是多么有趣，使佩尔·奥拉把其他的一切事情忘得一干二净。

与此同时，农庄上的人发现佩尔·奥拉失踪了，便开始到处寻找。他们找遍了屋里屋外，寻看了水井，还到地下室去查看了。然后他们又到大路和小路上去寻找，到邻近的农庄去打听，看看他是否由于迷路而走到了那里，他们也到陶庚湖边上去寻找过。但是不管他们怎么样寻找，都没有找到他。

赛萨尔——那只狗，很清楚农庄上的人正在寻找佩尔·奥拉，但是他没有出力去把他们领向正确的方向，相反地，他安安静静地躺在那里，好像发生的这件事与他毫无关系。

当天晚些时候，有人在停靠船只的地方发现了佩尔·奥拉的脚印，后来又发现那只破旧而且漏水的小划子已经不在岸边了。这时他们便开始明白究竟发生了什么事。

农庄的男主人和长工们立即推出船只，划着去寻找小男孩。他们在陶庚湖上划啊，找啊，一直到很晚很晚，但是连小男孩的影子都没有见到。他们不得不相信，那只破划子已经下沉，小家伙已经躺在湖底死了。

晚上，佩尔·奥拉的母亲一个人还在湖岸边寻来寻去。其他人都认定佩尔·奥拉已经淹死了，但是她怎么也不能使自己相信。她一刻不停地寻找。她找遍了芦苇丛和灯芯草丛，踩遍了泥泞的湖岸，一点儿也不考虑她的脚陷得多深，身上已多么潮湿。她开始绝望了，她的心在阵阵疼痛。但是她没有哭泣，只是搓着双手，用悲痛刺耳的声音高呼着她的儿子。

她听见天鹅、野鸭和麻鹬在她周围呼叫。她觉得他们跟在她后面，也在悲叹着，恸哭着。"他们这样悲叹，一定也有伤心事。"她想。然后，她想起来了，她所听到的埋怨声只不过出自那些鸟，而鸟肯定不会有什么烦恼事的。

奇怪的是，太阳落山以后他们还不安静下来。她听见生活在陶庚湖上的无数鸟群发出一阵又一阵的呼叫声。许多鸟不管她走到哪儿就跟到哪儿。其他一些鸟则快速扇动着翅膀从她身边疾飞而过。整个天空充满埋怨和悲哀的叫声。

但是，她自己所遭受的痛苦使她的心境豁然开朗。她感到自己不像别人那样与其他所有生物相隔得那么遥远。她比以前任何时候都更能理解鸟类的处境。他们和她一样，也常常为家园和孩子操心。他们和她的差别不像她以前所想象得那么大。

这时她突然想到排水的决定，数千只天鹅、野鸭和鹏鹩将失去他们在陶庚湖上的家园一事，几乎已成定局。"这一定会使他们痛苦万分，"她想，"他们到什么地方去抚养他们的孩子呢？"

她停下脚步思考这一问题。将一个湖改造成耕田和草地，看来是一项很好的令人愉快的工程，但不能是陶庚湖，去选择一个没有成千上万只动物安家的湖泊进行改造吧。

她想到第二天就要对排水的事做出决定，并且猜想是不是由于这件事她的小儿子才在今天失踪。这是不是上帝的旨意，也就是说在还能制止这种野蛮行径之前，也就是在今天，让悲伤降临到她的头上，从而打开她慈悲的心灵呢？

她急忙走回庄园，把自己的想法告诉丈夫。她讲到了那个湖，也讲到了那些鸟，并且对丈夫说，她相信佩尔·奥拉的死是上帝对他们俩的惩罚。她很快发现，他同她的观点是一致的。

他们已经拥有一座很大的庄园，但是如果排湖水的工程能够实施，湖底一大片土地将要归他们所有，他们的财产将增加几乎一倍。正是因为这个原因，他们比湖滨有地的其他人更热心于这项工程。其他人害怕承担费用，担心这次排水也像上次一样以失败告终。佩尔·奥拉的父亲心里很明白，正是他影响其他人同意这个排水计划的。为了给他的儿子留下一座比他的父亲留给他的要大一倍的庄园，他大显身手，充分运用了自己雄辩的本领。

他现在站在这里思索着，就在他准备签订关于抽干湖水合同的同一天，陶庚湖把他的儿子从他手里夺走了，这是不是上帝插手有意安排的呢？用不着妻子对他说更多的话，他便回答道："也许是上帝不愿意我们去干涉他安排的秩序。我明天就去和其他人讨论这件事，我想我们会做出使一切维持原状的决定。"

主人们在谈论这件事的时候，赛萨尔躺在火炉前，抬着头仔细地倾听他们的谈话。当他认为事情已经有了把握的时候，他走到女主人跟前，扯住她的裙子，拉着她向门口走。

"啊，赛萨尔，你！"她说着并想挣脱开，"难道你知道佩尔·奥拉在哪儿吗？"接着她惊呼起来。赛萨尔高兴得汪汪叫了起来，用身子撞击着大门。她为他打开了门，赛萨尔一溜烟地跑向陶庚湖。女主人确信他知道佩尔·奥拉的下落，便紧随其后朝湖边跑去。还没有等他们跑到湖边就听到湖上有一个小孩子的哭声。

这一天，佩尔·奥拉和大拇指以及鸟儿们一起度过了他出生以来最愉快的一天。而现在他却开始哭了，因为他肚子饿了，又害怕黑暗。但是当他的父亲、母亲和赛萨尔来找他时，他又破涕为笑了。

预　言

四月二十二日　星期五

一天深夜，男孩子躺在陶庚湖的一座小岛上睡觉时被一阵划桨声吵醒了。他刚睁开眼，就觉得有束耀眼的强光射进他的双眼，刺得他连连眨眼。

起初，他弄不明白是什么东西在湖面上照得那么亮。但是他很快就看见一只小船停靠在芦苇的边上，船舷一根铁杆上有一只大火把正在燃烧。火把上红通通的火焰清晰地倒映在漆黑的湖水中。大概是明亮的火光把鱼给引来了，不然怎么会有一大群黑影在水中火光的倒影周围不停地游动呢？

小船上有两个上了年纪的人。其中一个坐着划桨，另一个站在船头的坐板上，手里握着一把带有很粗的倒钩的短渔叉。划桨的人显然是个贫苦的渔民，他个子矮小，肌肉干瘪，看上去饱经风霜。他身上穿着一件单薄破旧的衣服。人们一眼就能看出，他对各种气候已经习以为常，对寒冷毫不在乎。而另一个人则丰衣足食，看上去像一个富有而且傲慢自信的农民。

当他们驶至男孩子睡觉的那座岛的对面时，那位农民突然说："快停下！"与此同时，他把渔叉掷进水里。当他提起渔叉时，渔叉上已挂着一条又长又肥的鳗鱼。

"瞧这条鱼！"农民边说边把鱼从渔叉上取下来，"这才是一条值得抓的鱼。我想我们已经抓了不少，可以回家了。"

但是他的同伴没有提起桨来，而是坐在那里环顾四周。

"今晚湖上的景色美极了。"划桨的渔民说。

事实确实是这样。湖上风平浪静，除了船划过时留下的一道波纹外，整个湖面像镜子一样平静。而这一道波纹就像一条用金子铺成的大道，在火把的照耀下闪闪发光。晴朗的深蓝色天空中布满了星星。长满芦苇的无数小岛遮住了湖岸，只有在西面，奥姆山黑黝黝地矗立在那里，显得比平时更高大巍峨，在苍穹上勾画出一个很大的三角形。

农民转过头去，避开耀眼的亮光，向四周环视着。"是的，东约特兰这个地方确实很美。"他说，"然而，这个省最值得称赞的不在于它美丽的风光。"

"那么，什么是最值得称赞的呢？"划桨的问道。

"那就是这个省的名誉和声望。"

"那倒是有可能属实的。"

"而且，人们知道它将永远保持它的名誉和声望。"

"何以见得呢？"划桨的又问道。

农民在原地直了直腰，撑着渔叉说："在我们家族有一个从祖先传下来的古老的故事。从那个故事中人们可以知道东约特兰的未来。"

"那么，你愿不愿意给我讲讲这个故事呢？"划桨的问。

"一般来说，这个故事不是对任何人都可以讲的，不过我不会对一个老朋友保密。"

"在东约特兰的乌尔沃萨，"他接着讲开了，人们从他讲话的语调中可以听出，他讲的是从别人那里听来的，而且背得很熟，"好多好多年以前，那里住着一位夫人，她有预见未来的天赋，而且既肯定又准确，就像在谈论已经发生过的事情一样。因此，她远近闻名。不难理解，四面八方的人都跑到她那里，请她为自己预卜凶吉。

"有一天，当乌尔沃萨夫人像往常一样坐在客厅里纺纱时，一个贫苦的农民走进她的屋里，远远地坐在靠门的一把凳子上。

"'不知道您坐在这里在想些什么，亲爱的夫人？'农民坐了一会儿才开口道。

"'我坐在这里是在想崇高和神圣的事情。'她回答说。

"'这样的话，我有一件挂在心上的事请教您，不知是否合适？'农民问。

"'挂在你心上的事也许不是别的，而是你想能在地里多打粮食吧。而我经常要答复的问题是皇帝想知道他的统治前景如何，教皇想知道他的金钥匙会发生什么意外。'

"'是呀，这类问题可不容易回复。'农民说，'我也听说，凡是到过这儿的人没有一个是扫兴而归的。'

"当农夫说这些话的时候，他看见乌尔沃萨夫人咬了咬嘴唇，并且在凳子上挺直了身子。

"'原来你听到的关于我的是这些话，'她说，'那你就来试一试你的运气，想知道什么就问什么，看看我是否能回答得使你满意。'

"接着，农民立即说明了他的来意。他说他到这里来是想问问东约特兰的前景如何。对他来说，再也没有比他的家乡更心爱的东西了，所以他的意思是，如果他对这个问题能得到一个满意的答复，他直到离开人世都会感到幸福。

"'你还有别的事情想知道吗？'料事如神的夫人说，'如果只是这点儿事，我想你会满意的。我可以坐在这里告诉你，东约特兰的情形看来是这样的：它总有一种可以在其他省份前炫耀的东西。'

"'是的，这是一个很好的回答，亲爱的夫人，'农民说，'如果我能知道怎么会有这种可能，那我就完全心满意足了。'

"'为什么不可能呢？'乌尔沃萨夫人说，'难道你不知道东约特兰早已经出名了吗？难道你认为瑞典还有另一个同时拥有诸如阿尔瓦斯特拉和弗雷塔这样两个修道院，以及位于林雪平的那样美丽的教堂并可以自豪的省份吗？'

"'这倒是。'农民说，'但是我已经年纪大了，我知道人的思想也是多变的。我担心有一天他们不再会因为我们拥有阿尔瓦斯特拉

和弗雷塔修道院或者林雪平大教堂而夸耀我们。'

　　"'在这一点上，你也许是对的，'乌尔沃萨夫人说，'但是你没有必要因此怀疑我的预言。我现在准备让人在瓦德斯坦纳修建一座新的修道院，它将成为北欧最著名的修道院。无论是高贵的还是低下的人，都可以到这里来朝圣，所有的人都会为这个省境内有这样一个神圣的地方而歌唱。'

　　"农民说他很高兴获悉此事。当然，他也知道，任何事情都不会是永恒的，他很想知道，一旦瓦德斯坦纳修道院丧失名声，还会有什么东西能为这个省赢得荣誉。

　　"'你可真不容易满足啊！'乌尔沃萨夫人说，'但是，我能预见遥远的将来，因而我可以告诉你，在瓦德斯坦纳修道院失去它的光辉之前，就会在它附近修起一座在未来的时代中最富丽堂皇的宫殿。王公贵族们都会到那里去巡礼，全省因为有这么一个豪华宫殿而感到光荣。'

　　"'我听了也很高兴，'农民说，'但是我是一个上年纪的人，我知道这世间豪华富贵的命运。我在想，一旦那个宫殿变成废墟，还有什么东西能把人们的注意力吸引到这个省来呢？'

　　"'你想要知道的事情可真不少啊！'乌尔沃萨夫人说，'但是我能预见到很远的未来，我注意到在芬斯蓬周围的森林里将会出现一派热火朝天的景象。我看见一幢幢房屋和一座座炼铁炉在那里拔地而起。我相信全省都将会因为在它的境内炼出铁而得到荣誉。'

　　"农民没有否认他听了这些感到无比兴奋。'万一芬斯蓬的冶炼厂也命运不济而失去它的重要性，那就很难出现使东约特兰可以引以为豪的新事物了。'

　　"'你真是不容易满足啊！'乌尔沃萨夫人说，'但我可以预见到很远的未来，我注意到那些曾在外围作战的贵族绅士在沿湖修建类似宫殿的庄园。我相信，这些贵族庄园将像我刚才提到的那些事物一样给本省带来巨大的荣誉。'

　　"'但是有一天没有人赞美这些大庄园了，那又会怎么样呢？'农民固执地问道。

　　"'不管怎么样，你不必担忧。'乌尔沃萨夫人回答说，'我现在看见韦特恩湖畔梅德维草地上的矿泉水在往上冒。我相信，梅德维的矿泉将给这个省带来你所希望的赞誉。'

　　"'这可真是一件大好事，'农民说，'但是如果有一天人们到其他矿泉去疗养呢？'

　　"'你可不必为此担心，'乌尔沃萨夫人说，'我看到，从穆塔拉到麦姆，人们在辛勤劳动，在挖掘一条横贯全国的运河，到那时人们又会处处把赞美东约特兰的话挂在嘴上了。'

　　"然而，看上去这位农民还嫌不够。

　　"'我看到穆塔拉河的急流已开始带动轮子转动，'乌尔沃萨夫人说，此时她的两颊上出现红晕，开始不耐烦了，'我听见铁锤声在穆塔拉响起，织布机在北雪平咔嗒咔嗒作响。'

　　"'是的，我能知道这些事很高兴，'农民说，'但是任何东西都不是永恒的，我担心这些东西也会被人遗忘，没有人再提起它们。'

　　"农民到现在还不感到满足，乌尔沃萨夫人再也忍受不了。'你说任何东西都不是永恒的，'她说，'但是现在我要告诉你，有一种东西是永远不会改变的，那就是，像你这样狂妄自大、固执己见的农民，直到世界毁灭的时候还可以在这个省里找到。'

　　"乌尔沃萨夫人刚说完，那个农民立即满意地站起身来，感谢她给了他一个极好的答复。他说，现在，他终于心满意足了。

　　"'我现在才算真正理解你的意思了。'乌尔沃萨夫人说。

　　"'是的，我是这样看待这个问题的，亲爱的夫人，'农民说，'国王、教士、贵族绅士和市民修造的一切只能维持几年时间。但是当你告诉我，在约特兰省总会有具有强烈荣誉感和坚忍不拔精神的农民时，我才知道，这个省将永远保持它古老的荣誉，因为只有那些永远献身于改造土地的人，才能把美好的名声和荣誉世世代代传下去。'"

粗麻布

四月二十三日　星期六

男孩子在高空中飞行。他的下面就是东约特兰大平原。他坐在雄鹅背上，一个接一个地数着矗立在小树林中的许多白色教堂，不久就数到了五十。但是后来他数乱了，再也无法数下去。

农庄上的绝大多数院落里有宽敞的粉刷得雪白的二层楼房，看上去是那么雄伟，使男孩子羡慕不已。"这地方不可能住着农民吧，"他自言自语道，"我怎么连个农庄的影子也没有看见呢？"

这时，所有的大雁突然叫了起来："这里的农民住得和贵族一样阔气。这里的农民住得和贵族一样阔气。"

平原上已经冰消雪融，春耕已经开始。

"在田野上爬行的长长的大壳虫是什么东西？"男孩子过了一会儿问道。

"那是犁和耕牛。那是犁和耕牛。"大雁们回答道。

耕牛在地上走得很慢很慢，几乎看不出他们在走动。大雁们向他们喊道："你们明年也走不到头儿！你们明年也走不到头儿！"但是耕牛也不示弱，抬起头来，张着大嘴对着天空吼叫起来："我们一小时干的活儿比你们一辈子干的还要多！"

有些地方是马在拉犁，他们比牛更卖力气，拉犁也比牛拉得快。但是大雁们并没有放过他们，也要戏弄他们一番。

"你们和牛干一样的活儿不害臊吗？"大雁们喊道，"你们和牛干一样的活儿不害臊吗？"

"你们自己和懒汉一样，根本不干活儿，难道不觉得害臊吗？"马唉儿唉儿地叫着反驳道。

正当马和牛在地里干活儿的时候，大公羊却在院子里跑来跑去。他刚剪过毛，动作敏捷，一会儿把小孩子撞倒在地，一会儿又把牧狗赶回窝里，然后又神气活现地来回走动，就像他是院子里唯一的主人一样。"大公羊，大公羊，你把你的毛弄到哪儿去了？"从空中飞过的大雁们问道。

"我把毛送给北雪平的德拉格毛纺厂了！"大公羊扯着嗓子回答。

"大公羊，大公羊，你的角又到哪里去了呢？"大雁们问道。

使大公羊极为伤心的是他从来没有长过角，所以再没有比问起他的角使他更恼怒的了。他气得在那里转着圈跳了半天，又对着天空顶起来。

在乡间大路上，有一个人赶着一群刚出生几个星期的斯科讷小猪到北部去出售。这些猪虽然还很小，走起路来却很大胆，并且互相挤在一起，像是为了寻找依靠。"哎呀，哎呀，我们离开父母亲太早了。哎呀，哎呀，我们这些可怜的小孩该怎么办呢？"小猪们说。大雁们没有心思去取笑这些可怜的小家伙。"你们的遭遇会比你们想象的要好得多。"大雁们飞过的时候向他们喊道。

大雁们再也没有比飞过大片平原时心情更舒畅了。他们不慌不忙地飞着，从一个农庄飞到另一个农庄，同家畜家禽开着玩笑。

男孩子骑在鹅背上在平原上空飞行，想起了一个他很久以前听说过的传说。他记不太清楚了，不过好像是关于一件长外套的故事。外套的一半是用织着金线的天鹅绒做的，另一半则是用灰色的粗麻布做的。但是外套的主人在粗麻布的那一半装饰了许多珍珠和宝石，看上去比用天鹅绒做的那一半还要华丽。

当他在空中看见底下的东约特兰时，他想起了那块粗麻布，那是因为东约特兰是一个大平原，而它的北部和南部则是多山的森林地带。那两块森林高地静卧在那里，在晨曦中青翠夺目，就像披着一层金色的薄纱，而平原部分不过是光秃秃的耕地，一块接一块地散布在那里，看上去并不比灰色的粗麻布好看。

但是人类在这块大平原上过日子肯定很惬意，因为它既慷慨又善良，人类想尽办法去打扮它。男孩子飞在高高的空中，觉得城市、农庄、教堂、工厂、城堡和火车站像大小不一的装饰品一样，散布在大平原上。瓦房屋顶闪闪发光，窗子上的玻璃像宝石一样在闪烁。黄颜色的道路、锃亮的火车轨道以及蓝色的运河像丝带一样在城市和村落间蜿蜒向前，林雪平市围绕着大教堂铺展开来，就像珍珠饰物围着一块宝石，而乡间的院落则像小巧的胸针和纽扣。这种没有规则的布局看上去却富丽堂皇，令人百看不厌。

大雁们离开了奥姆山区，沿着约特运河向东飞行。这里也在为春天的到来做着准备。工人们在加固运河的堤岸并在巨大的闸门上涂刷沥青。

为了接待好春天，到处呈现出一派繁忙的景象，城市里也不例外。油漆工和泥瓦匠站在屋外的脚手架上装修房屋，女仆们扒着打开的玻璃窗擦洗窗户。码头上的人们正在清洗帆船和汽船。

大雁们在北雪平附近离开了平原地区，向北朝考尔莫顿飞去。他们沿着一条在荒凉的峭壁上蜿蜒向前的古老山道飞了一阵，这时男孩子突然喊了起来。原来，他坐在鹅背上，脚晃来荡去，把一只木鞋给甩掉了。

"雄鹅，雄鹅，我的鞋掉了！"男孩子喊道。

雄鹅掉过头来向地面飞去，这时男孩子看见正在这条路上行走的两个孩子已经把他的鞋子捡了起来。

"雄鹅，雄鹅，"男孩子急忙喊道，"向上飞！已经晚了。我再也拿不到我的那只鞋了。"

而在下面的路上，放鹅姑娘奥萨和她的弟弟小马茨站在那里，正在打量着刚从天空中掉下来的小木鞋。

"这是大雁们掉的。"小马茨说。

放鹅姑娘奥萨默默地站了很久，思索着他们刚刚拾到的东西。最后她慢慢地、若有所思地说道："小马茨，你还记得吗？我们路过鄂威德修道院时曾听说过，有一个农庄上的人曾看见过一个小精灵，他身穿皮裤，脚蹬木鞋，跟一个普通的干活儿的汉子一模一样。你还记得吧？我们到威特斯克弗莱的时候，有一个小姑娘曾说，她看见过一个脚穿木鞋的小精灵骑在一只鹅的背上飞了过去。我们自己回到老家的小屋时，小马茨，我们不是也看见了一个穿着打扮与那个小精灵一模一样的小人儿爬到鹅背上飞走了吗？可能就是同一个小人儿，刚才骑着鹅从这里飞过时把这只木鞋掉了。"

"对，肯定是的。"小马茨说。他们拿着小木鞋翻过来倒过去，仔细地端详着，因为在路上拾到小精灵的木鞋是极少见的。

"等一等，等一等，小马茨！"放鹅姑娘奥萨惊奇地叫道，"你看，鞋的一边还写着字呢。"

"怪了，还写着字呢，可是这些字太小了。"

"让我看看！对，上面写着……写着——西威曼豪格的尼尔斯·豪格尔森。"

"我还从来没有听说过这等奇妙的事哩！"小马茨说。

卡尔和灰皮子的故事

考尔莫顿

在布劳海峡以北，东约特兰省和南曼兰省交界的地方有一座山，长几十公里，宽十多公里。要是它的高度能够同它的长度和宽度相称的话，它必定是一条气势雄伟的山脉，而事实却不是如此。

有时候会有这样的事情，人们会看到一座建筑物起初规模过于宏大，以至于屋主始终未能把它建成。当人们走到它面前，所见的只是厚厚的墙基、坚实的拱形梁架和很深的地窖，但是既未竖起墙壁，更未铺上屋顶。整幢房屋只高出地面两三英尺。看到过那条山脉的人不由得会联想到这样一幢半途而废的房屋，因为它的样子几乎不像一座完整的山，而只是山的底部。它从平原上拔地而起，岩壁陡峭，山上遍布峥嵘的高大石柱，像已经竖起来的梁柱，要撑起高大的岩石大楼。整条山脉方圆很广，也很有气势，可惜就整体而言既不是巍巍高耸，也没有奇峰突起。建筑工匠似乎还没有等到把重峦叠嶂、险峻山峰和起伏岿峋修造起来就已经疲劳得半途而废了，而恰恰正是这些峰峦才构成一条完整的山脉。

但是，仿佛弥补缺少奇峰怪峦的不足，那一大片山区自古以来一直是佳木葱茏，古树参天。山脚四周和山谷里长着槲树和椴树，海滩上长着桦树和桤树，陡峭的山坡上长着松树，凡是有土的地方都长着云杉。所有这些参天古树共同组成了考尔莫顿大森林。这个大森林使人们如此望而生畏，以至于有些不得不穿过森林的人往往求助于上帝保佑，并且将自己的生命置之度外。

考尔莫顿这一带怎么会长起这一大片茂密的森林，这是一件岁月悠悠叫人无法说清楚的事。起初要在濯濯童山的山崖上抽枝发芽绝不是容易的事情，况且还要在坚硬的岩石缝中扎根，从贫瘠的砾石满地的山坡上吸取养分。这座森林也像许多人一样，在年轻的时候历尽千辛万苦，长成的时候却变得身体魁梧，背阔腰圆。在大森林长成的时候，这里的树木都要三人合抱，树枝交错纵横组成了一张钻不透的密网，地面上露出盘根错节的树根。这样一来，它就成了毒虫猛兽和绿林大盗最佳的隐匿藏身之地，因为他们熟谙怎样匍匐而行、攀缘前进和掩身出没在这座大森林里。不过对其他人来说，它是令人望而却步的。大森林里黑黢黢、阴森森的一片，既难辨别方向，也没有道路可走，到处是刺人的荆棘，那些古树树干上挂满了长须般的藤萝，树干上披了一层苔藓，样子活像妖魔鬼怪。

在人类起初迁徙到南曼兰省和东约特兰省定居的时候，那里漫山遍野都是绿树。可是不消多久，肥沃的山谷和平原上的森林都被砍伐殆尽。人们却不屑于去光顾长在贫瘠的山崖上的考尔莫顿大森林。它在那里没有受到刀斧砍伐，长得越发茂密。它渐渐地变成了一座堡垒，它的墙壁日复一日地加厚。有人想要穿过这道森林墙壁，就不得不带上斧头。

别的森林都是害怕人类的，然而考尔莫顿的森林却使人感到害怕。那个大森林里黑得可怕，树木又茂密得叫人进去了出不来，所以猎人和樵夫一次又一次在里面迷路，找不到走出来的方向，待到费尽周折终于脱身出来的时候，多半又惊又饿得快要丢掉半条性命了。对那些必须途经东约特兰省和南曼兰省的交界处的行人来说，穿越这座森林真是拿性命去冒险。他们当时不得不沿着野兽踩出来的小道探索向前，因为边界地带的居民还没有能力打通一条穿越森林的通道。那一带溪流上没有桥梁，湖面上没有舟楫，沼泽地上没有漂浮的木板。

在整座森林里都找不到一间居民居住的棚屋，野兽的洞穴和盗匪的贼窝却多不可数。平平安安、毫不受损地通过森林的人真是寥寥无几。大多数人不是失足滑下绝壁、陷入泥潭，就是遭到强盗抢劫或者野兽追袭。还有一些人就居住在这大片高山森林的底下，却一辈子不敢跨进森林半步。森林那样茂密，是野兽隐匿藏身的良好所在，因此想要彻底消灭野兽也是不可能的。

不消问，东约特兰省人和南曼兰省人都打算把考尔莫顿森林砍伐掉，但是只要别的地方还有可以耕种的土地，这里就开发得十分缓慢。不过大森林毕竟有点儿束手就范了。在大森林四周的山坡上渐渐出现了农庄和村落。大森林里面也有了一些通路。在克鲁凯克附近还造起了一个修道院，这使得过往行人有了一个安全的落脚点。

大森林仍旧威势汹汹，非常可怕。有一天，一个长途跋涉而来的远客一头扎进了密林深处，并且在那里发现了矿苗。消息一传开，矿工和矿主们就如蚁附膻般纷纷赶来寻找地下宝藏。

大森林的威势终于被打下去了，人们在那片自古以来就是密林覆盖的地方挖起了坑道，建起了铸铁炉和工场。这一切本来也不见得非要使大森林遭殃受害。可是开矿花费了令人难以置信的大量木材和木炭。烧炭工和砍伐工一拥而上，在这一大片古老阴森的原始森林里大肆砍伐，险些把它砍个精光。矿场周围的树木无一幸免，被夷为一片片耕地。许多垦荒者迁到了那里。就在此前不久还是除了熊窝之外什么也没有的地方，很快就出现了几座有教堂和牧师宅邸的新村落。

即使在那些还没有把大片森林全部砍伐的地方，参天的古树也被砍倒，茂密的灌木丛被砍得一干二净。一条条道路修建起来，可以四通八达。野兽和强盗通通被赶走了。人们在征服大森林之后便对它毫不留情地下手了：无止无休地砍伐、放火烧荒和烧木炭。他们似乎要把牢记在心的对这片森林的新仇旧恨一齐发泄出来，非要把它葬送掉不可。

这片大森林还算走运，因为考尔莫顿地下矿藏储量并不十分大，一段时间过后，采矿和冶炼活动逐渐减少了。这样一来，烧木炭的工作也就停了下来，森林获得了喘息的机会。许多在考尔莫顿的那些村落里定居的人失去了工作，日子很难熬。可是森林又开始茂密起来，并且扩展了它的地盘，结果农庄和矿场成了绿色林海中的点点孤岛。考尔莫顿的居民们也曾试图耕作务农，但是没有多少收成。那片古老的森林地带宁可长出大槲树和大杉树，也不大乐意长出萝卜和谷物来。

人们走过大森林的时候总是目光忧郁地瞅上几眼，因为他们自己越变越贫穷，而森林倒越来越茂密。到了后来，他们灵机一动，想到也许这片森林有什么好处。也许森林就是自救之道？不妨试试看能不能靠森林养家糊口。

于是他们就从森林里采伐原木，制作木板，运出来卖给平地上的居民，因为平地上早就把森林砍光了。他们不久就发现，倘若他们经营得法，森林同耕地或者矿藏一样，也照样可以帮他们维持生计。于是他们就用一种不同于过去的眼光来看待森林了。他们渐渐学会了照料和爱惜它。人们忘掉了对森林的仇恨，并且把森林看成了自己最好的朋友。

卡　尔

大约在尼尔斯·豪格尔森开始跟随大雁外出遨游的十二年前，发生过这么一件事：考尔莫顿有个矿主想要把自己的一只猎狗处死。他把森林看守人找来，对他说那只猎狗有见到鸡羊就追咬的恶习，而且屡教不改，因此无论如何留不得了。他关照森林看守人把那只猎狗牵到森林里去开枪打死。

森林看守人用一根皮条拴住猎狗的脖子，牵着它朝森林里的一个地方走去，那里常常处死和掩埋庄园里老年无用的狗。森林看守人并不是一个心地狠毒的人，但是他很乐意亲手枪杀那只猎狗，因为他知道那只猎狗非但经常追逐鸡羊，还时常到森林里去叼兔子和小松鸡。

那是一只小黑狗，腹部有黄毛，前腿也是黄色的。他非常有灵性，能够听得懂人的话。当森林看守人牵着他往森林深处走的时候，他心里已经明白自己将会落得什么下场。但他不露一点儿声色，一路上既没有垂下脑袋，也没有耷拉尾巴，样子就像平常那样无忧无虑。

那么，猎狗为什么偏偏要装得非常镇定从容，不让人看出来他内心伤心难过呢？那自是有道理的，原因就是他们所穿越的这片森林。那个古老的矿场四周环绕着大片森林。那片森林是为人们和动物所称道的，因为多少年来矿场主人都一直精心养护它，甚至几乎舍不得砍掉一棵来当柴烧。他们也不忍心去把森林里的灌木丛修剪或者刨掉，而是听凭森林繁衍生长。这样一片不遭到侵犯的森林当然就成了生活在森林里的动物的安乐窝，因此这里的动物多得不计其数，常成群结队地出没。在动物之间，他们惯常把那座森林称为"平安林"，并且认为它是全国最好的栖息场所。

当那只猎狗被牵着穿过那座森林的时候，他想起了自己往昔曾经怎样穷凶极恶地欺凌居住在这里的弱小动物。"唉，卡尔呀卡尔，倘若树林里的那些小东西晓得你竟然落得如此下场，他们个个都会喜笑颜开的。"他思忖着。与此同时，他不由得晃晃尾巴，若无其事地吠了几声，这样让别人看不出来他内心的焦急和痛苦。

"要是我连有时候出去追捕猎食一下都不行，那么活着还有什么乐趣呢？"他自言自语道，"谁想改悔就让他改悔去吧，反正我是不会的。"

正当他这样嘀咕的时候，他的神情忽然大变。他伸长脖子，扬起脑袋，似乎要放声狂吠一番。他不再跟在森林看守人的身边，而是缩到了他的背后。显而易见，他大概是想到了哪件不痛快的事情。

那时正好是夏天刚开始不久。母麋鹿们都在不久之前生下了鹿崽儿。就在前一天晚上，这只猎狗把一只刚刚出生才五天的鹿崽儿追逼得离开了他的母亲，而且走投无路，逃到了一块沼泽地上。这只猎狗还不肯罢休，赶过来在草墩之间来回追逐鹿崽儿，他倒并不真心要逮住这只鹿崽儿，只是想要吓唬吓唬他开开心而已。那只母麋鹿知道开春刚解冻的沼泽地是无底的泥潭，像她那样大的动物踩上去的话也难保无虞，所以她一直站在岸上观望着。当猎狗卡尔把鹿崽儿越来越朝沼泽地的深处追逼时，她突然蹿进沼泽地，把猎狗赶跑，带着鹿崽儿转身跑向陆地。麋鹿素来要比其他的动物更擅长在沼泽地和危险地带择路而行。她缓慢而谨慎地行走，看起来是能够安全回到陆地上去的。可是在她马上就要跨到陆地上的时候，脚下踩着的那块草墩突然在泥潭之中陷了下去，她也跟着陷了下去。虽然她竭力挣扎想要脱身出来，但是终因找不到可以站脚的地方而越陷越深。猎狗卡尔一直站在旁边看着，当他看到母麋鹿陷身泥潭不能自拔的时候，便知不妙，夹着尾巴逃走了。他心里明白已经闯下了大祸，一旦被人发现他把一只母麋鹿引上了绝路，一顿痛打就在所难免了。想到这里，他吓得一步也不敢停，一直跑到了家里。

方才猎狗卡尔突然想起来的就是这一件倒霉事。这次闯祸同过去他干下的那么多坏事不同，那些坏事并没有使他亏心，而这次闯祸他却一想起来就心烦意乱，大概是因为他本来没有存心想把母麋鹿或鹿崽儿害死，然而无意之中断送了他们俩的性命。

"说不定他们还活着呢，"猎狗突然念头一转，"我从他们身边跑开的那会儿，他们还没有死掉。他们也许活着跑了出来。"

他顿时有一股不可抗拒的欲念，想要在最后时刻来到之前把这件事情弄清楚。他觑着森林看守人把皮圈拉得并不很紧，便冷不丁地猛然往旁边纵身一蹿，果然挣脱出来。然后，他就奔腾跳跃，穿过森林朝向沼泽地拼命飞奔过去。森林看守人还没有来得及把枪举起来瞄准，他已经一溜烟地跑得无影无踪了。

森林看守人无可奈何，只好在后面紧追不舍，当他奔到沼泽地边上时，他看到那只猎狗站在离陆地几米远的一个草墩上，声嘶力竭地拼命狂吠。森林看守人觉得很奇怪，他要先弄明白究竟猎狗为什么这样狂叫。于是，他把枪摘下来放在一旁，自己手脚并用向沼泽地慢慢爬过去。他爬不多远，便见到一只母麋鹿死在泥潭里，她身边还躺着一只小鹿崽儿。鹿崽儿倒还活着，不过已筋疲力尽，动弹不得。猎狗卡尔站立在鹿崽儿身边，一会儿俯下身去舔舔他，一会儿狂吠呼喊人们来救他。

森林看守人把小鹿崽儿拉起来，拖着他回到岸边。那只猎狗明白鹿崽儿终于得救了，顿时喜出望外。他绕着森林看守人身前背后又蹦又跳，用舌头舔他的手背，还心满意足地叫着。

森林看守人把鹿崽儿背回了家，将他关在牲口棚的一个围栏里。然后他又找人帮忙把那只早已死去的母麋鹿从沼泽地里拖了出来。在做完这些事情后，他才记起要把卡尔处死这回事。于是他把一直在他身边转悠的那只猎狗牵了起来，重新往森林里走去。

起初森林看守人朝着那个埋葬死狗的地方径直走去，但是走到半道上，他好像改变了主意，突然又回过头来往矿主的庄园走去。

卡尔冷静地跟着他走，可是当他注意到森林看守人是朝着他的老家走去的时候，他的心情顿时慌乱起来。想必是森林看守人猜出来了，就是这只猎狗断送了母麋鹿的性命，所以要在处死他之前把他带回庄园去狠狠地惩罚一顿。

挨一顿皮开肉绽的毒打，那滋味比什么罪都难熬。既然躲不过这场灾难，他就再也无法强装从容自若了。他垂头丧气，一步三挨地蹒跚着。他走进庄园的时候，头都不抬一抬，装着谁也没有看见。

森林看守人走进来的时候，矿主正好站在门廊的台阶上。"森林看守人，你牵来的是一只什么样的狗哇？"矿主问道，"总不见得会是猎狗卡尔吧？那只恶狗肯定早就一命呜呼了。"于是森林看守人向矿主讲述了那两只鹿的事情。在他讲述的时候，猎狗卡尔缩紧了身躯，趴在森林看守人背后，似乎要找个地方躲起来。

不过森林看守人谈起那件事情的经过，倒是大出猎狗的意料。他对猎狗卡尔赞不绝口。他说道，事情是明摆着的，那只猎狗知道麋鹿濒于绝境，所以要去搭救他们。"矿主先生，你想怎样处置，那随你的便，但是这只狗我是不能开枪打死的。"森林看守人最后说道。

猎狗从地上爬了起来，竖起了两只耳朵。他简直无法相信他没有听错。尽管他想尽量掩饰自己急切的心情，他还是忍不住低声叫了几声。仅仅因为他曾经为麋鹿操过心就可以饶他一命，天下哪来这样的好事？

矿主也觉得猎狗卡尔这次行为检点，但是仍旧没有打算留下他，所以一时间有点儿拿不定主意。"森林看守人，倘若你愿意管着他，并且负责使他痛改前非，那么就饶他一条性命吧。"矿主过了半晌才说道。森林看守人表示愿意照办，就这样卡尔搬到森林看守人住的地方去了。

灰皮子逃走

自从卡尔搬到森林看守人住的地方那一天起，他就再也不在森林里偷偷摸摸地追逐别的小动物了。这倒不仅仅是由于上次闯的大祸使他心有余悸，还在于他不愿意惹森林看守人生气。因为自森林看守人仗义救了他的性命以来，猎狗卡尔爱他胜过一切。卡尔一心想的只是跟着他、守护他。他从家里出来的时候，卡尔在前面嗅探道路。他留在家里的时候，卡尔就卧躺在门口，注视着过往的行人。

当森林看守人到园子里去照料他的树苗，屋里寂静无声，路上也听不见来往的脚步声的时候，猎狗卡尔便利用这段空隙去找鹿崽儿玩耍。

起初，卡尔没什么兴致同鹿崽儿往来。不过卡尔一直跟在主人背后到各处去，主人给鹿崽儿喂奶的时候，他也就跟着来到了牲口棚里。那时候，他常常蹲在围栏外面看着鹿崽儿。森林看守人把那只鹿崽儿起名叫作灰皮子，因为他不配叫什么别的更好听的名字。卡尔倒也挺赞成他叫这个名字的。每次看到鹿崽儿的时候，猎狗就想，从来都没有见到过长相这么难看、身材这么不匀称的小东西。他那四条瘦骨嶙峋的细腿松松垮垮地支撑在身体底下，就好像没有捆绑结实的高跷一样。他的脑袋很大，皱巴巴的，显得一副老相，而且总是耷拉在一边。他身上的皮皱巴巴的，好像他穿着一件不是为他量身定做的毛皮一样。他总是一脸苦相，无精打采。不过说也奇怪，每次看到猎狗卡尔站在围栏外面的时候，他就会匆匆站立起来，露出似乎十分高兴见到他的神色。

小鹿崽儿的身体一天比一天虚弱，一点儿也不长个儿，后来索性连见到卡尔时也没有力气站立起来了。卡尔就跑进围栏里，走到他的身边去亲近他，这只可怜的小鹿崽儿眼睛里突然闪烁出光彩，似乎有个强烈的渴望终于得到了满足。从那时候起，卡尔每天都去看望他，同他在一起一待就是几个小时，猎狗常常用舌头舔小鹿崽儿的皮毛，同他一起嬉戏玩耍，并且告诉他森林里的动物都需要知道的事情。

说也奇怪，自从卡尔同小鹿崽儿亲近以来，那个小东西倒安心住下来了，身体也发育长大了。他不长则已，一长就长得很快。不消两三个星期，他就在小围栏里转不开身子了，森林看守人不得不把他搬到一片圈有篱笆的草地上去。鹿崽儿在草地上又过了两三个月后，他的四条腿长得那么长，假如他愿意，他可以轻而易举地跨过篱笆。森林看守人在矿主的准许下，为鹿崽儿竖起了一个高大的栅栏。那只鹿崽儿在栅栏里过了好几年，长成了一只身体强健、长相漂亮的麋鹿。卡尔常常抽空来陪伴他，不过现在同他亲近倒并不是出于怜悯，而是因为他们俩情深谊长。麋鹿仍旧多愁善感，而且似乎懒懒的，没有活力，可是卡尔知道怎样才能使他活跃高兴起来。

灰皮子已经在森林看守人的住所度过了五个春秋。有一天矿主收到外国一家动物园的来信，探询是否可以购买那只麋鹿。矿主欣然接受了这一建议，而森林看守人心里却很难过，可是他又没有权力拒绝。于是卖掉麋鹿这件事就这样定下来了。卡尔很快就打听出来正在进行的事情，并且马上跑去告诉麋鹿，人家打算把他卖到远处去。猎狗为即将失去这个朋友而难过。麋鹿倒无动于衷，既不忧伤亦不欣喜。"难道你就这样逆来顺受地被他们卖到远处去吗？"卡尔问道。

"不逆来顺受行吗？起来反抗又有什么用呢？"灰皮子叹息道，"我当然愿意在这里待下去。不过要是我被卖掉了，我也只好离开这里啦。"

卡尔站在那儿细细地打量了麋鹿一番，用眼睛着实把他衡量了个遍。看得出来，这只麋鹿还没有完全长足。他还没有成年大鹿的那种扇状宽角、高高隆起的背脊和粗壮的鬃毛，但是他肯定有足够的力量去斗争，去赢得自由。"唉，看看这副样子就知道，他从出娘胎起就是被关在栅栏里过日子的。"卡尔暗自思忖，可是嘴里一句话也没有说。

直到子夜时分，卡尔才又回到麋鹿身边，因为他知道灰皮子一觉睡醒之后正在吃第一顿饭。"你想得没有错，灰皮子，还是逆来顺受让人把你运走算了。"卡尔说道，样子显得十分冷静和心满意足，"你会被关在一个大的动物园里，过上无忧无虑的日子。我只觉得，你就要离开这里了，却还没有看见过这里的森林，那真是非常可惜。你要知道，你的同族有一句名言：鹿和森林是融为一体的。你却一次都没有到森林里去过。"灰皮子正站在苜蓿堆旁边大口啃嚼，闻听此言抬起了头。"我倒愿意去见识见识大森林，可是我怎样才能越过这栅栏呢？"他像平时一样慢吞吞地说道。

"唉，你是办不到的，你的那几条腿实在太短啦。"卡尔话中有话地说道。麋鹿似信非信地瞅了卡尔一眼，因为那只猎狗每天要跳进跳出栅栏好几次。尽管灰皮子年岁还小，也有点儿跃跃欲试，他走到栅栏前面，纵身一跳就跳了出去，连他自己也不明白是怎样跳出来的。

卡尔和灰皮子走进了森林。那是夏末的一个晚上，月光皎洁，不过树底下漆黑一片。麋鹿迈步十分小心，走得蹒跚缓慢。"唉，我说咱们最好还是转身回去算啦！"卡尔说道，"你从来没有来过原始大森林，很容易把腿弄折的。"灰皮子经这么一激，就加快了脚步，勇气也平添了几分。

卡尔把灰皮子领到密林丛中一个地方，那里参天的大云杉树一棵挨着一棵，密得连风都透不过。"你的同族常常在这里避风御寒，"卡尔告诉他，"他们通常站在露天里度过整整一冬。你可比他们的日子好过得多，你到了那边以后就可以有屋子住，像牛关在牛棚里一样。"灰皮子一句话也不搭理，只顾站在那里拼命嗅着青松翠柏发出来的浓郁芬芳。

"你还有什么地方可以带领我去看呢？还是我已经把大森林都看遍了？"灰皮子问道。

于是，卡尔又领他到一片大沼泽地旁边去看那些草墩和泥潭。"麋鹿们遇到危险的时候，通常都是逃到这里来。"卡尔说道，"我不知道他们用什么本事走路，尽管他们身躯那么大、那么重，他们照样可以跑到这里来而不至于陷进去出不来。你大概没有这种本事，可以在这么危险的地方行走而不至于陷下去。不过有没有本事对你来说也是无所谓啦，因为你决计不会再遭到猎人的追捕。"灰皮子二话不说，纵身一个长跃便跑到沼泽地里。他觉得踩在脚下的草墩微微晃动，心里十分得意，他在沼泽地里跑了一圈又回到卡尔身旁，一次也没有失足掉入泥潭。"现在我们把整个森林都看遍了吧？"他问道。

"不，还没有哩。"卡尔回答说。

他又把麋鹿领到森林边上一块长满枝盛叶茂的阔叶树的地方，那里有的是槲树、杨树和椴树。"你的同族常常在这里啃树叶和树皮填饱肚子，"卡尔叹了口气说道，"他们觉得这些都是好吃得不得了的东西。你到了外国，一定有更可口的东西吃啦。"灰皮子对于这些树干高大、枝叶浓密的树在他头顶上形成一个绿色的华盖不免大为惊奇。他把槲树叶和杨树叶都尝了一尝。"哦，味道带点儿苦涩，不过非常好吃，"他赞美道，"比苜蓿好吃多啦。"

"你总算亲口尝过这些东西了，那还不错。"猎狗卡尔说道。

随后，他又把麋鹿领到森林里的一个小湖旁边，湖面平静如镜，一点儿涟漪也不泛起。轻雾缥缈、薄岚笼罩的湖岸倒映在湖里，非常好看。灰皮子一看见那个湖就止住了脚步，站在那里一动不动。"这是什么呀，卡尔？"他迷茫地问道，因为这是他自生下来第一次看到湖。

"这是一大片水，也就是一个湖，"卡尔说道，"你的同族常常在这里从这边湖岸游到那边湖岸。可是总不能指望你也能游泳。不过你起码可以下水去泡一泡，洗个澡吧。"卡尔自己先扑通跳进水里，游起泳来。灰皮子站在岸上踌躇了很久，后来也硬着头皮下水了。当凛冽的湖水轻柔地在他身体上轻拂时，他惬意得连一口气都不透一下。他想让湖水没过脊背，就又朝里走了一段，觉得湖水把他托起来了，这样就身不由已地游起泳来。他在卡尔身边绕来绕去地游着，而且游得灵活自如。他们上岸以后，那只猎狗就问道，他们是不是应该回家去了。"离天亮还早哩，我们还可以在森林里再转转嘛！"灰皮子央求道。

他们又转身返回森林里。走了不久，他们就来到了一块开阔地，月光把这块平地照得很亮，青草和野花上的露珠璀璨发亮。在那块林间草地上，有几只大动物正在吃草，那是一只公麋鹿、几只母麋鹿和小鹿。灰皮子一看到他们便愣在那里不走了。他对母鹿和小鹿连正眼都没看，只是目不转睛地盯住那只公鹿，把它那多枝杈的宽扇般的犄角、高高隆起的肩背和脖子下长着长毛的大肉赘来回打量个不停。"那个家伙是谁？"灰皮子问道，嗓音由于惊奇而颤动。

"他叫作'角中王冠'，"卡尔说道，"他是你的同族。你有朝一日也会有那样宽大的扇状犄角，也会长出那样的鬃毛。如果你在森林里待下去，你也可以率领一个鹿群。"

"哦，倘若他就是我的同族，那我想走近去仔细看看他。"灰皮子说道，"我从来也没有想到过一只动物会长得那样魁梧。"

灰皮子向那些麋鹿走过去，可是几乎马上就回到了在森林边上等他的卡尔身边。"你一定没有受到友好款待吧？"卡尔说道。

"我对他说，这是我有生以来第一次遇到自己的同族，我请求他让我到草地上同他们待一会儿。可是他要撵我走，还用角来威吓我。"

"你避开了，做得对，"卡尔说道，"一只仅仅长着枝枝权权的幼角的年轻小鹿千万不可以同年老的鹿搏斗。他若是不抵抗，而是逃避你的话，那么他就会在整个森林里名声扫地。你也不消有什么顾虑，反正你就要到外国去啦。"

卡尔还没有来得及说完，灰皮子就掉转身去，径直走到草地上。那只老鹿迎了上来，他们二话不说，马上就格斗起来。他们的双角扭在一起，结果灰皮子被顶得连连往后退，他似乎还没有弄懂怎样才使得出力气。可是在他退到森林边上的时候，他把四只蹄子死命地蹬在地上，用两只角狠狠顶住角中王冠，逼得他往后退。灰皮子闷声不响地用足力气，而角中王冠却呼哧呼哧地直喘粗气。那只老鹿这一次被顶得在草地上连连后退。突然间咔嚓一声响，那只老鹿犄角上的一段枝权折断了。他不敢再斗下去，便猛然挣脱了灰皮子，朝森林里逃去。

猎狗卡尔一直站在森林边上观战，看到灰皮子回到他的身边，便说："现在你已经看到森林里有些什么东西啦，现在你愿意回家吗？"

"是呀，到时间啦。"那只麋鹿回答说。

他们俩都再没有作声，默默地踏上了回家的路。卡尔长吁短叹了好几次，似乎由于自己看错了人而大为失望。可是灰皮子却挺胸昂首，大步流星地往前走，似乎对这次林中探险的成功非常高兴。他一点儿没有犹豫地一直来到他原先居住的那个栅栏跟前。他看了看那块他从出生至今一直在那里度过的局促的小天地，又看了看被他的蹄子踩得平平的地面、干枯的饲草、供他喝水的小水槽，还有他睡觉的那间阴暗棚屋。"鹿和森林是融为一体的。"他叫喊了一声，把头往后一扬，脖颈儿贴到了背脊上，撒开四蹄，狂飙般冲回森林里去了。

窝囊废

在平安林的深处，每年八月杉树林里会飞出一团团灰白颜色的小飞蛾，名叫修女蛾。他们体形很小，数量不多，几乎没有什么人留神注意他们。他们在森林深处飞上两三个晚上，在树干上产下几千粒虫卵后就掉到地上死了。

当春天来到的时候，卵就孵化成身上布满斑点的幼虫，并开始蚕食云杉树的树叶。他们食欲旺盛，却决计不会给树木造成严重危害，因为他们一直是鸟类垂涎的美食，能够不被啄食的幸存者很少会超过几百只。

那些侥幸存活的可怜小虫长大之后，就蠕动到树枝上，口吐白丝把自己裹在里面，变成在两三个星期里毫不动弹的虫蛹。在这段时间里，超过半数的蛹又被鸟吞进肚里。到了八月，如果有成百只修女蛾能够破茧而出并拍翅飞舞，对他们来说那就是大吉大利的年头了。

修女蛾就这样毫不安全和不被注意地在平安林里繁衍生息，在这一带再也没有比他们数量更少的虫类了。倘若不是有人仗义相助的话，那么他们会一直这样软弱可欺下去。

修女蛾得到帮助这件事，是同那只麋鹿从森林看守人棚舍里逃出来联系在一起的。事情是这样的：自从麋鹿灰皮子逃出来之后，那一整天它都在森林里转来转去，想要使自己熟悉这个地方。到了下午很晚的时候，他穿过茂密的灌木丛，发现灌木丛后面原来是一块全是烂泥和泥潭的开阔地。开阔地中央是一个水色乌黑的水潭，四周的云杉树由于树龄太老和地势不好，叶子几乎落得一片不剩了。灰皮子心里十分讨厌这个地方，若不是他一眼瞅见了碧绿的马蹄莲叶子的话，他早就拔腿离开了。

当他低下头去啃马蹄莲叶子的时候，无意中惊醒了一条躺在叶子底下睡觉的大黑蛇。灰皮子曾经听猎狗卡尔说过森林中有不少毒蛇。那条蛇竖起头来，吐出分成两叉的芯子，嗤嗤地朝他逼近。他不禁惊骇起来，心想他大概碰上了一条无比可怕的毒蛇。他惊慌万状，不顾一切地抬起蹄子猛踩过去，把蛇的脑袋踩得粉碎，然后就迈开四蹄狂奔乱窜夺路逃走了。

灰皮子刚走，另外一条同死蛇同样长、同样黑的蛇从水潭里探身出来。他爬到那条方才被踩死的蛇身边，口吐蛇芯，把那个被踏碎的蛇脑袋舔了一遍。

"这难道是真的吗，你这个老无害被弄死了？"那条草蛇嗤嗤地呼喊道，"我们俩朝夕相处这么多年。我们俩在一起生活是那么融洽。我们在潮湿的泥塘里活得都很好。我们比森林里其他草蛇寿命长得多！这是我一生之中最伤心的惨事啦。"

那条草蛇委实悲伤不已，长长的身体像受到伤害一样扭曲翻腾。甚至连那些一直生活在他的淫威之下，一见到他就惊慌失措的青蛙也不禁怜悯起他来了。

"打死这么一条可怜的蛇的家伙一定是个十恶不赦的坏蛋，要知道那条蛇一点儿自卫能力都没有哇，"那条蛇还在咬牙切齿地叫喊，"那个坏蛋应该千刀万剐。"他躺在地上又悲伤地翻腾了一阵子，忽然竖起头来说，"我要是不报此仇，那我的名字'窝囊废'真是名副其实啦！我也枉为整个森林之中最年长的草蛇啦！我要不把那只麋鹿弄死，就像他对付我的那条雌蛇那样，我是决计不罢休的。"

那条蛇立下这一重誓之后，便将身子盘成一团，躺在地上苦苦思索。因为对一条既无利爪又无毒牙的草蛇来说，再也没有比向一只高大雄壮的麋鹿讨还血债更困难的事情了。这条名叫窝囊废的草蛇日日夜夜想呀，想呀，却想不出什么妙计良策。

一天夜里，草蛇正躺在那里因想要报仇而辗转难眠时，忽然听到自己头顶上有轻微的嗡嗡声。他往上一看，只见几只白花花的修女蛾在树丛间飞来飞去。他睁大眼睛盯住看了很久，然后嗤嗤地高声叫喊了一阵子，后来便慢慢蒙眬入睡了，似乎已经很满意地想出了对策。

第二天上午，那条草蛇爬了很远的路来到平安林里一片顽石遍地的高地上，去登门拜访居住在那里的有毒蝰蛇克里莱。草蛇向他哭诉了那条老雌蛇不幸惨遭毒手的经过，并且恳求他出来相助报仇，因为他有毒牙，咬上一口就可以让对方致命。可是蝰蛇克里莱并不想得罪麋鹿，同他们结下不解之怨。"要是我蹿出去偷偷地咬麋鹿一口，"他推三阻四地说道，"那么那只麋鹿不把我活活踩死才算怪事呢。反正雌蛇老无害已经去世，我们无法使她死而复生，凭什么我要为了她，自己去惹祸呢？"

那条草蛇听到这番回答，脑袋从地上竖起足足一英尺高，嘴里发出令人害怕的咝咝声。"咝咝！咻咻！咝咝，咻咻！"他愤怒地喊道，"亏你说得出口，没有想到你空有天大的本领，竟然胆小懦弱得不敢用一用。"

蝰蛇听了之后，也顿时怒火中烧。"滚开，老窝囊废，"他咝咝地怒喊道，"我的满嘴利牙的毒汁在往下淌，可我最好还是放你一条生路，因为你毕竟是我的同类。"

可是那条草蛇躺在原地一点儿也没有挪动。这两条蛇就这样咝咻咝咻地互相对骂了很久。后来蝰蛇克里莱实在按捺不住心里怒火，终于不再咝咻下去，而是张开大嘴，分叉的舌头霍霍闪动，草蛇就马上老实下来，换了一副腔调同他说话。

"我来找你其实还有另外一件事，"他把嗓音降低到温驯的细语的地步，"不过我已经惹你发火了，你恐怕不肯再帮我忙啦。"

"倘若你不是要我去干异想天开的事，我当然乐意效劳。"蝰蛇也平息了怒火。

"在我住的沼泽附近的灌木丛里，"草蛇告诉说，"住着一种小蛾子，它们到了夏末的晚上就飞出来。"

"我晓得你说的是哪些虫子，"克里莱不解地问道，"它们又怎么啦？"

"这是森林里数量最少的虫子，"老窝囊废接着说下去，"它们是虫子当中最没有害处的，它们的幼虫只啃啃杉树叶就满足了。"

"不错，我知道。"克里莱说道。

"我担心那种小蛾子用不了很久就会被消灭光的，"草蛇说道，"因为到了春天总有那么多鸟来吃幼虫。"现在克里莱明白过来，原来草蛇想把这些幼虫全都留给自己享用。于是他很友好地回答说："你是不是想要我关照一下猫头鹰，叫他们让那些虫子安安生生过日子？"

"是呀，倘若你出面嘱咐几句，那就准保不会有差错了。"老窝囊废说道。

"那我索性在䴗鸟面前也为这些专吃云杉树的虫子说上几句好话吧，"蝰蛇慨然许诺说，"只要你提的要求不是不合理的，我总是愿意出力的。"

"你已经给了我一个很好的允诺，"老窝囊废说道，"我很高兴我这一趟总算没有白来。"

修女蛾

几年后的一天清早，猎狗卡尔正懒洋洋地躺在门前的台阶上睡觉。时值初夏，日长夜短，尽管太阳尚未升起，天色已大亮。猎狗卡尔从睡梦中醒过来，他隐隐约约听到有人在叫他的名字。"是你来了吗，灰皮子？"卡尔问道，因为他已经对麋鹿灰皮子天天深夜来看他习以为常了。他没有得到回答，可是他又听见有人在叫唤他的名字。他觉得他听出来那是灰皮子的声音，便赶紧站起身来顺着声音的方向寻找过去。

猎狗卡尔听得见麋鹿在他前面奔跑，却怎么也追赶不上他。那只麋鹿并没有顺着林边小路跑，而是径直穿过灌木丛，朝向树林最茂密的地方跑去。卡尔费了好大力气才不至于迷失麋鹿的足迹。"卡尔！卡尔！"那个声音不时地呼叫，而嗓音分明是麋鹿灰皮子的，因为他的嗓音清脆，而且带有一种卡尔以往没有听见过的悲伤的音调。"我来啦，我来啦，你在哪儿？"猎狗喊着回答。

"卡尔，卡尔，难道你没有看到上面有东西掉下来吗？"灰皮子问道。卡尔这时才驻足凝视，看到云杉树上的树叶纷纷扬扬像疏而不密的雨点不停地从树枝上飘落下来。"哦，我看到啦，是杉树叶子在往下掉。"他一边喊着，一边加紧脚步钻进密林深处去寻找那只麋鹿。

灰皮子在前面连蹿带奔，笔直地穿过灌木丛，卡尔差点儿找不到他的踪迹。"卡尔，卡尔，"灰皮子暴怒地吼叫道，"你难道没有闻出来森林里有一股气味吗？"卡尔停下脚步用鼻子嗅了嗅，云杉树果然发出一股比往常强烈得多的异样气味。"哦，我闻到气味啦！"他叫道，但是他没有花费时间去思索一下这股气味是从哪里来的，而是加紧脚步去追赶灰皮子。

麋鹿又一次飞速地跑开，猎狗没有能够追得上他。"卡尔，卡尔，"过了一会儿，麋鹿又叫喊起来，"你难道没有听到云杉树上有些动静吗？"现在麋鹿的声音是那么凄惨，甚至铁石心肠都会被融化。卡尔停下脚步，竖起耳朵认真谛听，他听到树枝上发出一阵阵嚓嚓嚓的响声，虽然很轻微，但仍可以听得很清楚。那声音仿佛钟表走动时的声响。"是呀，我听见声音啦！"卡尔叫喊道，但是停住脚步不再奔跑了。他恍然大悟，原来麋鹿并不是要他去追赶，而是要他认真地注意森林里发生的咄咄怪事。

猎狗卡尔站在一棵枝丫朝四面伸开而且微微下垂、树叶宽大、呈墨绿色的云杉树底下。他举目凝视，仔细地察看那棵树，只见那些树叶一片片都在蠕动。待他走近一看，才发现原来树枝上密密麻麻布满了灰白色的虫子。这些虫子在树枝上爬来爬去啃咬着树叶，每一根树枝上都满是虫子，它们张口大嚼，好不逍遥。那一阵阵奇怪的嚓嚓嚓声就是无数啃食树叶的虫子发出来的。那些被咬得千疮百孔的树叶不断地飘飘洒洒落到地面上，而那些可怜巴巴的枝丫散发出一股强烈的气味，熏得猎狗几乎受不了。

"那棵云杉树上大概剩不下多少树叶啦。"他想，把目光转向了下一棵树。那也是一棵高大挺拔的杉树，但是光景也差不多。"这究竟是怎么回事？"卡尔沉思起来，"这些漂亮的树木真是可惜。他们不久就将面目全非。"他一棵树一棵树地边走边看，力求弄个明白。"那边有一棵松树，那些虫子也许不敢去啃松树吧。"他想道。不料那棵松树也遭了殃。"哦，那边有一棵白桦树，哎哟，那也受了害，那边也是，森林看守人见到了一定要难过的。"卡尔想道。

他朝灌木丛的深处走去，想看看这场虫害究竟蔓延得多广。无论他走到哪里，都听到同样的嚓嚓声，闻到同样的气味，看到树叶同样像下雨一样洒落。他用不着停下脚步来仔细看了。他从种种现象上已经看明白了，那些小虫子无处不在，整个森林都受到了他们的荼毒，快要被蛀食殆尽了。

忽然他来到一个地方，那里倒闻不到气味，而且寂静宁谧。"哎呀，这里总算不再是它们的天下啦。"猎狗想道。可是这里的局面更糟糕。那些树木都已经光秃秃的一片叶子也不剩了，那些虫子早就徙移到别的地方去了。那些树林都像亡灵一样，树身上挂满了纵横交错、乌七八糟的丝网，那是虫子用作通道和桥梁的。

就在这些快死的枯树旁边，灰皮子站着等候卡尔。他不是单独一个，身边还有四只在森林里最有声望的老麋鹿。卡尔认识他们。有一只名叫驼背佬，因为他个子很小，而背脊却比其他麋鹿凸得更高。另一只是角中王冠，这是森林鹿群中的佼佼者。还有一只名叫美髯公，他身上披着又长又密的毛。另外还有一只叫大力士，他是一只身高腿长、气度不凡的老鹿，脾气非常暴戾，而且好斗，可惜在去年秋天最后一次狩猎中大腿中了一颗子弹。

"这座森林究竟怎么啦？"卡尔走到那些脑袋低垂、嘴唇噘起、愁云满面的麋鹿面前这样问道。

"没有人说得出来，"灰皮子回答说，"这类虫子一直是这座森林中最弱小无力的，而且从未造成什么危害。可是最近几年来一下子数量增长起来，多得不得了。看样子现在他们非要把整座森林毁了不可。"

"是呀，看样子不妙哇！"卡尔说道，"不过我看你们这些森林中最有智慧的长者聚到一起有商有量，总是能够找出什么办法来的。"

猎狗话音刚落，驼背佬非常郑重其事地仰起了他那颗沉甸甸的脑袋，说道："我们把你叫到这里来，卡尔，是想问问人类是不是已经知道这场灾祸了。"

"不知道，"卡尔说道，"现在不是狩猎季节，人类不会进到这样远的密林深处。他们一点儿都不知道这场虫害。"

"我们这些森林里的长者，"角中王冠说道，"都觉得光凭我们动物的力量无法对付这些虫害。"

"我们那个鹿群觉得，不管是虫害也好人类也罢，都好不到哪里去，一样都是祸害，"美髯公喟然长叹，"反正从此以后，这座森林再也没有太平之日啦！"

"不过我们决不能让森林毁于一旦，"大力士说道，"再说我们也别无出路。"

卡尔明白麋鹿肚里有话，又不好明讲出来，便想给他们解围。"你们的意思也许是要我让人类知道这里成了怎样的局面，对不对？"几只老鹿都频频点头，并且说道："不得不向人类求助，真是极其严重的不幸，可是我们除此之外别无其他法子可想。"

过了片刻，卡尔就动身回家去。他心事重重，快步往前走，迎面一条又黑又大的草蛇想要挡住他的去路。"幸会，幸会！"草蛇声音嘶哑地打招呼。"幸会，幸会！"猎狗哼哼哈哈地敷衍了一句，就想不停脚地往前走。可是那条蛇把头扭过来又挡住了去路。"说不定这条蛇也在为森林发愁呢。"卡尔若有所悟，便停下了脚步。果然草蛇一开口就讲起了那场虫害。"倘使把人类叫到这里来，那么森林里再也没有太平日子啦！"他说道。

"是呀，我担心的也正是如此，"卡尔回答说，"可是森林里的长者这样做一定有道理。"

"我想，我有更好的万全之计，"草蛇说道，"要是我能够得到我想得到的报酬的话。"

"你难道不是名叫窝囊废吗？"猎狗挖苦道。

"可是我在森林里住到这么大年纪，"草蛇说道，"我知道怎样才能除掉这些害虫。"

"要是你果真能够除掉这些虫子，"卡尔说道，"我想，没有人会拒绝你提出的条件。"

卡尔这么回答之后，那条蛇马上钻进树根底下的一个洞穴里将身子藏得严严实实，然后继续说道："你给灰皮子捎个口信，告诉他，如果他愿意离开平安林，一步都不停地朝北走，要一直走到森林里长不出一棵椭树的北方才许歇下脚来，而且只要我草蛇窝囊废还活着一天，就不许他回到这里来，那么我就可以使这些爬在树枝上啃树叶的虫子通通染病死光。"

"你在说些什么？"猎狗问道，他身上的毛都竖立起来，"究竟灰皮子有什么地方得罪你啦？"

"他把我最心爱的老伴踩死啦，"草蛇咬牙切齿地说道，"我非要除掉他报此仇不可。"草蛇的话还没有讲完，卡尔已经一纵身扑了上去，可是草蛇躲进了树洞底下的洞穴里，休想碰到他分毫。"你愿意躺在那儿多久，就在那儿躺多久吧，"卡尔最后愤愤地说道，"没有你插手，我们也照样能把啃杉树叶的害虫通通撵走。"

第二天，矿主和森林看守人沿着森林边一条小路往前走着。起初卡尔一直在他们后面跟着跑，过了一会儿却不见了。再过了片刻，森林里传出来一阵猛烈的狂吠。

"那是卡尔，"矿主说道，"他又在胡来了。"

森林看守人不愿意相信。"卡尔已经多年没有妄杀生灵了。"他说道。他奔进森林里去，想看一看究竟是哪只狗在狂叫。矿主也跟着他去了。

他跟随着狗叫的声音往前走去，走进了密林最深处，然而狗叫声静了下来。他们停下脚步侧耳细听，四周一片寂静，只听得嚓嚓嚓的虫子的啃啮声，只看到树叶像雨一样洒落下来，只闻到一阵阵浓郁的气味。他们这才发现所有的树上都密密麻麻地布满了修女蛾的幼虫，这些森林的克星，它们能把几十公里长的森林吃个精光。

大战修女蛾

来年春天，有一天清早，猎狗卡尔从森林里奔跑而过。"卡尔，卡尔！"有人在呼叫他的名字。他回头一看，他倒没有听错，那是一只年老的狐狸站在自己洞穴外面连声呼叫他。"你务必告诉我，是不是人类一腾出手，就要到森林里来扑灭虫害？"狐狸问道。

"是呀，这是千真万确的，"卡尔说道，"他们会全力以赴地治虫害。"

"他们把我全家都打死了，还要打死我，"狐狸说道，"不过只要他们能够救下这座森林，他们还是可以得到原谅的。"

这一年来，卡尔每次穿过森林，总会有动物向他打听人类是不是能拯救森林。这使得卡尔很不容易回答，因为人类自己也不大清楚他们究竟能不能够战胜修女蛾。

只消想想，古老的考尔莫顿是怎样令人望而生畏和令人憎恶，就会觉得十分奇怪，每天竟然有上百个人浩浩荡荡开进森林来扑灭虫害，挽救树木。他们把受害最重的树林都伐倒，把灌木丛清理干净，并且折断了最底下的那些树权，这样害虫就不容易从一棵树轻易地爬到另一棵树上去。他们在受虫害的森林四周砍伐出宽阔的坑道，并且插满了涂过胶水的小木杆，这样画地为牢，把害虫禁闭在里面，不让他们到新的地方去为非作歹。做完这些事情之后，人们又在树身上一圈圈地涂上胶水。人们打算，这样一来就可以使虫子无法从已经吃光树叶的树上爬下来，逼得虫子只好待在原来的地方活活饿死。

人们整个初春都在忙碌，他们信心十足、迫不及待地等着幼虫破壳而出。他们相信已经把害虫团团围困，绝大多数虫子都会饿死。

夏天刚刚开头，幼虫的数量就比上一年猛增了好几倍。即便这样，倘若虫子真的被围起来了，而且找不到多少吃的，那倒不大碍事。

事情偏偏不像人类所期望的那样。当然有不少幼虫被黏死在涂满胶水的木杆上，也有成堆成堆的幼虫被涂着胶水的圆圈挡住去路而不能爬下树来。但是恐怕谁也不能说虫子就真的被堵住了。它们非但没有被围住，反而从包围圈内爬到圈外来了，里里外外蔓延得到处都是。虫子还爬到了大路上、农庄的围墙上，甚至登堂入室。虫害非但在平安林一带为患，还蔓延到了考尔莫顿的其他地区。

"看来这场虫害不把我们所有的森林都毁掉，是止不住啦！"人们长吁短叹。他们也焦急万分，每次走进森林都忍不住潸然泪下。

猎狗卡尔非常腻烦那些蠕动着舔来舔去的虫子，所以他几乎连大门都不出。可是有一天他觉得无论如何应该去看看灰皮子究竟过得怎么样，就抄近路朝着灰皮子住的地方赶去，一路上鼻子凑近地皮匆匆地奔跑。当他走到前一年同草蛇窝囊废碰头的那个树根旁边时，那条草蛇仍然躺在树根底下的那个洞穴里呼叫他。

"你可曾把上次我们见面时候我托你捎的口信告诉灰皮子？"草蛇问道。猎狗卡尔气得呜咽了几声，真想扑过去咬死他。

"你还是老老实实地告诉他比较好，"草蛇在洞里得意扬扬地说道，"你不是亲眼看见啦，人类对这场虫害也照样束手无策呀。"

"哼，我看你也照样没有本事。"卡尔答了一声就头也不回地跑了。

卡尔找到了麋鹿灰皮子，可是那只麋鹿心烦意乱，一见面几乎连招呼都没有打，就开门见山谈起了森林的事情。"我真不知道应该做些什么才能制止这场灾祸。"

"那么我就不妨对你直说了吧，看来你是能够拯救这座森林的。"卡尔顺势说道，并且转告了草蛇捎给他的口信。

"倘若不是窝囊废而是别的动物答应这样做的话，我倒甘心马上就遭到放逐，"麇鹿说道，"可是，这样一条毫无本事的草蛇凭什么许下这么大的愿呢？"

"那不过是吹牛皮而已，"卡尔说道，"草蛇总是装神弄鬼，摆出一副比别的动物更高明的架势。"

卡尔到了该回家的时候，灰皮子送卡尔出来并陪着他走了一段路。卡尔听见有只栖在杉树顶上的鸫鸟啼叫起来："灰皮子来啦，就是他毁了森林！灰皮子来啦，就是他毁了森林！"

卡尔还以为自己没有留神听错了。可是不一会儿，有一只山兔从小路上跳跃而过。山兔瞅见他们俩便停住了脚步，晃动着长耳朵，高声大喊起来："灰皮子来啦，就是他毁了森林。"然后他就一溜烟跑掉了。

"他们这样叫嚷是什么意思？"卡尔问道。

"我也弄不明白，"灰皮子说道，"我想，森林里的小动物不大满意我，因为我提出要寻求人类的帮助。结果，那些灌木丛被砍光了，他们的藏身之所和住房全被毁掉啦。"

他们又一起走了一段路，卡尔听见四面八方都传来喊叫声："灰皮子来啦，就是他毁掉了森林！"灰皮子佯装没有听见，可是卡尔明白他的心情为什么这样难过。

"灰皮子，你啊，"卡尔匆忙问道，"草蛇扬言说你曾经踩死他最疼爱的老伴，究竟有没有这回事呢？"

"我怎么知道？"灰皮子凄然说道，"你很清楚，我从来不轻易残害生灵。"

随后不久，他们遇到了那四只老鹿：驼背佬，角中王冠，美髯公和大力士。他们脚步蹒跚，心事重重，一个挨一个地走了过来。"你们好。"灰皮子向他们打招呼。"你好，"几只鹿异口同声地回答说，"我们刚好要去找你，灰皮子，同你商量商量森林的事情。"

"事情是这样的，"驼背佬说道，"我们听说在这座森林里发生了一桩伤天害理的事，有人使得整座森林毁掉而偏偏没有受到惩罚。"

"究竟是什么缺德事呢？"

"有人残害了一只无害的动物，而他又不能用那只动物来果腹。这样的事情在平安林里算不算伤天害理的事？"

"那么究竟是谁干下了那桩伤天害理的暴行呢？"灰皮子问道。

"听说是一只麋鹿干的，所以我们现在想来问问你知道不知道究竟是谁干的。"

"不知道，"灰皮子斩钉截铁地回答说，"我从来没有听说过有哪只麋鹿会残害一只无害的动物。"

灰皮子向这几位长者告别之后又陪着卡尔往前走去。他越来越沉默，而且脑袋越垂越低。他们碰巧从盘在一块大石头上的蝰蛇克里莱身边走过。"灰皮子来啦，就是他毁掉了森林！"克里莱也像其他动物一样咝咝地号叫道。这一下灰皮子再也按捺不住了，他冲到蝰蛇面前，高高地抬起了前蹄。

"哼，难道你还想踩死我不成？就像你踩死那条可怜的老雌蛇那样？"兑里莱毫不示弱地讥讽道。

"怎么，我踩死过一条雌蛇？"灰皮子茫然不解。

"在你踏进森林的第一天，你就一脚把草蛇窝囊废的妻子踩死啦。"克里莱幸灾乐祸地回答说。

灰皮子赶紧从蝰蛇克里莱身边走开，继续陪着卡尔往前走。刚走了没几步，他突然站住了。"卡尔，那桩伤天害理的暴行是我干的，我记起来，我曾经踩死过一条没有危险的草蛇。这是我的过失，导致森林遭殃。"

"你在胡说些什么呀？"卡尔打断了他的话。

"你去告诉草蛇窝囊废，灰皮子今晚就会被逐出森林。"

"我不会去捎这个口信的，"卡尔说道，"要知道，北方对于麋鹿来说是危机四伏的地方。"

"你想想看，在造成这样一场大灾祸之后，我还有脸在这里继续待下去吗？"

"你不要草率行事，等到明天再下决心也行！"

"正是你告诉我的，麋鹿和森林是融为一体的。"灰皮子说罢，头也不回地同卡尔分手了。

卡尔闷闷不乐地回到家里，这番谈话使他忧心忡忡。第二天他又到森林里去寻找麋鹿。可是灰皮子早已杳如黄鹤、毫无踪影了。猎狗卡尔没有花费太多时间去寻找，因为他知道灰皮子把草蛇的话信以为真，自己甘愿遭受被放逐的厄运。

在回家的路上，卡尔心里有说不出的难过。他不能理解灰皮子怎么那样轻易地就被那条草蛇哄骗得甘愿被放逐到北方。他从来没有听说过这样荒唐的事情。那个窝囊废究竟耍的什么花招？

猎狗卡尔苦苦思索着走回家的时候，看到森林看守人站在那里正指着一棵树说话。

"你在看什么？"旁边有个男人问道。

"虫子染上病啦。"森林看守人说道。

猎狗卡尔真是吃惊得难以相信，更多的是一肚子怒火，因为那条草蛇居然信守了自己的诺言。弄得灰皮子现在不得不一辈子在外面苦度放逐的生活，因为那条草蛇的寿命是很长的，不知道要到哪年哪月才会死掉。

就在他悲伤至极的时候，他突然想出了一个主意，这使他心里略为好受了一些。"草蛇大可不必活到那么老嘛，"他思忖道，"他总不能够一直躲在树根底下不出来。只要他把虫子消灭干净了，我知道找谁去把他咬死。"

虫子当中确实蔓延着一种疾病，不过在第一年的夏天传染面并不大。还没等到疾病传染开来，幼虫早已变成蛹了。而待到虫蛹成熟之后，又钻出了成百万只飞蛾来。它们像漫天飞舞的雪花一样在树林中翩跹来回，又产下无数的虫卵。大家都预计来年虫害将更加剧烈。

虫害重又兴起，可这次遭殃的不仅仅是森林，疾病也在幼虫中广泛传染开来。疾病从一个林区蔓延到另一个林区。那些染病的虫子不再啃嚼树叶，而是蜷曲在树梢上坐以待毙。人类看到虫子纷纷死去，心里都很高兴，而森林里的大小动物更是喜出望外。

可是，幼虫早已散布到方圆几十公里的各个森林里去了，因此这一年夏天，疾病也就没有能够传染到所有的虫子，仍然有不少虫子化蛹成蛾。

过往的飞鸟给卡尔捎来了麋鹿灰皮子的问候和口信。灰皮子说，他在北边过得不错。可是，飞鸟私下告诉卡尔，灰皮子曾经多次遭到狩猎者的追逐，都是九死一生。

卡尔就这样心里充满悲伤、期望和忧愁，一天天地过下去。但是他不得不再耐心地等了两个夏天，虫害总算被扑灭了。

卡尔一听森林看守人说森林没有危险了，就马上亲自去找草蛇窝囊废算清旧账。可是，在他刚走进密林深处的时候，他碰到了要命的麻烦，那就是他已经不能再像从前那样虎虎生威地追逐了，他跑不动了，鼻子也嗅不出他的冤家对头躲在哪里了，眼睛也昏花得看不清东西了。在那漫长的等待中，岁月悄悄地催老了他。他已经老得不中用了，而他自己却没有注意到。他力不从心，没有力气一口把草蛇咬死。他再也没有力量把他的朋友灰皮子从仇敌手中拯救出来了。

报　仇

一天下午，大雪山来的阿卡带领她的雁群落到森林中的一个小湖岸边。虽说他们至今还在考尔莫顿境内，可是已经离开了东约特兰省，来到了南曼兰省的约奥格县。

在山区里，春天通常姗姗来迟，湖面上仍旧冰雪覆盖，只有在靠近岸边的地方才解了冻，并露出一条狭窄的水流。大雁们落下来就跃入水中去游泳和觅食。可是尼尔斯·豪格尔森早上丢了一只木鞋，所以他走进离小湖不远的桤树林和白桦树林里去，想找点儿东西来包裹他的脚。

男孩子找不着什么合适的东西来裹脚，不得不走了很长一段路。他一路上惴惴不安地朝四周环视。"我还是喜欢在平地或者湖泊边上走动，"他想，"在那里，可以看见对面要来的是谁。倘若这是一个山毛榉树林，那也凑合，因为在那类树林里地上光秃秃的几乎什么也不长，可是这里的桦树和杉树林最要命了，地上长满了荆棘，连着脚走路的地方都没有。我真不明白人们怎么受得了。这些森林要是都归我所有，我就要把它们通通砍光。"

后来他瞅见了一块桦树皮，就站在那里往脚上比画着看看是否合适。这时，他听见身背后传来一阵窸窸窣窣的声响。他转过头去，看到一条蛇正从灌木丛中朝他直蹿过来。这是一条异常长和粗的蛇，可是男孩子马上就看出来那条蛇的两腮上都有一块白斑，所以站在那里没有动。"这只不过是一条草蛇而已，"他想，"它不会对我怎么样的。"

可是那条蛇来势汹汹，一转眼就对着他的胸口猛然狠狠一撞，把他撞得仰面倒在了地上。男孩子见势不妙，便匆忙爬起来，拔腿就逃。那条蛇在后面紧追不舍。林间到处是荆棘和石头，男孩子无法迅速地躲闪，那条蛇跟在他的脚后不肯放松。

忽然，男孩子看到正对面有一块四面边缘光滑的大石头，他马上就奔过去往上爬。"爬到这上面，那条蛇就上不来啦。"他想。可是他爬上去以后转身一看，那条蛇还在紧紧追赶。

那块大石头顶上紧靠男孩子站的地方，有一块像人的脑袋那么大的圆石头。那块圆石头歪歪斜斜地倚在大石头一侧的窄边上，真叫人无法理解它怎么一直没有掉落。当那条蛇逼到跟前时，男孩子跑到圆石头后面使劲儿一推，那块圆石头正好朝着那条蛇骨碌碌地滚下去，把那条蛇砸到地上，连蛇的脑袋也被砸得粉碎。

"亏得这块石头帮了大忙。"男孩子想。他看到那条蛇剧烈翻滚了几下不再动弹后，才深深地吸了一口气。"我想，在这次旅行中，我还没有遇到过比这次更大的危险哩。"

他刚刚平静下来，就听见头顶上呼啦啦一阵响声，但见一只鸟落到地上那条蛇的身边。那只鸟的大小和模样很像乌鸦，可是浑身上下披着亮闪闪的黑色羽毛。男孩子对自己被乌鸦劫走的危险场面记忆犹新，所以不愿意毫无必要地被人看见，就悄悄地躲进了一道石头缝里。

那只黑鸟在死蛇身边迈着方步踱来踱去，还用嘴啄啄死蛇。后来他展开翅膀，发出一声刺痛耳膜的怪啸："死在这里的准是草蛇窝囊废。"他又绕着蛇走了一圈，然后站在地上沉思起来，还不时抬起脚爪搔搔后脑勺。"不会的，森林中不会有两条大小完全一样的蛇，"他说道，"这一定是他。"

他把嘴戳入蛇的尸体里，好像打算大吃一顿，可是突然又停了下来。"不行呀，你啊你，巴塔基，你千万莫干傻事，"那只鸟告诫自己，"在你打算吃掉这条死蛇之前，总得先把猎狗卡尔叫来。他若不是亲眼看见，绝不会相信草蛇窝囊废已经一命呜呼啦。"

男孩子想静悄悄的不发出声响，但是那只鸟如此庄严肃穆地踱着方步，还一本正经地自言自语，样子实在滑稽可笑，他便忍不住笑了出来。

那只鸟听到男孩子的笑声，就呼啦一声展翅飞上了大石头。男孩子赶忙朝他迎了过去。"莫非你是大雁阿卡的好朋友渡鸦巴塔基吗？"男孩子问道。那只鸟把他仔仔细细打量一番之后，连着三次向他点头致意。"难道竟是你——那个跟着大雁到处飞行的大名鼎鼎的大拇指？"他问。

"是呀，就是我，一点儿没错。"男孩子回答说。

"我能够见到你，真是太荣幸了。你也许能够告诉我是谁打死了这条草蛇。"

"哦，是那块圆石头，我把它朝草蛇一推，它就滚下去把草蛇砸死啦！"男孩说道，并且讲述了事情经过。

"干得出色，干得漂亮，像你这么小的小不点儿竟能这样，真不简单！"渡鸦赞不绝口，"我在这一带有个朋友，他要是听到这条蛇死掉的消息，一定会欣喜万分。真希望我能为你做件什么事情来报答你。"

"那么给我讲讲，为什么你对这条蛇死去竟那么高兴？"男孩子问道。

"唉，"渡鸦叹了口气道，"说来话长，你大概没有耐心听下去。"

可是男孩子一口咬定他有耐心听。于是，渡鸦原原本本地讲了猎狗卡尔、麋鹿灰皮子和草蛇窝囊废之间的恩恩怨怨。渡鸦把故事讲完之后，男孩子一声不吭地坐着，眼睛望向远方。"真是多谢你啦！"他说道，"我听了这个故事之后，好像对森林了解得更多了。我真想知道那座平安林现在还有没有剩下什么。"

"大半已经被毁掉啦，"巴塔基说道，"那些树木都像遭到一场森林火灾似的。被蛀空的树木只好通通砍掉，森林要恢复元气恐怕还要等许多年。"

"那条蛇真是死有余辜，"男孩子愤愤地说道，"不过，我真怀疑他有没有那么聪明，竟然有本事让虫子害病。"

"也许他知道虫子是怎样染上疾病的。"

"那倒有可能，我说他是森林里最阴险狡猾的动物。"

男孩子不再吭声了。渡鸦不管他有没有把话说完，便转过头去侧耳凝听。"你听，"他说道，"猎狗卡尔就在近处。他要是听到草蛇窝囊废死了，一定会高兴得跳起来。"男孩子也把头转过去，对着声音传来的方向侧耳细听。"他正在同大雁们说话哩。"他说道。

"是呀，他一定是打起精神硬撑着跑到湖边来打听麋鹿灰皮子的消息的。"

男孩子和渡鸦都跳下了石头，朝湖岸走过去。所有的大雁都已经从水里上了岸，站在那儿正同一只上了年岁的猎狗谈话。那只猎狗瘦骨嶙峋，虚弱无力，看样子似乎随时都会倒在地上死去。

"那就是卡尔，"渡鸦巴塔基向男孩子介绍说，"先听听大雁们对他讲些什么，然后我们再告诉他那条草蛇已经死啦。"

他们很快就走到了大雁阿卡和猎狗卡尔的身边。"去年我们春季飞行的时候，"那只领头的老雁阿卡说道，"有一天早晨，亚克西、卡克西和我一起飞出去。我们从达拉纳省的锡利扬湖飞过达拉纳省和海尔辛兰省交界处的大森林。我们俯视下去，望不见别的东西，只见墨绿色的树冠，树梢间还有厚厚的积雪。河流仍旧结冰，只有一两个地方露出了黑色的鳞隙，河岸边有些地方积雪已经融化。我们几乎没有见到什么村落和农庄，只见到几个灰蒙蒙的小木棚，那些是夏天牧羊人的居所，冬天空荡荡的，什么都没有。森林里一条条运送木材的小路蜿蜒曲折，河岸上堆积着大堆大堆的木材。

"就在我们平平稳稳地飞行时，我们看到三个猎人在森林中穿行。他们脚蹬滑雪板，手里用绳子牵着猎狗，腰带上插着刀子，但是没有背猎枪。积雪上有一层坚硬的冰壳，所以他们没有顺着林间小路七拐八绕，而是笔直地朝前滑行。看样子，他们心里明白在什么地方可以找到他们的目标。

"我们大雁在高空中飞翔，整片森林都在我们身下清晰可见。我们看到猎人之后，就存心要弄清楚他们究竟打算干什么。我们便来回盘旋，从树木的缝隙中窥探下去。我们终于看到在一个茂密的灌木丛中有些像长满了苔藓的大石头一样的东西。不过那些东西不见得是石头，因为上面没有积雪覆盖。

"我们赶紧往下飞，落在灌木丛中。那时这三块大石头动起来了。原来是躺在森林阴暗处的三只麋鹿：一只公的，两只母的。在我们降落下来的时候，那只公鹿站起身，迎上前来。这是我们见到过的最强壮魁梧、最健美漂亮的麋鹿。当他发现把他从美梦中惊醒的只是几只微不足道的大雁时，他又躺下去了。

"'不行呵，老伯，不要躺下去睡觉，'我央求他，'快逃跑，跑得要尽量快！森林里来了猎人，他们直奔你藏身的地方来啦！'

"'谢谢关照，大婶。'那只麋鹿迷迷糊糊地回答说，似乎讲着

话就要睡着了一样，'不过我们知道，在这个季节是不准偷猎麋鹿的，所以我们可以放心，那些猎人是来打狐狸的吧？'

"'森林里遍地都有狐狸的脚印，猎人们偏偏不追着这些脚印走。你相信我一句吧，他们知道你们躺在这儿，大伯。现在他们就是来宰杀你们的。他们根本没带猎枪，只带了长矛和刀子，因为在这个季节禁止狩猎，他们是不敢开枪的。'

"公鹿仍旧从容不迫地躺着，不过母鹿不安起来。'也许事情正像大雁们所说的那样哩。'她们说道，并且从地上爬了起来。

"'给我静静地躺下！'公鹿喝道，'猎人是不会到这片灌木丛里来的，这一点你们知道。'

"我们束手无策，暗暗叫苦，只好重新飞回空中。不过我们这几只大雁都不肯走远，只在附近盘旋，想要看看麋鹿们的下场如何。

"我们几乎还没有升到我们平时飞行的高度，就见那只公鹿从灌木丛中奔了出来。他嗅了嗅四周的气味，就笔直地朝着猎人们来的方向迎了上去。他大步流星地往前疾走，把散落在地面的枯枝踩得噼啪作响。在他面前出现了一大片空荡荡的沼泽地，他就跑了过去，站在空旷的沼泽地中央，四周没有任何可以挡住视线、使别人看不到他的屏障。

"那只公鹿就这样站在那里等着。直到猎人来到森林边上，他才转过身来，放开四蹄，朝着另外一个方向狂奔而去。猎人们把狗放开，他们自己也全力蹬动滑雪板，风驰电掣地追赶过来。

"公鹿把头往后一仰，紧贴到脊背上，四蹄如飞，拼命狂奔，四只蹄子刨起的雪花如蒙蒙细雨般在他周围扬洒开来。猎人和猎狗不一会儿便被远远地抛在了后面。这时候他忽然又停住了脚步，站在那里存心等他们追上来。待到他们进入视野之后，他又放开四蹄奔跑起来。我们这些大雁看到这里才恍然大悟，原来他打算把猎人从母鹿藏身的地方引开。我们的敬意油然而生，想想看，他宁可自己去冒生命危险也要确保鹿群中的伙伴安然无恙。我们当中哪一个都不肯离开那里，非要看个究竟不可。

"这样的追逐捕猎持续了两三个小时。我们不免暗暗纳闷，为什么猎人不带着猎枪就来追逐麋鹿？他们难道真的相信自己能够追得上像这只麋鹿那样的奔跑健将？

"可是我们看到那只麋鹿逃避躲闪的速度越来越慢了。他往积雪里落下脚的时候越来越小心翼翼。而他提起脚来的时候，可以看见雪地上的脚印四周染上了斑斑血迹。

"到了这时我们才明白过来，为什么猎人那么不厌其烦，原来他们盘算好了，积雪会助他们一臂之力。麋鹿身体很重，每迈出一步，他的脚都会陷进积雪里，积雪表面上的那层冰壳就会像锋利的刀刃一样割破他的蹄子，他的腿毛会被刮掉，皮肤会被划出一道道血口，所以他的脚每次落地都要忍受痛彻心肺的苦楚。

"猎人和猎狗身体都很轻，他们可以在冰面上自如地走动，所以紧追麋鹿不舍。那只麋鹿逃呀，逃呀，可是脚步越来越蹒跚和踉跄。他大口大口地喘息着。这不仅是因为他要忍受巨大的痛楚，而且在深雪中长时间奔跑确实使他疲惫不堪了。

"后来，麋鹿终于失去了耐心。他停住脚步，等着猎人和猎狗靠近他身边时再同他们做最后的殊死较量。他站在那里等候的时候，眼睛朝天空扫了一眼。当他看到我们这几只大雁在他头顶上盘旋的时候，他高喊道：'不要走开，大雁们，等到一切结束了你们再飞走。下次你们飞到考尔莫顿的时候，请找一下猎狗卡尔，告诉他，他的朋友灰皮子死得十分壮烈！'"

大雁阿卡讲到这里的时候，那只年岁很大的猎狗霍地朝她蹿近了两步。"麋鹿灰皮子生得正直，死得壮烈，"他叹息道，"他了解我，他知道我是一只坚强的狗，我会为他英勇无畏的死去而欣慰。现在请告诉我……"

他竖起尾巴，昂起脑袋，似乎要做出英勇无畏和豪情满怀的姿态，可惜力不从心，又趴了下去。

"卡尔，卡尔！"森林里传来一个男人的喊叫声。

那只老猎狗霍地从地上爬起身来。"那是主人在叫我，"他说道，"我要毫不犹豫地跟他去了。我看见他已经往枪里装上了弹药。这是我最后一次跟他走进森林。多谢啦，大雁，我已经知道我想知道的一切，现在我可以死得瞑目啦。"

美丽的花园

四月二十四日　星期日

第二天，大雁们朝北飞过南曼兰省。男孩子骑在鹅背上俯视下面的景色，遐想起来。他觉得这里的景色同他早先见到的那些地方不同。这个省里没有像斯科讷省和东约特兰省那样一望无际的原野，也没有像斯莫兰省那样连绵不绝的森林地带，而是七拼八凑，杂乱无章的。"这个地方似乎是把一个大湖、一条大河、一座大森林和一座大山通通剁成碎块，然后再拌一拌，就这么乱七八糟地摊在地上。"男孩子这样想道，因为他所见的全是小小的峡谷、小小的湖泊、小小的山丘和小小的丛林。没有一样东西是像模像样地摊开摆好的。只要哪块平原稍为开阔一些，就会有一个丘陵挡着它的去路。倘若哪个丘陵要蜿蜒延伸成一条山脉，就会被平原截断、抹平。一个湖泊刚刚展开一些就马上被阻滞成一条窄窄的河流，而河流刚流得不远就又开阔起来变成了一个小湖。大雁们飞到离海岸很近的地方，男孩子能够一眼望见大海。他看到，甚至连大海也没能把辽阔的海面铺开摊好，而是让许许多多岛屿分割得狼藉不堪，而那些海岛却一个也没有等到长足变大就被海洋围住了。地面上的景色扑朔迷离，变幻莫测，忽而针叶林，忽而阔叶林，耕地旁边就是沼泽地，贵族庄园毗邻着农夫的农舍。

房屋前面一个人都没有，田地里也没有人干活儿，可是大路小径上行人络绎不绝。他们从考尔莫顿丛林地带的农舍里走出来，身穿黑色衣裳，手持书本和手帕。"哦，今天大概是星期日。"男孩子想道，便骑在鹅背上，饶有兴味地注视起这些去教堂的人。在两三个地方，他看到坐着车去教堂结婚的新婚夫妇，他们身边一大群人前呼后拥。在另外一个地方，他看到一支送葬队伍寂静哀伤地在路上缓缓行走。他看到贵族人家的华丽轿车、农民的四轮大车，也看到湖里舟楫徐驶，全都朝向教堂进发。

男孩子骑在鹅背上飞过了比尔克岬湾教堂，又飞过了贝特奈教堂、布拉克斯塔教堂和瓦德斯桥教堂，然后飞向舍丁厄教堂和佛罗达教堂。一路上，教堂的钟声长鸣，钟声响彻九霄，洪亮悦耳，余音如缕，不绝于耳，整个朗朗晴空似乎都充满了铿锵悠扬的钟声。

"哦，看来有一件事是可以放心的，"男孩子想，"那就是在这块土地上，无论我走到哪里，都可以听得到这响亮的钟声。"他想到这里精神为之一振，心里也踏实多了，因为他如今正过着另一个世界的生活，只要教堂的钟声用它那洪亮的声音召唤他，他就不会迷失方向。

他们飞进南曼兰很长一段路后，男孩子忽然看见地面上有个黑点在紧紧追逐他们投下的影子。他起初以为那是一只狗，若不是那个黑点一直紧随不舍，男孩子就不会去留神他。那个黑点急匆匆地奔过开阔地，穿过森林，跳过壕沟，爬过农庄围墙，大有决计不让任何东西阻挡他前进的势头。

"看样子是狐狸斯密尔又追上来了。"男孩子说道，"不过，无论如何，我们飞得快，很快就会把他抛在后面。"

听了这句话，大雁们便用足力气以最快速度飞行，只要狐狸还在视野之内，他们就不减速。在狐狸再也不能看见他们的时候，大雁们蓦地掉转身来拐了一个大弯朝西南方向飞去，像是他们打算飞回到东约特兰省。"不管怎么说，那个一定是狐狸斯密尔，"男孩子想，"因为连阿卡都绕道走了另外一条路线。"

那一天快到傍晚的时分，大雁飞过南曼兰省的一个名叫大尤尔屿的古老庄园。这幢宏伟壮观的高大住宅由枝繁叶茂的树木环抱着，四周是景色优美的园林。住宅前面是大尤尔屿湖，湖里岬角众多，岸上土丘起伏。这个庄园的外观古朴庄重，令人倾倒。男孩子从庄园上空飞过时，不由得叹了一口气。经过一天的飞行劳累，不是在潮湿的沼泽地或者浮冰上栖息，而是在这样一个地方过夜，不知滋味究竟如何。

可这只是一种可望而不可即的想法而已。大雁们并没有在那座庄园降落，而是落在庄园北面的一块林间草地上。那里地面上积满了水，只有三三两两的草墩露在水面上。那地方差不多是男孩子在这次长途旅行中碰到的最糟糕的过夜处。

他在雄鹅背上又坐了半晌，不知道该怎么办才好。后来，他连蹦带跳地从一个草墩跳到另一个草墩，一直跑到坚实的土地上，朝着那座古老的庄园方向奔过去。

那天晚上，在大尤尔屿庄园的一家佃农农舍里，有几个人恰好围坐在炉火旁边聊天。他们天南海北无所不谈——教堂里布道的情况、开春时田地里的活计和天气的好坏等等。到了后来找不出更多话题而静默下来的时候，佃农的老妈妈讲起了鬼故事。

大家知道，在这个国度里，别处没有一个地方像南曼兰省那样有那么多大庄园和鬼故事啦。那个老奶奶年轻的时候在许多大户人家当过女佣，见识过许多稀奇古怪的事情，所以她可以滔滔不绝地从晚上一直讲到天亮。她讲得那样绘声绘色、活灵活现，大家都听得入神，几乎以为她讲的都是真人真事了。她讲着讲着，蓦地收住了话头，问大家是不是听到了窸窸窣窣的声响。于是大家都惊恐地打了一个寒噤。"你们难道真的没有听到动静？有个东西在屋子里转来转去。"她诡异地说道。可是，大家什么也没有听出来。

老奶奶一口气讲了埃立克斯伯格、维比霍尔姆、尤里塔和拉格曼屿以及其他许多地方的故事。有人问，有没有听说过大尤尔屿也发生过这类怪事。"哦，是呀，不是一点儿没有。"老奶奶说道。大家马上就想听听他们自己的庄园里发生过什么怪事。

于是老奶奶娓娓道来。她说，从前在大尤尔屿北面的一个山坡上坐落着一幢宅邸。那山坡上长满了参天古树，而宅邸前面是一个很美丽的花园。那时有个名叫卡尔先生的人主管着南曼兰省。有一次他路过这里，住在那幢宅邸里。他吃饱喝足之后就走进花园里，在那里伫立了很久，观赏大尤尔屿湖和它美丽的湖岸美景。他看得心旷神怡，心想，这般美景除了南曼兰之外，在别的地方岂能看到。就在这个时候，他听得身后有人深深地长叹一声。他回过头来一看，是个上了年纪的打散工的雇工，那人正双手倚着铁锨站着。"是你在这儿长吁短叹？"卡尔先生问道，"你为什么要叹气？"

"我这样日日夜夜在这里拼命干活儿，哪能不叹气呀？"那个雇工回答。

卡尔先生脾气暴戾，不喜欢听手底下人叫苦抱怨。"嘿，要是我能够来到南曼兰省，在我有生之年一直干刨土地的活计，我也就心满意足了。"

"但愿大人您能如愿以偿。"那个雇工回答。

不过，后来人们说，卡尔先生就是因为许了这个愿，结果死后被埋葬入土后都不得安宁，每天晚上他都要以幽灵方式出现，到大尤尔屿去，在他的花园里挥锨刨土。是呀，如今宅邸早就没有啦，花园也没有啦。在那边早先是宅邸花园的地方，现在是长满森林的山坡，看起来平平常常，和别处没什么两样。可是如果有人在漆黑的深夜从森林里走过，碰巧还能看到那座花园。

老奶奶讲到这里便停住了，眼睛瞥向屋里的一个晦暗的角落。"难道那边没有一个东西在动吗？"她大惊小怪地问道。

"哦，那不是的，妈妈，您只管往下讲吧！"儿媳妇说道，"我昨天看见老鼠在那角落里打了个大洞。我手上要做的事情太多，忘记把它堵上了。您说说，有没有人看见那座花园？"

"好啊，我讲给你听，"老奶奶说道，"我的父亲就曾经亲眼见过一回。有一年夏天的夜里，他步行穿过森林，蓦地看见身边有一堵很高的花园围墙，从围墙上看过去，还可以隐隐约约见到不少最为名贵的树木，那些树上繁花和硕果把枝条压得垂到墙外。父亲放慢脚步走过去，想看看这个花园究竟是从哪里冒出来的。这时候，围墙上突然有一扇大门豁然打开了，一个园丁出来问他想不想见识见识他的花园。那个人就像其他园丁一样，身上扎着大围裙，手里拿着大铁锹。父亲正要跟着他走进去的时候，瞅了一眼那个园丁的脸，一下子认出了在前额上的那绺蓬松鬈发和一撮山羊胡子。那不是别人，正是卡尔先生，因为父亲曾经在他做活儿的那些大庄园里看到家家都挂着他的肖像画……"

讲到这里，话头儿又刹住了。那是因为炉火里有根柴火发出了噼啪声，火苗蹿得很高，火星溅到了地板上。片刻间，屋里所有的角落都被映得通亮。老奶奶似乎觉得自己看到老鼠洞旁边有个小人儿的影子，他坐在那里出神地听故事，霎时间又慌张地躲闪开了。

儿媳妇拿起扫帚和铁铲，把地上的木炭碎块收拾干净，重新坐了下来。"您再说下去吧，妈妈。"她央求道。可是老奶奶不愿意了。"今天晚上就讲到这里啦。"她说道，她的声音有点儿变样。别人也还想听下去，不过儿媳妇看出来老奶奶脸色发白，双手颤抖不已。"算了吧，妈妈累了，必须去睡觉了。"她解围道。

片刻之后，男孩子返回森林里去寻找大雁。他一边走，一边啃着一根在地窖外面找到的胡萝卜。他觉得简直是吃了一顿甘美可口的晚饭，而且对能够在暖融融的小屋里坐了几个小时感到心满意足。"要是再能有个好地方过夜，那该多好哇！"他又想。

忽然他灵机一动，想到路边那棵枝叶繁茂的云杉树是一个非常好的睡觉的地方。于是他爬上去用细小的枝条垫成一张铺，这样就可以睡觉了。

他躺在那里大半晌，心里惦念着他在小屋里听见的那个故事，尤其是想到在大尤尔屿森林里到处游荡的幽灵卡尔先生。不过他很快就蒙眬进入了梦乡。他本来是可以一觉睡到大天亮的，若是没有一扇大铁门在他身底下嘎吱嘎吱地开关的话。

男孩子马上就醒了过来，他揉揉眼睛，睡意全无，然后举目四顾。就在他身旁，有一堵一人高的围墙，围墙上隐隐约约露出被累累硕果压弯的果树。

他起初只觉得不可思议，方才他睡觉之前这里分明没有果树。可是过了一会儿，他想起来了，而且明白过来那是一座什么样的花园了。

说来最奇怪的也许是他竟然一点儿也不觉得害怕，反倒有一股形容不出的强烈兴致，想到那座花园里去逛逛。他躺在杉树上的这一边黑暗阴冷，花园里却一片明亮，树上的果子和地上的玫瑰在烈日骄阳下似火焰般红艳一片。他已经栉风沐雨，在严寒和雷雨中游荡了那么久，能够享受到一点点夏日的温暖，简直再好不过了。

要走进这个花园看起来丝毫也不困难。紧靠着男孩子睡觉的那棵杉树的高墙上有扇大门。一个年岁很大的园丁刚刚把两扇铁栅大门打开，正站在门口探头朝着森林张望，好像在等待某人来到。

男孩子一骨碌从树上爬下来。他把小尖帽拿在手里，趋身向前，走到园丁面前鞠了一躬，问可不可以到花园里去逛逛。

"行呀，可以进去，"园丁用粗暴的口气说道，"你只管进去好啦！"

园丁随手把铁栅门关紧，用一把很重的钥匙把门锁死，然后将那把钥匙挂在自己腰带上。在这段时间内，男孩子站在那里一直仔细地瞧着他。他面孔呆板，毫无表情，唇髭浓密，颏下留着一撮尖尖的山羊胡子，鼻子也是尖尖的，如果他身上不系着蓝色大围裙，手里不拿着铁锹，男孩子准保会把他看作一个年纪很大的卫兵。

园丁大步流星地朝着园子里面走去，男孩子不得不奔跑着才能跟得上他。他们走上一条很窄的甬道，男孩子被挤得踩到了草地边沿，于是园丁立即申斥，吩咐他不准把草踩倒，男孩子只好跟在园丁背后跑。

男孩子觉察出来那个园丁似乎在想，带领像他这么个小不点儿去观赏花园不免过于纡尊降贵，所以他连一句话都不敢问，只是一股脑儿地跟在园丁后面奔跑。有时园丁头也不回地对他说一两句话。在离围墙不远处，有一排茂密的灌木树篱，他们走过去的时候，园丁说他把这排灌木树篱叫作考尔莫顿大森林。"不错，这树丛那么大，倒是名副其实。"男孩子回答。可是园丁根本没有理会他说了些什么。

他们走过灌木丛之后，男孩子放眼望去，可以看到大半个园子。他立刻看出来，这个花园方圆并不很大，只有几英亩，南面和西面有那堵高围墙环绕，北面和东面临水傍湖，所以用不着围墙。

园丁停下脚步去捆扎一株花，男孩子这才有时间环视四周。他从小到现在没有见到过多少花园，不过他觉得这个花园与众不同。它的布局极其传统，因为就在这样一个捉襟见肘的狭小地方，却林林总总堆砌着许许多多低矮的土丘、小巧玲珑的花坛、矮小的灌木树篱、狭小的草坪和小巧的凉亭，这是当下花园里不大见到的。还有，这里随处可见的小池塘和蜿蜒曲折的小水沟也是在别处见不到的。

到处是郁郁葱葱的名树佳木和争妍斗艳的鲜花。小水沟里绿水盈盈、波光粼粼。男孩子觉得自己恍如进入了天堂。他不禁拍起手来，放声喊道："我从来没有看到过这样美丽的地方！这是一座什么样的花园呀？"

他呼喊的声音很响，园丁马上转过身来，用冷若冰霜的口气说道："这座花园名叫南曼兰花园。你这个人是怎么回事，竟然这样孤陋寡闻？这座花园历来都称得上是全国最美丽的花园。"

男孩子听到回答后沉思了片刻，可是他要看的东西太多，来不及想出这句话的意思。各色各样的名花异卉、千回百转的清溪，使得这个地方美不胜收。还有不少别的玩意儿使男孩子更加兴致勃勃。那就是花园里点缀着许多小巧玲珑的凉亭和玩具小屋。它们多得俯拾皆是，尤其在小池塘和小水沟旁边。它们并不是真正可以供人憩息的屋子，而是小得似乎是专门为大小跟他差不多的人建造的，可是难以想象的精致优美，建筑式样也别具匠心，瑰丽多姿。有些设有高耸的尖顶和两侧偏屋，俨如宫殿，有的像是教堂，也有的像是磨坊和农舍。

那些小房子一幢幢都美轮美奂，男孩子真想停下脚步仔细观赏一番，可是他没有胆量这样做，只好马不停蹄地紧紧跟着园丁。走了不多时，他们来到一幢宅邸前，那幢华厦巍峨宏大，气派非凡，远远胜过他们方才所见到的任何一幢房子。宅邸有三层楼高，屋前有山墙屏障，两侧偏屋环抱。它居高临下，坐落在一座土丘的正中央，四周是花木葱茏的大草地。在通往这幢宅邸的道路上，溪流七拐八绕，一座座美丽的小桥横跨流水，相映成趣。

男孩子不敢做其他的事情，只好规规矩矩跟着园丁的脚后跟走，他走过那么多好看的地方，都不能够停下来观赏，不免重重地叹了一口气。那个严厉的园丁听见了，就停下脚步。"这幢房子我起名叫作埃里克斯山庄，"他说道，"要是你想进去，你不妨进去。不过要小心，千万不许惹恼平托巴夫人①！"

话音刚落，男孩子就像脱缰之马一样朝那边直奔过去。他穿过两旁树木依依的通道，走过那些可爱的小桥，踩过鲜花密布的草地，走进了那幢房子的大门。那里的一切对像他这样大小的人来说是最合适不过的了。台阶既不太高，也不太矮。门锁高矮也很适中，他可以够得着每一把门锁。倘若不是亲眼看见，他怎么也不会相信他能看到那么多瑰丽夺目的贵重东西。打蜡的橡木地板锃亮，条纹鲜明；石膏刷白的天花板上镂刻着各色图案；四面墙壁上挂满了画；屋里的桌椅家什都是描金的腿脚和丝绸的衬面。他看到有些房间里满架满柜都是书籍，又看到另一间房间里桌上和柜子里都是亮闪闪的珠宝。

无论怎样尽力飞奔，他仍旧连那幢房子的一半都没有来得及看完。他出来的时候，那个园丁已经在不耐烦地咬着胡子尖了。

"喂，怎么样？"园丁问道，"你看见平托巴夫人了没有？"男孩子偏偏连个大活人的影子都没有见到。他这样一回答，园丁气得脸都扭歪了。"唉，连平托巴夫人都可以休息，我却不能！"他吼叫道。男孩子从来也不曾想到过，男人的嗓音竟能发出这般颤抖绝望的

---

① 瑞典民间传说中因对用人过于苛刻而被罚入地狱的贵族夫人。此处指鬼魂。

呼声。

随后园丁又迈开大步走在前头，男孩子一边奔跑着跟在后面，一边设法尽量多看一些奇景。他们沿着一个要比其他几个略为大一些的水塘走去。灌木丛中和鲜花丛中随处显露出像贵族庄园的凉亭一样的白色亭台楼阁，园丁并未停下脚步，只是偶尔头也不回地对男孩子说上一句半句。"我把这个池塘叫作英阿伦湖，那边是丹比霍尔姆庄园，那边是哈格比贝庄园，那边是胡佛斯塔庄园，那边是奥格菜屿庄园。"

接着园丁连迈了几大步，来到一个小池塘边，他把这个池塘叫作博文湖。男孩子情不自禁地发出一声赞叹，园丁便停住了脚步。男孩子呆呆地站在一座小桥前面，那座桥通到池塘中央一座岛上的一座宅邸。

"倘若你有兴趣，你可以跑到维比霍尔姆宅邸里去观光，"他说道，"不过千万小心白衣女神①！"

男孩子马上照吩咐走了进去。屋里墙上挂着许多肖像画，他觉得那屋子简直像一本很大的图画册。他在那里流连忘返，真想整个晚上都在那里看着这些图画。可是没过多久，他就听得园丁在唤他。

"出来！出来！"他大声呼喊着，"我不能光在这里等你，我还有别的事情要做哩！你这个小倒霉鬼。"

男孩子刚刚奔到桥上，园丁就朝他喊道："喂，怎么样，你看到白衣女神了吗？"

男孩子连一个活人影子都没有见到，于是他如实说了。没想到，那个老园丁把铁锹往一块石块上狠命一插，石块被一劈两半，他还用绝望到极点的深沉声音吼叫道："连白衣女神都可以休息，我却不能！"

直到方才，他们还一直在花园的南边漫游，园丁现在朝西边走去。这里的布局又别具一格。土地修整得平平整整，大片草坪相连，间杂

---

① 即本族祖先显灵的鬼魅，往往在有人不幸身死之前出现，是死亡的先兆。

着种草莓、种白菜的田地和醋栗树丛。那里也有小凉亭和玩具屋，不过漆成赭红色，这样更像农舍，而且屋前屋后还种着啤酒花和樱桃树。

园丁站在这里停留了片刻，对男孩说道："这地方我把它叫作葡萄地。"

随后，他又用手指着一幢要比其他房子简便得多、很像铁匠铺的房子说："这是一个制造农具的大作坊，我把它叫作埃斯基尔斯蒂纳。倘若你有兴致，不妨进去看看。"

男孩子走进去一看，但见许许多多轮子在转动，许许多多铁锤在锤打锻造，许许多多车床在飞快地切削。倒也有许许多多东西值得一看。他本可以在那里待上整整一夜，倘若不是园丁连声催促的话。

随后，他们顺着一个湖朝花园的北部走过去。湖岸弯弯曲曲，岬角和滩湾犬牙交错，整个花园这一边的湖岸全都是岬角和滩湾，岬角外面是许多很小的岛屿，同陆地有狭窄的一水之隔。那些小岛也是属于花园的，岛上也同其他地方一样精心种植了许多奇花异草。

男孩子走过一处处美景胜地，可是不能停下来细细地观赏，一直走到一个气派十足的赭红色教堂门前才停下脚步。教堂坐落在一个岬角上，四周浓荫掩映，硕果累累。园丁仍想往前面走，男孩子大着胆子央求进去看看。"哦，可以，进去吧，"他回答说，"可是要小心罗吉主教①！他至今仍旧在斯特兰奈斯这一带游荡。"

男孩奔进教堂去，观看了古老的墓碑和精美的祭坛与神龛，尤其对前厅偏屋里的一尊披盔挂甲的镀金骑士塑像赞叹不已。这里要看的东西也有许许多多，他本可以待上整整一夜，不过他必须匆匆看了就走，免得园丁等候太久。

他走出来的时候，看到园丁正在盯着空中的一只猫头鹰。那只猫头鹰追赶着一只红尾鸲。老园丁对着红尾鸲吹了几声口哨。那只红尾

---

① 康纳德·罗吉（？—1501），1479 年起任斯特兰奈斯主教，掌管瑞典全国宗教事务，兼任王国枢密大臣。

鸫乖乖地落到他的肩头。猫头鹰追赶过来时，园丁就挥起铁锹把它撵走了。"他倒不像他的长相那么危险吓人。"男孩子想，因为他看到园丁爱怜地保护着那只可怜的啼鸟。

园丁一见到男孩子，就马上问他有没有见到罗吉主教。男孩子回答说没有。园丁伤心透顶地吼叫道："连罗吉主教都休息了，我却不能！"

随后不久，他们来到那些玩具小屋当中最引人注目的一幢。那是一座砖砌的城堡，三座端庄稳重的圆塔高耸在城堡之上，它们之间由一排长长的房屋相连通。

"倘如你有兴致，不妨进去看看！"园丁吩咐说，"这是格里普斯霍尔姆王宫①，你千万要小心埃里克国王②。"

男孩子穿过深邃的拱形门洞过道，来到一个被平房环抱的三角形庭院。那些平房样子不怎么阔气，男孩子无心细看，他像跳鞍马似的从摆在那里的几尊很长的大炮身上跳过去，又接着往前跑。他又穿过一个很深的拱形门洞过道，来到城堡里的一个内庭院，庭院四周是精美华丽的房屋，他走了进去。他来到一个古色古香的大房间，大花板上的房梁裸露着，四面围墙上挂满了又高又大、颜色已经晦暗发乌的油画，画面上的贵胄男女全都神情庄重，身穿漂亮的礼服。

在第二层楼上，他看到一间光线明亮一些、色调也鲜艳一些的房间。他这才看清自己确实走进了一座王室的宫殿，因为墙上全是国王和王后的肖像画。再往上走一层是一间宽敞的顶层房间，周围是各种用途的房间。有些房间色调淡雅，陈设着白色的精美家具。还有一个很小的剧场，而紧邻它的却是一间名副其实的牢房：里面除了光秃秃的牢墙之外，什么也没有，牢房的门是粗大的铁栅，地板被囚徒的沉

---

① 瑞典地名，在斯德哥尔摩附近，系瑞典昔日王宫所在地，也是最古老和最大的王宫林苑。19 世纪前，瑞典王室均居住在此地。

② 即埃里克十四（1533—1577），1568 年被贵族废黜后囚禁在格里普斯霍尔姆城堡。

重脚步磨得凹凸不平。

那里值得观赏的宝物实在太多了，叫人几天几夜都看不完，可是园丁已经在连声催促，男孩子只好快快地走了出来。

"你可曾见到埃里克国王？"男孩子走出来时，园丁就劈头盖脸地问道。男孩什么人也没有看见，那个老园丁就像方才那样绝望地吼叫："连埃里克国王都休息去了，我却不能！"

他们又到了花园的东部，走过一个浴场，园丁把它叫作塞德特利厄，还走过了一个他起名为荷宁霍尔摩的古代王宫。那里没有多少值得观光的，到处是顽石、怪岩和珊瑚岛屿，而且越偏僻的地方越显得荒凉。

他们又折身往南走去，男孩子认出了那排叫作考尔莫顿大森林的灌木树篱，知道他们已经快走到门口了。

他为看到的一切而兴高采烈。走近大门的时候，他很想感谢园丁一番。可是老园丁根本不听他说话，只顾朝着大门走去。到了门口，他转过身来把铁锹递给男孩子。"喂，"他吩咐说，"接住，我去把大门铁锁打开。"

可是男孩子觉得已经给这个严厉的老头儿带了来那么多麻烦，心里着实过意不去，所以想不要再让他多费力气了。

"用不着为我去打开这扇沉重的大铁门。"他说着，把身子一侧从铁栅缝里钻了出去，这对像他那样一个小人儿来说不费吹灰之力。

他这样做完全出于好意，使他十分吃惊的是，园丁却在他背后暴跳如雷，大吼起来，并且用脚狠踏着地面，用双手猛烈地摇晃铁栅门。

"怎么啦，怎么啦？"男孩子莫名其妙地问道，"我只是想让您少费点儿力气，园丁先生，您为什么这样恼火？"

"我当然要恼火，"那个老头儿说道，"你不消做别的，只消把我的铁锹接过去，你就非得留在这里照管花园不可，而我就可以解脱了。现在我不知道还要在这里待多久。"

他站在那里死命地摇晃铁栅门，看样子已经狂怒至极。男孩子不禁动了恻隐之心，想要安慰他几句。

"您不必为此心里难过，南曼兰省的卡尔先生，"男孩子说道，"谁都不能比您把这个花园照管得更精心周到啦！"

男孩子说了这句话，年老的园丁忽然平静下来，一声不吭了。男孩子看到他那张铁青呆板的面孔也豁然开朗起来。可是男孩子无法看得更真切，因为园丁整个人一下子变得模糊起来，渐渐化为一股烟雾飘散开来。非但如此，整个花园也渐渐淡化，化为烟雾消失了。花卉、草木、硕果和阳光通通消失殆尽，剩下的只是一片荒凉和贫瘠的林地。

在奈尔盖

伊萨特尔·卡伊萨

奈尔盖省以前有样东西是其他地方所没有的，那就是风妖伊萨特尔·卡伊萨。

她之所以姓卡伊萨，是因为她能够呼风唤雨，法力无边，大凡这类风妖都姓这个姓。至于她的名字，大概是因为她来自阿斯凯尔教区的伊萨特尔沼泽地。

她家大概住在阿斯凯尔一带，然而也常常在别处出没。可以说在整个奈尔盖省难保不碰上她。

这个妖怪生性倒不阴沉乖戾，而是个轻佻、爱动不爱静的女妖。她最得意的就是呼唤来一阵阵大风，待到风力足够的时候，她便随风翩翩起舞。

奈尔盖省其实只是一块阡陌千里的大平原，被密林群山绵延环抱着。只有东北角上的耶尔马湖打破了这种格局，把这个省四面合抱的崖石围墙扯开了一个豁口。

清早，大风在波罗的海上空积聚力量后便朝内地吹过来，从南曼兰省的山冈丘陵之间穿越过来，再从耶尔马湖这个豁口毫无阻拦地长驱直入，吹进奈尔盖省。然后刮过奈尔盖省的平原，在西面撞在克尔斯山脉的峭壁上反弹回来。于是大风就像一条蛇似的蜷曲起身体插向南面，可是在那边又碰撞到蒂维登大森林，这样就不得不转身往东。

不过，东面也有蒂罗大森林阻挡，把风赶向北边。在北面，风又被凯格兰山脉挡了回来。于是大风又从凯格兰山脉刮向克尔斯山脉、蒂维登森林和蒂罗大森林，这样周而复始，循环不已。大风旋转呀，旋转呀，时刻不停，圈子却越转越小，最后就像个陀螺一样在平原中央旋转不停。这股龙卷风刮过平原的那些日子也是风妖伊萨特尔·卡伊萨最开心的时候。她站在风的旋涡里不停地旋转，她的舞姿翩翩，长长的头发在天空云层里纷扬，长裙衣裾像云彩霓裳一样拂过大地，而整个平原就像她踩在脚下的舞池的地板。

早晨，伊萨特尔·卡伊萨常常端坐在山顶上的松树梢头俯视整个平原。倘若在冬天，能见度又良好，她看到大路上熙来攘往、车水马龙，便会急匆匆地呼唤来阵阵狂风和漫天大雪，使得道路上堆满积雪，车马行程艰难，往往紧赶快跑，才刚好在天黑时回到家里。到了夏天而且又是大好的收获季节，伊萨特尔·卡伊萨就稳坐不动，直到第一批运送干草的车辆装满，她才倏地招来阵雨哗哗而下，使得这一天的劳作不得不结束。

这是千真万确的，她除了带来麻烦之外很少想到要做别的事情。克尔斯山的烧炭工人几乎不敢打盹，因为她一看到哪口炭窑无人照看，就会悄悄地跑过去，冷不丁地吹上一口气，于是木柴蹿起了很高的火苗，难以再烧成木炭。如果拉克斯河和黑河铁矿区运送铁砂的工人晚上还在外面忙碌，伊萨特尔·卡伊萨就在道路上刮起阵阵旋风，给那一带罩上黑沉沉的尘烟，使得人们和马匹都无法辨认方向，把载重的雪橇驶进泥潭和沼泽地里。

倘若格伦哈马尔教堂的牧师夫人夏季在星期日把咖啡桌摆在花园里，安排好杯碟想要消受一番时，忽然一阵劲风疾吹，掀翻桌布，把杯碟吹得东歪西倒；如果正在斯斯文文走路的厄莱布鲁市市长的大礼帽忽然被刮掉，害得他不得不一点儿不顾体面地在广场上奔跑追赶帽子；如果维恩岛上的居民运送蔬菜的船只偏离了航向，在耶尔马湖上搁浅；如果晾在屋外的衣服被刮走并且弄得满是尘土；如果晚上炉子里的浓烟寻找不到烟囱倒灌到屋里来，那么大家都心里明白这是谁干的。

尽管伊萨特尔·卡伊萨喜欢做各种令人烦恼不已的事，但是她心地并不太坏。大家注意到，她最容不得那些喜欢吵嘴、一毛不拔和刁钻促狭的人，对那些行为端正的好人和穷苦人家的小孩却加以保护。老人们常常念叨说，有一回阿斯凯尔教堂眼看要着火烧起来，幸亏伊萨特尔·卡伊萨及时赶到，把教堂屋顶上的火焰和浓烟全都吹熄，因此免除了一场大祸。

话虽如此，奈尔盖省的居民对于伊萨特尔·卡伊萨早已不胜其烦，可是她仍旧不厌其烦地去捉弄他们。有时候她高踞于云彩边上，俯视着身下那个物阜民丰、阡陌膏腴的奈尔盖省，看着平原上星罗棋布的漂亮农舍以及山区里富足的矿场和冶炼作坊，看着缓缓流动的黑河和虽水浅却鱼多的平原湖泊，看着繁华的城市厄莱布鲁，还有城里那座四面角楼矗立的庄严肃穆的古老王宫，那时候她想必会有这样的想法："这里的人沉湎于过分舒服惬意的生活，要是没有我在，他们会饱食终日而无所事事，懒惰得不像样子。这里必须要有我这样的人，才能使他们悚然惊醒，精神振奋。"

于是她像喜鹊一样聒噪，狂笑个不停，舞姿翩翩地从平原这一端旋转到另一端。而奈尔盖人看到她从平原上刮起一股股烟尘的时候，便不禁笑逐颜开。因为尽管她叫人讨厌、使人受罪，但是她的心地并不坏。农民在干活儿的时候巴不得伊萨特尔·卡伊萨招来阵阵和风使自己凉爽凉爽，就像平原大地遭受她的狂风施虐之后地面干净清爽了一样。

如今大家都说，伊萨特尔·卡伊萨大概已经死了，早就不存在了，就像别的神鬼妖怪全都不见了一样。然而这种说法几乎是不足信的。因为这就像有人说，从今以后平原上的空气会凝滞不动、大风不会再在平原上呼啸旋转而过并且带来清新的空气或者阵阵暴雨一样不可能。

那些以为伊萨特尔·卡伊萨已经死去和消失踪影的人，不妨先听听尼尔斯·豪格尔森路过奈尔盖省那一年所发生的事情，然后再断言自己该相信什么。

集市前夜

四月二十七日　星期三

厄莱布鲁城卖牲口的大集市开市的前一天，大雨滂沱，那是一场没有人能应付得了的大雨，雨水不是滴答滴答地往下掉，而是一盆接一盆似的从云端倒了下来。许多人暗自思忖："唉，这和伊萨特尔·卡伊萨活着的时候完全一样呀。她从来不肯放弃机会来给集市捣乱。她就是爱在集市前夜下场大雨。"

天越晚，雨下得越大，到了黄昏时分，瓢泼大雨把道路变成了很深的水沟，这一下，那些牵着牲畜早早离家赶路以便第二天一早能赶到厄莱布鲁集市的人可倒霉啦。那些奶牛和公牛疲倦得一步也走不动了，有许多可怜的牲畜干脆卧倒在道路中央，表明他们实在没有力气再动弹了。沿途的住户不得不打开家门让那些去赶集的人到自己屋里过夜，不但住房里挤满了人，牲口棚和库房里也挤得满满的。

那些能够找得到客栈的人尽量往客栈奔去，他们到了客栈后，反倒后悔为什么不在沿途找个人家避避雨。客栈的牲口棚里所有圈栏都已挤满了牲口。他们没有别的法子，只好让牛马站在雨地里挨雨淋。而牲口的主人也只能在屋檐下将就着弄到一个容身之地。

客栈的庭院里又湿，又脏，又拥挤，简直可怕极了。有些牲口站在积水里，片刻都不能卧下。有些主人为牲口找来干草铺好，让牲口躺下，还把被子搭在牲口身上。可是也有些主人光顾着坐在客栈里喝酒打牌，完全忘了他们应该照料一下牲口。

那天傍晚，小男孩和大雁们来到耶尔马湖的一座小岛上。那座小岛同陆地只有一水之隔，水道又窄又浅，令人想象得到，在枯水季节人们可以走来走去却不会弄湿鞋袜。

小岛上也同别的地方一样，大雨如注。小男孩被豆大的雨点打得浑身生疼，难以睡觉。后来他干脆在岛上游荡，这么一走动，他便觉得雨似乎下得小了些。

他还没有把小岛绕上一圈，就听见小岛和陆地之间的水道里传来了哗啦哗啦的蹚水声。不久，他见到一匹孤零零的马从灌木丛中跑了出来。那是一匹羸弱不堪的老马，像那样瘦骨嶙峋、皮包骨头的马，男孩子还真没有看见过。那匹马衰弱而沮丧，走起路来一步一趔趄，身上的关节一个个都在皮下面顶起来。他身上既无鞍了又无挽具，只有嘴上带着一个拖着一段烂绳的笼头。显而易见，他没费多少力气就挣断了缰绳。

那匹马径直朝着大雁们站着睡觉的地方走过去。男孩子不免担心起来，怕他会踩到他们身上。"喂，你到哪里去，小心脚下！"男孩子呼喊道。

"哎哟，原来你在那里，"马说着，就走到男孩子跟前，"我走了几十里路专程来找你。"

"你听说过我？"男孩子惊奇地问道。

"虽说我年纪大了，可是还长着耳朵呢。现在有许多人在议论你。"

他说话的时候，低下头去往前凑近了一些，为的是能够看得清楚一些。男孩子注意到马的脑袋很小，长着一双俊俏的眼睛，鼻子颀长而秀气。"早先一定是一匹骏马，虽然晚年很不幸。"男孩子想。

"我想求你跟我走一趟，帮我去了结一件事。"那匹马开门见山地说道。可是男孩子不大放心，觉得跟这样一匹弱不禁风的马到远处去是不大靠得住的，就借口天气太坏来推托。"你骑在我背上并不会比你躺在这里难受，"马儿说道，"不过，你大概不放心跟着我这样一匹骨瘦如柴的老马到远处去吧？"

"不是，不是，我很放心去的。"男孩子赶紧分辩道。

"那么请把大雁们叫醒，我们同他们讲讲清楚，告诉他们明天一早在什么地方接你！"马说道。

没过多久，男孩子便骑到了马背上。那匹老马虽然步履蹒跚，不过走起路来要比男孩子想象的好得多。他们在月黑风高、大雨如注的黑夜里走了很远一段路，才在一个很大的客栈门前停下来。那地方邋遢得可怕。路面上到处是杂乱的深深的车辙，男孩子不禁倒抽了一口凉气，要是掉进去，肯定会淹死的。客栈四周的篱笆上拴着三四十匹马和牛，却连一点儿挡雨的东西都没有。院子里横七竖八地停满了大小车辆，车上面堆满了箱笼物件，还有关在笼子里的羊、牛犊、猪和鸡等等。

马走到篱笆旁边，男孩子仍旧骑在马背上。凭着他那双夜里看东西仍很敏锐的眼睛，他看得出来那些牲口处境十分糟糕。

"你们怎么都站在外面挨雨淋呢？"男孩子问道。

"唉，我们是到厄莱布鲁集市上去的，可是半道上遇到大雨不得不到这里等。这里是一个客栈，可今天来的客人实在太多，我们就没能挤到棚屋里去了。"

男孩子没有说什么话，只是默不作声地四下打量着。真正能够睡得着觉的牲口没有几头，各个角落里传来叹气声和抱怨声。他们这么做是有道理的，因为这时候天气比白天要坏得多，已经吹起了凛冽刺骨的寒风，雨水掺杂着雪珠像鞭子一样往他们身上抽打。不难看出那匹马想要男孩子帮什么忙。

"你瞧，就在客栈正对面有个挺像样的农庄，是不是？"马问道。

"不错，"男孩子回答说，"我瞅见了，不过我真不明白他们为什么不到那里面弄间屋子给你们过夜，或者说不定那里也已经住满了？"

"不，那个农庄上并没有住过往客人，"马儿说道，"那个农庄上的人十分吝啬，不乐意帮助别人，因此随便什么人去找地方借宿总是要碰钉子的。"

"哦，真是这样？那么你们只好站在大雨里了。"

"不过我是在这里土生土长的，"马说道，"我知道那里的马厩和牛棚都很大，有不少空着的圈栏。我不知道你能不能想个办法让我们住进去。"

"我想我不敢那样做。"男孩子推托道，不过他心里为那些牲口感到难过，所以他无论如何要设法试试。

他一口气奔进那个陌生的农庄，一看正房外面所有的棚屋都上了锁，而且所有的钥匙都被拿走了。他站在那里一筹莫展，找不到什么东西来开锁。正在这时候，老天却意想不到地帮了他一个忙。一阵大风强劲地吹过来，把正对面的棚屋的门吹开了。

男孩子立即毫不迟疑地回到马身边。"马厩或者牛棚是去不成啦，"他说，"不过有个空着的大草棚，他们忘了关紧门，我可以把你们领到那里去。"

"多谢啦，"马说，"能够回到老地方去睡上一觉也是好的，这是我一生当中唯一得到安慰的事。"

在那个富裕的农庄上，今天晚上人们比往常睡得都晚。

农庄主人是个三十五岁左右的汉子，他身材高大，体格强健，脸庞四四方方，却笼罩着一层愁云。整整一天，他像别人一样在露天里赶路，淋得浑身透湿。到了吃晚饭的时候，他才赶回家来，二话不说，就让他那还在忙碌家务的年迈母亲把炉火烧得旺一点儿，让他可以把衣服烘干。母亲好不容易忍痛烧起一把算不上很旺的炉火，因为那户人家平日里对柴火是极为精打细算的。农庄主人把大氅搭在一把椅子上，把椅子拉到炉膛跟前。然后他一只脚踩在炉台上，一条胳膊支撑在膝盖上，就这样站在那里两三个小时，除了有时候往火苗里投进去一根柴火之外，他一直一动也不动。

那位年老的主妇把晚饭的杯盘碗碟收拾干净，为儿子铺好床之后，就回到她自己那间小房间里去坐着。她有时走出来看看，十分纳闷为什么他老是站在炉火旁边不回屋去睡觉。"没事，妈妈。我只是想起了一些往事。"

事情是这样的，他方才从客栈那边绕过来的时候，有个马贩子走上前来问他要不要添置一匹马，然后随手指给他看一匹年老的驾车马。那匹马的模样十分吓人，他气得责问马贩子是不是疯了，竟敢用这样瘦弱老残的劣马来取笑他。"哦，我只是想到这匹马过去曾经是您的财产。如今他年纪大了，您大概愿意让他有机会安享晚年吧，再说，他也是受之无愧的。"马贩子说道。

他仔细一瞧，果然把马认出来了。那匹马是他亲手喂养长大、给他套辕驾车的。可是，如今这马已经老得不中用了，他花钱把这么一匹毫无用处的老马买回来白白地供养起来，岂不是太不合算？不行，当然不能买下，他不是那种白白地把钱扔出去的冤大头。

不过，他看见那匹马之后，往事一幕幕在他脑海中浮现出来。正是这些回忆使他一直醒着，无法上床安睡。

是呀，那匹马早先确实是体格健美、干活儿出色的良马。从一开始，父亲就让他照料调教这匹马。他教会了马驾辕拉车。他对这匹马的爱胜过了一切。父亲常常埋怨他喂马用了过多的饲料，然而他还是悄悄地给马燕麦吃。

自从照管那匹马以后，他就不再步行去教堂了，而总是坐着马车去，那是为了炫耀一下那匹马驹。他自己身上穿的是家里缝制的土布衣裳，车子也是简陋的，连油漆都没有上过，那匹马却是教堂门前最漂亮的骏马。

有一回他竟然开口要父亲为他买几件像样的漂亮衣服，还要给大车油漆一下。父亲站在那儿像块石头一样，儿子以为那个老头儿大概要猝然倒下去了。他当时想方设法要使父亲明白，他既然有这样一匹出色的骏马，他自己当然不应该穿得过于寒碜。

父亲一句话也没有说，过了两三天，就把马牵到厄莱布鲁卖掉了。这样做是十分残忍的，但父亲是担心那匹马会把儿子引上声色犬马、穷奢极欲的邪路上去。如今事隔这么多年，再回过头来看看，他不得不承认父亲这样做是不无道理的，这样一匹好马留在身边不能不是一个诱惑。可是在马刚刚被卖掉的那段时间里，他伤心欲绝。他还偷偷地跑到厄莱布鲁去，怔怔地站在街角上看那匹马拉着车走过，或者溜进马厩去，塞给马一块糖吃。

"等到父亲百年之后，我掌管了农庄，"他曾经这样想过，"我要做的第一件事就是把我的马买回来。"

如今父亲早已去世，他自己也掌管农庄两三年了，他却没有想办法去把那匹马买回来。而且，在很长时间里他根本没有想起这匹马，直到那个晚上见到时方才记起了这回事。

他怎么竟把那匹马忘得如此干净，这真是不可思议。不过父亲是个威势逼人、独断独行的家长。儿子长大成人以后，他们父子俩一起到田地里去干活儿，一切都要听从父亲的吩咐。久而久之，在他的心目中，父亲干的一切事情都是没有错的。在他自己接管农庄以来，他也只是尽心尽力地按照父亲生前那样来办。

他当然知道人家议论说他父亲太吝啬。不过，手里的钱袋捏得紧一点儿，不要平白无故地胡乱挥霍，那并没有错嘛。一切都挣来得不容易，不能当败家子嘛。农庄不欠人钱财，即便被人说几句吝啬，也总比拖欠下一屁股债要逍遥一些吧。

想到这里，他猛然浑身一震，因为他听到了一种奇怪的响声。那是一个尖刻而又讥讪的声音在重复说出他的心思："哈哈，最要紧的是把钱袋捏紧在手心里，小心为妙。与其像别的农庄主那样拖欠下一屁股的债，倒不如被人说几句吝啬而不欠什么债。"

这个声音听起来分明是在讥笑他不大聪明，后来他才搞清楚原来是他听错了，心里反倒不好受起来。外面已经起风了，而他站在那里又有些发困想要睡觉，这才把烟囱里的呼呼风声听成了有人讲话的声音。

他回过头来瞥了一眼墙上的挂钟，那时挂钟正好重重地敲了十一下。原来已经这么晚了。"该是上床睡觉的时候啦。"他想道，可是他又记起每天晚上都要到院子里去兜一圈，看看所有的门窗是不是都已关紧、所有的火烛是不是都已熄灭。自从他掌管农庄以来，他丝毫未曾疏忽过。于是他披起大氅走出屋外，来到大风大雨之中。

他察看了一圈，一切都井井有条，只有一个空草棚的门被大风吹开了。他返身回屋取了钥匙，把草棚的门锁好，接着把钥匙随手放在大氅的衣袋里。然后他又回到正房里，脱下大氅，把它挂在炉火前面。不过他还是没有上床睡觉，而是在屋里踱起步来。唉，外面天气坏得吓人，寒风呼呼，凛冽刺骨，雨中夹雪，越下越大。他的那匹老马却站在风雨交加的露天里挨冷受淋，身上连一点儿御寒挡雨的东西都没有！既然他的老朋友已经在这个地方了，他好像应该给他找个避避风雨的地方，否则太说不过去了呀！

男孩子听到客栈里的旧挂钟嗒嗒地敲了十一下。那时候，他正在逐个解开牲口的缰绳，准备把他们领到农庄的草棚里去。他花了很长时间把他们叫醒，收拾停当。后来，一切总算都弄妥帖了，他们排成长长一队，由男孩子领路朝着那个吝啬的农夫家里走去。

不料，就在男孩子做这些事情的时候，那个农庄主人出来绕着院子走了一圈，把草棚的门关上了，所以当牲口到那里的时候，那扇门早就上了锁。男孩子站在那里愣住了。不行，他不能让牲口们总这么站着。他必须到屋里把钥匙弄到手。

"让他们安安静静地在这儿等着，我去取钥匙！"男孩子对老马说了一声就跑了。

他跑到院子中央停住了脚步，思索了一下他怎样才能够进屋。就在这时候，他看到路上来了两个流浪的小孩，在客栈前停下了脚步。

男孩子马上看出那是两个小女孩。他朝她们跑得更靠近一些，心想，也许能够得到她们的帮助。

"看哪，布丽特·玛娅，"有一个说道，"现在你不消再哭啦！我们现在走到客栈门口啦，我们可以进去躲躲啦！"

那个女孩子话还没有说完，男孩子就朝她喊道："不行，你们别打算进客栈啦，那里挤得满满的，根本进不去了。可是这个农庄里一个过路的客人都没有住。你们到那里去吧！"

那两个女孩子很清楚地听到了他的讲话，然而看不见说话的人。她们倒没有怎么大惊小怪，因为那天夜里黑得伸手不见五指。那个稍大一点儿的女孩子马上回答道："我们不愿意到那个农庄上去借住，因为住在那个农庄上的人小气得很，心眼又不好，正是他们逼我们俩出来沿路讨饭的。"

"原来是这样，"男孩子说道，"不过你们不妨去试试。你们说不定可以舒舒服服住上一夜的。"

"好吧，我们不妨去试试，不过他们是不会放我们进门的。"两个女孩子说道。她们走到正屋门前，举起手来敲了敲门。

农庄主人正站在炉火前面惦念着那匹马，蓦地听到有人敲门。他走出去看看究竟是怎么回事，就在此时他又关照自己说，千万不可以心肠一软就放些过路的流浪汉进屋过夜。正当他拧开门锁的时候，不料一阵大风猛地吹了过来。大风使那扇门从他手里挣脱，碰到了墙壁上。他不得不赶紧出去，走到台阶上把门拉回来。当他回到屋里时，两个小女孩已经站在屋里了。

那是两个可怜的小乞丐，衣衫褴褛，面有饥色，浑身污垢。这是两个手拎着同她们一样长短的讨饭口袋沿途乞讨的小女孩。

"你们是什么人？这么晚了还在外面闲逛？"农庄主人毫不客气地问道。

那两个女孩子没有马上答话，而是先把讨饭口袋放在地板上。然后走到他面前，毕恭毕敬地伸出她们的小手打招呼。"我们是从恩耶尔特来的安娜和布丽特，"那个大一点儿的女孩说道，"我们请求在这里借住一个晚上。"

他根本没有去握那两只伸出来的小手，而是要张嘴把那两个小乞丐赶出去，可是又有一件往事涌上了他的心头。恩耶尔特，不就是那幢有个寡妇带着五个儿女住的小房子？那个寡妇生活艰难，欠了他父亲好几百克朗的债，而他父亲在讨账时力逼那个寡妇卖掉了自己的房子。后来那个寡妇带着三个大一点儿的孩子到北部诺尔兰省去谋生，而两个小的流落在教区里。

他记起这件往事，心里隐隐作痛。他知道那笔债虽然是父亲的正当财产，可是这样苦苦追逼把那些钱索要回来，曾经引起了他对父亲的气愤。

"你们两个近来怎么过日子？"他厉声地问那两个孩子，"难道济贫院没有收留你们？你们为什么要到处流浪讨饭？"

"这不是我们的过错，"那个大女孩幽怨地说道，"是这户人家害得我们这样的。"

"算啦，我看你们讨饭口袋鼓鼓囊囊的，"农夫说道，"你们不要再抱怨啦。倒不如把口袋里讨来的东西拿出来填饱肚皮要紧。这里可没有人给你们东西吃，女人们都早已睡觉啦。吃饱之后你们就找个靠近炉膛的角落睡下，这样你们就不会挨冻了。"

他摆了摆手，像是叫她们离自己远一点儿，他的眼神里流露出冷酷严峻的光芒。他暗自庆幸，亏得自己有一个善于敛财理家的父亲，否则自己说不定也会在孩提时代手拎讨饭口袋四处奔走乞讨，就像眼前这两个一样。

他刚在那里自得地思来想去，方才听到过的那个声音又响了起来，一字一句地重复着。他倾听了一会儿就明白过来，那不是别的，而是大风在烟囱里打转发出的惨厉尖叫。可是十分奇怪，大风重复讲出他的想法时，他听起来觉得这些想法出奇地愚蠢、残忍和虚伪。

那两个女孩子紧紧地靠在一起，在坚硬的地板上仰面躺下。她们一点儿也不安静，躺在那里叽叽喳喳地低声说话。

"你们不许再讲话啦，安静一点儿！"他生起气来，恨不得揍她们几下。

可是她们自顾自地悄声说着话，根本没有理会他的吩咐，他就又叫嚷着要她们安静。

"妈妈离开我那会儿，"一个细嫩清脆的嗓音说道，"她要我答应每天晚上都做祷告。所以我必须这样做，布丽特·玛娅也是一样，我们要念完赞美诗《上帝爱孩子》才能不再说话。"

农庄主只好闷声不响地坐在那里听那两个孩子背诵祈祷文。后来他又在屋里踱起步来，从这边踱到那边，又从那边踱到这边。他一边踱步一边搓着双手，似乎心里很不平静，懊恼和悔恨一齐涌了上来。

马被无辜地卖掉，而且被糟蹋得不像样子；两个孩子竟然流落街头沦为乞丐！这都是他父亲犯下的罪孽！看来他父亲做的事情不见得件件都是正确的。

他又在一把椅子上坐下来，双手支撑着脑袋。他的面孔突然抽搐起来，而且不停地颤抖，泪水大滴大滴地夺眶而出，他慌忙用手拭掉，然而无济于事，泪水滔滔地涌了出来。

这时他母亲推开了小房间的门，他慌忙把椅子转过去，让后背对着她。可是她已经注意到有些不寻常的事发生了，因此她在他身后站了好长时间，似乎在等待着他说点儿什么。后来她想到男子汉总是很难轻易开口吐露最伤心的事，她不得不帮他说出来。

她早已从小房间里看到了方才屋里的情景，所以她不消再多问了。她静静地走到那两个已经睡熟的孩子身边，把她们抱起来，放到那个小房间里自己的床上去。然后她又走出来，站到儿子身边。

"拉斯，我求你，"她说道，佯装没有看见他在流泪，"你说什么也要让我把这两个孩子留下。"

"怎么啦，妈妈？"他问道，尽量使声音少带些哽咽。

"打从你父亲把小房子从她们的母亲手里夺过来的时候起，这几年来，我心里一直在为她们难过。你大概也是这样吧！"

"是的，不过……"

"我打算收留她们，把她们抚养成有用的人。她们这两个好姑娘本来不应当沿街乞讨！"

他一句话也回答不出来，泪水簌簌地流个不停，于是他激动地捏住了母亲那只枯瘦如柴的手，轻轻地拍着。

他蓦地站起来，仿佛吓了一大跳。"父亲该怎么说呢，要是他还健在的话？"

"唉，那时候里里外外什么事情全都由他一人说了算，"母亲叹息道，"现在是你当家了。只要你父亲在世一日，我们都要服从他的每一句话。可是现在不同啦，你可以按照你自己的心思去做啦。"

儿子听到这些话，觉得十分诧异，甚至止住了流泪。

"我就是按照自己的心思在操持农庄嘛。"儿子分辩道。

"不对，"母亲指点道，"其实你并没有这样做。你只是学得跟你父亲一模一样。要知道，你父亲受过苦难，那些困苦的年月把他吓怕了，他生怕再变穷了，所以，他不得不一门心思先为自己着想。可是你并没有吃过什么苦，没有什么事情逼得你非要斤斤计较不可。你的家产够你花一辈子也花不完。你要是再不为别人着想点儿，那就太不近人情啦。"

就在那两个小姑娘走进屋里的时候，男孩子蹑手蹑脚地溜了进去。后来他一直隐藏在一个黑暗的角落里。过了不久，他就看到了农民大氅口袋里露出来的钥匙。"等到农庄主人把那两个孩子往外撵的时候，我就拿了钥匙趁机溜出去。"他这样想。

母亲同儿子谈了很久，她讲呀，讲呀，那个吝啬的农庄主人停止了哭泣，到了后来，他脸上的神情温顺善良，看上去变成了另外一个人。他一直拍着母亲瘦削的手。

"行啦，我们现在该睡觉啦。"老奶奶看到他已经平静下来，就这样说道。

"不行，"他匆忙站起来说道，"我还不能马上睡觉。我今晚要把一个客人留在家里。"

他没有再多说什么，就慌慌张张地披上衣服，点上一盏马灯，走向庭院。外面仍旧寒气逼人，大风劲吹，可是他走到门前台阶上时情不自禁地哼起了歌曲。他不知道那匹马还认识不认识他，不知道那匹马还乐意不乐意住进早先的马厩。

他从庭院里走过的时候，听见有一扇门被风吹得嘎吱嘎吱响。"唉，草棚的那扇门又被风吹开了。"他想着便走过去关门。

他跨了两三步就到了草棚门口，刚要举起手来把门关上，忽然听见里面似乎有些动静。

原来事情是这样的：男孩子趁机随着农庄主一起从正房里走了出来，马上跑进了草棚，可是他领来的那群牲口已经不在草棚外面的大雨里站着挨雨淋了。大风早已把草棚的门吹开，使得他们进了草棚。那个农夫听见的是男孩子跑进草棚的声音。

农夫拎起马灯朝草棚里一照，看到草棚的地上躺满了睡着的牲口，不过连一个人影也没有。那些牲口都没有被绳拴着，而是横七竖八地躺在干草堆里。

他对这么多牲口闯进来随便躺在草棚里感到十分恼火，就扯着嗓门叫喊起来，想把牲口喊醒，通通赶出去。可是牲口都安详地躺着一动不动，根本不在乎有人打扰他们。只有一匹老马缓缓地站了起来，慢吞吞地朝他走了过去。

农庄主人一下子就喊不出声来了，他从那匹马走路的姿势认出他来了。他把马灯举得高高的，那匹马走过来，把脑袋靠在他的肩上。

农庄主开始抚摩那匹马。"你呀，我的马，你呀，我的马，"他亲昵地呼唤道，"他们怎么把你糟蹋成了这副模样！好吧，亲爱的马，我要把你买回来。从今以后你再也用不着离开这个农庄啦。你用不着为过日子发愁啦。你领来的那些牲口可以躺在这里，不过你还是要跟我到马厩里去住。你要吃多少燕麦，我就给你多少，不用再偷偷地去拿了。你的身体还没有完全垮掉吧？你还会成为教堂门口最漂亮的骏马，你一定会的。嗯，这下可好啦，这下可好啦。"

解　冻

四月二十八日　星期四

翌日清晨，天高气爽，虽然西风劲吹，但是人们十分乐意，因为大风可以把前一天被绵绵大雨弄成一摊稀泥的道路快点儿吹干。

大清早，两个斯莫兰省的孩子——放鹅姑娘奥萨和小马茨，就顺着从南曼兰省到奈尔盖省的大路走来了。那条路蜿蜒环绕着耶尔马湖南岸，两个孩子一面走，一面看着那仍旧覆盖着大半个湖面的冰层。旭日冉冉升起，晨曦霞光四射，把冰面照得耀眼，不再像春天解冻时冰层常见的那样黑乎乎、脏兮兮的，而是白得刺眼，非常好看。他们举目望去，冰层又坚固又干燥，因为雨水早已顺着冰层的孔隙和裂缝流了下去，或者干脆渗进了冰层之中，所以在他们眼里的冰层完好无恙。

放鹅姑娘奥萨和小马茨正在朝北走，他们不禁盘算起来，倘若不是绕着湖岸而是从冰上直接穿过这个大湖，不知能少走多少路。他们俩都明白，春天的冰层是翻脸无情说变就变的。可是这湖面上的冰层看上去十分坚实，想必安全还有保障。他们看到沿湖岸的冰层厚达好几英寸，冰层上还有一条被踩得平坦光溜的路，况且对岸似乎并不远，走不了一个小时就可以到达。

"来吧，咱们去试试，"小马茨说道，"我们多留点儿神，不要掉进冰窟窿里去，那就什么事都没有啦。"

于是，他们两个就从湖面上走过去。冰倒一点儿也不滑脚，踩在上面很轻松，一点儿也不费劲儿。冰面上的积水比他们看到的要多，有些地方的冰上还有大大小小的窟窿，噗噗地冒着水。那样的地方走起来要十分小心，好在大白天里太阳光把一切都照得清清楚楚。

两个孩子步履轻盈地往前走，他们讲的事情没有别的，全都是说他们怎么聪明，亏得没有走那条被大雨冲垮的道路，径直从冰上过来是多么省力气。

走了不久，他们就到了维恩岛附近。居住在岛上的一个老奶奶从窗户里瞧见了他们俩。她快步走出屋来，拼命地朝着他们摆动双手，嘴里还呼叫着什么，可惜他们听不清楚。他们很明白，她准保是叫他们不要再往前走啦。可是，他们既然已经在冰上走了这么一段路，而且眼下也不见得有什么危险。一切都顺顺利利的，离开冰面岂不太愚蠢了。

就这样，他们绕过了维恩岛，现在出现在他们眼前的是一块方圆十公里的冰面。冰面上积着一汪汪水，他们不得不七拐八拐地兜着圈子走。他们反倒挺开心。他们俩甚至比试着，看看谁踩的冰最坚实。他们忘了疲劳，也忘了饥饿。他们只要在天黑之前走到就行，因此并不急着赶路，在碰到新的障碍的时候，他们就嘻嘻哈哈地大笑一番。

有时候，他们也抬起头来朝对面的湖岸望望。他们已经走了足足一个小时，非但没有靠近对岸，反而离得更远了。他们不禁纳闷起来，湖面竟然那么开阔。"我们往前走的时候，对面的湖岸也好像跟着往后倒退了。"小马茨说道。

这里四面空荡荡的，没有一点儿屏障可以挡风，而西风刮得一阵紧似一阵，他们的衣服紧紧地贴在身上，使他们走起路来十分艰难，寒冷的大风是他们俩在行程中所遇到的最大的真正的不痛快。

有一件事使他们大为吃惊，就是风竟然能够夹着如此强大的声响，似乎搬来一个大磨坊或者像五金工场发出的强烈轰鸣一样。然而在这茫茫一片的冰层上，既没有磨坊也没有五金工场。

他们走到一座名叫瓦伦的很大的岛屿附近，然后往西走。现在他们看出离北岸不太远了。可是与此同时，大风给他们造成越来越大的麻烦。风中夹着的轰鸣也越来越响，这使得他们有点儿提心吊胆。

忽然他们好像明白过来，他们听见的响声不是别的，而是白沫飞溅的波浪冲击堤岸的声音。不过这也不大可能，因为湖上仍旧覆盖着冰层。

不管怎么说，他们还是停下脚步朝四周仔细望去，这才看到在西面很远的地方，正对着熊岛和布谷鸟半岛的地方有一道白色的堤坝横贯湖面。起初，他们还以为那是道路旁边的积雪，可是他们马上看出来，那是泡沫飞溅的波浪正朝冰块扑打过来。

他们看到这种情景，连一句话都顾不上说，就手拉着手飞奔起来。西边的湖面非常开阔，他们觉得那层喷吐着白沫的波浪正在朝东扑过来。他们不知道究竟是整个冰层会爆裂开来，还是要发生一些别的事情，可是他们感觉出自己正身处险境。

忽然，他们觉得就在他们拔腿奔跑而去的方向冰层掀了起来，先是掀了起来，然后再沉下去，仿佛有人从底下往上顶，紧接着冰层里发出一阵沉闷的轰鸣声，裂缝就朝着四面八方伸展开。两个孩子可以看到裂缝像利刃一样迅速地把冰层切割开。

现在又平静了片刻，可是他们马上就又觉得冰层在上升和下沉。然后裂缝就大得成为豁口，从豁口里可以看到水哗哗地冒了出来。豁口又裂成了深沟，冰层分崩离析，裂成一块块巨大的冰。

"奥萨，"小马茨说道，"一定是解冻了。"

"是呀，一定是那样，小马茨。"奥萨说道，"但是我们还来得及赶上岸去，赶快跑吧！"

其实，大风和浪涛真要把湖面上的冰通通除掉，着实要大费一番手脚。那厚厚的冰壳虽然已经四分五裂，最棘手的事情算是完成了，可是这些大大的浮冰还要再分裂开来，才能彼此碰撞、破碎、消融。所以眼前还是有许多坚实的冰块，而且组成了一个很大的还没有被损坏的场地。

最糟糕的是，那两个孩子无法看到冰层的全貌，这就险上加险了。他们看不清哪里有他们根本跨不过去的大豁口，也并不知道哪里有可以承载他们的大块浮冰。所以他们这里那里茫然地到处乱闯，他们跑过来又跑过去，莽莽撞撞，也不看看哪里是湖岸。结果他们非但没有靠近岸边，反而越走越远离湖岸，朝向湖中心方向跑去了。冰块不断的破裂声使得他们心惊胆战，六神无主。后来，他们干脆僵立在冰上放声号啕起来。

就在这千钧一发之际，一群大雁从他们头顶上呼啸飞过。他们俩放声大喊起来。奇怪的是在大雁的啁啾声中竟然发出了这样几句人话："你们要往右边走，往右边走，往右边走！"

他们毫不迟疑地照着这个嘱咐做了，可是走了不久，面前又出现一道很宽的裂缝，他们又没有了主意。

他们又听见大雁在他们头顶叫喊，在啁啾声中又传来了嗓音清脆的人声："站在那里千万别动，站在那里千万别动！"

孩子们听后什么也没有多说，只是乖乖地服从，站在那里一动不动。刚过了一会儿，那几块浮冰滑动得连接在一起了，他们一跳，就跳过了裂缝。于是他们又手牵手拔腿飞奔起来。他们心慌意乱，不仅仅是因为身处险境，还因为得到了意想不到的救助。

不久，他们又停下了脚步，犹豫不决起来。但是，他们马上听到有个声音在头顶上高喊道："笔直往前跑，笔直往前跑，笔直往前跑！"

就这样断断续续走了半个多小时，他们总算来到了狭长的伦格尔岬角，能够跳下冰块，蹚着水上岸了。可以看得出来，他们是多么害怕，他们脱了险跑上陆地之后，就头也不回地拼命往前奔跑，根本顾不得回过头去看一看那湖里的波浪正在把浮冰推来搡去的样子。当他们在伦格尔岬角上走了一段路之后，奥萨突然收住了脚步。"你先在这儿等一会儿，小马茨，"她说道，"我忘记了一件事情。"

　　放鹅姑娘奥萨又返身回到湖岸旁。她站在那里，把手探进口袋摸来摸去，最后掏出一只很小的木鞋。她把小木鞋放在一块十分显眼的石头上，然后就回到了小马茨身边，都没有朝四周看一眼。

　　就在她转过身往回走的时候，一只白色的大雄鹅像晴空霹雳一样疾飞下来，叼住了木鞋，然后又以同样快的速度冲上了天空。

图书在版编目（CIP）数据

尼尔斯骑鹅旅行记 / （瑞典）塞尔玛·拉格洛夫著；石琴娥译.
—成都：巴蜀书社，2019.12（2020.10 重印）

ISBN 978-7-5531-1248-0

I.①尼… II.①塞… ②石… III.①童话－瑞典－近代

IV.① I532.88

中国版本图书馆 CIP 数据核字 (2019) 第 291086 号

本书文本解读与视频导读由杨美俊主编　王青（中国传媒大学）解读

尼尔斯骑鹅旅行记（上下）

[瑞典] 塞尔玛·拉格洛夫　著　石琴娥　译

选题产品策划生产机构 | 北京长江新世纪文化传媒有限公司
总 策 划 | 金丽红　黎 波
特约编辑 | 王赛男　范秋明　张雅琴
责任编辑 | 陈亚玲　　　装帧设计 | 郭 璐　　　内文制作 | 张景莹
法律顾问 | 梁 飞　　　封面插画 | 乔一桐　　　责任印制 | 张志杰　王会利
媒体运营 | 刘 冲　刘 峥　洪振宇　　　　　　　视频制作 | 田 彤　高 梦

总 发 行 | 北京长江新世纪文化传媒有限公司
电 话 | 010-58678881　　　　　　传 真 | 010-58677346
地 址 | 北京市朝阳区曙光西里甲 6 号时间国际大厦 A 座 1905 室
邮 编 | 100028

出 版 | 巴蜀书社　　　　　　　电 话 | (028) 86259397
地 址 | 成都市槐树街 2 号　　　　邮 编 | 610031
网 址 | www.bsbook.com
印 刷 | 三河市百盛印装有限公司
开 本 | 880 毫米 ×1230 毫米　1/32　印 张 | 17.75
版 次 | 2020 年 6 月第 1 版　　　印 次 | 2020 年 10 月第 2 次印刷
字 数 | 464 千字
定 价 | 70.00 元
盗版必究（举报电话：010-58678881）
（图书如出现印装质量问题，请与选题产品策划生产机构联系调换）

尼尔斯骑鹅旅行记

（下）

[瑞典] 塞尔玛·拉格洛夫 著　　石琴娥 译

巴蜀书社

北京长江新世纪文化传媒有限公司

www.cjxinshiji.com

出品

目　录

分遗产

四月二十八日 星期四

大雁们搭救了放鹅姑娘奥萨和小马茨，帮助他们走出耶尔马湖之后就笔直朝北飞，一口气飞到了西曼兰省。他们降落在费陵桥教区的一块大耕地上休息觅食。

男孩子饥肠辘辘，但是找遍四周也没有寻找到可以入口的东西。他东张西望，忽然看到在田地另一端有两个男人在犁地。他们不久就把犁停住，坐下来吃早饭。男孩子赶紧朝那边跑过去，尽量悄悄地靠近那两个男人，因为说不定在他们吃完之后，还能找到一些面包皮或者碎屑。

田地里有一条小土路横贯其间，一个老头儿从路上慢慢走来。他一看到那两个犁地的人，就停下脚步，迈过篱笆，走到他们面前。"我也来凑在一起吃早饭。"他说着便把肩上的褡裢取下来，掏出了黄油和面包，"大家凑在一起吃热热闹闹的，省得我孤孤单单地坐在路边吃了。"

于是，他就同那两个犁地的人攀谈起来。不一会儿，他们就弄清楚了，原来这个老头儿是北山矿区的一个矿工。如今他年纪太大，腿脚不便，无法在坑道里爬上爬下，所以已经不再下井干活儿了，不过仍旧住在离矿井很近的一幢小房子里。他有一个女儿，已经嫁给了费陵桥当地人。他刚刚探望女儿回来，女儿想叫他搬去一起住，可是他老大不乐意。

"哎呀，你难道不觉得在这儿过日子比在北山更舒服？"农夫揶揄道，并且噘了噘嘴，因为他们明知费陵桥是全省最大最富的教区之一。

"难道让我在这样一马平川的地方待下去？"老头儿说着连连摆手，似乎这样的事情是想都不用想的。于是，他们友善地争论起来，看看究竟居住在西曼兰省哪里最好。其中一个农夫是在费陵桥土生土长的，当仁不让地说那自然要数在平原居住最为舒服。另一个是从韦斯特罗斯地区来的，他一口咬定梅拉伦湖畔最好，因为那里有树木葱茏的岛屿和草地青翠的岬角，风景非常优美。老头儿却总不服气，为了说明他的想法是对的，他讲了一个孩提时代从老年人那里听来的故事。

"从前，在西曼兰省住着巨人家族的一个老奶奶，她很有钱，整个省都归她所有。她的日子当然过得奢侈极了，有享用不尽的美食、穿不尽的绮罗，可是她闷闷不乐，整天烦恼，因为她不知道究竟怎样把这份家产分给三个儿子。

"要知道，事情是这样的，她并不钟爱那两个大点儿的儿子，唯独那个最小的是她的心头肉。她有心要让他得到最好的一份遗产，可是又担心要是老大和老二发觉她把遗产分得不公平，会酿成兄弟阋墙之祸。

"有一天，她觉得自己已经离死神不远，来不及再盘算下去了。于是她把三个儿子都叫到身边，同他们谈起了分遗产的事情。

"'现在我把我的全部家业分成了三份，让你们各自挑选。'她娓娓说道，'第一份，我把我所有的槲树林、长着落叶林的岛屿和鲜花满地的草地都归总在一起，通通放在梅拉伦湖四周。谁挑选这份财产，他就可以在湖岸草地上放牧牛羊，那些岛屿即便不开辟成果园，起码也可以把树叶收集在一起用来饲养家禽。那里有许多深入陆地的峡湾和水道，有很好的机会搞搞货运或者别的航运。那些河流入海口是兴修码头的良好所在。我相信在他分到的这块地上必将出现村镇和城市。再说那里也不乏耕地，虽然分布得过于零碎了一点儿。他的儿子最好从小就学会在岛屿之间驾舟航行，因为他们学会一身航海本事之后就可以航行到外国去自己挣回财富。嗯，这就是第一份遗产，你们看怎么样？'

"真不错，三个儿子都觉得这份财产好极了，无论谁分到了，都会幸福走运。

"'是呀，这一份是无话可说的，'那位年老的女巨人说道，'第二份嘛，也不错。第二份是把我名下所有的平坦土地和开阔的耕地通通归总在一起，把它们一块一块地排列在从梅拉伦湖到北部的达拉纳省之间。我相信，选中这份遗产的人是不会后悔失算的。他爱种多少粮食就种多少，那里都能容得下。他可以建造许多大农庄，那样他和他的子孙后代都不用为生计犯愁了。为了提防平原发生水灾，我已经掘通了几条大沟引水排涝。那些沟渠上还有几道瀑布，可以在那里修建磨坊和冶炼工场。沿着河沟，我还安放了几个沙砾滩，那里能够培育森林，用来当柴火。嗯，这就是第二份。我觉得，分到这一份的人有一切理由心满意足。'

"三个儿子都赞成她的话，并且感谢她为他们做了如此精心的安排。

"'唉，我已经尽了自己最大的努力，'巨人老奶奶长叹了一口气，说道，'不过现在我要说说那最使我操心劳神的一份啦。因为你们知道，我把所有的阔叶林、草地、牧场还有榭树林都放在第一份遗产里了，把所有的农田和新开垦的土地都放在第二份遗产里了。当我着手收集东西准备第三份遗产的时候，我发现手头已经没有什么值钱的东西，只剩下了一些松树林、杉树林，还有山岭丘岗、花岗石山崖、贫瘠的桦树林地带、毫无用处的刺槐丛地带和一些很小的湖泊。我很明白，分到这一份的那个人准保心里很不乐意。不过我没有别的法子，只好把这些剩下的破烂家底一股脑儿放在平原的西面和北面。可是我着实担心，那个挑中这份遗产的人恐怕除了忍受贫穷之外，没有什么别的指望。他能够饲养的牲口只有山羊和绵羊。他只有到湖泊里去捕鱼或者到深山老林里去打猎才能糊口。那里有不少湍流和瀑布，可随便兴建多少个磨坊，可是恐怕除了桦树皮之外，没有什么别的东西可以送到磨坊里去磨。再说荒原上想必会有狼和熊一类野兽，他要对付它们也是够伤脑筋的。唉，这就是第三份遗产。我很明白，这一份同前两份相比，那真是天上地下啦。倘若我不是这样年老体弱，我一定会重新分配得好一点儿的，可是现在已经来不及了。我在最后的时刻心都不能够平静下来，因为我不知道你们当中究竟是谁会得到那份最差的遗产。你们三个都是我的好儿子，对哪一个不公平都说不过去。'

"巨人老奶奶把事情一五一十地说清楚之后，就焦虑地看着那三个儿子。这会儿他们不像方才那样满口称赞她分得公道和为他们安排得周到了。他们直愣愣地站着一声不吭，不难看出，无论谁分到最后一份，心里都不会高兴的。

"他们年迈的母亲焦躁不安地躺在那里，三个儿子都看得出来，忧虑使得死神提前来折磨她了。她必须赶紧把三份遗产在他们当中分派好，可是她又不忍心委屈哪一个去接受那最差的一份而一辈子倒霉。

"还是那个最小的儿子对母亲最孝顺体贴，他不忍心眼睁睁地看着母亲受到痛苦的折磨，于是挺身而出，说道：'妈妈，您不必再为这桩事情操心伤神了，您还是安心地躺着，但愿您百年之后能安静解脱，及时升入天堂。那份不好的遗产您就留给我吧！我一定千方百计在那里扎根生存下去。无论如何，我决不会因为两位哥哥的所得比我好一点儿而埋怨您的。'

"他这番话一出口，老奶奶总算松了一口气。她打心眼儿里感激他，还称赞了他几句。至于其他两份的分法，她一点儿也不担心，因为那两份都是非常出色的。

"老奶奶把三份遗产分摊停当，再次感激了小儿子，说她料到了他的孝道和对她苦衷的体谅。她要他在搬到荒原去居住之后，仍旧牢记她那深深的慈母之情。

"后来，她双眼一合就撒手尘寰了。兄弟三个把母亲埋葬之后就各奔东西，搬到各自分到的那一份所在地去居住。不用说，老大和老二对所分到手的财产是十分满意的。

"三儿子来到他的荒原上。他放眼远眺，母亲的话果然一点儿不假，那里除了荒山野岭和湖泊之外，空荡荡的，什么也没有。他能够体会到拳拳慈母情，虽说她并没有留给他什么好东西，但是这一切都安排得井然有序，处处透露出母亲的深情厚爱，这里仍有它美丽的地方。就算有一些地方荒凉吓人，但是也具有一种粗犷的野性美，他对自己分到的这个地方百看不厌，不过要说心里很高兴，那可就谈不上了。

"可是后来，他忽然注意到山上的岩崖有不少地方样子十分奇怪，而且闪烁着异样的光泽。他便仔细地去探个究竟。这下他才发现，原来山上到处横亘着矿脉。他那块土地上主要出产铁矿，还有大量银矿和铜矿。他这时才领悟，他所得到的财富远远要比他两个哥哥多。直到这个时候，他才明白老母亲生前把遗产分得清清楚楚的一片苦心。"

在矿区的上空

四月二十八日　星期四

大雁们这次飞行有很多磨难。清早他们在费陵桥饱饱吃了一顿早餐之后，本打算朝北飞越西曼兰省，然而西风越刮越强劲，把他们朝东面逼过去，一直偏斜到了乌普兰省的边界上空。

他们飞得很高，狂风驱赶着他们以非常快的速度朝前飞去。男孩骑在鹅背上，想朝下看看西曼兰省究竟是什么模样，但是下面尘埃迷漫，看不太清楚。他倒是看到这个地方东部有一片平原，但是弄不清那些从南到北横贯平原的沟渠和直线究竟是些什么东西。它们看起来十分别致，因为那些线条几乎都间距相等，而且是平行的。

"这个地方都是一个方格一个方格的，样子挺像我妈妈的围裙，"男孩子开腔说道，"可惜弄不明白那些方格上的直条是什么东西。"

"河流和山脉，公路和铁路。"大雁们回答道，"河流和山脉，公路和铁路。"

果然不错。大雁们被狂风朝东边卷过去的时候，他们最初飞过了海德河。那条河湍急汹涌地奔腾在两座山脉之间，沿着河谷蜿蜒伸展的是一条铁路。然后他们又飞到了煤坡河，那条河的一侧是一条铁路，另一侧是山嵒上有条公路的山脉。后来他们飞过了山脉和公路左右相伴的黑河，又飞过沿巴德隆德山脉流淌的里耳河，最后飞过右岸既有公路又有铁路的萨格河。

"我从来没有看见过那么多道路朝着一个方向，"男孩子思忖着，

"看来北方有许多货物都要经过这一带运往全国各地。"不过他又很纳闷，因为他想到西曼兰省以北不太远就不再是瑞典的领土了。在他的想象中，瑞典境内这个地方除了森林和荒原之外，几乎什么也没有。

在雁群被逼得飞到萨格河以后，阿卡发现他们正在朝着相反的方向飞。于是她率领雁群掉转头来逆风朝西飞去，也就是说，他们重新飞过那片方格子形状的平原，然后再向森林密布的山区飞过去。

在飞过平原的时候，男孩子从鹅背上朝前探出身子朝下张望着。但是飞过平原之后，前面出现了大片森林，他就坐直，想让眼睛休息一下，因为森林有浓荫覆盖，通常是看不见什么东西的。

他们在森林茂密的山区和湖泊上空飞行一段时间后，男孩子听到地面上发出一种烦人的声响，仿佛大地在悲恸号啕。不消说，他非要看个明白不可。这时候大雁们飞得并不特别快，因为逆风飞行极为费劲儿，所以他能够把下面地上的东西看得一清二楚。首先映入他眼帘的是在地面上笔直掘下去的一个黑色大洞。在大洞的顶上，有一个用很粗的原木搭起来的升降机装置。此刻升降机正在嘎吱嘎吱地把一个盛满石块的大圆桶提上来。大洞四周都是大堆大堆的石头。在一个小棚子里，一台蒸汽机正在大口大口喘着粗气。妇女和孩子们在地上围坐成一圈挑选着石头。在一条很窄的铁轨上，马匹拉拽着盛满灰色大石头的车辆缓缓地前进。森林尽头是工人居住的低矮小屋。

男孩子弄不明白这是什么地方，于是他扯开嗓门朝着地面大声喊叫："喂！这是什么地方？怎么要从地下挖出这么多灰石头？"

"听听这个傻瓜在说什么！听听这个傻瓜在说什么！"那些土生土长，对这里的一切都了如指掌的麻雀叽叽喳喳地议论开了，"原来他连铁矿石和灰石头都分不清。原来他连铁矿石和灰石头都分不清。"

男孩子这下明白过来了，原来他看见的不是别的，而是一座铁矿。他隐隐有点儿失望，因为早先他一直以为铁矿都是坐落在高高的山上的，没想到，这个铁矿竟坐落在两座大山之间的平川上。

不久，他们飞过了铁矿，下面又是杉树遍地的山头和桦树林。他对这类风景见得太多，所以又坐直了身子，眼睛朝前看。蓦地，他觉得有一股很烫的气流从地面上升起，一直冲着他飘来，他忍不住又探出身子往下张望，要看个究竟。在他身下，到处是大堆大堆的煤和矿石。在煤堆和矿石堆中间，有一幢非常高的红颜色的八角形大建筑物，屋顶上熊熊的火光一闪一闪，直冲云霄。男孩子起初没有别的想法，一心以为是那幢房子失火了。可是他看到地面上的人若无其事地走动着，根本不在乎那场大火，他又觉得不可思议。

　　"这是什么地方？为什么房子失火了也没有人去问一问？"男孩朝地面上叫喊道。

　　"听听这个家伙在说什么，他居然害怕那火焰。"家住在森林边上、对周围的事情知道得一清二楚的燕雀叫道，"你难道弄不明白铁是用火从矿石里冶炼出来的？你难道分不清楚，这不是什么火灾，而是高炉里熊熊燃烧的火苗？"

　　不久，他们就飞过了那座高炉。男孩寻思，在这茫茫林海上面，不会有多少东西可看的，就又直起身子朝前看。可是还没有飞出多远，他就听见地面上传来震耳的轰鸣和吓人的嘈杂声。他又探身往下看去，一眼就注意到有一条湍急的山溪从半山腰汹涌而下，形成了白缎般的瀑布。瀑布旁边是一幢有高大烟囱和黑色屋顶的大房子，那烟囱里火星直冒，浓烟滚滚而出。房子的四周堆满了小山般的铁块、钢筋和煤。周围的地面都是黑颜色的，连伸向四面八方的道路也是漆黑的。从那幢房子里传出一种难以形容的嘈杂声，一会儿轰隆轰隆，一会儿嘎吱嘎吱，听起来就像一个人在同一只张开血盆大口咆哮着扑过来的凶猛野兽殊死搏斗。令人费解的是，大家都对这样的噪声充耳不闻。就在离那幢房子不算太远的地方，在绿树荫下就有工人住宅，稍远一点儿的地方还有一幢很大的贵族庄园般的白色建筑物。可是，孩子们自顾自地在工人宿舍的台阶上嬉戏，有人在贵族庄园的林荫道上悠闲自如地散步。

　　"这是什么样的地方，怎么屋里在打人也没有人去问问？"男孩子朝地面上尖声喊道。

"啊哈，啊哈，啊哈！这个家伙真会自作聪明。啊哈，啊哈，啊哈！"一只喜鹊笑了起来，"屋里面没有人被撕成碎块，那是铁锭，在铁锤底下被乒乒乓乓地千锤百炼，敲打成材。"

不久，他们就飞过了炼铁厂。男孩子又坐直了身体，他还是觉得这深山老林没什么看头。飞了一会儿，他又听见了悠扬悦耳的钟声，就不得不再次俯身去看看究竟钟声来自何方。

这时，他看到地面上赫然出现了一座他以前所见过的农庄都无法与之媲美的农庄。农庄的正房是一长排赭红色平房，虽说房子本身并不算特别大，但是四周的棚屋又多又大又漂亮，这使得他非常惊讶。一个农庄究竟要有多少间棚屋才够用，男孩子心里大体是有数的，然而这里的农庄要比他想的多出一倍或者两倍。棚屋这样多是他见所未见的，他也想不出来这么多棚屋究竟派什么用场，有多少东西存放在这么多棚屋里，因为他几乎看不到农庄上有什么田地。当然他看到森林边上有几块像补丁一样的田地，不过它们小得可怜，他几乎都不愿意把它们称作田地，再说每块田地旁边都有一间小棚屋，足以把收获的庄稼储存在里面了。

农庄上的大钟挂在马厩的廊檐下面，钟声就是从那里传出来的。原来是吃饭的钟声敲响了。农庄主人带领他手下的长工们朝厨房走去。男孩子看见他的用人很多，而且穿着很气派。

"是什么人在没有耕地的森林中建造了这些大农庄？"男孩子朝着地面喊叫道。

站在垃圾堆上的一只公鸡马上打鸣般地回话说："这是老矿主们的庄园，这是老矿主们的庄园。他们的田地可是在地底下啊，他们的田地可是在地底下啊！"

男孩子现在才明白过来，这里绝不是那种人家走过连正眼瞧都不瞧一眼的荒山野林。当然，这个地方举目所见都是深山老林，在深山老林之中，隐藏着许许多多个令人难以置信的奇异场所。

有些矿区，升降机东倒西歪，地面上到处是挖得坑坑洼洼的矿洞，那是已经废弃的矿区。有些矿区正在开采，轰隆轰隆的爆破声接连不断地传入大雁们的耳朵，工人宿舍在森林边缘麇集成一个个村落。也有一些废弃的冶炼作坊，男孩子透过破屋顶望下去，看到包着铁皮的锤柄和砌得十分粗糙的炼铁炉。也有一些新落成的大型炼铁厂，那里机器正在轰鸣运转，铸压锤咣当咣当地一起一落，使得地面都颤抖不止。荒野上还有一些世外桃源般的小城市，那里的生活安详宁谧，似乎这一切喧哗嘈杂都与它们无关。在山头与山头之间都有空中索道相连，一只只装满矿石的篮子在铁索上缓缓移动。在每条湍流上都有发电机轮在急速转动，蛛网般的电线从这里朝向静静的山林伸展过去。无数长长的火车在铁轨上你来我往缓缓地行驶，它们往往有六十甚至七十节车厢，满载着矿石和煤炭，也有的装着铁锭、铁板和钢丝。

男孩子骑在鹅背上看了大半晌，终于忍不住开口发问："这个地里长出铁的地方是哪儿？"尽管他明明知道地上的鸟会取笑他，他还是这样问了。

这时，一只在一座被遗弃的高炉里睡觉的老鹰突然从睡梦中惊醒过来。他跳了起来，伸出圆秃秃的脑袋，用吓人的声音怪叫道："嘿嘿嘿，嘿嘿嘿。这个地方叫作伯尔斯拉格那，也就是'矿区'的意思。倘若这里的地下没有铁矿，至今也不会有一个人，只会有老鹰和狗熊居住。"

钢铁厂

四月二十八日　星期四

大雁们飞过伯尔斯拉格那矿区的那一天，几乎整整一天都刮着强劲的西风。他们想由东往北飞，可西风总是把他们卷向东边。不过阿卡认定狐狸斯密尔会从这个省的东部跑过来，所以她不愿意朝这个方向飞，而是一次又一次地尽力顶风朝西飞。就这样，大雁的飞行速度迟滞下来，直到下午，他们还在西曼兰省的矿区上空飞着。到了傍晚时分，风力陡然减弱了几分，这些赶路的鸟满心希望他们可以在太阳落下之前轻松地飞一段时间，不料又是一股狂飙猛吹过来，把大雁们刮得像皮球一样滴溜溜地翻来滚去。无忧无虑端坐在鹅背上的男孩子不曾提防这个危险，一个倒栽葱从鹅背上滚落下来，跌入了无垠的天空中。

男孩子是那么细小轻盈，所以在那样的狂风里并没有笔直地摔到地面上，而是荡悠悠地随风飘舞了一段路以后，犹如一片树叶缓缓地飘落到了地面上。

"哦，从天上摔下来原来不那么危险，"男孩子荡在半空中的时候想，"我将像一张纸那样飘落到地上，雄鹅莫顿马上会赶过来把我捡起来的。"

他落到地上以后，做的第一件事情便是把帽子摘下来，朝着空中来回晃动，好让大雄鹅看见他在哪里。"喂，我在这儿，你在哪儿？我在这儿，你在哪儿？"他放开嗓门高声叫嚷。使他备感吃惊的是，大雄鹅莫顿居然没有在他身边出现。

天空中连大雄鹅的踪影都不见了，那些排列成"人"字形的大雁也仿佛从天空中消失了。

他觉得这事情怪得离奇，不过他并没有惊惶或者紧张。他脑袋里一刻也没有闪过大雄鹅莫顿和领头雁阿卡会丢弃他不管的念头。他想，一定是那阵大风把他们卷走了，等到他们脱身后，他们会飞回来搭救他的。

可是眼前他究竟在什么地方？方才他只顾站在那儿仰着头朝空中寻找大雁，现在才举目四顾，看了看自己周围。他没有落在平地上，而是跌进了一个又深又宽的山谷，或者诸如此类的大坑里。它像一间方圆如教堂大小的房间，但是没有屋顶，四面的岩崖都陡峭壁立。地面上有几块很大很大的石头，石头缝间长着苔藓、蔓越橘枝条和矮小的桦树。崖壁上有几处凸出来，挂着几架破破烂烂的梯子。有一堵崖壁上还有一个黑黢黢的门洞，好像是通往深山的。

男孩子在矿区上空飞了整整一天，并非一无所获，他马上明白过来，这个深坑是从前人们采掘矿石挖成的。"我必须马上爬到地面上去，"男孩子当机立断，"否则我怕伙伴们找不到我。"他刚要踩着凸出来的脚蹬往上爬的时候，忽然有人从背后揪住了他，一个粗哑的声音在他耳朵旁边吼道："你是什么人？"

男孩子回过头去一看，起先觉得莫名其妙，在他面前的不过是一块四四方方的大石头，上面长满了灰褐色的长长的苔藓。但是定睛一看，他发现大石头有宽厚的脚掌可以走动，还长着脑袋、两只铜铃般的圆眼睛和一张血盆大口。

他一时间没有搭腔，看来那只大野兽也没有等着他回答。那只大野兽一下子把他推倒在地，用脚掌把他扇过来又揉过去，并且不断地用鼻子嗅他，好像准备一口把他吞下肚去，但是随即又改变了主意，转身叫喊道："莫莱和布罗曼，我的小乖乖，到这儿来，给你们点儿好吃的尝尝！"

随着喊声，急匆匆连跑带滚地过来两只毛茸茸的小兽，他们走路还跌跌撞撞，不大稳当，皮毛柔软蓬松得像小哈巴狗一样。

"你弄到什么好吃的啦，妈妈？让我们瞧瞧，让我们瞧瞧！"

"哦，原来我碰上大狗熊啦，"男孩仔细一看明白过来了，"这么一来，恐怕狐狸斯密尔就不必再费尽力气来追逐我啦。"

母熊用前掌把男孩子推给了小熊。一只小熊一口叼起男孩子就跑开了。不过他咬得并不太紧，因为他是在玩儿，想在把大拇指吃掉之前先拿他来开心。另外一只小熊从后面追过来，想把男孩子抢走。他奔跑起来踉踉跄跄，一个趔趄正好摔倒在叼着男孩子的那只小熊的脑袋上。于是这两只小熊滚抱在一起，又是厮打，又是嘴咬，又是爪抓，吼叫声连成了一片。

男孩子趁着那两只小熊只顾厮打的时候，挣脱开身子，奔到崖壁的脚蹬前开始往上爬。两只小熊一看他想乘机溜走，便一齐追赶上来，轻巧灵活地爬到峭壁上，把他像扔皮球一样扔到长满苔藓的地上。"唉，现在我可算是领教到一只可怜的小老鼠落到猫爪子底下的滋味啦！"

他使出浑身力气，一连好几次想要逃脱。他钻进很深的旧矿井巷道里去，躲藏在岩石背后，还爬到桦树上去。不过无论他跑到哪里，那两只小熊总是有办法把他重新抓回来。他们抓到他之后就马上把他放开，让他再逃跑，这样抓了又放，放了又抓，他们玩得很开心。

男孩子后来又疲劳又烦躁，干脆一屁股坐在地上。"起来，快逃，"两只小熊齐声吼叫道，"要不然，我们就把你一口吃掉！"

"好吧，你们要吃的话，就随你们便吧！"男孩子赌气说道，"反正我再也跑不动啦！"两只小熊立刻跑到母熊身边去告状："妈妈，妈妈，那个小东西不想玩下去啦！"

"那么，你们一人一半把他分着吃了吧！"母熊吩咐道。男孩子听到这句话，吓得要命，不得不重新玩下去。

到了睡觉的时候，母熊把小熊叫过来，让他们卧在自己身边睡觉。

小熊都玩得挺开心，他们想第二天再接着玩下去。他们把男孩子夹在中间，用前掌揿住他，男孩子稍一动弹就会把他们惊醒。两只小熊马上就呼呼睡着了。男孩子想等一会儿就设法溜掉，可是他从来不曾像方才那样辛苦，一会儿被扔过来抛过去，一会儿又在熊爪下翻来滚去，再加上脚不停步地逃来逃去，所以他也累得要命，一倒下去就睡着了。

过了一会儿，公熊顺着那个坑道口爬了下来。他蹒跚着从坑道上走下来的时候，脚步非常沉重，利爪把石头和沙砾刨得发出很大的响声，把男孩子惊醒了。男孩子虽然不敢动来动去，不过还是探了探身子，侧过脑袋，这样可以看到那只公熊。那是一只身材硕大粗壮的老公熊，四只脚掌大得出奇，闪闪发亮的大犬牙狰狞地露在外面，一双铜铃般的眼睛射出凶恶的光芒。男孩子一瞅见这只深山老林之王，不禁吓得浑身打了个寒战。

"嗯，怎么这里有人的气味？"老公熊走到母熊身边说道。他的声音瓮声瓮气，像天上打雷那样震人耳膜。

"你这个傻瓜，怎么这样胡思乱想，"母熊调侃道，她仍旧躺在那里一动不动，"我们不是早已说好，从今以后再也不伤害人类了吗？要是真的有人敢踏进我和孩子们住的地方，我就爽性把他吃个精光，叫你连气味都闻不出来。"

公熊在母熊身边躺下来，但他似乎对母熊的回答不大满意，还是用鼻子呼哧呼哧地到处嗅。

"别再嗅来嗅去啦，"母熊说道，"你跟我一起那么久，知道我不会让有危险的东西来到孩子们身边的。还是给我讲讲你出门在外的情况吧！我可是整整一星期都没有见到你啦！"

"哦，我跑出去寻找新的住所了，"公熊叹了口气说道，"我先到了韦姆兰省，想打听一下住在艾里斯县的那几家亲戚近来状况如何。可惜我竟白跑了一趟，他们通通搬走了，整片森林里连一个熊窝都没有留下。"

"我想，那些人类大概是要独占整个大地啦，"母熊也叹息道，

"甚至我们不再去伤害牲畜和人，只靠吃蔓越橘、蚂蚁和青草过日子，人类还是不肯让我们安生在森林里住下去。我正在犯愁，不知道要往哪里搬家才能有安生日子过。"

"多少年来我们在这个矿道坑洞里过得十分舒服，"公熊说道，"可是那个整天震耳欲聋的大工厂盖起来之后，我烦得连一天都住不下去了。后来我到了达拉河东边的加朋山。那里也有不少矿洞和别的藏身之所，所以我想，在那里大概可以不受人类的骚扰，安安稳稳地过日子……"

公熊边说边站起身来，又用鼻子朝四周嗅起来。"说也稀奇，我说到人类就会闻到一股人的气味。"他说道。

"要是你连我都信不过，那么你就自己去寻找吧，"母熊微哂道，"也不想想，在这个矿洞里有什么地方能够藏得住一个大活人。"

公熊沿着四周转了一圈，把所有的地方都闻遍了，他才无话可说，又躺下了。"我说得没有错吧？"母熊说道，"可你总是不放心，觉得除了你之外别人都不长眼睛和鼻子。"

"我们旁边住了那些邻居，不能不多加小心。"公熊心平气和地说道。可是他又咆哮着站了起来。原来，有一只小熊把前掌伸到了尼尔斯·豪格尔森的脸上，把他捂得十分难受，他忍不住打了一个喷嚏。这下，连母熊都无法使公熊安静下来了。公熊扇动前掌，把两只小熊一左一右朝两边拨开，马上就看到了男孩子，而这个可怜的小人儿都没有来得及站起来。

公熊本来一口就可以把男孩子吞下去，亏得母熊赶紧挡在他们中间。"不许动他！他是孩子们心爱的玩意儿！"她说道，"他们拿他玩了整整一个晚上，玩得非常开心，所以他们没舍得把他吃掉，想要留到明天再玩。"但是公熊一把将母熊推开了。"哎呀，你别管啦，难道你连这样的事情还不明白！"他咆哮着，"难道你没有觉察出来，他身上有一股人的气味，离得老远就能闻出来？我要马上把他吃掉，倘若留下了，终究是个祸根，他会施展法术让我们遭受祸害的。"

他张开了血盆大口，就在这千钧一发之际，男孩子赢得了片刻时间。说时迟，那时快，他已经手脚麻利地从衣服口袋里掏出了火柴，这是他拥有的唯一的防身武器了。男孩子在皮裤上把火柴划了一下，随即就把燃烧着的火柴塞进了公熊嘴里。

公熊闻到一股硫黄气味，就哼了一声，从鼻孔里喷出来的气把火苗吹熄了。男孩子站起身来，又掏出了一根火柴。但是说也奇怪，公熊不再攻击他了。

"哦，你也会这种法术，你能够点出许许多多这样的蓝色小玫瑰花吗？"公熊诧异地问道。

"那还用说，我能够点燃许许多多火花，连整片森林都能够烧掉。"男孩子大言不惭地说道，他想用这种法子吓唬住公熊。

"这么说来，你也能够放火把房子和农庄烧掉喽？"公熊又问道。

"这对我来说只是小小的把戏，一点儿都不费力气。"男孩子吹嘘道，他希望这样一来，公熊会对他望而生畏。

"那再好不过啦，"公熊大喜过望，说道，"你可以帮我出一番力啦。我真高兴，幸亏方才我没有吃掉你。"

于是，公熊小心翼翼地用牙齿把男孩子轻轻地叼起来，朝矿洞顶上的那个洞口爬去。他的身子肥胖笨重，行动起来却令人难以置信地轻松自如。他爬出洞口以后，就朝森林里奔跑，他跑得也很快，可以看出，公熊生来就能够在茂密的森林里穿来绕去，他的身影在灌木丛里时隐时现，就像水上行舟一样轻快。

公熊往前跑呀，跑呀，一直跑到森林边的一个山坡上，从那里望下去能够望得见那个大钢铁厂。他就在那里蹲了下来，把男孩子放到自己面前，用两只前掌按紧他。

"现在你看看下面那个声音嘈杂的大工厂。"他吩咐男孩子。

那个大钢铁厂坐落在一道瀑布边上，厂区里高大的建筑林立，直冲云霄的烟囱突突地吐出黑色的浓烟，高炉里火光冲天，所有的窗户都灯火通明。厂房里锻压机和轧钢机正在工作，它们运作起来威力那么强大，整个天空都回荡着轰隆隆的巨响。厂房周围是巨大的煤库、炉渣儿堆、包装场、晒木场和工具储藏场。一箭之遥处，是一排排的工人住宅、精致的别墅、学校校舍、集会的会场和商店。不过那里一片寂静，宛如已经沉睡过去了。男孩子并不留意朝那边看，而是专心地观看着钢铁厂和厂房建筑。厂房四周的土地一片黑沉沉；炼钢高炉把半边夜空照得通亮，使天空变成瑰丽的深蓝色；如白练般的瀑布飞珠迸雪，直落而下；厂房建筑矗立在夜空中，喷火吐烟，烟雾缭绕，火星四溅。这是何等惊心动魄的场面！男孩子从来没有见识过这样雄伟壮观的情景，他看呆了。

"喂，你总不见得会一口咬定你连这样一个大工厂也能点把火烧掉吧？"公熊诘问道。

男孩子站在那里，被两只熊掌紧紧地夹住。他开动脑筋一想，如今唯一能够搭救他的计策就是要使得那只公熊深信他的确有非凡的力量和本领。"嘿，不管是大还是小，对我来说都是一样的，"他故意这样说道，"我管保叫它烧成一片灰烬。"

"那么我要给你讲一些往事，"公熊说道，"自从这块土地长出森林以来，我的祖先就居住在这一带。我从他们手上继承了猎场、牧场、洞穴和另外的藏身场所。我在这里一直生活得十分安逸。一开始我受到人类的打扰并不太多。他们到山里来，开山劈崖，刨出很少一点儿矿石。他们在山脚下的瀑布边上造了一个小高炉和一个冶炼作坊。好在那个小高炉每隔两三个月才点一次火，那个冶炼作坊每天只锤打两三次，我还能忍受得了。可是最近这几年来，他们兴建起了这个吵得让人没法活下去的大工厂，世道就完全变了样，这个大工厂没日没夜地以同样的速度开工干活儿，我已经没有办法在这里生活下去了。再说，早先只有一个矿主和两三个铁匠在这里住，现在倒好，到处都是人，我根本没有法子安全地在他们当中走动。我曾经想过，我不得不从这里搬走，但是现在我有了更好的主意。"

男孩子弄不明白公熊究竟想出了什么好主意。他还没来得及开口间，公熊就又叼起他来顺着山坡往下跑去。男孩子被衔在熊嘴里，什么东西也看不见，可是他从嘈杂的声音越来越响这一点判定，他们正在朝着钢铁厂走去。

公熊对钢铁厂的情况十分熟悉。他曾经多次在漆黑的夜晚到这里游荡，仔细地观看过里面的情况，他弄不明白那里面怎么可以没日没夜地干活儿，连一时一刻也不停顿。公熊曾经用他巨大的前掌推过那些砖墙，满以为凭他的那股蛮力，一定可以把那些建筑一下子推倒。

他的毛色同漆黑的地面相近，所以他站在墙壁的阴影底下就不大有被人发现的危险。这时候，他肆无忌惮地从两座厂房之间穿过去，爬到一堆矿渣儿上。他直起身体，用两只前掌把男孩子高高举起来。

"喂，你试试看，能不能看到房子里在干什么。"他吩咐道。

厂房里，人们正在用贝斯玛转炉把铁锭炼成钢，屋顶下有一座很大的黑色圆球形炼钢炉，炉里灌满了已经熔化的铁水，工人们正把一股很强的气流压进去。当那股气流以震耳欲聋的轰响压进铁水里的时候，铁水里迸溅出大片大片的火花。迸溅出来的火花形状各式各样，有时候像花束，有时候像扫帚，有时候拖着一条长长的尾巴。那些火星五颜六色，形状大小不一，朝一堵墙飞过去，然后洒落在屋子的各个角落里。公熊捧起男孩子，让他看这个瑰丽多姿的场面，一直看到吹气过程结束，通红闪光的钢水从圆球罐里流出来，进入几个大钢罐里。男孩子觉得那场面太宏大了，他看得如痴似醉，几乎忘了自己还是被两只熊掌钳住的囚徒。

公熊还让男孩子看了锻压车间。一个工人从炉门里钳出一块烧得白热、又短又粗的铁块，把它放到锻压机底下。铁块经过锻压后被轧成了细长条，再由另一个工人钳起来放到另一台间隙更狭小的锻压机底下，这样就被锻压得更细更长了。那块铁就这样从一台锻压机到另一台，经过轮番锻压锤打，被拉得越来越细、越来越长，最后变成了好几米长的弯弯曲曲的铁丝，滚到地上。就在第一块铁被锻压的时候，另一块铁已经被工人从炉门里取出并放到锻压机里，等这块铁被锻压了之后，又钳来了第三块铁。那些火红的铁丝像咝咝狂叫的蛇一样扭曲翻滚，落到地上。男孩子觉得这些铁丝真是壮观，更令人震撼的是那些工人，他们身手灵活、动作娴熟地把蹿着火苗的火蛇用铁钳一把钳住，硬把它们塞进锻压机里。对他们来说，同嘶叫咆哮的铁块打交道简直像儿戏一般轻松。"哦，我敢说，他们干的才是男子汉真正该干的活计！"男孩子由衷地赞叹道。

公熊也带着他看了翻砂车间和铁条冶炼车间。男孩子对冶炼工人同火与铁打交道的本领佩服得五体投地。"这些人真是大无畏的好汉，他们连灼热和火焰都无所畏惧。"他心里赞美着。他们浑身漆黑，满脸尘垢。他觉得他们像火神，所以他们才能有那么大的能耐，可以随心所欲地把火红的铁扭来拧去，锻打成型。他无法相信普通人会有这样大的本事。

"他们就这样日日夜夜地敲呀，锤呀，吵个不停，"公熊抱怨说，他在地上趴了下来，"你该明白，这样的吵闹真让人没法过日子，这下子可好了，我终于可以让它完蛋了。"

"哦，您能让那个工厂完蛋？"男孩子不免有几分惊讶，"但不知道您打算怎么干？"

"嘿，我想叫你把这些厂房通通点火烧掉，"公熊说道，"这样我就不会再被这些噪声打扰，就可以在故乡安生地住下去啦。"

男孩子浑身像被冻住了一样，只感觉从头到脚都变得冰凉。哦，原来是由于这个原因，公熊才带他到这里来的。

"倘若你能够点火把这座吵人的工厂通通烧光，那么我就答应饶你一条性命，"公熊说道，"不过，你若是没有照我的吩咐去做，那么我就让你马上一命呜呼。"

那些巨大的车间都是清一色的砖砌厂房。男孩子暗自思忖，不管公熊怎样胁迫，他都不会听从的。他朝四周看了看，觉得真要放火的话，也不是不可能的。他的身旁就有一大堆干草和刨花，十分容易点燃。刨花旁边是一垛木材，而紧挨着木材的是大煤场。煤场过去就是厂房，倘若煤场失火，那么火苗马上会蹿到钢铁厂厂房的屋顶上，屋里一切可以燃烧的东西就会烧起来，砖墙会被烈火烤塌，那些机器全都会被烧毁。

"喂，你愿意动手还是不肯动手？"公熊气势汹汹地问道。

男孩子心里明白，他应该回答说他根本没有打算这么干，可是他很清楚要是他这么一说，钳住他的那两只熊掌只消一用力，他就没命了。"我再想想看。"他敷衍道。

"嗯哼，你可以想一想，"公熊说道，"不过我要告诉你，正是这些铁疙瘩才使得人类占了上风，就是因为这个，我也要让这里的一切都完蛋。"

男孩子想，他应该利用拖延的这段时间赶快想出个法子逃跑。可是他委实太兴奋了，思路怎么也集中不到他应该想的地方去。相反，他又遐思联翩，想到铁给人类带来了多么大的好处。人类用铁制造各式各样的东西，用铁打成犁犁地，用铁打成斧子盖屋子，用铁打成长柄大镰刀收割庄稼，用铁打成刀子……铁几乎处处都派得上用场。铁可以制造马嚼子来牵马，可以制成锁来锁门，可以打成钉子来制作家具，可以制成铁皮当作屋顶。消灭吃人的猛兽用的火枪也是铁做的，开凿矿山的鹤嘴锄也是用铁打的。他在卡尔斯克鲁纳见到的战舰就身披铁甲，而行驶在铁轨上的火车头可以朝发夕至通行到全国各个地方。再说，铁做成针可以缝衣服，做成剪刀可以剪羊毛，铁打成锅可以煮食物。从大到小，所有的铁器都是非常有用的，人类是须臾不可离开铁器的呀。所以，公熊方才讲得挺有道理，正是有了铁器，人类才战胜了狗熊。

"嗯，你到底干还是不干哪？"公熊催促道。

男孩子从自己纷繁的思绪中回过神来。哎呀，他站在这里净去想一些不着边际的东西，却没有顾得上想出个计策保住自己的性命。"你用不着那么没有耐性，"男孩子搪塞说，"这对我来说是一件非同小可的大事情，我要花点儿时间好好动动脑筋。"

"哦，那么我再等你一会儿，"公熊老大不乐意地嘟囔着，"我可以告诉你，正是由于有了铁，人类才比我们熊类聪明得多。就凭这一点，我也要把这里通通毁掉。"

男孩子又成功地拖延了时间，他想用这段时间盘算出脱身之计。可是在这个晚上，思路怎么也集中不到应该想的地方上去，想着想着，他又想到关于铁的事情上去了。他觉得自己渐渐明白，人类在找出办法从矿石里把铁冶炼出来之前，不晓得花费了多少心血，用了多少脑力。他似乎看到那些浑身漆黑、满脸尘垢的铁匠老师傅如何把身子伏在锻铁炉旁边，煞费苦心地琢磨怎样改进打铁的技术。也许就是因为这些能工巧匠对打铁这一行灌注了他们的全部心血，这才使得人类的智力更加发达，以至后来人能够兴建起这样大的钢铁厂。可以肯定，铁为人类带来的福祉，要比人类自己知道的多得多。

"嗯，究竟怎么啦，"公熊有点儿不耐烦了，"你究竟肯不肯动手？"

男孩子猛然一愣，哎呀，他又站在那里想一些并不紧迫的事情，偏偏想不出一个脱身之计来。"做出抉择并不像你想的那么容易，"男孩子说道，"你得再给我点儿时间想想。"

"唉，那么我只能再等你一小会儿，"公熊无可奈何地说道，"可是你再也不能拖下去了。你要知道，这全是铁的过错，所以人类才能到我们熊类的世界来生活。你总该明白为什么我非要把这里的一切毁掉吧？"

男孩子又有时间想保全性命的法子了。可是他心情那么紧张，头脑里一片茫然，思绪像是不受他管束似的，又自顾自地想到别处去了。他想到在飞过伯尔斯拉格那矿区时，他亲眼看见的那一幕幕动人的场面。就在人烟罕至的荒山野林里，竟有那么多人在干活儿，使得荒野上出现了生机和活力，这真是不可思议。倘若那里没有发现铁矿，那里该是多么贫困和荒凉！他想到了眼前这个钢铁厂，要知道自从兴建以来，它使得多少人有工作可做。在钢铁厂四周兴建起了那么多房屋，而且都住满了人，正是有了这个钢铁厂，这里才兴旺发达起来，铁路修到这里来了，电线拉到这里来了，从这里运出去……

"哼，究竟怎么样？"公熊更不耐烦了，"你到底乐意干，还是不乐意干？"

男孩子用手拍拍前额，他实在想不出脱身的办法，可是他很明白他决计不肯下手纵火焚烧钢铁厂，因为钢铁为所有的人都带来了莫大的好处，不论他们贫富如何，铁为这个国家成千上万的人带来了面包和生计。

"我不愿意干。"男孩子将心一横，这样说道。

公熊没有吭声，两只熊掌却钳得更紧了一点儿。

"你要逼我去烧毁一个钢铁厂，那是万万办不到的，"男孩子昂然回答说，"因为钢铁的好处实在太大了。我不忍心去烧毁钢铁厂。"

"好啊，那么你是不打算活下去啦？"公熊气得咆哮起来。

"不错，我不打算活啦。"男孩子毫无惧色地说道，双目正视着公熊的眼睛。

公熊的爪子钳得更紧了，男孩子痛得眼泪在眼眶里直打转，但是他咬紧牙关，闷声不响，连一句求饶的话都没有说。

"哦，那就由你！"公熊吼道，慢慢地举起了一只前掌。即使在这最后关头，他还是希望男孩子能够改变主意。

就在这一瞬间，男孩子听见身边咔嚓一声响，只见一个明晃晃的猎枪枪口在几步之外闪着光。方才他同狗熊斗心计，所以没发现有人偷偷地走近了他们。

"公熊，"男孩子尖声叫喊起来，"难道你没有听到猎枪的扳机声？快点儿跑，晚了你就会被活活地打死！"

公熊慌忙转身就逃，但是他仍然不失时机地把男孩子叼走了。在他逃跑的时候，只听得乒乒几声枪响，子弹从他耳朵边呼啸而过，不过他总算保住性命，侥幸脱险了。

男孩子被公熊叼在嘴里，身体耷拉在公熊嘴巴下面，心里越想越懊恼。他觉得自己从来不曾像今天晚上这样犯傻。若是他不叫喊出声，那么公熊必定会挨枪子儿，自己也就可以从容脱身了。可是如今他已经养成了以帮助动物为乐的习惯，要那样做是连想都不想的。

公熊跑进森林一段路之后，停下脚步来，把男孩子放到地上。"多谢你救了我的性命，小家伙，"公熊感激不尽，说道，"要不是你的话，那几颗子弹一定会打中我的。现在我也要报答你，我现在要悄悄地告诉你一句话，往后你再碰上熊时，只消讲出这句话来，他就不会伤害你！"

随后公熊就凑在男孩子耳边，悄声说了几个字。刚刚说完，他隐隐约约听见了狗叫声和猎人的叫喊声，就匆匆逃跑了。

男孩子独自留在森林里，既重新恢复了自由，又没有受到一点儿伤害，连他自己都无法相信怎么会有这样的境遇。

整整一个晚上，大雁们都在飞来飞去，到处寻找和呼喊，但是没有能找到大拇指。太阳下山后，他们又寻找了很久很久。直到天色全黑了，他们才不得不去睡觉，可是大家心里都仿佛压了一块石头。他们当中没有一个不相信，男孩子已经摔得粉身碎骨，如今长眠在密林底下，连看都无法看见他了。

但是第二天早上，太阳从山顶上露出脸来，把大雁们唤醒时，男孩子像往常一样睡在他们中间。他醒过来的时候，听到大雁们吃惊得叽叽喳喳闹成一片，不由得哈哈大笑起来。

他们个个都急于知道男孩子究竟经历了什么事情，非要他全都讲出来之后才肯去觅食。男孩子便绘声绘色地把他遇到狗熊的事情一五一十都说了一遍，后来却不愿再继续说下去了。"我是怎么回来的，你们都已经很清楚了。"他说道。

"不是呀，我们一点儿也不知道哇。我们以为你已经摔死了。"

"说来也稀奇，"男孩子讲下去，"事情是这样的，在公熊从我身边走开以后，我就爬到一棵大云杉树上睡觉。可是天刚亮，我就被惊醒了，有一只大鹰呼啦一下飞到我的头上，用爪子抓起我就走。我当然以为这下我准保活不成了。没想到，他一点儿也没有伤害我，而是径直把我送到这里来，把我扔到了你们中间。"

"他没有说自己是谁吗？"大白鹅问道。

"我连谢他一声都来不及，他就飞得不见了。我还以为是阿卡大婶派他去接我的哩。"

"这真奇怪，"白雄鹅说道，"你敢肯定那是一只老鹰吗？"

"我以前没有见到过老鹰，"男孩子说道，"不过他长得那么高大，我要是把他叫成别的东西，那未免太小看了他。"

雄鹅莫顿回过头去想要听听大雁们对这件事有什么想法。可是他们个个站在那里仰头看着天空，似乎都另外有什么心事。

"我们今天千万不要忘记吃饱早饭。"阿卡再三叮咛之后就展翅飞上了天空。

达尔河

四月二十九日　星期五

在这一天里，尼尔斯·豪格尔森看见了达拉纳省南部。大雁们飞越格伦厄斯山的大片矿区和卢德维卡城郊的许多大型工程，飞越了沃尔夫黑丹钢铁厂和格伦厄斯哈马尔一带的旧矿场，一直飞到大图纳平原的达尔河。从刚刚飞起来的时候起，男孩子就看到每一座山顶背后都有高耸入云的工厂烟囱。他觉得这里的一切都同西曼兰省大同小异。但是当他来到这条大河的上空时，他又大开眼界，这是男孩子见过的第一条真正的大河。他看到浩渺的水面从原野上滚滚而过，感到非常惊奇。

大雁们飞到图尔昂浮桥，然后折回，沿着那条河朝西北方向飞去，他们似乎把那条河当作飞行的标记。男孩子骑在鹅背上朝下观看着河岸的景致。岸上大大小小的建筑物星罗棋布，一直伸向纵深很远的地方。他看到达尔河在杜姆纳维特和克瓦斯维登两个地方变成了巨大的瀑布，四周有不少利用瀑布的落差提供动力的工厂。他看到了横跨达尔河的浮桥、河上来回穿梭的渡船、在水上漂动的木排，还有同河流并行有时又横跨河流的铁路，不免开始感觉到水的威力巨大，很了不起。

达尔河朝北拐了一个很大的弯，河套里是大片荒滩，人烟稀少，大雁们降落，到荒滩草地去觅食。男孩子奔跑到高高的河堤上去观赏那条在宽阔的河床里湍急奔腾的大河。在很靠近他的地方，有一条公路直通河边。有些过路旅客从公路上走过来，登上了渡船。男孩子觉得这是很新奇的景象，看得津津有味。但是他忽然感到一股说不出的倦意。"是呀，我必须休息一会儿了，我昨天几乎整整一夜没有闭眼啊！"他这么一想就掉头钻进了一簇长得很密的蒿草丛里，在蒿草底下把身体藏严实，然后昏昏沉沉地睡了过去。

不久他被惊醒了，睁眼一看，有几个人聚坐在他身边聊天。那是几个过路的旅客，因为河上有大块浮冰冲下来，渡船无法开动，他们过不了河。他们在等船的时候，便到河堤上来，坐在那里讲起这条河如何多灾多难。

"唉，我真不知道今年会不会像去年那样发大水。"一个农夫愁眉苦脸地说，"在我们的家乡，那时洪水涨得像电线杆子一样高，我们那座浮桥被洪水整个卷走了。"

"去年我们教区损失倒不大，"另一个人说道，"可是前年够呛，我的一个装满干草的大草棚被洪水冲跑了。"

"我永远也没法忘记洪水冲击杜姆纳维特钢铁厂边上那座大桥的那一夜，"有个铁路工人插了一句话，"当时全厂上下没有一个人合过眼。"

"你们都说得对，这条河是个祸害。"有个高大健壮的男人说道，"可是我坐在这里听你们说这条河作恶多端，就不由得想起了我家乡的那位主教。有一次，主教宅邸举行宴会，客人们也像你们这样坐在一起埋怨这条河。主教似乎有点儿生气，说他要给大家讲一个故事。在他讲完故事之后，就没有人再说这条河流的坏话了。我估摸着，要是你们诸位也在场的话，想必也会表示赞同的。"

他们听后，都纷纷恳请那个人把主教讲的故事再讲一遍，让他们也能亲耳听到主教针对这条河流讲了些什么话。于是那个人娓娓讲述起来。

靠近挪威边界有一个高山湖泊，名叫伏恩湖，从湖里流出一条小溪，它从源头起就水流湍急，势头凶猛。尽管溪流本身很小，可是大家都把它叫作巨河，因为看起来它前途无量。

那条小溪刚从湖泊里流出来的时候，便东张西望，想看看它究竟应该怎样来确定自己的走向。可是它看来看去，四周都是让它扫兴的地势。它的左面、右面和正前面到处都是长满森林的丘陵，再由丘陵渐渐变成光秃秃的高原，再由高原变成了崇山峻岭。

巨河又把眼光转向西边。那边是朗格大高原，上面矗立着深坑岭、种子峰和大神仙山。它又朝北看了看，那里是长鼻大高原。而它的东面有尼普大高原，南面有斯坦特山脉，它被困在当中四面受阻。它想，还不如缩到湖泊里去，可是转念一想，起码也该试着拼搏一下，冲出一条道来进入大海。于是它这样做了。

不难想象，它通过重重阻碍闯出一条河道付出了何等的艰辛。不说别的，单单是那些森林就够它受的了，为了自由自在一往无前，它必须把那些粗大的松树一棵一棵地连根拔起。春天到来的时候，它威力无比，势不可当，先是附近一带森林里冰消雪融的水汇入这条河里，随后，高原上的雪水也归入它的行列。于是它滚滚向前推进，以摧枯拉朽之势汹涌而下，冲走石头和泥土，在地面上开凿出一道河槽。到了秋天，大雨连绵，水势陡长，它也干得很欢快。

在一个晴空朗日，巨河像平常一样挖掘河槽。它忽然听见右面远处的森林里传来了哗哗的流水声。它仔细地倾听起来，几乎停止了流动。"那边哗哗的声响究竟是什么？"它自言自语地嘟囔。站在周围的森林对河流的孤陋寡闻觉得十分可笑。"你大概以为世界上只有你这么一条河流吧，"森林揶揄道，"不过我可以告诉你，你听到的哗哗流水声不是别的，而是发源于格莱沃尔湖的格莱沃尔河。它现在已经挖出了一道又宽又深的河槽，起码能和你一样快地奔进大海。"

但巨河是一条自以为是、性情暴戾的河流。它听到这番话，不假思索地对森林说道："那条格莱沃尔河准保是个没能力照料自己的可怜虫。快去对它说，从伏恩湖发源的巨河正好路经此地到大海去。倘若它愿意投靠过来，并到我这里，那么我就帮它一把，把它也带到大海里去。"

"你真是个口出狂言的家伙，你不看看自己小得多么可怜，"森林说道，"我可以把你的话转告给格莱沃尔河，不过它决计不会领你的情。"

第二天，森林却站在那里转达了格莱沃尔河的问候，并且说那条河现在遇到了困难，很乐意接受帮助，想要尽快同巨河汇流。

两河汇合后，巨河当然奔流得更快了。过了一段时间，它又往前推进到很远的地方，在那儿，它看到了一个狭长而美丽的湖泊，伊德尔山和斯坦特山脉的倒影都映入了盈盈绿水之中。

"那是什么？"巨河问道，它几乎又惊讶得停下来，"我总不会稀里糊涂地返回伏恩湖了吧？"

在那个时候森林是无处不在的，它们听到这一问话，便回答说："哦，不是的，你并没有折回伏恩湖。这里是瑟尔河用自己的河水灌注的伊德尔湖。瑟尔河是一条十分能干的河，它已经把这个湖造好了，正在为这个湖寻找一个出海口。"

巨河听后，马上就吩咐森林："森林呀森林，既然你是无处不在的，你不妨去告诉瑟尔河，从伏恩湖来的巨河已经光临此地。倘若它肯让我从湖里直穿过去的话，我就会把它带到大海里去作为报答。那样它也就不必再为怎样往前开路而劳心费神了，这一切都可以由我来安排。"

"我当然可以把你的主意转告给它，"森林委婉地说道，"不过，我不大相信瑟尔河会同意这样做，因为它同你一样强大。"

可是第二天森林说，瑟尔河已经厌倦了单独开山凿路，它愿意同巨河汇合在一起。

于是巨河就从这个湖里径直横穿过去，然后像早先那样同森林和高原搏斗。过了一段时间，正当它起劲儿地闯出道路的时候，它却跌进了一个三面合围、没有出路的山谷之中。巨河趴在那里，气得咆哮着。森林听到了汹涌的水声，便问道："你这一下子算是完蛋了吧？"

"我才不完蛋哪，"巨河气咻咻地回答说，"我也要做出一件惊天动地的大事，我也要造一个湖，我同瑟尔河一起干。"

于是它着手把河水灌满塞尔纳湖。这花费了它整整一个夏天。湖水越灌越满，巨河自己也随之慢慢涨高，最后它闯出了一个缺口，朝南滚滚而去。

就在它为自己能够冲出重围而庆幸不已的时候，它听见左边有咆哮嘈杂的水流声。它过去从来没有听见过森林里发出那么响的水声，于是张口问那是什么。

森林像往常一样随时有问必答。"那是费埃特河，"森林说，"你听它正欢腾呼啸，准备凿出河槽进入大海。"

"要是你能够伸展到那么远，使得那条河能够听见你的话，"巨河吩咐说，"就请你问候那个可怜的家伙，并且转告他，从伏恩湖来的巨河乐意同它携手把它带进大海里，但是它必须改成我的名字，并且顺着我的河道走。"

"我不相信费埃特河肯放弃自己的努力，不对它独自开凿的河道善始善终。"森林不服气地说道。但是，第二天森林不得不说，费埃特河对单枪匹马开凿河道已经厌倦了，它准备同巨河携手。

巨河继续往前奔腾，尽管有不少帮手陆续加入进来，但是它并不像人们预想的那么宽阔。然而它狂傲不已，不可一世。它几乎毫无止息地咆哮，气势凶猛地向前推进，一路上把森林里的一切溪流都汇入自己的队伍，连春天山坡上流下的小溪也不放过。

有一天，巨河听到西边很远很远的地方有一条河在哗哗流淌。它问森林那是什么河。森林说，那是发源于伏罗山的伏罗河，它已经开凿出一条又长又宽的河槽。

巨河一听，马上就让森林去转达问候并商量关于汇流合伙的事情。森林一如往常，满口答应。可是第二天森林带回来了伏罗河的答复。"去告诉巨河一声，"那条河是这样回答的，"我一点儿也用不着别人帮忙！其实巨河对我说的这些话本应该由我来对它讲才合适，因为我比它强大得多，再说看样子我会先到大海。"

巨河没有等到森林说完就大呼小叫起来。"快去对那条伏罗河说，"巨河勃然大怒，朝着森林吼叫，"我要向它挑战！我们两个不妨比试比试。要是他自以为比我强大，那么他可以同我比试赛跑，谁先到大海，谁就是胜利者。"

伏罗河听到这番话后，心平气和地回答："我没有什么同巨河过不去的地方，我宁愿安生地走自己的路。不过，我指望着伏罗山会给我许多援助，我若不参加比试，那岂不被人看成胆小鬼了吗？"

从此以后，那两条河就开始比赛，它们哗啦啦、哗啦啦地比早先更加喧哗地奔腾向前，昼夜寒暑一刻不停。

不久，巨河似乎要为向伏罗河挑战这种鲁莽的做法感到后悔了，因为它碰上了一个无法逾越的障碍——一座高山迎面挡住了它的去路。它没有法子可想，只好从一道很窄的缝隙里钻了过去。它缩紧了身子，回荡着旋涡，费劲儿地往里钻，花费了多少年时间，总算把那道缝隙侵蚀成一条稍许宽一点儿的峡谷。

在那段时间里，巨河至少每半年就向森林打听一次伏罗河的近况。

"那条河状况非常好，"森林回答说，"它现在同发源于挪威的尤尔河并在一起了。"

另一次问起那条河的时候，森林回答说："你用不着为伏罗河担心，它新近刚刚吞并了霍尔蒙湖。"

巨河对霍尔蒙湖垂涎已久，早就想吞并过来。所以一听到这个消息，巨河气得暴跳如雷。它终于按捺不住自己的怒火，冲出了特兰斯列特峡谷，似狂如癫地翻滚而出，呼啸地漫过大地，淹没了它根本用不着毁掉的大片森林和大地。那时候正是春天，黑克埃山脉和维萨山脉之间的大片土地被淹没，在巨河平静下来之前，它冲积出了艾尔夫达伦大平原。

"我真不知道伏罗河对这件事有什么可说的。"巨河对森林说道。

那时候，伏罗河也已经冲积出了特朗斯特兰德和利马两个平原，可是它在利麦德山面前踌躇不前，想要绕道过去，因为它不敢从那样高的大山上往下跳。但是在听说巨河已经冲出特兰斯列特峡谷并冲积出了艾尔夫达伦平原的时候，它将心一横，说再也不能这么站着不动了。于是它从利麦德山上直泻下来，形成了利麦德大瀑布。

那座山的确非常高，伏罗河从上面跳下去却并没有摔坏，它跌宕而下之后就奋力向前，不久之后又冲积出了马隆和耶尔纳两个平原，还说服了伏纳河同自己并流，尽管伏纳河也不是一条小河，而是足足有一百公里长的大河，并且它自己挖掘出了万延那湖那样大的湖泊。

伏罗河时不时地听到非常响亮的哗哗流水声。

"我想，我听到的是巨河奔腾入海的响声。"伏罗河这样估计。

"不对，"森林说道，"你听到的确实是巨河的流水声，但是它还没有流到大海。它现在又合并了斯卡特恩湖和乌萨斯湖，所以它更加不可一世，想把整个锡利扬湖都灌满水。"

这对伏罗河来说是个大好消息。它知道，一旦巨河鲁莽从事，闯进锡利扬峡谷，它就会像猛兽被关进牢笼一样无法脱身。它现在可以断定自己会比巨河先进入大海。

从此以后，伏罗河就缓缓地往前流淌了。每年春天，它不慌不忙地继续开凿河槽，它会高高地漫过森林顶梢和丘陵地带，在河水泛滥过的地方冲刷出一道道峡谷。它就这样从耶尔纳流到了诺斯，从诺斯流到弗卢达，从弗卢达流到了戛格耐夫。那里的地势本来就很平坦，高山还在远处，伏罗河前进起来一点儿也不费劲儿，于是它得意忘形地逶迤而行，几乎忘记了自己名川大河的身份，好像变成了一条细流。

如果说伏罗河把巨河忘在了脑后的话，那么巨河无时无刻不牢记着伏罗河。它被困在锡利扬峡谷里以后，每天都在用河水填充这个峡谷，想要试试能不能从哪个角落冲开一个豁口。然而挡在它前面的峡谷像无底深渊一样，任凭多少河水也填不满它。巨河想通过淹没叶松达山来增高水势，这样可以冲破牢笼。它又想从赖特维克附近冲出一个缺口，莱尔达尔山偏偏又挡住了它的去路。不过费尽周折之后，它总算从莱克桑德丘陵地带溜了出去。

"我逃脱出来的事情你千万不要讲给伏罗河听啊。"巨河吩咐森林。森林答应不声张出去。

巨河逃脱牢笼之后，顺便吞并了英舍湖，然后趾高气扬、耀武扬威地向前进发，准备浩浩荡荡地把戛格耐夫平原淹没。

巨河来到戛格耐夫平原附近的米耶尔根平地，却看到另一条河面宽阔、气势雄壮的大河也正在朝这边流过来。这条大河波光粼粼，气象万千，它动作轻盈地把挡路的森林和丘陵推开，就像在做游戏一样。

"那条漂亮的大河是什么河？"巨河问道。

恰巧伏罗河也在开口发问："从北面来的那条气势磅礴的大河是什么河？我绝没有想到会在此地看到一条这样气势宏大的河流。"

森林开口说话了，它的声音很响亮，两条河流都能听得清清楚楚："巨河和伏罗河，你们彼此都说了赞美的话。在我看来，你们不应该反对联合，而是应该共同携手开辟通往大海的道路。"

他的这番话正中两条河的心意。可是它们之间有一个疙瘩解不开，那就是它们谁也不肯取消自己的名字而改用对方的名字。

就是由于这个缘故，它们的联合险些又成了泡影，幸亏森林从中调解，提出它们都不要用原来的名字，而改用一个新的名字。

两条河流都一致赞成，便请森林命名。森林当即决定，巨河改名为东达尔河，伏罗河改名为西达尔河。它们自汇合成一条河以后干脆就叫达尔河。

两条河流汇合在一起之后，实力倍增，以不可抵挡的气势向前汹涌推进，在大图纳一带纵横驰骋，把这一带冲刷得像庭院一样平整。这条新的河毫不迟疑地在克瓦斯维登和杜姆纳维特两个地方形成了直线跌落的大瀑布。它来到伦姆湖附近，干脆把那个湖吸了过去，并且迫使四周的大小百川全都流归于它。然后它就滚滚东去直奔大海，没有受到多少阻挡，在快到大海的地方，它的河面已经像湖泊一样宽阔了。它为发展南福熙的工业和埃夫卡勒比的电力工业立下了汗马功劳，赢得了荣誉，最后终于川流千里归入大海了。

当巨河和伏罗河这两条河流快要进入大海的时候，它们不禁回顾，追忆昔日那场旷日持久的比试和它们一路上经历的千辛万苦。

它们觉得疲倦了，衰老了。它们不禁为自己当初年少气盛、逞能好强而叹息不已。它们弄不明白，这样比试高低究竟是否值得。

然而它们得不到回答，因为森林在高处的海岸上停下了脚步。而它们自己无法顺着自己开凿出来的河道去看看人们究竟怎样从它们泛滥成灾的地方搬迁出去，或者去看看东达尔河沿岸的湖泊四周和西达尔河的河谷里怎样兴建起各种建筑物，更无法去看看在全省境内除了它们激烈竞赛时流过的地方之外，遍地仍旧是荒山野林和光秃秃的高原。

一份最大的遗产

古老的矿都

四月二十九日　　星期五

在瑞典再没有比法伦市更能讨得渡鸦巴塔基喜欢的地方了。每逢春天消雪融冰之际，他总是先到那里去，在这座古老的矿都附近住上几个星期。

法伦市坐落在一个峡谷谷底，一条很短的小河纵贯全市。峡谷的北端是一个山清水秀、风光旖旎的小湖泊，名叫瓦尔邦湖，岸边岬角繁多，草木葱茏。南端是伦农湖的一个小湾，看样子倒也像个湖泊，名叫蒂斯根湖，湖水浅而脏，河岸潮湿得像沼泽地一样十分难看，而且各式各样的垃圾到处堆积如山。峡谷东面是风景优美的翠岗，山顶上松树挺拔，桦树葱郁，山坡上遍地都是枝繁叶茂的果园。城市的西面也傍靠着山峦，山顶上还长着稀疏的针叶林，可是整片山坡光秃秃的活像沙漠，地面上只有一些又大又圆的顽石四处散落着。

法伦市既然坐落在峡谷之中的小河两岸，它的房屋似乎也是顺着地势建造的。高大美观或者门面气派的建筑物大多坐落在峡谷里碧绿滴翠的那一侧。那里林立着两座教堂、市政厅、省长官邸、矿业公司的办公楼、银行、旅馆、许多学校、医院以及五光十色的漂亮别墅和住宅。而在峡谷里遍地漆黑的另一侧，街道两旁都是红褐色小平房，还有一排排死气沉沉的栅栏和巨大笨重的工厂厂房。离街道不远的地方，在布满石块的荒地正中，是法伦铜矿山。那里有矿井上用的排水泵、升降机和泵房，也有一些年久失修的厂房在被挖得坑坑洼洼的土地上东倒西歪，还有堆积如山的黑色矿渣儿和一排排煅烧炉。

对渡鸦巴塔基来说，他对城市的东半部从来连正眼都不瞅一下，也不去观赏那个山清水秀的瓦尔邦湖。他最钟爱的是城市西半部和那个小蒂斯根湖。渡鸦巴塔基喜欢一切充满奥秘的事物，喜欢一切发人深思、引人遐想的东西。因此对他来说，探索为什么这座城市里的红褐色木头房子没有像这个国家其他地方的同类房子那样被大火通通烧光，是一种莫大的乐趣。他同样费尽脑筋，探索过铜矿周围那些摇摇欲坠的危房究竟还能支撑多久。他还琢磨过矿区中央的那个大矿坑，并且飞到它的底部去研究那个大洞究竟是怎样挖掘出来的。他曾经对矿洞周围堆得像山一样高的矿渣儿感到不可思议。他还想要弄清楚，那个一年到头隔一段时间就会发出一阵短促凄厉的铃声的报警铃想说的究竟是什么。他最有兴趣要弄明白的是经过几百年的采掘之后，铜矿底下坑道密得像蚂蚁窝一样，那该是怎样的模样。在对这一切琢磨透了之后，渡鸦巴塔基就飞到那块荒凉可怕的沙石地上去，想要弄清楚为什么石头缝里寸草不长，或者飞到蒂斯根湖上去。他觉得这个湖是他所见过的最了不起的湖泊。他在那里细细研究这个湖里为什么连一条鱼也没有，为什么风暴刮过湖面的时候，湖水竟会变成赤红色。更稀奇的是，从铜矿里流出一股溪流注入湖里，那流水竟是深黄色的，而且油光闪亮。他还研究过湖岸上倒塌的房子所残余的破砖烂瓦。他也对石头荒地和那个奇怪的小湖之间的蒂斯克锯木厂做了一番研究，那里绿树环抱，浓荫蔽日。

在尼尔斯·豪格尔森跟着大雁飞过这个省的那一年，离城市不远的蒂斯根湖岸上还有一幢残破不堪的旧房子。大家都把这幢房子叫作熬硫黄屋，因为每隔一年，人们就要在这幢房子里熬一两个月硫黄。那幢破木房起初是红色的，后来慢慢变成了暗褐色。房子没有窗子，只有一排装着黑色木盖板的方孔，而且几乎总是关着的。巴塔基一直没有机会朝里面看一眼，所以对这幢屋子非常好奇。他曾经在屋顶上跳来跳去，想要寻找一个窟窿钻进去。他也常常蹲在屋子的高烟囱上，顺着狭窄的烟道往屋里窥视。

有一天，渡鸦巴塔基落难了。那一天风刮得很大。那幢破旧的熬硫黄屋方孔上的一扇盖板被风吹开了。巴塔基为了看屋里的究竟，便趁机从这个方孔飞了进去。但是他刚飞进去，方孔上的小盖板就吧嗒一声盖上了，这样巴塔基就被关在里面了。他指望着有阵风吹过来再把那扇盖板吹开，却盼不来这样的大风。一缕缕光线透过墙上的缝隙照射进来，巴塔基总算得到了一点点满足，那就是他能看见屋里的一切。那里面除了一个砌着两口大锅的炉灶之外，什么也没有。他看了不久就看腻味了。他想要出去，却怎么也出不去，既没有风把盖板吹开，也没有哪个洞孔或者哪扇盖板是开着的。渡鸦巴塔基简直像个被关在监狱里的囚徒。

巴塔基扯着嗓门开始呼救，整整叫了一天。世界上恐怕没有多少种动物，能够像渡鸦那样持续不断地发出聒噪的声音，所以不久之后，附近一带的动物就都知道渡鸦巴塔基身陷困境了。来自蒂斯克锯木厂、身上长着灰色条纹的猫最先发现了这一不幸。他把这件事情讲给了一群鸡听，鸡又告诉了过路的鸟。于是，一传十、十传百，法伦市所有的寒鸦、鸽子、乌鸦和麻雀都知道这件事了。他们马上全都飞到这幢破旧的熬硫黄屋来打听消息，并且对渡鸦的处境表示同情，可是他们当中谁也想不出办法把他搭救出来。

巴塔基突然用他那凄厉刺耳的聒噪声对他们叫喊道："外面的诸位静一静，听我说。你们说你们想搭救我出去，那么赶快去把大雪山来的老雁阿卡和她的雁群找来！我想在这个季节，她们应该在达拉纳省。把我身处的困境都讲给阿卡听！我相信，她会把那个唯一能够搭救我的人带到这里来。"

信鸽阿卡尔是全国最快捷的送信员。她迅速飞走，终于在达尔河的河岸上找到了雁群。黄昏时分，她领着老雁阿卡飞过来，降落在熬硫黄屋前面。大拇指骑在阿卡背上，因为阿卡觉得其他大雁还是不来为好，一齐来反而乱哄哄的，利少弊多，所以她让大雁们都留在伦农湖的一座小岛上等着。

阿卡同巴塔基先商量了一会儿，然后她驮着大拇指朝离熬硫黄屋不远的一个农庄飞去。她在那片果园和桦树林的上空慢慢地盘旋，她和男孩子都聚精会神地盯着地面细看，只看见房屋外面有几个孩子在玩耍。他们并不灰心，努力找呀，找呀，结果没有花费太长时间，总算找到了他们需要的东西。在一条春水欢快流淌的小溪边上，有一排打铁的小房子，里面乒乒乓乓的打铁声响个不停。男孩子在房子附近找到了一把凿子。在两条长木板上停放着一只尚未完工的独木舟，他又在那儿附近找到了一小团缝船帆用的细绳。他们带了这些东西回到熬硫黄屋。男孩子先把绳子的一头在烟囱上系紧，随后就把绳子放进了烟囱的深洞里，他自己抓着绳子滑了下去。渡鸦巴塔基一见到男孩子来了，不禁大喜过望，用了许多美丽的词语来称赞他，并感谢他赶到这里来搭救自己。男孩子也向巴塔基打了招呼，然后就动手在墙上凿起洞来。

熬硫黄屋的墙壁并不厚实，可是男孩子如今人小力气小，每凿一下只能凿下薄薄的一小片木头，即便是一只老鼠用牙齿啃，也能啃下来这么多。显而易见，他不得不干上一个通宵或者更长的时间，才能凿出个洞来让巴塔基脱险。

巴塔基心急如焚，想要早点儿脱身出去，因而无法睡觉。他站在男孩子身边看着他干活儿。起初，男孩子劲头十足，干得很欢。可是过了一段时间，渡鸦发现他凿墙的间隔越来越长了，到了后来干脆就停手不凿了。"你一定累了吧，"渡鸦关心地问道，"你大概累得没有力气干下去了吧？"

"不，我干得动，"男孩子说着又拿起了凿子，"不过，我已好久没睡觉了，我真不知道怎样才能使自己不打盹儿。"他又乒乒乓乓地凿了一阵子，可是过了一会儿，响声又越来越稀疏了。渡鸦不得不

重新把男孩子叫醒，他心里明白，倘若他想不出一个办法不让男孩子
睡着的话，那么不要说当天夜里，就是第二天他一整天都休想从这间
屋子里逃出去。

"要是我给你讲个故事，你干起活儿来会更有劲头吧？"渡鸦
问道。

"行呀，这倒是个好主意。"男孩子一边说，一边连连打着哈欠。
他困得连凿子都拿不住了。

法伦矿的传说

"我讲给你听，大拇指，"巴塔基说道，"我在这个世间饱经沧桑，
有过得意走运，也有过背时晦气。曾经有过好几次，我被人类捉住，
就这样，我不仅学会了他们的语言，而且从他们的渊博学识中汲取了
许多有益的东西。我可以毫不夸口地说，在这片土地上，没有一只鸟
能够比我更了解你的同族了。

"有一次，我被关在法伦市的一个矿山巡视员家里，一关就关了
许多年。我要对你讲的这个故事就是在那个人家里听到的。

"很久以前，在达拉纳省住着一个巨人，他有两个女儿。巨人在
暮年垂死之际，把两个女儿叫到身边来分配他的财产。

"他最珍贵的财产是几座到处蕴藏着铜矿的大山，他想把那几座
大山赠送给女儿们。'可是在我把遗产分给你们之前，'巨人说道，
'你们必须答应我，若是有人发现了你们的铜山，你们务必要趁这个
陌生人还没有来得及告诉别人之前把他打死。'大女儿秉性残忍，脾
气粗野，她毫不迟疑地答应了。而二女儿善良温顺，她在答应之前沉
思了很久。她的父亲看出了她的迟疑不决。所以老巨人只分给二女儿
三分之一的财产，而大女儿分到的那一份恰好是二女儿的整整两倍。
'我知道你是我可以信赖的，'巨人这样对大女儿说道，'就像可以

信赖一个男子汉一样。因此，你理应得到最大的一份遗产。'

"老巨人分完遗产之后不久就去世了。在这以后很长的一段时间里，两个女儿都对自己的诺言信守不渝。常常有贫苦的樵夫或者猎人看到露在大山外面的铜矿矿苗，但是他还没有来得及跑回家去把见到的一切告诉别人，无妄之灾就会落到他的身上——说不定是棵枯死的松树突然倒下来把他砸死，或者哪里山坡塌方，让他葬身在泥土沙石底下。总之，见过宝藏的人从来没有时间去告诉别人这些地下宝藏蕴藏在荒原的什么地方。那时候，这一带到处都是散放牧场，农民到了夏天通常都把他们的牲口赶进森林边上的散放牧场吃草。放牧的人跟牲口在一起，储藏牛奶，赶做奶酪和黄油。为了让人和牲口在荒野上有个栖身之处，农夫们在森林里割荆棘，清理出一小块平地，修造起几间小茅屋，他们把这些房子叫作夏季牧屋。

"有一次，有个住在达尔河畔托斯翁教区的农夫在伦农湖岸边造了一间夏季牧屋。那里地面上到处是石头，因此没有人打算在那里耕耘播种。有一个秋天，这个农夫牵了几匹驮东西的马到那里去，准备把夏季牧屋里的一盒盒黄油、奶酪以及大小牲口都带回家去。当他清点牲口头数的时候，他忽然发现有一只公羊的犄角红得出奇。

"'公羊的角是怎么回事？'农夫向放牧的女人问道。

"'我弄不明白，'她回答道，'那只公羊在这里过夏天的时候，每天晚上回来角总是红红的，它一定觉得那样很好看吧。'

"'哦，你是这么想的。'农夫似信非信地随口说道。

"'这只公羊脾气非常倔强，要是我把它角上的红颜色洗掉，它就马上去重新染好。'

"'你再把羊角上的红颜色洗掉，'农夫吩咐道，'让我亲眼看看它是怎么染上颜色的。'

"公羊角上的颜色刚刚洗干净，它又一溜烟朝森林跑去。那个农夫在后面紧紧地跟随。他追上公羊的时候，那只公羊正低着头站在那里，用角抵着地面的那些红色石块擦来擦去。农夫捡起石头，用鼻子闻闻，又用舌头舔舔。他明白过来，他碰巧找到了几块矿石。

"正当他站在那里陷入沉思的时候，有一块巨石从他身边的峭壁上呼啸着滚了下来。他纵身躲闪，那块巨石刚刚擦身而过，他倒侥幸没有受伤，可是那只公羊正好被压在石头底下，被活活砸死了。农夫仰起头来朝峭壁上看去，他看到一个身体高大、孔武有力的女巨人正在把另一块巨石朝他推下来。'喂，你究竟要干什么？'农夫高声叫喊道，'我既没有招惹你，也没有同你的同族有什么过不去。'

"'这倒不错，我知道得很清楚，'女巨人回答说，'但是我必须砸死你，因为你发现了我的铜山。'她的声音哽咽悲痛，她似乎非常不情愿打死他，因此他鼓足勇气来同她理论一番。那个女巨人就原原本本地讲述了那个已经去世的老巨人的故事，讲到她曾经许下的诺言，也讲到她的姐姐分到了最大的那一份遗产。'我很难过要把那些可怜的无辜者杀死，他们不过是无意中见到了我的铜山。'她叹息道，'我真希望当初没有接受这份遗产，可是既然我已经立下了誓言，那么我只好信守不渝了。'说着她又用手去推那块巨石。

"'不要那么匆忙，'农夫叫道，'你用不着为了信守诺言而砸死我。要知道，发现铜矿的并不是我，而是那只公羊。你不是已经把公羊砸死了吗？'

"'你的意思是说，我这样就可以交代过去了？'巨人的二女儿说道。她开始踌躇起来。

"'不错，我就是这个意思，'农夫说道，'你已经好得不能再好地信守了你的诺言。'他这番合乎情理的话打动了她的心，总算保住了性命。

"农夫赶紧把奶牛驱赶回家，然后就下山直奔伯尔斯拉格那矿区，到那里去招聘开矿的人手。那些雇工帮着他在公羊丧生的地方开出了一座铜矿。他起初总是提心吊胆，生怕被活活打死。然而巨人的二女儿没有来找他的麻烦，想必她已厌倦了成天看守铜矿山的差事。

"那个农夫发现的铜矿矿苗是分布在大山的表层的，所以开采起来既不困难也不麻烦。他领着雇工们从森林里砍伐木柴，在蕴藏铜矿的大山上堆起一垛垛柴堆，点火燃烧。石头灼热之后就会爆裂成碎块，这样他们就取到了矿石。他们用火一遍又一遍地冶炼，结果铜与矿渣儿分离，他们得到了纯铜。

"从前，人们日常起居用的铜器要比现在多得多。铜是一种用途广泛而且紧需的货物，因此拥有铜矿的那个农夫发了大财，很快就成为巨富。他在铜矿附近修建了一个大而无当、奢侈豪华的庄园，为纪念那只代他丧生的公羊，便将庄园起名为考尔遗产庄园。他骑马到教堂去做礼拜，他的骏马钉的是银马掌，这引起了去教堂的人莫大的钦羡。他女儿举行婚礼的时候，他举行了盛大的宴会，用掉了二十大桶啤酒，烤了十头大公牛。那时候，人们都守在自己的家门口，很少到处走动，所以消息传播起来不如现在这样方便。不过，发现一座大铜矿的消息还是不胫而走，在这一带传得满城风雨。那些生计不如意的人朝着达拉纳省蜂拥而来。贫苦的人在考尔遗产庄园受到了良好的接待。那个农夫雇用他们，出了很高的工钱，让他们去开矿，那大山上矿石俯拾皆是。他雇用的人越多，他就越富有。

"但是有一天晚上，发生了这样一件事。四个强壮的汉子扛着矿工用的鹤嘴镐来到了考尔遗产庄园。他们也像其他人一样受到了很好的款待，但是当农夫开口问起他们愿意不愿意在他那里做工的时候，他们断然谢绝了。'我们打算自己去开矿。'他们说道。

"'那怎么行呀，这座矿山是我的。'农夫说道。

"'我们又没有打算开采你的矿，'那些陌生人回答说，'山里大得很，荒野上没有圈起来的无主土地有的是，我们同你一样有权去开采。'

"他们没有再多谈论这件事情，农夫仍旧慷慨好言地招待了他们。第二天一清早，那四个汉子就进山去了，在稍远的地方找到了铜矿矿苗，就着手开采起来。他们干了几天之后，那个农夫到了他们那里。

"'这座山里矿藏遍地都是啊！'

"'是呀，要把这个宝藏挖出来，真不是这几个人能干得了的，要许许多多人工劳力才行。'

"'我很清楚，'农夫说道，'不过我还是觉得，你们在这里开采矿石，应该朝我纳税，因为人们能在这里开矿全靠我的功劳。'

"'你的这番话就让我们摸不着头脑了。'那些汉子气鼓鼓地说道。

"'是呀，要知道是我用自己的智慧把这座矿山从巨人手里解放出来的。'农夫说道。于是他讲述了巨人的两个女儿的故事，还提到了那份最大的遗产。

"他们全神贯注地听他讲这个故事，然而他们都对农夫意料之外的一件事萌生了念头。'你敢肯定，另外那个女巨人要比你碰到的那个可怕得多？'他们追问道。

"'反正我想，她是不会对你们手下留情的。'农夫冷冷地回答道。

"农夫说完这句话就起身走了，可是他禁不住在附近留意他们想做什么。过了一会儿，他看见他们搁下了手头的活计，拐进森林里了。

"那天晚上，考尔遗产庄园里的人围坐在一起吃晚饭的时候，他们听见森林里传来了一阵可怕的狼嚎，在狼嚎声中还夹杂着人的惨叫声。那个农夫站起身来，而雇工们却无意跟他一起去。'那帮半道上拦路抢劫的家伙准保被狼撕得粉身碎骨了，这才是罪有应得呢！'庄园上的人这样说道。

"'他们准是遇难了，说不定性命难保，咱们赶快去救人要紧。'农夫一声吩咐，把庄园里五十个雇工全带上出发了。不久，他们就看见一大群饿狼围在一起，你推我拥，牙爪并用，在哄抢着猎物。雇工们把狼群撵跑了，地面上赫然横陈着四具血肉模糊的尸体。若不是他们身边撂着四把鹤嘴镐的话，真无法辨认这是些什么人。

"从此以后，那座铜山一直归农夫一个人所有，直到他去世为止。他的几个儿子在矿山上一起干活儿，把全年开采出来的矿石都放在一起，到了年底，再均分成几堆，抽签分配，然后再各自在自己的炉子里冶炼。他们也都成了有财有势的矿主，都兴建起了华丽的大庄园。他们去世之后，子孙后代又继承父业，兴建起新的矿井，增加开采量。年复一年，铜矿的规模越来越大，越来越多的矿主参加了开采。他们当中有些人就住在矿山附近，另一些在这一带兴建起了矿场和冶炼炉。这里大批建筑物拔地而起，成为一个新的矿区，名叫大考伯贝格矿区，也就是大铜山的意思。

"不用说，蕴藏很浅、可以露天开采的那层铜矿很快就被采掘殆尽了。矿工们不得不往地下深处去寻找矿脉，他们必须钻进又深又窄的矿井里，走过弯弯曲曲的坑道，到地底下漆黑的深处去点火放炮，炸山裂石。采矿历来是笨重辛苦的劳动。再说放完炮后浓烟排不出去，真熏得人够呛。从笔直陡立的阶梯上把矿石搬运到地面上来，可真不是件容易事。他们往地底下钻得越深，风险就越大。有时候矿井角落里会冒出大股水柱来，有时候坑顶塌方把矿工活活压死。这样，大铜矿变成了让人却步生畏的地方，没有人愿意去干这种采矿的活计了。于是，被判处死刑的囚徒和在森林里横行不法的强徒只要愿意到法伦矿区去当矿工，一律可以减轻刑罚。

"有很长一段时间，再也没有人想去寻找那份最大的遗产了。可是在去大铜山的那些罪犯中，有一些人把冒险看得比生命还重要。他们走遍了这一带，希望能找到那份宝藏。那些纷至沓来的找矿者的下场如何，没有人能够说得出来。但是有一个传说，有一天晚上，两个矿工兴冲冲跑到主人家里，说他们在森林深处找到了很大一条矿苗。他们还在回家途中沿路做了记号，想第二天带主人去看。可是第二天正好是星期天，主人要带领所有的手下人到教堂去做礼拜，没法当天赶到森林里去寻找矿苗。那时还是隆冬季节，他们从冰上横穿瓦尔邦湖到教堂去。去的时候一切如常，但是在回家的路上，那两个发现矿苗的长工双双坠入冰窟窿里淹死了。于是人们又谈虎色变，想起了那份最大的遗产的传说，而且确信他们俩一定发现了它。

"矿主们为了解决开矿的一些问题，特意请来了精通采矿术的外国人。那些外国人教会当地的矿工们不少采矿技术，如建造抽水泵和把矿石提升到地面的设施，等等。他们根本不相信这个异国的巨人女儿的神话，不过，他们判定在这一带附近肯定有一条非常大的矿脉。于是他们热切地寻找起来。有一天晚上，一个法国工头儿回到矿山住地，说是他已经找到了那份最大的遗产。一想到马上就要发大财了，他欣喜若狂。当天晚上，他大摆筵席，又是酗酒，又是跳舞，还掷骰子大赌了一通。到了最后，他同一个酒徒争吵起来，先是动拳头殴打，继而拔出刀子，结果被那个酒友一刀子捅死了。

"从大铜山源源不断地开采出大量矿石，这个矿在任何一个国度里都称得上最富的铜矿。它出产了大量财富，不但给周围地区带来了富裕的生活，而且上缴给国家大量税款，在经济拮据的岁月里给瑞典王国提供了很大帮助。正是由于这个缘故，法伦市大兴土木，建设蒸蒸日上。这个铜矿被认为是令人瞩目的，对全国都有举足轻重的作用，因此历代国王都不远千里到法伦市来巡视，并且把它称为瑞典的好运气和瑞典王国取之不尽、用之不竭的宝库。

"人们想到已从这座老矿山上得到了这么多财富，因此没有人怀疑在附近还有一个蕴藏量比它多一倍的铜矿，可惜就是无法找到，真让人恨得牙痒痒。有不少人不惜冒着生命危险去寻找，却毫无所获。

"最后看到过那份最大的遗产的是一个年轻的法伦矿主，他出身名门望族，在这个地方拥有庄园和冶炼炉。他想娶莱克桑德一个娇艳俏丽的农家姑娘为妻，就登门去求婚。她却拒绝嫁给他，因为她不愿意搬到法伦市来，她一想到冶炼炉里冒出的滚滚浓烟和铸造厂里尘垢漫天，使城市上空一直笼罩着烟雾，心里就有说不出的烦恼。年轻的矿主非常爱她，在回家的路上黯然神伤。他从小就一直住在法伦市，从来没有想到过在那里生活有什么难受的。这次却不一样了，他走近这座城市时，心里泛起了一种恐惧。从巨大的矿井开口处，从矿井四周的成百个冶炼炉里，冉冉升起刺鼻的硫黄浓烟，使整座城市都裹在一片烟雾之中。这片浓烟妨碍了植物的生长，以致城市四周有大片寸草全无的不毛之地。他举目所见的都是火光熊熊的冶炼炉和它们四周堆积如山的黑色矿渣儿。不仅法伦市是如此，附近这一带，像格里克斯堡、本特斯阿维、伯格高德、斯登纳斯、考斯耐斯、维卡等一直到阿斯翠勃塔，都是如此。他这才明白过来，那个从小在锡利扬湖边长大的娇人儿习惯新鲜清洁的空气、明亮湛蓝的天空、翠绿的田野和波光粼粼的湖水，她怎么能够在这个鬼地方待下去呢。

"城市的这副模样使他更加心烦意乱，他不想马上就返回家去，而是从公路上拐出去，朝着荒野信步走去。他在森林里漫无目的地转悠了整整一天，也不知道朝什么方向走。

"快到傍晚的时候，他忽然看到山上有一个地方像金子一样闪烁着耀眼的光辉。他定睛一看，认出那是一条巨大的铜矿脉。他先是为这个意外的发现欢喜，旋即又一惊，因为他想起那条矿脉说不定就是夺去不少人性命的那份最大的遗产。他一想到此，顿时害怕起来。'今天我是大难临头啦，'他思忖道，'说不定我会为发现了这份财富而丢了性命！'他马上掉转身来朝回家的路上走去。他走了不久，迎面来了一个身材高大的女人，样子像一个威风凛凛的矿主的妻子，可是他记不起曾经见过她。

"'我想问问，你为什么在森林里奔走。'她问道，'我看见你在这里东游西逛了整整一天。'

"'哦，我在这里走来走去是想要寻找一个合适的可以居住的地方，'矿主支支吾吾地回答说，'因为我爱上的那个达拉纳姑娘不喜欢住在法伦市里。'

"'难道你不想开采方才见到的那座偌大的铜山？'那个女人进一步追问道。

"'才不想呢，我已经答应停止采矿了，否则我就娶不到我心爱的那个姑娘了。'

"'好吧，但愿你能够遵守诺言，'那个高大的女人说道，'那样你就不会遭到不测。'

"说完这句话，她马上从他身边走开了。为了防止万一，矿主赶紧把那些自己说过的搪塞她的话付诸实施。他果真停止了开矿生涯，在离法伦市很远的地方建造了一个庄园。后来，他心爱的那个姑娘同意搬到他的新居，他总算既保住了性命，又娶到了心爱的姑娘。"

说到这里，渡鸦巴塔基就结束了他的故事；男孩子真的一直没有打盹儿，但是手上的凿子也凿得并不快。

"喂，那么以后怎么样啦？"渡鸦不再说下去的时候，男孩子就这样问道。

"哦，从那以后，铜矿开采业就日益走下坡路了。法伦市仍旧存在，那些古老的冶炼炉却荡然无存了。整个地区到处都是昔日的矿主过去兴建的庄园，居住在里面的人却不得不从事农业或者林业。法伦这座铜矿的矿石快要开采完了。因此，现在要找到那份最大的遗产比过去任何时候都更加迫切。"

"那个年轻的矿主是不是看到那份遗产的最后一个人？"男孩子问道。

"你快把墙上的窟窿凿通，放我出去后，我会告诉你谁是最后一个。"巴塔基说道。

男孩子愣了一下，手里加紧了些，凿得比方才更快了。他觉得，巴塔基在讲述这件事的时候，腔调里有一股神秘的气息。听起来，巴塔基仿佛要让男孩子明白，他亲眼看到过那条大矿脉。那么，渡鸦讲给他听这个故事，难道是有什么特别的用意吗？

"你到过这一带许多地方，"男孩子刨根究底地追问道，"你在这一带森林和山岭周围盘旋低飞的时候，大概也看到过什么蛛丝马迹吧？"

"我可以带你去看一些稀奇古怪的东西，只要你快点儿把手上的事情干完。"渡鸦说道。

男孩子开始劲头十足地凿起来，碎木屑在他身边四处飞。现在，他心里有点儿确定渡鸦曾经亲眼看到过那份最大的遗产。"可惜你是一只渡鸦，你看到了那份财富，自己却得不到什么好处。"男孩子说道。

"在看到你把墙壁凿通，把我放出去之前，我不想再多讲这件事。"渡鸦说道。

男孩子干得非常卖力，连凿子都凿得烫手了。他觉得自己轻而易举地猜出了巴塔基的用意。渡鸦自己没法子去采矿，所以他就干脆做个人情把自己发现的这份财富赠送给尼尔斯·豪格尔森。这种臆测是最可信的，也是最合乎情理的。倘若男孩子现在知道了这个秘密，将来他长大成人后就会回到这里，寻找这份巨大的财产。将来他一旦赚到足够的钱，就要把整个西威曼豪格买下来，也修建起一座像威特斯克弗莱庄园那样的大庄园。到了那一天，他就要把自己的爸爸妈妈接到这座宫殿般的宅邸里来住。他们将步行走来，畏畏缩缩地站在门口不敢进来。他就迎出去，站在台阶上说："请赶快进来，你们会像住在家里一样舒服！"他们俩起初当然认不出他是谁了，觉得十分惊奇，为什么这位阔气的先生肯请佃农夫妇住进自己的宅邸。

"难道你们不喜欢住在这样一个地方？"他会这样问道。

"哪里的话，不过，这不是我们住的地方。"他们会这样回答。

"不对，这就是你们住的地方，我打算把这幢房子送给你们，作为去年你们走失了一只大白雄鹅的赔偿。"他会这样说。

男孩子把凿子用得更加得心应手了。嗯，他有钱之后，要花钱去办的第二件事情是在索耐尔布那片灌木丛生的荒漠上为放鹅姑娘奥萨和小马茨修建一座新房子，当然要比原来的那间小房子大得多，也好得多。他还要把整个陶庚湖买下来，送给那些野鸭，另外……

"现在我必须夸奖你，你干活儿很利索，"渡鸦说道，"我觉得这个窟窿已经足够大了。"

渡鸦终于顺利地钻了出去。男孩子跟在他背后也钻了出去，看到巴塔基在几步开外的一块石头上站直了身子。

"现在我要对你履行我的允诺，大拇指，"巴塔基一本正经地说道，"我要告诉你，我确实亲眼看到过那份最大的遗产。不过我有一言相劝，你千万不要去费心寻找那份矿藏。我是花费了多少年心血才有机会见到它的。"

"我想，我把你搭救出来，你就应该告诉我，以此作为对我的报答。"男孩子说道。

"我讲这个故事的时候，你一定很困，"巴塔基说道，"否则你是决计不会动这种念头的。难道你没有听见所有泄露那份最大的遗产藏在什么地方的人都会横死吗？不行呀，老弟，我巴塔基在世间闯荡了多少年，已经学会守口如瓶了。"他说完这句话，就拍拍翅膀飞走了。

大雁阿卡站在熬硫黄屋旁边的地上睡着了。男孩子走过去，花了很长时间才把她叫醒。他心里十分懊丧，因为失去了这份巨大的财产而伤心难过。他觉得什么事情也不能使他高兴起来。"我才不相信那个关于巨人女儿的传说是真的，"男孩子气鼓鼓地自言自语道，"我不相信凡是找到那份宝藏的人就一定会被狼吃掉，或者非掉进冰窟窿里淹死不可。我猜想，一定是那些穷苦的矿工在深山老林里寻找到那条大矿脉以后欣喜若狂，没有顾得上做好标记就离开了那里，后来再也没能找到它。我想，他们心里是那么懊丧和难过，所以就再也活不下去了。因为现在我也是这样的心情。"

五朔节①之夜

　　有那么一个节日，达拉纳省的孩子几乎像盼望圣诞节一样盼望它来临。那就是五朔节，因为在那一天他们可以在露天野外点火烧东西。

　　节日前的几个星期里，无论是男孩子还是女孩子，心里想的全是为五朔节的篝火收集木柴。他们到森林里去捡拾枯树枝和松果，到木匠家里去收集刨花，到砍柴人家里去收集树皮、木头疙瘩和枝条。他们每天都去向商人乞讨装货的旧箱子，要是有人弄到一个空沥青桶，就会把它当宝贝藏起来，直到点篝火的时候才肯拿出来。那些搭豌豆架和青豆架的细杆子转眼间就会不翼而飞；那些被风刮倒的篱笆和用坏的农具，还有忘记在田野里的晒干草用的木棒，同样也随时都会被孩子们拿走。

　　当那个快乐的夜晚来临时，村里的每个孩子都把树枝荆条和所有能够燃烧的东西拿来，在小丘上或者湖岸边堆起一个大堆。有些村庄不但堆一个堆，还堆两大堆、三大堆。那往往是因男孩子和女孩子在收集篝火燃料时意见不一致所致。有时也因为住在村南端的孩子想要在自己这一端堆起一堆篝火，而住在村北端的孩子想要在北端堆起一堆篝火。

　　篝火堆往往在下午很早的时候就安排就绪了。然后，大大小小的孩子一个个口袋里装着火柴，围在篝火堆转来转去，眼巴巴地等待着

────────────

① 欧洲传统节日之一，时间在四月三十日，也可以称为迎春节。

夜幕降临。这个季节里，达拉纳省白天很长，直到晚上八点钟，天色还没有昏暗下来。由于春寒料峭，在空旷的野外转来转去实在令人既寒冷又心焦。在没有树木的开阔地上积雪早已融化完，中午时分太阳当空的时候，还有一丝暖意。可是在森林里仍旧有深深的积雪未化，湖面上还覆盖着厚厚的冰层。到了夜里，气温会陡然降低好几度。所以，天还没有黑下来，往往一堆堆篝火就已经点燃了。但是，那只是最幼小的和没有耐心的孩子才会这么做，稍大一点儿的孩子都宁可等到天色完全黑下来，熊熊的篝火明亮好看的时候，才点起火来。

大家盼望的时刻终于来到了。哪怕是捡拾细木棍的人都来了。那些大一点儿的孩子点燃一把干草，塞到木柴堆底下。篝火立即熊熊燃烧起来，枯枝发出噼啪的爆裂声，细枝条烧得通红，一团团浓烟冉冉升起，烟雾黑沉沉的，颇有咄咄逼人之势。过了一会儿，火苗终于从柴堆顶上蹿了起来，火势旺盛，火光十分明亮，火焰可以达几米高，整个地区都能够看得见。

一个村庄的孩子烧旺自己的篝火之后，就走到附近的地方去瞧瞧。嗯，那边有一堆在烧，那边还有一堆。小土丘上有一堆点着了，嘿，连山顶上也有一堆篝火在烧！他们都希望自己的那堆篝火火势最旺盛、火焰最大，唯恐自己的火堆盖不住别人家的。就在这最后时刻，他们还一溜烟地跑回农庄，向爸爸妈妈要几块木疙瘩或者木柴来助长火势。

篝火烧了一段时间以后，成年人和老年人都会出来看热闹。熊熊火光照亮了四周，还散发出一股温馨暖意，吸引着人们在石头上和草丛中坐下来。他们围在篝火旁边，双眼盯住明亮的火焰，于是有人想到火势这么旺盛，他们应该煮点儿咖啡喝才不辜负这良宵美景。在咖啡壶咕嘟咕嘟熬着的时候，有人开始讲故事了。一个故事刚讲完，另一个又马上开始了。

成年人一心想的是喝咖啡、讲故事，而孩子们则一心扑在火堆上，千方百计地想让篝火的火苗蹿得更高，烧的时间更长。春天解冻时间实在太长了，寒冰和积雪迟迟不肯融化。他们想把篝火烧得旺旺的，以助春天一臂之力。否则，就很难想象，草木花卉能在合适的季节抽芽长叶。

大雁们露宿在锡利扬湖的冰层上。从北面吹过来一阵阵凛冽的寒风，冻得男孩子只好钻到白雄鹅的翅膀底下去睡。但是他没有睡多久就被乒乒的枪响惊醒了。他马上从翅膀底下溜出来，战栗不已，想看个究竟。

冰层上大雁四周一片静谧，不论他怎样眯起眼睛来侦察，都未能发现猎人的踪迹。他朝湖岸上一看，却看到了奇妙的景致，觉得仿佛见到了神奇仙境，就像那座海底城市威尼塔或者闹鬼的大尤尔屿林园一样。

那天下午，大雁们在决定在这里栖息之前，绕着大湖来回盘旋了几次。他们一面飞，一面让男孩子看看湖岸的教堂和村庄。他看了莱克桑德、赖特维克、穆拉、苏莱乐岛等等教堂四周的村庄就像小城市那样大，男孩子感到很吃惊，想不到，在这么靠北的地方竟然会有这样密集的村庄。这一带天光明亮，地上生机勃勃，一派欣欣向荣的农家乐景象，真是出乎他的意料。他连一点儿令人恐惧的东西都没有见到。

夜幕降临以后，湖岸上忽然出现了一个火焰蹿得很高的长长的火圈。他看到湖北端的穆拉村、苏莱乐岛周围、魏卡宾村、徐尔堡村的高处、赖特维克湾边上那个有教堂的小岬上、莱尔达尔山上和别的岬角和土丘上，一直到莱克桑德村，都有大堆大堆的火在燃烧，他可以数出一百多个火堆。他真摸不着头脑，不知道这些火是哪里来的，倘若不是妖术或者魔鬼作祟的话。

大雁们听到噼啪声响，也惊醒过来。阿卡朝岸上瞅了一眼，就说道："哦，那是人类的孩子在玩游戏呢。"她和其他的大雁马上又把脑袋缩到翅膀底下睡觉。

可是男孩子站在那里呆呆地看着那些火堆。湖岸像是被璀璨闪亮的金项链打扮了似的珠光宝气，那些明亮的篝火委实迷人。他就像一只小蚊虫一样被那巨大的光和热强烈地吸引过去。他一心想走近一些去瞧瞧，但是又不敢离开大雁们。他又听到了一声又一声清脆的枪声。他现在知道这些枪声已经没有什么危险，倒被吸引得好奇心大发，心痒痒地想去看个究竟。这一切似乎是因为篝火旁边的人们玩兴太高，单单是欢笑和喊叫还嫌发泄得不够，所以务必要拿出猎枪来放儿下才觉得满足。他们还在山顶的篝火旁往空中放了烟火。虽然高处的那堆篝火已经非常大而且火势十分旺盛了，但是他们还想为它增光添色，让那晴朗的夜空也分享他们的快乐。

男孩子朝着湖岸慢慢地走去。一阵阵歌声随风飘来，传进了他的耳朵里。他身不由己地飞奔起来，说什么也要去听听人们唱的歌。

在赖特维克湾最里边，有一个供蒸汽船停泊用的很长很长的码头，顺着湖岸向前伸展。有几个歌手站在码头的最边沿，他们悠扬的歌声传到深夜宁静的湖面上。他们大概以为春之神也像大雁们那样在锡利扬湖的严冰上呼呼大睡，所以他们引吭高歌，想用歌声把她唤醒。

那几个歌手先唱了一曲《我知道北部高原有一个地方》，接着又唱到"在达拉纳省有两条宽阔的河，到了夏天这里是多么美丽，土地和河流都乐呵呵"，然后又唱《图纳进行曲》《勇敢坚强的男子汉》，最后还唱了一支《世世代代都住在达拉纳》。这些都是歌咏达拉纳省本地风光和风土人情的乡土歌曲。码头上没有篝火，歌手们看不见远处的景物。但是他们那乡土气息浓郁的歌声把本省的湖光山色一一展现在面前，展示在所有听见他们歌声的人眼前，比白天的景色更加明媚可爱。他们似乎要以真诚来打动春之神的心："你看，这么广阔的土地都在盼望你早点儿到来！难道你不想快点儿来帮帮我们？难道你还忍心让冬天继续在这样美丽的土地肆虐吗？"

他们高声唱歌的时候，尼尔斯·豪格尔森便停住脚步，屏息凝神地站在那儿侧耳细听。歌声一停下来，他就赶紧往湖岸边走。港湾最靠里面的冰层已经解冻了，但是泥沙淤积得几乎同湖岸相连，这样他还是可以走过去，向湖堤上的一堆篝火悄悄地靠拢。他蹑手蹑脚，非常小心地走到近处，直到连坐在篝火旁边的人都能够看得清楚了，还能听清楚他们的话。起初他又犯了疑心病，不大信自己的眼睛，总是觉得自己看花了眼。他以前从来没有见到过有人这样打扮：女人头上戴着黑色尖顶帽，身穿白色皮夹克，脖子上系着绣有玫瑰花的围巾，腰间系着绿色绸腰带，黑色长裙前襟打褶，还镶有白色、红色、绿色和黑色的绲边；男人们头戴扁平的圆形帽，蓝色的上衣镶有红色的绲边，下身是齐膝的黄色皮裤，裤腿塞在系着红色小绒球的袜带里。他不知道是因为穿着打扮还是什么别的，反正他觉得这里的人模样同其他地方不一样，看上去要鲜艳整齐得多。他听到他们正在交谈。他谛听了许久，可是连一句话都听不懂。他忽然想起了妈妈收藏在箱子里的那几身古色古香、如今谁也不穿的衣服。说不定他碰巧见到了某个古老的种族，因为这类古老的种族里有的是在好几百年前活在这个世上的。

可这只是他脑海中的一闪念，很快就消失了。因为在他的眼前，的确是活生生的真人。他有这种想法也不奇怪，在锡利扬湖居住的人无论在语言、服装和气质上，都要比别的地方更多地保留了古老的传统。

男孩子很快就注意到他们是在追忆往昔。他们谈到自己在年轻的时候不得不走很远的路到别的市镇上去干活儿，才能挣回全家吃的面包。男孩子听了好几个人讲的亲身经历，但深深印在他脑海里的是一个老年妇女的回忆。

米尔·谢斯婷的回忆

"我父母在东毕尔卡有个小农庄，但是我们家兄弟姐妹太多，那一年又逢荒年歉收，我十六岁就不得不离开家到外面去闯荡了。我们大约有二十个年轻人结伴离开了赖特维克湾。一八四五年四月十四日，我第一次起程去斯德哥尔摩。我随身带的饭袋里装了几个圆面包、一块牛肉和一点点奶酪。随身带的路费总共只有二十四先令。我的皮行李袋里还放着另外一些食物和一身干活儿穿的衣服，我央求一个赶车的农夫提前把这个旅行袋带走了。

"这样，我们二十来个人就一起徒步走到法伦去。我们一天往往要走三十到四十公里，一直走到第七天才走到斯德哥尔摩。现在，姑娘们哪，只消乘上火车，舒舒服服地坐八九个小时就可以到那里，那真是天壤之别啊。

"我们走进斯德哥尔摩的时候，城里人就大呼小叫起来：'看哪，达拉纳帮佣军团进城啦！'这句话喊得也对，因为鞋匠在我们的高跟鞋的鞋跟上起码钉了十五个大钉子。我们走在铺着卵石的街上，听起来真像整整一个团的士兵在列队前进。而且我们当中常常有人崴脚摔倒在地上，因为我们走不惯那样的街道。

"我们住进了南城的大浴场街上一个名叫'白马'的达拉纳人的会馆。在那条街上还有莫拉人的会馆，名叫'大王冠'。我说，当时我非常急于出去干活儿挣钱，因为我从家里带出来的二十四个先令只剩下十八个了。我们当中有个姑娘让我到住在鸡市附近的骑兵上尉那里去问问有没有活儿干。我总算在那里找到了一份工作，在他的花园里掘土和种植花草。我每天可以挣到二十四个先令，饭食是我自己带去的那些。我只买得起一点点东西，老爷家里那些小姑娘看到我带的饭食实在少得可怜，就跑到厨房里去给我要来一些吃食，这样我总算能够吃饱了。

"后来我又到诺尔其大街一位夫人家里去帮工。我在那里住得很糟糕，老鼠把我的帽子和围巾都拖走了，还把我的皮行李袋咬了个大洞，我不得不找来一只破靴筒，用那上面的皮子来缝补。我在那一家干了两个星期就被打发回来了，身边只有省吃俭用留下的两枚银币。

"我回家路过莱克桑德，在一个名叫罗耐斯的村子里住了两三天。我记得村里人用连糠带皮的燕麦粉熬稀粥喝。他们没有别的东西可以果腹，在饥荒的年头能吃上那样的饭食就算不错了。

"那一年就这样熬过去了，可是第二年状况更加艰难啦。我又不得不离开家门去找生路，因为待在家里就更没法子挨过去了。我跟着两个姑娘到了霍德斯瓦尔。从家乡到那里是二百四十公里。我们不得不背着皮行李袋徒步走去，因为我们没有便车可搭。我们原以为可以找一些整修花园的活计干。可是我们到了那里一看，到处都是厚厚的积雪，哪里有这样的活儿可做。于是我到那里的乡下去，在村里向人家到处苦苦地哀求，希望他们能给我点儿活儿做。亲爱的姑娘们，我是又累又饿，真不知道怎么活下去，后来总算找到了一家农庄，我在那里留下来剪羊毛，每天挣八个先令。到了天气再转暖一点儿，春暖花开的时候，我就又去干照料花园的活计，一直干到七月末。我是那么想念家乡，就动身回赖特维克。你们要知道，我那时候才十七岁啊。我走呀，走呀，半道上鞋磨烂了，不能穿了，我只好咬牙赤着脚走了二百四十公里路，可是心里说不出的高兴，因为我毕竟积攒下了十五枚银币。我还给我的小弟弟小妹妹省下了几个小麦做的圆面包，还有一包方糖。那时有人叫我喝咖啡的时候给我两块方糖，我总是藏起来一块。

"姑娘们，如今你们都安逸地坐在这里，你们真不知道要怎样感谢上帝才对，上帝赐福让我们过上了比较像样的日子。当初可是饥荒连年，一年又一年地没有收成，达拉纳省所有的年轻人都只好出门逃荒，流落到他乡去闯活路。在我回家后的第二年，也就是一八四七年，我又去了斯德哥尔摩，在大鸡山花园里干杂活儿。一起干活儿的有好几个姑娘，每天的工钱多了一点儿，不过还是要非常省吃俭用才行。我们把花园里的那些破烂，像旧钉子啦、碎骨头啦，等等，都捡起来拿到收破烂的小铺里去卖。卖到了钱，就去买公家面包房给士兵们烤的硬得像石头一样的酸面包。到了七月底，我又回家了，那是要帮着去地里收割庄稼。这次出门，我积攒下了三十枚银币。

"下一年我不得不再出门挣钱去。那次我到斯德哥尔摩郊外的皇室马厩总管庄园的一家饭店里干杂活儿。那年正好在庄园附近举行野战演习，饭店老板在一辆大篷车上搭起了野外锅灶，给那些当兵的做饭吃。我就被派去当厨娘照管这一摊伙食。有件事情我就算活到一百岁也终生难忘，那就是国王奥斯卡一世曾驾临那里。我还有幸为他用牛角号吹奏小曲。国王陛下出手真大方，一下子就恩赐了我两枚银币。

"后来一连几个夏天，我都在布隆湾当游船的划船手，往返于阿尔巴奴和哈卡之间。那是我挣钱最多的年月。我们船上带着牛角号，有时候游客们自己划船，让我给他们吹牛角号听。秋天划船季节结束后，我就到乌普兰去，在农庄里帮忙打场。通常圣诞节前我就回家去，身上可以带上差不多一百枚银币。再说我帮人家打场还能挣到一点儿粮食，父亲就赶着雪橇在冰上驮回去。你们想想，若不是我和我的兄弟姐妹出门在外帮工挣钱，那么一家老小就无法过日子了。因为我们自己地里打的粮食早在圣诞节前就吃光了，那时种土豆的还很少。一旦吃光自己的粮食，就不得不出高价向商人买粮食吃。那些年，一桶黑麦要卖到三十枚银币，一桶燕麦卖到十五枚银币，大家非得盘算来盘算去省着点儿吃。我记得有几回，我们都是用一头奶牛去换一桶燕麦。那时候，我们用燕麦来烤面包。那种面包真难咽，每啃一口面包，就要喝一口水，才能嚼碎了咽下去，因为面包里头还掺了不少麦秸碎屑。

"我一直东奔西跑，到处找活计干，直到我结婚的那一年，也就是一八五六年。我同一个名叫莱恩的小伙子交了朋友，我们俩是在斯德哥尔摩认识的。我每年回家的时候，总担心斯德哥尔摩别的姑娘会把他从我的身边抢走。她们总爱跟他打情骂俏，把他称为'英俊的米尔·莱恩'和'达拉纳美男子'，这些我都很清楚。可是这个小伙子心里全无半点儿虚假，他把钱积攒够了之后，我们俩就结婚了。

"后来几年里，家里融洽欢愉，没有什么犯愁的事。但是好景不长，一八六三年，莱恩去世了，我一个妇道人家带着五个半大不小的孩子，日子是很难熬的。不过，光景还不算太坏，因为达拉纳收成一直不错，家家户户都有足够的土豆和粮食吃，这同早先真是大不相同啦。我独自耕种着我继承来的那几小块土地，住的是自己的房子。冬去春来，一年又一年过去，孩子一个个长大了。现在还活着的孩子们生活都很富足，真是感谢上帝！他们怎么也想不到，在他们母亲年轻的时候，达拉纳人竟连饭都吃不上。"

那个老妇人收住了话头。在她讲自己的故事的时候，篝火已经熄灭了。等到老妇人话音一落，大家就都站起来说该回家啦。男孩子就跑回到冰层上去寻找他的旅伴。当他一个人在黑暗中奔跑的时候，他的耳边又响起了方才在码头上听到的那一支歌："达拉纳人，达拉纳人，虽然贫穷，但是忠贞不渝，珍惜荣誉……"后来唱的什么他记不清楚了。他还记得歌词的最后一句是："他们的面包里常常掺进了树皮，可是有权势的贵族总要到达拉纳来寻求穷苦人的帮助。"

男孩子还没忘记他早先听说过的关于斯图雷家族①和古斯塔夫·瓦萨国王②的传说，他过去一直弄不明白这些贵族为什么偏偏要到达拉纳省来招兵买马，聚众起事。现在他明白过来了，因为在这个地方有像坐在篝火旁边的老妇人那样百折不挠的女人，那么这里的男子汉一定也是剽悍勇武、桀骜不驯的。

---

① 15 世纪到 16 世纪瑞典的统治者家族，他们的主要支持者是达拉纳省的农民。
② 即古斯塔夫一世（1496—1560），瑞典全国统一后的第一个国王。

在教堂附近

五月一日　星期日

男孩子第二天早上睡醒后从雄鹅翅膀底下钻出来，站到冰上一看，不禁咯咯地笑个不停。原来夜里下了一场大雪，还在下着。天空中大朵大朵雪花纷飞洒落，仿佛无数鹅毛在随风飞舞。在锡利扬湖面上已经有了几厘米厚的积雪，湖岸上一片白茫茫的。大雁们身上积满了雪，看起来像一个个小雪球。

阿卡、亚克西和卡克西不时抖一下身上的积雪，但是他们看到大雪下个不停时，又赶紧把脑袋藏到翅膀底下去了。他们一定在想，这样坏的天气，除了睡觉之外再也没有法子做更多的事情了。男孩子觉得他们做得很对，也就钻到雄鹅翅膀底下睡觉去了。

又过了几个小时，男孩子被赖特维克湾教堂做礼拜的钟声惊醒。当时已经雪霁天晴，但是凛冽的北风劲吹，湖面上寒冷刺骨，让人冻得受不了。他非常高兴的是，大雁们终于抖掉身上的积雪，飞向陆地去觅食了。

那一天赖特维克湾教堂为年满十五岁的少男少女举行坚信礼。参加坚信礼的孩子早早就来到教堂，三五成群地站在门外聊天。他们身上都穿着崭新笔挺的漂亮衣服。"亲爱的阿卡大婶，请飞得慢一点儿，"男孩子喊道，"让我看看这些年轻人！"领头雁觉得他的要求挺在理，便尽量飞得低一些，绕着教堂飞了三圈。那些少男少女的模样究竟如何，恐怕很难说得清楚。但是男孩子从天空中望下来，觉得他从来没有见到过这样可爱的一群年轻人。"哦，我相信国王王宫里的王子和公主也没他们那样高贵文雅。"男孩子自言自语地赞叹道。

那场雪的确下得不小。赖特维克湾所有的陆地都埋在积雪底下，阿卡找不到一块可以栖息的地方，于是她毫不迟疑地朝莱克桑德飞去。

莱克桑德留在村子里的大多是老头儿老太太，因为像每年春天一样，年轻人大多出门去帮工了。大雁们飞过来的时候，正好有一长队老奶奶沿着那条两旁种着桦树的漂亮林荫道朝教堂走去。她们走在白色的桦树林之间白雪覆盖的路面上，浑身上下也是一身白，上身穿的是雪白的羊皮小袄，下身穿的是白色长裙，外面罩着黄白或者黑白两色相间的围裙，她们白发苍苍的脑袋上还紧紧地扣着白色的遮阳女帽。

"亲爱的阿卡大婶，"男孩子央求说，"请飞得慢一点儿，让我看看这些老人家！"那只领头雁觉得他的要求是人之常情，便低飞下去，在桦树林荫道上空来回盘旋了三次。那些老妇人的模样在近处看起来究竟怎样那就很难说啦，但是男孩子觉得，他从来没有见过这样温文大方、蕴藉庄重的老妇人。"啧啧，这些老奶奶看起来都像王太后一样，她们的儿子全都可以当国王，女儿全都可以当王后！"男孩子赞叹不已。

可是莱克桑德的境况并不见得比赖特维克湾好到哪里去，也到处都是厚厚的积雪。阿卡无计可施，只得继续朝南往戛格耐夫飞去。

那一天在戛格耐夫，大家在做礼拜之前要先为一个死者举行葬礼。送葬的队伍到教堂的时间晚了很多，葬礼又延长了不少时间，所以当大雁们飞到这里的时候，有些人还没有走进教堂，几个妇女还在教堂的庭院里踱来踱去看自己家的坟墓。她们身穿翠绿色紧身围腰，露出两只朱红色的长袖子，头上扎着五彩缤纷的围巾。

"亲爱的阿卡大婶，请飞得慢一点儿，"男孩子又央求说，"我想看看这些农庄主妇。"大雁们觉得他的要求十分在理，就低飞下来，在教堂墓地上来回盘旋了三次。那些农庄主妇在近处看来妍媸如何是很难说的，但是男孩子通过墓地上的树荫看下来，觉得她们个个都像含芳吐蕊、明艳照人的花朵。"啧啧，她们全都那么娇嫩美丽，就好像是在国王的御花园温室里长大的。"他这样想。

可是，在戛格耐夫也找不到一块泥土露在积雪外面的地方。大雁们无可奈何，只好朝南往弗卢达飞去。

大雁们飞到弗卢达的时候，那里的人仍旧留在教堂里没有走，因为那天做完礼拜之后要举行婚礼。参加婚礼的来宾们都站在教堂门口等候着。那位新娘亭亭玉立，编起来的一头秀发顶端束着一只金色小王冠，头上和颈上挂满了璀璨夺目的首饰，手捧着大束美丽的鲜花，曳地的婚纱裙尾拖着长长的绸带。那位新郎身着宝蓝色长上装和齐膝裤，头戴红色圆便帽。伴娘们的长裙腰带和裙裾上绣着玫瑰花和郁金香。新郎的父母和邻居都穿着色彩鲜艳的本地服饰，分列成行，鱼贯走进教堂。

"亲爱的阿卡大婶，请飞得慢一点儿，"男孩子央求说，"让我看看这对年轻的新婚夫妇。"领头雁又低飞下来，在教堂前的坡地上空来回盘旋了三次。这对新婚夫妇的长相在近处看来究竟如何就很难说了。但是男孩子从空中往下看，觉得那新娘俏丽妩媚，那新郎英俊伟岸，参加婚礼的来宾个个雍容华贵，在别的地方是见不到的。"啧啧，我真怀疑国王和王后在他们的王宫里走动时有没有这样美丽文雅。"他在内心里这样赞美。

在弗卢达，大雁们终于找到了裸露在积雪外面的田地，他们就不用再往远处飞了，就在这里觅起食来。

水　灾

五月一日到四日

　　一连几天，梅拉伦湖以北一带天气十分吓人。天色铅灰，狂风怒号，大雨不停地斜打下来。尽管人们和牲畜都知道，春天的到来并不会因为这样的坏天气而受到阻挠，但他们还是觉得，这样的天气让人忍受不了。

　　大雨下了整整一天，云杉树林里的积雪全被泡得融化掉了。春潮来了。各个农庄庭院里的大小水潭，田野里所有涓涓细流的渠沟，一齐咕嘟咕嘟冒着泡，涨满了水，甚至连沼泽地和洼地也陡然春水高涨，汹涌澎湃起来，似乎都恨不得赶快行动起来，好让百川奔归大海。

　　大小溪流里的水滚滚而来，灌注进梅拉伦湖的各条支流里，而各条支流本身也水位高涨，朝梅拉伦湖里灌进了许许多多水。比这更糟糕的是，乌普兰和伯尔斯拉格那的所有小湖、水塘几乎都在同一天里冰封破碎，湖水解冻。于是各条河流里平添了大小冰块，河水涨得高及河岸。暴涨的河水一齐涌进梅拉伦湖，不消多久，湖里就满得难以容纳，咆哮的湖水朝泄水口冲去。泄水口诺斯特罗姆河偏偏是一条窄细的水道，根本无法把那么多水一下子排泄出去。再加上那时候通常刮的是猛烈的东风，海水朝河里倒灌过来，形成了一道屏障，阻碍了淡水倾泻到波罗的海里去。各条河流都不理会下游是不是能够排泄出去，仍旧一股脑儿地往梅拉伦湖里注水。于是那个大湖一筹莫展，只好听凭湖水漫溢出湖岸，泛滥成灾。湖水上涨的速度并不是很快，好像它并不乐意使美丽的湖岸毁于一旦。然而湖堤很矮，而且倾斜的坡度很大，用不了太长时间，湖水就溢出湖堤，泛滥到了陆地上几米远的地方。即使湖水不再往前漫，也足以引起巨大的惊恐了。

梅拉伦湖有它的奇特之处，它完全是由狭窄的水道、港湾和峡谷形成的，所以随便在什么地方都没有开阔的浩瀚的湖面。它好像是一个专门用来游览、划船和钓鱼消遣的湖泊，湖里有许多绿树成荫、引人入胜的小岛，也有些景色别致的半岛和岬角。沿湖随便哪里都见不到光秃荒凉、侵蚀剥落的堤岸。梅拉伦湖似乎一心一意地要吸引人们在它身边兴建行宫、消夏别墅、贵族庄园和休养场所。恐怕正因为如此，这个湖平素总是温柔体贴、和善可亲的。但是到春天的某些时候，它会忽然收敛笑容，露出真正可怕的面目，这自然免不了引起巨大的惊恐。

在眼看就要泛滥成灾的时候，人们纷纷把冬天拉到岸上来停放的大小船只修补上油，以便能尽快地下水。平日妇女们洗濯衣服时在湖边站立用的木踏脚板也被抽到了岸上。公路桥梁做了加固。沿湖岸绕行的铁路上，养路工一刻不停地来回走动，认真检查路基，都不敢睡，日日夜夜不敢稍有懈怠。农民们把存放在地势低矮的小岛上的干草和干树叶赶紧运到岸上。渔民们收起了拦鱼用的大网和拖网，免得它们被洪水卷走。各个渡口都挤满了面色焦急的乘客，所有要赶着回家或者急着出门的人都心急如焚，想赶在洪水到来之前赶路。

在靠近斯德哥尔摩这一带，湖岸上夏季别墅鳞次栉比，人们也是最忙碌的。别墅大多坐落在较高的地方，不会有多少危险，但是每幢别墅旁边都有停泊船只的栈桥和更衣木棚，那些东西必须拆下来，运到安全的地方。

但是梅拉伦湖水漫溢的坏消息不仅使人类恐慌，也使得湖边的动物惶惶不可终日。在湖岸树丛里生蛋的野鸭、靠湖岸居住而且窝里有崽儿的田鼠和鼩鼱也都忧心忡忡。甚至连傲慢的天鹅也担心他们的窝和蛋被冲走。他们的担心绝非多余，因为梅拉伦湖的湖水每时每刻都在上涨。

湖水漫溢出来，淹没了湖岸上的柳树和桤树的下半截树干。菜园也浸泡在水里，栽种的姜蒜都掺和在一起，成了一汪味道特别的泥浆浓汤。黑麦地的地势很低，受到的损失也最惨重。

湖水一连好几天上涨，格里普斯霍尔姆岛四周地势低洼的草地被水淹没了。岛上的那座大宫殿同陆地的联系被切断了。它同陆地之间已经不再是一衣带水，而是被宽阔的水面隔开了。在斯特伦耐斯，美丽的湖滨大道已经成了一条水流湍急的河。在韦斯特罗斯市，人们不得不准备在街道上用舟楫代步。在梅拉伦湖里的一座小岛上过冬的两只驼鹿被水淹得无家可归，只好泅水过来，到陆地上寻找新的家园。无数的原木和木材、数不清的盆盆罐罐都漂浮在水面上，人们撑着船四处打捞。

在那灾难的日子里，狐狸斯密尔有一天穿过梅拉伦湖北边的一片桦树林，悄悄地追过来了。像往常一样，他一边走，一边咬牙切齿地想着大雁和大拇指，不知道怎样才能找到他们，因为他如今失掉了他们的一切线索。他心情万分懊恼地踽踽而行时，忽然看见信鸽阿卡尔降落在一根桦树枝上。"阿卡尔，碰到你真是太巧了。"斯密尔喜出望外地说道，"你大概可以告诉我，大雪山来的阿卡和她的雁群现在在什么地方。"

"我当然知道他们在什么地方，"阿卡尔冷冷地说道，"可我才不想告诉你哩。"

"告诉不告诉那倒无所谓，"斯密尔佯装说道，"只要你肯捎句话给他们就行啦。你一定知道这些天来梅拉伦湖的情况十分糟糕，正在发大水。在叶尔斯塔湾还住着许多天鹅，他们的窝和蛋也都岌岌可危啦。天鹅王达克拉听说同大雁在一起的那个小人儿无所不能，就派我来问问阿卡，她是不是愿意把大拇指带到叶尔斯塔湾去。"

"我可以转告这个口信，"阿卡尔说道，"但是我不知道那个小人儿怎样才能搭救天鹅脱险。"

"我也不知道，"斯密尔说道，"不过，他没有办不到的事情。"

"天鹅王达克拉竟然会差一只狐狸去给大雁送信，真是不可思议，我对这件事有点儿疑心。"阿卡尔心存疑虑地说道。

"哟，你说得真对，我们通常倒是冤家对头。"斯密尔和颜悦色地分辩道，"不过，如今大难当头，我们就不得不尽弃前嫌，互相帮忙啦。你千万不要对阿卡讲，这件事是一只狐狸告诉你的，否则她听了会多心的。"

叶尔斯塔湾的天鹅

整个梅拉伦湖地区最安全的水鸟栖息场所是叶尔斯塔湾，它是埃考尔松德湾最靠里的部分，而埃考尔松德湾又是北桦树岛湾的一部分，而北桦树岛湾又是梅拉伦湖伸进乌普兰省的狭长部分中的第二个大湾，这样湾中套湾自然就十分安宁。

叶尔斯塔湾湖岸平坦，湖水很浅，芦苇丛生，就像陶庚湖一样，虽然它不像陶庚湖那样以水鸟之湖闻名遐迩，但它也是个环境优美的水鸟乐园，因为它多年来一直被列为国家保护对象。那里有大批天鹅栖息，而且古老的王室领地埃考尔松德湾就在附近。因此王室禁止在此地的一切狩猎活动，免得天鹅受到打扰和惊吓。

阿卡一接到那个口信，听说天鹅有难需要相助，便义不容辞地飞速赶到叶尔斯塔湾。那天傍晚，她带领雁群到了那里，一眼就看到灾难委实不轻。天鹅筑起的大窝被风刮起，在狂风中滴溜溜地卷过岬湾。有些窝巢已经残破不堪，有的被刮得底儿朝天，早已产在窝里的蛋沉到了湖底，白花花的，一个个清晰可见。

阿卡在岬湾里落下来的时候，居住在那里的所有天鹅都聚集在最适合躲风的东岸。尽管他们在大水泛滥中横遭折磨，可是他们那股狂傲之气一点儿也没有减少，他们也不流露出丝毫悲伤和颓唐。"千般烦恼，百种忧愁，哪里值得！"他们自嘲自解地说道，"反正湖岸上草根和草秆有的是，我们很快就可以再次筑起新的窝巢。"他们当中谁也不曾有过要陌生人来救的念头。他们对狐狸斯密尔把大雁们叫来的事情一无所知。

那里聚集着几百只天鹅，他们按照辈分高低和年龄长幼依次排列，年轻和毫无经验的排在最外面，年老睿智的排在最里面。在这群天鹅的最中心处是天鹅王达克拉和天鹅王后斯奴弗里，他们俩的年纪比其他天鹅都大，而且可以把大多数天鹅都算作自己的子女。天鹅王达克拉和天鹅王后斯奴弗里肚里揣着天鹅的家族史，能够从头细数他们这一族天鹅在瑞典尚未在野外过日子的那段历史。早先在野地里是休想找到他们的，天鹅是作为贡品进献给国王的，被豢养在王宫的沟渠和池塘里。但是有一对天鹅侥幸地从那种腻味的宫廷中逃脱，来到自由的天地，现在住在这个岬湾里的天鹅都是由他们繁衍而来的。如今在这一带有不少野天鹅，他们分布在梅拉伦湖的大小岬湾里，还有陶庚湖、胡思堡湖等湖泊里。不过，这些天鹅都是叶尔斯塔湾那些天鹅的后代，所以这个岬湾里的天鹅都为他们的后代能够从一个湖泊繁衍到另一个湖泊而自豪不已。

大雁们不巧落到了西岸，阿卡一看天鹅都聚集在对岸，就立即转身朝他们游过去。她对天鹅居然派人来请她助一臂之力感到非常诧异，不过她觉得这是一种荣幸，她义无反顾，愿意出力相助。

快要靠近天鹅的时候，阿卡停下来看看跟在后面的大雁们是不是排成了笔直的一字长蛇阵，中间行距是否一致。"赶快游过来排列整齐，"她吩咐说，"不要盯着天鹅呆看，好像你们从来都没有见到过美丽的动物似的，无论他们对你们说些什么难听话，都不要在意。"

阿卡已经不是第一次来拜访那对年迈的天鹅王夫妇了，他们对阿卡这样一只有渊博知识、有很大名望的鸟总是以礼相待。但是她很不喜欢从围聚在他们周围的天鹅中间穿过去。在阿卡从天鹅身边游过的时候，她觉得自己是那么瘦小难看，这种感觉以前是从未有过的。有些天鹅还说一些挖苦话，骂她是灰家伙或者穷光蛋。对于这类讥嘲，最聪明的办法就是佯装没有听见。

这一次似乎异乎寻常地顺利。天鹅们一声不吭地闪到两旁，大雁们就像从一条两边有白色大鸟欢迎的大街上走过一样。为了向这些陌生来客表示亲热，天鹅们还扇动着像风帆一样的翅膀，这场面真是十分壮观。他们竟连一句挖苦话都没有说，这不免使得阿卡感到奇怪。

"哦，想必是达克拉知道了他们的坏毛病，所以关照过他们不许再粗野无礼。"这只领头雁想。

可是正当天鹅们努力地保持礼仪周全的时候，他们忽然一眼瞅见了大雁队列末尾的白雄鹅，这一下天鹅当中一片哗然，惊叫和怒斥声使得这个整齐的队伍顿时骚乱起来。

"那是个什么家伙？"有一只天鹅喊叫道，"难道大雁打算弄点儿白羽毛披在身上遮丑吗？"

"难道他们真的痴心妄想要变成天鹅吗？"四周的天鹅齐声叫喊道。

他们开始用声如洪钟、铿锵嘹亮的嗓音互相呼应起来，到处在大呼小叫，因为谁也不可能向他们说明白，为什么大雁的队伍里竟跟着一只家养的雄鹅。

"那一定是家鹅之王来喽！"他们嘲笑道。

"他们太放肆了。"

"那不是一只鹅，而是一只鸭子。"

大白鹅把阿卡方才的吩咐牢牢地记在心里。他默不作声，尽快向前游去。但是这也无济于事，天鹅们更加肆无忌惮地向他逼近。

"他背上驮的是一只什么样的青蛙？"有只天鹅问道，"嘿，他们一定以为他衣着像个人样，我们就看不出来他是一只青蛙啦。"

这时候方才还排列得整整齐齐的天鹅全都乱了套，都争先恐后地挤过去要见识见识那只雄鹅。

"那只白雄鹅居然敢到我们天鹅当中来亮相，这真是不知世上还有'羞耻'二字！"

"说不定他的羽毛也同大雁一样是灰颜色的，只不过他在农庄上的面缸里滚过。"

阿卡刚刚游到达克拉面前，正要张口问他需要什么帮助。天鹅王注意到了天鹅群里的一阵阵骚乱。"何事喧哗呀？难道我没有下过命令，不准你们在客人面前放肆无礼吗？"他面带愠色地喝道。

天鹅王后斯奴弗里游过去劝阻她手下的天鹅，达克拉这才转过身来要同阿卡攀谈。不料，斯奴弗里游回来时满脸怒容。"喂，你能不能让他们住嘴？"天鹅王朝她喊道。

"那边来了一只白色的大雁，"斯奴弗里没好气地说道，"看上去真令人恶心。他们生气，我一点儿也不奇怪。"

"一只白色的大雁？"达克拉说道，"莫非疯了不成，这种咄咄怪事怎么会发生？你们一定看花了眼。"

雄鹅莫顿身边的包围圈越来越小，阿卡和其他大雁想游到他的身边去，但是被推来推去，根本挤不到雄鹅面前去。

那只老天鹅王的力气要比别的天鹅大得多。他赶紧游过去，把那些天鹅推得东倒西歪，闯开了一条通往白鹅的路。但是当他亲眼看见水面上确实有一只白色大雁时，他也像别的天鹅一样勃然大怒了。他愤愤地大呼小叫，径直朝着雄鹅莫顿扑了过去，从他身上啄下几根羽毛。"我要教训教训你这只大雁，你怎么敢打扮成这副怪模样，跑到天鹅群里来出丑？"他高声叫嚷道。

"快飞，雄鹅莫顿！快飞，快飞！"阿卡喊道。因为她知道，天鹅会把大雄鹅的每一根羽毛都拔掉。"快飞吧，快飞吧！"大拇指也喊起来。但是雄鹅被天鹅围得死死的，张不开翅膀。天鹅们从四面八方把强有力的嘴伸过来，啄他的羽毛。

雄鹅莫顿奋力反抗，他使出最大力气来咬他们、啄他们。别的大雁也开始同天鹅对阵打架，不过众寡悬殊，要是没有意外的帮助的话，后果恐怕不堪设想。

有只红尾鸲发现大雁们陷入了天鹅的重围脱身不得，便立即发出小鸟聚众驱赶苍鹰的那种尖声鸣叫。他刚叫了三次，这一带所有的小鸟就急匆匆朝向叶尔斯塔湾飞过来，他们唧唧啾啾，铺天盖地而来，仿佛无数出弦的利箭。这些鸟虽然身体瘦小，没有多大力气，但是众志成城地朝着天鹅们直扑下来。他们围在天鹅耳朵边尖叫，用翅膀挡住天鹅的视线，他们振翅拍翼乱纷纷一片，使得天鹅头晕眼花。他们齐声呼喊："天鹅真不害臊！天鹅真不害臊！"这使得天鹅们心烦意乱。这些小鸟的袭击仅仅持续了片刻，但是当小鸟扬长飞走后，天鹅们清醒过来一看，大雁们早已振翼飞向岬湾的对岸了。

新来的看门狗

至少天鹅们的气度是不错的，他们一看到大雁逃跑了，便不屑于再穷追不舍，这样大雁们可以放心地站在一堆芦苇上安生睡觉了。

可是尼尔斯·豪格尔森肚里饿得咕咕叫，怎么也睡不着。"哎呀，我得到哪个农庄上去找点儿东西来填饱肚子才行。"

那些日子里，湖面上漂浮着五花八门的东西，对尼尔斯·豪格尔森这样一个小孩来说，要想找点儿东西踩着漂过湖去是轻而易举的。他连想都不想一下，就跳到一块漂浮在芦苇丛中的小木板上，捡起了一根小木棍当作桨，慢慢地划过浅水，靠到岸边。

他刚上岸还没有站稳脚步，猛听得身后水里扑通一声响。他停住脚步，定神细瞧，先看见在离他几米的一个大窝里有只母天鹅正在睡觉，又看到一只狐狸蹑手蹑脚地朝天鹅窝靠近，并且已在水里迈出了一两步。"喂，喂，喂，快站起来！快站起来！"男孩子急得连声狂叫，同时用手里的木棍拍打着水面。母天鹅终于站立起来，但是动作十分缓慢，要是狐狸真想朝她扑过去的话，也还来得及抓住她。可是那只狐狸偏偏没有那样做，而是掉转头来，径直朝男孩子奔了过来。

大拇指见势不妙，就赶紧朝陆地上逃去。他面前是一大片开阔平坦的草地。他看不到有什么树可以爬上去，也找不到有什么洞可以藏身。他只好拼命逃跑。男孩子虽然擅长奔跑，但是同动作轻盈、腿脚灵巧的狐狸相比，那就不可同日而语了。

离湖水一箭之遥的地方有几幢佃农住的小房子，窗户上映出了明亮的灯光。男孩子当然朝那边跑过去。不过，他自己也不得不承认，等不到他跑近那里，狐狸就会逮住他的。

狐狸已经追到男孩子身后，完全有把握逮住他了。男孩子突然往旁边一闪，扭头就朝岬湾奔过去。狐狸来势很猛，来不及收住脚步，待到转过身来时，又同男孩子相差了几步路。男孩子不等他追赶上来，便赶紧奔跑到一整天待在湖面上打捞东西到这么晚才准备回家的两个男人身边。那两个男人又疲倦又困，尽管男孩子和狐狸就在他们眼皮底下跑来跑去，可是他们什么也没有注意到。男孩子也并不打算同他们讲话，开口寻求帮助，只是想跟在他们身边走。

"狐狸想必不敢一直蹿到人面前来吧。"他想。

但是过了不久，他就听到狐狸的前爪刨地皮的响声，那只狐狸还是追过来了。哦，狐狸大概估计那两个人会不留神把他错看成狗，因为狗才敢大摇大摆跑到人的面前。"喂，你瞧，偷偷地跟在我们身后的是一只什么样的狗？"有一个男人这样发问道，"它跟得我们这样近，像是想要咬人哪。""滚开！你跟在后面干什么！"另外那个男人大喝一声，一脚把狐狸踢到了路对面。狐狸爬起来之后，仍旧紧紧地跟在那两个男人身后，但不再敢凑近，而是跟在两三步开外。

男人们很快就走到佃户区，一起走进了一幢农舍。男孩子打算跟进去，但是他走到屋前的门廊上，看到一只身披长毛、样子威武的大狗从窝里蹿出来欢迎他的主人。男孩子一下子改变了主意，站在露天里不进屋去了。

"喂，看门狗，"当两个男人把门关上以后，男孩子对狗低声说道，"不知道你肯不肯帮我在今天晚上逮一只狐狸？"

那只看门狗视力不大敏锐，而且因为长时间拴在那里，脾气变得很暴躁，动不动就爱生气。"哼，叫我去抓狐狸，"他满腹怨气一齐涌了上来，"你是个什么家伙，竟敢到这里来取笑我被锁链锁着跑不远？你要是走近，我非要狠狠地让你尝尝厉害，让你再也不敢拿我开心。"

"不管你相信还是不相信，反正我不怕走到你跟前。"男孩子说着，便朝狗面前跑了过去。当这只狗看清楚他的时候，惊奇得愣住了，连一句话都讲不出来。

"我就是那个被大家叫作大拇指的，那个同大雁一起到处跑的小人儿，"男孩子说道，"难道你没有听说过我吗？"

"麻雀早就叽叽喳喳地称赞你，"那只狗说道，"想不到你人虽小却干出了不少惊天动地的大事。"

"到目前为止，我一切都很顺利，"男孩子说道，"但你现在要是不肯帮我，我马上就要完蛋了。有一只狐狸在后面紧紧地追赶我。他这会儿正埋伏在房子后面。"

"哦，那倒不假，我闻到了狐狸的臊味，"看门狗说道，"我们务必把狐狸干掉！"他一下子蹿了过去，可是脖子上的链子害得他不能跑远，他只好汪汪地狂吠了一会儿。

"我想，狐狸大概吓得今天晚上不敢再来找麻烦了。"看门狗说道。

"唉，光高声大叫一阵子让狐狸受受惊吓，那是无济于事的。"男孩子说道，"他过不多久就又会到这里来的。我已经想好了，最好的办法还是你把他捉住。"

"难道你又想取笑我不成？"看门狗恼羞成怒，叫嚷起来。

"快跟我一起到你的窝里去，千万不能让狐狸听见我们商量的计策，"男孩子悄声地说道，"我会告诉你应该怎样做。"

男孩子同看门狗一起钻进狗窝里，躺在那里悄声地商量起来。

过了没多久，狐狸从房子拐角处探出了脑袋，他见四周一片静悄悄的，就悄悄地溜进了院子里。他用鼻子嗅了又嗅，闻出来男孩子的气味，一直找到狗窝这里。他在离狗窝不远的地方蹲了下来，盘算着怎样才能把男孩子引出来。这时候看门狗突然把脑袋伸出来，对他吠道："滚开，要不然我就抓你啦。"

"哼，我想在这里待多久就待多久，你能管得着吗？"狐狸冷笑着。

"滚开！"看门狗再次用威胁的腔调吼叫，"否则今天晚上就是你在外面最后一次猎食啦。"然而狐狸照样冷笑一声，在原地一动不动。"我晓得你脖子上锁着的铁锁链究竟有多长。"他悠闲地说道。

"我已经警告过你两次了，"看门狗从狗窝里钻了出来，"现在只好怨你自己了。"

就在他说话的时候，他纵身往前一个长蹿猛扑过去，毫不费力地就把狐狸扑倒在地。因为看门狗并没有被拴住，男孩子已经把狗脖子上的铁锁链解开了。

他们撕咬了一会儿，很快就决出了胜负。看门狗以胜利者的姿势耀武扬威地站着，而狐狸却趴在地上一动不敢动。"哼，你敢动一动，"看门狗大吼一声，"你敢动，我就一口咬死你。"他叼着狐狸的脖子后面，把他拖到了狗窝里。男孩子拿着拴狗的链子走过来，在狐狸脖子上绕了两圈，把他牢牢地拴在那里。当男孩子把他拴起来的时候，狐狸不得不规规矩矩地趴着，一动也不敢动。

"现在我希望，狐狸斯密尔，你能做一只出色的看门狗。"男孩子做完这一切后说道。

乌普兰的故事

五月五日　星期四

第二天大雨总算停了，但是整个上午狂风刮个不停，湖水仍旧不断泛滥。可是到了下午天气突然大变，一下子放晴，成了晴朗和煦、全无半点儿风的大好天。

男孩子悠然自得地躺在一大丛怒放的金盏花里仰望着天空。这时有两个小学生一手捧着书本，一手提着饭篮，沿着湖岸蜿蜒的小径走了过来。他们步履蹒跚，似乎有一肚子心事。当他们走到尼尔斯·豪格尔森面前时，他们在两块石头上一屁股坐了下来，相互诉说苦衷。

"唉，妈妈要是听说我们今天又没有把功课背下来，她一定会生气的。"有个孩子叹气说道。

"是呀，爸爸也会发火的。"另一个说道。两个孩子是那么伤心难过，不禁一开口就大哭起来。

男孩子躺在那里寻思，要不要想个办法来安慰他们。这时从小径上走过来一个驼背老奶奶，她慈眉善目，一脸温和，在他们面前停住了脚步。

"哎呀，孩子们哪，你们为什么哭起来啦？"老奶奶问道。于是那两个小孩就告诉她，他们在学校里没有把功课学会，所以惭愧得不敢回家。

"那是一门什么样的功课，竟难得让你们记都记不下来？"老奶奶问道。孩子们告诉她，那是关于乌普兰省的全省概况。

"哦，那门功课光死啃书本是不大容易的。"老奶奶想了想，说道，"这样吧，我不妨给你们讲讲我母亲有一次是怎样对我讲这个省的。我没有上过学，没有什么真正的学问，不过，我母亲讲给我听的这个故事，我这辈子都难以忘记。"

"是呀，我母亲是这样说的。"老奶奶坐到孩子们坐的石头旁边，侃侃而谈，"在很久很久以前，乌普兰省是全瑞典最穷困、最不体面的地方。这个省里只有贫瘠的黏土地和低矮的小石坡，尽管我们住在梅拉伦湖边上的人不大看得见这类土地，但是这个省的许多地方至今还是这样。

"唉，不管这个地方是怎样形成的，这地方无疑又穷又苦。乌普兰省觉得自己在别的省眼里简直成了一堆废物，便暗暗地生气，久而久之心里郁积了一股怨气。终于有一天，他不堪再忍受这种清贫处境，就背起口袋，拄着棍子，到那些比他富裕的省去乞讨了。

"乌普兰先朝南走，一直到了斯科讷省。他到了那里一见面就诉苦，并且张口乞讨土地。'唉，倘若所有的省都跑来讨东西，我真想不出能有什么可给的。'斯科讷叹息说，'不过让我看看！我刚刚挖出了两三个泥炭坑。如果你觉得有点儿用处的话，那你不妨在那些泥炭坑边上捡拾几块我扔掉的泥炭地吧。'

"乌普兰道谢后就去捡了几块泥炭地，然后又动身来到了西约特兰省。他在那里也一样哭穷，乞讨土地。'我是舍不得给你土地的，'西约特兰省说道，'我不肯把任何一块肥沃的耕地施舍给乞丐。但是，如果你觉得可以派上用场的话，你不妨把平原上那几条毁坏农田的小河拿走。'

"乌普兰道谢过后，就拿走了那几条小河。他又到了哈兰省，还是一味诉苦和乞求土地。'哎呀，我并不比你富多少，'哈兰省说道，'按照情理来说，我本应当什么也不给你，不过，要是你觉得不是白费力气的话，你可以从地里刨出几个石丘带走。'

"乌普兰省道谢过后，去把石丘刨出来了，然后又动身到布胡斯兰省。他在那里被允许往口袋里装多少寸草不长的小岩石岛屿都可以。'那些玩意儿看上去一点儿不起眼，可是用来挡挡海风，'布胡斯兰省说道，'因为你和我一样都靠着大海，那些玩意儿肯定会对你有用处的。'

"乌普兰省对其他省送给他东西心里由衷地感激不尽，虽然他在各地得到的都是其他省想扔掉的东西，他却照收不误。韦姆兰省扔给他一块高原。西曼兰省给了他一截山脉。东约特兰省把考尔莫顿荒原割了一块给他。斯莫兰省几乎用沼泽地、石冢和荒漠塞满了他的口袋。

"南曼兰省一点儿也不肯多给，只施舍了梅拉伦湖的几个岬湾。达拉纳省也是这样，一点儿不给他土地，只问了问乌普兰省愿不愿拿一截达尔河走。

"奈尔盖省排在最后面，硬着头皮把耶尔马湖岸边的几块潮湿草地送给了他，这样他的口袋装得满满的，他觉得不用再到别处去了。

"乌普兰省一回到家里，就把乞讨来的东西通通倒出来。他不禁哑然失笑，面前堆了一大堆别人扔掉的乱七八糟的废物，真不知道怎样才能使这些施舍来的垃圾变为有用之物。他连连叹息，苦思冥想。

"时间一年又一年过去了，乌普兰省在家里精心布置，最后总算按照自己的心愿把一切收拾停当。

"那时候，瑞典正在议论国王应该住在哪里，首都应该设立在什么地方，各个省聚集到一起来共商大计。事情很清楚，各个省都自告奋勇地要叫国王住到他那里去。他们商议良久，争执不下。'我认为，国王应该居住在一个最精明、最能干的省里。'乌普兰省说道。大家觉得这个建议言之有理，于是他们决定，哪个省能够证明自己是最精明能干的，那么他就可以得到国王和首都。

"所有的省刚回到家里不久就收到乌普兰省的信，邀请他们去参加一次盛宴。'这个穷光蛋拿得出什么来款待客人？'各个省都不由得嗤笑着说道。但是他们都觉得盛情难却，还是痛快地接受了邀请。

"他们来到了乌普兰省，就被自己看到的一切惊呆了。原来乌普兰省的腹地到处是气派非凡的大庄园，沿海一带有许多繁华的城市，四周的水面上泊满了大小船舶。

"'你生活得这样好，还要出来到处乞讨，真是不知羞耻。'其他省愤愤地说道。

"'我请诸位光临舍间，是为了感谢你们送给我的礼物，'乌普兰诚心诚意地说道，'我现在能够过上像样的日子，全靠诸位仗义接济。'

"'我回到家里着手做的第一件事，'他接着说道，'就是把达尔河引入我的地区。按照我的安排，那条河形成了两道瀑布，一道是南福熙瀑布，一道是埃夫卡勒比瀑布。我把韦姆兰给我的那块高地放在河南岸的达拉莫拉附近。这时候我才发现，原来韦姆兰没有把送掉的东西认真查看过，因为那块高地里蕴藏着最好的铁矿石。我把东约特兰送给我的森林栽到高地周围，如今那个地方既有矿石，又有烧木炭用的森林，还有瀑布提供水力，那个地方自然就成了一个富饶的矿区。

"'我把北面安排好了以后，就把西曼兰省送给我的那些山脉取出来，把它们拉长，让它们迤逦到梅拉伦湖，还在那里形成了绿树成荫的岬角和小岛。现在那个地方满目苍翠，引人入胜，就像个大花园。南曼兰送给我的那些岬湾，被我放在靠近腹地这一边，让它们开辟航线，同世界各地往来。

"'我把南北两面都收拾停当之后，就来到东部海岸上，我把你们送给我的那些光秃秃的小岩石岛、石冢、荒漠和不毛之地一股脑儿扔进了大海里。这样就在近海形成了一圈大大小小的岩石岛屿，对打鱼和航运都益处匪浅。我把这些岛屿看作我最珍贵的财产。

"'这样下来，诸位送给我的礼物就没有剩下多少了，只有斯科讷送给我的那几块泥炭地。我就把它捏碎，撒到瓦克萨拉平原的中央，使得那块平原变成了肥沃富饶的田畴。我又让西约特兰给我的那条淤滞的小河横贯平原，使它同梅拉伦湖的各个港湾沟通起来。'

"这时候，各个省方才明白了事情的究竟，尽管他们都不大开心，却不得不承认乌普兰把一切安排得很周到。

"'你真是精打细算，白手起家呀，'各个省异口同声地赞美道，'你真是我们当中最精明、最能干的。'

"'多谢你们的夸奖，'乌普兰笑吟吟地说道，'既然如此，我只好当仁不让，把国王和首都通通接到我这里来了。'

"其他的省又不开心了，不过，他们既然已经做出了决定，便只好照着执行了。

"于是首都设在乌普兰，国王也居住在这里。乌普兰成了全国最重要的省。世间的事情再公道不过啦，聪明能干可以使乞丐变成王侯，这个道理直到现在还是如此。"

在乌普萨拉

大学生

五月五日　星期四

在尼尔斯·豪格尔森跟着大雁周游全国的那一年，乌普萨拉有个很英俊的大学生。他住在阁楼上的一个小房间里。他自奉甚俭，人们常常取笑他，说他不吃不喝就能活下去。他全部精力都用在学习上，因此学得比别人快得多，学习成绩非常出色。但是他并未因此成了个书呆子或者迂腐夫子，相反，他也不时同三五友好欢愉一番。他是一个大学生应有的品德的典范，倘若他身上没有那一点儿瑕疵的话。他本来应该是完美的，可惜顺利的人生把他娇宠坏了。出类拔萃的人往往容易不可一世。须知幸运成功的担子不是轻易能挑得动的，尤其是年轻人。

有一天早晨，他刚刚醒过来，就躺在那里思忖起自己是多么才华出众。"所有人都喜欢我，同学和老师都喜欢我。"他自言自语道，"我的学习真是又出色又顺利。今天我还要参加最后一场结业考试，我很快就会毕业的。待到大学毕业后，我就会马上获得一个薪水丰厚的职位。我真是处处鸿运高照，眼看前途似锦，不过我还是要认真对待，这样我面前便总是坦途，不会有什么事情来干扰。"

乌普萨拉的大学生并不像小学生那样许多人挤在一个教室里一起念书，而是各自在家里自修。他们自修完一个科目以后就到教授那里去，对这个科目进行一次总的答问。这样的口试叫作结业考试。那个大学生那天就是要去进行这样一次最后的最难的口试。

他穿好衣服，吃罢早饭，就在书桌旁边坐定，准备把他复习过的书籍最后浏览一遍。"我觉得我再看一遍也是多此一举，我复习得够充分了，"他想，"不过，我还是尽量多看一点儿，免得有疏漏，到时候就后悔莫及了。"

他刚看了一会儿书，就听得有人敲门，一个大学生胳膊下面夹着厚厚的一沓稿纸走了进来。他同坐在书桌前面的那个大学生完全不是一个类型。他木讷腼腆，胆小懦弱，衣着褴褛，一副寒酸相。他只知道埋头读书，没有其他爱好。人人都公认他学识渊博，他却十分腼腆胆小，从来不敢去参加结业考试。大家觉得他有可能年复一年地待在乌普萨拉，不断地念呀，念呀，成为终生一事无成的那种老留级大学生。

他这次来是恳请他的同学校核一遍他写的一本书。那本书还没有付印，只是他的手稿。"要是你肯把这份手稿过目一遍，就是帮了我一个大忙，"他畏畏缩缩地说道，"看完之后告诉我写得行不行。"

那位事事亨通的大学生心想："我说的人人都喜欢我，难道有什么不对吗？这个从不敢把自己的著作昭示于人的隐居者，竟也来屈尊就教啦。"

他答应尽快把手稿看完，那个来请教的大学生就把手稿放到他的书桌上。"务请您费心妥善保管，"那个大学生央求他说，"我呕心沥血写的这本书，花了五年时间。倘若丢失的话，我可再也写不出来啦。"

"你放心好啦，放在我这里是丢不了的。"他满口答应，然后那位客人就告辞了。

那个事事如意的学生把那沓厚厚的稿纸拉到自己面前。"我真不知道他能七拼八凑成什么东西，"他说道，"哦，原来是乌普萨拉的历史！这题目倒还不赖。"

这位大学生非常热爱本乡本土，觉得乌普萨拉这座城市要比别的城市好得多，因此自然对老留级大学生怎样描写这座城市感到十分好奇，想先睹为快。"哦，与其要我老是惦记着这件事，不如马上把他的历史书看一遍。"他喃喃自语，"在考试前最后一分钟复习功课是白费工夫，到了教授面前也不见得会考得更好一些。"

大学生连头也不抬，一口气把那部手稿通读了一遍。看完之后，他拍案称快。"真是不错，"他说道，"真是不鸣则已，一鸣惊人啊。如果这本书出版，他就要走运啦。我要去告诉他，这本书写得非常出色，这真是一桩令人愉快的事。"

他把凌乱四散的稿纸收集起来，叠得整整齐齐地放在桌上。就在他整理手稿的时候，他听见了挂钟报时的响声。

"哎哟，快来不及到教授那里去了。"他叫了一声，立即跑到阁楼上的一间更衣室里去取他的黑衣服。就像通常那样，他越是手忙脚乱，就越拧不动锁和钥匙，结果他耽误了一会儿才回来。

等他踏到门槛上往房间里一看，就大叫起来。方才他慌慌张张走出去没有随手把门关上，而书桌边上的窗户也是开着的，一阵强大的穿堂风吹过来，手稿就在大学生眼前一页一页地飘出了窗外。他一个箭步跨过去，用手紧紧地按住，但是剩下的稿纸已经不多了，只有十张或者十二张还留在桌上。别的稿纸已经悠悠荡荡飘落到院子里或者屋顶上去了。

大学生将身体探出窗外去看看稿纸的下落。正好有只黑色的鸟站在阁楼外面的房顶上。"难道那是一只乌鸦吗？"大学生愣了一下，"常言说得好，乌鸦带来了晦气。"

他一看还有几张稿纸在屋顶上，如果不是心里想着考试，他起码还能把遗失的稿纸找回一部分。可他觉得当务之急是先办好自己的事情。"要知道，这可关系到我自己的锦绣前程。"他想。

他匆忙披上衣服，奔向教授那里。一路上，他心里翻腾的全是丢失那部手稿的事情。"唉，这真是一件非常令人窝火的事情，"他想，"我弄得这样慌里慌张，真是倒霉。"

教授开始对他进行口试，他的思路却无法从那部手稿的事里解脱出来。"唉，那个可怜的家伙是怎么对你说的？"他想，"他为了写这本书花费了整整五年的心血，再也重写不出来了，难道他不曾这样郑重其事地叮嘱过你吗？我真不知道自己有没有勇气去告诉他手稿丢失了。"

他对这桩已经发生的事情恼怒不已，结果思想无法集中。他学到的所有知识仿佛被风刮跑了，他听不明白教授提出的问题，也根本不知道自己在回答什么。教授对他如此无知非常恼火，只好给他不及格。

大学生出来走到街上，心头如同油煎火烧一般难过。"这一下完了，我渴望到手的职位也吹啦，"他快快地想，"这都是那个老留级大学生的罪过。为什么偏偏不早不迟今天送来了这么一沓手稿。结果弄得我好心给人办事，反而没有落个好报。"

就在这时候，他一眼看见那个萦绕在他脑际的老留级大学生迎面朝他走来。他不愿意在还没有设法寻找之前就马上告诉那个人手稿已经丢失，所以打算一声不吭地从老留级大学生身边走过去。但是对方看到大学生仅仅冷淡地颔首一下就擦身而过，不免增添了疑心和不安，更加担心大学生究竟如何评价他的手稿。他一把拉住大学生的胳膊，问他看完手稿了没有。"哦，我去进行结业考试了。"大学生含糊其词，想要匆忙躲闪开。但对方以为那是想避免当面告诉他那本书写得太不令人满意，所以他觉得心都快要碎了。那部著作花费了他整整五年的心血，到头来还是一场辛苦付诸东流。他对大学生说道："请记住我对你说的话，如果那本书实在不行，根本无法付印的话，我就不想再见到它了。请尽快看完，告诉我你有何评论。如果写得实在不行，你干脆把它付之一炬吧。我不想再见到它了。"

他说完就匆忙走开了。大学生一直盯着他的背影，似乎想把他叫回来，但是他又后悔起来，便改变主意，回家去了。

他回到家里，立即换上日常衣衫，跑出去寻找那些丢失的手稿。他在马路上、广场上和树丛里到处寻找。他闯进了人家的庭院，甚至跑到了郊外，可是连一页都未能寻找到。

他找了几个小时之后，肚子饿极了，不得不去吃晚饭。但是他在餐馆里又碰到了那个老留级大学生。那个人走了过来，询问他对那本书的看法。"哦，我今天晚上登门拜访，再谈谈这本书。"他搪塞道。他在完全肯定手稿无法寻找回来之前，不肯承认自己把手稿弄丢了。对方一听，脸变得煞白。"记住，要是写得不行，你就干脆把手稿烧掉好了。"他说完，转身就走。这个可怜的人现在完全肯定，大学生对他写的那本书很不满意。

大学生又重新跑到市区里去找，一直找到天黑下来，依旧一无所获。他在回家的路上碰到几个同学。"你到哪儿去了，为什么连迎春节都没有来过呀？""哦，已经是迎春节啦，"大学生说道，"我完全忘记了。"

当他站着和同学们讲话的时候，一个他钟爱的年轻姑娘从他身边走过。她连正眼都没有瞧他一眼，就同另外一个男大学生一边说着话一边走过去，还对那个人亲昵地娇笑。大学生这才记起来，他曾经请求她来过五朔节共同迎春，而他自己却没有参加，她会对他有什么想法呢？

他一阵心酸，想跑过去追赶她，可是他的一个朋友这时说道："你知道吗，听说那个老留级大学生境况很糟糕，他今天晚上终于病倒了。"

"不见得有什么危险吧？"大学生着急地问道。

"心脏出了毛病，他早先曾经很严重地发作过一次，这次又犯了。医生相信，他必定是因为受到某种刺激而伤心过度才犯的，至于能不能复原，那要看他的悲伤能不能消除。"

过了不久，大学生就来到那个老留级大学生的病榻前。老留级大学生面色苍白，十分羸弱地躺在床上，看样子在发病之后还没有恢复过来。"我特意登门来奉告那本书的事，"大学生说道，"那本书真是一部杰出的力作。我很少看到那样的好书。"

老留级大学生从床上抬起身来，双眼逼视着他，说道："那么你今天下午为什么面孔呆板，行为古怪？"

"哦，我心里很难过，因为结业考试没有考及格。我没想到你会那样留神我的一言一行。我真的对你的书非常满意。"

那个躺在病榻上的人一听这句话，用狐疑的眼神盯住他，越发觉得大学生有事瞒着他。"唉，你说这些好话无非是为了安慰我，因为你知道我病倒了。"

"完全不是，那本书的确是上乘之作。你可以相信这句话。"

"你果然没有像我说的那样把手稿付之一炬吗？"

"我还不至于那样糊涂。"

"请你把书拿来！让我看到你真的没有把它烧掉，那我就信得过你。"病人刚说完话，就又一头栽倒在枕头上。他是那样虚弱，大学生真担心他的心脏病随时会再次大发作。

大学生内疚不已，羞愧得几乎难以自容，便双手紧握病人的手，如实地告诉他那部手稿被风刮跑了，并且承认自己由于给他造成了这么大的损失而整整一天都难过得不得了。

他说完之后，那个躺在床上的病人轻轻地拍着他的手说道："你真好，很会体贴人。可是用不着说谎来安慰我！我知道，你已经照我的嘱咐把那部手稿烧掉了，因为我写得实在太糟糕了，但是你不敢告诉我真话，你怕我经不住这样的打击。"

大学生许下誓言，他所讲的都是真话。可是对方坚持己见，不愿意相信他。"倘若你能将手稿归还给我，我就相信你。"那个老留级大学生说道。

老留级大学生看起来病得越来越严重，大学生一看，若是再待下去只会增添病人的心事，便只好起身告辞。

大学生回到家里，心情沉重，身体疲惫，几乎连坐都坐不住了。他煮点儿茶喝了就上床睡觉。当他用被子盖住脑袋的时候，他不禁自怨自艾起来，想到今天早上还是那么鸿运高照，而现在却自己把美好的前途葬送了大半。自己的旦夕祸福毕竟还是可以忍受的。"最糟糕的是，我将会因曾经给别人造成不幸而终生懊恼。"他痛心疾首地反思道。

他以为那一夜将辗转难眠。岂料，他的脑袋刚挨着枕头，就呼呼沉睡过去了，连身边柜子上的床头灯都没有关掉。

迎春节

就在此时，发生了这样一件事情：当大学生呼呼沉睡的时候，一个身穿黄色皮裤、绿色背心，头戴白色尖帽的小人儿，站在靠近大学生住的阁楼的一幢房子的屋顶上。他自忖，要是换个位置，他变成那个在床上睡觉的大学生，他会感到非常幸福。

两三个小时之前，还逍遥自在地躺在埃考尔松德附近的一丛金盏花里憩息的尼尔斯·豪格尔森，现在却来到了乌普萨拉，这完全是渡鸦巴塔基蛊惑他出来冒险的缘故。

男孩子本来并没有到这里来的想法。他正躺在草丛里仰望着晴空的时候，看到渡鸦巴塔基从随风飘曳的云彩里冒了出来。男孩子本来想尽量躲开他，但是巴塔基早已看到他，转眼间就落在金盏花丛中，同大拇指攀谈起来，就好像他是大拇指最贴心的朋友一样。

虽然巴塔基神情严肃，显得一本正经，但男孩子还是一眼就看出他的眼波里闪动着狡黠的光芒。他下意识地觉察到，巴塔基大概又要装神弄鬼引他入什么圈套。于是，他下定决心，无论巴塔基怎样鼓起如簧之舌，他都绝不轻信。

渡鸦说，当初没有把那份最大的遗产在什么地方告诉男孩子，他心里一直很过意不去，所以现在赶来做一点儿弥补，要告诉他另外一个秘密。也就是说，巴塔基知道已经变成小人儿的人怎样才能变回原来的人形。

渡鸦以为十拿九稳可以引男孩子入彀，只消抛出这个诱饵，他便会欣然上钩。不料事与愿违，男孩子漠然以对，淡淡地回答道，他知道只要他精心把白鹅照料好，让白鹅安然无恙地先到拉普兰，再返回斯科讷，他就可以再变成人。

"你要知道带领一只雄鹅安全地周游全国并不是一件轻而易举的事，"巴塔基故弄玄虚地说道，"为了防范不测，你不妨另找一条出路。不过，如果你不想知道，我也就不开口了。"男孩子便回心转意了，说要是巴塔基愿意把秘密告诉他，他一点儿都不反对。

"我倒是愿意告诉你的，"巴塔基趁势说道，"但是要等到时机合适才行。骑到我的背上来，跟着我出去一趟吧，我们去看看有没有合适的机会！"男孩子一听又犹豫起来，他弄不清楚巴塔基的真正用意何在。"哎呀，你一定对我不大放心。"渡鸦说道。可是男孩子无法容忍别人说他胆小怕事，所以一转眼就骑到渡鸦背上了。

巴塔基把男孩子带到了乌普萨拉。他把男孩子放在一个屋顶上，让他朝四周看，再询问他这座城市里住的是些什么样的人，还有这座城市由哪些人管辖。

男孩子仔细观看着那座城市。那是一座很大的城市，宏伟、壮观，屹立在一大片开阔的田野中央。城市里气派十足，美观的高楼华厦到处林立。在一个低矮的山坡上有一座用砖砌成的结实的宫殿，宫殿里的两座大尖塔直冲云霄。"这里大概是国王和他手下人住的地方吧？"他说道。

"猜得倒不大离谱，"渡鸦说，"这座城市早先曾经是国王居住的王城，但是辉煌的时代已经一去不复返了。"

男孩子又朝四周看了看，入眼的是一座大教堂在晚霞中闪着光。那座教堂有三个高耸入云的尖塔、庄严肃穆的大门和浮雕众多的墙壁。"这里也许住着一位主教和他手下的牧师吧？"他说道。

"猜得差不多，"渡鸦回答说，"早先这里曾经住过一个同国王一样威势显赫的大主教。时至今日，虽然还有个大主教住在里面，但是掌管全国国家大事的再也不是他喽。"

"这些我就猜不出来啦。"男孩子说道。

"让我来告诉你，现在居住和管辖这座城市的是知识，"渡鸦说道，"你看到的四周大片大片的建筑物，都是为了知识和有知识的人兴建的。"

男孩子几乎难以相信这些话。"来呀，你不妨亲眼看看。"渡鸦说道。随后他们就各处漫游，参观了这些大楼房。楼房的不少窗户是开着的，男孩子可以朝里面看见许多地方。他不得不承认渡鸦说得对。

巴塔基带他参观了那座从地下室到屋顶都放满书籍的大图书馆。他把男孩子带到那座引为骄傲的大学楼，带他看了那些美轮美奂的报告大厅。他驮着男孩子飞过被命名为古斯塔夫大楼的旧校舍，男孩子透过窗子看到里面陈列着许多动物标本。他们飞过培育着各种奇异花卉、珍稀植物的大温室，还特意到那个长长的望远镜筒指向天空的天文观察台上看了一番。

他们还从许多窗户旁边盘旋而过，看到许多鼻梁上架着眼镜的老学者正端坐在房间里潜心看书写文章，房间四面书籍满架。他们还飞过阁楼上大学生们住的房间，大学生们伸直身子躺在沙发上，手捧厚书在认真阅读。

渡鸦最后落在一个屋顶上。"你看看，我说得没有错吧？知识就是这座城市的主宰。"他说道。男孩子也不得不承认渡鸦说得委实在理。"倘若我不是一只渡鸦，"巴塔基继续说道，"而是生来就像你一样的人，那么我就要在这里住下来。我要从早到晚天天都坐在一间装满书本的房间里，把书籍里的一切知识都学到手。难道你就没有这样的兴趣吗？"

"没有，我相信我宁可跟着大雁到处游荡。"

"难道你不愿意成为一个能给别人治愈疾病的人吗？"渡鸦问道。

"哦，我愿意。"

"难道你不想变成一个能够知道天下发生的大小事情，能够讲好几种外语，能够讲得出太阳、月亮、星星在什么轨道上运行的人？"

"哦，那倒真有意思。"

"难道你不愿意学会分清善恶、明辨是非吗？"

"那倒是必不可少的，"男孩子回答，"我这一路上已经有许多次亲身体会啦。"

"难道你不想学业出色，做个牧师，在你家附近的教堂里给乡亲们传播福音？"

"哎哟，要是我那么有出息的话，我爸爸妈妈准要笑得嘴巴都合不拢。"男孩子答道。

渡鸦就这样启发男孩子懂得在乌普萨拉大学读书做学问的人是何等幸福，不过，那时候大拇指还没有想成为他们当中的一个的热切愿望。

说也凑巧，乌普萨拉大学每年迎接春天到来的盛大集会正好在那天傍晚举行。

大学生们络绎不绝地到植物园来参加集会，尼尔斯·豪格尔森有机会就近看到他们。他们头上戴着白色的大学生帽，排成很宽很长的队列在街上行走，这就像整个街道变成了一条黑色的湍流，一朵朵白色的睡莲在其中摇曳。队伍最前面是一面白色绣金边的锦旗，大学生们唱着赞美春天的歌曲在行进。可尼尔斯·豪格尔森仿佛觉得这不是大学生们自己在歌唱，而是歌声萦绕在他们的头顶上。他想，那不是大学生们在歌唱春天，而是那深藏不露的春天正在为大学生们歌唱。他无法相信，人的歌声竟会那么嘹亮，就像松柏树林里刮过的松涛声，就像钢铁锤击那样的铿锵声，也像野天鹅在海岸边发出的鸣叫声。

植物园里的大草坪嫩绿喜人，树木的枝条都已经泛出了绿色，绽出了嫩芽骨朵。大学生们走进去之后，集合在一个讲台前。一个英俊洒脱的年轻人踏上讲台，对他们讲起话来。

讲台就设置在大温室前面的台阶上，渡鸦把男孩子放在温室的棚顶上，他就安安静静地坐在那里，听着一个人接着一个人发表演讲。

最后一位长者走上讲台。他说，人生中最美好的岁月就是在乌普萨拉
度过的。他讲到了宁静优美的读书生活和只有在同学的交往之中才能
享受得到的瑰丽多姿而又轻松活泼的青春欢乐。他一次又一次地讲
到，生活在无忧无愁、品格高尚的同学们中间是人生最大的乐趣和幸
福，正是因为如此，艰辛的学习才变得如此令人快慰，使得悲哀如此
容易被人忘记，使得希望憧憬着光明。

　　男孩子坐在棚顶上，朝下看着在讲台周围排成半圆形的大学生。
他渐渐明白过来，能够跻身这个圈子是最最体面的事情，那是一种崇
高的荣誉和幸福。每个站在这个圈子里的人都显得比他们单独一人的
时候要高大得多，因为他们都是共存于这一群体之中的。

　　每一次演讲完毕，歌声立即响彻云霄。每当歌声一落，就又开始
演讲。男孩子从来没有想到过，也不曾领略过，把那些言语词句串连
到一起竟会产生那么大的力量，可以使人深深地感动，也可以使人大
为鼓舞，还可以使人欢欣雀跃。

　　尼尔斯·豪格尔森的目光多半是朝向那些大学生的，不过，他也
注意到植物园里并不只有大学生。那里还有不少穿着艳丽、头戴漂亮
春帽的年轻姑娘，以及其他许多人。不过，他们好像也同他一样，到
那里是为了看大学生。

　　有时候演讲和歌唱之间出现了间歇，那时大学生的行列就会解
散，大学生们三五成群地分布在整个花园里。待到新的演讲者一登上
讲台，听众就又围聚到他的周围。这样一直持续到天色昏暗下来。

　　迎春集会结束了，男孩子深深地吸了一口气，揉了揉眼睛，仿佛
刚刚从梦中惊醒。他已经到过一个他从来没有踏入的陌生国度。从那
些青春年少、及时行乐而又对未来信心十足的大学生身上散发出来一
种快乐和幸福感，这种情感也传染给了男孩子，他也像大学生们那样
沉浸在欢悦之中。可是在最后的歌声完全消失之后，男孩子感到茫然
若失，他哀怨自己的生活一团糟，越想心里越懊恼，甚至都不愿意回
到自己的旅伴身边去了。

一直站在他身边的渡鸦这时候开始在他耳朵边聒噪起来。"大拇指，现在可以告诉你，你怎样才能重新变成人。你要一直等到碰到一个人，他对你说，他愿意穿上你的衣服，跟随大雁们去游荡。你就抓紧机会对他说……"巴塔基这时传授给男孩子一句咒语，那咒语非常厉害和可怕，非到万不得已不能高声讲出来，所以他只好对男孩子咬耳朵。"行啦，你要重新变成人，就凭这句咒语就足够了。"巴塔基最后说道。

"行呀，就算是足够了，"男孩子快快地说道，"可是看样子我永远也不会碰到那个愿意穿上我的衣服的人。"

"也不是绝对碰不上。"渡鸦说道。渡鸦随后把男孩子带到城里，放在一个阁楼外面的屋顶上。房间里亮着灯，窗户半开半掩，男孩子在那里站了很久，心想，那个躺在屋里睡觉的大学生是多么幸福。

考　验

大学生突然从睡梦中惊醒，看见床头柜上的灯还亮着。"哎哟，我怎么连灯都忘记关了。"他想。他用胳膊支起身子来，想把灯关掉。但是他还没有来得及把灯关掉，就看到书桌上有个东西在爬动。

那个房间很小，桌子离床不远，他可以清楚地看到书桌上杂乱无章地堆放着的书籍、纸张、笔，还有几张照片。他眼睛也扫到了临睡前没有收拾的酒精炉和茶具。然而就像清清楚楚地看到别的东西一样，他竟然还看见一个很小的小人儿伏在黄油盒子上，正在往手里的面包上抹黄油。

大学生在白天里经历的坏事太多，所以对眼前的咄咄怪事反而见怪不怪了。他既不害怕，也不惊慌，反而无动于衷，觉得有个小人儿进屋来找点儿东西吃，没有什么可大惊小怪的。

他没有伸手去关灯就又躺下了，他眯起眼睛躺在那儿，偷偷地看着那个小人儿的一举一动。小人儿非常惬意地坐在一个镇纸上，津津有味地大嚼着大学生吃晚饭时留下的残羹剩饭。看样子，小人儿在细嚼慢咽，细细地品尝食物的滋味。他坐在那里，双眼半开半闭，舌头吧唧吧唧地舔着嘴巴，吃得非常香。那些干面包皮和剩奶酪渣儿对他来说似乎都是珍馐美味。

在那个小人儿吃饭的时候，大学生一直没有打扰他。等到小人儿打着饱嗝再也吃不下去的时候，大学生便开口同他攀谈起来。

"喂，"大学生说道，"你是什么人？"

男孩子大吃一惊，不由得拔腿就朝窗口跑去。但是他一看到那个大学生仍旧一动不动地躺在床上，没有起身来追赶他，就又站住了身子。

"我是西威曼豪格的尼尔斯·豪格尔森，"男孩子如实告诉他，"早先我也是一个同你一样的人，后来被妖法变成了一个小精灵，从此我就跟着一群大雁到处游荡。"

"哎哟，天下事真是无奇不有。"大学生惊叹道。他问起男孩子的近况，直到对男孩子离家出走以后的状况有了大致的了解。

"你倒是过得还不错，"大学生赞美道，"谁要是能够穿上你的衣服到处遨游，那岂不可以摆脱人生的一切烦恼？"

渡鸦巴塔基这时正好来到窗台上，当大学生信口说出那些话的时候，他就赶紧用嘴啄窗玻璃。男孩子心里明白，渡鸦是在提醒他注意，千万不要忽略大学生说出的咒语中的那几个字眼，免得坐失天赐的良机。"哦，你不肯同我更换衣服的，"男孩子说道，"当上大学生的人是得天独厚的，怎么肯再变别的人？"

"唉，今天早晨我刚醒过来的时候，也还是这么想的，"大学生长叹一声，说道，"但是你知道今天我出了什么样的事情啊！我算是真正完蛋啦。倘若我能够跟着大雁一走了之，那对我来说最好不过啦。"

男孩子又听见巴塔基在啄打玻璃，而他自己的脑袋开始眩晕，心怦怦地跳个不停，因为那个大学生快要说出那句话了。

"我已经告诉你我的事情了，"男孩子对大学生说道，"那么你也讲给我听听你的事情吧！"大学生大概是因为找到了一个可以一吐衷肠的知己而心头松快了一些，便把所发生的事情原原本本地讲了出来。"别的事情倒无所谓，过去也就算了，"大学生最后说道，"我最伤心的是，我给一个同学带来了不幸。倘若我穿上你的衣服，跟着大雁一起去漫游，那么对我会更好一些。"

巴塔基拼命啄打着玻璃，男孩子却稳坐不动，一声不吭地默默坐了很久，双眼看着大学生出神。

"请你稍等一下！我马上就给你回话。"男孩子压低了声音对大学生说道，然后步履蹒跚地走过桌面，从窗框上跨了出去。他来到窗户外的那个房顶上时，看到朝阳正在冉冉升起，橘红色的朝霞映亮了整个乌普萨拉城，每一座尖塔和钟楼都沐浴在晨曦之中，闪闪发光。男孩子又一次情不自禁地赞美道，这真是座充满快乐的城市。

"你是怎么回事啊？"渡鸦埋怨说，"你把重新变成人的机会错过了。"

"我一点儿也不在乎让那个大学生当我的替身，"男孩子理直气壮地说道，"我心里非常不好受的是，那部手稿丢失得太可惜啦。"

"你用不着为这件事犯愁，"渡鸦说道，"我有办法把那些手稿弄回来。"

"我相信你有本事把那些手稿找回来，"男孩子说道，"可是我拿不准你究竟肯不肯这样做。我最关心的是把手稿完好地归还。"

巴塔基一句话都没有再说，张开翅膀飞入云霄。不久，他就衔回来两三张稿纸。他飞来又飞去，整整飞了一个多小时，就像燕子衔泥筑窝那样勤奋，把一张张手稿交到男孩子手里。"行啦，我相信我现在已经差不多把所有的手稿都找回来啦。"最后，渡鸦巴塔基站在窗台上大口大口地喘着气说。

"多谢你啦，"男孩子说道，"现在我进屋去同那个大学生说几句话。"在这时候，渡鸦巴塔基趁机朝屋里瞅了一眼，只见那个大学生正在将那些手稿一页一页地展平叠齐。"唉，你真是我碰到过的天字第一号大傻瓜！"他抑制不住心头的怒火，朝着男孩子发作起来，"难道你把手稿交还给了那个大学生？那么你就用不着再进去同他讲话了。他决计再不会说他愿意变成你现在这副模样的人啦。"

男孩子站在那里，凝视着小房间里那个身上只穿着一件衬衫，高兴得手舞足蹈的大学生。然后，他回过头来对巴塔基说道："巴塔基，我完全明白你的一番好心，你是想让我经受一下考验。你大概在想，要是我果然苦尽甘来的话，我一定会撇下雄鹅莫顿，让他孤零零地去应付这段艰难旅程中的一切风险。可是当那个大学生讲起他的不幸时，我意识到背弃一个朋友是何等不义和丑恶，所以我不能做出那样的事情。"

渡鸦巴塔基用一只爪子搔着后脑勺，脸色显得非常尴尬。他一句话都没有多说，就驮起男孩子朝着大雁们栖息的地方飞去。

小灰雁邓芬

漂浮在水面上的城市

五月六日　星期五

全世界再也找不到比小灰雁邓芬更温柔体贴、更善解人意的鸟了。所有的大雁都非常钟爱她，白雄鹅更是愿意为她献出生命。邓芬一开口要求点儿什么，领头雁阿卡从来都不会拒绝。

小灰雁邓芬来到梅拉伦湖之后，就立即认出了是在旧地重游。离这里不远处就是大海，海岸附近有一大群岩石礁，她的父母和姐妹就住在一座岩石小岛上。于是她去央求大雁们，在朝北赶路之前不妨先拐个弯到她家里去拜访一趟，这样她可以让自己的亲人们知道她还活在世上，她们一定会喜出望外的。

阿卡直截了当地拒绝了，因为她觉得邓芬的父母亲和姐妹把她活生生地遗弃在厄兰岛上，根本就不疼爱她。邓芬却不以为然。“他们眼睁睁看着我无法飞行，叫他们有什么别的法子呢？”她说道，“他们总不能因为我而死守在厄兰岛上呀。”

邓芬为了说服大雁们飞到那里去，便对他们讲起了自己在岩石岛上的家。那是一座很小的石头岛。要是从远处看去，几乎让人无法相信除了石头之外还会有其他东西。可是走近一看，就会发现，在峡谷和低地里都有水草肥美的牧场。在山沟里或槲树丛里都可以找得到相当好的筑巢地点。最大的好处是那里住着一个老渔夫。小灰雁邓芬曾经听人说起过，他在年轻的时候是一个好猎手，常常埋伏在海岛上打鸟。可是到了垂暮之年，妻子离世，孩子离开家门，只剩下他一个人形影相吊地苦度日子。于是他开始保护他那座岛上的鸟，自己决计不放一枪，也不许别人那么做。他常常在鸟巢之间走来走去。当雌鸟孵蛋的时候，他就给她们采来食物。岛上没有一只鸟见到他时会害怕。小灰雁邓芬曾经到他的茅屋里去过好几次，他还用面包屑喂她。可是恰恰因为渔夫对鸟实在太好了，以至于大批的鸟迁移到这座岛上，住的地方骤然拥挤起来。要是哪只鸟春天回来迟了，可能连筑巢的地方都找不着。就是因为这个，邓芬的父母姐妹才不得不匆匆离开她，赶回那座岛上去。

小灰雁邓芬恳求了很久，终于如愿以偿。虽然大雁们觉得已经太迟了，应该一直朝北飞去，不过最后还是照顾她，答应到小海岛上看看她的全家，可是来回路程时间不能超过一天。

那天清早天刚亮，大雁们便饱餐了一顿，然后就朝东飞过梅拉伦湖。男孩子不大明白他们飞行的路线，不过他感觉得出来，越是往东，湖面上的船只往来就越忙，湖岸上的建筑物就越密。

满载货物的大平底船和驳船，还有帆船和渔船，竞相朝东进发，许多漂亮的白色小汽艇朝它们迎面驶来或者从它们身边掠过。湖岸上公路和铁路一齐奔向一个目标。看起来东面有个什么地方，所有这些车辆舟楫大清早必须赶到那里。

他在一座岛上看到一座白色的大宫殿，东边更远的湖岸上林立着许多消夏别墅。起初别墅之间相距甚远，后来距离越来越近，不久之后整个湖岸都鳞次栉比地布满了大大小小的别墅。那些别墅风格各异，造型奇特。有的是一幢大宅邸，也有的是一间平房，有的是一长排一长排的条形房屋，也有的别墅屋顶上修建了许多小尖塔。有些别墅周围有花园，不过，大多数别墅坐落在湖岸两旁的阔叶树林里，屋外没有另外栽种花草。尽管这些别墅千姿百态，格局迥然不同，但是它们也有一个共同之处，那就是它们都不像其他建筑物那样死板单调。它们都显得很活泼明快，赏心悦目，都像儿童玩具屋那样油漆成鲜艳的浅蓝色、嫩绿色、乳白色和粉红色。

男孩子正在俯视湖岸上那些可爱的别墅，小灰雁邓芬突然大声地尖叫起来："我认出来啦，一点儿没错，那边就是那座漂浮在水面上的城市。"

男孩子坐直身子，朝前看去。起先所见的仅仅是水面上翻滚着薄雾烟波。可是他渐渐就辨认出了那些高耸入云的尖塔和窗户成行成排的高楼大厦。它们时隐时现，仿佛被薄雾轻烟东追西逐。可是他见不到一丁点儿湖滨堤岸，似乎那边所有的建筑物都漂浮在水面上一样。

男孩子快要接近那座城市的时候，他再也见不到方才沿湖岸看到的那些鲜艳活泼、有如玩具屋子的房了。湖岸上密密麻麻都是黑黢黢的工厂厂房。在高大的栅栏背后存放着大堆大堆的煤和木板。乌黑肮脏的码头前面停靠着笨重的货轮。不过，那层薄得透明的轻雾笼罩着这一切，使得所有的东西都看上去硕大无朋、光怪陆离，几乎给人以美的感觉。

大雁们飞过那些工厂和货轮，越来越接近那些轻雾缭绕的尖塔。所有的雾团蓦地沉向水面，只有几缕轻盈缥缈的烟云在他们的头顶上飘忽不定，被晨曦染成了美丽的淡红色和淡蓝色。阵阵轻雾、朵朵云彩在水面和陆地的上空翻滚追逐，遮住了房屋的下半部，只看到最上面的几层，屋顶、尖塔、山墙和正面的楣墙露在外面隐约可见。这样有的房屋就显得分外宏伟、高大，就像真正的巴比伦的空中花园一样。男孩子知道，这些房屋都是建造在丘陵和山冈之上的，却无法看到这些丘陵和山冈，于是这些房屋就像无根之木一样在云雾里飘来荡去。由于太阳刚刚从东面升起来，一时还照不到这里，因此这里一片白茫茫，而那些楼房显得黑黢黢的。

男孩子知道他们正飞过一座大城市的上空，因为他看到四面八方都有刺破云雾的屋顶和尖塔。缭绕的云雾不时露出一些空隙，他透过这些空隙看到一条奔腾咆哮的急流，但是随便在哪里都见不到一星半点儿陆地。这座城市风光旖旎，颇值观赏，不过也看得惹人心烦，因为这就像碰到了一个让人无法理解的谜团一样。

他刚刚飞过城市，又仔细看看，还是见不到城市边缘有什么土地，也见不到湖岸，透过薄雾只能清楚地见到水面和小岛。他转过头来，想再仔细看看那座城市，却大失所望。这座城市竟换了模样，仿佛遭受魔法蛊惑了。在旭日照耀下，雾的颜色变成了非常明亮的朱红色、湛蓝色或者金黄色。那些房屋都变成了白颜色，似乎它们是用光建成的，而窗子和塔尖像熊熊烈火一样闪闪发亮。而所有的建筑物同方才一样，都是浮动在水面上的。

大雁们笔直地朝东飞去。起初那里的景物几乎同梅拉伦湖差不多。他们先飞过工厂和车间，然后，沿着湖滨出现了一幢幢别墅。汽船和驳船如过江之鲫般蜂拥而来，不过，这时候都是从东面朝西驶往这座城市的。

他们继续朝前飞去，展现在他们身底下的不再是梅拉伦湖那样的狭窄港湾和小岛了，而是辽阔浩渺的水面和大得多的岛屿。大片的内陆土地朝向两旁闪开，不久就见不到了。岛屿上的草木越来越稀疏，阔叶树林越来越少，岛屿上的树木大半是松树。那些别墅早已见不到了，只有农舍和渔民的小屋时而映入眼帘。

他们又向前飞了一段，有人居住的岛屿也不见了，只有无数小岩石岛星罗棋布地撒在水面上。那些两峰对峙、水湍流急的峡谷在这里是见不到的，展现在他们面前的是一片大海，澄波万顷、辽阔无际。

大雁们降落在一座岩石岛上。他们落地以后，男孩子转过头来问小灰雁邓芬："我们刚才飞过的是哪座大城市？"

"我不晓得人类怎么称呼它，"邓芬说道，"我们灰雁都把它叫作漂浮在水面上的城市。"

姐妹们

小灰雁邓芬有两个姐姐，一个叫文珍妮，一个叫吉安娜[①]。她们都是身手矫健、头脑慧黠的鸟，可惜身上既没有长着邓芬那样金灿灿的柔软绒毛，也不像她那样温柔体贴、善解人意。从她们还是黄毛小雁的时候起，她们的父母和亲戚，甚至那个老渔夫，都时时让她们感觉到只有邓芬才是他们的掌上明珠。他们越是宠爱邓芬，这两个姐姐就越嫉妒她。

大雁们在岩石岛上降落的时候，文珍妮和吉安娜正在离岸边不远的草地上觅食，她们马上看见了那些不速之客。

"你看，吉安娜妹妹，飞落在岛上的这些大雁是多么英俊伟岸！"文珍妮说道，"我很少看到这样落落大方的鸟。你瞧见了没有，他们当中有一只白雄鹅！难道你曾经见到过比他更潇洒的鸟？大家都真的会把他当作一只天鹅呢！"

吉安娜觉得姐姐的赞美句句在理，这些尊贵的客人竟然纡尊降贵来到孤岛上，真是了不起。她刚要张嘴说话，马上停住了，旋即又脱口而出："文珍妮姐姐，文珍妮姐姐，你看他们把谁带来了！"

这时文珍妮也瞅见了邓芬，她惊恐得目瞪口呆，嘴里咝咝吐气。"这绝对不可能，怎么偏偏是她呢？她怎么会混到这些贵客当中去呢？我们略施小计，把她撇在厄兰岛上是存心要让她活活饿死的。"

"哼，这下倒好，她一来就会在父母亲面前哭诉，说穿那是我们故意在飞的时候使劲儿地挤她撞她，才使得她的翅膀脱臼。"吉安娜惶恐不安地说道，"你等着瞧吧，到头来我们俩都会被从岛上撵走的。"

"这个被溺爱得令人讨厌的小东西一回来，我们受苦受气的日子就少不了啦。"文珍妮恨恨地说道，"不过我觉得，刚见面我们要显

[①] 三只小灰雁的名字在瑞典语原文中分别意为"美丽的羽毛""美丽的翅膀"和"金色的眼睛"。

得格外亲热，欢迎她回到家来，这是最聪明的法子。她很笨，说不定根本没有发觉那时我们是存心挤她撞她。"

文珍妮和吉安娜在小声地商量的时候，大雁们站在海滩上，把经过长途飞行而凌乱的羽毛收拾整齐，然后排成一列长队，爬上顽石遍地的堤岸，朝一条山沟走去。小灰雁邓芬知道，她的父母亲通常都在那里。

小灰雁邓芬的父母品德都非常优良。他们在那座岛上居住的时间比其他任何鸟都长，他们对所有新来者都想方设法给予帮助。雁群飞落下来时，他们也看到了，不过，他们都没有认出邓芬也在其中。"真是咄咄怪事，竟会看到有雁群降落到这么一座荒僻的孤岛上来。"那只老雄灰雁沉思道，"这是一个很出色的雁群，只消看看他们飞行就可以知道他们身手不凡。可是一下子要为那么多客人寻找觅食的地方，不是件容易的事情。"

"哦，我们还不至于拥挤到无法接待他们。"他的妻子说。她也同小女儿邓芬一样温柔善良。

阿卡一行走过来了，邓芬的父母亲赶紧迎上前去，他们刚要张口对阿卡的雁群来到岛上表示欢迎，走在队伍最末尾的小灰雁邓芬就飞过来落在父母亲中间。"爸爸，妈妈，我回来啦！难道你们没有认出女儿邓芬来吗？"她急不可耐地叫喊道。起初两只老灰雁有点儿茫然，弄不清楚这是怎么回事，待他们看到自己的亲生女儿后，不禁大喜过望，潸然泪下。

于是大雁们、雄鹅莫顿和邓芬七嘴八舌地讲起了邓芬获救的经过。这时，文珍妮和吉安娜也匆匆奔跑过来，她们俩从老远就呼喊着妹妹，对邓芬平安归来显得那么欣喜，邓芬心里非常感动。

大雁们觉得这座荒岛倒挺不错的，于是决定在这里过夜，到第二天早上再继续飞行。过了一会儿，邓芬的两个姐姐跑过来问她愿不愿意跟她们去看看她们选中的筑巢的地方。她马上跟着她们去了，她看到她们选的都是非常荒凉偏僻、安全很有保障的地方。"邓芬，你打算住在哪里呢？"她们问道。

"我吗？"邓芬摸不着头脑，"我没有打算留在这座岛上，我要跟随大雁们一起去拉普兰。"

"哦，你那么快离开我们，真是太可惜啦。"两个姐姐异口同声地说道。

"是呀，我本来也想在你们和爸爸妈妈身边多待一些日子，"邓芬不胜惋惜地说道，"可是我已经答应了大白鹅……"

"什么？"文珍妮气急败坏地惊呼起来，"你要嫁给那只雄鹅？那么……"刚说到这里，吉安娜用力地戳了戳她，于是她连忙住了口。

两个用心险恶的姐姐背后说了邓芬一个上午的坏话，她们为邓芬竟有那样一个追求者快气疯了。她们自己也都有追求者，可都只是普普通通的灰雁，根本不像雄鹅莫顿那样英俊伟岸。自从她们见到雄鹅莫顿以后，她们觉得自己的追求者丑陋、庸庸碌碌，简直不值得正眼瞅一下。"这非把我气死不可，"吉安娜愤愤地叫嚷，"无论怎么说，能配得上嫁给他的是你，文珍妮姐姐。"

"我宁可他死了，这样省得我整个夏天都在想着邓芬嫁给白鹅会多么快活。"文珍妮恨恨地说道。

然而两位姐姐仍旧强颜欢笑，装得与邓芬非常亲热。到了下午，吉安娜带着邓芬去拜访她自己准备嫁的那只雄灰雁。"你看，他可长得远不如你的那位漂亮，"吉安娜说道，"反过来说也有个好处，那就是可以拿得稳，他的外表同内心一个样，可以让人放心。"

"你这是什么意思，吉安娜姐姐？"邓芬嗔怪道。吉安娜起初并不想一语道破她话里的意思，可是后来渐渐流露出来，她和文珍妮都有点儿疑心，觉得大白鹅有点儿不太可靠。"我们从来没有看到过一只白鹅跟大雁混在一起，"姐姐说道，"我们疑心他是受了妖术变的。"

"哈，你们真傻，他不过是一只家鹅。"邓芬不以为然地说道。

"再说那只雄鹅身边还带了一个受妖术蛊惑的小人儿，"吉安娜说道，"说不定他自己就是妖术变来的。难道你不害怕吗，万一他的原形是一只浑身墨黑的水老鸦呢？"

她振振有词，把可怜的邓芬吓着了。"你大概是随便说说的吧，"那只小灰雁说道，"你只不过是想吓吓我吧？"

"我都是为了你好，邓芬，"吉安娜装作关心地说道，"我再也想不出来还有什么比眼睁睁地看着你跟一只黑色水老鸦飞走更让我伤心的事啦。不过，我可以讲给你听一个法子。我这里采来了一些草根，你想办法让他吃下去几块。倘若他是妖怪变的，他吃了之后就一定会显出原形的。倘若他不是妖怪，那么他仍旧是现在这副模样。"

男孩子正坐在大雁中间，聆听着阿卡和那两只老灰雁的谈话，小灰雁邓芬匆匆飞了过来。"大拇指，大拇指，"她喊道，"雄鹅莫顿要死了！我把他害得快没命啦！"

"让我骑在你的背上，邓芬，把我带到他那儿去！"男孩子吩咐道。他们先走一步，阿卡和别的大雁也随之而来。他们到那里一看，只见雄鹅气息奄奄地躺在地上，大口大口地喘着粗气，连一句话也说不出来。"捋一捋他的喉咙底下，再捶一捶他的背！"阿卡说道。男孩子这样做了，大白鹅立刻咳出了一大段卡在他喉咙里的草根。"天哪，你吞下的是这种草根吗？"阿卡指指还放在地上的几段草根。

"是呀。"雄鹅回答。

"那一定是草根在你喉咙里卡住了，"阿卡说道，"这种草根是有毒的，幸亏你没有咽下去，要是咽下去几段，你早就送掉性命啦。"

"那是邓芬求我一定要我吃下去的。"雄鹅说道。

"那是我姐姐给我的。"邓芬说道。她把事情的经过原原本本讲了出来。

"你要对你的两个姐姐多加提防呀，"阿卡一针见血地提醒道，"她们肯定对你不怀好意。"

可是邓芬生性善良，品性高贵，从不把别人往坏处想。过了一会儿，文珍妮过来要领她去看看自己的意中人时，她也欣然跟去了。"你看，他不如你的那位英俊潇洒，"姐姐说道，"但是他相当勇敢。"

"哦，你是怎么知道的呢？"邓芬问道。

"事情是这样的，最近一段时间以来，这座岛上的海鸥和野鸭没法过宁静安定的日子，因为每天清晨天刚亮，就会有一只凶残的陌生大鸟飞到这里来，从他们当中叼走一只。"

"那是一只什么鸟呀？"邓芬问道。

"我们也不认识，"姐姐吞吞吐吐，"以前在这座岛上从来没有见到过那只鸟，非常奇怪的是那只鸟从来不侵袭我们灰雁。现在我的意中人下决心要在明天早晨同那只鸟搏斗，把他从岛上撵走。"

"但愿他凯旋。"邓芬说道。

"唉，我想把握不大，"姐姐愁眉苦脸地说道，"如果我的意中人有你那位那样高大魁梧、强壮有力，那么我就有希望啦。"

"你的意思是，要我叫雄鹅莫顿去同那只陌生的坏家伙打一架，把他轰走，是不是？"邓芬问道。

"正是这样，我是有这个想法。"文珍妮正求之不得，说道，"你真是帮了我一个最大的忙啦。"

第二天清早，雄鹅在太阳出来之前就醒过来了。他站在岩石岛屿的最高处四下警戒。没过多久，他就看见一只黑色大鸟从西面飞了过来。那只鸟的翅膀无比巨大，一眼就可以看得出那是一只苍鹰。雄鹅这下傻了眼，他原先以为最危险的对手也不过是一只猫头鹰罢了。这时候他才明白自己今天性命难保，没有生还的机会了。但是面对不知比自己强大多少倍的凶鸟，他也毫无畏惧，连一点点不敢同那只苍鹰交锋的念头都没有。

苍鹰俯冲而下，用利爪抓住一只海鸥，还没有等他张开翅膀飞走，雄鹅莫顿就抢上前去。"喂，把海鸥放开，"雄鹅厉声喝道，"再也不许到这里来为非作歹，否则我就要叫你尝尝我的厉害！"

"这是哪里冒出来的一个疯子，"苍鹰惊愕不止，说道，"算你走运，我从来不伤害鹅和大雁，否则你就没命啦。"

雄鹅莫顿以为苍鹰是在取笑他，故意表示不屑同他交手。他怒火中烧，一头朝苍鹰冲了过去，咬他的喉咙，用翅膀扑打他。苍鹰哪里受得了这样的挑战，自然就还手应战。不过，苍鹰仍是半真半假地调侃着雄鹅，只使出了几分气力来对付他。

男孩子躺在阿卡和大雁的身边，还在呼呼大睡，美梦未醒。小灰雁邓芬气急败坏地奔跑过来，尖声呼喊道："大拇指，大拇指，不好啦，雄鹅莫顿快被一只苍鹰撕得粉身碎骨啦！"

"让我骑在你的背上，邓芬，快把我带到他那里去。"男孩子吩咐道。

当男孩子到达那里的时候，雄鹅莫顿已经被抓得浑身是血，翎羽凌乱，狼狈不堪。男孩子对付不了苍鹰，只好去搬救兵。"邓芬，快去！把阿卡和大雁通通叫来！"他高声喊叫。男孩子这么一喊，苍鹰就停下来不再扑打雄鹅了。"哦，谁在那里提到阿卡的名字？"他问道。这时，苍鹰看到了大拇指，也听见了大雁们咳咳的呼喊声，便振翼凌空欲飞。"请告诉阿卡，这是一场误会，我万万没有料到，在这深海孤岛上竟会碰到她和她手下的大雁。"说罢，他亮开双翅，矫健悠然地飞走了。

"哦，这只老鹰就是上次把我送回大雁身边的那一只。"男孩子说道，惊讶地目送苍鹰远去。

大雁们打算清早起来就马上动身，不过在动身之前还要花一点儿时间填饱肚子。正当他们觅食的时候，一只潜鸭来到邓芬身边。"你的姐姐们让我捎来了口信，"潜鸭说道，"她们都不敢在大雁面前露面，所以托我提醒你，在你离开这座岛之前应该去探望一下那个老渔夫。"

"说得真对。"邓芬回答道。可是如今她被吓得胆子很小，不敢单独出去，于是央求雄鹅和大拇指陪她一起到渔夫的棚屋去。

那座棚屋的门是开着的，邓芬走了进去。雄鹅和大拇指待在外面，不久他们就听到阿卡在呼唤大家起程。他们俩连连催促邓芬赶快出来。有一只灰雁仓皇走出了棚屋，他们便紧随在大雁们背后离开了那座岩石岛。

他们朝着靠近陆地的岩石岛群飞了很长一段时间以后，男孩子才发觉跟在后面的那只灰雁有点儿奇怪。小灰雁邓芬往常飞行起来轻盈自如、悄然无声，而眼前这只灰雁却动作笨拙，呼啦呼啦扇动翅膀，显得十分吃力。"阿卡，快转过头来！阿卡，快转过头来！"男孩子失声惊呼道，"我们搞错人啦！跟着我们后面飞的是文珍妮！"

他的话音还没有落，那只灰雁便恼怒地发出一阵聒噪的尖叫。大雁们一听这声音就知道她是谁了。阿卡和其他大雁马上转过身来，朝她围了上去。那只灰雁并没有立即夺路而逃，相反，她一个冲刺窜到大白鹅身边，叼起了大拇指，这才匆匆逃走。

于是岩石岛群和陆地之间的海面上空展开了一场追逐战，文珍妮在前面拼命逃，大雁们在后面紧追不舍。不久大雁们就追上了她，她要想逃脱，那是毫无指望的。

忽然，他们看到海面上无端升起一股很细的白色烟尘，还听到了一声枪响。原来他们方才只顾追赶文珍妮，却没有留神他们笔直地朝着一只小船飞过去，那只小船上孤零零地坐着一个渔夫。

没有一只鸟被子弹击中，但是就在那里，在小船的正上方，文珍妮张开嘴巴，让大拇指摔了下去，摔进了那无边的碧波之中。

五月七日　星期六

斯德哥尔摩郊区有一个很大的公园，叫斯堪森①，那里收集了许多稀奇古怪的东西。几年前，斯堪森公园有一个名叫克莱门特·拉尔森的小老头儿，他是海尔辛兰省人，到斯堪森来是为了用他的小提琴演奏民间舞曲和古老的乐曲。他主要在下午出来为游人演奏乐曲，上午他一般坐在那里照看从全国各地运到斯堪森来的各具特色的农舍。

起初，克莱门特觉得他晚年过得很好，是他以前连做梦都不敢想的。但是一段时间过后，他开始感到有点儿担忧，尤其是在看管农舍的时候。当有人来农舍参观的时候，那还算可以，但是有时候克莱门特独自一坐就是几个小时。这时他就会十分想念家乡，甚至担心自己会不得不辞去目前的职务而回乡去。他非常穷，他也知道，他回家后，就会成为教区济贫院的负担。因此，尽管他觉得日子一天比一天难熬，但是仍然努力坚持着待得更久。

五月初一个风和日丽的下午，克莱门特有几个小时的空闲时间，于是他沿着斯堪森下面的一个陡坡往下散步。那时，他遇见了一个在群岛上打鱼的人，正背着渔篓迎面走来。这是个年轻力壮、动作敏捷的小伙子，他经常到斯堪森来出售他捉到的活海鸟。克莱门特见过他

---

① 斯堪森公园位于斯德哥尔摩的尤尔高登（意译为动物园）岛上，建于 1891 年，属于北欧博物馆的一部分。它包括一个由百余间房屋和农家庭院组成的露天博物馆，以及北欧最大的一个动物园。

好几次。

打鱼的人叫住克莱门特，问他斯堪森的总管是否在家。克莱门特回答了他的问话，然后就问他渔篓里装的是什么珍品。"你可以看看我抓到了什么，克莱门特，"打鱼人回答说，"但是希望你能给我提个建议，看我应该开什么价。"

他递过渔篓给克莱门特看。克莱门特朝渔篓里看了一眼，然后又看了一眼，突然他缩回身子，倒退了几步。"我的天哪，奥斯比约恩！"他说，"你到底是怎么弄到他的？"

克莱门特记得，当他还是个小孩子的时候，母亲常常给他讲那些住在地板底下的小人儿的事。为了不惹小人儿生气，他不能喊叫，也不能淘气。长大以后，他以为母亲搬出小人儿之类的事不过是骗人的把戏，为的是不让他淘气。但是，母亲也许不是凭空说说的，因为眼前奥斯比约恩的渔篓里就躺着一个活生生的小人儿。

孩童时代的恐惧感还没有完全从克莱门特的记忆中消失，只要看一眼那个渔篓，他就感到脊梁骨直冒凉气。奥斯比约恩察觉到他害怕了，便大笑起来。克莱门特却对此十分认真，丝毫没有觉得有什么可笑的。"告诉我，奥斯比约恩，你到底是从哪儿弄到他的！"他说。

"我不是特地守着把他抓来的，这一点请你放心，"奥斯比约恩说，"是他自己到我身边来的。今天一大早我就带着猎枪划船出海了。还没等我离岸多远，就发现一大群大雁叫喊着从东边飞过来。我朝他们开了一枪，但是一只也没有打中，倒是这个小家伙从上面落下来，掉在离我的船很近的水中。我一伸手就把他抓了过来。"

"你没有打中他吧，奥斯比约恩？"

"哦，没有，他安然无恙。但是他刚刚掉下来的时候，惊恐不安，不知所措，我就乘机用一段帆绳头儿把他的手脚捆了起来，这样他就跑不了啦。你知道吗，我当时立刻想到把他放在斯堪森肯定非常合适。"

渔民在讲述他捕获小人儿的经过时，克莱门特变得极其局促不安。他小时候听说过的小人儿的事，他们对敌人的报复心以及他们对朋友的感激之情都很强烈。那些试图抓获他们、把他们当作俘虏的人最终绝不会有好下场。"你当时应该把他放了，奥斯比约恩。"

"我当时的确差点儿被迫把他放了，"奥斯比约恩说，"你知道，克莱门特，那些大雁一直跟着我到家里。他们围着小岛飞来飞去，整整飞了一个早晨，同时还大声叫喊着，似乎他们想要回小人儿。这还不算，我们家乡附近那些不值得我打一枪的海鸥、燕鸥以及其他小鸟都落在小岛上，叽叽喳喳叫个不停。只要我一出门，他们就围着我乱飞，害得我不得不又回屋去。我的妻子也请求我把他放了，但是我决心已定，一定要把他送到斯堪森来。于是我把我孩子的一个洋娃娃放在窗前，把这个小家伙深深地藏在渔篓里，然后才上路。那些鸟大概以为放在窗前的洋娃娃就是他，我出来的时候，他们也不追我了。"

"他没有说什么吗？"克莱门特问道。

"说了，开始他就想对着大雁们呼救，但是我没有让他这样做，而是用东西把他的嘴堵住了。"

"可是，奥斯比约恩，你怎么能这样对待他呢？"克莱门特说，"难道你不知道他是一种超自然的东西吗？"

"我不知道他是什么东西，"奥斯比约恩平静地说，"这个问题还是让其他人去考虑吧。我抓到了他，只要我能用他换到一笔丰厚的报酬，我就满足了。现在你告诉我，克莱门特，你估计斯堪森公园的总管会给我多少钱？"

克莱门特迟迟不回答。但是他越来越为小人儿感到不安了。他似乎真的感觉到母亲就站在他身边对他说，要他永远善待这些小人儿。"我不知道斯堪森公园的总管会给你多少钱，奥斯比约恩，"他说，"但是，如果你愿意把他交给我，我会付给你二十克朗。"

奥斯比约恩听到这么大一笔钱，极其惊讶地看着这个拉小提琴的人。他想，克莱门特也许以为小人儿有某种神奇的力量，会给他带来好处。而且他确实不能肯定总管是否也会这样看重小人儿而愿意出这么高的价钱。于是，他接受了克莱门特提出的价钱。

拉小提琴的人把刚买来的小家伙放进他那宽大的衣袋里，转身回到斯堪森公园，进了一间既没有游人也没有看守的小木屋。他随手关上屋子的门，掏出小人儿，小心翼翼地把他放在一张小凳上。小人儿这时手脚还被绑着，嘴里仍然塞着东西，说不出话来。

"现在你好好听我说！"克莱门特说，"像你这样的人不喜欢被人看见，而愿意独自做自己想做的事。因此，我想还你自由，但是你必须答应我一个条件，那就是你必须留在公园内，直到我答应你离开这里为止。你要是同意这个条件，就点三下头！"

克莱门特满怀期望地望着小人儿，可是小人儿一动也没有动。

"你在这里是不会遇到什么困难的，"克莱门特说，"我会每天来给你送饭。我想，你在这里有许多事情可做，你不会觉得度日如年的。但是，在没有得到我的同意之前，你不能到其他任何地方去。让我们来商定一个暗号吧。只要我把你的饭放在一只白色的碗里，你就继续留在这里；要是我把饭放在一只蓝色的碗里，你就可以走了。"

克莱门特又一次停住话头儿，等待小家伙做出表示，可他还是一动也没有动。

"好吧，"克莱门特说，"既然这样，我就没有更多要说的了，只好把你交给这里的总管。你会被放在一只玻璃柜子里，斯德哥尔摩这座大城市里的人都会来这里看你。"

看来这番话把小人儿吓坏了，他没等克莱门特把话说完就迫不及待地点头表示同意。

"这就对了。"克莱门特边说边掏出小刀，把绑着小人儿双手的绳子割断，然后急忙朝门口走去。

男孩子没有去考虑别的什么事情，而是急忙解开绑在脚上的绳子，取出塞在嘴里的东西。当他转过身来想对克莱门特·拉尔森表示感谢时，克莱门特已经走开了。

克莱门特刚迈出门槛，就遇见一位仪表堂堂、眉清目秀的老先生，他好像正朝附近一片风景区走去。克莱门特记不清他是否见过这位仪表堂堂的老先生，但是看来老先生一定是在他以前演奏小提琴时注意过他，因为他停住脚步并和他说起话来。

"你好，克莱门特！"他说，"最近怎么样？你没生病吧？我想，你最近一段时间消瘦了。"

老先生表现出了如此厚爱，克莱门特就鼓起勇气向他叙述了他焦虑不安的情绪和思乡之情。

"什么？"这位仪表堂堂的老先生说，"你身处斯德哥尔摩，还会想念家乡？这绝对不可能。"这位仪表堂堂的老先生看上去好像有点儿被惹火了，但是他又想，他也许只是在同一个老朽无知的海尔辛兰老头儿说话，因此又恢复了当初友好的态度。

"你肯定没有听说过斯德哥尔摩的来历，克莱门特。你要是听说过的话，你就会知道，你想离开这里回到家乡，只不过是你的一种幻觉。你跟我来，到那边的凳子上去坐一会儿，我给你讲讲关于斯德哥尔摩的情况！"

这位老先生在凳子上坐下来，首先俯视一番。他居高临下，极目远眺，整个斯德哥尔摩的秀丽景色尽收眼底。然后他深深地吸了一口气，似乎要把这美丽的景色全都吸进他的心肺。然后他转向拉小提琴的老头儿。

"你看见了吗，克莱门特！"他边说边在跟前的沙土上画了一小幅地图，"这里是乌普兰，从这里向南伸出了一个被许多港湾切割得支离破碎的岬角。在这里，南曼兰和另一个同样支离破碎、一直向北伸展的岬角接壤。这里，西边是一个布满小岛的湖，叫梅拉伦湖。东边是另一片水域，它在岛和礁石之间几乎挤不进来，这就是波罗的海。这里，克莱门特，乌普兰与南曼兰、梅拉伦湖和波罗的海交界的地方，有一条小河，河的正中有四座小岛，把河分成几条支流，其中的一条现在叫作诺斯特罗姆，但是以前叫斯德克松德。

"这些小岛开始只是一些长着阔叶树的普通小岛，就像现在梅拉伦湖中的许多岛屿一样，长期没有人居住。你可以这么说，它们位于两片水域、两个省份之间，所处的位置很好，但是过去从来没有人注意过。一年又一年过去了。梅拉伦湖中的岛屿上和外面的群岛上都有人居住了，然而小河中的四座小岛上依然没有人居住。偶尔有航海的人在某座小岛上登陆，支起帐篷过夜。但是没有人在那里正式定居。

"有一天，一位住在萨尔特湖里梨亭岛上的渔民驾船驶进了梅拉伦湖。那天，他运气特别好，打了好多好多的鱼，一时竟忘了及时回家。他刚驶到那四座小岛附近，天就黑了。这时他想，只好先到其中的一座岛上去待一会儿，等晚些时候有了月光再走。除此之外，没有更好的办法了，他知道那天夜里会有月亮。

"时值夏末，尽管夜晚开始变黑了，但是天气仍然很温暖晴朗。渔民将他的小船拖上岸，头下枕着一块石头，在小船旁躺下睡着了。当他醒来的时候，月亮早就升起来了。明月高悬，月光皎皎，照得大地几乎如同白昼一样。

"渔民迅速站了起来，刚要把船放下水，突然看见河中有许多小黑点在移动。那是一大群海豹，正全速向他所在的小岛游来。当他发现海豹游近小岛，要爬上岸时，他就弯下腰去找他一直放在船上的渔叉。但是，当他直起身来时，海豹都不见了。岸上只有一群美丽无比的年轻姑娘，她们身穿拖地的绿色绸裙，头戴镶着珍珠的圆帽。渔民立刻明白了，那是居住在遥远荒芜的海岛上的一群海上仙女，此时她们披着海豹皮是为了能够到陆地上来，以便在翠绿的岛上趁着月光尽情地欢乐。

"渔民悄悄地放下渔叉。等仙女们爬上岛来玩耍的时候，他偷偷地跟在后面，观察她们。他以前听人说过，仙女们个个都长得娇媚俏丽，楚楚动人，凡是见过她们的人无不为她们的美貌而倾倒。他现在不得不承认，那种说法一点儿也不夸张。他看着她们在树下跳了一会儿舞之后，便蹑手蹑脚地走到岸边，拿走了仙女放在那里的一张海豹皮，把它藏在一块石头底下。然后，他又回到小船旁躺下，假装睡觉。

"过了不久，他看见仙女们来到岸边开始穿海豹皮。起初还是一片嬉笑声和打闹声，转而却传来了哀叹和埋怨声，因为其中的一位仙女找不到她的海豹皮。她们在河边东奔西跑，帮助她寻找，但是什么也没有找到。在寻找过程中，她们发现东方已泛出鱼肚白，白天就要来临了。当时，她们觉得不能再在岸上待下去了，于是，她们一起游走了，留下那位丢了海豹皮的仙女坐在岸上哭泣。

"渔民显然觉得她非常可怜，但是仍然强迫自己静静地躺着等待天亮。天一亮，他就站起来，把小船放到水里，假装是在提桨划船时偶然发现了她。'你是什么人？'他喊道，'你是不是乘船遇难的乘客？'

"她急忙朝他跑过来，问他有没有看见她的海豹皮，但是渔民装作根本听不明白她问的是什么问题。于是她又坐下去哭了起来。这时，他建议她跟他一起上船。'跟我回家去吧，'他说，'我母亲会照顾你的！这里既没有睡觉的床铺，也没有吃的食物，你总不能老是坐在这座岛上吧？'他说得那样委婉动听，终于说服她跟他一起上了船。

"渔民和他的母亲待那个可怜的仙女特别好，她和他们在一起也觉得很愉快。她一天比一天高兴，帮助老妇人料理家务，就像岛上土生土长的姑娘一样。不同的是，她比其他任何姑娘都漂亮得多。一天，渔民问她愿意不愿意做他的妻子。她立即同意了。

"于是，他们开始为婚礼做准备。当海上仙女梳妆打扮要做新娘时，她穿上了渔民第一次见到她时她穿的那件拖地绿色绸裙，戴上了那顶闪闪发光的珍珠帽。但是，当时在他们住的那座小岛上没有牧师，也没有教堂。新郎、新娘和参加婚礼的人便都坐船往梅拉伦湖里驶去，到他们遇到的第一座教堂里去举行婚礼。渔民和他的新娘以及母亲坐在一只船上，他的划船技术出众，很快就超出了其他所有船只。他划了很远，等到看见斯特罗门河中的那座小岛时，他禁不住扬扬得意，微笑起来。他就是在那座小岛上得到了这个现在打扮得漂漂亮亮、骄傲地坐在他身边的新娘。'你在笑什么呀？'她问道。

"'哦，我是在想我把你的海豹皮藏起来的那天晚上。'渔民回答。他现在觉得自己对她已有十分的把握，没有必要再隐瞒什么了。

"'你在说什么呀？'新娘说，'我根本就没有什么海豹皮。'她好像把过去的事情全忘光了。'你不记得你是怎样和海上仙女们在岸边跳舞的吗？'他又问道。

"'我不知道你在说什么，'新娘说，'我想，你昨天夜里一定做了一个奇怪的梦。'

"'要是我把你的海豹皮拿出来给你看的话，你就会相信我了吧？'渔民说着便立即掉转船头驶向小岛。他们登上岸后，他在藏海豹皮的石头底下找出了它。但是，新娘一看见海豹皮就猛地抢了过来，迅速地戴在头上。那张海豹皮好像有生命似的一下子把她裹了起来，而她立即跳进了斯特罗门河。

"新郎见她逃跑，便跟着纵身跳进了水里，但是没有抓着她。当他看到没办法留住她的时候，便在绝望中抓起渔叉向她掷了过去。他投得比他预料的还要准，因为那个可怜的仙女发出一声惨叫，消失在深水中了。

"渔民仍然站在岸边，期待着她再次露面。但是这时他发现，他周围的水开始放射出一种柔和的光彩，呈现出一片他以前从未见过的美丽的景色。水面上闪现出粉红色和白色的光芒，就像颜色在贝壳的内壁做游戏一样，鲜艳夺目，美不胜收。当那闪闪发光的水涌向湖岸时，渔民觉得湖岸也发生了变化。湖岸上鲜花盛开，浓香四溢。湖岸也披上了一层柔和的光彩，给人一种前所未有的美妙芳香的感觉。

"现在他知道其中的奥秘了。因为与海上仙女们打交道会出现这样的情况，凡是看见过她们的人必然会发现她们比其他任何人要美丽，而当那位仙女的血与水混在一起沐浴着湖岸时，她的美丽也就转给了湖岸，成了仙女留给湖岸的一份遗产，使得见到这些湖岸的人都会热爱它们，渴望到它们那里去。"

那位仪表堂堂的老先生讲到这里停了下来，转向克莱门特，望着他。克莱门特严肃地向他点点头，但是一句话也没有说，为的是不打断他。

"现在你该看到了吧，克莱门特，"老先生继续说，眼睛里闪现出一道狡黠的光芒，"从那时候起，人们就开始向这些岛上迁徙了。起初只是渔民和农夫在那里定居，后来其他人也被吸引到那里去了。在一个晴朗的日子里，国王和他的总管乘船穿过斯特罗门到了那里，他们立刻谈论起这些小岛来。他们一致认为，这些岛的布局很特别，每一艘要进入梅拉伦湖的船都必须经过这些小岛。总管提议在这条航道上建造一座船闸，可以随意开启或关闭：放行商船，而将强盗船拒之门外。"

"结果真的那样做了，"那位老先生说着，又站起身来，开始用他的手杖在沙地上画起来，"在其中最大的一座岛上，你看，就是这儿，总管修建了一座城堡，上面还有一个非常坚固的主塔，叫作协尔那。人们就这样在岛的四周筑起了围墙，围墙的南北两面各有一座城门，上面有一座坚固的城楼。他们在岛与岛之间修起了桥梁，把各岛连接起来，在桥头也修起了高高的塔楼。在所有岛周围的水域，他们埋下了装有栅门的木桩，能开能关，这样，任何船只未经许可都无法通过。

"因此，你看，克莱门特，这四座长期无人注意的小岛很快就成了强大的防御工事。不仅如此，这些湖岸和海峡也吸引着人们。人们从四面八方来到这里，在岛上定居下来。他们开始为自己建造一座教堂，它后来被称为大教堂。大教堂就在这里，紧挨着城堡。在围墙里面，是新搬迁来的居民为自己盖的小茅屋。这里的建筑并不太多，但是当时不需要太多的建筑就完全可以算作一座城市了。城市的名字就叫斯德哥尔摩，这个名字一直沿用到今天。

"终于有一天，克莱门特，那位发起这项工程并将它付诸实施的总管寿终正寝了，但是斯德哥尔摩并没有因为失去这样一位总管而缺少建筑师。一些僧人来到这个国家，他们是方济各会[1]的修士。斯德哥尔摩把他们吸引到这里，于是他们也提出要在市内建造一座修道院。他们从国王那里得到了一座岛——比较小的一座岛，就是这座面对梅拉伦湖的岛。他们在这座岛上修建了修道院，因此这座岛被称为灰衣修士岛。但是，其他一些叫黑衣兄弟[2]的修士也来到了斯德哥尔摩，他们也要求得到在斯德哥尔摩建造修道院的权利，他们的修道院就建在斯塔德岛上，离南门不远。在这里，在市区北部最大的一座岛上建起了圣灵院，或者叫医院；在另外一座岛上，勤劳的人们修建了一座磨坊，修士们就在靠近里边的石岛附近钓鱼。你知道，那里现在只剩一座岛了，因为原来位于两座岛之间的运河现在已经被填平了，但是这座岛仍然叫圣灵岛。

"现在，克莱门特，原来长满阔叶树林的小岛早已盖满了房子，但人们还是源源不断地拥向这里。你知道，是这里的湖岸和水把人们吸引来的。圣克拉拉教会[3]虔诚的女教徒也来到这里，申请建筑用地。她们没有其他选择，只能在北岸住下来，就是那个叫诺尔马尔姆的地方。她们对此当然不十分满意，因为那里地势较高，而且斯德哥尔摩市的绞刑架就竖在高地上，因此那里就成了人们看不上的地方。尽管如此，克拉拉教会的女教徒们还是在高地下的湖岸上建起了她们的教堂和长长的修道院房子。她们在那里扎根后不久，更多的追随者到了那里。在往北较远的地方，也就是在高地上，人们建造了一座带教堂的医院，奉献给圣乔治，在高地下面的这个地方又为圣雅各修建了一座教堂。

"在山峦沿着河岸而耸立的瑟德马尔姆，人们也大兴土木，在那

---

① 天主教托钵修会主要派别之一，也称"小兄弟会"，在瑞典，根据他们的衣服，又称为"灰衣修士"或"灰衣兄弟"，是意大利人方济各于 1209 年创建的。
② 多明我会，天主教托钵修会主要派别之一，系西班牙教士多明我于 1215 年创建。会士因衣服颜色，又称"黑衣修士"。
③ 1280 年建立的瑞典天主教组织。

里为圣母马利亚修了一座教堂。

"但是，克莱门特，你千万不要以为移居到斯德哥尔摩的只是些修道院的修士和修女。还有其他好多人呢，其中最多的是大批德国商人和手艺人。他们比瑞典人手艺精、技术好，更善于做生意，因此很受欢迎。他们在城内住下来，拆掉了原来矮小简陋的房屋，用石头建起了高大华丽的房子。但是，城内空地很有限，他们不得不一幢紧挨着一幢盖房子，山墙对着狭窄的街道。是啊，你看到了吧，克莱门特，斯德哥尔摩是能把人们吸引到它身边的。"

这时，另一位先生快步从小道上朝他们走了过来。但是，和克莱门特说话的那位老先生一摆手，那个人便在远处停了下来。这时，那位充满自豪感的老先生又在克莱门特旁边的长凳上坐了下来。

"现在我要你为我做一件事，克莱门特，"他说，"我没有更多的机会跟你交谈了，但是我会让人送给你一本关于斯德哥尔摩的书，你要从头至尾仔细把它读一遍。现在，我可以说，我已经为你了解斯德哥尔摩打下了一个基础，下一步就要看你自己的了。你要继续读书，以便了解这座城市的变迁史。读一读这座建造在群岛上的城市是如何由一个街道狭窄、四周有围墙的小城市扩展开来，成为一座展现在我们下面的由房子的海洋组成的城市吧。读一读人们是怎样在那个幽暗的协尔那所在地修建我们下面那座金碧辉煌的壮丽宫殿，以及灰衣修士教堂是怎样成为瑞典皇家墓地的吧！读一读一座又一座的小岛又是怎样造满了房子！读一读南城和北城的菜园如何变成了漂亮的公园和居住区！读一读一座座高坡地是怎样降低的，一个个海峡是怎样填平的！读一读历代国王的御苑是怎样成为人民最喜爱的游览区的！你应该把这里当作你的家乡，克莱门特。这座城市不仅仅属于斯德哥尔摩人，它也属于你和全瑞典。

"当你阅读有关斯德哥尔摩的这本书的时候，克莱门特，请你注意，我上面所说的句句都是实话，它有把所有人吸引到这里来的力量！先是国王搬到了这里，那些显贵要人也在这里建起了他们的大公馆，然后，其他人也一批接一批地被吸引到这里。现在你看，克莱门特，斯德哥尔摩已不再是一座孤立的城市，也不是一座属于其周围地区的城市，而是属于全国的一座城市。

"你知道，克莱门特，每一个教区都召开自己的议事会，在斯德哥尔摩却召开全国人民的议事会。你知道，全国各地每个司法管辖区都有一名法官，在斯德哥尔摩却有一个统辖他们的法院。你知道，全国各地到处都有兵营和部队，但是统辖他们的指挥官在斯德哥尔摩。铁路四通八达，伸向全国的每个角落，但是管理庞大的铁路系统的机构设在斯德哥尔摩。这里还设有牧师、教师、医生、地方行政司法机构人员等的委员会。这里是我们这个国家的中心，克莱门特。你衣袋里的钱是从这里发行的，我们贴在信封上的邮票也是在这里印的。这里可以向所有的瑞典人提供他们需要的东西，所有的瑞典人也可以在这里订货。在这里，谁也不会感到陌生和想家。这里是所有瑞典人的家。

"当你阅读书中所写的关于那些集中到斯德哥尔摩来的东西的时候，克莱门特，还要想一想以下几种被吸引到这里来的东西，即斯堪森那些古老的农舍，那些古老的舞蹈、古老的服装和古老的家庭用品，那些拉小提琴的人和讲故事的人。斯德哥尔摩把所有美好的和古老的东西都吸引到了斯堪森，以便纪念它们，使它们在世人面前增添新的光彩。但是，你特别要记住，克莱门特，当你阅读有关斯德哥尔摩那本书的时候，你必须坐在这个地方！你将看到波浪如何闪射出令人欢悦的光彩，湖岸如何放射出美丽的光芒。你要设想你已经进入梦幻之境，克莱门特。"

那位洒脱的老先生提高了嗓门，使得他的话听起来像一道坚决而有力的命令，他的眼睛也炯炯有神。他站起身来，轻轻地挥了一下手，便离克莱门特而去。克莱门特此时也明白，和他说话的人肯定是一位高贵的先生，便在他身后深深地鞠了一躬。

第二天，一位宫廷侍臣给克莱门特送来了一本大红皮书和一封信。信中说，书是国王送给他的。

在这以后的几天里，小老头儿克莱门特·拉尔森整天神不守舍，从他的嘴里几乎不可能说出一个明智的字眼。一个星期后，他就到总管那里去辞职，他认为他不得不回家乡去。"你为什么要回家？难道你不能设法使自己适应这里的生活吗？"总管问道。

"哦，是的，我在这里过得很好，"克莱门特说，"现在这个问题已不再成为问题了。但是不管怎么样，我必须回家。"

克莱门特处于进退两难的境地，因为国王对他说过，要他设法去了解斯德哥尔摩，适应这里的生活。但是克莱门特必须先回家去，把国王对他说过的话告诉家乡的父老乡亲，否则他是怎么也平静不下来的。他要站在家乡的教堂门口，向高贵的和卑贱的人们叙述国王待他如何善良友好，曾同他肩并肩坐在一张凳子上，并且送给他一本书，还在百忙中抽出时间来同一个老朽、贫困的拉小提琴的人谈话，用了整整一个小时的时间来消除他的思乡之苦。在斯堪森向拉普族①老头儿和达拉纳妇女讲述这些会是件了不起的大事，但是同家乡的人们讲述这些又会怎么样呢？即使克莱门特进了济贫院，因为有了这次同国王谈话的经历，他今后的处境也不会艰难的。他现在已经是一个同以前截然不同的人了，人们会对他另眼看待，会尊敬他的。克莱门特已无法克制这种新的欲望。他必须去找总管，向他说明，他不得不辞职回家乡去。

---

① 拉普人现称萨米人，是瑞典唯一的少数民族，居住在瑞典北部的拉普兰地区，以游牧为主，主要饲养驯鹿，部分从事渔业。除瑞典外，挪威、芬兰、俄罗斯也有萨米人。

老鹰高尔果

在峡谷里

在拉普兰北部的崇山峻岭中，有一个年代悠久的老鹰巢，筑在从陡峭的山壁上伸出的一块岩石上，巢是用树枝一层一层叠起来筑成的。许多年来，那个巢一直在扩大和加固，如今已有两三米宽，几乎和拉普人住的帐篷一样高了。

老鹰巢所在的峭壁底下是一个很大的峡谷，每年夏天，就有一群大雁住在那里。这个峡谷对大雁来说是一个极好的栖身之处。它深藏在高山之中，没有多少人知道，甚至连拉普人也不知道。峡谷中央有一个圆形小湖，那里有供小雁吃的大量食物，在高低不平的湖岸上长满了榭树丛和矮小的桦树，大雁们可以在那里找到最理想的筑巢地点。

自古以来都是鹰住在上面的悬崖上，大雁住在下面的峡谷里。每年，老鹰总要叼走几只大雁，但是他们能做到不叼走太多的大雁，免得大雁不敢在峡谷里住下去。而对大雁来说，他们也从鹰那儿得到不少好处。固然老鹰是强盗，但是他们使得其他强盗不敢接近这个地方。

在尼尔斯·豪格尔森跟随大雁们周游全国的前两三年，从大雪山来的领头老雁阿卡一天早晨站在谷底，向上朝老鹰巢望去。鹰通常在太阳升起后不久便外出去寻猎。在阿卡住在峡谷的那些夏天里，她每天早晨都是这样等着他们出来，看着他们是留在峡谷狩猎还是飞到其他猎场去追寻猎物。

她不用等太久，那两只高傲的老鹰就会离开悬崖，他们在空中盘旋着，尽管长得很漂亮，但是十分可怕。当他们朝下面的平原地带飞去时，阿卡才松了一口气。

这只领头雁年岁已大，不再产蛋和抚育幼鸟了。她在夏天常常从一个雁窝飞到另一个雁窝，向其他雁传授产蛋和哺育幼鸟的经验，以此消磨时间。此外，她还为其他雁担任警戒，不但监视老鹰的行动，还要警惕诸如北极狐、林鸮和其他所有威胁大雁和雏雁生命的敌人。

中午时分，阿卡又开始监视老鹰的行踪。在她住在峡谷的那些夏天，她天天如此。从老鹰的飞行方式上，阿卡能看出他们外出狩猎是否有好的收获，如果有好的收获，她就会替她率领的一群大雁放心。但是这一天她没有看到老鹰归来。"我大概是年老迟钝不中用了吧，"她等了一会儿后这样想，"往常这时候，老鹰们早就回来了。"

到了下午，她又抬头向悬崖看去，期望能在老鹰经常午休所在的突出岩石上见到他们。傍晚，她又希望能在他们洗澡的高山湖里见到他们，但是仍然没有看见。她再次埋怨自己年老不中用了。她已经习惯于老鹰们待在她上面的山崖上，她怎么也想象不出没有他们的情形。

第二天早晨，阿卡又早早地醒来监视老鹰。即使在这个时候，她也没有看见他们。相反，她在清晨的寂静中听见一阵叫声，悲愤而凄惨，叫声好像是从上面的鹰巢里传来的。"会不会真的是上面的老鹰出事了？"她想。她迅速张开翅膀向上飞去，她飞得很高，以便能往下看清底下鹰巢里的情况。

她从高处往下看，既没有看到公鹰，也没有看到母鹰，鹰巢里只剩一只羽毛未长全的小鹰，他正躺在那里喊叫着要吃食。

阿卡慢慢地降低高度，迟疑地飞向鹰巢。这是一个令人作呕的地方，一眼就能看出这是一个十足的强盗住的地方。窝里和悬崖上到处散落着发白的骨头、带血的羽毛和烂皮、兔子的头、鸟的嘴巴、带毛的雷鸟脚。就连那只躺在那堆乌七八糟的东西当中的雏鹰也令人恶心——他的那张大嘴，披着绒毛的笨拙的身子，羽毛还没长全的翅膀，像刺一样竖着的廓羽。

最后，阿卡克服了厌恶心理，落在老鹰窝边上，但她同时又不安地环顾四周，随时提防那两只老鹰回来。

"太好了，终于有人来了，"小鹰叫唤道，"快给我弄点儿吃的来！"

"慢，慢，且不要着急！"阿卡说，"先告诉我你的父亲母亲在哪里？"

"唉，谁知道啊！他们昨天早晨就出去了，只给我留下了一只旅鼠。你可以想象，我早就吃光了。母亲这样让我挨饿真是可耻。"

阿卡开始意识到，那两只老鹰真的已经被人打死了。她想，如果让这只雏鹰饿死的话，她就可以永远摆脱这帮强盗。同时她又觉得，此时此刻她有能力而不去帮助一只被遗弃的小鸟，良心上总有点儿说不过去。

"你还站着看什么？"雏鹰说，"你没听见我要吃东西吗？"

阿卡张开翅膀，急速飞向峡谷里的小湖。不一会儿，她又飞回了鹰窝，嘴里叼着一条小鲑鱼。

当她把小鱼放在雏鹰面前时，雏鹰却恼怒至极。"你以为我会吃这样的东西吗？"他说，随后把鱼往旁边一推，试图用嘴去啄阿卡，"去给我搞一只雷鸟或者旅鼠来，听见没有！"

这时，阿卡探过头去，在雏鹰的脖子上狠狠地啄了一下。"我要告诉你，"老阿卡说，"如果要我给你弄吃的，那么就得我弄到什么，你就吃什么，不要挑三拣四。你的父亲和母亲都死了，你再也得不到他们的帮助了。你如果一定要吃雷鸟和旅鼠，那么你就躺在这里等着饿死吧，我是不会阻止你的。"

阿卡说完便立刻飞走了，过了很久才飞回来。雏鹰已经把鱼吃掉了，当阿卡又把一条鱼放在他面前时，他又很快地吞下去了，尽管看上去很勉强。

　　阿卡承担了这项繁重的劳动。那对老鹰再也没有露面，她不得不独自为雏鹰寻找他需要的食物。她带给他鱼和青蛙，但是雏鹰并没有因为吃这种食物而发育不良，相反，他长得又大又壮。他很快就忘了自己的父母——那对老鹰，以为阿卡是他的亲生母亲。从阿卡这方面来讲，她也很疼爱他，就好像他是自己的亲生孩子。她尽力给他良好的教养，帮助他克服野性和傲慢。

　　几个星期过去了，阿卡开始察觉到她脱毛和不能飞的时候快到了。她将整整一个月不能送食物给雏鹰吃，雏鹰肯定会饿死。

　　"高尔果，"有一天阿卡对他说，"我现在不能给你送鱼吃了。现在的问题是看你敢不敢到底下的峡谷里去，这样我就可以继续给你找吃的。你现在有两种选择，要么在上面等着饿死，要么跳进底下的峡谷，当然选择后者也可能丧命。"

　　雏鹰二话没说便走到窝的边缘，看也不看底下的峡谷究竟有多深，就张开他的小翅膀飞向空中。他在空中翻了几个跟头，但还是较好地运用了他的翅膀，安全而没有受伤地飞到了地面上。

　　高尔果在底下的峡谷里和那些小雁一起度过了夏天，并且成了他们的好伙伴。他把自己也当作小雁看待，尽力按照他们的方式生活。当小雁到湖里去游泳时，他也跟着去，差点儿淹死。他由于始终学不会游泳而感到很羞耻，常到阿卡那里去埋怨。"我为什么不能像其他雁那样会游泳呢？"他问道。

　　"因为你躺在上面的悬崖上时，爪子长得太弯，趾也太大了，"阿卡说，"但不要为此伤心！不管怎样，你还是会成为一只好鸟的。"

　　不久，雏鹰的翅膀就长大了，可以承受得住他身体的重量在空中飞行了，但是直到秋天小雁学飞的时候，他才想起要使用翅膀飞行。现在他值得骄傲的时刻到了，因为在这项运动中他很快就成了冠军。他的伙伴们只能在空中勉强停留一会儿，他却几乎能整天在空中飞行，练习各种飞翔技巧。直到此时，他还不知道自己和大雁不属于同一类，但是他也不可避免地注意到了一些使他非常吃惊的事情，因此不断地向阿卡提问题。"为什么我的影子一落到山上，雷鸟和旅鼠就逃跑和躲藏起来呢？"他问道，"而他们对其他小雁并不这样害怕。"

"你躺在悬崖上的时候，你的翅膀就已经长得很丰满了，"阿卡说，"是你的翅膀吓坏了那些可怜的小东西。但是不要为此伤心！不管怎样，你还是会成为一只好鸟的。"

雏鹰已经很好地掌握了飞翔技巧，他就学习自己抓鱼和青蛙吃。但是不久他又思考起这件事来。"我为什么靠吃鱼和青蛙生活呢？"他问，"而其他的小雁都不是这样的呀。"

"事情是这样的，你躺在悬崖上的时候，我除了鱼和青蛙外弄不到其他食物给你吃，"阿卡说，"但是不要为此难过！不管怎样，你还是会成为一只好鸟的。"

秋天，大雁们要迁徙的时候，高尔果也跟随雁群去了。他仍然把自己当成他们中的一员。但是，空中飞满了要到南方去的各种鸟，当阿卡率领的雁群中出现一只老鹰时，立即在他们之中引起了很大的轰动。大雁群四周总是围着一群又一群好奇的鸟，并且大声地表示惊讶。阿卡请求他们保持安静，但是要把那么多尖舌头都拴起来是不可能的。"他们为什么把我叫作老鹰？"高尔果不断地问，并且越来越生气，"难道他们看不见我也是一只大雁吗？我根本不是吞食我的伙伴的猛禽。他们怎么敢给我起这么一个讨厌的名字呢？"

一天，他们飞过一个农庄，在那里一群鸡正围着一堆垃圾刨食吃。"一只老鹰！一只老鹰！"鸡们惊叫道，并且四处奔跑，寻找藏身之地。高尔果一直听说老鹰是野蛮的歹徒，这时听到鸡们也叫他老鹰，他就再也无法抑制怒火。他夹紧翅膀，嗖地冲向地面，用爪子抓住了一只母鸡。"我要教训教训你，我，我不是老鹰。"他一边愤愤地喊叫着，一边用嘴去啄她。

与此同时，他听见阿卡在空中呼叫他，他顺从地飞回空中。那只大雁朝他飞过来，开始惩罚他。"你干什么去了？"她吼叫道，同时用嘴去啄他，"你是不是想把那只可怜的母鸡啄死？你真不知羞耻！"

老鹰没有反抗，而是任凭阿卡训斥，这时正在他们周围的群鸟发出了一阵嘲笑声和讽刺声。老鹰听到了，便回过头来恶狠狠地盯着阿卡，似乎要向她发起进攻，但是他立即改变主意，用力扇着翅膀向更高的地方飞去。他飞得很高很高，连其他鸟的喊声都听不见了。在大雁们能看得见他的时候，他一直在上面盘旋。

三天后，他又返回了雁群。

"我现在知道我是谁了，"他对阿卡说，"因为我是一只鹰，所以我一定要像鹰那样生活。但我认为我们还是可以继续做朋友的。你或你们当中的任何一只雁，我是决计不会来袭击的。"

阿卡以前为她成功地把一只鹰教养成一只温驯无害的鸟而感到极为自豪。但是现在当她听到鹰将要按照自己的意愿去生活时，她再也不能容忍了。"你以为我会愿意做一只猛禽的朋友吗？"她说，"如果你照我教导的那样去生活，你还可以像以前一样留在我的雁群里！"

双方都很高傲固执，谁也不肯让步。结果，阿卡不准鹰在她的周围出现，她对他的气愤已经到了极点，谁也不敢在她的面前再提鹰的名字了。

从此以后，高尔果像所有的江洋大盗一样，在全国各地四处游荡，独来独往。他经常情绪低落，不时地怀念起那一段他把自己当作雁与快乐的小雁亲昵地玩耍的时光。在动物中，他以勇敢闻名。他们常常说，他除了他的养母阿卡外，谁也不怕。他们还常常说，他还从来没有袭击过一只大雁。

被　擒

有一天，当高尔果被猎人捕获卖到斯堪森的时候，他才刚满三岁，还没有考虑娶妻成家和定居的问题。在他到斯堪森之前，那里已经有两只鹰了，他们被关在一个用钢筋和钢丝做成的笼子里。笼子在室外，而且很大，人们移进几棵树，堆起一个很大的石堆，使老鹰们感到跟生活在家里一样。尽管如此，老鹰们还是不喜欢那里的生活。他们几乎整天站在同一个地方，一动也不动。他们那美丽的黑色羽毛变得蓬松而毫无光泽。他们绝望地凝视着远方，渴望回到外面的自由世界。

高尔果被关在笼中的第一个星期，他还是很清醒、很活跃的，但是很快，一种昏昏欲睡的感觉开始紧紧地缠着他。他也像另外两只老鹰一样，站在同一个地方一动也不动，双眼直勾勾地盯着远方，但是什么也没有看见，也不知道这一天天的日子是怎么度过的。

一天早晨，当高尔果像往常那样呆呆地站着的时候，他听见底下地面上有人在喊他的名字。他无精打采，连眼皮也懒得抬一下，也不愿意朝地面上看一眼。"叫我的是谁呀？"他问道。

"怎么，高尔果，你不认识我了？我是经常和大雁们一起四处飞行的大拇指呀。"

"阿卡是不是也被人关起来啦？"高尔果用一种听起来令人觉得他好像经过长眠之后刚刚醒来并且在竭力思索的语调问道。

"没有，阿卡、白雄鹅和整个雁群这时肯定在北方的拉普兰了，"男孩子说，"只有我被囚禁在这里。"

男孩子说这番话时，看到高尔果又把目光移开，开始像以前那样凝视着外面的天空。"大鹰！"男孩子喊叫起来，"我没有忘记，你有一次把我背回了大雁群，你饶了白雄鹅一命。告诉我，我有什么办法可以帮助你？"

高尔果几乎连头都没有抬一下。"不要打搅我，大拇指！"他说，"我正站在这里梦见我在高高的空中自由地飞翔，我不想醒来。"

"你必须活动活动身子，看看你周围发生的事情。"男孩子劝说道，"不然的话，你很快就会像别的鹰一样悲惨。"

"我情愿和他们一样。他们沉醉在迷梦中，无论什么事情都不可能打搅他们。"高尔果说。

当夜幕降临，所有的老鹰都已经熟睡的时候，罩着他们的笼子顶部的钢丝网上发出轻微的锉东西的声音。那两只麻木不仁的老鹰对此无动于衷，高尔果却醒过来了。"是谁在那里？是谁在顶上走动？"他问道。

"是大拇指，高尔果，"男孩子回答说，"我坐在这里锉钢丝，好让你飞走。"

老鹰抬起头来，在明亮的夜色中看见男孩子坐在那里锉那紧绷在笼子顶部的钢丝。他感到有了一丝希望，但是马上又心灰意冷了。"我是一只大鸟啊，大拇指，"他说，"你要锉断多少根钢丝才能让我飞出去呀？你最好不要锉了，让我安静一会儿吧。"

"你睡你的觉，不要管我的事！"男孩子回答道，"即使我今天夜里干不完，明天夜里也干不完，但是我无论如何都要设法把你解救出来，否则你在这里会被毁掉的。"

高尔果又昏睡过去了，但是当第二天早晨醒来的时候，他看见许多根钢丝已经被锉断了。这一天，他再也不像前些日子那样无精打采了，他张开翅膀，在树枝上跳来跳去，活动着僵硬的关节。

一天清晨，天刚拂晓，大拇指就把老鹰叫醒了。"高尔果，现在试试看！"他说。

鹰抬起头来看了看，发现男孩子果然已经锉断了很多根钢丝，钢丝网上出现了一个大洞。高尔果活动了几下翅膀，就朝洞口飞去，虽然几次失败，跌回笼底，但是最后他终于成功地飞了出去。

他张开矫健的翅膀，高傲地飞上了天空。而那个小小的大拇指则坐在那里，满脸愁容地望着他离去，他多么希望有人来把他解救出去呀。

男孩子对斯堪森已经很熟悉了。他认识了那里所有的动物，并且同其中的许多动物交了朋友。他必须承认，斯堪森确实有许多可看可学的东西，他也不愁如何打发时光。但是他内心里天天盼望着能回到雄鹅莫顿和其他旅伴的身边。"如果我不受诺言的约束，"他想，"我早就可以找一只能把我驮到他们那里去的鸟了。"

人们也许会觉得奇怪，克莱门特·拉尔森为什么没有把自由归还给男孩子。但是请不要忘记，那个矮小的小提琴手离开斯堪森的时候，头脑是多么昏沉。他要走的那天早晨，他总算想到要用蓝碗给小人儿送饭，但不幸的是，他怎么也找不到一只蓝碗。再说，斯堪森所有的人——拉普人、达拉纳妇女、建筑工人、园丁，都来向他告别，他根本没有时间去搞只蓝碗。最后快要起程了，他实在没有其他办法，不得不请一个拉普族老头儿帮忙。"事情是这样的，有一个小人儿住在斯堪森，"克莱门特说，"我每天早晨要给他送去吃的。你能不能帮我办一件事，用这些钱去买一只蓝碗，明天早晨在碗里装上一点儿粥和牛奶，然后放在布尔耐斯农舍的台阶下？"那个拉普族老头儿感到莫名其妙，但是克莱门特没有时间向他做进一步解释了，因为他必须立刻赶到火车站去。

拉普族老头儿也确实到尤尔高登城里去买过碗，但是他没有看见蓝颜色的碗，便顺手买了一只白碗。每天早晨，他总是精心地把饭盛在那只白碗里送去。

就这样，男孩子一直没有从诺言中解脱出来。他也知道克莱门特已经走了，但是他没有得到可以离开那里的允诺。

那天夜里，男孩子比以往任何时候都更加渴望自由，这是因为现在已经是真正的春天和夏天了。他在旅途中已经吃尽了严寒和恶劣天气的苦头。刚到斯堪森的时候，他还这样想，他被迫中断旅行也许并不是件坏事，因为如果五月份到拉普兰去的话，他非得冻死不可。但是现在天气已经转暖，地上绿草如茵；白桦树和杨树长出了像绸缎一样光亮的叶子；樱桃树，还有其他所有的果树，都开满了花；浆果灌木的树枝已经结满了小果子；橡树极为谨慎地张开了叶子；斯堪森菜地里的豌豆、白菜和菜豆都已经发绿。"现在拉普兰也一定是温暖而美丽的，"男孩子心想，"我真想在这样美丽的早晨骑在雄鹅莫顿的背上。要是能在这样风和日丽、温暖静谧的天空中飞翔，沿途欣赏着由青草和娇艳的花朵装饰打扮的大地，该是多么惬意啊！"

正当他坐在那里浮想联翩的时候，那只鹰从天空中直飞下来，落在笼子顶上男孩子的身边。"我刚才是想试试我的翅膀，看看它们是不是还能飞行。"高尔果说，"你还不至于以为我会把你留在这儿，让你继续被囚禁吧？来吧，骑到我的背上来，我要把你送回到你的旅伴那里去！"

"不，这样不行，"男孩子说，"我已经答应留在这里，直到我被释放。"

"你在说什么蠢话呀，"高尔果说，"首先，他们是违背你的意愿强行把你送到这里来的；其次，他们又强迫你做出留在这里的许诺！你完全应该明白，对于这样的诺言根本没有必要去遵守。"

"是的，尽管我是被迫的，但我还是要遵守诺言，"男孩子说，"谢谢你的好意，但是你帮不了我。"

"我帮不了你吗？"高尔果说，"那就等着瞧吧。"转眼间，他就用自己的大爪子抓起尼尔斯·豪格尔森直冲云霄，消失在飞向北方的路途中。

飞越耶斯特里克兰

贵重的腰带

六月十五日　星期三

那只老鹰继续向前飞，一直飞到斯德哥尔摩北面很远的地方，才落在一个林木葳蕤的小土丘上，把爪子里抓得紧紧的男孩子放开。

男孩子觉得自己的身体不再被抓得不能动弹，便拔腿拼命往回狂奔。他想跑回那座城市——斯德哥尔摩。

老鹰纵身朝前一扑，毫不费力地追上男孩子，用一只爪子把男孩子掀翻在地。"难道你真的打算回到那个监狱里去吗？"

"这关你什么事？我想到哪儿就到哪儿去，用不着你管！"男孩子用力挣扎想脱身。可是，老鹰用力举千钧的鹰爪把男孩子牢牢地抓住，双翅一展，又向北飞去。

老鹰双爪抓着男孩子飞过整个乌普兰，一直飞到埃夫卡勒比附近的大瀑布才停下来。他落在白练般直泻下来的大瀑布底下的河流里的一块石头上，又把他抓住的俘虏放开。

男孩子马上就看出来他再也无法从老鹰身边逃走了。在他上面，瀑布像水帘一样劈头盖脸倾泻下来，水花像碎玉飞雪一样撞击在岩石上，四周湍急的河水旋出一个个旋涡奔腾向前。他想到老鹰使他成了一个不守信用的人，当然心里非常恼怒，于是他背朝着老鹰，一句话也不跟他说。

　　老鹰把男孩子放在这样一个无法逃走的地方之后，便告诉男孩子，他是大雪山的阿卡一手抚养长大的，还讲了他怎样同他的养母发生龃龉乃至反目成仇。"你现在大概明白过来了，大拇指，我为什么非要把你送回到大雁们那里去不可。"他最后说道，"我听说你深得阿卡的欢心，我打算央求你从中调解，使我们和好如初。"

　　男孩子终于弄明白了，原来老鹰不是随心所欲地把他抓到这里来的，态度便友善了一点儿。"你求我的这件事情，我当然愿意尽力帮忙，"男孩子说道，"不过，我现在仍然受着诺言的约束。"他一五一十地把自己如何被人捉住，以及那个名叫克莱门特·拉尔森的人并没有释放他，他就离开了斯堪森的全部经过都告诉了老鹰。

　　可是老鹰仍旧不打算放弃自己的计划。"听我说，大拇指，"他说道，"我强有力的双翅可以载你到天涯海角，我锐利的双眼可以发现你想找的任何东西。你把那个让你发下誓言的人的模样告诉我，我自会设法找到他，并且把你送到他那里去！然后，你再说服他让你得到解脱，那不就两全其美啦。"

　　男孩子对老鹰的这个建议十分满意。"我看得出来，高尔果，你那么聪明，真不愧是阿卡那只聪明的鸟亲自培养出来的。"他说道。随后，他把克莱门特·拉尔森的形象仔细地说了一遍。他还补充了一句，他在斯堪森听人说起，那个矮个儿小提琴手是海尔辛兰人。

　　"那么，我们就从林格布到麦朗湖，从斯杜尔山到洪兰德半岛，把海尔辛兰通通找遍，"老鹰说道，"等不到明天天黑，你就可以同那个人见面啦。"

　　"嘿，那你可是有点儿空口说大话啦。"男孩子似信非信地说。

　　"要是我连这点儿小事都办不到，那我就是一只糟糕透了的老鹰。"高尔果说。

　　高尔果和大拇指从埃夫卡勒比动身。他们已经成了好朋友，男孩子从这时候起可以坐在老鹰的背上飞行了。这样，他又可以看得见身下他飞过的地方的景色了。在他被紧紧地抓在鹰爪里飞来飞去的时候，他对身下的一切都没有看见。不过，对他来说看不见景色倒也不见得是一桩坏事，因为倘若他知道那天早晨他飞过的是乌普萨拉的古墓、安斯特尔比大铁厂、丹纳姆拉银矿和安比胡斯古代王宫，而他竟未能瞧见一眼，那么他一定会难过的。

老鹰驮着男孩子风驰电掣般飞过耶斯特里克兰。这个地方的南部没有什么引人瞩目的景色，那里是一望无际的平原田野，几乎到处都有一簇簇杉树林。可是从这里朝北去，沿着达拉纳省边界到波的尼亚湾之间横亘着一个景色秀丽的地带，那里山峦起伏，重峦叠翠，到处长满了茂密的针叶林，还有水面如镜的湖泊和汹涌湍急的河流夹杂其间，使得湖光山色相映成趣。白色的教堂四周麇集着人口稠密的村落。公路和铁路纵横交错。树木葱茏，绿草如茵，幢幢农舍掩映其中，花园里各色鲜花争妍斗艳，散发出阵阵令人陶醉的芳香，这真是一个令人流连忘返的美丽地方。

河流两岸有好多大钢铁厂，就像他曾经在大矿山区见到过的那样。它们之间的距离都差不多，一长串延伸到海边。海边有一座大城市，城里充满了白色的建筑物。在这片建筑物群的北面又是一大片黑黢黢的森林。不过，森林底下不再是平地，而是崇山峻岭和深谷，就像波涛起伏的大海一样。

"哈，别看这个地方穿的只是杉树枝织成的裙子和花岗岩做成的衬衫，"男孩子暗自比喻着，"却围着一条无价的贵重腰带。那些碧波荡漾的湖泊和鲜花盛开的草地是腰带上刺出来的花纹，那些大钢铁厂就是腰带上缀着的一串宝石，而那座有成排成行房屋、宫殿和教堂的城市就是腰带上的扣环。"

他们在北面的森林地带上空飞行一段距离之后，老鹰高尔果降落在一个光秃秃的山顶上。男孩子跳到地上，双脚一站定，老鹰便说道："在森林里有野味可以猎取。我相信，我只有去追逐捕猎一阵子，才能忘却自己曾经被擒住的滋味，真正享受一番自由。我离开你一会儿，你不会害怕吧？"

"说哪儿的话，我还不至于那样胆小。"男孩子一口应道。

"你可以随便走走，只消在太阳落山之前回到这里就行啦。"老鹰说完就冲入云霄。

男孩子坐在一块石头上，呆呆地环视着四周光秃秃的岩石和大片的森林，一种孤单寂寞和被抛弃的感觉袭上了他的心头。可是他坐了不一会儿，就听见从下面的森林里传来阵阵歌声。他往下一望，看见树丛中有什么耀眼的东西在晃动。过了一会儿，他看清楚那是一面蓝底黄十字的国旗，他从听到的歌声和嘻嘻哈哈的嬉笑声里断定，那是一支人数不少的队伍，最前面是旗帜开路，后面一大群人排着队行进。可是要看清楚那支队伍是什么样的，还要等一会儿才行。那面旗帜沿着山间羊肠小道曲折前进。他坐在那里，急不可耐地想要知道那些打着旗帜的是什么人，他们究竟要到哪里去。他做梦也不会想到那些人径直朝着他坐的那个山头走过来了，因为这里是一片空荡荡的荒山野岭。他们当真来了，那面国旗从森林边上显现出来，后面的人群顺着那面旗帜引领的道路蜂拥而至。这山头上立刻人声鼎沸，热闹起来。这一天看到的东西真令人目不暇接，所以男孩子过得很开心，一点儿也不觉得烦闷。

植树节

老鹰高尔果把大拇指放下的那个开阔山头，十年前曾经发生过一场森林火灾。那些已经烧成木炭的巨大树木早就被砍下来运走了。面积广阔的火场地带与没有遭到过火烧的森林相接连的地方又长出了灌木。但是火场的大部分地方仍旧触目惊心，惨不忍睹，一片荒凉。残存在岩石之间的焦黑的树桩证明，以前这里有过数不清的几人合抱、树冠遮天的大树，然而现在连一棵小树都没有。

人们常常怀疑，难道山峦的植被破坏之后，果真要那么长的时间才能够重新长出树来吗？可是他们没有想到，一场森林大火过后那里的地面完全被烤干，连一点点湿气都没有了。那里不单是树木都被火烧焦，连常青灌木、蔓越橘和苔藓等等地面上的所有植物也都被烧死了。甚至覆盖在岩石层上的土壤也烘焙得像灰粒一样干燥松散。只消有阵风吹来，那些土粒就会像龙卷风似的旋转着刮向空中，而这一带地势高峻，常常有大风，所以一个山头又一个山头的土壤都被风刮跑了。雨水自然也推波助澜，把土壤冲刷掉不少。这样风吹雨淋，整整十年下来，这一带岩石裸露，寸草不生。人们几乎真的可以相信，哪怕到了世界末日，这里也照样是光秃秃的一片。

可是这一年初夏的一天，发生过森林大火的那个教区的所有孩子都集合在学校校舍前面，人人肩上扛着一把铁镐或者铁锹，手里拎着食物袋子。他们全都到齐之后，就排成一列长队朝森林走去。前面是一面国旗开路，男女教师走在队伍的两边，队伍后面跟随着几个森林看守人和一匹拉着松树苗和杉树籽的马匹。

这支队伍并没有在靠近居民区的桦树林里停下脚步。他们自然不会停下来的，而是径直朝向荒山野岭进发。他们顺着通向夏季牧场的山路朝前走。有几只狐狸惊奇地从洞穴里探出脑袋来，想瞅瞅这一大群究竟是什么样的牧人。这支队伍走过从前一到秋天就炭窑林立的旧烧炭场，那些交嘴雀不禁扭动它们如钩一般的弯嘴，相互打听这些钻向深山老林的人究竟是什么样的烧炭工。

那支队伍最后来到那一大片被大火烧得精光的山地。遍地的岩石都光秃秃地裸露着，过去密密麻麻攀缘在石头上面的藤蔓都荡然无存了。大块岩石上美丽的银针苔藓和白色地衣都踪迹全无了。石头鳞隙里和低洼处潴着的一汪汪黑色积水四周也见不到酢浆草和马蹄莲。地面裂痕和石块之间尚存的零星泥土上也见不到蕨类植物，什么七瓣莲啦，什么鹿蹄草啦，凡是能够点缀森林地面的绿色的、红色的、轻盈娇嫩的植物全都见不到啦。

教区里的孩子们来到这里，那大片灰沉沉的山地似乎被一道光明所照亮。这里顿时又充满了欢笑和愉悦，有了新鲜气息和孩子们笑靥的玫瑰色，又有了青春和生气。也许这些孩子果真能使这个被遗弃的可怜地方重新焕发出蓬勃的生机。

孩子们休息一会儿，吃了点儿东西以后，就拿起铁镐和铁锹开始动手干活儿。森林看守人教他们挖坑栽种，于是他们在凡是能找得到点儿泥土的地方都种上了树苗。

孩子们一边把一株又一株树苗栽下去，一边自以为十分内行地高谈阔论起来。他们谈到那些被他们种下去的小树将会把土壤固定住，不会再因刮风而流失。不仅如此，树底下还会积聚起更多的泥土，而树林结籽又会落在土里生根发芽。如此周而复始，繁衍生长，用不了多少年他们就可以到这里来采撷覆盆子和蔓越橘。他们现在种下的小树苗会渐渐长成大树，人们可以用这些木材建造大楼或者造大船。

不过，孩子们讲得也有道理，倘若不趁现在地面上的沟坑里还有点儿泥土，及时种上树木的话，那么剩下的那点儿泥土也会被风刮跑、被雨水冲走的。到那时候，这片山上就再也培育不出大片的森林了。

"就是嘛，亏得我们来植树啦，"孩子们都自豪地说道，"要是再晚些日子，那就不行啦。"他们都觉得自己是举足轻重的。

孩子们在山上种树，他们的父母亲都在家里忙着各自的活计。过了一段时间，他们就心神不宁起来，惦念着那些孩子究竟干得怎么样了。虽说孩子们去种树多半是为了去野外散散心，不过，大人们去看看他们干活儿也不失为一件有趣的事。就这样，各家的父母亲都不约而同地朝着荒山野岭走了过来。在通往夏季牧场的山间小路上，这些孩子的家长不期而遇，他们原本很熟，大多是左邻右舍，碰见了自然十分高兴。

"哦，你们也是到发生过森林大火的火场去？"

"是呀，我们正是朝那里去。"

"是去看看孩子们吗？"

"不错，去看看他们干得怎么样啦。"

"哎呀，他们不过是到野地来玩玩罢了。"

"哦，种不了多少树的。"

"我们带了咖啡壶，这样他们能喝上点儿热的，否则他们一整天都只好啃干粮啦。"

就这样，孩子们的父母也都纷纷走上山来。起初，他们只是觉得那灰沉沉的山头上到处是玫瑰色的孩子脸蛋，委实为那里增光添色不少。后来他们才发觉孩子们是在生龙活虎地干活儿。有些孩子栽种树苗，有些孩子挖坑埋籽，有些孩子忙着把藤蔓拔掉，免得日后把小树缠死。他们看到孩子们干得非常认真，一个个忙得不可开交，甚至连头都不抬一抬。

那些当父亲的站着看了一会儿也手痒痒起来，于是他们也动手拔藤蔓。他们反倒有点儿手拙，好像在做游戏一样。倒是孩子们已经精通了门道，上来教他们的爸爸妈妈该怎样拔才对，这样孩子们反而成了传授技艺的师傅。

这些大人原来是打算来看看孩子们的，结果也动手干起活儿来。这个地方的气氛就更加热闹，孩子们的情绪也更加高昂。过了一会儿，来帮孩子们干活儿的人越来越多了。

干活儿的人一多，山上的工具就不够用了，几个腿长善跑的男孩就被指派跑到村子里去取铁镐和铁锹。他们跑过各幢农舍的时候，那些还待在家里的人就走出来，打听道："怎么啦，出了什么事故？"

"哦，没有，全教区的人都到森林火场去种树啦。"

"全区的老老少少都去了，我们也别再在家里待着了。"

于是又有不少人成群结队地来到山上的森林火灾区。他们起先是一声不吭地站在旁边看热闹，可是过了不久自己就忍不住动手干起活儿来。因为在这阳春丽日，撒种栽树是极妙的享受。想到种子会发芽成长，破土而出，那真是非常有趣。而活动一下筋骨，干点儿体力活儿则更令人感到快乐。

那些栽种下去的树苗渐渐会长出一些细枝嫩叶，不仅如此，有朝一日它们会长成树干高大、华盖若亭的参天大树。他们流汗干活儿，不单是为了这个夏天这里能重新披上绿色新装，而且是为了今后多少个年代这里林木繁茂。正是由于他们今天的辛勤栽种，日后这里就可以听得见昆虫的鸣叫、鸫鸟的歌唱和松鸡的嬉戏，乃至看得到这大片荒野复苏，获得生命。这样，他们也就通过自己的劳动给子孙后代树立起了一座丰碑。要知道，他们原本会留给后代一座光秃秃的荒山，然而现在，子孙们将会得到一片浓荫连绵的大森林。在子孙后代想起这桩事的时候，他们不能不感慨万千，缅怀他们的祖先，想到他们的祖先是何等善良和卓有见识的人，他们便会不由得怀着尊敬和感激的心情思念他们的祖先了。

在海尔辛兰的一天

一片大的绿叶子

六月十六日　星期四

次日凌晨，男孩子来到海尔辛兰的上空，在他身下展示开来的是一派美丽的景象：大片针叶树林绽出了嫩绿色的幼芽，桦树林的树梢上刚刚披上了片片新叶，草地上青草绿茵茵的，农田里破土而出的新芽煞是喜人。这里是一片高山峻岭连绵不断的高原，然而在它的中央有一条宽阔而颜色鲜明的峡谷纵贯南北，从这条峡谷又分出许多条小一点儿的峡谷，有些狭窄短小，有的宽阔而绵长，这样就形成了很分明的脉络。"哦，我可以把这个地方比作一片大的叶子，"男孩子浮想联翩，"它绿油油的就像树叶一样，这些大小峡谷就像叶子上的叶脉一样。"

这地方的景色倒委实同他说的差不太多。中央的那条大峡谷先是分出两条很大的峡谷：一条向东，一条向西。然后它朝北伸展，又分出一些窄小的峡谷。到了北方，它又分出两条很宽阔的峡谷，然后它又再向前延伸了很长一段距离，不过越来越细，渐渐消失在荒原之中。

在那条中央大峡谷里，汹涌地奔流着一条气势磅礴的河，它把沿途的好几个地方冲成了湖泊。紧靠着河畔的草地上鳞次栉比地挤满了矮小的灰色棚屋。河畔草地的后面连接着耕地，在峡谷边缘树林繁茂处是一座座农庄庭院。这些庄院都很宽大，房屋建造得很坚固结实。

这些庄院一个毗邻着一个，相连成行。一座座教堂高高地矗立在河畔，在它们周围，庄院麇集成了很大的村庄。在火车站和锯木厂周围也簇拥着大片房屋。锯木厂都坐落在河流和湖泊边上，四周木材堆积如山，一眼就能够辨认出来。

同中央那条大峡谷一样，分支峡谷里也是湖泊相连，田畴成片，有不少村落和农庄。那些峡谷中的河流潋滟闪烁，波滚浪逐，流进深山幽谷，在两边山崖的逼迫下渐渐变得越来越狭窄，最后只剩下涓涓细流。

峡谷两面的山上长着针叶林，那些树木不是长在平地上，而是长在崎岖不平的峰峦上，因而也有高矮，参差不齐，活像一头瘦骨嶙峋的野兽身上披着一身蓬松纷乱的毛。

从空中俯视，这个地方山清水秀，风光旖旎。男孩子大饱了眼福，因为老鹰在努力寻找老艺人克莱门特·拉尔森，所以必须从一个山谷飞到另一个山谷，低空盘旋，仔仔细细寻找那个人的踪迹。

天光大亮，农庄的庭院里鸡叫牛吼，开始有了动静。在这一带，畜棚都是用粗大的原木钉成的木棚屋，棚顶有烟囱，窗子又高又宽，那些畜棚的栅门一打开，奶牛便蜂拥而出。这些奶牛毛色浅淡，花纹斑斓，个头儿都不大，而且体态玲珑姣好，脚步十分矫健，走起路来还不时地奔跑几步。牛犊和羊群也出来了。不难看出，它们都连蹦带跳，情绪很高。

庭院里一刻比一刻热闹。几个年轻姑娘挎着背包，在牲口群里来回走动。有个男孩子手里擎了一根长鞭子，把羊群赶到一起。有只小狗在奶牛群里钻来钻去，对那些想要顶角较量的奶牛吠叫。农庄的男主人牵过马来，套好了车，车上装满了大罐大罐的黄油、大块大块的圆奶酪，还有各色各样的食品。人们又是说笑又是歌唱，人欢马嘶，院子里热闹非凡，就好像在迎接一个快乐的节日一样。

过了一会儿，人们赶着牲畜朝山上的森林走去。有个姑娘走在最前面，用清脆悦耳的呼叫声引领着牲畜前进，牲畜在她身后排成了长长一列。牧羊孩子和牧羊狗跑前跑后，不让一只羊跑离羊群。农庄主和他的长工们走在最后面。他们跟在马车旁边，防备着翻车，因为他们走的是一条怪石遍地的林间小径。

说不定这是海尔辛兰一带约定俗成的老习惯，所有的农民都在这一天把牲畜赶进森林里；不过也许纯属巧合，那一天大家正好凑到一起来了。不管怎么说，反正男孩子有幸大开眼界，见到人和牲畜的洪流欢腾地从每个山谷和每个农庄走了出来，朝着深山老林进发，使得那里热闹起来。男孩子整整一天都听得见那黑黢黢的密林深处传出来的放牧姑娘的歌声和牛脖子上挂的铃铛发出的叮当声。他们大多数人都要长途跋涉，而且路很难走。男孩子亲眼看到他们如何花了九牛二虎之力才挣扎着走过潮湿的沼泽地。他们遇到被风刮倒的大树拦路时，就不得不绕个大弯改道前进。还有好多次，马车撞在石头上翻车了，车上的东西撒了一地。可是，大家碰到这些困难时并不生气，只是扬声大笑一阵，仍旧高高兴兴地前进。

到了薄暮时分，这些赶路的人和牲畜终于来到森林里事先砍伐开辟出来的居住营地，那里早已修建了一个低矮的牲畜棚和两三幢灰色的小棚屋。奶牛走进棚屋之间的院子，禁不住哞哞地欢叫起来，好像它们一下子就认出了自己曾经居住过的地方，并且急不可耐地咀嚼起甘美鲜嫩的青草来。人们一边说笑打趣，一边把车上装的饮用水、木柴和其他东西全都卸下来，装到那幢稍大一点儿的棚屋里去。不久，烟囱里就升起了袅袅炊烟。放牧的姑娘和男孩子们也都靠在大人们身边，围坐在一块扁平的大石头周围，开始露天吃起晚饭来。

老鹰高尔果深信，他一定能够在夏季来到森林里进行野外放牧的那些人中间，找到克莱门特·拉尔森。于是，他一见到朝森林里来的人畜队伍就急忙低飞下去，用他那双锐利的眼睛细细地查看。可是一小时又一小时过去了，老鹰没能找到那个老艺人。

经过很长时间的盘旋，老鹰在黄昏时分来到了大山谷东面的一片怪石嶙峋的荒凉山地上空。他低头往下看去，那里又有一个夏季放牧的营地。人和牲畜都已经安顿就绪。男人们正站着劈柴，放牧姑娘们正在挤牛奶。

"瞧那儿，"老鹰高尔果大叫一声，"我想，他一定会在那儿。"

老鹰一个高空俯冲便飞速降落下去。男孩子大吃一惊，那老鹰在那么远的高空居然看得分毫不差。站在场院里劈木柴的那个男人，果然是矮小的克莱门特·拉尔森。

老鹰高尔果降落在离棚屋不远的密林里。"现在我把对你许下的事兑现了，我可是说到做到呀。"他说道，还得意扬扬地摇头晃脑，"你赶快想法子同他谈谈。我就留在这片茂密的松树林里等你。"

动物们的除夕之夜

夏季牧场里一切安排停当。晚饭过后，人们尚无睡意，便闲坐着聊起天来。他们很久没有在森林里度过夏夜了，似乎舍不得早早去埋头睡觉。夏天的夜晚非常短暂，天直到这时还明亮得如同白昼。放牧姑娘手里不住地编织着东西，时不时地抬起头来朝着森林瞅上一眼，又心满意足地咯咯笑着。"哎呀，我们总算又到这里来啦。"她们高兴地说道。人声嘈杂的村落从她们的记忆中蓦地消失殆尽，四周的森林一片静悄悄。当她们还在农庄里的时候，一想到将要寂寞地在茫茫林海里度过整整一个夏天，她们就几乎无法想象自己怎么能够忍受得住。她们来到夏季放牧场之后，却觉得这样的时刻美妙得不可思议。

附近夏季牧场的年轻姑娘和男人来看望她们了。这里围聚的人太多，屋里坐不下，大家就在屋前席地而坐。可是谁也不知道怎样才能带头打开大家的话匣子。那几个男人第二天就要下山赶回村子里去。姑娘们托他们办点儿小事，要他们向村里的人捎个好。说完了这些，他们就又找不到话题了。

于是，姑娘们当中年龄最大的一个搁下了手上的活计，兴致勃勃地说道："其实我们今天晚上大可不必这样一声不响地在夏季牧场上闲坐着，因为我们当中有两个挺爱讲故事的人。一个是坐在我身边的克莱门特·拉尔森，另一个是苏南湖来的伯恩哈德，他正站在那边朝布莱克山上细看。我觉得，我们应该请他们每人给我们讲一个故事。我答应，哪个人讲的故事最使我们开心，我就把我正在编的这条围巾送给他。"

这个主意受到大家的一致欢迎。那两个要讲故事来比个高低的人自然要客气一番，推托说不行，可是没过多久也就同意了。克莱门特请伯恩哈德先讲。伯恩哈德当仁不让地答应了。他并不太认识克莱门特·拉尔森，不过他琢磨着那个人必定会讲一个关于妖魔鬼怪的老掉牙的故事。他知道大家通常都爱听这类故事，所以他想还不如投其所好讲一个这样的故事。

"在好几百年以前，"他开始讲道，"戴尔斯布地区有个主管几个乡村的教区教士，他在大年三十的晚上匆匆在深山密林中策马赶路。他身上紧裹着皮大衣，头戴皮帽子，鞍鞒上横放着一个小包，里面装着做临终圣事用的酒杯、祈祷书和法衣。白天他被请到离这个林区的中心村落很远的一个教区村去为一个临终的病人做最后的祈祷。他在病人身边一直坐到晚上，现在他终于可以回家去了，不过，他估摸着怎么也要过了半夜才能回到教士宅邸。

"他不得不在马上颠簸赶路，而不能躺在床上安详熟睡，好在那天晚上的天气还不坏，真是谢天谢地。虽然夜已深了，但是还不算寒冷刺骨，而且连一点儿风都没有。尽管乌云层积，一轮又圆又大的满月却依然能同云层竞相追逐，在乌云层上影影绰绰地显现，把皎洁的清辉洒向大地。倘若没有那点儿月光照亮的话，那么他就连地上的林间小径都难辨认出来，因为那是隆冬腊月，天地间一片灰蒙蒙。

"教士那天晚上骑的是他最引以为傲的一匹骏马，这匹马体格强健，脚力耐久，伶俐得几乎像人一样，而且在全教区任何一个地方都能够识途，走回家去。教士已经屡试不爽，所以他对马深信不疑，在骑这匹马的时候从来不去注意辨别方向。这天晚上也是如此，在黑沉沉的午夜时分，在茫茫林海中，他仍旧若无其事地骑在马上，连缰绳都不握，脑子里一门心思想着别的事情。

"教士骑在马上颠来晃去，心里只是惦念着第二天要做的讲道之类的事。就这样过了很久，他才想起来要抬头看看究竟离家还有多远。当他终于抬头环顾四周的时候，他不禁暗暗地纳闷，按理说他骑马走了那么长时间，早就应该到教区里有人烟的地方了，眼前却还是深山荒野，森林茂密。

"戴尔斯布当时的建筑分布格局与现在相同，教堂、教士宅邸、所有的大庄园和大村庄都在那个教区的北面名叫戴伦的那一带。而南面那一带全是森林和高山。那个教士一看到他还在荒无人烟的地方踽踽行走，就马上想到他还在教区南部，要回家去就必须策马往北走。但是他越走越觉得不对劲儿，似乎自己并没有朝北走。尽管没有星星和月亮供他辨认方向，可是他头脑里有方向感，他觉得毫无疑问自己在朝南或者朝东走。

"他本来打算马上勒住缰绳掉转马头往回走，可是他没有那样做，既然这匹马过去从来没有迷过路，那么这一次想必也不会。说不定是他自己糊涂了，只怪他一直心不在焉，沿途没有看路。于是他听凭马照着原来的方向继续往前走，他又去想自己的心事了。

"可是走了不久，一根很大的树枝狠狠地扫了他一下，几乎把他从马背上扫了下来。他这才猛地醒过来，觉得非要弄清他究竟到了哪里不可。

"他朝地上一看，不禁吃了一惊，原来他走在松软的沼泽地上，根本没有什么可供行走的小路。而那匹马疾走如常，一点儿也没有趔趄。这次，教士深信那匹马确实走错路了。

"这次他毫不迟疑，抓起缰绳，勒回马头，重新朝着林间小路走去。那匹马却作起祟来，刚刚跑到林间小路上，又绕了一个弯向荒山野岭奔去。

"教士一看，完全确定那匹马又往错路上走了。不过他又想道，既然马如此固执，说不定是要找一条能够更快到家的近路，所以他也就听之任之了。

"说也蹊跷，地面上根本无路可走，然而那匹马照样疾走如飞。面前有山冈挡路，马儿就像山羊一样灵巧地蹿了上去；在下陡坡的时候，马把四只蹄子并拢靠紧，沿着嶙峋怪石滑行而下。

"'但愿能在做礼拜之前赶回去，'教士心里盘算着，'倘若我不能及时赶回教堂，那么戴尔斯布教区的乡民们会有何想法？'

"还来不及思忖太多，他就匆匆来到一个他熟悉的地方。那是个很小的黑水湖，是他去年夏天钓鱼的地方。现在他终于看出来了，这正是他最担心的事情：他现在正在荒山野林的深处，而那匹马还在朝南走，似乎非要把他驮到离教堂和教士宅邸远得不能再远的地方去。

"教士匆匆跳下马来。他不能任凭这匹马将他驮到荒无人烟的旷野上去。他务必赶回家去，既然这匹马那样执拗，非要朝相反的方向跑，他就下定决心自己徒步牵马而行，待走到熟悉的路上再骑马。他把缰绳挽在手臂上，开始步行。穿着一身厚厚的皮大衣在森林里徒步跋涉可不是一件容易的事，好在那个教士身体结实，吃苦耐劳，对于走这样费劲儿的长路倒也没有犯难发愁。

"可是那匹马给他平添了不少麻烦，它根本不听他摆布，四只蹄子蹬住地面纹丝不动，还尥蹶子，就是不肯跟他往前走。

"后来教士怒火中烧。过去他从来没有鞭打过这匹马，这时仍旧不想动手打它。他气得扔下缰绳，自己从马身边走开。'哼，既然你硬要走你想走的路，那么我们干脆在这里分手算啦。'他气咻咻地叫嚷道。

"他刚走出两三步路，那匹马就赶了上来，小心翼翼地咬住了他的大衣袖口，想要拦住他往前走。教士回过头去，逼视那匹马的双眼，仿佛想要洞察出它为什么如此反常。

"即使在事情过后，教士也没有完全明白过来自己当时究竟是怎么回事。然而有一点倒是千真万确的，尽管夜色那么黑，他还是能够看得清那张长长的马脸，非但如此，还能够看得出来它的心事，就像从人脸上的喜怒哀乐看得出他心里在想什么一样。他看得分明，那匹马焦急无比、苦恼不已。那匹马瞅着他，眼睛里流露出无比忧愁的神情，既像埋怨又像哀求。'我天天毫无怨言地充当坐骑为你出力，'马似乎在说，'难道你就连这一夜都不肯陪我去吗？'

"教士被牲口哀哀求告的眼神感动了。显而易见，这匹马在这个夜晚必定有什么事情求助于他。他身为堂堂男子汉岂能袖手旁观？于是他当机立断，决定陪着马走一趟。他不再迟疑，把马牵到一块石头旁边，踏着石头跨上马去。'随你走到哪里去吧，'他对马说道，'既然你要我陪你走一趟，那么我就悉听尊便。这样就没有人责备那个戴尔斯布教区的教士竟在别人陷入困难之时拒绝助一臂之力了。'

"在这以后，他就听凭马放开四蹄往前跑去，自己只专心注意如何在马鞍上坐得稳当。这一段路崎岖不平，而且险峻异常，再则一路都是上坡路。四周森林非常茂密，两步开外的地方他就看不见什么了，不过，他感觉得到他们在朝一座高山上爬。马呼哧呼哧，异常吃力地爬上一个又一个陡坡。倘若此时教士自己能够做主行事的话，他是决计不忍心把马驱赶到这样陡峭的高山上来的。'哎呀，难道你不爬上布腊克山，就不死心吗？'教士讥嘲道，还忍不住笑了笑。因为他明白，布腊克山是海尔辛兰省最高的山峰。

"就在他骑在马背上往前走的时候，他忽然觉察出来，那个夜晚在荒山野林里匆匆赶路的并非只有他和他的坐骑。他听到四周不断有动静传来，石头在骨碌碌地滚动，树枝在噼噼啪啪地断裂。从声音上判断，似乎有不少大动物在森林里穿行。他知道那一带狼很多，他担心那匹马会不会使他卷入一场同野兽的肉搏中去。

"马向上爬呀爬，一股劲儿地向上爬。往山上爬得越高，森林就越稀疏。

"他们终于爬到一个几乎光秃秃的山顶上，在那里他可以极目远眺。他放眼望去，举目所见皆是连绵不断、峰峦起伏的群山和苍茫阴沉的森林。天色很黑，他无法看清楚周围的东西，但是他总算弄明白了自己在哪里。

"'哎呀，原来我竟爬上了布腊克山，'他想，'一点儿也没有错，不会是别的山。我认出来了，西面是耶尔夫舍山峰，东面是阿格岛一带波光粼粼的大海。北面有块地方闪烁着灯火，那大概是戴伦镇。而在这个深谷里，我见到的是尼安瀑布飞溅的像白烟般的水珠。对，一定没有错，我爬上的就是布腊克山，这真是一次历险奇遇。'

"他们爬到最高的山峰上，那匹马就停下脚步，站在一棵枝繁叶茂的云杉背后，似乎若有所惧地藏匿在那里。教士弯腰向前，双手拨开枝叶，这样就可以毫无阻挡地观看面前的一切。

"布腊克山那濯濯的峰顶赫然在他的眼前，不过并不像他预想的那样空荡荒凉。在面前的开阔地中央有一块怪石突兀屹立，四周密密麻麻围着许多野兽。教士看到这个架势，便揣摸着它们好像是到那里去召开动物大集会的。

"教士举目望去，但见紧靠大怪石旁的是好几头大狗熊，它们身材魁梧，颟顸笨拙，就像披了一层毛皮的大石头一样。它们都趴在地上，烦躁不安地眨着小眼睛，让人看得出来，它们是为了来开这次会才从冬眠中醒过来，所以还很难保持清醒以免睡过去。狗熊的后面是好几百只狼紧挨在一起，它们并不冬眠，因而没有一点儿睡意，在这漫长的冬季子夜时分反倒显得要比在溽暑的盛夏更加生气勃勃。它们像狗一样蹲坐着，毛茸茸的尾巴在地上哗哗地刷来扫去，嘴里呼哧呼哧地喘着大气，舌头长长地吐在嘴巴外面。在狼群背后是山猫，它们一刻不停悄悄地转来转去。它们的模样很像形状扭曲的大猫，不过腿脚似乎有点儿跛，行走起来有点儿蹒跚。它们看样子很腼腆，不大情愿在众多动物面前露脸，因而一遇到别的动物走近，它们就会龇牙咧嘴，狠狠地发出咝咝声。排在山猫背后的是貂熊，它们面部像狗，而皮毛像熊。它们在地上站的时间一长就不大舒服，用宽厚的脚掌不耐烦地拍打着地面，一心想爬到树上去。在它们背后，一直到森林边缘，密密麻麻全都是一些娇小伶俐、体态俊美的野兽，比如说狐狸、黄鼠狼、紫貂。它们虽然身体小，可是性情要比那些大野兽更加粗暴凶残，更加嗜血成性。

"教士将这个场面看得非常分明，因为那个地方被熊熊的火光照得通明。在场地中央那块高高隆起的大怪石上站着一个森林女妖，她手里高擎着一支很大的、红彤彤的、火焰蹿得很高的松明火把。森林女妖足足有森林中最高的大树那样高，她身上披着用云杉枝条编织成的衣衫，头发一绺绺地紧卷在一起，像是云杉果。她站在那里岿然不动，面孔朝着大森林，正在查看和倾听。

"尽管教士看得一清二楚，但他惊骇不已，他极力想对眼前的一切全都装作没看见，因为他吃惊得连对自己的眼睛都不敢相信了。'这一切根本是不可能的，'他想道，'我骑马在荒山野岭里走得太久，一定是眼花了，产生了幻觉。'

"话虽这么说，他仍旧聚精会神地注视着这一切，急不可耐地想知道接下来会发生什么事情。

"他等了一会儿，就听到山下森林里传来一阵清脆的小铃铛声，随后还听到杂沓的走路声和树枝的碎裂声，听上去似乎是有大群动物穿过这片荒山野林。

"教士定睛一看，原来是一大群家畜走上山来了。他们按照到夏季牧场去的次序排列成行，从森林里走了出来。走在最前头的是脖子上垂着铃铛的领头奶牛，接踵而来的是公牛和别的奶牛，随后是幼小的牲畜和牛犊。绵羊挤成一团跟在后面走过来，再靠后的是山羊。队伍最后面是几匹马和马驹。牧羊狗循规蹈矩地跟在羊群旁边，但是既没有牧童也没有放牧姑娘跟着。

"教士眼看着那些家畜径直朝野兽走去，心如刀割。他本应当挺身而出站在牲畜群面前，对他们大喝一声，叫他们站住。不过他心里很明白，要在那样一个夜晚把大群牲畜挡住，恐怕非人力所能及，因此他只好按捺住性子，留在原地不动。

"很容易看得出来，那些家畜对即将降临到他们头上的飞来横祸不是毫无所知，而是忍受着熬煎。他们都满脸愁容，垂头丧气，甚至脖子上挂着铃铛的母牛也耷拉着脑袋，脚蹄有气无力地打着趔趄。山羊也没有心思玩耍或者相互抵角。马想要尽量装得气宇轩昂，可是仍然吓得全身像筛糠一样瑟瑟发抖。最可怜的要算牧羊狗了，它们的尾巴夹在后腿之间，几乎是匍匐在地上爬行。

"脖子上系着铃铛的领头奶牛把牲畜队伍一直引领到站在山顶的那块大怪石上的森林女妖面前。她围绕着怪石转了一圈，掉转身来就往山下森林走去。说也奇怪，那些野兽纹丝不动，没有一只去袭击她。在她之后，别的牲畜亦从野兽面前经过，照样没有遭到野兽的攻击。

"可是在牲畜队伍徐徐往前移动的时候，教士看到那个森林女妖把手里的火把移下来，指向这只或者那只牲畜。

"每当火把降落下来点出这只或那只牲畜的时候，野兽群中便会发生一阵骚动，他们欣喜若狂地鬼哭狼嚎，尤其是火把对着一头母牛或者一头别的大牲畜点下去的时候，他们的号叫声就更加凄厉可怕。那些眼睁睁看着火把点到自己身上的牲畜不禁尖声叫了起来，仿佛尖刀刺进了他们的肉里，而别的牲畜也不免同类相惜，一齐发出惨叫。

"现在教士终于明白他究竟亲眼看见了什么情景。他过去一直听人说起，每到除夕之夜，戴尔斯布一带的大小动物都要到布腊克山聚集。森林女妖就在这里指点出第二年哪些牲畜将成为野兽饕餮的目标。教士对那些难逃魔掌、指定将要被野兽吞食的牲畜大动恻隐之心，却又无力去救助它们，虽说这些牲畜的主人是人类而不是那些野兽或者妖精。

"第一群牲畜几乎还没有走完，下面森林里又传来了领头奶牛的铃铛声，另一个农庄的牲畜又走上山顶。他们的队伍顺序同方才那一群完全一样，也跟方才那群一样走向森林女妖。那女妖神色严峻，冷酷无情地把一只又一只牲畜点出来判处死刑。在这以后，一群又一群牲畜络绎不绝地走到她的面前。有些牲畜群很小，只有一头奶牛和几只绵羊。还有一些只有两三只山羊。显而易见，这些牲畜来自家境清贫的农户。尽管如此，他们还是不得不到这里来充当祭品。因为无论来自贫富贵贱之家，这些牲畜都在劫难逃。

"教士想起了戴尔斯布教区的农民们，要知道他们是何等疼爱自己的家畜啊。'要是他们知道这种悲惨的场面，他们决计不会允许女妖继续这么胡作非为的。'他恨恨地想道，'他们宁可豁出自己的性命，也不肯让他们的牲畜到熊和狼群里来，让森林女妖判处死刑。'

"最后露面的一群牲畜来自教士宅邸。教士从老远就分辨出了那熟悉的领头奶牛的铃铛声，他的坐骑想必也听出来了。那匹马浑身冷汗湿透，每个关节开始抽搐起来。'唉，现在该轮到你去受森林女妖的判决了。'教士对马爱怜地说道，'不过用不着害怕！我明白为什么你要驮我到这里来了，我不会舍弃你的。'

"来自教士宅邸的那些肥胖强壮的牲畜排成一长列从森林里走出来，朝森林女妖和野兽那儿走去。长队的末尾是那匹把自己的主人驮上布腊克山的马。教士身不离鞍，仍旧端坐在马上，让那牲畜带他到森林女妖面前去。

"他既没有猎枪也没有长刀防身，但是他要去同妖魔鬼怪做殊死搏斗，便把祈祷书拿了出来，紧紧地按在胸前。

"起初他一点儿都没有受到注意。来自教士宅邸的牲畜如同别的畜群一样从森林女妖身边走过。森林女妖却没有让手里的火把落下来点其中任何一头。唯独等到那匹善解人意的马走过来的时候，她才挥动手臂要判处他死刑。

"就在这千钧一发之际，教士把祈祷书高高举起。火把的火光投射到祈祷书上，把十字架映得闪闪发光。森林女妖一声惊叫，手中的火把掉落到了地上。

"火把掉到地上后马上就熄灭了。突然由明亮变为黑暗也是教士猝不及防的，他什么都看不见，什么声音都听不见。他身边万籁俱寂，就同平时的冬季荒野毫无二致。

"就在这时候，天空中密布的乌云蓦地分散开去，一轮满月从云缝里露出脸来，把皎洁的清辉洒向大地。这时，教士才看清在布腊克山之巅只有他和那匹马。那么多野兽倏然都不见了。地面上连牲畜群踩过的痕迹都没有。他自己将祈祷书紧紧地捧在胸前，胯下的那匹马仍浑身颤抖，大汗淋漓。

"当教士策马从山上下来回到家里以后，他再也弄不清方才见过的一切究竟是不是一场噩梦，到底是幻觉还是确有其事。不过，这件事对他是一个启示，他想到那些可怜的牲畜时时都面临着被野兽用来果腹的危险。于是，他不遗余力地向戴尔斯布教区宣讲保护牲畜的必要性，这样在他生前这个教区里就再也见不到狼和熊的踪迹了，虽然在他去世之后或许还有狼或者熊会回到那一带去。"

伯恩哈德把故事讲到这里便收尾了。他博得听众的许多夸奖喝彩，看起来他大概可以把那个奖品稳稳地拿到手了。大多数人几乎都以为，克莱门特要同他较量，未免太自不量力了。

可是克莱门特不动声色，毫不畏惧地开口讲了起来："我说说我在斯德哥尔摩郊区斯堪森公园工作的时候亲身经历的一件事。有一天我非常想家……"他娓娓讲述起来。他讲到为了不让小人儿关在笼子里，让人们咧着大嘴看稀罕，他便买下了那个小人儿。他接着又说道，他刚刚发善心做了那件好事，便好心得了好报。他讲呀，讲呀，那些听故事的人越听越入神。后来，他讲到国王、侍臣和那本漂亮的书的时候，那些姑娘个个把手里的活计搁在膝盖上，坐在那里屏息凝神，双眼直盯着他。真想不到，他竟然亲身经历过那么多怪事！

克莱门特终于把他的故事讲完了。那个年纪最大的放牧姑娘宣布，他应该得到那条围巾。"伯恩哈德讲的是旁人碰到的事情，而克莱门特是自己经历了一个真正的传奇故事，我更喜欢他讲的这个故事。"她说道。

　　大家都表示赞成。他们听说克莱门特竟有幸同国王交谈过，不禁都肃然起敬，用另一种眼光看待他，而那位矮小的艺人生怕把自己的得意过分表露出来。然而，大家听得兴高采烈的时刻，竟然有细心的人问他后来把那个小人儿弄到哪里去了。

　　"我自己来不及给他放只蓝碗，"他支支吾吾道，"不过我央求了一个拉普族老头儿去那样做。至于他后来究竟办没有办成，我就不得而知啦。"

　　克莱门特话音还没有落，就有一个小松果落下来，砸在了他的鼻子上。非常离奇的是，他们当中并没有人扔过松果，而松果又不是从树上掉下来的。那么，松果是从哪里来的呢？这真叫人不可思议。

　　"哎呀，哎呀，克莱门特呀，"那个放牧姑娘说道，"看样子，那个小人儿还是个顺风耳，我们在这里的讲话都能听到。您真不应该让别人去放那只蓝碗啊！"

在梅代尔帕德

六月十七日　星期五

老鹰和男孩子第二天清晨早早地就出发了。高尔果以为那天一定能赶到韦斯特尔堡登。但是他听到男孩自言自语，他现在正在飞越的这片土地上，人类显然是不可能生存的。这时，他预计他们不会那么快地飞到目的地。

他们下面那个地方是南梅代尔帕德，那里除了大片的森林以外，真是一无所有。但是鹰听到男孩子的话时马上叫道："在北方这一带，森林就是人们的耕地。"

男孩子想，黑麦麦秸脆弱，在光线充足的田野里一个夏天就生长起来了，而针叶树树干坚硬，在黑黢黢的森林中需要好多年才能成材收获，这两者之间是有很大区别的。"想在这样的土地上有所收获的人需要极大的耐心。"他说。

他们没有多说什么就来到了一个地方，那里森林已经被砍伐光了，地上残留着树墩和树枝。当他们在只有树墩的土地上空飞过时，老鹰听到男孩子自言自语，这真是一个乏味和贫穷透顶的地方。

"那是去年冬天刚砍伐过的一块土地。"鹰马上说。

男孩子想，在他的家乡，收割庄稼的人在阳光明媚的夏季早晨驾着马拉收割机，不一会儿就收割完一大片地，而森林是在冬天收获。伐木工人走到积雪深厚、酷寒的野外去作业，要砍倒一棵树需要付出很多劳动。要砍伐一块林地，就算是眼皮底下那块不大的林地吧，他们也要在森林中干好几个星期。"能在这样一块林地上砍伐的人一定很能干。"他说。

老鹰拍动几下翅膀，他们便看到布满树墩的那块地的边上有一个小棚子，那个棚子是用带着树皮的粗原木搭起来的，没有窗户，门是用几块零散的木块拼凑起来的。棚顶上铺着树皮和树枝，但是现在已经掉落，因此男孩子能够看到棚子里只有几块用作炉灶的大石头和几条宽木板做的长凳。当他们在棚子上空飞过时，鹰听到男孩子在询问，是什么人在那样破烂简陋的屋子里住过。

"在林地上砍伐木材的人在这里住过。"老鹰马上叫着回答。

男孩子想，在他的家乡，收割庄稼的人干完活儿后高兴而又快活地回到家里，主妇把贮藏室里最好吃的东西拿出来慰劳他们。在这里，他们在辛苦紧张的劳动之后却要在小棚子的硬板凳上休息，而这种小棚子比家乡院子里堆放杂物的小屋子还要糟糕，至于他们能吃到些什么东西，他简直想象不出来。"我想，不会有人为这些工人举行庆丰收宴会吧。"男孩子说道。

再继续往前不远，他们看到下面有一条蜿蜒曲折、崎岖难行的林间小路，又窄又斜，坑坑洼洼，砾石遍地，有好几处还被小溪冲垮了。当他们飞过这条林间小路时，鹰听到男孩子问他，是否知道在这样一条路上运送过什么东西。

"砍伐下来的木材就是从这条路运送到木材堆积场去的。"老鹰回答。

男孩子又想，南方家乡的生活是多么有趣呀！那由两匹高头大马驾辕的大车满载着收割下来的庄稼从田野里辚辚而来，赶车的人神气地高高坐在大车顶上，马奔跑着，嘶叫着，村里的孩子们被允许爬上庄稼垛，他们坐在那里高声叫喊又放声大笑，既兴高采烈又提心吊胆。可是在这里，运送笨重的木材要在陡峭的坡地上爬上爬下，马常被累垮，赶车的人一定多次感到束手无策。"在这样的路上，我看恐怕难以听到欢声笑语。"男孩子说。

老鹰使劲儿拍动着翅膀向前飞。不一会儿，他们来到了一条河边。这里，他们看到一个处处是木屑、碎木和树皮的地方，老鹰听到男孩说，他不明白为什么下面一片狼藉。

"这里是贮放砍伐下来的木材的地方。"老鹰喊道。

男孩子想，在他的家乡，庄稼都贮放在院子旁边，垛得齐整扎实，好像是他们最好的装饰品。而在这里，人们却把收获来的东西堆放在荒凉的河岸边，无人过问。"我不知道是不是有人会到这样荒僻的地方来数一数他的木材堆，并且与他邻居家的比一比。"男孩子说。

不久，他们来到了荣甘河上，它在宽宽的山谷里汹涌奔腾。此地景色骤然大变，他们竟以为来到了另一个地区。黝黑的针叶林延伸到山谷的悬崖上便止住了，陡坡上覆盖着树干发白的白桦和山杨。山谷十分宽阔，甚至使大河在许多地方形成湖泊。河岸两旁坐落着富庶的大村庄，村庄里有许多用原木建造的漂亮的庄园。当他们飞越山谷上空时，老鹰听到男孩子说，他不明白那里的牧场和耕地够不够养活那么多人。

"这里居住着砍伐林地的人。"老鹰回答说。

男孩子想起了斯科讷家乡低矮的农舍和农舍周围的院子，而这里的农民居住在真正的贵族庄园里。"看来在森林里工作是很值得的。"他说。

老鹰本来打算往正北方向飞行，但是当他又在大河上空飞行了一段路之后，听到男孩子说他不明白堆放在河岸上的木材由谁照看。老鹰高尔果便掉转头，向东往荣甘河的下游飞去。"是这条大河在照看这里的木材堆，并把它们运到木料加工厂去的。"老鹰喊道。

男孩子想，家乡的人们精打细算，连一粒粮食都舍不得丢掉，而在这里，大批大批的原木在河里漂流，却没有人照看。他估计，至多有一半的原木能漂流到目的地。在河道正中漂流的原木不会发生意外，可以到达目的地，可是一些沿着河岸走的原木会撞上小岬，或者在河湾的死水里停住。湖泊里漂浮着大量原木，盖满了整个湖面，它们似乎在那里愿意休息多久就可以休息多久；有的原木被桥梁卡住；有的则被拦腰切断；有的停留在激流中的石头前，形成高大、摇晃的木材垛。"我真不明白，这些木料需要多少时间才能抵达木料加工厂。"男孩子说。

老鹰继续朝荣甘河下游慢慢地飞着。在许多地方，老鹰伸平翅膀，在空中保持静止，以便让男孩子有时间看清楚这种类型的收获工作是怎样进行的。

不一会儿，他们来到放木排的人工作的地方。老鹰听到男孩子自言自语，他不明白那些在河岸上奔跑的是些什么样的人。

"他们就是负责处理在半道上搁浅的木材的人。"老鹰叫道。

男孩子想道，他家乡的人都是从容不迫地把粮食送到磨坊里去的，而这里的人们手里握着有钩的长篙在河岸上跑着，辛劳而费力地把原木拨正方向。他们在河岸边的水里跋涉，从头到脚全都湿透。他们在激流中从这块石头跳到那块石头，在摇晃着的木材垛上稳健地来回走动，好像走在平地上一样。他们是大胆而有决断的人。"这种情景使我想起了伯尔斯拉格那的铁匠，他们同火打交道时好像火是一种毫无危险的东西一样。"男孩子说道。这些放木排的人玩着水，犹如他们是水的主人，他们似乎已经征服了水，使它不敢伤害他们。

他们渐渐接近河口，波的尼亚湾就展现在他们面前。但是高尔果没有一直朝前而是沿着海岸线向北飞行。没有飞多远，他们便看到下面有一个锯木厂，大得像座小城市。鹰在锯木厂上空来回盘旋，听到男孩子自言自语，这真是一个极大极好的地方。

"这就是大型木材加工厂，叫斯代特维克。"老鹰叫道。

男孩子想起了家乡的风磨，它们宁静地坐落在绿荫中，叶轮缓缓地转动着。这个磨碎木材的加工厂紧挨着海岸，它前面的水上堆积着大量原木，它们被铁链子一根接着一根地拖上斜桥，送进一个类似大库房的屋子里。进了屋子以后怎样，男孩子就看不见了，但是他听到刺耳的咔嚓咔嚓声和震耳欲聋的轰鸣声。在房子的另一面，满载着白色木板的小车穿梭往返，小车源源不断地行驶在光滑的轨道上，把木板运到晒木场，在那里将它们堆成高高的板垛。一个地方在垛新垛，另一个地方在拆旧垛，卸下的木板被装到停泊在那里等待装货的几艘大船上。那里的工人真是多得数不胜数，他们的住宅鳞次栉比，从晒木场背后一直排到森林边上。"他们这种干法一定会把梅代尔帕德地区的所有森林都锯完的。"男孩子说道。

老鹰拍动了一下翅膀，他们立即又看到了一个大锯木厂，同上一个差不多大，也有锯木房、晒木场、装货码头和工人住宅。

"这里又是一个大型木材加工厂，它叫克比庚堡。"老鹰说。

"我看到从森林中砍伐的原木比我想象的多，"男孩子说道，"不过，没有木材磨坊了吧？"

老鹰慢慢地拍打着翅膀，又飞过两三个锯木厂，来到了一座大城市。老鹰听到男孩子问是否知道这是座什么城市，便叫喊道："这是松兹瓦尔，是林区里的主要城市。"

男孩想起了南部斯科讷的城市，看上去都是那么灰暗、陈旧和凄怆，而这里——气候恶劣的北方，松兹瓦尔屹立在景色宜人的港湾里，看上去新颖、欢快和生气勃勃。他从空中俯视感到特别有趣，市中心有一群高大的石头房子，非常壮观，几乎在斯德哥尔摩也没有类似的建筑可以同它们媲美。石头房屋四周是一片空地，接着是一圈木头小屋，坐落在令人赏心悦目的小花园之中，但是它们似乎有自知之明，深知自己比起那些石头房屋来相形见绌，不敢靠近它们。"这一定是一座既富裕又宏伟的城市，"男孩子说道，"难道那片贫瘠的林地成了它发迹的源泉吗？"

老鹰拍动着翅膀飞向了松兹瓦尔城对面的阿尔恩岛。男孩极为惊讶地看到岸边林立着许多锯木厂，一个挨着一个，鳞次栉比，触目皆是。对面陆地上也是锯木厂紧挨锯木厂，晒木场连着晒木场。他至少数到四十个，但是他相信根本不止这个数目，肯定有更多。"北方是这个样子，真是太好了，"他说，"我在整个旅程中从来没有看到一个地方干劲儿像这里这样热火朝天，这样朝气蓬勃。我们的国家真了不起，不管我走到哪里，总能找到人类赖以为生的东西。"

在奥格曼兰的一个早晨

面　包

六月十八日　星期六

第二天早晨，老鹰在奥格曼兰省上空飞了一段路之后，说今天肚子饿了，必须觅点儿食吃。说着，他就找了一座很高的山，把男孩子放在山冈上的一棵大松树上。随后，他就飞走了。

男孩子在松树杈上找了个好地方坐下来，观赏着奥格曼兰省的风光。那天早晨晴朗和煦，金灿灿的阳光照耀着丛林，仿佛给森林也涂上了一层金色。从松针之间吹来阵阵和风，松针随风摇曳，一阵阵清香扑鼻而来。在他眼前，山川河流尽收眼底，景色秀丽，视野广袤。此时此刻，他心旷神怡，陶然欲醉，觉得再也没有人能够像他那样消受良辰美景了。

他可以自由自在地环视四周，没有什么障碍挡住他的视线。他的西面是脉脉群山，峻岭屹立，越往远处，山峰越巍峨险峻，也越荒凉可怕。东面虽然也是峰峦起伏，但是山脉越来越低，到海边已经成了一马平川。峰峦之间大河小川百转千回，曲折缭绕，这些河流湍急奔腾，波浪滚滚，再加上有不少飞泻直下的瀑布，使得航行变得极其艰险。而在越是靠近大海的地方，河床就越开阔起来，碧波滔滔，另有一番气象。他极目远望，连波的尼亚湾都看得见，在靠近大陆的一侧，大小岛屿和岩石礁星罗棋布，海湾的岬角同海水犬牙交错。而更远处，则水天融为一色，同夏日的晴空一样湛蓝。

"这个地方就像河岸上刚刚下过一场大雨一样。许许多多涓涓细流顺着河岸淌下来，在河岸上犁出一道道沟壑。它们弯弯曲曲，蜿蜒流淌，渐渐汇入河里。"男孩子在脑子里这样形容，"我记得斯堪森公园那个拉普族老头儿常常说，瑞典非常倒霉的是在紧要关头偏偏把南北的位置颠倒了。别人听了，都对他哈哈大笑，可是他正色说道，他们只消亲眼看看北部那气象万千的景色，就会明白过来，北部本来应该摆放在南部才对。我觉得他大概言之有理。"

男孩子饱览风景之后就从背上解下背包，取出一段精细加工的白面包，开始吃起来。"我觉得我从来没有吃到过这么好吃的面包，"他一边吃一边大加赞赏，"我还有这么多哩！够我吃两三天的。昨天这个时候，我还不敢相信自己会有这么大一笔财富。"

他津津有味地咀嚼着，不禁回想起了他是怎么得到这个面包的。"一定是因为人家那样好心地送给我，所以我觉得越吃越香。"他说道。

原来那只大老鹰前一天晚上就离开了梅代尔帕德。他刚刚飞过奥格曼兰省的边界，骑在他背上的男孩子就看到一个河谷和一条河流，气势之雄伟盖过了男孩子在那段路上所见到的其他所有河流。

那个河谷夹在两座山脉之间，地势非常开阔。男孩子怀疑，它大概很久以前由另一条也是从这里流过然而比现在这条要大、要宽得多的河流冲刷出来的。河谷冲刷出来以后，又渐渐被泥土沙砾壅堵垫高，虽然整个河谷没有全被堵塞，靠山脚处却都垫高了不少。而现在流经河谷的这条河就是在这些松软的土层上冲刷出来的，河面很宽，水势也很凶猛，它也冲刷出了一道很深的河谷。它把河岸冲刷成非常好看的形状：有些地方是斜斜的缓坡，坡上鲜花盛开，红色、蓝色和金黄色相映成趣，一直延伸到男孩子的脚下；有些地方两岸有不少坚硬的怪石，河水没法把它们冲走，结果它们像峭立的城墙和尖塔一样矗立在河岸上。

男孩子从高处俯视下来，觉得他一下子看到了三个不同的世界。

最底下那一层，也就是河流经过的那片河谷地带是一个世界。人们在河上放着木排，汽船从一个码头驶向另一个码头，锯木厂隆隆轰鸣，大货轮忙着装货。在那条河里，有人在捕捞鲑鱼，有人在挥桨划船，有人在扬帆泛舟。把窝筑在河堤上的一群群燕子在水面上来回盘旋。

河谷再往上一层，或者说，也就是河谷两旁一直延伸到山脚底下的平原地带，又是另一个世界。那里农庄、村落相接毗邻，一座座教堂夹杂其间，一派田园风光。农田里有农民在耕耘播种，牲口安详地在田野上吃草。四周一片苍翠碧绿，草地附近的菜园里人影绰绰，那是妇女们在收拾菜蔬。在蜿蜒曲折的公路上，车辆人群熙来攘往；在漫长的铁路上，火车吐着白烟突突地奔驰。

最上面的一层是森林茂密的崇山峻岭，男孩子看到的是第三个世界。那里，松鸡在静静地孵卵，麋鹿出没在浓密的灌木丛中，山猫屏气潜伏准备扑向猎物，松鼠在一点儿一点儿地啃啮着食物。森林里的枝杈散发出阵阵幽香，黑加仑树枝头上繁花似锦，鸫鸟在婉转啼泣。

男孩子对那富饶的河谷饱览无余之后，就大呼小叫起来，抱怨自己饿得受不住了。他诉说整整两天没有一点儿吃的东西下肚，现在肚皮贴着脊梁，再难支撑下去了。

老鹰高尔果当然不乐意别人指指点点，说男孩子跟他在一起要比跟大雁在一起日子难过。于是他马上放慢了飞行速度。"你为什么不早点儿说呢？"老鹰说道，"你想要吃多少，就有多少食物。有一只老鹰当你的旅伴，你是不会挨饿的。"

不久，老鹰看见有个农夫在靠近河岸的地方忙着播种。那个人把种子盛在他胸前挂着的一只篮子里，每次撒完之后就到放在田埂上的一个布袋里去舀出一点儿来。老鹰指望那个布袋里装有男孩子想吃的最好的食物，就朝那个地方笔直俯冲下去。

可是老鹰还没来得及飞到地面，四周便传来一片嘈杂的啼叫声。乌鸦、麻雀、燕子等不计其数的小鸟以为老鹰在追逐哪只小鸟，便从四面八方飞过来，成了黑压压一大片。"滚开，滚开，强盗！滚开，滚开，残害鸟类的屠夫！"他们齐声怒骂。他们的叫骂引起了农夫的注意，他赶紧走了过来。老鹰不得不逃走，连一颗粮食也没有弄到手。

那些羸弱瘦小的鸟雀简直太不可思议了，他们不但迫使老鹰狼狈逃窜，还沿着河谷追逐了他很长一段路。到处都能听得到他们的啼叫声。妇女们走到院子里来，像放枪一样噼啪噼啪拍起手来，男人们则赶紧端着枪追出来。

老鹰每次要朝地面俯冲下去的时候，情形都是如此。男孩子已经对老鹰为他寻找到食物失去了希望。他从来不曾想到，高尔果竟然那样为大家所仇恨和憎恶，他几乎可怜起这只老鹰了。

过了半晌，他们飞到了一个大农庄上空，那天农庄的女主人正好在烤面包。她刚刚把新出炉的面包涂上奶油，放在院子里吹凉，她自己站在旁边守着，提防猎狗来偷吃。

老鹰在农庄上空盘旋而下，却又不敢在那个农庄女主人眼皮底下公然冲下去抓面包。他飞过来又飞过去，一直拿不定主意。有几次他已经俯冲到只有烟囱那么高了，然而还是又升入了云霄。

可是那个农妇注意到了这只老鹰。她抬起头来，注意地看看他。"这只老鹰真奇怪！"她说道，"我想，他大约是要我的面包！"

那个农妇是个挺漂亮的女人，细高的身材，金黄的头发，面孔开朗而善良。她发自内心地哈哈大笑起来，从铁板上拿起一个面包，举过头顶。"你想要面包，就来拿吧！"她呼喊道。

老鹰当然听不懂她的话，可是他马上明白过来——她愿意施舍给他这个面包。于是，他疾如闪电地朝着面包俯冲下去，双爪抓住面包后又呼啦一下飞上天空。

当男孩子看到老鹰攫住面包的时候，不禁热泪盈眶。他倒不是因为在这两三天里用不着再挨饿而高兴得流泪，而是因为那个农妇居然肯把她的面包施舍给猛禽吃而感动不已。

现在他坐在松树上，一闭上眼睛就能看见那个身材高挑、长着金黄色头发的农妇站在院子里，手里高举着面包。

那个农妇想必分辨得出来那只大鸟是一只老鹰，是人们通常用刺耳的枪声来对付的强盗。况且，她大概看得见老鹰背上驮着一个小怪物。但是她没有费神想一下他们究竟是怎么回事，而是知道他们在挨饿，就大发善心让他们分享她那好吃的面包。

"倘若我有朝一日重新变成人，"男孩子暗暗想道，"我一定要到这条大河旁边去寻找那个漂亮的农妇，感谢她的一片好心。"

森林火灾

男孩子还没有吃完早饭，就感到从北面飘过来一阵阵淡淡的烟。他立即转过身来，朝那个方向细细看去，他看到了从一个长满树木的山峁上袅袅升起一股烟柱，白得犹如薄雾。那股烟柱不是从离他最近的山峁上升起来的，而是从那边第二个山峁上升起来的。在这荒山野岭里居然看得见烟火，真让人纳闷。不过，说不定是那边的一个夏季牧场里，姑娘们一早起来正忙着煮咖啡。

十分稀奇的是那股烟柱越来越浓，而且越来越粗，正在往四下扩展开来，看样子不大像夏季牧场升起的炊烟了。不过，也许是森林里烧炭工干活儿时烧出来的浓烟吧？他在斯堪森公园曾经看到过一个烧炭工住的小木棚和烧木炭用的炭窑。他还听说过这一带森林里有烧木炭的，不过，烧炭工十有八九是在秋冬之际才上窑生火的。

那股浓烟柱每时每刻都在扩大，不久整个山峁上都浓烟滚滚。看样子不像是烧木炭的窑冒出来的烟，炭窑冒不出那么多烟来。想必是哪个地方着了火，因为许多小鸟慌慌张张冲上天空，逃奔到邻近的一个山峁上去。鹰隼、松鸡，还有许许多多体形小得从远处无法辨认出来的鸟儿，都从着火的地方飞逃出来。

那根细小的白色烟柱这时候已经扩展成浓厚的白色烟云，铺天盖地地飘过山峁，下沉到山谷里，从烟云里蹿起了火星和炭屑，有时候还可以看见红彤彤的火焰。那么一定是燃起了一场大火。究竟是什么在燃烧呢？难道这深山密林中居然隐匿着一个大农庄不成？

不过，光是一个农庄是燃不起那样一场大火的。现在不但山峁上浓烟弥漫，山谷里也升起大团大团的浓烟，可是他看不清楚山谷里的情形，因为附近的山峦遮挡住了他的视野。不会是别的东西在燃烧，想必是森林本身着了大火。

他很难相信那些绿油油的森林竟然也会失火。可是火灾毕竟真的发生了。倘若森林果真失火的话，那么火势岂不会一直蔓延到他的脚下吗？说不定还不至于殃及他，可是他此刻非常渴望老鹰快点儿回来，最好趁早离开这块是非之地。且不用说别的，就是那一阵阵呛鼻的烟就让他呼吸不畅，好生难熬。

蓦地，一阵阵噼噼啪啪的破裂声清晰可闻，那声音是从离他最近的那个山峁上发出来的，真令人惊心动魄。那个山峁之巅有一棵参天古松，几乎同他自己坐着的那棵高矮差不多。那棵松树粗得够几人合抱，在周围的树木中突兀耸立，犹如鹤立鸡群。刚才它还沐浴在晨曦朝霞中，浑身红彤彤的，而现在所有的枝杈和树叶一齐闪亮发光，树身上沾满了火焰。它从来没有像此时此刻这样华丽炫目，然而这也是它最后一次展现它的美丽。那棵松树是山梁上最早着火的树，不过让人无法理解的是那火苗是怎样爬上树去的，难道火是长着通红的翅膀飞到树上去的，或者像蛇一样从地面上蜿蜒过去的吗？是呀，真是说不好，可是火苗毕竟在那里了，整棵树木就像一支松明火把一样。

这一下真的烧起来了！这里山峁上也处处冒出一股股青烟。烈焰像金蛇狂舞，又像鸟雀乱飞，既朝着半空中伸出长长的火舌，又沿着地面上偷偷地溜了过来。顷刻间整道山梁都陷在熊熊烈火中。

大小鸟一齐慌忙飞走，他们像大团大团的烟屑一样从烟雾里腾空飞起，越过山谷，飞到男孩子所在的那道山梁上。在男孩子坐的那棵松树上，有一只猫头鹰仍落到了他的身边，在他头顶上的一根树枝上落下了一只苍鹰。如果在平日，他们都是吓人的邻居，但是这时候他们连瞅都不瞅他一眼。他们只是直着眼睛盯着那场大火,大概是弄不明白森林里究竟发生了什么事情。一只松貂爬到松树的最顶梢,趴在一根最靠外的树枝上,目光炯炯地盯着那漫山遍野的大火。紧靠着松貂的是一只松鼠,可是他们似乎谁也没有留意谁。

这时候,火焰顺着山谷斜坡飞速往下铺开。大火像一场大风暴一样嘶叫怒号,发出震耳欲聋的轰鸣。透过浓烟,可以看到火苗是怎样从一棵树上蹿到另一棵树上的。在一棵云杉树着火之前,它先被一层薄薄的烟雾缭绕着,接着所有的树枝和叶子一齐变成深红色,开始发出噼噼啪啪的爆裂声,随即整棵树燃烧起来。

男孩子脚底下的山谷里,有一条涓涓细流,两岸长着桤树和小白桦树。火势蔓延到了那里,似乎停下了脚步,因为阔叶林不像针叶林那样容易招惹火焰。于是林火像被一堵墙挡住了一样踌躇不前。林火加大了火势,火焰高蹿,火星四溅,噼噼啪啪地狂嘶乱吼,想要扑到对岸的阔叶林上去,可惜没有得逞。

有片刻时间,烈焰被挡住了去路,但是它又倏忽吐出一条非常长的火舌,舐到了小溪斜坡上的一棵干枯的大松树。那棵树立即发出了明亮的火光。这样一来火苗就趁势越过了那条小溪。周围一切都炙手可热,烫得崖壁上每一棵树都像马上就要起火似的。林火就像最强烈的大风暴和最猛烈的瀑布,朝着山梁上呼呼直扑上来。

苍鹰和猫头鹰都慌忙冲到空中,松貂从树上奔到地面,所有的动物都急忙奔窜,逃命要紧。现在用不了多久,火苗就会飞到男孩子待着的那棵松树树冠上来。男孩子也不得不逃走了。不过,顺着那么高而笔直的树干往下滑可不是一件容易的事。他紧紧地抱住树干,在几个树节子之间滑行,到最后那一段时双手委实抱不住了,便一个倒栽葱摔在地上。他顾不上摸一摸究竟有没有摔伤,就拔脚狂奔。烈焰像呼啸的狂风一样从松树上追赶下来,地面开始发烫冒烟,他踩在上面觉得脚掌热乎乎的。一只山猫在他的一侧跑着,另一侧一条长长的蝰蛇在爬行。而在蛇的身边,是一只母琴鸡带着一群羽毛未丰的毛茸茸的鸡雏，叽叽咕咕地啼叫着向前逃。

他们急匆匆从陡峭的斜坡上跑进谷底的时候，遇到了赶来救火的人群。人们想必早就在那里忙了一段时间，不过男孩子方才只顾瞪大眼睛瞧着起火的那一边，并没有看见他们。在这道山谷底部，也有一条小河和一片很宽的阔叶林带。那些人就在阔叶林背后忙碌着。他们把紧挨着桤树的针叶树砍倒，从小河里提水把地面泼湿，并且把树林里的石楠、羊齿草之类的灌木丛通通清除干净，免得火苗从灌木丛里蹿过来。

那些人一心一意关注着正朝他们蔓延过来的林火。狼奔豕突的动物从他们的两腿之间奔跑过去，他们连瞅都不瞅一眼。他们既不去追打蝰蛇，也不去抓那只带领一群雏鸡咕咕啼叫沿着小河跑来跑去不知如何是好的母琴鸡。甚至连那个小人儿也没有引起他们的注意。他们手上紧握着蘸过水的枝条，那是用来扑灭山火的武器。虽然人数不算太多，可是看到大小动物都在夺路逃命，而他们站在那里严阵以待，真不免让人啧啧称奇。

烈焰顺着斜坡蔓延下来，噼噼啪啪响声不绝于耳，散发出令人难以忍受的灼热和浓烟。那火焰凶猛地吞噬着一切，所向披靡地往前推进，准备毫不停留地跃过小河和阔叶林天堑，蔓延到对岸。刚开始，那些来救火的人被烈火逼得连连后退，似乎有点儿支撑不住了。但是他们倒退了没有多远，又重新稳住了阵脚。

林火以雷霆万钧之势吓人地猛扑过来。火星似雨点般溅落在阔叶林的树木上。浓烟中吐出长长的火舌，非要把对岸的森林一股脑儿地扫荡净尽不可。

然而阔叶林阻挡住了火焰，不过这也全仗了那些人在树木背后苦苦奋战。哪里地上开始冒烟，他们就赶紧用水桶提过水来泼洒上去，使地面潮湿下来。有哪棵树身上浓烟缭绕，他们便马上用斧头把它砍倒，把树身上的火焰扑灭。遇到火头蹿进灌木丛中，他们就挥舞起湿漉漉的松树枝条用力抽打，把火头抽灭。

浓烟滚滚，像云翳一样把所有的东西都裹住了。人们怎样扑打火焰的情景已经无法再看得清楚，不过不难想象，这场奋战是十分艰辛的，那林火有好几次都要突围而出再度蔓延开来。

真是想不到啊，过了不久，火焰那吓人的轰鸣声徐徐减弱下来，浓烟也开始消散！阔叶树木上的每片树叶都不见了，地面上烧得焦黑一片，那些扑打林火的人一个个都被浓烟熏得炭黑，浑身大汗淋漓。可是森林火灾总算被制伏了，不再有火焰蹿出来了。白色的烟云四散开来，轻轻地拂过地面，在这白蒙蒙的烟云中，隐隐约约地显露出劫后的黑炭般的许多木桩。这就是那边的一片枝繁叶茂的大森林所残存的一切。

男孩子爬到一块石头上，站在那里观看扑灭森林大火以后的情景。可是一波未平，一波又起，森林保全下来之后，新的危险又降临到了他的头上。猫头鹰和苍鹰一齐对他虎视眈眈。

就在这千钧一发之际，他猛听得一个熟悉的声音在呼喊他。老鹰高尔果穿过森林，嗖的一声俯冲下来。男孩子马上从一切危险中脱身，坐在老鹰背上在云霄漫游了。

韦斯特尔堡登和拉普兰

五个侦察员

男孩子在斯堪森公园的时候，有一次坐在布尔耐斯农舍的台阶下，听克莱门特·拉尔森和拉普族老人谈论诺尔兰[①]。两个人都一致认同诺尔兰是瑞典最好的地方，不过，克莱门特·拉尔森最喜欢奥恩格曼河以南的地方，而拉普族老人说这条河以北的地方是最好的。

他们起劲儿地交谈着。老人忽然发现克莱门特从来没有到过海讷桑德市[②]以北的地区，就嘲笑他对自己没有见过的地区做如此武断的非议。"我不得不给你讲述一个传说，克莱门特，这样你就会知道韦斯特尔堡登和拉普兰——也就是你没有到过的萨米人[③]居住的广阔地区——是什么样子。"他说。

"我对传说是来者不拒的，正像你对喝一两口咖啡来者不拒一样。"克莱门特回答说。

拉普族老人便开始讲故事了："从前，有一次，克莱门特，居住在瑞典南部的鸟，也就是居住在辽阔的萨米人地区以南的鸟觉得自己住得太拥挤了，想往北方迁移。

"他们集合起来进行商量。有些年轻而血气方刚的鸟马上就想做

---

① 诺尔兰是瑞典的一个地区，地处达尔河以北，包括九个旧省。
② 海讷桑德市位于奥恩格曼河以南。
③ 萨米人是拉普人对自己的称呼。

迁移飞行，但是那些年老而足智多谋的鸟主张先派遣一些侦察员到那个陌生的地方去察看一番，他们的主张得到了大家的赞同。五大鸟类各派一名侦察员。足智多谋的鸟说：'这样，我们就能知道在北方能不能找到居住地、食物和隐蔽地！'

"五大鸟类立即挑选出五只健壮而机智的鸟。森林中的鸟挑选出一只松鸡，平原上的鸟挑选了一只云雀，海洋上的鸟挑选了一只海鸥，内湖鸟选了一只潜鸟，高山上的鸟选了一只雪鹀。

"在他们即将起程时，体形最大、最有权威的松鸡说：'我们要去的地方十分辽阔。如果我们一起去，要飞遍我们需要侦察的地方一定要花很长时间。如果我们分头察看，一个负责一部分，那么两三天就能完成全部任务。'

"其他四个侦察员认为这是事半功倍的好主意，都同意遵照他的建议去做。他们商定的分工是：松鸡考察中部地区，云雀到偏东的地方去，海鸥到更靠东面大地斜倾入大海的地方去，潜鸟到松鸡负责的地区以西查访，雪鹀到最西边靠近国境线的地方调查。

"五只鸟根据这一方案向北一直飞到边界，他们回来以后再集合，向大家报告侦察到的情况。

"去海滨考察的海鸥首先发言。

"'北部那块地方很好，'他说，'除了一列长长的群岛外没有别的东西。到处是盛产鱼的海峡和森林茂密的小岬和小岛，绝大部分地方没有人居住，海鸟在那里能找到足够的住处。人类在海峡里打点儿鱼，搞点儿海上运输，但是并不多，不会打扰我们鸟类的生活。如果海鸟愿意采纳我的忠告，应该马上迁移到北方去。'

"接着海鸥发言的是到内陆察看的云雀。

"'我不懂海鸥所说的小岛和小岬是什么东西，'她说，'我去的地方是辽阔的原野和繁花似锦的美丽牧场。我从来没有见过一个地方有那么多纵横交错的大河。我看到那些宽阔而奔放的大河一泻千里，在平坦的原野上流过，真感到高兴。河岸上庄园林立，跟城市街

道上的房屋一样稠密。河口处有许多城市，但是总的说来，那里地广人稀。如果平原鸟类愿意听我的劝告，应该立即往北迁移。'

"继云雀之后，由到中部地区侦察过的松鸡发言。

"'我既不清楚云雀说的牧场，也不清楚海鸥说的群岛，'他说，'我在一路上看到的净是松树林和杉树林。那里也有许多大面积的沼泽地，还有许多汹涌的大河，气象万千，在不是沼泽和河流的地方全是针叶林。我没有看见耕地，也没有看见人类的住所。如果森林鸟类愿意听我的劝告，应该立即往北迁移。'

"松鸡讲完以后，由到森林以西地区探察的潜鸟发言。

"'我不知道松鸡说的森林，也不知道云雀和海鸥的眼睛是怎么看的，'潜鸟说，'北方那里几乎没有什么土地，全是大湖。那些高山湖泊碧波粼粼，湖岸景色宜人，湖水流入奔腾咆哮的瀑布中。我在那些湖岸上看见教堂和大教区村，其他地方却是杳无人迹。如果内湖鸟类愿意听我的劝告，应该立即搬到北方去。'

"最后是沿国界飞行的雪鹀发言。

"'我不知道潜鸟说的湖泊，也不知道松鸡、云雀和海鸥看到的是什么地方，'他说，'我在北方找到一大片山地，我没有看见平原，没有看见大森林，却看见万壑千岩，山峦起伏。我看到冰天雪地、银装素裹的田野，水色洁白得像牛奶的山间小溪。视野所及，没有耕田，没有牧场，却看见了长满檞树、矮北极桦和石蕊的土地。我没有发现农民、家畜和农庄，却看见了拉普人、驯鹿和拉普人的帐篷。如果高山上的鸟类愿意听我的劝告，应该立即搬到北方。'

"当五个侦察员把自己所看到的讲完以后，开始互相指责对方为骗子，吵成一团，随时准备为证实自己的话而不惜进行一次战斗。那些派他们出去的年老而又足智多谋的鸟喜悦地倾听他们的讲述，努力使那些好斗的鸟安静下来。

"'你们都不要生别人的气了，'他们说，'我们从你们的话里了解到，北方有大片山地、大片湖泊，还有大森林、大平原和大群岛，这比我们预计的要多得多。这比许多大王国在它们国境内所有可夸耀的东西还要多得多。’”

漂流着的大地

六月十八日　　星期六

男孩子之所以想起拉普族老人所讲的故事，是因为他现在亲临其境。老鹰告诉他，在他们下面伸展开的那块平坦的沿海土地是韦斯特尔堡登，西边远处那些黛青色的山脊在拉普兰境内。

男孩子在森林火灾中经受了种种惊吓，现在又重新安安稳稳地骑在鹰背上，这确实是一种幸福，再说他们也经历了一次美好而愉快的旅行。早晨吹的是北风，而现在方向变了，他们是在顺风飞行，一点儿也感觉不到空气的流动。飞行是那么平稳，他们有时好像站立在空中不动似的。男孩子觉得老鹰不停地拍打着翅膀，但是他们似乎一点儿没有挪动地方，而他们下面的一切都在移动。整个大地和大地上的一切都在缓缓地向南移动。森林、房屋、草原、围墙、河流、城市、群岛、锯木厂等等，一切都在移动。他不知道那些东西要往哪儿走，难道它们在遥远的北方待得厌烦了而想往南迁吗？

在所有这些向南移动和搬迁的东西中，他只看到一样东西是静止不动的，那就是一列火车。火车头一直在他们下面，火车跟高尔果一样，一点儿没有挪动地方。火车头冒着烟和火星，火车轮子在铁轨上滚动发出的隆隆响声冲入云霄，一直传到男孩子的耳中，但是火车没有移动。森林从火车旁掠过，养路工的小屋从火车旁掠过，田野里的栅门和电线杆从火车旁掠过，唯独火车静止不动。横跨一条宽阔的河流的一座长长的大桥迎着火车而来，但是大河和河上的大桥毫无困难地从火车下面掠过。最后一个火车站迎了过来，站长手拿红旗站在站台上，缓慢地走近火车。当他挥动手中小旗的时候，火车喷出一股比以前更黑更浓的烟雾，并且烦躁地吼叫起来，好像在抱怨为什么让它站着不动似的。不过就在此时，火车开始移动了，它同火车站和其他所有东西一样向南掠过去。男孩子看到车厢门被打开，旅客从火车上走下来，这一切都是在火车和旅客向南移动时进行的。这时，男孩子把目光从地上移向空中，向前方看去，他觉得，因为看这列古怪的火车，他的头都晕了。

男孩子坐着，对着一朵小白云凝视了一会儿就觉得厌倦了，又向下看去。他仍然觉得他和老鹰是静止不动的，而其他所有的东西都在向南移动。他坐在鹰背上想入非非，除此之外，没有什么别的好玩的。他想，如果整个韦斯特尔堡登都活动起来朝南行进，那将妙不可言。在他下面有一块耕地正在滑动，它似乎刚播种不久，因为他在耕地上连一棵绿草也看不见。想一想，如果这块正在滑动的耕田移动到黑麦在这个季节已经长出穗子的斯科讷省的南部平原上，那将会多么有趣！

北方的杉树林也和南方的不一样。森林中树木稀疏，树枝短小，叶子几乎是褐色的，很多树的树冠光秃秃的，像得了病似的。地上积满了年深月久的干枯树干，谁也不想去清理。想一想，如果这样的一片森林搬迁到遥远的南方去看看考尔莫顿，它一定会感到自己既可怜又可鄙！

就拿他不久前刚刚看到的那个院子来说吧，里面长着许多漂亮的树木，但是既没有果树，也没有珍贵的椴树和栗树，只有花楸树和桦树。院子里有漂亮的灌木，但是没有金链花和西洋接骨木，只有稠李和丁香。院子里倒也有栽种香料的园圃，但是还没有耕作栽培。想一想，如果这样一小块地一直跑到南曼兰一个庄园的院子里去看看，那么它一定会认为自己是一块不折不扣的荒地。

还有那块牧场，上面有那么多灰色小草棚，人们会以为房子的地皮占了牧场的一半。如果它跑到东约特兰平原去，那里的农民一定会瞠目结舌，不知是怎么回事。

现在，他下面有一片广阔的长满松树的旷野，那上面长着的松树不像一般森林中的松树那样呆板、笔直，而是枝叶繁茂，树冠丰茂，在白石蕊地毯上形成一片片赏心悦目的小树林。但是，如果这样的松林旷野要跑到鄂威德修道院的公园里去，那个美不胜收的公园不得不承认，它同自己不相上下。

就拿他身下那座木结构的教堂来说，它的墙上镶着红色的似鱼鳞的木片，顶上有座色彩缤纷的钟楼，旁边那些灰色的附属房屋组成一个完整的小城。想一想，如果这样一座教堂搬迁到哥得兰岛上的一座砖砌教堂旁时，那么情况又会怎么样呢？砖砌教堂肯定会有许多仰慕钦佩的话要对那座木头教堂说。

全省风光中最值得骄傲、最引以为荣的是什么呢？显然是那些暗灰色的巨大河流，它们有出色的峡谷，两岸庭院林立，木材成堆，还有锯木厂、城市，河口停泊着许多汽船。如果这样的一条大河到了南方，那么，达尔河以南的所有小溪和河流一定会害羞得钻入地下。

想一想，如果这里一块易于耕作、位置又好的辽阔平川在贫穷的斯莫兰省农民面前漂流而过，那该有多好啊！他们一定会赶紧离开自己贫瘠的小块土地和多石的小耕地，开始在这里犁地和耕种。

这地方同其他所有地方比起来，有一个得天独厚的优越条件，那就是光明①。灰鹤站在沼泽地上睡着了，这说明夜晚应该到来了，但是大地仍是一片光明。这里的太阳不像其他东西那样往南移，而是一直走到遥远的北方，现在阳光直射到男孩子的脸上。看来，今天晚上太阳不准备落到地平线下面去了。想一想，如果这样的光明和这样的太阳能照耀在西威曼豪格，那该有多好啊！这样一来，他的爸爸和妈妈就会有一个二十四小时都能干活儿的日子了。

---

① 瑞典北方地处北极圈内，夏季日照时间很长，越往北，日照时间越长，最北部无夜期可达一个月以上，有白夜之称。

梦

男孩抬起头来，似醒非醒地向四周望去，真奇怪，他在从来没有到过的地方躺着睡觉。是的，他过去从来没有来过他所在的这个峡谷，周围的山也没有见过。峡谷中间那个圆圆的大湖他也不认得。他正躺在桦树下，可这样可怜而又矮小的桦树也是他见所未见的。

老鹰到哪儿去了？四面八方都没有鹰的影子。难道高尔果抛弃了他？果真如此，这将又是一次冒险。

男孩重新躺到地上，闭上眼睛，极力回忆着他开始睡觉时的情景。

他记得他在韦斯特尔堡登上空飞行，他觉得他和鹰在空中是静止在同一个地方的，而他身下的大地在向南移动。后来鹰拐向西北方向飞行，风从旁边吹过来，他又感到空气在流动，与此同时，大地顿时停住了脚步。他注意到，鹰驮着他风驰电掣般向前飞行。

"现在我们进入拉普兰境内了。"他记得高尔果这样对他说。男孩子身子向前探，想看一看他多次听别人讲起过的那个地方的景色。

但是他只看到大片森林和空旷的沼泽，不禁大失所望。森林连着沼泽，沼泽接着森林，一成不变的单调景色使他昏昏欲睡，差点儿从鹰背上摔下来。

他记得自己对鹰说，他在背上实在坐不住了，想睡一会儿。高尔果立即降落到地上，男孩子一下子躺到了沼泽地上，但是高尔果用爪子抓起他飞向了天空。"睡吧，大拇指！"他叫道，"阳光照着，我一点儿也不困，我要继续飞行。"

虽然男孩子挂在鹰爪上不怎么舒服，但他还是昏昏沉沉地打起瞌睡来，他睡着以后做了一个梦。

他觉得自己是在瑞典南部一条宽阔的大路上行走，他使出两条小腿的全部力量快速地向前走。他不是一个人在走，而是和一大群伙伴朝着同一方向行进。紧挨着他走的是顶上长着沉甸甸麦穗的黑麦、开着花的矢车菊和黄色的珍珠菊，被果实压得直不起腰来的苹果树气喘吁吁地向前走着，跟在他们后面的是结满豆荚的菜豆和大株的春白菊，以及一片片浆果灌木矮林。那些高大的阔叶树，既有山毛榉，又有橡树和椴树，款步走在大路中央，树冠上风飕飕地响着，他们倨傲、骄矜，不给任何人让路。小植物，如草莓、栎林银莲花、蒲公英、苜蓿和勿忘我等等，在他两脚之间抓痒。起初，他以为只有植物在大路上行走，可是不久他就发现动物和人类也跟在后面。昆虫围着向前急速行进的植物嗡嗡叫着，大路旁的水沟里鱼在游动，鸟栖在行进着的树上歌唱，驯养的动物和野生的动物在竞赛奔跑。在他们中间走着的却是人类，他们有的扛着铲子和大镰刀，有的拿着斧头，有的扛着猎枪，还有的拿着渔网。

队伍兴冲冲、喜洋洋地行进着。当他看到是谁在率领队伍向前走时，他就不奇怪了。率领队伍的不是别人，而是太阳。太阳像一个庞大而又闪闪发光的脑袋在大路上向前滚动着，他的头发是五彩缤纷的光束，射向四方，他的脸上洋溢着欢悦和慈祥的光芒。"向前进！"太阳不停地高喊着，"有我在，谁也不必害怕。向前进！向前进！"

"我不知道太阳要把我们带到什么地方去。"男孩子自言自语道。走在他身旁的黑麦听见了他的话，立即回答说："他要把我们带到拉普兰去，同那里的冰巨人进行战斗。"

男孩不久就发现一些正在行进的动植物开始犹豫，接着步伐越来越慢，最后干脆停下。他看见那棵大山毛榉树站住了，牝鹿和麦子停在了路边，黑莓树、黄色的金莲花、栗树和山鹑也停下来了。

他向四周看了看，想弄明白为什么那么多动植物停止不走。此时，他发现他已经不在瑞典的南部了，队伍行进得如此迅速，他们已经到达斯韦阿兰了。

在这里，橡树越来越迟疑地向前挪动着，他站了一会儿，然后犹豫不决地向前迈几步，最后完全停住了。"为什么橡树不再跟着走了呢？"男孩子问道。

"他害怕那个冰巨人。"一棵生气勃勃的小桦树回答说。他精神饱满地向前走着，那样子真是好看极了。

尽管有很多人落在了后面，但是仍然有一大群人继续勇敢地向前走着。太阳脑袋仍然在队伍前面滚动着，他大笑着，喊叫着："向前进！向前进！只要我还在，谁也不要害怕。"

队伍以同样的速度飞快地前进着。不久他们来到了诺尔兰，现在不管太阳怎么叫喊乃至请求都无济于事了。苹果树站住了，樱桃树站住了，燕麦站住了。男孩子转过头去对着那些落在后面的人。"你们为什么不跟着走了呀？你们为什么离开太阳呀？"他问道。

"我们不敢。我们怕那个居住在拉普兰的冰巨人。"他们回答。

男孩子似乎很快就懂了，他们已经来到遥远的北部——拉普兰。在这里，行进的队伍变得越来越小。黑麦、大麦、草莓、蔓越橘、豌豆和红醋栗本来一直跟在后面，麋鹿和母牛本来也是肩并肩地跟着走，但是现在他们都停住了。人类还跟着走了一段路，但是后来他们也停住了。如果没有新来的人加入队伍，太阳几乎要成为孤家寡人了。槲树丛和其他许多小植物加入了行列。拉普人和鹿、雪鸮、北极狐以及雷鸟也加入了行列。

男孩子听到有一种东西迎面而来。那是一些大河和溪水卷着急流奔腾而来。"他们为什么这样慌慌张张地跑呀？"他问。

"他们是为了躲避在山里居住的那个冰巨人。"一只雷鸟回答说。

忽然，男孩子看见前面有一堵高大、漆黑并且带有许多尖角的墙。大家看到这堵墙后似乎都要往后退，但是太阳马上回过头，把光芒四射的脸对着墙，把它照得雪亮。这时大家就看清楚了，横在他们面前的不是什么墙，而是山峦起伏的最绮丽优美的山冈。重峦叠嶂被阳光染成了红色，陡坡呈淡蓝色，其间闪出金色光芒。"向前进！向前进！只要有我在，问题就不大。"太阳高喊着，滚动着爬上山的缓坡。

但是在太阳向山上爬的旅程中，勇敢的小桦树、强壮的松树和顽强的杉树都离开了她。驯鹿、拉普人和槲树也在这里离开了她。最后，当她到达山巅的时候，除了尼尔斯·豪格尔森外，再也没有人跟在她的后头了。

太阳滚进了悬崖峭壁上覆盖着坚冰的幽谷，尼尔斯·豪格尔森本想跟着她进去，但是走到幽谷的入口处时，他不敢再向前走了，因为里面有一种令人胆寒的东西。幽谷深处坐着一个身体是冰、头发是冰柱、斗篷是雪的老巨人。巨人面前躺着几只黑狼，只要太阳一露脸，他们就站起来，张开大口。第一只狼的嘴里喷出刺骨的寒冷，第二只狼的嘴里喷出呼啸的北风，第三只狼的嘴里喷出黑暗。"那一定是那个冰巨人和他的随从。"男孩子想。他明白，现在最明智的做法是赶快逃跑，但是他又十分好奇，想看一看冰巨人和太阳见面后的结局怎样，因此他站着没有走。

冰巨人纹丝未动，只是用他那可怕的冰脸盯视着太阳。太阳同他一样，站在那里也没有动，只是微笑和放射光芒。这样僵持了一会儿，男孩子好像发现冰巨人开始叹气，感到浑身难受，雪斗篷掉下来了，那三只可怕的狼咆哮得不那么凶恶了。可是太阳突然叫喊起来："现在我的时间到了。"太阳就向后滚动，走出幽谷。于是冰巨人把三只狼撒开，北风、寒冷和黑暗顿时走出幽谷，开始追逐太阳。"把她赶走！把她赶走！"冰巨人叫喊着，"赶得她不敢回来，教训她，让她懂得拉普兰是我的！"

当尼尔斯·豪格尔森听到要把太阳从拉普兰赶跑时，吓得要死，尖叫一声，从睡梦中惊醒过来。

清醒以后，他发现自己躺在一个大峡谷的底部。高尔果在哪里？他怎样才能打听到自己现在在什么地方呢？

他站起来朝四周望去。他的目光落到了悬崖上用松枝搭起的古怪的建筑上。"那肯定是一种鹰巢，高尔果……"

他没有想下去，而是摘下头上的小帽子，挥动着欢呼起来。他知道高尔果把他带到了什么地方，这就是老鹰住在悬崖上、大雁住在谷底的那个峡谷。他到达目的地了！他马上要见到雄鹅莫顿、阿卡以及其他旅伴了。

重　逢

　　男孩子缓缓地向前走着去寻找朋友们。整个山谷里一片宁静。太阳还没有照到悬崖上，尼尔斯·豪格尔森明白现在还是大清早，大雁们还没有醒来。他走不多远就站住了，微笑着，因为他看到了非常动人的情景。一只大雁睡在地上一个小窝里，身旁站着公雁，他也在睡觉，他站得那么靠近雌雁，显然是为了一有危险立即起来保卫。

　　男孩子没有去打扰他们，而是继续往前走，在覆盖地面的小槲树丛之间察看。不久，他又看到一对大雁，他们不属于尼尔斯这个雁群，而是外来的客人，然而单是看到大雁就使他十分高兴，他开始哼起歌来。

　　男孩子向一片灌木丛里看去，终于看到一对他熟悉的大雁。在孵蛋的那一个肯定是奈利亚，站在她身旁的公雁是科尔美。是的，一定是他们，不会看错的。

　　男孩子真想叫醒他们，但他还是让他们继续睡觉，自己又向前走去。

　　在下一片灌木丛里，他看见了维茜和库西。在离他们不远的地方，他发现了亚克西和卡克西。四只大雁都在睡觉，男孩子从他们身旁走过，没有叫醒他们。

　　他走到下一片灌木丛附近，好像看到灌木丛中一样东西在闪着白光，他兴奋得心怦怦直跳。不错，果然像他所预料的，邓芬美美地躺着孵卵，身旁站着白雄鹅。男孩觉得雄鹅尽管还在睡觉，看上去却十分骄傲，因为他能在遥远的北方、在拉普兰的大山里为妻子站岗放哨。

　　男孩子也没有把白雄鹅从睡梦中叫醒，而是继续向前走去。

他又寻找了很长时间，才又看到几只大雁。他在一个小山丘上发现了一种类似灰色草丛的东西。等他走到山丘脚下，他看到这簇灰色草丛原来是大雪山来的阿卡，她精神抖擞地站着向四周瞭望，好像在为全峡谷担任警戒似的。

"您好，阿卡大婶！"男孩子叫道，"您没有睡着真是太好了。请您暂且别叫醒其他大雁，我想同您单独谈谈。"

这只年老的领头雁从山丘上跑下来，走到男孩子那里，她先是抱着他摇晃，接着用嘴在他身上从上到下地亲啄，然后又一次次地摇晃他。但是她一句话也没有说，因为他要求她不要叫醒别的大雁。

大拇指亲吻了年老的阿卡大婶的双颊，然后开始向她叙述他是怎样被带到斯堪森公园并被幽禁在那里的。

"现在我可以告诉您，被咬掉一只耳朵的狐狸斯密尔被关在斯堪森公园的狐狸笼里。"男孩说，"尽管他给我们带来过极大的麻烦，但我还是禁不住要为他感到可惜。那个大狐狸笼里关着许多狐狸，他们一定生活得很愉快，而斯密尔总是蹲着，垂头丧气，渴望自由。我在那里有许多好朋友。一天，一只拉普兰狗告诉我，一个人到斯堪森来买狐狸。那个人是从海洋中一座遥远的岛上来的，岛上的人灭绝了狐狸，而老鼠成了灾，他们希望狐狸再回去。我一得到这个信息，就马上跑到斯密尔的笼子那里对他说：'明天，斯密尔，人类要到这里来取走几只狐狸。到时候你不要躲藏，而是要站到前面，想办法使自己被抓住，这样你就能重新得到自由！'他听从了我的劝告，现在，他在岛上自由自在地四处奔跑。您觉得我这件事做得怎么样，阿卡大婶？是按您的心意办的吧？"

"是的，我也会这样做的。"领头雁说。

"您对这件事感到满意就好，"男孩子说，"现在还有一件事我一定要问问您，听听您的意见。有一天，我看到高尔果——那只老鹰，就是同雄鹅莫顿打架的那只老鹰——被抓到斯堪森并被关进了鹰笼里。他看上去神情沮丧，我想把钢丝网锉断，放他出来，但我又想他是个危险的强盗——食鸟的坏家伙。我不知道我放掉这样一个恶人对不对，我想，也许最好还是让他关在那个笼子里。您说呢，阿卡大婶？我这样想对不对呀？"

"这样想可不对，"阿卡说，"人家对老鹰想怎么说就让他们说去，老鹰比其他动物更傲气，更热爱自由，把他们关起来是不行的。你知道我现在建议你去做一件什么事吗？是呀，那就是，我们两个——等你休息过来以后——一起做一次旅行，飞到鸟的大监狱去，把高尔果救出来。"

"我想您会这么说的，阿卡大婶。"男孩子说，"有人说，您花了很多心血抚养大的老鹰不得不像老鹰一样生活的时候，您就不会再疼爱这只鹰了。可是刚才我亲耳听到您的话，证明这种说法根本不符合事实。现在我要去看看雄鹅莫顿是不是已经醒了。在此期间，如果您愿意向把我驮到您这儿来的人说句感谢的话，我想，您会在曾经发现一只绝望的雏鹰的那个悬崖上见到他。"

放鹅姑娘奥萨和小马茨

疾　病

在尼尔斯·豪格尔森跟随大雁们四处漫游的那一年，人们到处都在谈论两个孩子——一个男孩和一个女孩——在全国各地流浪的事。他们是斯莫兰省素耐尔布县人。本来，他们同父母和其他四个兄弟姐妹住在一片大荒漠上的一间小茅屋里。在那两个孩子还很小的时候，有一天晚上，一个穷苦的流浪女人来敲门要求借宿。尽管小茅屋小得连自己家里人也难以挤下，他们还是让她进来了，妈妈在地上搭上个床铺让她睡。夜里，她躺在地铺上不断咳嗽，咳得非常厉害，孩子们感觉到整个小茅屋都被咳得在摇晃。到了早晨，她病得根本没法起床到外面去继续流浪。

爸爸和妈妈竭尽全力去帮助和照顾她，他们把自己的床铺让给她，而自己却睡到地上去，爸爸还去请医生，给她买药水。开头几天，那个病人像一个野蛮人那样，一个劲儿地要这个要那个，从来不说一句感谢的话。可是后来她慢慢地温柔起来，变得既客气又一个劲儿地道谢。到最后，她只是乞求他们把她从茅屋里背到荒漠上去，让她死在那里。主人不肯这样做，她才告诉他们，最近几年来她一直跟着一群游民到处流浪。她本人不是游民出身，而是一个自耕农的女儿，但是她偷偷地离开了家，跟着一群游民到处游荡。现在她相信，是一个对她怀恨在心的女游民使她得了这个病。事情远非到此为止，那个女游民还曾经威胁她说，凡是留她借宿并且对她发善心的人都要遭到同她一样坏的下场。她对此深信不疑，所以恳求他们将她赶出茅屋，永远不要再见到她，她不愿意给像他们这样好心肠的人带来灾难。但是茅屋主人没有按照她的要求去做，他们可能感到害怕，可他们绝不是那种把一个生命垂危的穷苦人赶出家门的人。

不久她死了，灾难也就开始降临了。过去小茅屋里除了欢乐外没有别的，他们的确很穷，但是还没有穷到最糟糕的地步，父亲是个做织布机上筘①的工匠，母亲和孩子们帮着他干活儿。父亲亲手做筘的框子，母亲和大姐姐们负责捆篾子，小一点儿的孩子帮着刮篾子，他们虽然从早忙到晚，倒也过得愉快惬意。尤其是父亲讲起他远走他乡一边流浪一边兜售筘的那些日子时，更有意思，他的神情特别滑稽，常常把妈妈和孩子们逗得哈哈大笑。

可怜的女流浪者死后的那段时间对孩子们来说真像一场噩梦，他们不知道那段时间是短还是长，但他们只记得家里总是办丧事，他们的兄弟姐妹一个接着一个地死去，一个接着一个地被埋进坟墓。他们总共有四个兄弟姐妹，举行过四次葬礼，更多的葬礼当然是不可能有的，可是在这两个孩子看来，葬礼的次数大大超过四次。最后，小茅屋里变得死气沉沉，似乎每天都在办丧殡酒那样。

母亲有时还能强打起精神，父亲却大大变了样，他不说笑话，也不工作，而是两手抱着头，从早到晚怔怔地坐着出神。

有一次，那是在第三次葬礼以后，父亲说了一段孩子们听了十分害怕的胡话。他说，他真弄不明白为什么这样的灾难要降临到他们的头上，他们帮助那个女病人总归是做了一件好事，难道世界已经颠倒啦？在这个世界上，邪恶已经胜过善良了吗？母亲极力规劝父亲要理智点儿，但是她没能使他像她自己那样镇静和听凭命运的摆布。

---

① 筘是老式织布机上的部件，形似梳子，用于确定经纱的密度并固定经纱的位置，也起到把纬纱打紧的作用。

　　一两天以后，父亲不见了，他没有死，而是离家出走。再看看，大姐也病倒了，她一直是父亲最宠爱的孩子，当他看到大姐也要死去的时候，他只能离家出走，逃避一切苦恼。母亲没有多说什么，只是说父亲还是离开家的好，因为她一直担心父亲会发疯，他已经失去了理智，脑子里总是在考虑，上帝怎么能允许一个恶人去干那么多坏事。

　　自从父亲走了以后，他们变得十分穷困。起初，他还给他们寄些钱，但是后来他自己大约也不好过，就不再给他们寄什么了。在大姐下葬的同一天，母亲关上茅屋的大门，带上还剩下的两个孩子离开了家。她流落到斯科讷省，在甜菜田里干活儿，在尤德贝里糖厂做工。母亲是一个好工人，她性格开朗，为人忠厚直率，大家都喜欢她。许多人对她遭受过那么多灾难仍然能够那么冷静感到惊讶。母亲是一个非常坚强且善忍耐的人。当有人和她谈起她身边带着的两个好孩子时，她只是说："他们会很快死去的，他们也要死去的。"她讲这句话的时候，声音一点儿也不颤抖，眼睛里也没有一滴眼泪，她已经习惯于自己的厄运了，除此之外，盼不到别的什么啦。

　　但是情况没有像母亲想象的那样。相反，病魔到了她自己身上。母亲的病来得快，病情比小弟妹们恶化得还快。她是在夏天刚开始的时候来到斯科讷的，还没有到秋天，她就扔下两个无依无靠的孩子，离开了人间。

　　母亲在生病期间多次对两个孩子说，他们应该记住，她从来没有后悔过让那个病人住在他们家里。母亲说，一个人做了好事，死的时候是不痛苦的。人都是要死的，谁也逃避不了，但是，是问心无愧地死去还是带着罪恶死去，自己是可以选择的。

　　母亲在去世之前，想办法为她的两个孩子做了一点儿小小的安排。她请求房东允许孩子们在他们三个人住了一个夏天的屋子里继续住下去，只要孩子们有地方住，他们就不会给别人造成负担，他们会自己养活自己的，这一点她是清楚的。

　　孩子们答应为房东放鹅作为继续住这间房子的条件，因为要找到愿意干这种活计的孩子是很困难的。他们果真像母亲说的那样，自己养活自己。女孩子熬糖，男孩子削制木头玩具，然后走街串巷去叫卖。他们天生有做买卖的才能。不久，他们开始到农民那里买进鸡蛋和黄油，去卖给糖厂的工人。他们办事有条不紊，不管什么事托付给他们，大家尽可以放心。女孩子比男孩子大，她十三岁时就已经像大姑娘那样能干可靠。她沉默寡言，神情严肃。而男孩子生性活泼，讲起话来滔滔不绝，他姐姐常常说，他在同田地里的鹅群比赛呱呱大叫。

孩子们在尤德贝里居住了两三年后的一天晚上，学校里举行了一次报告会。实际上，那是为成人举行的，而这两个来自斯莫兰的孩子也坐在听众中间，他们没有把自己看作孩子，大家也没有把他们看作孩子。报告人讲的是每年在瑞典造成许多人死亡的严重的肺结核病，他讲得有条有理、清楚明白，孩子们对每一句话都能听得懂。

当报告会结束之后，他们俩站在校门外等着。当报告人走出来时，他们手拉着手，庄重地迎上前去请求说，他们想同他谈一谈。

那位陌生人看到站在他面前的两个人长着圆圆而红润的孩子脸，讲话时神情严肃而认真，这种神情如果出自比他们的年龄大两倍的人，那就合适了。显然他感到十分奇怪，但他还是十分和蔼地听他们讲。

孩子们告诉他家里发生的事，并且问这个报告人，他是不是认为母亲和他们的兄弟姐妹就是死于他刚才所说的那种病。他回答说，非常有可能，看来不会是别的什么病。

如果母亲和父亲当时就知道孩子们这天晚上所听到的话，并且能够加以注意，如果他们当时把那个女流浪者的衣服烧掉，如果他们当时把小茅屋彻底打扫干净，也不用病人盖过的被褥，那么，他们——孩子们现在怀念着的所有亲人，现在是不是可能仍然活着？报告人说，谁也不能对此给予肯定的答复，不过，他认为，如果他们的亲人当时懂得预防传染，那么他们就不会得这种病了。

孩子们没有立刻提出下一个问题，但是仍旧站在原地没有动，因为他们现在所要得到回答的问题是所有问题中最重要的一个。那个女游民之所以要把疾病降临在他们身上，是因为他们帮助了她所怀恨的人，这难道不是事实吗？难道不是某种特殊的东西偏偏使他们丧失了生命？哦，不是的，这个报告人可以向他们保证情况不是这样的。任何人都没有魔力用这种办法来把疾病传染给另一个人。正像他们已经知道的，这种疾病在全国各地流行，几乎降临到每家每户，虽然病魔没有像在他们家那样夺走那么多人的生命。

孩子们道过谢后就走回家去了。那天晚上，他们俩一直谈了很久很久。

第二天，他们辞掉了工作。他们不能再在这一年放鹅了，必须到其他地方去。那么，他们到哪儿去呢？当然喽，他们要去寻找父亲。他们应该去告诉他，母亲和兄弟姐妹们是因为得了一种常见病去世的，并不是因为一个邪恶的人把一种什么特殊的东西降临到他们身上。他们很高兴能知道这一点。现在，他们有责任去告诉父亲，因为直到今天，父亲肯定仍然对这个谜迷惑不解。

孩子们首先来到索耐尔布县荒漠上他们那个小小的家，让他们大吃一惊的是，小茅屋成了一堆灰烬。然后，他们又走到牧师庄园。在那里，他们了解到，一个曾在铁路上当工人的人曾在遥远的北部拉普兰省的马尔姆贝里矿区见到过他们的父亲，他在矿里干活儿，也许他现在仍然在那里，不过谁也不敢肯定。当牧师听到孩子们要去找父亲时，他拿出一张地图指给他们看马尔姆贝里矿区有多么遥远，并且劝他们不要去。可是，孩子们说，他们不能不去找父亲，父亲之所以离家出走，是因为他相信了某种不是事实的东西，他们一定要跑去告诉他，他搞错了。

他们做买卖攒了一些钱，但是不想用那些钱去买火车票，而是决定步行前去。对这一决定，他们没有后悔，他们确实做了一次十分愉快而令人难以忘怀的漫游。

在他们还没有走出斯莫兰省的时候，有一天，他们为了买一点儿吃的，走进一个农庄。农庄主妇是个性格开朗又爱说话的人。她问孩子们是干什么的、从哪儿来的等等。孩子们把自己的全部经历一五一十地告诉了她。在孩子们讲述的时候，农庄主妇不断地叹息道："唉，真是可怜！唉，真是可怜！"然后，她高高兴兴地给孩子们准备了又丰盛又好吃的东西，一个钱也不要他们付。当孩子们站起来道谢并且表示要继续往前走的时候，农庄主妇问他们愿不愿意在下一个教区到她兄弟家里去借宿，她告诉他们她兄弟的名字、住在哪里等等。孩子们当然十分高兴，求之不得。"你们代我向他问好，把你们家发生的事详详细细地告诉他。"农妇叮嘱道。

孩子们根据农妇的指点来到了她兄弟的家，同样受到了很好的招待。他让孩子们搭他的车到下一个教区的一个地方，在那里他们也受到了很好的款待。从此以后，每次他们离开一个农庄，主人总是说，如果你们往这个方向走，就到哪家哪家去，把你们家里发生的事跟他们说一说！

在他们指引孩子们去的农庄里都有一个得肺病的人，这两个孩子步行走遍全国，不知不觉地教育人们，偷偷地袭击着每家每户的这种病是一种多么可怕的病，怎样才能更有效地同这种疾病做斗争，等等。

很久很久以前，当被叫作黑死病的大瘟疫在瑞典全国蔓延的时候，传说，人们看到一个男孩子和一个女孩子从一个农庄走到另一个农庄。男孩子手里拿着一把耙子，如果他走到一户人家门前，用耙子耙几下，那就是说，这户人家将有很多人要死掉，但不是所有的人都会死掉，因为耙齿稀疏，不会把所有东西都耙走。女孩子手里拿着一把扫帚，如果她走到一户人家门前，用扫帚扫几下，那就是说，住在这个门里的所有人都得死光，因为扫帚是把屋子打扫干净的一种工具。

在我们这个时代，两个孩子为了一种严重而危险的疾病走遍全国，真是使人感到意外。这两个孩子不是拿着耙子和扫帚来吓唬人们，相反，他们说："我们不能满足于仅仅耙耙院子、拖拖地板，我们还要拿起掸子、刷子，用洗涤剂、肥皂把门里门外打扫得干干净净，还要把自己身上洗得干干净净，只要这样做，我们最后一定会控制并且战胜这种疾病。"

小马茨的葬礼

小马茨死了。那些在几个小时前还看见他活蹦乱跳、身体健康的人简直无法相信，但这毕竟是事实。小马茨死了，要安葬。

小马茨是在一天清晨死去的，除了他姐姐奥萨在屋里守着他看着他死去外，就没有别人在旁边了。"别去叫别人！"小马茨在临终前这样说。姐姐依从了他。"我感到高兴的是我不是患那种病而死的，奥萨，"小马茨说道，"你不是也为此高兴吗？"奥萨无言以对。他又继续说道："我认为，死倒没有什么关系，只要不是像母亲和其他兄弟姐妹那样死去就好了。如果我也是因为得了他们那样的病而死，那么你肯定怎么也不能使父亲相信夺去他们生命的只不过是一种普通的疾病，但是现在你一定可以使他相信了，你会看到这一切的。"

小马茨咽下最后一口气之后，奥萨怔怔地坐了很久很久，回想着她的弟弟小马茨活在世界上的时候所经历的一切。她认为小马茨像成年人一样经受过种种磨难，她思忖着他临终前的最后几句话，他还是像过去那样勇敢坚强。她明白地意识到，当小马茨不得不入土为安时，他的安葬仪式应该像一个大人那样隆重。她当然懂得要这么办是非常困难的，不过，她一定要这样做，为了小马茨，她一定要竭尽全力地做到。

放鹅姑娘这时已经到达遥远的北方——拉普兰省一个叫作马尔姆贝里的大矿区。这是一个奇怪的地方，也许正因如此，对她来说事情或许还好办一些。

小马茨和她在来到这里之前，穿过了大片大片一望无际的森林地区。一连好几天，他们既看不到耕地，也看不到农庄，看到的全是矮小而简陋的客栈，直到后来他们忽然到了耶利瓦勒大教区村。村里有教堂、火车站、法院、银行、药房和旅馆。教区村坐落在高山脚下，孩子们流浪到教区村的时候虽然已时值仲夏，但是山上仍然有积雪残留。耶利瓦勒村里的所有房屋几乎都是新盖的，整齐而漂亮。如果孩子们没有看到山上的残雪和桦树还没有长出茂盛的叶子，他们是决计想不到已经来到了那么靠北的拉普兰省。但他们不是要在耶利瓦勒找寻父亲，而是要到更靠北的马尔姆贝里矿区去，那里就不如耶利瓦勒整齐了。

看，情况确实是这样，尽管人们很早以前就知道在耶利瓦勒附近有一个大铁矿，但是，直到几年前铁路修筑好以后才开始大规模开采。那时，几千人一下子拥到这里，当然有工作可做，但是没有住房，要由他们自己想办法去解决。有的人用带有树皮的树干搭起小窝棚，而有的人则把木箱和空炸药箱当作砖头一层一层地垒起来盖成简陋的小屋。现在虽然有许多正常的房屋修造起来了，但是整个地区看上去仍然非常不整齐。这里有大片大片的居民区，房屋采光好，结构也漂亮，但是其间夹杂着布满树墩、石块和未经整理的林地。这里既有矿主和工程师们居住的漂亮的大别墅，也有初期遗留下来的杂七杂八的低矮小屋。这里有铁路、电灯和大机器房，人们可以乘着有轨电车穿过用小电灯泡照明的坑道，直达山里的矿井。这里到处是一片繁忙的景象，装满矿石的火车一辆接着一辆从车站驶出。而矿区周围是大片荒地，没有人耕种，没有人造房子，只有拉普人赶着鹿群到处游牧为生。

现在奥萨坐在这里，她在想这里的生活同这里的外貌一个模样，基本上是正常的、安宁的，但是她也看到了粗野和古怪的现象。她感觉到，在这里办不寻常的事也许比在其他地方要容易得多。

她回想着他们来到马尔姆贝里矿区，打听一个两道眉毛连在一起、名字叫作荣·阿萨尔森的工人时的情景。两道眉毛连在一起是父亲长相中最引人注目的特征，也是他最容易被人记住的地方。孩子们又很快得知父亲在马尔姆贝里矿区已经工作了好儿年，但是现在他外出游荡去了。有时他一感到烦恼就外出去游荡，这是常事。他到底到哪儿去了，谁也不知道，不过，大家肯定地认为，过几个星期他就会回来的。既然他们是荣·阿萨尔森的孩子，就可以住到他居住过的小屋里，等待他回来。一个妇女在门槛底下找到了钥匙，把孩子们放了进去。没有人对他们的到来表示惊奇，似乎也没有人对父亲时常到荒野里去漫游感到惊奇。大约各行其是在这遥远的北方是不足为奇的。

　　奥萨对怎样办丧事不难做出决定。上星期日，她看到过矿上一个工头是怎样安葬的。有人用矿主私人的马把他拉到耶利瓦勒教堂，由矿工组成的长长送殡队伍跟在灵柩后面。在墓地旁，一支乐队奏乐，一支歌唱队唱歌。安葬以后，所有到教堂去送殡的人都被邀请到学校里喝咖啡。放鹅姑娘奥萨要为她弟弟小马茨举行的葬礼大致就是这个样子。

　　她想得那样出神，仿佛送殡队伍就在她的眼前。但是后来她又气馁了，自言自语道，要按照她的愿望来办恐怕是不可能的，倒并不是因为费用太高，他们——小马茨和她——已经积攒了很多钱，有能力为他举行一次如她所希望的那样隆重的葬礼，问题难就难在，她知道大人们是绝不会愿意根据一个孩子的想法办事的。她只比躺在她面前看上去又小又弱的小马茨大一岁，她自己也是一个孩子，正因如此，成年人很可能会反对她的要求。

　　关于安葬的事，奥萨找的第一个人是矿上的护士。小马茨死后不久，赫尔玛护士来到了小屋，她还没有开门就知道小马茨一定不行了。头一天下午，小马茨在矿区里转来转去。矿上爆破时，他站得离一个大型露天矿坑太近，结果几块飞石打中了他。当时那里只有他一个人，他昏倒后躺在地上很久很久，没有人知道出了这个事故。后来有几个在露天矿干活儿的人从一种令人奇怪的途径知道了这件事。据他们说，有一个还没有竖起的手掌那么高的小人儿跑到矿井边上向他们呼喊，让他们快去救躺在矿井上面血流不止的小马茨。接着，小马茨就被背回了家，包扎好，可是已经太晚了，他失血过多，救不活了。

护士走进小屋的时候，她更多地想到的不是小马茨，而是他的姐姐。"对这个穷苦的小孩子，我可以做些什么呢？"她自言自语道，"真是没有什么可以安慰她的。"可是护士注意到，奥萨不哭也不抱怨，而是默默地帮着她做该做的事。护士感到十分惊讶。但是，当奥萨同她谈起自己对安葬仪式安排的考虑时，她就明白了。

"当我不得不考虑为小马茨这样的人安排后事的时候，"奥萨说道，她使自己的语气庄重一点儿，更像大人一点儿，"我首先考虑的是办一种对他表示敬意的葬礼，而我有这种能力。丧事办好以后有足够的时间去难过哭泣。"她请求护士帮助她为小马茨安排一次体面的葬礼，没有人比他更值得这样办了。

护士认为，如果这个孤单而又可怜的孩子能从体面的葬礼中得到安慰，那倒真是一件好事。她答应帮她，这对奥萨来讲是件大事。现在，她认为她的目标差不多达到了，因为赫尔玛护士是非常有权威的。在这个每天进行爆破的大矿区里，每一个工人都知道自己随时随地都会被四处乱飞的石头打中，或者被松动的岩石压倒。因此，每一个人都愿意同赫尔玛护士保持良好关系。

当护士和奥萨到矿工那里，请他们下星期日为小马茨去送殡的时候，没有多少人拒绝参加。"我们当然要去喽，因为是护士请我们去的。"他们回答说。

护士还非常顺利地安排好了在墓地旁演奏的四重奏铜管乐队和小合唱队。她没有借用学校的场地，因为天气暖和，夏天天气变化不大，她决定让送殡的客人在露天喝咖啡。他们可以向禁酒协会礼堂借用桌椅板凳，向商店借用杯子和盘子。几个矿工的妻子在箱子里藏着一些东西，只要她们住在荒原上，这些东西就用不上。她们看在护士的面子上，拿出一些好看的桌布，准备铺在咖啡桌上。护士还向布登市的面包房订购了松脆的面包片和椒盐饼干，又向吕勒奥的一家糖果店订购了黑白糖果。

奥萨要为她的弟弟小马茨办这样一个隆重的葬礼，引起了人们极大的关注，整个马尔姆贝里矿区的人都在谈论。最后，矿主也知道了这件事。

当矿主听说五十个矿工要为一个十二岁的小男孩送殡，而这个小男孩——就他所知——只不过是一个到处流浪的乞丐的时候，他认为这简直荒唐透顶，而且要唱歌、奏乐、请人喝咖啡，坟墓上安放杉树枝，甚至还到吕勒奥订购糖果！他派人把护士找来，请她把这一切安排都取消。"让这么一个可怜的小女孩这样浪费掉金钱实在太可惜了。"他说道，"一个小孩子心血来潮，大人们跟着去做，这是不行的。你们会把事情搞得滑稽可笑的。"

矿主没有恶意，也没有发火。他心平气和地说着话，要求护士取消唱歌、奏乐和长长的送殡队伍，找十来个人跟着去墓地就足够了。护士没有讲一句反对的话，一方面是因为尊敬他，另一方面是因为她内心确实觉得他是对的。对一个讨饭的孩子来说，这样铺张太过分了。她对这个可怜的小姑娘的同情，使她失去了理智。

护士从矿主别墅里出来，到窝棚区去告诉奥萨，她不能按奥萨的愿望去安排丧事。但是她心里很不好受，因为她十分了解这样的葬礼对这个可怜的孩子意味着什么。在路上，她碰到了几个矿工的妻子，把自己的烦恼告诉了她们。她们立刻就说她们认为矿主是正确的，为一个要饭的孩子大办丧事是不合适的。这个小女孩的确很可怜，不过，一个小孩子提出并且要摆布这种事，那就太过分了，还是不要大张旗鼓地操办为好。

这些矿工妻子各自把这件事去告诉别人，不一会儿，从窝棚区到矿井，大家都知道不再为小马茨大办丧事了，而且大家都立刻认为这是唯一正确的做法。

在整个马尔姆贝里矿区只有一个人有不同的意见，那就是放鹅姑娘奥萨。护士在她那里真的碰到了困难。奥萨不哭也不抱怨，但就是不愿意改变主意。她说，她没有请求矿主帮什么忙，他与这件事毫无关系，他也不能禁止她按自己的愿望来安葬她的弟弟。当几个妇女向她解释说，如果矿主不同意，他们谁也不会去送殡时，她才明白她必须得到他的允许才行。

放鹅姑娘奥萨默默地坐了一会儿，接着又迅速地站了起来。"你到哪儿去？"护士问道。"我要去找矿主，同他谈一谈。"奥萨说。"你可别以为他会听你的。"妇女们劝告道。"我想，小马茨是愿意我去的。"奥萨说，"矿主也许根本没有听说过他是一个怎样的人。"

放鹅姑娘奥萨迅速地收拾停当，很快上路，去找矿主。但是现在她懂得，像她这样一个小孩子，要使马尔姆贝里矿区最有权威的人——矿主——改变他固有的看法似乎根本不可能。护士和其他妇女不由得离她一段距离，跟着她走，想看一看她到底有没有勇气一直走到矿主那里。

放鹅姑娘奥萨走在大路中间，她身上有某种东西吸引了过往行人对她的注意。她严肃而端庄地走着，像一个少女第一次行圣餐礼走向教堂那样。她头上包着母亲遗留给她的一块很大的黑色丝绸布，一只手拿着一块叠好的手帕，另一只手提着一只篮子，里面装着小马茨做好的木头玩具。

路上玩耍的孩子看见她这样走过来，便一边向前跑一边叫喊着问道："你到哪里去，奥萨？你到哪里去？"但是奥萨没有回答。她根本没有听到他们在对她说话，她只是一直向前走。孩子们一边跑，一边一遍又一遍地问她，快要追上她的时候，跟在她后面的妇女们抓住孩子们的胳膊，拖住了他们。"让她走！"她们说，"她要去找矿主，请求他允许她为弟弟小马茨办一次大的葬礼。"孩子们也为她要做这样大胆的事而吓了一大跳。一帮孩子也跟在后头要去看一看事情进行得怎么样。

当时正是下午六点左右，恰好是矿上放工的时候，奥萨走了一段路后，几百名工人迈着大步急匆匆走了过来。平时他们下班回家的时候是不东张西望的，但是当他们看到奥萨时，有几个工人注意到有不寻常的事情要发生。他们问奥萨出了什么事，奥萨一句话也不回答，可是别的孩子高声地喊出了她准备要到哪里去。当时有几个工人认为一个孩子要做这样的事真是勇敢非凡，他们也要跟着去看一看她究竟会有什么结果。

奥萨走到办公大楼，矿主通常在这里工作到这个时候。当她走进门厅的时候，房门打开了，矿主头戴礼帽、手中拿着手杖站在她面前，他正准备回住宅去吃晚饭。"你找谁？"当他看到这个小姑娘头包丝绸布，手里拿着叠好的手帕，一本正经的样子时，这样问道。"我要找矿主本人。"奥萨回答道。"哦，那就请进吧。"矿主说着，走进了屋子。他让房门敞开着，因为他认为一个小女孩子不会有什么花时间的事情要谈的。这样，跟着放鹅姑娘来的人站在门厅里和台阶上，听到了办公室里的谈话。

放鹅姑娘奥萨走进去以后，首先把身子挺直，把头巾往后推，瞪得圆圆的孩子气的眼睛望向矿主。她的目光严厉得能刺痛人的心。"事情是这样的，小马茨死了。"她说道，声音颤抖得她再也说不下去了。不过这时候，矿主明白了他在同谁说话。"啊，你就是提出来要举行盛大葬礼的那个姑娘。"他和气地说，"你不要这样办，孩子，对你来说花钱太多了。如果我早先听到，我会立即制止的。"

女孩子的脸抽搐了一下，矿主以为她要开始哭了，可是她没有哭，说道："我想问问矿主，我能不能给你讲一些小马茨的情况。"

"你们的事情我都已经听到了，"矿主用他平常那种和蔼的语调说道，"你不要以为我觉得你不可怜，我只是为你着想。"

这时候，放鹅姑娘把身子挺得更直一些，用清脆而响亮的声音说道："小马茨从九岁起，既没有了父亲又没有了母亲，他不得不像一个成年人那样养活自己。他连一顿饭都不愿意去向别人乞讨，而要自己付钱。他总是说，一个男子汉是不能讨饭吃的。他在农村里四处奔走，收购鸡蛋和黄油，像一个上了年纪的商人那样善于经营生意。他从不疏忽大意，从不私藏一个小钱，而是把所有的钱都交给我。小马茨放鹅的时候就在地里干活儿，勤勤恳恳，就像他是一个成年人一样。小马茨在南方斯科讷走村串乡的时候，农民们常常托他转送大笔的钱，因为他们知道他们对他可以像对自己那样信任。所以，要说小马茨仅仅是一个小孩子，那是不对的，因为还没有很多大人……"

矿主站在那里，两眼望着地板，脸上毫无表情，连肌肉都没有动一下。放鹅姑娘奥萨不吭声了，因为她以为她的话对他一点儿也不起作用。她在家的时候觉得关于小马茨有好多话要说，但是现在她的话似乎才那么一点点。她怎样才能使矿主明白，值得把小马茨像一个成年人那样去安葬呢？

"想一想，我现在愿意自己支付全部安葬费……"奥萨说。她又不吭声了。

这时，矿主抬起眼皮盯着放鹅姑娘奥萨的眼睛，他端详着她，打量着她，好像他那样一个手下有许多人的人不得不那样做。他思忖着，她遭受过失去家庭、父母和兄弟姐妹的痛苦，可是她仍然坚强地站在那里，她一定会成为一个了不起的人物。不过，他恐怕再增加她的负担，因为她最后的寄托有可能使她绝望。他知道她来找他是什么意思。她对这个兄弟的爱显然胜过其他一切，用拒绝来回答这样一种爱是不行的。

"那么，你就照自己的想法去办吧。"矿主说。

在拉普人中间

　　葬礼结束了。放鹅姑娘奥萨的所有客人都已经走了，她独自留在属于她父亲的小窝棚里。她关上房门，坐下来安安静静地思念自己的弟弟。小马茨说的话、做的事，一句句、一桩桩，她记得清清楚楚。她想了很多很多，无法入睡。她越想弟弟，心里就越明白，没了他，她今后的生活会多么难过。最后，她伏在桌子上痛哭起来。"没有小马茨，我以后可怎么办哪？"她呜咽着说。

　　夜已经很深了，放鹅姑娘白天又十分劳累，只要她一低头，睡眠就偷偷向她袭来，这不足为奇。她在梦中见到了她刚才坐着时想念的人，也不足为奇。她看见小马茨活生生地走进屋子，来到她身边。"现在，奥萨，你该走了，去找父亲。"他说。"我连他在什么地方都不知道，怎么去找他呢？"她好像是这样回答他的。"别为这个担心，"小马茨像平常那样急促而又愉快地说，"我派一个能帮你忙的人来。"

　　正当放鹅姑娘奥萨在梦中听到小马茨讲这些话的时候，有人在敲她房间的门。这是真正的敲门声，而不是她在梦里听到的。但是，她还沉浸在梦境中，搞不清楚是真事还是幻觉，当她去开门的时候，她想："现在一定是小马茨答应给我派来的人来了。"

　　如果放鹅姑娘奥萨打开房门的时候，站在门槛上的是赫尔玛护士或是别的真正的人，那么，小姑娘就会马上明白她不是在做梦。而现在情况却不是这样，敲门的是一个很小的小人儿，还没有手掌竖起来那么高。尽管这会儿是深更半夜，但是天色仍然跟白天一样明亮。奥萨一眼就看出，这个小人儿同她和小马茨在全国各地流浪时碰到过好几次的小人儿是同一个人。那时候，她很怕他，而现在，如果她不是仍然睡得迷迷糊糊的话，她也要害怕了。但是她以为自己依旧在做梦，所以能够镇定地站着。"我正等待小马茨派来帮助我去寻找父亲的那个人就是他。"她想。

她这样想倒没有什么错，因为小人儿正是来告诉她关于她父亲的情况的。当他看到她不再怕他的时候，他没用几句话就把到哪儿去找她的父亲以及她怎样才能到那里去都告诉了她。

当他讲话的时候，放鹅姑娘奥萨渐渐清醒了，当他讲完的时候，她已完全醒过来了。那时候，她才感到害怕，因为她站在那里同一个不属于人间的人在说话，她吓得失魂落魄，说不出感谢的话，也说不出别的话，只是掉头就往屋里跑，把门紧紧关上。她似乎看到，当她这样做的时候，小人儿脸上的表情十分忧伤，可是她也没有办法。她吓得魂不附体，赶紧爬到床上，拉过被子蒙上眼睛。

尽管她害怕小人儿，但心里明白他是为她好，因而，第二天她赶紧按小人儿说的去做，出发去寻找父亲了。

在马尔姆贝里矿区以北几十公里的地方有一个小湖，叫作鲁萨雅莱，湖西岸有一个拉普人居住的小居民点。湖的南端屹立着一座巍巍大山，叫基律纳瓦拉，据说山里蕴藏的几乎全是铁矿石。湖的东北面是另一座大山，叫鲁萨瓦拉，也是一座富铁矿山。从耶利瓦勒通向那两座大山的铁路正在修建。在基律纳瓦拉附近，人们正在建造火车站、供旅客租用的旅馆以及大批住宅，供采矿开始后到这里来的工人和工程师们居住。一座完整的小城市正在兴起，房屋漂亮而舒适。这座小城市地处遥远的北方，覆盖着地面的矮小桦树一直要到仲夏之后才吐芽长叶。

湖的西面是一片开阔地带，刚才已经说过，那里有几户拉普人扎着帐篷。他们是在一个月以前到那里去的，他们不需要花很长时间就能把住处安排好。他们不需要爆破或者垒砖头来为房子打出整齐而平坦的地基，他们只要在湖边选择一块干燥舒适的地方，砍掉几枝槲树灌木，铲平几个土丘，就整理出空地来了。他们也不需要在白天砍伐树木为修筑牢固的木板墙而忙碌，他们也没有为安檩条、装房顶、铺木板、安窗子、装门锁等犯愁。他们只须把帐篷的支架牢牢地楔进地里，把帐篷布往上一挂，住所就大致就绪了。他们也不需要为室内装饰和家具太费心劳神，最重要的是在地上铺一些杉树枝、几张鹿皮，把那口通常用来烧煮鹿肉的大锅吊到一根铁链子上，这根铁链子则固定在帐篷支架的顶端。

湖东岸的新开拓者们为在严冬到来之前建造好房屋而紧张卖力地劳动着，他们对那些几百年来在那么北的地方到处游荡，除了薄薄的帐篷墙以外没有想到修筑更好的住所来抵御酷寒和暴风雨的拉普人感到惊讶。而拉普人则认为，除了拥有几只鹿和一顶帐篷，不需要别的更多的东西就可以生活了，他们对那些干着那么繁重劳动的新开拓者感到奇怪。

七月的一天下午，鲁萨雅莱一带雨大得可怕，夏天一般很少待在帐篷里的拉普人很多都钻进了帐篷，围火坐下，喝着咖啡。

当拉普人喝着咖啡谈兴正浓的时候，一只船从基律纳方向驶来，停靠在拉普人的帐篷旁。一个工人和一个十三四岁的小姑娘从船上走下来。几只拉普人的狗狂吼着向他们蹿去。一个拉普人从帐篷的入口处探出头去，看看出了什么事。看到这个工人时，他很高兴，这个工人是拉普人的好朋友，他和蔼、健谈，还会讲拉普语。拉普人喊他到帐篷里来。"好像有人捎信去让你现在到这里来似的，舍德贝里，"他喊叫道，"咖啡壶正放在火上，在这种下雨天气，没有人能干什么事。你来给我们讲讲新闻吧！"

工人钻进帐篷，来到拉普人中间。大家边说笑边费劲儿地为他和小姑娘在帐篷里腾地方，因为小帐篷已经聚了很多人。工人立即用拉普语同主人们攀谈起来。跟着他来的小姑娘一点儿也听不懂他们的谈话，只是安安静静地坐着，好奇地打量着大锅和咖啡壶、火堆和烟、拉普男人和拉普女人、孩子和狗、墙和地、咖啡杯和烟斗、色彩鲜艳的服装和用鹿角刻出来的工具等等。这里的一切对她来说都是新鲜的，没有一样她熟悉的东西。

但是她突然垂下眼皮不再看东西了，因为她注意到帐篷里的所有人都在看着她。舍德贝里肯定说了一些关于她的事，因为现在拉普族的男女老少都把短烟斗从嘴上拿开，向她这边瞧。坐在她旁边的拉普人拍着她的肩膀，频频点头，并且用瑞典语说道："好，好。"一个拉普族女人倒了一大杯咖啡，费了不少劲儿才递给了她；一个跟她差不多大小的拉普族男孩从坐着的人中间费力地爬到了她身边，躺在那里盯着她看。

小姑娘知道舍德贝里在向拉普人讲述她怎样为她的弟弟小马茨办了一次葬礼。她不希望舍德贝里过多地谈论她，而是应该问问拉普人是否知道她父亲在什么地方。小人儿说过，他在鲁萨雅莱湖西岸驻扎的拉普人那里。她是得到运送石子的人同意后，搭乘运石子的火车到这里寻找父亲的，因为这条铁路上还没有正规的旅客火车。所有的人，包括工人和工头，都想方设法地帮助她，基律纳的一位工程师还派了这位能讲拉普语的舍德贝里带着她坐船过湖来打听她父亲的情况。她本来希望她一到这里就会见到父亲。她把目光从帐篷里的这张脸移到另一张脸上，但所有的人都是拉普族人，父亲不在这里。

她看到，拉普人和舍德贝里越说越严肃，拉普人摇着头，用手拍着前额，好像他们在谈论的人是一个神志不十分健全的人。当时她十分不安，再也忍不住，就问舍德贝里，拉普人知道些什么情况。

"他们说他出去打鱼了，"工人回答说，"他们不知道他今天晚上会不会回到帐篷里来。不过，只要天气稍好一些，他们就会派人去找他的。"

接着，他就转过头去，继续同拉普人急切地交谈起来。他不想让奥萨有机会再提问题来打听荣·阿萨尔森的情况。

现在已是清晨，天气十分晴朗。拉普人中间最卓著的人物——乌拉·塞尔卡——说要亲自出去寻找奥萨的父亲，但是他并不急着走，而是蹲在帐篷前思忖荣·阿萨尔森这个人，不知道怎样把他女儿来找他的消息告诉他。现在要做的是不要使荣·阿萨尔森感到害怕而逃走，因为他是一个见了孩子就恐惧的怪人。他常常说，他一见到孩子，就会产生一些乱七八糟的吓人想法，使他承受不了。

在乌拉·塞尔卡考虑问题的时候，放鹅姑娘奥萨和头天晚上盯着她看的拉普族小男孩阿斯拉克一起坐在帐篷前聊天。阿斯拉克上过学，会讲瑞典语。他给奥萨讲萨米人的生活，并且向她保证，萨米人的生活比其他所有人的生活都要好。奥萨认为萨米人的生活很可怕，而且说了出来。"你不知道你在说些什么，"阿斯拉克说道，"你只要在这里住上一个星期，你就会看到，我们是全世界最幸福的人！"

"如果我在这里住上一个星期，我一定会被帐篷里的烟呛死。"奥萨回答说。

"你可别这么说！"拉普族男孩说，"你对我们一无所知。我要告诉你一些事，你就会明白，你在我们这里待的时间越长，你就越会感觉到我们这里愉快舒服。"

接着，他开始对奥萨讲一种叫作黑死病的疾病在全国蔓延时候的情况。他不知道这种疾病是不是也在他们现在居住的这么靠北的萨米人地区流行过，但是这种病在耶姆特兰十分猖獗。住在那边森林和高山里的萨米人，除了一个十五岁的小男孩外，全都死光了。住在河谷地带的瑞典人除了一个小女孩外，也没有人活下来，她也是十五岁。

"男孩和女孩为了寻找人，在这满目疮痍的土地上各自漫游了整整一个冬天，终于在快到春天的时候相逢了。"阿斯拉克接着说，"当时这个瑞典女孩请求拉普男孩陪着她到南方去，这样她就可以回到本民族人那里。她不愿意再在这除了荒芜凄凉的庄园以外什么也没有的耶姆特兰待下去了。'你想到哪里去，我都可以陪你，'男孩说，'不过要等到冬天才行。现在是春天，我的鹿群要到西边的大山里去，我们萨米人一定要到鹿群让我们去的地方去。'

"这个瑞典小女孩是富家的孩子,她习惯住在屋子里,睡在床铺上,坐在桌子旁吃饭。她一贯看不起穷苦的山区人民,认为居住在露天里的人是非常不幸的。但是她又怕回到自己的庄园里去,因为那里除了死人就没有别的了。'那么,至少让我跟着你到大山里去,'她央求男孩说,'免得我一个人孤零零地待在这里,连人的声音都听不到!'男孩当然欣然答应。这样,女孩就有机会跟随鹿群向大山进发。鹿群向往着高山上鲜嫩肥美的牧草,每天走很远的路。他们没有时间搭帐篷,只得在鹿群停下来吃草的时候往地下一躺,在雪地上睡一会儿。这些动物感觉到南风吹进了他们的皮毛,知道用不了多少天,山坡上的积雪将会融化干净,而女孩和男孩不得不踩着即将消融的雪,踏着快要破碎的冰,跟在鹿群后面奔跑。当他们来到针叶林已经消失,只有矮小的桦树生长的高山地区时,他们休息了几个星期,等待更高处的大山里的积雪融化,然后再往上走。女孩不断地抱怨叹气,多次说她累得要命,一定要回到下面的河谷地区去,但是她仍然跟着往上走,这样总比自己孤身一人去附近连一个活人也没有的地方要好得多。

"当他们来到高山顶上后,男孩在一块面朝高山小河的美丽绿草坡上为女孩搭起了一顶帐篷。到了晚上,男孩用套索套住母鹿,挤了鹿奶让她喝。他把去年夏天他的族人藏在山上的干鹿肉和干奶酪找了出来。女孩一直在发牢骚,不高兴,她不想吃干鹿肉和干奶酪,也不想喝鹿奶,她不习惯蹲在帐篷里,也不习惯睡在只铺一张鹿皮和一些树枝的地上。但是这个高山居民的儿子对她的抱怨只是笑笑,继续对她很好。

"几天后,男孩正在挤鹿奶。女孩走到他面前,请求允许帮他的忙。她还在煲鹿肉的大锅下生火,提水,做奶酪。现在,他们过着美好的日子。天气暖和,吃的东西很容易找到。他们一起放夹子捕鸟,在急流里钓鳟鱼,到沼泽地上采云莓。

"夏天过去以后,他们下山,搬迁到针叶林和阔叶林交界的地方,在那里重新搭起帐篷。那时正是屠宰的季节,他们天天紧张地劳动着,但那同时也是一段美好的时光，食物比夏天好得多。当大雪纷飞，湖面开始结冰的时候，他们又继续往东迁移，搬进浓密的杉树林。他们一搭好帐篷就干起冬活儿。男孩教女孩用鹿筋搓绳子，鞣皮子，用鹿皮缝制衣服和鞋子，用鹿角做梳子和工具，滑雪，坐着鹿拉的雪橇旅行。在他们度过整天没有太阳的昏暗的冬天，到了几乎整天都有太阳的夏天的时候，男孩对女孩说，现在他可以陪她往南走了，去寻找她本族的人。那时候，女孩惊讶地看着他。'你为什么要把我送走？'她问，'难道你喜欢同你的鹿群单独待在一起吗？'

"'我以为你想要离开。'男孩说。

"'我已经过了差不多一年的萨米人生活，'女孩说，'在大山里和森林中自由自在地游荡了这么长时间，我不能再返回我本族的人民那里，在狭窄的房子里生活了。请不要赶我走，让我留下吧！你们的生活方式比我们的好得多。'

"女孩在男孩那里住了一辈子，从来没有再想回到河谷地区去。奥萨，只要你在我们这里待上一个月，你就永远也不想再离开我们了。"

拉普族男孩阿斯拉克用这些话结束了他的故事，与此同时，他的父亲乌拉·塞尔卡从嘴里抽出烟斗，站了起来。老乌拉会很多瑞典语，只是不想让人知道而已。他听懂了儿子说的话。当他在听他们讲话的时候，他突然想到了应该怎样去告诉荣·阿萨尔森关于他女儿来找他的事。

乌拉·塞尔卡走到鲁萨雅莱湖边，沿着湖岸一直向前走，直到他遇到一个坐在石头上钓鱼的男人才停下。钓鱼的人长着灰白的头发，躬着背，目光倦怠，看上去迟钝而绝望，他像一个想背一样东西但因东西太沉重而背不起来的人，或者像一个想要解决问题但因太困难而解决不了的人，他由于不能成功而变得缺乏勇气，心灰意懒。

"你一定钓了不少鱼吧，荣，因为你整整一夜都坐在这里垂钓。"这个山民一边走过去，一边用拉普语问道。

对方突然一愣，抬起了头。他钓钩上的鱼饵早就没有了，他身边的湖岸上也没有一条鱼。他急忙又放上新的鱼饵，把钓钩扔进水里。与此同时，这个山民在他身边的草地上坐了下来。

"有一件事，我想同你商量一下，"乌拉说道，"你知道，我有一个女儿去年死了，我们帐篷里的人都一直在思念她。"

"嗯，我知道。"钓鱼的人简短地回答道。他的脸蒙上一层乌云，好像不喜欢有人提起一个死去的孩子的事。他的拉普语讲得很好。

"但是，让哀伤毁了生活是不值得的。"拉普人说。

"是的，是不值得的。"

"现在，我打算收养一个孩子。你认为这样做好吗？"

"那要看这是一个什么样的孩子，乌拉。"

"我想把我所知道的关于这个女孩子的情况给你说一说，荣。"乌拉说。接着，他就向这个钓鱼的人讲：仲夏前后，有两个外地孩子——一个男孩和一个女孩——徒步来到马尔姆贝里矿区寻找他们的父亲。因为父亲已经外出了，他们就在那里等他。但是，在他们等待父亲期间，这个小男孩被矿上爆破时崩出的石头打死了，小女孩想为弟弟举行一次隆重的安葬仪式。然后，乌拉绘声绘色地描述了那个穷苦的小女孩怎样说服所有人去帮助她，以及她非常勇敢，竟然还亲自去找矿主谈葬礼的事，等等。

"你要收养在帐篷里的姑娘难道就是这个小姑娘吗，乌拉？"钓鱼的人问道。

"是的，"拉普人回答说，"我们听说这件事后都忍不住哭了起来。我们都说，这样好的一个姐姐也肯定会是一个好女儿，我们希望她能到我们这里来。"钓鱼的人坐着沉默了一会儿。看得出来，他继续说话是为了使他的拉普族朋友高兴。"她——那个小女孩，一定是你们那个民族的人吧？"

"不是，"乌拉说，"她不是萨米人。"

"那么，她大概是一个新开拓者的女儿，习惯这里的生活吧？"

"不是，她是从南方很远的地方来的。"乌拉回答说，好像这句话同事情本身毫无关系似的。这时，钓鱼的人变得有了点儿兴趣。"那么，我认为你还是不要收养她，"他说，"她不是在这里土生土长的，冬天住在帐篷里会受不了的。"

"她会在帐篷里同好心的父母和兄弟姐妹待在一起，"乌拉·塞尔卡固执地说，"孤独比挨冻更难忍受。"

但是钓鱼的人似乎对阻止这件事的兴趣越来越大。他似乎不能接受父母是瑞典人的孩子由拉普人收养的思想。"你不是说她有父亲，在马尔姆贝里矿区吗？"

"他死了。"拉普人直截了当地说道。

"你完全了解清楚了吗，乌拉？"

"问清楚这件事有什么必要？"拉普人轻蔑地说，"我认为我是清楚的。如果这个小姑娘和她的弟弟还有一个活着的父亲，他们还需要被迫孤苦伶仃地徒步走遍全国吗？如果他们还有一个父亲，难道这两个孩子还需要自己挣钱来养活自己吗？如果她的父亲还活着，难道这个小姑娘还需要一个人跑去找矿主吗？现在，萨米人居住的整个地区都在谈论她是一个多么能干的小姑娘，如果她的父亲不是早就死了，她一刻也不会孤身一人，不是吗？小女孩自己相信他还活着，不过，我说他一定死了。"

这个两眼倦怠的人转向乌拉。"那个小女孩叫什么名字，乌拉？"他问道。

这个山民想了想："我记不得了，我可以问问她。"

"你要问问她？是不是她已经在这里啦？"

"是的，她在岸上的帐篷里。"

"什么，乌拉？你还不知道她父亲是怎么想的，就把她领到你这儿来了？"

"我不管她父亲是怎么想的。如果他没有死，他一定是那种对自己的孩子不闻不问的人。别人来领养他的孩子，他兴许还高兴呢。"

钓鱼的人扔下钓竿，站了起来。他动作很迅速，好像换了一个人一样。

"我想，她的父亲跟别的人不一样，"这个山民继续说道，"他可能是一个严重悲观厌世的人，以至连工作都不能坚持干下去。难道让她去找这样的一个父亲？"

乌拉说这些话的时候，钓鱼的人顺着湖堤向上走了。"你到哪儿去？"拉普人问。

"我去看看你的那个养女，乌拉。"

"好的，"拉普人说，"去看看她吧！我想，你会觉得我有了一个好女儿。"

这个瑞典人走得飞快，拉普人几乎跟不上他。过了一会儿，乌拉对他的同伴说："我现在可以告诉你，她是荣的女儿，奥萨，就是我要收养的小女孩。"

对方只是加快步伐，老乌拉·塞尔卡真是十分满意，想放声大笑。当他们走了一大段路，看得见帐篷的时候，乌拉又说了几句话。"她到我们萨米人这儿来是为了寻找她的父亲，不是为了来做我的养女。不过，倘若她找不到她的父亲，我愿意把她留在帐篷里。"对方只是再次加快了脚步。"我想，我用把他的女儿收留在我们萨米人中间的话来要挟他时，他一定吓坏了。"乌拉自言自语道。

当把放鹅姑娘奥萨送到湖对岸拉普人营地的那个基律纳人下午回去的时候，他的船上带着两个人，他们紧紧地偎依在一起，手拉着手亲热地坐在船板上，好像再也不愿分开。他们是荣·阿萨尔森和他的女儿。他们两个人同两三个小时前完全不同了，荣·阿萨尔森看上去不像过去那样驼背、疲乏，他的眼光清澈而愉快，好像长久以来使他困扰的问题现在得到了回答。而放鹅姑娘奥萨也不像以往那样机智而警惕地打量着周围的一切，她有一个大人可以依靠和信赖了，似乎又变回了孩子。

到南方去！到南方去！

旅程的第一天

十月一日　星期六

男孩子坐在白雄鹅背上，在高空中向前飞行。三十一只大雁排成整齐的"人"字形向南快速地飞行着。风在羽毛中间呼呼作响，那么多翅膀拍打着空气发出飕飕声，使他们连自己的叫声都听不见了。大雪山来的大雁阿卡领头飞行，跟在她后面的是亚克西和卡克西、科尔美和奈利亚、维茜和库西、雄鹅莫顿和灰雁邓芬。去年秋天跟随他们一起飞行的六只小雁现在已经离开雁群独立生活了。老雁们带着今年夏天在大山峡谷里长大的二十二只小雁飞行，十一只飞在右边，十一只飞在左边，他们尽力同老雁一样相互之间保持着同样的距离。

这些可怜的小雁过去从来没有做过任何远距离飞行。开始时，他们很难跟得上这样快速的飞行。"大雪山来的阿卡！大雪山来的阿卡！"他们可怜巴巴地叫道。

"什么事？"领头雁问道。

"我们累得飞不动啦，我们累得飞不动啦。"小雁们叫道。

"你们飞得越远，就越不会感到累。"领头雁回答说，速度一点儿都没有放慢，而是继续像原先那样向前飞着。看来她的话真是一点儿不错，因为小雁们飞了两三个小时后就再也不抱怨累了。但是，他们在大山峡谷里习惯了一天到晚不停地吃，所以，没过多久，他们就开始想吃东西了。

"阿卡，阿卡，大雪山来的阿卡！"小雁们凄婉地叫道。

"又有什么事？"领头雁问道。

"我们饿得飞不动了，"小雁们叫道，"我们饿得飞不动了。"

"大雁应该学会吃空气喝大风。"领头雁回答道，她没有停下来，而是继续像原先那样向前飞着。

看起来，似乎小雁们已经学会靠空气和风生活，因为他们飞了一会儿之后就再也不抱怨肚子饿了。雁群仍然在大山上空飞行。老雁们为了使小雁们知道每座山峰的名字，他们每飞过一座山峰，就喊出它的名字。"这是波苏巧考，这是萨尔耶巧考，这是索里台尔马。"但是，当他们这么喊着飞了一会儿之后，小雁们又不耐烦了。

"阿卡，阿卡，阿卡！"他们伤心地叫道。

"什么事？"领头雁问道。

"我们的脑子里装不下更多的名字了，"小雁们叫道，"我们的脑子里装不下更多的名字了。"

"脑子里装的东西越多，脑子就越好使。"领头雁回答道，继续像原先那样叫喊着稀奇古怪的名字。

男孩子暗自思忖，该是大雁南飞的时候了，因为已经下了很多雪，极目望去，大地一片白茫茫的。不可否认的是，他们待在峡谷里的最后几天是非常不愉快的。大雨、风暴和浓雾不停地袭击过来，偶尔有那么一个好天，立刻又变得冰冷刺骨。男孩子在夏天赖以生存的浆果和蘑菇都已经冻坏和腐烂，到最后，他只好吃生鱼，这是他最厌恶的事情。白天十分短，男孩子总不能让自己的睡眠时间同太阳在天空中消失的时间一样长，漫漫长夜和姗姗来迟的早晨使他百无聊赖。

现在，小雁们的翅膀终于长硬了，南飞的旅程也开始了，男孩子是如此高兴，骑在鹅背上又笑又唱。是的，他盼望离开拉普兰，不仅仅是因为那里又黑又冷，又没有东西吃，还有别的原因。

到拉普兰的头几个星期里，他一点儿没有想离开的意思。他认为那是他从来没有到过的美丽舒适的地方，除了不要让蚊子把他吃掉以外，他没有其他任何烦恼。男孩子和白雄鹅莫顿待在一起的时候也不多，因为这个大白家伙只是守着邓芬，寸步不离。不过，他倒是一直同老阿卡和高尔果在一起，他们三个一起度过了许多愉快的时光。那两只鸟带着他做过远距离的飞行。男孩子曾经站在冰雪覆盖的凯布讷大雪山山峰之巅，眺望过伸展在这座陡峭的白色锥体下面的条条冰川，拜访过许多人迹罕至的高山。阿卡还带他看过深山中的幽谷、母狼哺养狼崽儿的岩洞。不言自明的是，他还和成群结队在美丽的托讷湖岸吃草的驯鹿交了朋友，到过大湖瀑布下面，向居住在那里的狗熊转达了他们住在伯尔斯拉格那的亲友的问候，他所到之处都是气势磅礴的地方。他非常高兴能身临其境，但是不愿意在那里长住。阿卡说，那些瑞典开拓者应该保持这一地区的安宁，把它交还给那些一出生就为了在这里生活的熊、狼、鹿、大雁、雪鸮、旅鼠和拉普人居住。他不得不承认，阿卡说得对。

　　一天，阿卡把他带到一个大矿都，他在那里发现小马茨遍体鳞伤，躺在矿坑外面。此后的几天里，他除了想方设法帮助可怜的放鹅姑娘奥萨外，其他什么也没有想。奥萨找到父亲之后，他不需要再为她费心劳神了，他就愿意待在峡谷里的家中。从那时候起，他盼望着有朝一日能够和雄鹅莫顿一起回家，重新变成一个人。放鹅姑娘奥萨敢同他讲话了，而不再对他闭门不理。

　　是呀，他现在已经踏上南归的道路，高兴万分。当他看见第一片杉树林的时候，他挥动帽子，高声呼喊"好啊"，他以同样的方式欢迎着第一幢开拓者的灰色屋子、第一只山羊、第一只猫和第一群鸡。他飞越过汹涌澎湃的大瀑布，它的右面是壮丽的高山，但是这一类高山他看得多了，根本就不屑一顾。当他看到山的东面克维基约克的小教堂和牧师宅邸以及那个小教区村的时候，情形就不一样了，他觉得这里是那么美丽，以至于兴奋得眼睛里充满了泪水。

　　他们不断地遇到飞过来的候鸟群，他们比春天的鸟群规模大得多。"你们到哪里去，大雁？"候鸟们喊着问道，"你们到哪里去？"

"我们跟你们一样要到外国去，"大雁们回答说，"我们要到外国去。"

"你们的小雁翅膀还没有硬朗，"对方喊道，"那么弱小的翅膀是飞不过大海的。"

拉普人和鹿群也在从高山上往下迁移。他们秩序井然地走着：一个拉普人走在队伍最前列，后面跟着由几排大公鹿领队的鹿群，接着是一长溜驮着拉普人帐篷和行李的运货鹿，最后是七八个人。大雁看见鹿群的时候就往下飞行，并且喊道："谢谢你们今年夏天对我们的款待！谢谢你们今年夏天对我们的款待！"

"祝你们旅途愉快，欢迎下次再来！"鹿群回答。

但是，当熊看见雁群时，他们指着雁群对自己的孩子号叫道："快来看这些大雁呀，他们一点儿寒冷都经不住，冬天都不敢待在家里！"老雁们不屑回答他们，而是对自己的小雁们叫道："快来看这些熊呀，他们宁愿躺在家里睡上半年，也不肯麻烦一点儿到南方去！"

在下面的杉树林里，小松鸡们缩紧身子，竖起羽毛，冻得发抖，看着所有的大鸟群喜洋洋、乐滋滋地向南飞去。"什么时候轮到我们飞呢？"他们问母松鸡，"什么时候轮到我们飞呢？"

"你们得同妈妈爸爸一起待在家里，"母松鸡回答说，"你们得同妈妈爸爸一起待在家里。"

在东山上

十月四日　星期二

每一个到过高山地区的人肯定知道大雾会给人带来多么大的困难。雾气腾腾，遮住视野，即使你的周围全是美丽多姿的高山，你也一点儿看不见。你会在盛夏遇到雾。倘若是秋天，可以说你几乎不可能避免大雾。对尼尔斯·豪格尔森来说，当他在拉普兰境内时，天气一直很好，但是大雁们还没来得及高喊出他们现在已经飞到耶姆特兰省，重重浓雾已经把他团团围住，使他一点儿也看不清那里的景色。他在空中整整飞了一天，却不知道他来到的地方是山区还是平原。

夜幕降临时，大雁们降落在一块向四面八方倾斜的绿草地上，他这才知道他待在一个山丘的顶部，但是，这个山丘是大还是小，他无法搞清楚。他猜想，他们是在有人居住的地区，因为他好像听到了人类的说话声，也听到了车轮在一条路上滚动向前的辚辚声，但是对此，他自己也不能完全肯定。

他很想摸索着到一个农庄里去，但是又怕在大雾中迷路。他哪儿也不敢去，只得待在大雁们身边。一切都是潮乎乎、湿淋淋的。每一根草和每一棵小植物上都悬挂着小水珠，他只要一动，小水珠就往他身上掉，他就要洗一次不折不扣的雨水浴。"这里并不比大山峡谷好多少。"他想。

尽管这样，他还是敢在附近走几步的。他隐约看见一幢建筑物，并不大，但有好几层楼高。他看不到顶部，大门是关着的，看来整幢房子没有人居住。他知道，那只不过是一个瞭望塔，在那里既不可能得到食物，也不可能取暖。即使这样，他仍然以最快的速度返回大雁们那里。"亲爱的雄鹅莫顿！"他说，"把我放到背上，驮我到那边那座塔的顶上去吧！这里那么潮湿，我无法睡觉，在那里一定能找到一块可以躺下的干燥地方。"

雄鹅莫顿愿意帮助他，马上把他送到了瞭望塔的阳台上。男孩子躺在那里美美地睡了一觉，直到晨曦把他唤醒。

他睁开双眼，环视四周，起初他不明白自己看见的是什么，也不知道自己在哪里。他有一次赶集时走进过一顶大帐篷，看到一幅硕大的全景画。这时，他觉得他又站在那顶大圆帐篷的中间，红色的帐顶十分漂亮，墙壁和地板上画了一幅明媚而辽阔的风景画，上面有大村庄、大教堂、耕田、道路、铁路乃至一座城市。不久，他就明白了，他并不是在帐篷里看全景画，而是站在瞭望塔的顶部，头上是朝霞映红的天穹，四周是真实的大地。他已经看惯了荒原，如今他把看到的有村庄和城市的真实地方当成一幅画也不足为奇。

男孩子不相信自己看到的东西是真实的，这是另有原因的，那就是所有的东西都不是本来的颜色。他所在的瞭望塔屹立在一座山上，山位于一座岛上，岛靠近一个大的内陆湖东岸。这个湖不像一般内陆湖那样呈灰色，它的大部分湖面同朝霞映红的天空一样呈粉红色，深入陆地的小湾却闪烁着近似黑色的光。湖周围的堤岸也不是绿色的，而是闪着淡黄色的光，那是因为那边有庄稼收割完的田地和叶子发黄的阔叶树林。黄色堤岸的四周是一条很宽的黑色针叶林带。可能是这个原因，阔叶林才显得鲜亮，而男孩子认为，针叶林从来没有像这个早晨那样黝黑暗淡。在黝黑的针叶林东面是淡青色的小丘，沿着整个西面的地平线是由连绵起伏、千姿百态的高山组成的一条闪烁着光芒的绵长曲线，它的颜色是如此美丽、柔和、赏心悦目。他不能把这种颜色称为红色，不能称为白色，也不能称为蓝色，难以用任何颜色来形容它。

男孩子把目光从高山和针叶林移开，以便更好地看一看他身旁的景色。在湖的四周那条黄色地带，他看到了一个个红色村庄和白色教堂；他在正东面——在把小岛和陆地分开的狭窄湖湾对面，看到了一座城市。城市延伸到湖岸，后面有一座山做它的屏障，周围是一片富庶、人口稠密的地区。"这座城市所处的位置真是太美了，"男孩子想，"不知道它叫什么名字。"

就在此时他吃了一惊，赶紧向周围张望——他一直忙于欣赏风景，没有注意到有游人来瞭望塔了。

他们快步走上台阶。他刚找好隐藏的地方钻进去，他们就上来了。

他们是一些来远足的年轻人。他们说，他们已经游遍了整个耶姆特兰省，他们感到高兴的是昨天晚上正好抵达厄斯特松德，赶上在这晴朗的早晨在福罗斯岛的东山上观看雄伟壮丽的景色。他们站在这里，可以看到方圆二百公里，他们要在离开这里以前，看他们亲爱的耶姆特兰省全景最后一眼。他们指着环湖屹立的许多教堂。"那下面是苏讷，"他们说，"那里是马尔比，再远一些是哈伦。正北的那座是罗德厄教堂，还有那座，就在我们下面，是福罗斯岛教堂。"接着，他们开始谈山。最近的那座山叫乌维克斯山，对此大家的看法都一致。但是后来，他们就开始怀疑哪一座是克勒沃舍山，哪一座是阿那里斯山，以及几维特尔山、阿尔莫萨山和奥莱斯库坦山又在哪里。

正当他们这么议论的时候，一位年轻姑娘拿出一张地图铺在膝盖上，开始研究起来。忽然，她仰起了头。"从地图上看耶姆特兰省的地形，"她说，"我觉得它像一座气魄雄壮的巍巍大山。我一直期待着能有机会听到一个关于它怎样直立起来高耸入云的故事。"

"它可能本来就是一座大山。"一个人讥笑道。

"是啊，正因为这个，有人就把它推倒。你自己来看一看，它像不像一座有宽阔山麓和陡直山峰的真正的高山？"

"认为这样一个多山的地区本身就像一座山，倒也不坏，"一个游客这样说道，"虽然我听过关于耶姆特兰省的其他一些传说，可是我从来没有……"

"你听到过关于耶姆特兰省的传说？"这位年轻姑娘没有让他把话说完就迫不及待地问道，"那你马上给我们讲讲吧。在这个能看到全省的制高点上讲它的传说再合适不过了。"

其他人都表示赞同，他们的这位旅伴十分爽快，毫不忸怩地马上开始讲了起来。

耶姆特兰的传说

在耶姆特兰还有巨人居住的时候，有一天，一个老巨人站在院子里给马刷毛。他精心地刷着，突然发现马惊恐得颤抖起来。"你们怎么啦，我的马？"老巨人一面说一面朝四周看，想弄明白到底是什么把牲畜吓着了。他在附近没有发现熊，也没有看到狼。他只看到不远处有一个人，那人没有他高大粗壮，不过相当孔武有力，正顺着通向他房子的小山路爬上来。

一看见这个走路的人，老巨人同他的马一样也开始从头到脚哆嗦起来。他不想再干活儿了，而是匆忙走进屋子，走到正用纺锤打麻绳的妻子身旁。

"出什么事啦？"妻子问，"你的脸同雪山一样苍白。"

"我怎么能不苍白呢？"老巨人说，"小路上走来了一个人，肯定是雷神托尔，就像你是我妻子一样肯定。"

"这真是一位不受欢迎的客人，"老巨人的妻子说，"难道你不能迷他耳目，让他把整个院子看成一座山，从我们门口转过去吗？"

"现在施展这种魔法已经太晚了，"老巨人回答道，"我听到他在推大门，走进院子了。"

"那我劝你还是躲一躲，让我单独来对付他，"女巨人急忙说，"我要想办法使他以后不能那么快就到我们家来。"

老巨人认为这是一个万全之计，他走进里面的小房间，而他的妻子仍然坐在大屋的长凳上镇静地打麻绳，好像她一点儿也不知道有什么危险似的。

必须提一下，那个时代的耶姆特兰同今天的完全不一样。整个地区只是一块硕大而扁平的山地，光秃秃的，一无所有，连杉树林也不能生长。这里没有湖泊，没有河流，没有可以耕种的土地。那时候，这里也没有这些现在分布于全省的高山和山峰，它们都一座座排列在西边很远的地方。在这片辽阔的土地上，没有一块人类能够生活的地方，而巨人在这里生活得十分惬意。这个地区那么荒凉，没有人烟，完全是巨人们的愿望和所作所为的结果。老巨人看到雷神托尔向他家里来时吓得不知所措，是完全有道理的。他知道雷神不喜欢他们，因为他们向四周散发酷寒、黑暗和荒凉，并且阻止大地变成富裕、丰腴和点缀着人类住房的地方。

女巨人没有等多久就听到院子里响起了坚定的脚步声。不久，老巨人看到在路上行走的那个人推开房门，走进屋里。他不像一般过路人那样在门口停住，而是立即朝屋子最里面靠山墙坐着的女巨人走去。可是这段路对这个人说来不算近，当他以为已经走了好一会儿的时候，他只是走到离门口不远的地方，离屋子中央的炉灶还差很远的一段路。他加大步伐朝前又走了一会儿，炉灶和女巨人好像比他刚进屋的时候更远了。起初，他并不觉得这间屋子特别大，但是当他费了九牛二虎之力终于走到炉灶那里时，他才感到这间屋子奇大无比。那时他累得要命，只得靠着拐杖休息一会儿。女巨人看到他停下来，便放下纺锤，从长凳上站起来，没走几步就来到他的面前。"我们巨人喜欢大屋子，"她说，"我的男人常常抱怨这里太窄小了。但是我能够理解，对一个步子不能比你迈得大的人来说，要穿过巨人居住的房间是很吃力的。现在，请你告诉我你是谁，你到我们巨人这儿来干什么？"行人似乎本来准备做一个尖刻的回答，但肯定是由于他不想跟一个女人争吵，因而心平气和地回答道："我的名字叫大力士，是位勇士，曾多次参加冒险活动。我在家里的院子里整整坐了一年。当我听说人类在谈论你们巨人把这里的土地搞得很差，除了你们，没有人能够到这里来居住的时候，我就想我该有点儿事做了。我现在到这里来就是想找男主人谈一谈此事，问问他是不是愿意把这里搞得好一点儿。"

"我们家的男主人出去打猎了，"女巨人说，"等他回家的时候让他自己来回答你的问题吧。不过，我要对你说，一个敢向巨人提出这样问题的人应该是一个比你还高大的人，维护你的声誉的最好办法是你马上回去，不要同他会面。"

"既然我已经来到了此地，就一定要等着他回来。"自称为大力士的人说。

"我已经尽力规劝你了，"女主人说，"主意由你自己定。请在长凳上坐坐，我去拿接风酒。"

女巨人拿了一只极大的角状杯，走到屋子最靠里放着蜂蜜酒酒桶的角落。客人也没有把这个酒桶当一回事，但是当女人拔出塞子时，蜂蜜酒流入酒杯发出隆隆的呼啸声，好似有一道大瀑布在屋子里似的。酒杯很快就斟满了，女主人想把塞子塞上，但是她没有成功，蜂蜜酒汹涌而出，冲走了她手中的塞子，流到地板上。女巨人再次想把塞子塞进去，但是又失败了。这时，她便请客人帮忙。"你看，酒都流走了，大力士，请你过来把塞子塞到酒桶上去！"客人马上跑过去帮忙。他拿了塞子往桶口堵，但是酒又把塞子顶出来，并且把塞子冲到屋里很远的地方，酒继续在地上漫溢。

大力士一次又一次地使劲儿去堵，但是一次也没有成功，最后他气得把塞子扔掉了。地板上溢满了酒。为了缓解蜜酒漫溢地板的状况，客人在地板上划出一道道深沟，让酒流走。他在坚硬的岩石上挖沟筑路让蜜酒流走，就像孩子们春天在沙地上挖沟筑路让雪水流走一样；他还用脚在这里那里踩出一个个深坑，让酒集中到那些坑里去。女巨人一直默默地站着，一声不吭，如果客人抬头朝她望去，一定会看到她惊恐地看着他做这些事。当他做完这些事的时候，她以嘲笑的口气说道："真是谢谢你啦，大力士。我看出来了，你尽力而为了。平时都是我的男人帮我塞塞子。不能要求所有人同他有一样大的力气。既然你连这么一点儿事都干不了，我看你最好还是马上起程回去吧。"

"在我把音信带给他以前，我不愿意走。"客人说，但是看上去有点儿羞愧和沮丧。

"请在那里的长凳上坐下吧，"女人说，"我把锅子放到火上去，给你煮点儿粥！"

女主人按自己说的去做了。但是当粥快要煮好的时候，她对客人说道："现在我发现面快用完了，这样我是煮不了稠粥的。你能不能把你身旁的磨转一转，转两三下就行，可以吗？两块磨石之间有粮食，不过磨可不轻，你得使出全身力气才行。"

客人没有等她多说就去推石磨。他并不感到这磨特别大，但是当他抓住磨把手想让石磨转动时，石磨重得让他难以推动。他被迫用上全身力气才使磨转动了一圈。

女巨人惊恐地看着他干活儿，一声未吭。当他离开石磨时，她却说道：“当我推不动石磨的时候，我的男人通常会成为我的好帮手。但是谁也不能要求你去做力所不能及的事情。你最好还是避免同那个想在这磨上磨多少面就能磨多少面的人碰头为好，难道现在你自己还看不出来这一点吗？”

“我仍然觉得我应该等他回来。”大力士说道，声音低而缺乏勇气和胆量。

“那么到那边长凳上安静地去坐着吧，我去给你整理出一个好床铺来，”女巨人说，“因为你必须留在这里过夜了！”

她在床上铺了很多褥子和垫子，并祝愿客人睡个好觉。“我怕你觉得床太硬，”她说，“不过，我男人每天晚上都是睡在这种床上的。”

当大力士躺到床上时，他发现身子底下疙疙瘩瘩、高低不平，根本无法睡觉。他翻来覆去，还是不舒服，于是，他把床上的用品都扔掉，这里扔一个枕头，那里扔一床褥子，然后，他就美美地一直睡到了第二天早晨。

当阳光从天窗上照进屋子时，他爬起来，离开巨人的住所。他穿过院子，走出大门，并且随手把门关上。就在此时，女巨人出现在他身旁。“我看见你准备走了，大力士，”她说，“这是你最明智的决策。”

“如果你的男人能在你昨夜为我铺的那种床上睡觉，”大力士极为愠怒，说，“我就不想见他了。他一定是一个没有人能对付得了的铁人。”

女巨人身靠着大门站着。“现在你已经走出了我的院子，”她说，“那么我就告诉你，你这次到我们巨人住的山上来并不像你本人所想的那样不值得赞颂。你在我们屋子里走路的时候，发现路程遥远，这不足为奇，因为你所走过的地方是叫作耶姆特兰的山区；你觉得把塞子塞到酒桶上十分困难，也没有必要大惊小怪，那是雪山上的所有的水向你奔腾倾泻而来。为了把水从屋里引走，你在地板上挖的沟、踩的坑，现在都成了河流和湖泊。你把磨推了一圈，这不是对你力气的一个小考验，因为磨里不是粮食，而是石灰石和页岩，你仅仅推了一圈，就磨出了那么多肥沃的土壤，盖满了整个山区。你无法在我为你铺的床上睡觉，我也一点儿不感到惊讶，因为我把高大的千山万壑的山峰铺在了床上，你把它们扔得半个省都是，人类对你所做的这件事可能不像对你所做的另外两件事那样表示感谢。现在我向你告别，同时也向你保证，我和我的男人将从这里搬走，搬到一个你不容易找到的地方去。”

　　来客越听越生气，当女巨人讲完的时候，他拔出插在腰带上的锤子，但是还没有等他把锤子举起来，女巨人就消失了。巨人院子所在的地方变成了一道灰色的悬崖峭壁。但是，他在山地上开出的大河、湖泊和磨出的沃土依然存在，那些美丽的大山也还存在，它们使耶姆特兰秀媚瑰丽，并给所有到这里来游览的人以力量、健康、欢悦、勇气和生活的乐趣。所以，当雷神托尔从北部的富罗斯特维克山到南部的海拉格斯山、从斯图尔湖边的乌维克斯山直到国境线附近的锡尔山脉都撒满群山的时候，他的业绩再没有比这个更了不起的了。

海里耶达伦的民间传说

十月四日　星期二

游人们在瞭望塔上久久不肯离去，男孩子感到十分不安。只要他们还在那里，雄鹅莫顿就不能来接他，而且，他知道大雁们正急着要继续旅行。就在他们讲故事的时候，他好像听见大雁的呼叫声和翅膀的拍打声，似乎大雁们已经飞走了，但是他又不敢到栏杆那里去察看情况到底怎么样了。

游人们终于离去了，男孩子从躲藏的地方爬出来，但是地面上一只大雁也没有，雄鹅莫顿也没有来接他。虽然他用足全身力气高声喊道："你在哪儿？我在这儿。"却总不见旅伴们露面。他根本不相信他们遗弃了他，但是他担心他们会遇到什么意外。正当不知道自己该如何去打听他们的下落的时候，渡鸦巴塔基落到了他的身边。

男孩子没有想到自己会以如此兴奋、欢迎的态度去问候巴塔基。"亲爱的巴塔基，"他说，"你来啦，真是太好了！也许你知道雄鹅莫顿和大雁们的去向吧。"

"我正是来向你转达他们的问候的，"渡鸦回答道，"阿卡发现有一个猎人在这里的山上转悠，所以她不敢留在这里等你，而是提前出发了。现在快到我的背上来，你一会儿就可以和你的朋友们在一起了！"

男孩子以最快的速度爬到渡鸦的背上，要不是有雾，巴塔基肯定很快就会赶上大雁。但是，早晨的太阳似乎唤醒了晨雾，给了它新的生命，一小片一小片轻飘飘的雾聚集又散开，那速度之快令人难以置信。转眼间，翻腾的白色烟雾笼罩了整个大地。

巴塔基在浓雾上面那晴朗的天空和光芒四射的阳光中飞着，但是大雁们肯定在下面的雾团中飞行，因此无法看见他们。男孩子和渡鸦呼呀，叫呀，但是得不到任何回答。"真是不幸，"巴塔基最后说，"不过，我们知道他们在向南方飞行，只要雾消云散，天气一晴，我肯定能找到他们。"

正当他们在返回南方的旅途中，大白鹅什么灾难都可能遇上的时候，男孩子却离开了他，这使得男孩子十分苦恼。但是当他在渡鸦的背上忐忑不安地飞了几个小时之后，他又对自己说，既然还没有发生不幸，那就不值得自寻烦恼。

就在此时，他听到地面上有一只公鸡在啼叫，他立即从渡鸦背上探出身子朝底下喊道："我现在飞行经过的这个地方叫什么名字？我现在飞行经过的这个地方叫什么名字？"

"这里叫海里耶达伦，海里耶达伦，海里耶达伦。"公鸡咯咯叫道。

"地面看上去是什么样子的？"男孩子问。

"西面是大山，东面是森林，一条宽阔的河流纵贯整个地区。"公鸡回答道。

"谢谢你，你对情况很熟悉。"男孩子喊道。

他飞了一会儿，听见云雾中有一只乌鸦在叫。"什么样的人住在这个地方？"他喊着问。

"诚实善良的农民，"乌鸦回答说，"诚实善良的农民。"

"他们靠什么过日子？"男孩子问，"他们靠什么过日子？"

"他们从事畜牧和砍伐森林。"乌鸦哇哇地叫着回答。

"谢谢你！你对情况很熟悉。"男孩子叫道。

又过了一会儿，他听见有人在下面的云雾中又哼又唱。"这个地方有什么大的城市吗？"男孩子问道。

"什么？什么？是谁在喊？"那个人反问道。

"这个省里有没有城市？"男孩子又问了一遍。

"我想知道是谁在喊。"那个人喊道。

"我就知道，向人类提问题是得不到回答的。"男孩子喊。

没过多久，晨雾就消失了，消失得像聚集时那样快。这时，男孩子发现巴塔基正在一条宽阔的河谷上空飞行。这里也像耶姆特兰一样，重峦叠嶂，景色壮丽雄伟，但是山脚下没有大片富饶的土地。这里村落稀疏，耕地狭小。巴塔基沿着河流向南飞行，一直飞到一个村庄附近。他在一块已经收过庄稼的耕地上降落，让男孩子从他背上下来。

"这块田里夏天长的是谷子。"巴塔基说，"找一找，看你是不是能找到点儿吃的东西！"男孩子听从了他的建议，不一会儿就找到了一个谷穗。正当他剥着谷粒吃的时候，巴塔基和他说起话来。

"你看到屹立在南边的那座雄伟险峻的高山了吗？"他问道。

"看见了，我一直在看它。"男孩子回答。

"那座山叫松山，"渡鸦继续说，"你也许知道，从前那里有很多狼。"

"那肯定是狼群藏身的好地方。"男孩子表示同意。

"住在这条河谷里的人多次受到狼的威胁。"巴塔基说。

"也许你还记得一个关于狼的有趣的故事，能讲给我听听吗？"男孩子说。

"我听说在很久很久以前，松山里的一群狼袭击了一个外出卖桶的人。"巴塔基说，"他住在离我们这里几十公里外河边一个叫海德的村子里。当时正值冬天，他驾着雪橇在结冰的于斯南河上走着，一群狼从他后面追了上来，有十来只。海德人的马又不好，因此他死里逃生的希望很小了。

"当那个人听见狼的嗥叫声，看见那么多狼在后面追赶他时，他吓得魂不附体，不知所措，本来把大桶、小桶和澡盆从雪橇上扔下去，应该可以减轻一点儿重量，但是他根本没有想到这一点，而是只顾鞭打着马，催马快跑。马比以往任何时候跑得都要快，但是那个人很快发现，狼跑得比马快，逐渐追了上来。河岸上十分荒凉，最近的村庄离他也有二三十公里。他想，他生命的最后一刻到了，并且感到自己已经吓得不能动了。

"正当他吓得瘫在雪橇上时，他突然看见放在冰上用作路标的杉树枝之间有什么东西在移动。当他看清那个走路人是谁的时候，他感到压在心头的恐惧比先前又增加了几倍。

"迎面走来的不是狼，而是一位上了年纪的贫穷的老妇人。她叫芬-玛琳，经常东奔西走，到处游荡。她有点儿瘸，背也驼了，因此他老远就能认出她来。

"老妇人正径直朝狼走来。一定是雪橇挡住了她的视线，使她看不见狼群。海德人立刻意识到，如果他不向她发出警报就从她身边跑过的话，她就会落入野兽的口中。而当他们把她撕成碎片的时候，他就可以逃脱。

"她拄着拐棍慢悠悠地走着。很显然，如果他不帮她，她就会没命。但是，如果他停下雪橇，让她爬上来，并不等于说她就会因此得救。把她捎上雪橇，那么狼群很可能会追上他们，他和她以及那匹马很可能都会落入狼的口中。他想，最正确的做法也许是以牺牲一条命来拯救两条命。

"在他看见老妇人的一瞬间，这些想法一齐涌上他的心头。他又想，如果他以后因为没有搭救那位老妇人而后悔，或者有人知道他见死不救，他将会处于什么样的境地。

"他遇到了一个非常棘手的问题，这使他进退两难。'我多么希望没有碰上她啊。'他自言自语道。

"正在这时，狼群中发出一阵令人毛骨悚然的嗥叫声。马像受惊了似的纵身疾驰，在讨饭老妇人的身边一擦而过。她也听见了狼的叫声，当海德人从她身边驶过时，他看见她意识到了等待着她的是什么。她呆呆地僵立在那里，张嘴喊了一声，并伸出双臂求救。但是她既没有喊叫，也没有试图跳上雪橇。一定是什么东西使她僵住了。'肯定是我经过她身边时看上去像个魔鬼。'卖桶人想。

"当他肯定自己已脱离危险时，他竭力使自己宽心。但是，他的内心沉痛不安起来。他以前没有做过这种不光彩的事，现在他觉得他的一生毁了。'不，我不能这样，该遭殃就遭殃吧。'他说着勒住缰绳，'无论如何我都不能留下她一个人让狼吃掉。'

"他费了很大的劲儿才让马掉过头来，他很快驾着马来到老妇人的身边。'快到雪橇上来！'他说话时语气很生硬，因为他正在为刚才没有顾及她的性命而生自己的气。'你最好待在家里别出来，你这个老鬼，'他说，'现在为了你，黑马和我都要完蛋了。'

"老妇人一句话也不说，但海德人还是不肯饶过她。'黑马今天已经跑了五十多公里，'他说，'你知道，它一会儿就会累垮的，而雪橇也不会因为你上来了就减轻重量。'

"雪橇的滑铁在冰面上摩擦发出吱吱的响声，尽管如此，他还是能听见狼群发出的呼哧呼哧的喘气声。他意识到狼已经追上来了。'现在我们都要完蛋了，'他说，'我极力想搭救你，但是这对你对我都没有什么好高兴的，芬－玛琳。'

"到目前为止，老妇人就像一个受惯责备的人一样缄口不语。但是现在她终于开口了。'我真不明白你为什么不把雪橇上的桶扔掉，以减轻重量。你明天还可以再回来捡桶嘛。'海德人立刻明白这是一个好主意，而且为他没有想到这个主意而震惊不已。他让老妇人牵着缰绳，他自己解开绑着木桶的刹车绳子，把桶扔下雪橇。狼已经追上雪橇，而这时却停了下来，去查看被扔在冰上的东西。他们趁此机会又向前跑了一段。

"'如果这也帮不了什么忙，到时候你会明白，我会自己去喂狼的，'老妇人说，'这样你就可以逃脱了。'老妇人说这句话的时候，卖桶人正在向下推一个大而笨重的酿啤酒用的桶。这时他突然停了下来，似乎还没有拿定主意是否要把酒桶扔下去。实际上，他心里想的完全是另一码事。'从来不出差错的马和男子汉，怎么能为了自己而让一个老妇人被狼吃掉呢？'他想，'肯定还有其他得救的办法。是的，肯定有。问题是我还没有找到它。'

"他又开始推那个啤酒桶，但是突然又停了下来，并且哈哈大笑起来。

"老妇人惊恐地看着他，怀疑他是否精神失常了。但海德人是在嘲笑自己的愚蠢和不开窍。实际上，要救他们三人的命是世界上最容易不过的事了。他简直不明白自己为什么先前没有想到这一点。

"'现在，你好好听着，玛琳！'他说，'你自愿提出要让狼吃掉，这很勇敢，但是你用不着这样做，因为我现在想出了我们三个相互帮助而不用任何人去冒生命危险就能摆脱险境的办法。记住，不管我做什么，你都要坐在雪橇上不许动，把雪橇驾到林塞尔村去。你去叫醒村里人，告诉他们我一个人在这里的冰面上被十只狼围困，请他们快来救我。'

"卖桶人等狼逼近雪橇时，就把那个大啤酒桶滚到冰面上，然后自己也跳下雪橇，并且钻进桶里，把自己扣在里面。

"这是一个很大的桶。里面的空间大得能装下整个圣诞节喝的啤酒。狼群朝酒桶扑上去，咬着桶箍，试图把桶翻个个儿。但是桶很重，倒在那里一动也不动。狼群怎么也够不着躺在里面的人。

"海德人知道他很安全，因此躺在里面对狼大笑。但是过了一会儿，他又变得严肃起来了。'今后我要是再陷入困境，'他说，'我就要记住这只啤酒桶。我要考虑，既要对得起自己，也要对得起别人。只要自己能够去找、去想，第三条出路总是有的！'"

巴塔基就此结束了他的故事。但是男孩子注意到，渡鸦从来不讲没有特殊含义的故事。因此，他越听越觉得值得推敲。"我不明白你为什么要给我讲这个故事。"男孩子说。

"我只是站在这里看着松山时偶然想起了这个故事。"渡鸦回答道。

　　他们向南朝于斯南继续飞行。一个小时后，他们抵达了紧挨着海尔辛兰省的考尔赛特村。渡鸦在一间低矮的小屋旁边着陆。这间小屋没有窗子，只有一个洞。烟囱里冒出一股股夹着火星的浓烟，屋子里传出一阵阵铿锵有力的锤击声。"当我看见这个铁匠铺时，我就想起海里耶达伦从前有过技术精湛的铁匠，特别是这个村的铁匠，就是全国也没有人能跟他们相比。"

　　"也许你还记得有关他们的故事，可以讲给我听听吗？"男孩子说。

　　"是的，我清楚地记得海里耶达伦一个铁匠的故事，"巴塔基说，"他曾经向两个铁匠挑战——一个是达拉纳省的，另一个是韦姆兰省的——比赛打钉子。那两个人接受了他的挑战，三个铁匠在这里——考尔赛特村进行比赛。达拉纳人首先开始。他打了十二根钉子，个个匀称、锋利、光滑，好得无可挑剔。在他之后打的是韦姆兰人。他也打了十二根十全十美的钉子，而且只用了达拉纳人一半的时间。当那些对比赛进行评判的人见到这种情形时，便对海里耶达伦那个铁匠说，他不要白费力气了，因为他不可能比达拉纳人打得更好或者比韦姆兰人打得更快。'我不想放弃。总能找到一个表现自己技巧的方法的。'海里耶达伦人说。他既不用煤，也不用风箱，没有预先把铁块放在火炉里加热，而是直接把铁块放在砧板上，用铁锤将铁敲热，又敲出一根又一根钉子。谁也没有见过一个像他这样熟练地使用铁锤的铁匠，因而海里耶达伦人被评为全国最优秀的铁匠。"

　　巴塔基说完便不作声了，男孩子却变得更加迷惑不解。"我不明白你给我讲这个故事的用意何在。"他说。

　　"我只是看到这个老铁匠铺时偶尔想起了这个故事。"巴塔基漫不经心地回答。

　　这两位旅行者又飞上了天空，渡鸦驮着男孩子朝南向利尔海达尔教区飞去。这个教区位于与达拉纳交界的地方。他落在一个长满树木的土堆上，土堆在一个小山顶上。"你是否知道你站在一个什么样的土堆上？"巴塔基说。男孩子不得不承认，他不知道。

"这是一个坟堆，"巴塔基说，"里面埋着的那个人名叫海尔叶乌尔夫，他是第一个在海里耶达伦定居并开发这块土地的人。"

"你大概也知道有关他的故事吧？"男孩子说。

"关于他的事我听说的不多，不过，我想他八成是个挪威人。他起初在一个挪威国王手下任职，但是后来他和国王发生了纠纷，不得不逃亡国外，投奔了当时住在乌普萨拉的瑞典国王，并且在他那里得到了一个职位。可是过了一段时间，他要求国王的妹妹嫁给他做妻子。当国王不愿意把那样一个高贵的女子嫁给他时，他就和她私奔了。他将自己置于了一种困难的境地，既不能住在挪威，也不能住在瑞典，而他又不愿意逃亡到其他国家。'肯定会有另外一条出路的。'他想。于是，他带着他的仆人和财宝穿过达拉纳省往北走，一直走到达拉纳省北部边界那些荒芜偏僻的大森林里。他在那里定居下来，修建房屋，开垦土地，成了第一个在那片土地上定居的人。"

男孩子听完这个故事以后，比以前更加迷茫了。"我不明白你给我讲这些故事的用意何在。"他说。巴塔基没有立即回答，只是摇头晃脑，挤眉弄眼。"因为只有我们俩在这里，"他最后终于说道，"我想借此机会问你一件事：你有没有真正了解过那个把你变成小人儿的小精灵对你变回人提出了什么条件？"

"除了要我把白雄鹅安然无恙地送到拉普兰，然后送回斯科讷以外，我没有听说过别的条件。"

"这一点我完全相信，"巴塔基说，"正因为如此，所以我们上次见面的时候，你才那样自豪地说，背弃一个信任自己的朋友是何等卑鄙无耻。关于条件的事，你应该问问阿卡。你知道，她曾经到过你家，同那个小精灵谈过。"

"阿卡没有跟我说起过这件事呀。"男孩子说。

"她大概觉得你最好不要知道小精灵是怎么说的。你和雄鹅莫顿两个，她当然更愿意帮助你了。"

"真奇怪，巴塔基，你怎么总是让我感到痛苦和不安呢？"男孩子说。

"也许是这样吧，"渡鸦说，"但是这次我想你会感激我的，因为我可以告诉你那个小精灵的意思：如果你能把雄鹅莫顿送回家，你母亲就能把他放在屠宰凳上，这样，你就可以变成人了。"

男孩子跳了起来。"这不是真的，完全是你恶意捏造的。"他大声喊道。

"你可以自己去问阿卡，"巴塔基说，"我看见她和整个雁群从天空飞过来了。别忘了我今天给你讲的故事！在一切困境中，出路肯定是有的，关键在于靠自己去寻找。我将为看到你获得成功而高兴。"

韦姆兰和达尔斯兰

十月五日　星期三

　　第二天，男孩子趁休息的时候——阿卡和其他大雁不在一起觅食的机会，问阿卡，巴塔基的话是否属实。阿卡没有否认。当时，男孩子要求领头雁向他保证，不向雄鹅莫顿泄露秘密，因为大白鹅勇敢而又重义气，男孩子担心，如果他知道了小精灵的条件，可能会发生什么不幸。

　　后来，男孩子总是一声不响、闷闷不乐地骑在鹅背上，他耷拉着脑袋，没有心思去顾及周围的一切。他听见老雁们向小雁们喊叫着，现在他们进入了达拉纳，现在他们可以看见北边的斯坦贾恩峰，现在他们正飞过东达尔河，现在他们到了胡尔孟德湖，现在他们正在西达尔河上空飞行，但是他对那些东西连看都不看一眼。"看来，我是要一辈子跟着大雁周游了，"他想，"这样我非得把这个国家看腻了不可。"

　　当大雁们呼叫着他们已经到了韦姆兰省，正沿着克拉尔河向南飞时，他还是那副无精打采的样子。"我看到的河已经够多了，"他想，"我也不需要费神再去看一条河了。"

　　而且，即使他想看，下面也没有什么可以看的，因为在韦姆兰北部有一些广阔而单调的森林，那条又窄又细、一个旋涡接着一个旋涡的克拉尔河蜿蜒经过那里，不时地在这里或那里可以看到一个烧木炭的窑、一块放火烧荒的地方或者芬兰人居住的没有烟囱的小矮房。但是总的来说，茫茫林海一望无边，人们会以为这里是北部的拉普兰呢。

大雁们落在克拉尔河边一块烧过荒的地方。大雁们在那里啄食着刚长出来的鲜嫩的秋黑麦，这时，男孩子听见森林里传来一阵阵说笑声。只见七个身强力壮的男子背着背包，肩上扛着砍刀从森林里走出来。这一天，男孩子想念人类的心情简直无法形容，因此，当他看见七个工人解下背包一屁股坐在地上休息时，心里真是高兴极了。

他们你一言我一语地说个不停。男孩子藏在一个土堆后，听到人类说话的声音，心里有说不出的高兴。他很快就弄清楚了，他们都是韦姆兰人，要到诺尔兰去找工作。他们是一群很乐观的人，每个人都有说不完的话，因为他们都在很多地方做过工。但是正当他们说得起劲儿的时候，有个人无意中说到，尽管他到过瑞典各地，但是没有见到一个比韦姆兰西部他的家乡所在的诺尔马根更美丽的地方。

"如果你说的是费克斯达伦，而不是诺尔马根，我倒同意你的说法。"另一个人插话说。

"我是叶赛县人，"第三个人说，"我可以告诉你们，那个地方比诺尔马根和费克斯达伦都要美丽。"

看来，这七个人来自韦姆兰省的不同地区，每个人都认为自己的家乡比其他人的家乡更美更好。他们为此激烈地争吵起来，谁也说服不了谁，看上去似乎快要翻脸了。就在这时，一位长着又长又黑的头发和一对眯缝小眼睛的老者路过这里。"你们在争论什么呢，小伙子们？"他问，"你们这样吵吵嚷嚷，整个森林都听见了。"

一个韦姆兰人急忙转向新来的人，说："你在这深山老林里转来转去，大概是芬兰人吧？"

"是的，我是芬兰人。"老头儿说。

"那太好了，"那个人说，"我总是听人说，你们芬兰人比其他国家的人都公正。"

"好的名声比黄金更值钱。"芬兰老头儿得意扬扬地说。

"我们正坐在这里争论到底韦姆兰省的哪个地方最好，不知道你是否愿意为我们解决这个问题，免得我们为了这件事而相互闹得不愉快。”

“我将尽力而为。”芬兰老头儿说，“但是，你们得有耐心，因为首先我必须给你们讲一个古老的故事。”

“很久以前，”芬兰人在一块石头上坐下来，接着说道，“维纳恩湖北边的那片地区看上去十分可怕，到处是荒山野岭和陡立的山丘，根本无法在那里居住和生活。道路无法开辟，土地无法开垦。然而，维纳恩湖以南的地区都又好又容易耕种，跟现在一样。

“当时，维纳恩湖南岸住着一个大人物，他有七个儿子。他们个个动作敏捷，身强力壮，但是同时也很自负。他们之间经常闹别扭，因为每个人都想高人一筹。

“父亲不喜欢那种无休止的争吵。为了结束这种状况，有一天他把七个儿子召集到身边，问是否愿意由他来考考他们，检验一下到底谁是最出色的。

“儿子们自然很愿意，那是他们求之不得的。

“‘那我们就这么办，’父亲说，‘你们知道，在我们称为维纳恩湖的北边，有我们的一块荒地，遍地是小丘和碎石，我们没法利用它。明天你们每个人套上马，带上犁，使出最大的力气去犁一天地。傍晚时分，我会去看看你们中谁犁得最出色。’

“第二天早晨太阳还没有升起，他们兄弟七个就已经备好马和犁整装待命了。当他们赶着马出发的时候，那阵势好不威风。马刷得溜光，犁铧光亮耀眼，犁头刚刚磨过。他们就像受了惊的马一样，飞快地到了维纳恩湖边。当时有两个人掉转头来绕路走，最大的儿子却勇往直前。‘我才不怕这么个小水潭呢。’他对着维纳恩湖说。

“其他人看到他那么勇敢，也不甘示弱。他们站在犁上，赶着马向水里走去。那些马都很高大，在水里走了好长一段路才到达深水区，不得不游起水来。犁漂在水上，但是人继续待在上面就不那么容易了。有几个人抓着犁，让犁拖着走，有几个则蹚着水过湖。但是他们一个个都过去了，并立即着手耕地，那块地后来就被称为韦姆兰和达尔斯兰。老大犁正中间一块地，老二和老三分别在他的两边，再下边的两个儿子又依次向外面排列，最小的两个儿子，一个排在那块地的最西边，另一个排在最东边。

"起初，老大犁出的沟又直又宽，因为维纳恩湖地势平坦，易于耕作。他的进度也很快，但是后来碰到了一块石头。石头很大，无法绕行，于是他不得不提起犁越过石头。然后他又用力将犁头插进地里，继续犁出一道又宽又深的沟。但是过了一会儿，他遇到了一块土质十分坚硬的地，他不得不把犁再次提起来。后来，他又一次遇到同样的情况。他因为不能始终如一地犁出又宽又深的沟而生起气来。最后，地里石头满地，根本无法耕犁，他不得不满足于在地的表面划一道了事。就这样，他终于犁到了地的北头，坐在那里等他的父亲。

"老二起初犁出的沟也是又宽又深，而且他在小丘之间找到了一条很好的通道，所以一直没有停下来。不过，他不时地犁到峡谷的山坡上去。他越往北犁，拐弯也越多，犁沟也越来越窄。但是他进度很快，甚至到了地头也没有停下来，结果多犁了一大块。

"老三，也就是排在长兄左边的那一个，一开始也很顺利。他犁出的沟比别人的都宽，但是不久他就遇上了一块很糟糕的地，被迫拐向西边耕犁。只要能向北拐的时候，他就尽量向北拐，犁得既深又宽。但是在离地界还有很大一段距离的地方就无路可走了，他又被迫停了下来。他不愿意就此停在路中间，就掉转马头向另一个方向犁。但是不久他又无路可走了，又被迫停了下来。'这条沟肯定是最差劲儿的。'他坐在犁上等他的父亲时这样想。

"至于其他人，情况可以说是一样的。他们干得都像男子汉。排在中间的人纵然有很多困难，但是排在他们东西两边的人情况更加糟糕，因为两边的地里到处是石堆和沼泽地，不可能犁得又直又均匀。至于那两个最小的儿子，可以说他们只是在地里拐来拐去，不过他们也干了不少活儿。

"傍晚时分，七兄弟都筋疲力尽，无精打采地坐在各自犁沟的尽头等着。

"父亲来了。他先走到在最西边干活儿的儿子那里。

"'晚上好！'父亲说着走了过来，'干得怎么样了？'

"'不怎么样，'儿子说，'你让我们犁的这块地太难犁了。'

"'我想，你是背朝干活儿的地方坐着，'父亲说，'转过身去，你就会看到你干了多少活儿！你干的并不像你所想象的那么少。'

"儿子一回头才发现，他犁过的地方出现了漂亮的山谷，谷底是湖泊，两旁的陡坡上长满郁郁葱葱的树林，令人赏心悦目。他在达尔斯兰和诺尔马根地区走了很长一段距离，犁出了拉格斯湖、雷龙湖、大雷湖以及两个锡拉湖。因此，父亲对他满意是完全有理由的。

"'现在我们去看看其他几个干得怎么样吧。'父亲说。他们去看的下一个儿子，就是那排行老五的儿子，他犁出了叶赛县和格拉夫斯费尤登湖。三儿子犁出了韦梅恩湖；大儿子犁出了费克斯达伦湖和富雷根湖；二儿子犁出了艾尔河谷和克拉尔河；四儿子在伯尔斯拉格那干得很吃力，除了许多小湖泊外，他还犁出了永恩湖和达格勒松湖；第六个儿子走的是一条很奇怪的路，他先开辟了斯卡庚那个大湖，又犁出了一条窄沟，形成了雷特河，然后，他无意中越过地界，在维斯特芒兰矿区挖出了一些小湖。

"父亲把儿子们犁过的地全部看过之后说，总之，根据他的判断，他们干得很出色，他完全有理由感到满意。那块地已不再是一块不毛之地了，而是完全可以耕种和居住的了。他们开辟了许多鱼类丰富的湖泊和肥沃的盆地。大河小溪上形成一道道瀑布，可以带动机器磨面、锯木和锻造钢筋。沟与沟之间的山梁上可以生长用作燃料和烧木炭的森林，现在也有了修筑通往伯尔斯拉格那铁矿区的道路的可能。

"儿子们听了很高兴，但是他们现在想知道谁犁的沟最好。

"'在这样一块地上，'父亲说，'重要的是犁沟之间的相互协调，而不是这条沟比另外的沟要好。我认为，任何走到诺尔马根和达尔斯兰那些狭长的湖边的人都会承认，他很少见到比那里更美丽的地方。但是，他后来也会喜欢格拉夫斯费尤登湖和韦梅恩湖周围阳光充足、土地肥沃的地区。在开阔舒适的地方生活一段时间以后，他可能会想换个地方，搬到富雷根湖和克拉尔河沿岸那些窄长的峡谷里去。如果他对那里也厌倦了，他就会为见到伯尔斯拉格那地区形态各异的湖泊而高兴，那里的湖泊迂回曲折，多得数不胜数。在看过那些支离破碎的湖泊之后，他一定会为见到像斯卡庚那样碧波万顷的湖泊而高兴。现在我想告诉你们，你们的情况和犁沟的情况是一样的。任何一个做父亲的都不会为一个儿子胜于其他儿子而高兴。如果从最小的儿子到最大的儿子，他都能用同样喜爱的眼光去看待，他才会感到内心平静和欣慰。'"

一座小庄园

十月六日　星期四

大雁们沿着克拉尔河一直飞到盖克富士大工厂，然后他们又向西往费克斯达伦方向飞去。他们还没有到富雷根，天就开始黑了，于是他们在一块长满树林的高地上找了一块洼地降落。那块洼地对大雁们来说无疑是个过夜的好地方，男孩子却觉得那里既寒冷又潮湿，希望找一个更好的地方睡觉。他刚才在空中就看见山下有几座庄园，落地后，他便急急忙忙去寻找了。

通往庄园的路途实际比他想象的要远得多，他曾几次想返回洼地。不久，他周围的树林渐渐稀疏起来，他来到了一条伸到森林边缘的大路上。大路又分出一条美丽的桦树林荫道，直通一座庄园，他便立即朝那个方向走去。

男孩子最先进入的是个后院，那里大得像城里的广场，四周是一排排红色的房屋。他穿过后院，又到了一个院子。那是住房所在的地方，房前有一条沙石小径和一个很大的庭院，两边是厢房，房后是一个树木葱郁的花园。主宅邸本身很小，并不引人注目。但是庭院四周长着一排十分高大的花楸树，树与树之间挨得非常紧密，形成了一道名副其实的围墙。男孩子觉得他似乎跨进了一个高大华丽的拱形大厅。高高的天空呈现出淡蓝色，挂着一串串又大又红的果实的花楸树已经泛出黄色，草坪大概还是绿色的，但是那天晚上月光格外明亮耀眼，月光洒在草坪上，使得草坪变成了银白色。

院子里空无一人，男孩子可以自由自在地走动。当他来到花园里的时候，发现了一种东西，几乎使他欣喜若狂。他爬上一棵矮小的花楸树去摘果子吃，但是他还没有摘到一串，就发现一棵稠李树上也结满了果实，于是他溜下花楸树，爬上稠李树。但是他刚刚爬上树，又发现一棵红醋栗树上也挂着大串大串的红色浆果。这时，他发现整个花园里长满了茶藨子、覆盆子和犬蔷薇。远处的菜地上长着大头菜和芜菁，每棵小树上都长满了浆果，野菜结了籽，草秆上长着颗粒饱满的小穗。而在那边的一条小路上，啊，他肯定没有看错，有一个漂亮的大苹果在月光下闪闪发光！

男孩子抱着大苹果在草坪边上坐下，开始用小刀一小块一小块地切下来吃。"如果其他地方也像这里一样好吃的东西唾手可得，那么当一辈子小精灵也不见得有什么不好的。"他想。

他坐在那里，一边吃一边思索着。最后他想，如果他继续留在他现在所在的地方，让大雁们自己回南方去，不是也不错吗？"我就是不知道怎样向雄鹅莫顿解释我不能回去的原因，"他想，"我最好还是同他彻底分手。我可以像松鼠一样储藏过冬的食物。冬天，住在马厩或牛棚的一个暗角里，我就不会冻死。"

就在他想入非非的时候，他突然听见头顶上有一下轻微的响声，转眼间一个像短小的桦树杈一样的东西落在了他的旁边。树杈摇来晃去，顶部有两个亮点，像燃烧着的煤块一样闪闪发光。那个东西看上去真像个怪物，但是男孩子很快就看出来，树杈有一张弯弯的嘴，火红的眼睛四周有一大圈羽毛。这时，他放心了。

"这个时候遇见一个活着的东西真是太有趣了，"他说，"也许你，猫头鹰夫人，愿意告诉我这个地方叫什么名字，住在这里的是什么人吧？"

猫头鹰这天晚上和秋天所有的夜晚一样，正栖息在靠房顶竖着的那架大梯子的木板上，注视着下面的石子小路和草坪，侦查老鼠的踪迹。但是，使她吃惊的是一只老鼠也没有出来。相反，她看见一个样子像人但又比人小很多很多的东西在花园里移动。"我想肯定是这个家伙把老鼠吓跑了，"猫头鹰想，"这到底是个什么东西呢？"

"那不是一只松鼠，不是一只小猫，也不是一只老鼠，"她又想，"我本来以为，像我这样一只在古老的庄园里住了那么多年的鸟对世界上的事是无所不知的。但是这个东西使我百思不得其解。"

她目不转睛地盯着在石子路上移动的那个小东西，直看得眼睛发花。最后，好奇心终于占了上风，她飞到地上，想到近处看看这个陌生的东西。

当男孩子开始讲话的时候，猫头鹰伸长脖子观察着他。"他身上既没有爪子也没有刺，"她想，"但是谁知道他有没有毒牙或者其他更危险的武器呢？在我向他发起进攻之前，必须弄清楚他是什么东西。"

"这个庄园叫莫尔巴卡①，"猫头鹰说，"以前这里住的是上层家庭。可是你是什么人？"

"我在想着搬到这里来住，"男孩子说，却没有回答猫头鹰的问题，"你看行吗？"

"唉，这个地方已经今非昔比了，"猫头鹰说，"不过还可以生活，这主要看你靠什么度日。你打算靠捉老鼠吃来维持生活吗？"

"不，绝对不会，"男孩子说，"倒是有老鼠把我吃掉的危险，而不是我去伤害老鼠。"

"他绝对不可能像他自己所说的那样毫无危险，"猫头鹰想，"不过，我想我还是要试一试他。"她飞到空中，紧接着直冲尼尔斯·豪格尔森而来，用爪子抓住他的肩膀，并用嘴去啄他的眼睛。男孩子用一只手捂着眼睛，用另一只手极力挣脱开。与此同时，他用足全身的力气呼喊救命。他意识到，他的生命真正处于危险中。他自言自语，这次他肯定要完蛋了。

① 此庄园系作者故居，1888 年因家庭经济拮据卖掉。作者于 1910 年买回庄园并进行修葺，晚年一直居住在那里。作者去世后，那里由一个委员会管理并向公众开放。

现在我告诉你们一件非常巧合的事，就在尼尔斯·豪格尔森跟随大雁们周游瑞典的这一年，有一个人也在到处旅行，她想写一本关于瑞典的适合孩子们在学校阅读的书。从圣诞节到秋天，她一直想着这件事，但是一行字也没有写出来，最后她灰心地对自己说："你是没有能力写这本书了，还是坐下来像往常一样写写神话和小故事之类的作品，让别人去写这样一本富有教益、严肃认真和没有一句假话的书吧！"

她几乎已经决定要放弃这项工作了，但是又觉得写一些关于瑞典的美好事物还是很有意思的，因此她又舍不得放弃这项工作。最后，她忽然想到，可能是因为她长期身居城市，周围除了街道和墙壁，什么也没有，才使她迟迟动不了笔。如果到乡下去看看森林和田野，情况也许会好一些。

她出生在韦姆兰省，对她来说很明显，她的书要从那里写起。她首先要写一下她成长的那个地方，那是一座不大的庄园，地处偏僻，那里仍然保留着许多古老的传统和习惯。她想，孩子们听到那里的人一年四季所从事的各种劳动后一定会觉得很有意思。她要告诉他们，她家乡的人是如何庆祝圣诞节、新年、复活节和仲夏节的，他们用的是什么家具和生活用品，他们的厨房、储藏室、牛棚、马厩、谷仓和蒸汽浴室又是什么样子的。然而，当她要写这些东西的时候，她的笔总是不听使唤。她简直不明白是什么原因总使她写不出来。

她对以前的事情记忆犹新，这是确定无疑的，而且她似乎仍然生活在那个环境中。但是她对自己说，既然她要到乡下去，那么在动笔写她的家乡之前，应该再去一趟，去看看那个古老的庄园。她已经阔别故乡多年，找个由头回去看看也不是什么坏事。实际上，这么多年来，她无论走到哪里，总念念不忘自己的故乡。诚然，她看到其他地方比这里更美也更好，但是她在任何地方都找不到她在童年时期的故乡所感受到的那种安谧和欢悦。

然而对她来说，回故乡并不像人们所想象的那么容易，因为她家的小庄园已经卖给了她不认识的人。她固然认为他们会很好地接待她，但是她故地重游并不是为了同陌生人坐在一起交谈，而是为了能在那里真正重温昔日的生活。因此她决定晚上去，那时一天的劳动已经结束，人们都会待在屋里的。

她全然没有想到，回故乡会成为那样一件奇妙的事。当她坐在马车上向那个古老的庄园驶去的时候，她觉得自己每时每刻都变得更加年轻。不一会儿，她不再是一个头发开始灰白的老人了，而是一个穿着短裙、梳着淡黄色长辫子的小姑娘了。她坐在车上认出了沿途一座又一座庄园，在她的脑子里，故居的一切似乎依然如故。父亲、母亲和妹妹们会站在台阶上迎接她，那位年老的女佣会跑到厨房的窗前去看是谁回来了，奈露、富莱姬和另外几只狗会蹦蹦跳跳地朝她跑来。

她越是接近庄园，心里越是高兴。现在已经是秋天，大忙季节快要来临，但是正因为有许多活儿要干，家里的生活才不会单调和枯燥。一路上，她看见人们正忙着刨马铃薯，她家里的人一定也在刨。他们现在首先要做的就是把马铃薯碾碎做成淀粉。那是一个温暖舒适的秋天，她想，菜园子里的蔬菜不一定都收完了，至少卷心菜还长在地里。不知道啤酒花是否已经采完，苹果是否都已经摘下？

最好不要赶上家里大扫除，因为秋会快要到了。秋会被当地的人们看作一个重大的节日，特别是在仆人们的心目中，因此秋会到来之前，到处都要打扫得干干净净，收拾得井井有条。如果在秋会之夜到厨房里看看，就会觉得挺有意思，擦得光亮的地板上撒满了芳香的刺柏树枝，墙壁粉刷得雪白，墙上挂着锃亮的铜锅和铜壶。

这样悠闲的日子不会持续太久，因为秋会一结束，人们就要开始梳麻了。亚麻铺在潮湿的草地上，经过三伏天已经沤软。现在把麻放进那个旧的蒸汽浴室里，点燃那个火炉子进行烘烤。等麻被烘得干燥到一定程度后，人们就在某一天把邻近的妇女们都招呼到一起，她们坐在蒸汽浴室前，把麻秆敲碎，然后用打麻器打麻，去掉干麻秆，抽出又细又白的麻。妇女们干活儿的时候，浑身落满了灰尘，成了灰人。

她们的头发上和衣服上也都积满了碎麻秆，但她们还是干得很欢快。打麻器从早到晚工作，人们也从早到晚有说有笑。要是有人走近那个旧蒸汽浴室，还以为那里正呼呼地刮着大风呢。

梳完麻以后，紧接着就是烤制大量的脆饼、剪羊毛和仆人搬家。十一月是繁忙的屠宰季节，人们腌肉，填香肠，烤血面包，制蜡烛。经常用土呢呢绒做衣服的裁缝这时也来到这里，那是异常快乐的几个星期，仆人们坐在一起穿针引线，忙着做衣服。为所有的仆人做鞋的鞋匠这时也坐在长工屋里干活儿，人们看着他如何剪皮子、做鞋底、钉后跟、砸气眼，怎么也看不厌。

不过，最忙碌的时候还是圣诞节之前。露西娅节①那天，身穿白衣、头戴点燃的蜡烛的侍女在凌晨五点钟就到各个房间去请人们喝咖啡，这好像意味着，在这之后的两个星期内，人们不要指望能够睡足觉，因为人们要酿制圣诞节喝的啤酒，要腌鱼，要为圣诞节烤制各种面包和点心，还要进行大扫除。

当车夫按照她的要求把马车停在路口时，她还沉浸在对烤面包的想象中，身边都是圣诞节吃的面包和摆放小面包的盘子。她像一个睡得昏昏然的人被突然惊醒一样。刚才还梦见家人围在她的身边，此时此刻却在这么晚的时候独自坐在车上，她实在感到凄凉。当她下车以后，顺着林荫道默默地向故居走去的时候，她感到现在的心情与过去是多么不同呀，她真想转身返回城里。"到这里来有什么意思呢？这里和过去已经毫无共同之处了。"她想。

但是她又想，既然远道而来，还是应该看一看这个地方。于是她继续往前走，尽管每走一步，心情就感到沉重一分。

她曾听人说，庄园已经破烂不堪，面目全非，情况也许确实如此。但是她在晚上看不出来，反而觉得一切如故。那边是水塘，她年轻的时候，里边养满了鲤鱼，但是谁也不敢去捕捞，因为父亲愿意让鲤鱼

---

① 每年十二月十三日，瑞典民间节日。

自由自在地生活。那边是长工屋、谷仓，以及屋顶的一头是一座铜钟、另一头挂着风向标的马厩。正房前面的庭院与父亲在世时一样，仍然像一间四面不透风的屋子，看不到远处的景色，因为父亲连一棵小树都不忍心砍掉。

她在庄园入口处那棵大枫树的阴影下停住脚步，站在那里环视四周。就在这个时候，一件奇怪的事情发生了，一群鸽子飞了过来，落在她的身边。

她几乎不敢相信那是些真正的鸟，因为通常鸽子在太阳落山以后是不出来活动的。一定是明亮的月光唤醒了它们。它们以为现在是大白天，于是从鸽棚中飞了出来，但是后来它们迷糊起来，不知所措。因此，当它们看见有一个人的时候，就向她飞来，好像她会给它们指明方向似的。

她的父母亲在世的时候，庄园上有很多鸽子，因为鸽子也是父亲精心保护的一种动物。只要有人提出要宰一只鸽子，他就心情不好。那群漂亮的鸽子在她来到故居时迎接她，她心里非常高兴。谁能说那群鸽子这么晚飞出来不是为了向她说明，他们还没有忘记过去他们曾经有过一个美好的家呢？

或者，也许是她的父亲派他的鸽子出来向她问候，使她重返故居时不至于感到过分忧虑和孤独吧？

当她想到这里，心中升起了一股对过去的深深的怀念，不禁潸然泪下。他们曾在这里度过一段美好的生活。他们有过繁忙的日月，但是他们也享受过节日的快乐，白天他们进行紧张艰苦的劳动，晚上他们就聚集在灯下阅读泰格奈[①]和鲁内贝格[②]的诗，读莱恩格伦夫人[③]和老处女布雷默尔[④]的作品；他们种植五谷，也种过玫瑰花和茉莉花；

---

① 泰格奈（1782—1846），瑞典诗人。

② 鲁内贝格（1814—1877），芬兰诗人。

③ 莱恩格伦夫人（1754—1817），瑞典女作家。

④ 布雷默尔（1801—1865），瑞典女作家。

他们纺过麻线，边纺线边唱民歌；他们钻研过历史和文法，也演过戏、写过诗；他们站在火炉边做过饭，也学会了拉手风琴、吹笛子、弹吉他、拉小提琴和弹钢琴；他们在菜园里种过卷心菜、芜菁、豌豆和菜豆，也有过一个长满苹果、梨和各种浆果的果园；他们曾经寂寞地生活，但是正因如此，他们的脑子里装着那么多故事和传说；他们穿过自己家里做的衣服，也正因如此，他们才过着一种无忧无虑、自给自足的生活。

"世界上没有一个地方的人能够懂得像我年轻时候在这个小庄园里度过的那种美好的生活，"她想，"这里工作适量，娱乐不过分，每天都是高高兴兴的。我真想回家来。但是我一旦回到这个地方，就又舍不得离开这里了。"

于是，她转向鸽子，对鸽子说："难道你们不愿意到父亲那里去跟他说我想念家乡吗？我在异乡漂泊的时间已经够长了。问问他，看他是不是能够安排一下，让我能尽快回到我童年时期的故乡来！"她说这话的时候不由得哈哈大笑起来。

她刚说完，整群鸽子便升入空中飞走了。她目送着它们，但是它们很快就消失了。似乎这群雪白的鸽子都融化在微微发光的天空中。

鸽子们刚刚离去，她就听见从花园里传来几声尖叫。当她急急忙忙赶到那里时，见到了异常罕见的场面。一个很小很小，小得还没有手掌那么高的小人儿正站在那里，同一只猫头鹰搏斗。起初她只是惊奇得动弹不得。但是当小人儿越叫越惨时，她就快步跑上去，把搏斗的双方分开了。猫头鹰扑扇着翅膀飞上了一棵树，但是小人儿仍然站在石子路上，既没有躲藏，也没有逃跑。"谢谢你！"他说，"但是你让猫头鹰跑掉是不合适的。她正站在树上，两眼紧盯着我，我还是走不了。"

"没错，我把它放跑是我欠考虑。不过，难道我不能送你回家吗？"她说。她虽然经常创作故事，但是出乎意料地同一个小人儿说话毕竟还是让她吃惊不小。然而这也没有什么可大惊小怪的。她在故居外面的月光下慢慢走着，好像一直在等待经历一桩非常奇怪的事。

"实际上，我想今夜留在这个庄园里。"小人儿说，"只要你愿意给我找一个安全的地方睡觉，我就等天亮以后再回到森林里去。"

"要我给你找一个睡觉的地方？难道这里不是你的家吗？"

"我知道，你以为我也是一个小精灵，"小人儿这时说，"但我是一个人，和您一样的一个人，尽管我被一个小精灵施了妖术变小了。"

"我还从来没有听说过这样的怪事！你难道不愿意告诉我，你到底是怎么落到这种地步的吗？"

男孩子并不忌讳讲述自己的冒险经历，而在一旁听他叙述的她，越听越觉得吃惊、奇怪乃至兴奋。"怎么会有这样的事！碰上一个骑在鹅背上周游全瑞典的人真是一件幸运的事。"她想，"我要把他讲述的事写进我的书里。现在我再也用不着为我的书发愁了。我回老家回得很值得。想想看，我刚回到这座古老的庄园就有了收获！"

与此同时，她又产生了一种想法，但是不敢再往下想。她把自己渴望返回故居的事托鸽子告诉父亲，转眼间就在她长久冥思苦想而得不到解决的问题上得到了帮助。难道这是父亲对她的请求给予的答复吗？

海岛宝藏

出　海

十月七日　星期五

大雁们从秋季旅行一开始就直飞南方。当他们飞过费克斯达伦以后，却改变了方向，经韦姆兰西部和达尔斯兰向布胡斯省飞去。

这是令人愉快的旅行。如今小雁们对飞行生活已经很适应，因而不再叫苦连天了。男孩子也恢复了他那极佳的情绪。他由衷感到高兴的是，他和一个人讲了话。她对他说，只要他像以往一样对遇到的所有人都能乐意相助，他就会得到好报。她的这番话给了他很大的鼓舞。虽然她无法告诉他怎样才能使自己恢复原形，但是她给了他一线希望和信心，肯定是这一原因，他现在才想出了阻止大白鹅回家的办法。

"你知道，雄鹅莫顿，"就在他们高飞在空中的时候，他说，"在我们经过这样一次旅行之后，如果再让我们整个冬天待在家里，我们一定会觉得单调、厌倦。我坐在你的背上，正在想，我们应该跟大雁们到国外去。"

"这肯定不是你的真心话！"雄鹅说。他的声调听起来很可怕，因为在证明自己能够和大雁们一起飞到拉普兰以后，他只要能够返回豪格尔·尼尔森的牛棚里就心满意足了。

男孩子默默地坐了一会儿，俯瞰着下面韦姆兰省的大地。所有的桦树林、阔叶林和果园都已披上了秋天的盛装，有金黄色的，也有红色的。一个个狭长的湖泊在金黄色的堤岸的衬托下显得无比湛蓝。"我觉得我从来没有看到我们底下的大地像今天这样美丽，"他说，"湖泊像蓝色的丝绸，而堤岸就像一条条宽阔的金丝带。我们如果在西威曼豪格住下，就再也看不到世界上更多的东西，你难道不觉得这太可惜了吗？"

"我原来以为你想回家去，回到你的父亲和母亲身边，让你的父母亲看看你已经变成了一个多么聪明的孩子。"雄鹅说。整个夏天，他一直梦想着在豪格尔·尼尔森家门前的院子里落下，让鹅、鸡、奶牛、猫和女主人豪格尔·尼尔森夫人亲眼看看邓芬和他们的六只小雁，那该是多么值得骄傲和自豪的时刻，所以他对男孩子的提议显得并不特别高兴。

这一天，大雁们做了好几次长时间的休息。他们所到之处都是收过庄稼后遍地是食物的田地，使得他们无心离开那里而到别处去。因此，直到太阳快落山的时候，他们才进入达尔斯兰。他们掠过达尔斯兰省的西北部，那里的景色比韦姆兰省更加美丽怡人。大小湖泊星罗棋布，大地就像崎岖不平的狭窄堤岸在湖泊间穿行。在那里几乎找不到一块合适的耕地，各种树木却长得分外葱郁，陡峭的堤岸宛如一个个秀丽的公园。天上或水中似乎有什么东西留住了阳光，即使太阳落山以后，那里仍然显得非常明亮。金色的波纹在深色发亮的水面上嬉戏，浅红色的光焰在地面上跳跃，浅黄的桦树、浅红的白杨和杏黄的花楸树拔地而起。

"雄鹅莫顿，你难道不觉得以后再也看不到这样壮丽的河山了吗？"男孩子说。

"比起这些贫瘠的山坡，我更喜欢看南部平原上肥沃的耕地。"雄鹅回答说，"但是，你是知道的，如果你必须继续旅行，我是不会离开你的。"

"我想，这就是我想要得到的答复。"男孩子说。从他的话音中可以听出，他已经如释重负。

当他们后来继续在布胡斯省的上空飞行时，男孩子看见底下山峦起伏，连成一片，山谷就像狭窄的山涧坠入万丈深渊，谷底那些狭窄的湖泊呈深蓝色，蓝得几乎发黑，就好像它们刚从地下钻出来似的。这真是一派巍巍壮丽的景色，但当男孩子忽而看到一丝阳光，忽而又见阳光钻入阴影的时候，他觉得这里的景色粗犷而又别致。他不知道是什么原因，但是总觉得从前这里有过骁勇强悍的斗士，在这充满神秘色彩的地方经历过多次勇敢的冒险。他固有的那种猎奇的兴致又复活了。"我以后可能会经常怀念过去那种冒险生活，"他想，"最好还是知足一点儿，像现在这样生活吧。"

有关这些想法，他对白雄鹅一个字也没有说，因为大雁们正以最快的速度在布胡斯省上空飞行，雄鹅正喘着粗气，回答不了他的问题。太阳降到了地平线上，忽而在这个山丘后面消失，不久又在另一个山丘后面隐藏起来，但是大雁们拼命地追赶着太阳，所以还不时地能见到它。

终于，他们看到西边有一道明亮的光线随着他们翅膀的扇动不断地扩展开来，而且越来越宽阔。那是乳白色的大海闪着玫瑰红和天蓝色的光。他们飞过岸边的石岛以后，又看见了太阳。太阳又大又红，正准备潜入波涛之中。

晚霞射出柔和的光线，所以男孩子敢正视太阳。当他凝视着那广阔无边的大海和红彤彤的晚霞时，他的内心极为宁静、坦然。"切莫忧伤，尼尔斯·豪格尔森，"太阳说，"世界是美好的，生活在这样的世界里，无论是大人还是小人儿，都可以各得其乐。自由自在，无忧无虑，整个宇宙任你翱翔，这也是一件好事。"

大雁们的礼物

大雁们站在费耶尔巴卡外面的一座小石岛上睡觉。但是，当接近子夜时分，月亮高悬在空中的时候，老阿卡摇晃着脑袋赶走了困倦，叫醒了周围的亚克西和卡克西、科尔美和奈利亚、维茜和库西。最后她用嘴戳了一下大拇指，他就醒了。"什么事，阿卡大婶？"他说着惊恐地跳了起来。

"没有什么要紧的事，"领头雁回答说，"只是雁群里我们七只年纪大的想在今夜到海上去一趟，不知道你是否有兴趣跟我们一块儿去。"

男孩子知道，如果没有发生什么重要的事情，阿卡是绝不会提出这样的建议的，因此他二话没说便坐到了她的背上。大雁们径直朝西飞去，他们首先飞过了一大群离岸较近的大小岛屿，接着又飞过了一片宽阔的水域，然后到了离海岸最远的维德尔群岛。群岛露出水面的部分不多，但陡峭不平，在明亮的月光下可以看清所有岛的西侧都被海水冲刷得非常光滑。其中有几座岛相当大，男孩子隐约看见上面有几座房屋。阿卡找了一座最小的岛落下。那座岛只不过是一块高低不平的大花岗岩石，中间有一道很宽的裂缝，里面积满了海水冲上来的白色细沙和少数贝壳。

当男孩子从阿卡的背上滑到地面上时，他看见身边有一个看上去像一块高高的尖石头的东西。与此同时，他又发现那是一只很大的猛禽，他选择了这座石头岛作为栖身过夜之处。但是，还没等他对大雁们这样粗心地落在一个危险的敌人旁边表示惊讶，那只鸟就纵身跳了过来，这时他认出那是老鹰高尔果。

可以看出，这次会面是阿卡和高尔果事先约好的。他们俩谁也没有因见到对方而感到惊奇。"这件事你办得很好，高尔果，"阿卡说，"我真不敢相信你会先于我们来到约会地点。你到这里很久了吗？"

"我是今天晚上到的，"高尔果回答说，"但是，我想，我除了希望准时到达这里等候你们外，并不指望得到别的夸奖。你让我办的那件事，我办得很糟糕。"

"我敢肯定你办得一定很出色，只是你不想炫耀，"阿卡说，"但是在你讲述你旅途中发生的事情之前，我要先请大拇指帮忙找到大概还埋藏在这座石岛上的一些东西。"

男孩子正站在那里欣赏着几个漂亮的贝壳，当阿卡提到他的名字时，他抬起了头。"大拇指，你肯定在想，我们为什么离开原来的飞行路线来到西海。"阿卡说。

"我是觉得奇怪，"男孩子说，"但是我知道，你做任何一件事都有充足的理由。"

"你是这样信任我，"阿卡说，"但是我几乎担心你现在会失去对我的这种信任，因为我们这次飞行很可能一事无成。"

"事情发生在很多年前，"阿卡继续说，"我和现在雁群中几只年纪大的老雁进行春季迁徙时突然遇到风暴，狂风把我们卷到了这里的石岛上。看到眼前只是一片一望无际的大海时，我们担心会被风暴赶到很远很远的地方，再也无法回到岸上，因此就落到了波浪上。狂风迫使我们在这些荒芜的石岛之间停留了好几天。我们实在饿得要命，于是有一次就到一座石岛的裂缝中去找吃的东西。我们甚至连一根草都没有找到，但是我们看见几只捆扎得很严实的袋子半埋在沙土里。我们当时希望袋子里装的是粮食，因此就扯来扯去，直到把布袋撕破，可是从里边滚出来的不是粮食，而是闪闪发光的金币。这些东西对我们大雁来说毫无用处，因此我们原封不动地把它们留在了那里。这些年来，我们没有想过我们所发现的东西，但是今年秋天发生的一件事让我们希望重新找到那些金币。我们很清楚这些宝物留在老地方的可能性很小，但我们还是来到这里，请你找一找金币到底还在不在。"

男孩子纵身跳进裂缝，两只手一手抓着一块贝壳开始扒拉沙子。他没有发现什么袋子，但是当他挖出一个很深的坑的时候，听见了金属的撞击声，他挖到了一枚金币。他就用双手在沙土里摸，感觉到沙土里埋了好多圆圆的金币，于是赶紧跑到阿卡跟前。"袋子已经烂掉了，"他说，"因此金币散在沙土里了。但是我相信所有的金子都还在。"

"好极了，"阿卡说，"把坑填上，用沙土盖好，不要让人看出这里有人动过！"

男孩子按照阿卡的吩咐做了。但是当他回到那块大石头的顶上时，他惊奇地看到阿卡领着其他六只大雁严肃地向他走了过来。他们在他面前停下来，多次点头鞠躬，看上去是如此庄重，他不得不脱帽鞠躬还礼。

"事情是这样的，"阿卡说，"我们几只年纪大的雁一致认为，如果你，大拇指，在人类那里也像在我们中间那样为他们做那么多好事，他们不给你丰厚的酬金是不会让你走的。"

"不是我帮助了你们，而是你们一直在照顾我。"男孩子说。

"我们还认为，"阿卡继续说，"当一个人在整个旅途中一直和我们结伴而行，他就不应该像刚来到我们中间的时候那样一无所有地离开。"

"我知道，一年来，我从你们身上学到了比物质和金钱更宝贵的东西。"男孩子说。

"这些金币过了这么多年还在石缝里，肯定是没有主儿了，"领头雁说，"我想，你可以把这些金币拿回去用。"

"怎么，不是你们自己需要这些财宝吗？"男孩子问。

"是的，我们需要这些金钱是为了给你当报酬，让你的父亲和母亲觉得你在尊贵的人家里当放鹅娃挣了钱。"她说。

男孩子半转过身子，向海上瞥了一眼，然后双眼直视着阿卡那双明亮的眼睛。"阿卡大婶，我还没有提出辞职，你就解雇我并付给我薪水，我觉得很奇怪。"他说。

"只要我们大雁继续留在瑞典，我认为你就可以留在我们身边，"阿卡说，"不过，我只是想先告诉你财宝藏在什么地方，因为我们这次不用绕许多弯路就可以来到这里。"

"但是，仍然像我所说的，在我还不想离开你们的时候，你们就想辞掉我了。"大拇指说，"我们在一起这么久了，我想我要求跟你们一道到外国去不算太过分。"

　　男孩子刚说完，阿卡和其他大雁都吃惊地伸出他们那长长的脖子站了一会儿，然后半张着嘴巴深吸了一口气。"这倒是我没有想到的，"阿卡平静了一点儿，然后说，"但是，在你决定跟我们一起去之前，最好还是听听高尔果要讲的话。你也许知道，我们离开拉普兰的时候，高尔果和我商量好，他到你的老家斯科讷去一趟，设法为你争取更好的条件。"

　　"是的，这是真的，"高尔果说，"但是，正如我对你说过的，我没有办成。我没费多少时间就找到了豪格尔·尼尔森的家。我在他家院子的上空来回盘旋了好几个小时，终于看见小精灵在房子之间躲躲闪闪地走出来。我立即冲上去，把他带到一块地里，以便和他单独交谈而不受打扰。我对他说，我是受大雪山的阿卡之遣前去问他能否给尼尔斯·豪格尔森更好的条件。'我希望我能够办到，'他回答说，'因为我听说他在旅途中一直表现不错，但是我无能为力。'我当时就火了，我说，如果他不让步，我就不惜一切代价挖掉他的眼睛。'你可以随心所欲，'他说，'至于尼尔斯·豪格尔森，还是我原先说的条件。但是，你可以转告他，他最好还是和雄鹅尽快回家来，因为他家的日子很艰难。豪格尔·尼尔森有个弟弟，他很信任这个弟弟，因此在弟弟借款时当了担保人，但是他弟弟后来还不起债，他现在不得不为弟弟还债。此外，他还借钱买了一匹马，但是在他把马赶回家的当天，马就瘸了腿，从此以后，这匹马就再也没有用处了。总之，告诉尼尔斯·豪格尔森，他的父母已经被迫卖掉了两头奶牛，如果他们不能从某个方面得到接济，那么他们就只能背井离乡了！'"

　　男孩子听到这里，紧锁起眉头，拳头握得紧紧的，指关节都发白了。"那个小精灵真是残酷无情，"他说，"他给我订下了如此苛刻的条件，使我不能回家去帮助我的父母。但是他休想使我成为一个背信弃义的人。父亲和母亲都是正直的人，我知道，他们宁愿不要我的帮助，也不愿意我昧着良心回到他们身边。"

大海中的白银

十月八日　星期六

尽人皆知，大海是暴戾粗野、贪婪无度的，凡有空隙就侵蚀陆地。幸好，几千年来，瑞典遭受惊涛骇浪袭击最厉害的那个地区一直有一道又长又宽的石头围墙保护着，那道石墙就是布胡斯省。

那道围墙正好铺满了达尔斯兰省和大海之间的土地，也像海岸大堤和防波堤一样，并不特别高。那道围墙是由非常大的岩壁筑成的，有些地方甚至连整座连绵不断的山脉也填补上去了。再说要在从伊德峡湾到尤德河之间修筑起一道那么长，且能挡得住裂岸惊涛的防护堤坝，用小的石块来修筑是不行的。

这样规模宏大的建筑工程在我们这个时代是无法兴建的，那道围墙一定是远古时代兴建的。然而斗转星移，岁月悠悠，这道围墙已经斑驳残破了。巨大的岩壁如今不像当初那样紧紧地挤靠在一起了，中间露出了又宽又深的裂缝，而且裂缝的底部既有农田，也有房舍。不过，崖壁还没有完全崩塌，人们还是能够看得出来，它们曾经属于同一道围墙。

围墙靠着内地的一侧保留得还很完整。有一大段一大段的围墙完好无缺，没有间断地蜿蜒迤逦。围墙的中间部分有不少又深又长的裂缝，裂缝里潴满了水，裂缝的底部形成了湖泊。围墙沿着海滩那一侧已经残缺不全，每块岩壁都像一座山丘那样孤零零地屹立一方。

人们只有站在海岸上观望那道围墙时，才能真正明白过来，那道大墙屹立在那里不仅仅是为了令人赏心悦目。它当初想必极其牢实坚固，但是后来海水从六七个地方穿透进来，向陆地伸进了几十公里长的海湾。围墙的尽头已经淹没在水里，只有崖壁顶端尚裸露在水面上。这样就形成了由大大小小的岩石岛屿组成的一片岛群，狂风和激浪最激烈的冲击首先由它们来抵挡。

有人也许会认为，既然这个布胡斯省只是一道宽大的崖壁围墙，那么想必是寸草不长的地方。其实不然，尽管布胡斯省的山丘和丘陵顶部都是光秃秃的，但是崖壁的所有裂缝里都淤积了沃土。那里的土地虽然并不开阔，然而耕耘稼穑、务农营生却很适合。冬天沿海一带不像内陆那样寒冷，在背风的地方，甚至连在南方斯科讷省都无法生长成活的娇弱树木和植物却可以在这里容身下来。

还不要忘记，那就是布胡斯省位于全地球上人类的共同财富——汪洋大海——的边上。布胡斯省人不必兴建和保养道路，照样有路可走。他们可以不用放牧和照管畜群，照样坐享其成。他们不用饲养和兴建牲口棚，照样有可供役用的拖曳动力。因此，他们不像其他省的人那样依赖农业或者畜牧业为生。他们用不着害怕居住在遭受狂风袭击、寸草不长的岩石岛上，也用不着害怕生活在连一小块种土豆的田地都开垦不出来的海滩荒漠上。因为他们心里明白，那浩瀚无际、物产丰富的大海将会提供他们所需要的一切。

大海物产丰富固然是尽人皆知的，但是同大海打交道的风险之大也是不容忽视的。想要从大海里捞取财富的人必须熟记所有海湾、浅滩、暗礁和急流，要对海底几乎每一块礁石都了如指掌。他必须能在风暴和浓雾中驾驶船只。他必须能在漆黑的深夜辨别出航行的方向。他必须能从最细微处看出天气的变化预兆，知道暴风雨何时到来。他必须能忍受住寒冷和潮湿。他必须知道鱼虾的游动方向，必须能在波高浪急的大海中将沉重的渔网撒下去。总而言之，他必须怀有一颗勇敢的心，不因每天都同大海做生死搏斗而战战兢兢、惶恐不已。

清晨，大雁们朝南飞行，来到布胡斯省上空。那些岩石岛群宁谧安详。他们看到了几个小渔村，但是狭窄的街道上没有人走动，也没有人从那些油漆得五彩缤纷的小房子里进进出出。一排排棕色的渔网整整齐齐地晒在屋外，绿色或蓝色的渔船都降下了风帆停泊在岸边。这些渔船载满了鱼，显得很沉。渔船附近的一排排木长凳上也空荡荡的，而通常那儿总有不少妇女在这里忙碌着收拾鳕鱼和大比目鱼。

大雁们飞过几个领航站，领航员住的房子漆成黑白两色相间。航标灯桩矗立在房子旁边。码头上停泊着领航员用的小汽船。四周静悄悄的，看来一时间不会有轮船需要领航员的帮助驶进狭窄的水道。

大雁们飞过了那些海滨小城市，发现城里的海滨浴场都已经关闭了。旗杆上的旗帜都已降落下来，漂亮的消夏别墅也关紧了门窗。码头上没有什么人走动，只有几个年迈的老船长在码头上踱来踱去，恋恋不舍地凝视着大海。

在伸进陆地的海湾周围和各个岛屿的东侧，大雁们看到了几个农庄。准备去波罗的海捕捞青鱼的船只也静静地泊系在码头。农庄主人正带领着他们的雇工刨土豆，或者站在很高的豌豆架底下翻晒豌豆，不时地伸手摸摸豌豆晒干了没有。

在大采石场和造船厂，许多工人在干活儿。他们技术娴熟地挥舞着手里的大锤和斧头，不过他们还不时地掉转头朝着大海张望，似乎在渴望能够摆脱笨重的活计，跳到碧波里去畅游一番。

岛群上的鸟也同人类一样安静。几只美梦乍醒的鸬鹚离开了栖息的那面峭壁，飞过一座又一座悬崖，慢吞吞地飞到他们捕鱼的地方。海鸥们背弃了大海，活像乌鸦一样在陆地上漫游。

可是有一次出现了迥然不同的景象。一群海鸥蓦地从田畴飞起来，争先恐后地朝南飞去，大雁们几乎来不及问他们要到哪里去，海鸥也顾不上回答。鸬鹚从水里蹿了出来，扇动翅膀紧跟着海鸥。海豚宛似黑色的长线穗子一样在水里穿行。一群海豹从扁平的礁石上滑进水里，向南游去。

"发生了什么事情？发生了什么事情？"大雁们问道。他们终于从一只长尾鸭那里得到了回答。"马斯海岸来了鲱鱼鱼汛！马斯海岸来了鲱鱼鱼汛！"

不仅是鸟类和海兽迅速行动起来，人类也得到了确凿的消息，第一次鲱鱼鱼汛来到了这片岛群附近。于是，人们在渔村光滑的石板街上奔走相告。渔船收拾停当准备出海，人们把长长的拖网小心翼翼地搬到船上。妇女们把食物和油布送到船上。男人们慌慌张张地从家里出来，一边在街上奔跑，一边把外衣披在身上。

过了不久，海湾里便处处扬起棕色和灰色的风帆，船只之间兴高采烈的呼喊同招呼问答喧哗成一片。那些年轻姑娘爬到屋后陡坡的大岩石上向出海的人挥手告别。领航员们非常有把握，他们出动在即，所以都穿上了长筒胶靴，把小汽艇准备停当，有些人站到瞭望台上去观察动静。从峡湾里还开出来一艘艘装着空桶和空箱子的小汽船。农民放下了刨土豆的铁锹，造船工人离开了船坞。那些久经风霜的老船长也无法静坐家中，他们按捺不住，就跟着汽船往南去，至少要亲眼看一看捕捞鲱鱼的场面过过瘾。

没有花多大工夫，大雁们就赶到了马斯海岸。这次鲱鱼群是从西面过来，经过哈姆耐礁石岛的航标灯朝向海岸而来。在马斯海岸和帕德努斯特尔岛之间的开阔海湾里，渔船以三只船一组的队列行进。只消看到水面发黑而且泛起细波密浪，渔民们就知道那里准有鲱鱼群。他们就把渔船驶向那里，小心翼翼地朝水面上撒网。他们把网撒得非常圆，然后从底部将拖网的拽线用力拽紧，这样鲱鱼好像被装进了一个大口袋里。然后，他们用力拽紧拖网，网里的空间越来越小，活蹦乱跳的鱼紧紧挤在一起。他们这才把渔网拖出水面拉起来，把白花花的鲱鱼倒入船舱。

有几个船队已经收获不小，船上装满了鱼，从舱底一直到船舷都是鱼。渔民们的双膝都没在鱼里，连雨布帽子和黄颜色的油布外衣上都沾满了闪闪发光的鱼鳞。

拖网渔船还在不断地闻讯赶来。有的东闯西转像觅宝似的寻找着鱼群。有的费尽周折终于把网撒了出去，拉起来一看却空空如也，一条鱼都没有。当渔船装得舱满舷溢的时候，渔民们便把船划到停泊在海湾里的大汽船那里把鱼卖掉。也有些渔船驶到马斯海岸，把鱼卸在码头上。那里，女工们早已在长条木桌边上忙碌着清洗鲱鱼。清洗干净的鲱鱼被装进木箱和木桶里。整条街上都洒满了鱼鳞。

这真是热火朝天的繁忙景象。从大海里寻觅到宝藏，从波涛里倒出这么多白花花的银子，人们被这一喜悦弄得目眩神迷。大雁们绕着马斯海岸盘旋了好几圈，为的是让男孩子好好看看这一切，分享这种收获的喜悦。

过了不久，男孩子就央求大雁们继续往前飞。他没有明说究竟为什么想赶快离开那里，但是他的心事倒也不难猜透。要知道在渔民当中，英姿勃勃、非常出色的人物比比皆是。他们多半是身材魁梧的彪形大汉，风雨帽底下的脸刚毅沉着，他们看起来都是那么英勇威猛、不屈不挠。每个小男孩都憧憬着自己长大后成为他们那样的人。如今，男孩子自己还没有一条鲱鱼大，他看着他们时，心里怎么会好受呢？

一座大庄园

老绅士和小绅士

好几年前，西约特兰省一个教区里有一位小学女教师，她贞静贤淑，温顺善良，长得娇小玲珑，楚楚可人。她既善于为人师表，又很严格地要求遵守秩序。孩子们都很喜欢她。凡是这个女教师教的功课，他们没有念熟的话就会不好意思去上学。学生的父母对她十分满意。唯一不清楚她有多少长处的人只有她自己，她总是自惭形秽，总是以为别人都比自己聪明能干，因而她常常为自己无法像别人那样聪明能干而黯然神伤。

那位女教师教了好几年，教区的学校管理委员会建议她到奈斯手工艺学校去学习一段时间，这样她在以后的教学中，不但能够教学生用脑子想，还可以用手来做。没有人能够想得出来，她在得知此事后心里多么害怕。奈斯庄园离她的学校很近。她从那个美丽气派的庄园旁边来回经过好多次，亲耳听到过大家对在那座古老的大庄园里举办的手工艺讲座有许多赞语。全国各地有男女教师到那里去学习做手工，甚至外国也有人到那里去学习。她事先就可以想象得出，她会在那所学校里见到那么多出类拔萃的人物，自己的心一定会紧张得难以自制。她觉得，去上那样一所学校，担子实在太沉重，她一定胜任不了。

但是她又不愿意拒绝教区学校管理委员会的建议，因此就报名申请入学。她被那个学校录取了。六月一个清朗的傍晚，也就是夏季班开学的前一天，她把自己的衣物收拾在一个小背囊里，然后就动身到奈斯去。一路上，她曾经好几次停下脚步想打消原来的念头，尽管她不想去学校，但最后还是走到了学校门口。

奈斯庄园热闹非凡，各地来的学员被引领到庄园里权当临时宿舍的各个别墅和平房。大家初来乍到，对陌生的环境都很不习惯。但是那位女教师就像平日一样，总觉得别人都不像她那样拘束和笨拙。她由于过分紧张和恐惧，看东西时眼也花了，听起话来耳朵也重听了。她碰到的事情也真够不称心的，让她烦恼得不知如何是好。她被分配到一栋漂亮别墅的一个房间里住，还要有几个跟她素昧平生的年轻姑娘和她同住，她还不得不和七十个陌生人一起吃晚饭。在饭桌上，她的一边坐着一个皮肤发黄的矮个子先生，大概是日本人；另一边坐着瑞典北部约克莫克来的一位男教员。一张张长桌子周围从一开始起就谈笑风生，大家一见如故，彼此介绍结成朋友。只有她一个人正襟危坐，一声都不敢吭。

第二天早晨，学习开始了，这里同普通学校没什么两样，上课之前先唱赞美歌、念晨祷。然后由主持课程的校长讲述手工艺的概况，并对应该怎样上手工课做了几项简短的规定。她还没有真正弄明白是怎么回事，就被带领到一台刨床前面。她一只手拿起一块木头，另一只手拿起刀子。一位上了年纪的手工艺课老师在一旁给她讲解，应该怎样才能切削出一根可以用来支撑花卉的木杆。

女老师过去从来没有亲手做过那样的手工活计。她的双手僵直麻木，不听使唤。她的头脑里一片模糊，一点儿也没有听懂应该怎么做。待老师一走开，她就把刀子和木头放到刨床上，呆呆地立在那儿。

房间的四周都是刨床，她看到其他人都生龙活虎地在那儿刨呀、削呀，干得十分起劲儿。有几个对手工艺懂点儿门道的学员走过来想帮帮她。可是，她根本对那些要领一窍不通。她站在那儿，脑子里不断地在想，四周的人一定都看出来了，她是多么愚蠢笨拙。她心里难受得不得了，浑身如同瘫了一样。干了一会儿就该吃早饭了。早饭过后继续上课。校长详细地讲了一堂课。然后上体操课，接着又是手工课。午休时间，他们都到那个宽敞舒适的大客厅去吃午饭、喝咖啡。下午又是手工课和学唱歌，最后是在室外做游戏。女教师整天都在一刻不停地活动，都和别人在一起，但仍然觉得手足无措，不知道干什么才好。

很久以后，当她回想起在奈斯庄园最初一两天的光景时，她自己都觉得好笑。那时候她浑浑噩噩，都不知道一天天是怎么过来的，连走起路来都仿佛在腾云驾雾一样没有着落。她放眼望去，周围什么东西都是模模糊糊的。她简直视而不见，听而不闻，一点儿都弄不明白周围发生的事情。她就这样稀里糊涂地度过了两天，直到第二天晚上才豁然开朗。

那天晚饭过后，有一位曾经多次到奈斯庄园讲学的平民高中的老教师，对几个新学员讲起了这所手工艺学校兴办的经过。她那时正好坐得离他很近，自然也就洗耳恭听了。

那位老教师讲道，奈斯是一座非常古老的庄园，不过仅仅是一座很漂亮的大庄园而已，现在的庄园主人——那位老绅士，搬到这里后，庄园才有了改观。他是一个腰缠万贯的大富翁，在搬来定居的最初几年里，他把庄园的主楼修葺一新，把花园整修得花木扶疏。他还慷慨解囊，资助手下雇用的长工兴建了不少住房。可是，他的太太不幸染病弃世，他因为没有子女在膝下承欢，孤身一人居住在偌大的庄园里，时常觉得晚景凄凉，因而郁郁寡欢。他有一个很受他赏识和器重的年轻外甥，因此他就说服那个外甥搬到奈斯庄园来和他住。

那位老绅士起初的打算不外乎要那个年轻绅士来替他料理庄园。然而，年轻绅士为了经营好庄园，便在长工住的棚屋一带来回走动。他看到穷苦人家棚屋里的生活状况之后，竟然异想天开地产生了一个念头。他注意到，在大多数庄园里，到了冬天，男人或者小孩都是无所事事地度过漫长的夜晚，甚至妇女也是如此，没有人做什么手工活计。从前，人们必须胼手胝足，缝制衣服，制作日常生活用具。然而如今什么东西都可以买得到，他们也就把手工活计撂下了，再也没有什么人费那个劲儿了。可是那个年轻绅士似乎觉察到，农舍中不再有人围聚在一起做手工活计，那么家庭乐趣就减色不少，生活水平也不免大打折扣。

有一回，他碰上一家人在耕耘之余，父亲勤于木工活计，做桌椅板凳，母亲纺织、缝纫。不难看出，这户人家要比别人家富裕一些，也幸福得多。他向舅舅讲起了这件事。那位老绅士对这一想法深为嘉许，而且认为人们在冬季农闲时间从事手工劳作，必定获得莫大的乐趣。但是要让他们有些一技之长，必须从童年时代就把双手训练得动作娴熟、灵巧自如。两位绅士商量过后，觉得他们不妨兴办一所手工艺学校，造福桑梓。他们希望能够教会雇工的孩子们从小就能用木头做出一些简单的用具。他们深信，要是从小就能够熟练地用刀子切削，那么长大以后就不难使用铁匠的铁锤和鞋匠的榔头了。而从小没有学会用双手来做手工活计，那么也许他长大之后终身都很难明白，那双灵巧的手是比任何东西都有价值的工具。

于是，他们开始在奈斯庄园教孩子们做手工。不久他们就发现，这对小孩来说确实大有好处，使孩子们长进不少。他们便进而希望瑞典所有的孩子都能够得到类似的教育。

可是这一奢望如何实现呢？瑞典有几十万儿童，总不能把他们都集中到奈斯庄园来给他上手工劳作课吧？这是空想。

那位年轻绅士又提出了一个新的建议。想想看，倘若不是为孩子们而是为他们的教师兴办一所手工艺学校，那该有多好！想想看，要是全国各地的教师都到奈斯庄园来学习手工劳作，他们再把手工知识传授给他们学校里的所有学生，那该有多好！用这种办法，瑞典所有的孩子都可以把他们的双手训练得和他们的头脑一样灵巧。他们沉迷于这一想法，决计不让它成为泡影，于是他们想方设法地把它付诸实施。

两位绅士齐心协力地做这一工作。那位老绅士负责布置手工劳作车间、集会场所和体操馆，还负责所有到学校来的学员的伙食和住宿。年轻绅士担任学校的校长，负责安排教学事务，监督工作的进展和讲课。更主要的是，他经常同前来学习的学员吃住在一起，了解他们每个人的情况，成为他们最亲热、最贴心的朋友。

他们每年举办四期培训班，从一开始，报名就很踊跃，报名的人数总是远远超过学校的接待能力。那所学校不久就闻名遐迩，世界各国的男女教师也不惮远道而来，到奈斯庄园学习手工劳作课的教学方法。瑞典没有一个地方像奈斯庄园那样在国外也享有盛名。没有一个瑞典人像奈斯手工艺学校的校长那样，在世界各地有那么多朋友。

那位女教师坐在那里凝神细听，越听越觉得四周明亮起来。她早先并不明白为什么手工艺学校会设立在奈斯庄园，她早先也没有想到这所学校竟是由两个全心要造福乡里的人创建的，他们根本不在乎这样做是没有报酬的，为了使桑梓父老生活得更幸福、更美好，甘愿奉献出自己的一切。当她想到蕴蓄在这一切之中伟大的慷慨、慈悲和博爱时，她感动至深，几乎忍不住哭了出来。这样的善举是她闻所未闻的。

第二天，她就怀着另一种心情去对待自己的工作。既然这一切都是善举，她就应该比以前更加珍惜它。她忘却了自己，一心只想着学习手工艺和要通过手工艺达到的崇高目标。从那一刻起，她便不再妄自菲薄，而是在各方面都十分出色，对什么都是一学就会。

现在，她那双美丽的眼睛终于从恍惚中解脱出来，她这才真正注意到那无处不在的伟大的仁慈。她看出来了，整个课程安排都充满了爱，对他们这些学员照料得无微不至。学员们所学到的远远超过了手工劳作的教育方法。校长为他们举办了教育学讲座，他们还上体操课，组织了一个歌咏协会，几乎每天晚上都有音乐和朗诵的集会。在庄园里还可以借阅书籍、划船、游泳和弹钢琴，这样课余之后便可消遣。这一切都是为了使他们在庄园里过得愉快和幸福。

她开始明白过来，在夏天清朗的日子里，能住在一座巨大的瑞典庄园里消暑，真是一种莫大的享受。老绅士住的宅邸坐落在一个土丘的高处，土丘被蜿蜒曲折的一个湖环抱，一座美丽的小石桥横跨在土丘和陆地之间。宅邸前面的斜坡上奇花异草争妍斗艳。四周的园林草木葱郁，古树参天。湖岸边垂柳依依，曲径通幽。湖心的石岛上，亭榭翼然。她从来没有见过那样美丽的地方。她只要有时间，就可以到宅邸的园林里去尽兴漫游，因为学校校舍就坐落在宅邸对面华盖亭亭的草坪上。她觉得，在这样一个美丽的地方消暑之后，她才真正领略到了夏天的乐趣。

事情是这样的，她的身体并没有发生什么巨大变化，她没有变得更勇敢或者更大胆，但是她的心灵荡漾着幸福和欢乐，是善举使她的心灵充满了温暖。她不再惶惑不安了，因为周围所有人都希望她能取得成功，并且都乐意帮助她。在课程结束，学员们即将各奔东西之前，学员们纷纷讲述了他们的心得体会，以此向那老少两位绅士表示发自肺腑的衷心感谢。而她仍然腼腆得没敢说话，虽然她在心里对别人能够滔滔不绝地直抒胸臆羡慕不已。

她回去以后，像过去一样在学校里教课，而且像以往一样愉快地生活。她住的地方离奈斯庄园不算太远，下午课余之时就信步到那里去看看。起初，她倒是经常去那里。可是手工艺学校课程一结束就开了新班，她见到的是一张张新的面孔，于是腼腆怕生的毛病又在她身上作祟，她渐渐成了那里的稀客。但她在奈斯庄园度过的那段时光，一直是她心中最美好的回忆。

春季里有一天，她听说奈斯庄园的老绅士去世了。她追忆了自己在他的庄园里度过的那个愉快的夏天，却未能真正向他面谢一番，她对此一直歉疚在心。那位老绅士诚然从各个阶层听到过数不清的感激之辞，但是倘若她自己能对他说上几句话，亲口告诉他自己对他花费那么多心血来栽培她感激涕零，那样她的心里就可以感到一些宽慰。

奈斯庄园的教育工作仍然同老绅士生前一样照常进行，因为整座庄园已经按照老绅士的遗愿赠送给了学校。他的外甥仍旧在那里照料一切。

女教师每次到奈斯庄园去，总能看到一些新奇的东西。如今那里不仅仅举办手工艺培训班，那位校长还别具匠心，想要使古老的民间风俗和人们喜闻乐见的民间游艺复苏，所以又兴办了唱歌、游戏培训班，还有其他好多课程。在那里，人们生活得仍然同过去一样，处处都感觉得到善举所散发出来的温暖，处处都感觉得到学校的安排和管理都是为了让他们过得愉快。这样，他们在回到全国各地的小学生中间去的时候，不仅会把知识带回去，也会把工作的乐趣带回去。

老绅士去世几年后，有一个星期天，女教师在教堂里听人说，奈斯庄园的校长身染重病。她知道在最近一段时间里，校长心脏病发作过几次，但是她一直不肯相信那是有生命危险的。可是许多人说，这次他恐怕在劫难逃。她听到这个消息之后，情绪不断地翻腾，心里反复地琢磨，校长也许会像老绅士那样，在她还没有来得及亲口道谢之前就撒手人寰。她反复思索着，怎样才能及时地向他表示谢意。

当天下午，女教师就赶忙跑了东家跑西家，央求邻近人家的孩子跟她一起去奈斯庄园一趟。她想，既然校长疾病缠身，倘若孩子们能够为他唱几首歌，他一定会感到欣慰。天色已经不早了，但是那儿天月华如洗，晚上走路并不费劲儿，所以女教师决定当天晚上就赶去，免得第二天耽误了事。

西约特兰的故事

十月九日　星期日

大雁们离开了布胡斯省，这时候正站在西约特兰省西部的一块沼泽地上睡觉。小人儿尼尔斯·豪格尔森为了避开潮气，便爬到了一条横穿沼泽地的大路边上，正想找个地方睡上一觉，蓦地看到大路上来了一群人。那是一个女教师带了十二三个孩子，女老师走在中间，孩子们都簇拥着她。他们谈笑风生，非常亲热。男孩子好奇心大动，忍不住要跟着他们走一段，想听听他们究竟在谈什么。

对他说来，跟随那些孩子走一段路并非难事，因为他在大路边的暗处奔跑，几乎没有人能看见他。再说十三四个人成群结队地往前走，脚步声音很响，他的小木鞋踩在沙砾上发出的声音谁也听不见。

女教师为了不让孩子们感到劳累，便边走边给他们讲古老的民间故事。男孩追上他们的时候，女教师刚讲完一个。但是孩子们马上又请求她再讲一个。

"你们听过西约特兰的那个老巨人搬到北海一座偏远的孤岛上去的故事吗？"女教师问道。孩子们都说没有听过。于是女教师就讲起了那个故事。

"从前发生过这样一件事。在一个漆黑的暴风雨的夜晚，有一只船在北海的一座小岩石岛附近遇险了。那只船撞到了海岸的岩石，船身裂得粉碎，船员当中只有两人幸免于难。他们浑身湿淋淋的，就像落汤鸡一样，冻得抖个不停。我们完全可以想象，当他们看到海岸上有一大堆篝火的时候，他们心里是多么高兴。他们拼命地朝那堆篝火奔跑过去，头脑里根本不曾闪过一丝会有危险的念头。他们一直跑到跟前才发现，篝火旁的阴影里坐着一个面目狰狞的老人，他身材高大，魁梧非凡。这两个船员一眼就看出来，他们活该倒霉，竟然碰到了一个巨人。

"他们脚步趔趄，迟疑不决，到底要不要往前靠拢过去。然而岛上凛冽的北风在怒号，倘若他们不靠近巨人的篝火堆去暖暖身体，不用多久就会被冻得硬邦邦的。于是他们横下心来，硬着头皮走到他那里去。'晚上好，大伯，'年纪较大的那个船员毕恭毕敬地招呼说，'您肯让两个遇险的水手在您的篝火堆旁边暖暖身子吗？'

"巨人猛地从沉思中惊醒过来，他直起腰板，从剑鞘中抽出宝剑。'你们是什么人？'他大喝一声，因为他年岁实在太大，眼睛几乎看不见东西了，弄不清楚是谁在同他讲话。

"'如果您想知道的话，我们两人都是西约特兰人，'年纪较大

的船员说道，'我们的船在海上触礁沉没了，我们几乎光着身子爬上了岸，快要冻死了。'

"'我通常是不能容忍有人来到我的岛上的，不过你们是西约特兰人，那就是另一回事啦。'巨人的口气缓和下来，宝剑也入鞘了，'你们坐下来暖暖身子吧，我也是西约特兰人，曾经在斯卡隆达的那个大古墓里住过许多年。'

"两个船员在石头上坐定。他们惊魂甫定，不敢同巨人攀谈，只是默默地坐着，怔怔地盯着巨人。他们看得越久，越觉得他硕大无朋，而自己越显得渺小无力。

"'如今我的眼睛不大好使，'巨人一语道破自己的毛病，'我几乎连你们的影子都看不见。要是能知道现在西约特兰人长什么模样，我会十分高兴的。喂，你们两个人起码要伸一只手过来，让我摸摸看瑞典究竟还有没有热血！'

"那两个人瞅瞅巨人的拳头，又比比自己的，没有一个人敢去试试巨人的手劲儿。可是他们看到巨人常常用来捅篝火的一把铁叉放在火堆上，有　头烧得通红。那两个人就一齐用力把铁叉抬了起来，朝着巨人递过去。巨人抓住铁叉，双手一拧，他的手指缝里淌下了一滴又一滴铁水。'嗯，不错，我摸出来啦，瑞典至今还有热血！'他满意地对那两个船员说道，而那两个人吓得瞠目结舌。

"篝火堆旁一片沉寂。不过，巨人既然碰巧遇到了两个同乡，不免想同他们叙叙乡谊。往事一幕幕地在他脑海中浮现出来。

"'喂，我想问问斯卡隆达古墓如今怎么样了？'他开口问那两个船员。

"他们当中没有一个人知道那座古墓的状况。'哦，大概早就夷为平地了。'有个船员用试探的口气这么回答，他觉得连那样简单的问题都回答不出来是很丢人的。'哦，哦，那是不消说的，'巨人说着，频频点头，'那是意料之中的事情，因为那座坟是我妻子和女儿用围裙兜着泥土在一个清早赶着堆起来的。'

　　"他又坐在那里陷入了沉思，追忆着往事。他已经很久没有去西约特兰了，要花很大工夫才能想起以前发生过的事。

　　"'不过希耐山呢？毕陵山呢？散落在那块大平原上的其他小山头，大概都还在吧？'巨人说道。

　　"'倒都还在。'两个西约特兰人齐声回答。有一个人为了表示他知道巨人是何等厉害，还特意加了一句：'大伯，有些山头可能是您老人家填土堆起来的吧？'

　　"'哦，那倒不是我，'巨人说道，'不过，我可以自豪地告诉你们，那几座山至今还在，那要感谢我的父亲。在我小的时候，西约特兰没有什么大平原，现在是平原的地方早先是一座山脉，它从韦特恩湖绵延到耶塔河。可是有几条河下了决心，非要把那座山脉冲垮，将它沉入维纳恩湖里不可。那座山脉并不是坚不可摧的花岗岩，多半是石灰岩和石板岩，那些河流很容易就能把它们冲垮。我还记得，在我年幼的时候，那些河流怎样把山间缝隙和河谷冲刷得越来越宽，最后干脆把河谷冲积成平原。我父亲和我有时候出去看看那些河流在干什么，父亲对它们居然要毁灭整个山脉十分反感。'哼，它们起码也要给我们留下几个休息的地方才是啊！'他气鼓鼓地说道。于是，他就把自己的石头鞋脱下来，一只远远地扔到西边，一只远远地扔到东边。他又把自己头上的石头帽子脱下来，放在维纳恩湖上的一个山丘上，把我的石头帽子扔到了南边。然后，他又把自己手里拿着的那根石头棒槌也朝那边扔了过去。我们随身带着的那些石头做成的用具通通被他撒落到四处去了。在这以后的许多年里，河流剧烈冲刷着，几乎把整座山脉冲垮了。但是我父亲用那些石头物品保护起来的地方，那些河流心存忌惮，不敢去冲，因此它们完好无恙地保存了下来。父亲扔过去一只鞋的地方，鞋后跟下面保护住了哈莱山，鞋底下面是胡耐山。第二只鞋保护住了毕陵山。父亲的帽子保护了希耐山。我的帽子底下是莫塞山。石头棒槌底下是奥莱山。西约特兰平原上别的小山得以保住，也全亏他出了大力气。现在我真想知道，西约特兰是不是有许多

人知道他的丰功伟绩，从而对他十分尊敬。'

"'这件事轻易可说不好，'船员回答道，'不过我可以这么说，在古代，什么河流呀，巨人呀，都耀武扬威得不得了。可是照我看，我对现代人越来越尊敬了，因为如今人类已成了平原和山脉的主人。'

"巨人冷笑了一声，看样子他对这样的回答甚为不满，不过过了片刻他又开口讲话了。'喂，特罗赫登瀑布现在怎么样啦？'他问道。

"'它水流湍急，响声喧哗，就像以前一样，'船员回答说，'大概像保护住西约特兰的山脉一样，您也参与了修造那些大瀑布吗？'

"'哦，那倒不是，'巨人谦虚地回答说，'我记得小时候，我们兄弟几个常常把它当作滑梯。我们骑在大原木上，顺着格洛瀑布、托布安瀑布和其他三道瀑布直泻下去。我们跌落而下，速度快得惊人，几乎可以一直滑进大海里去。我真不知道，如今西约特兰还有没有人常常玩这种游戏。'

"'那可不容易弄清楚，'船员回答说，'不过，我觉得我们人类的功绩更加了不起，我们顺着那些瀑布修造了一条运河。这样一来，我们不但能像你孩提时代那样从特罗赫登瀑布滑到大海去，还能乘着平底船和汽艇逆流而上呢！'

"'哦，听起来倒有点儿稀奇，'巨人瓮声瓮气地说，他似乎被这个回答冒犯了，有点儿生气，'你能不能够再告诉我，米恩湖边，也就是大家称为饥饿崖的地方，如今境况怎样？'

"'哦，那个地方一直都让我们头疼，'西约特兰人说道，'大伯，说不定把那么贫瘠和无药可救的地方摆在那里也有您老人家参与吧！'

"'哎呀，这倒没有，'老巨人回答道，'我在那里的时候，那里森林繁茂，绵延无际。可是我要为我女儿准备婚礼，要用大量木柴烧烤吃的。于是我就拿了一根粗大的长绳子，把饥饿崖那片森林圈住扎紧，发了个狠劲儿，就把森林全都连根拔起，背回家去了。如今，可没有人能够把那么大片的森林一下子拽倒吧？'

"'我可说不上来，'西约特兰人嗫嚅道，'不过我知道，在我小时候，饥饿崖还是光秃秃的，什么也没有。如今，人们把那一带全都种上了树木。我盘算着，人类的力量也不小吧。'

"'好吧，西约特兰南部呢？那里大概没有人生活吧？'巨人问道。

"'那一带也是您亲手安排的吗？'西约特兰人反问道。

"'哦，并非如此，'巨人支吾道，'不过我记得，我们这些巨人孩子到那里去放牧的时候，我们用石头垒起了许多小房子。我们玩游戏的时候，你朝我扔石头，我朝你扔石头，把那个地方砸得坑坑洼洼的，糟蹋得不像样子。我想，在那一带垦荒种地是难上难的。'

"'是呀，此话不错，在那一带种植庄稼真是白白扔种子。'西约特兰人应声附和说，'不过，那里的人都以纺织和伐木为生。我相信，他们能在那样穷苦的地方生活下去，足以说明人类的聪明才智远远胜过那些毁坏那个地方的家伙。'

"'现在我只想再问一件事，'巨人神色尴尬地说道，'在尤塔河入海口一带，你们生活得怎么样？'

"'难道您也插手玩了什么把戏不成？'船员问道。

"'那倒没有，'巨人说道，'不过，我记得我们常常到海边去玩，我们招引来了一头鲸，骑在鲸背上在入海口一带的峡谷和岛群之间尽兴遨游。我想问，现在还有人这样遨游沿海一带吗？他们有这能耐吗？'

"'我无法回答，'船员回答说，'不过，我们人类在尤塔河的入海口兴建了一座大城市，从那里开出的船只在世界各大海洋航行。我认为人类起码是同样了不起的。'巨人听着便不吱声了。那两个船员的家就在那座名叫哥德堡的大城市里，便对巨人侃侃而谈，讲述了哥德堡这座商业城市如何物阜民丰，百货集散，货如轮转。他们讲到那座城市拥有开阔巨大的港口，有许多桥梁、运河和整齐的街道。他们还告诉巨人，那座城市里群英荟萃，有许多苦心经营的商贾，也有许多英勇无畏的航海家。那些人一定会把哥德堡建设成北欧最令人神往的大都会。

"一个接一个的回答使得巨人不断地蹙额，显而易见，他对人类俨然以大自然的主人自居是极其恼火的。'哦，听上去，西约特兰倒冒出了不少新奇的怪玩意儿。'巨人耿耿于怀，说道，'那么看起来，我应该回家乡一趟，把那里好好地整顿一番。'船员听了他的这句话，情知有异，心里很为不安。他思忖着，巨人一定心怀叵测才要回西约特兰去的，可是他又不敢露出声色。'大伯，您可以相信，您返回故乡，一定会受到最隆重的接待，'他非常殷勤地说道，'我们要让所有的教堂钟声长鸣。'

"'哎呀，西约特兰还有教堂的大钟保留下来，'巨人惊呼道，他面色大变，神情十分犹豫，'难道胡萨比、斯卡拉和瓦恩海姆那些大铃铛还没有敲碎吗？'

"'说哪里话，那些教堂的大钟都还在，而且在您离开以后又增添了许多兄弟姐妹。如今在西约特兰没有一个地方听不到教堂的钟声。'

"'唉，那么我只好在这里待下去啦，'巨人悲伤地说道，'就是那些钟声吓得我从那里搬走的。'

"他陷入了沉思。过了半晌，他又转过脸，对两个船员说起话来。'你们安生地躺在篝火堆旁边睡觉吧，'他吩咐道，'明天清晨我安排一下，让一只船从这里经过，把你们捎回家去。我那么慷慨好客地招待了你们，你们也要为我办件事作为报答。你们一回去就马上到全西约特兰最出色的人那里去，把这个指环送给他，并且转达我的问候，告诉他，倘若他把指环戴在手上，那么他将会比迄今为止更加卓有成效地取得成功。'

"两个船员一回到家，就去找西约特兰最出色的人，把指环转交给他。那个人挺有心计，他并没有马上把指环戴在手上，而是把它挂在他院子里的一棵小槲树上。大家眼看着那棵槲树像着了魔似的疯狂生长——它立刻长出新芽，新芽又绽出新枝，枝杈越来越粗，树皮越来越硬；树上新叶成荫，马上又都凋落，接着就开花结果；转眼间那棵槲树长成了谁也没有见过的硕大无朋的巨型槲树。然而好景不长，那棵巨树几乎还没有长足，就开始枯萎，树枝折断掉落下来，树干空了心，整棵树都烂掉了，不久之后只剩下了一个树桩。

"那个西约特兰人气得要命，把指环扔得远远的。'哼，那个巨人送来的原来是这么一件礼物，它能够在很短时间里使人力大无比、威风无穷，因而使得他比任何人都强得多，'他恨恨地说道，'可是这个人也比别人要衰老得快，他的聪明才智和幸福快乐只是一刹那的过眼烟云。我不屑于要这样的礼物，我也希望不要有人把它捡去，因为送礼的那个家伙没有安好心。'

"可能那个指环还是被人捡走了。所以当一个好人为了做一桩有益的事而劳损过度的时候，人们就要疑心他是不是捡到了巨人送来的那个指环。是不是那个指环在作祟，迫使他拼命苦干，鞠躬尽瘁，以至于未老先衰，事业未竟就撒手人寰。"

歌　声

女教师一边讲着故事，一边加快脚步往前走。当她讲完故事的时候，她发现那座奈斯庄园已经赫然在望。她已经见到绿荫掩映下的庄园四周的房屋和园林里的花卉草木。她穿过那些平房，看到了坐落在坡地上的那座大宅邸。

直到此刻，她都在为自己的举动感到欣慰。在她看到那座庄园的时候，那股勇气却渐渐消失了，她感觉到惶惑不安，只消想想看，倘若别人觉得她的做法太荒唐了，那么她该怎么办呢？可以肯定地说，没有人会来问一问她感恩图报的心情，大家只会对她取笑一番，因为她不管天晚路远带着这么一群孩子匆匆赶来，究竟想干什么呢？就算来唱歌吧，那么她和孩子们也并不内行，绝不会一展歌喉就使得人们如痴似醉。

她的脚步犹豫起来，在她走过宅邸坡地前的台阶时，她竟然离开了原来的路，拐到旁边向上走去。她心里很清楚，自从那位老绅士去世以后，这座宅邸一直就是空着的。她到那里去只是为了有点儿时间好好想一想，她究竟应该继续往前走呢，还是掉转身回家去。

她走上坡地，凝视着那座身披璀璨月华的宅邸，再环视四周的树篱、花圃，看到那雕刻着成行花盆的大石头栏杆和非凡的阶梯时，她越来越气馁。她觉得那里的一切都是那样豪华和富丽，仿佛就是为了使她真正懂得，像她这样的寻常平民是无缘踏进这个世界的。"哼，休要靠近我，"她觉得那座优雅雍容的白色宫殿在龇牙咧嘴地朝她大声喝道，"你不要自作聪明啦，自以为你和你的那些毛孩子能做一些事，使得居住在这样的富贵天地里的先生感到高兴。"

女教师为了驱散偷偷地爬到自己心灵上来的阴影，便对孩子们讲起了她自己在这里上手工劳作课时听到的关于老绅士和小绅士的故事。讲完之后，她就平静得多了，勇气也陡然大增。这毕竟是千真万确的：这座宅邸和整座庄园都已经遗赠给了手工艺学校。遗赠的用意就是要让男女教师在这座风景优美的庄园度过一段快乐幸福的日子，然后再把在这里所学到的知识和分享到的欢悦带给他们的学生。这两位绅士竟然把偌大的一座庄园作为礼物赠送给学校，表明了他们是多么珍视、器重学校的教师和员工。他们这一举动明白无误地表示，在他们心目中，瑞典儿童的教育是高于一切的事业。那么，在这样的地方，她决计不应该感到胆怯。

这些想法使她得到了不少安慰，她觉得应该继续按照既定的想法去办。为了增强自己的勇气，她朝着宅邸的山坡和湖滨之间的园林里走去。她走在似水月光下黑黢黢的有点儿神秘的参天古树之间，许多愉快的往事又浮现在她的脑海里。她对孩子们讲述了她在这里学习、居住的情景，讲述了她每天上完课都可以来这座美丽的园林里尽兴地游逛一番的喜悦心情。她讲到了那些聚餐会、游艺活动和手工劳作，但是最着重讲的还是老小两位绅士的慷慨大度和仁慈心肠，正是因为如此，这座豪华的大庄园才朝她和许许多多像她一样的教师敞开了大门。

讲完之后，她勇气倍增，穿过园林，走过小桥，来到湖滨草坪上，校长的别墅就坐落在许多校舍的中间。

紧靠着小桥的是一片芳草如茵的游戏场，女教师从那里走过的时候，对孩子们讲述了夏日夜晚这里的欢乐场面，那时游戏场上人头攒动，到处都是服饰淡雅的男女女女，歌唱、游戏和球类活动一个接着一个。她指给孩子们看手工艺学校那个名叫校友之家的集会大厅，指给孩子们看举行讲座的地方。她还指给他们看进行体操活动和上手工劳作课的那几幢别墅。她走得很快，嘴里讲个不停，似乎想避免让心情紧张起来。但是当她走到能够看得见校长的别墅的时候，她猛然收住了脚步。

"孩子们，都听好，我想，我们不要再往前走啦。"她说道，"我方才没有想到，校长既然病得十分厉害，我们唱歌会打扰他的休息。倘若我们使他的病势加重，那就帮了倒忙啦。"

小人儿尼尔斯·豪格尔森一直跟在孩子们背后，女教师说的话他句句都听得十分真切。他弄明白了，原来他们走了很长的路来到这里，是为了唱歌给别墅里一位病重的人听的，现在他又知道，他们怕打扰病人而不唱歌了。

"唉，他们不唱歌就回去，未免太遗憾啦，"男孩子想，"本来是很容易的一件事情嘛，只消进去问问那个病人是不是经受得住听歌。为什么没有人走进别墅去问一声呢？"

可是那位女教师好像根本没有想到这一点，而是慌慌张张地转过身来慢慢往回走。孩子们老大不乐意，提出了一两声反对，可是女教师央求他们不要再多说了。"算啦，算啦，"她苦恼不已地说道，"都怪我不好，我想得太不周到了，这么晚跑到这里来唱歌，只会打扰病人。"

尼尔斯·豪格尔森觉得既然没有人进去询问，那么只有他当仁不让溜进去打听打听，弄清楚究竟病人是不是虚弱得连听听歌的力气都没有了。于是他离开了学生们，朝着那幢房子跑过去。别墅外面停着一辆马车，一个老车夫站在马匹旁边等着。男孩子还没有走到大门口，那扇大门就豁然打开了。一个女仆手里端着托盘走了出来。"喂，拉尔森，你再等一会儿，医生还要一会儿才能出来，"她说道，"太太吩咐我端点儿热的东西给他送去。"

"男主人的病怎么样啦？"老车夫关切地问道。

"唉，校长先生现在倒不觉得心绞痛了，可是心脏似乎快要停止跳动啦。他直挺挺地躺了一个小时，一动不动。我们几乎弄不清楚他究竟是活着还是咽了气。"

"医生是不是说他快不行了？"

"唉，校长的身体还躺在那里听候主的召唤，而他的灵魂已经离开了，但是又舍不得人间。拉尔森，可以说，校长先生的灵魂在那儿飘来飘去。要是主的召唤来了，那么他就要蒙主宠召，我们谁都留不住他啦。"

尼尔斯·豪格尔森一听此话，觉得大事不妙，事不宜迟，赶紧奔跑着去追赶女教师和孩子们。他奔跑的时候，想起了外祖父临终的情景。外祖父是个海员。在他弥留之际，他央求大家把窗子打开，让他最后一次听一听海风的呼啸。那么，这位病重的校长此时此刻是不是也殷切盼望着在他病榻四周挤满年轻学生，再听一次他们的歌声，看一次他们的游戏，才能安心撒手尘寰呢？

女教师心神恍惚地朝着庄园外面的林荫大道走去。方才她一路从家里来的时候，总想着不要去了，回家算啦。现在从奈斯庄园往回走的时候，她又满肚子委屈，不想回家去了。她左右为难，不知如何是好，陷入极大的痛苦不安。她不再同孩子们说话，闷声不响地走着。她走在大道的浓密树荫下，四周黑黢黢的，什么也看不见。然而，她似乎听到有个声音在呼喊。那个声音是成千上万人从四面八方朝她呼喊出来的焦急万分的心声。"我们都在远方，"那个洪亮的声音在号召，"而你就在他的身旁。快去把我们的心声唱出来！"

她又记起了校长海人不倦的情景，她也记起了校长曾经帮助或者关怀过的一个又一个人。他助人为乐，悉心尽力地去帮助每一个处于困境的人，这样的精力是超人的。"快去为他唱歌吧！"有个声音在隐隐低语，这声音就是在她身边发出来的，"千万不要让他还没有听到他的学生的慰问就离开人间！你不要总想着你是多么渺小和微不足道，要想想你身后有那么多人和你站在一起！务必要在他离开我们之前，让他知道我们都热爱他。"

女教师的步伐越来越迟滞。这时候，她听到的不仅是她自己灵魂深处发出的呼声和召唤，也听到了一个不属于她的世界的声音，那个声音非常细弱，不像一般人说话的声音，而像鸟的啁啾或者蝈蝈儿的鸣叫声。不过，她还是听得清清楚楚，那个声音在呼唤她，叫她务必赶紧返回庄园去。这一切足以使她鼓起勇气，返回奈斯庄园……

女教师和孩子们在校长窗子外面唱了几首歌，她觉得那天晚上他们的歌声异乎寻常地悦耳动听。仿佛有一种陌生的声音在同他们一起歌唱，整个宇宙似乎充满了一种催人入睡的模糊曲调和声音，只消他们齐声歌唱，所有的曲调和声音就应声附和，汇成铿锵嘹亮的歌声。

别墅的大门匆匆地打开了，有个人跑了出来。"哦，现在他们准是来告诉我不让我们再唱了，"女教师想道，"但愿我没有造成不幸！"可事情并不是那样的，那人是来传口信，请她和孩子们到屋里去休息一下，然后再唱几首歌。

医生从台阶上朝她迎面走来。"这次总算脱离了危险，"他说道，"他躺在那里昏迷不醒，心跳越来越微弱。但是当你们唱起歌的时候，他似乎听到了召唤，听到了所有需要他的人一齐向他发出的召唤，于是他觉得此时此刻入土为安未免太早了，产生了求生的欲望。再唱些歌吧，要高高兴兴地唱，因为我相信，正是你们的歌声使得他起死回生。现在我们一起来努力，让他再多活几年。"

飞往威曼豪格

十一月三日　星期四

十一月初的一天，大雁们飞越哈兰德山脉进入斯科讷省。在过去的几个星期里，他们一直在西约特兰省法尔雪平市周围的辽阔平原上停留。碰巧还有好几个很大的雁群也在那里栖息，所以他们这段时间在一起过得十分热闹。年纪大的在一起畅谈，年纪轻的就你追我赶地进行各种运动竞赛。

对于尼尔斯·豪格尔森来说，他对在西约特兰耽搁了那么多天闷闷不乐。他尽力想打起精神，却仍旧很难接受命运对他的安排。"唉，倘若我离开斯科讷，而且到了外国，"他暗自思忖，"那么我就可以知道我有没有指望重新变成人了，我的心情也就会平静一些。"

大雁们终于在一天早晨动身了，往南朝着哈兰省飞去。男孩子刚开始并没有觉得看风景有多大的乐趣，因为他觉得那里没有什么新鲜东西可以观赏。东边是一片高地，高地上布满了大块大块的石楠丛生的荒原，令人不禁想起斯莫兰省也是这样的景色。西边到处是圆墩墩、光秃秃的山冈，逶迤绵延，而山脚下大多被峡湾楔入，形状零碎得同布胡斯省差不多。

大雁们沿着狭窄的沿海地带继续往南飞去，男孩子忍不住直起身体，从鹅颈上探出头来，双眼眨都不眨地紧盯着大地。他看到山丘渐渐稀少，平原豁然开阔。就在这时，他还看到海岸也不像方才那样支离破碎，海岸外面的岩石岛群越来越少，碧波万顷的大海同陆地直接相连在一起。

广袤无际的大森林也消失殆尽了。那个省的北部高地上有不少水土肥美的平川，但大多是由树林团团围起来的。在北部一带到处都是大片大片的森林，好像树木才是这片土地真正的主人，而所有的平川不过是森林中平整出来的大块大块开荒地而已。即使每块平川上也散布着不少小树林，仿佛也是为了表明森林随时都可以卷土重来。

然而在南边这一带，风光大为不同。在这里，平原田畴占了主宰地位，那真是一马平川，一望无际。这里也有大片森林，不过并不是野生的，而是人工培育的。正是由于这里平畴无际，阡陌纵横，垄埂相接，男孩子才浮想联翩，一下子就想到了斯科讷。连那沙砾遍地、海藻狼藉的光秃秃的海岸，他都觉得很眼熟。他触景生情，悲喜交集，心情剧烈地起伏。"哎呀，现在我大概离家不太远啦。"他在心里默默地念叨。

这里的景色也是跌宕起伏，多姿多彩。许多条河流从西约特兰和斯莫兰倾泻而下，汹涌奔腾，打破了平畴无垠的单调。平原上，湖泊成群，有些地方还有沼泽和荒漠，也还有些流沙地带，这些都是开垦耕地的障碍，然而耕地仍然伸展到斯科讷省的边界地带，直到被那座峡谷幽深的哈兰德山脉迎面阻挡住。

在飞行途中，一些年轻的小雁再三地询问那些老雁："外国是什么样子？外国是什么样子？"

"莫性急，莫性急，等一会儿就会见分晓了。"那些南来北往多次的老雁总是这么回答。

年轻的小雁看见韦姆兰省佳木葱茏的山脉连绵不断，崇山峻岭之间湖泊的一泓泓碧水波光潋滟，他们又看到布胡斯省的巍巍大山、重峦叠嶂，还有西约特兰省的秀峦奇峰、丘壑隆起。他们心旷神怡，连声问道："全世界都有这样的景色吗？全世界都有这样的景色吗？"

"莫性急，莫性急！你们很快就会知道世界上大部分地区是什么样子啦！"老雁们回答说。

　　大雁们越过哈兰德山后，又在斯科讷境内飞了一段时间，阿卡忽然叫喊起来："快朝下看！快看看四周！外国就是这副模样！"

　　那时候大雁们正在飞越瑟德尔山脉，那座大山蜿蜒迤逦，山上覆盖着浓密的山毛榉树。绿荫深处，尖塔高耸的深宅大院点缀其间。麋鹿在树林边上啃嚼着青草，山兔在森林边的草地上嬉戏跳跃。狩猎的号角声响入云霄，猎狗的狂吠声连飞在空中的大雁们都听得清清楚楚。宽阔的道路蜿蜒穿过森林。一群群衣着华美的绅士淑女，或是坐着锃亮的马车，或是骑着高大的骏马正在路上驰骋。在山脚下是灵恩湖的盈盈绿水，古老的布舍修道院坐落在湖边小岬上，恰好同湖里的倒影相映成趣。那座山脉中部，赛拉里德峡谷劈山裂崖，深邃幽远，谷底里山岚迷茫，溪流潺潺，两旁的峭壁上藤蔓盘结，古树参天。

　　"外国就是这样子的吗？外国就是这样子的吗？"年轻的小雁问道。

　　"是呀，外国森林覆盖的山脉就是这样的，"阿卡回答道，"不过，这样的地方不太常见！不要性急，再过一会儿，你们就可以看到像外国的普通景色的地方啦。"

　　阿卡率领着雁群继续往南飞去，来到了斯科讷大平原的上空。平原上有阡陌纵横的耕地，有牛羊遍地的牧场。那些农庄四周都有刷成白色的小棚屋。平原上白色的小教堂不计其数，还有灰色的简陋难看的制糖厂。火车站周围的那些村镇已经扩展兴修得俨然像个小城市，泥沼地上堆起了一大堆又一大堆的泥炭，而煤矿旁边则是乌黑发亮的大煤堆。公路两旁垂柳依依。铁路纵横交错，在平原上织成了一张密匝匝的网。平川上，小湖轻泛涟漪，波光粼粼，四周山毛榉树环绕，贵族庄园的精舍华屋掩映其间。

　　"现在往下看！看得仔细一些！"那只领头雁喊道，"从波罗的海沿岸到南面的崇山峻岭，外国都是这个模样，再远的地方我们没有去过。"

　　小雁们把平原仔细观看了一遍，领头雁便朝厄勒海峡飞去。那里湿漉漉的草地渐渐地朝海面倾斜下去，一长排一长排发黑的海藻残留在海滩上。海滩上有些地方是高高的堤坝，有些地方是一片流沙，而流沙又堆成了沙埂和沙丘。一排排式样划一、大小相同的砖瓦小平房组成了一个个小小的渔村。防波堤上有小小的航标灯，晒鱼场上晾晒着棕色的渔网。

"快向下看，看得仔细一些！"阿卡吩咐说，"外国的沿海一带就是这副模样！"

最后，领头雁还飞到了两三座城市。那里数不胜数的又细又高的工厂烟囱矗立在半空中。深邃的街道两旁林立着被煤烟熏黑的高楼大厦。风景优美的园林里曲径通幽。海港码头上船只云集，桅樯如织。古老的城墙上雉堞环绕，碉楼肃立。雍容华贵的宫殿依傍着年代久远的教堂。

"看看吧，外国的城市就是这个模样，只不过更大一些，"领头雁说道，"不过，这些城市同你们一样，也能长大的。"

阿卡这样盘旋之后，降落在威曼豪格的一块沼泽地上。男孩子这才明白过来，原来阿卡在斯科讷上空来回巡行了整整一天就是为了要让他看看，他生长的那个国度足以同世界上任何一个国家相媲美。其实她没必要那样做，因为男孩子根本没有在乎过国家是富还是贫，他从看到第一道垂柳飘拂的河堤和第一幢原木交叉为梁的矮平房的时候，思乡之情就难以克制了。

回到了自己的家

十一月八日　星期二

这一天大雾弥漫，阴霾满天。大雁们在斯可罗普教堂四周的大片农田里填饱了肚子，然后就在那里憩息。阿卡走到男孩子身边。"看样子，我们会有几天晴朗的好天气，"她说道，"我想，我们要趁这个机会，明天赶快飞越波罗的海。"

"嗯……嗯……"男孩子几乎说不出话来，一阵哽咽堵住了他的喉咙。他毕竟还是满怀希望，想要在斯科讷解开魔法，重新变成真正的人。

"我们现在离威曼豪格很近了，"阿卡说道，"我琢磨着，你说不定打算回家一趟，要是错过了这个机会，那要等很久以后才能同你的亲人团聚啦！"

"唉，最好还是别回去啦。"男孩子无精打采地说道。可是从他的语调里可以听出，他还是十分高兴，阿卡这么体贴地提出了这个建议。

"雄鹅同我们待在一起，不会发生意外的。"阿卡说道，"我觉得你还是应该回去探望一下，看看你家里日子过得怎么样。即使你不能变回真正的人，你或许也能想办法帮他们一点儿忙。"

"是呀，您说得真是在理啊，阿卡大婶，我本来早该想到才是。"男孩子说道，他急不可耐地想回家看看了。

转眼间，领头雁就驮着他朝他的家里飞去。不多时，阿卡就降落在他父亲——佃农豪格尔·尼尔森的那座农舍的石头围墙后面。"你说奇怪不奇怪，这里的一切都跟早先一模一样。"男孩子说道，他慌忙爬到围墙上去观看四周，"我只觉得，从今年春天坐在这里看见你们在天上飞过到现在，好像连一天的工夫都不到呢。"

"我不知道你父亲有没有猎枪。"阿卡突然这么说道。

"哦，他倒有一支，"男孩子说道，"就是因为那支枪，我才宁可待在家里而没有去教堂。"

"既然你们家有猎枪，那么我就不敢站在这里等你了，"阿卡说道，"最好你明天早晨到斯密格霍克岬角，那个地名的意思是'偷偷地溜走'，你就到那里找我们好了，这样你就可以在家里住一夜。"

"不，阿卡大婶，您先别忙着走啊！"男孩子叫了起来，匆忙地从围墙上爬了下来。他也弄不清楚是怎么回事，不过总是隐隐约约有种不祥的感觉，似乎他和大雁经此一别便永难再相见了。"您很清楚地看得出，我现在因为没有能够恢复原来的模样而十分苦恼，"男孩子侃侃而谈，"不过，我愿对您说明白，我一点儿也不后悔今年春天跟着您去漫游。我宁可永远不再变成人，也绝不能不参加那次旅行。"阿卡长长地舒了一口气，然后说："有一件事我早就应该同你推心置腹地谈一谈。不过，那时候你还没有回到亲人的身边，所以早点儿晚点儿谈都没关系。现在该是谈的时候啦，把话挑明了，反正不会有什么坏处。"

"您知道，我总是顺从您的意志。"男孩子说道。

"要是你从我们身上学到了什么好东西的话，大拇指，那么你大概会觉得人类不应该把整个大地占为己有。"领头雁神色凝重，一本正经地说道，"你想想看，你们有了那么一大片土地，你们完全可以让出几座光秃秃的岩石岛、几个浅水湖和潮湿的沼泽地，还有几座荒山和一些偏僻的森林，把它们让给我们这些穷得无立锥之地的飞禽走兽，使得我们有地方安生地过日子。我这一生时时刻刻都遭受着人类的追逐和捕猎。倘若人类能有良知，明白像我这样的一只鸟也需要有个安身立命之处就好了。"

"倘若我能帮得上你，那么我会非常高兴，"男孩子说道，"可惜，我在人类中间从来没有这样的权力。"

"算啦，我们站在这里说个没完，就好像我们就此一别不再相逢似的。"阿卡的深情溢于言表，她款款说道，"不管怎么说，我们明天还会见上一面的。现在我可是要回到我自己的族类那儿去啦。"她张开翅膀飞走，旋即又飞了回来，恋恋不舍地用嘴把大拇指从上到下抚摩了好几遍，然后才悄然离去。

那时是大白天，但是庭院里没有一个人走动，男孩子可以毫无顾忌地在院子里任意走动。他急忙跑进牛棚，因为他知道从奶牛那里定能打听出最可靠的消息。牛棚里冷冷清清，春天的时候那里有三头粗壮的奶牛，可是现在只剩下了一头。那是名叫五月玫瑰的奶牛，她孤单地站在那里，闷闷不乐地思念着自己的伙伴，脑袋低垂着，对放在面前的青草饲料几乎碰都不碰一下。

"你好，五月玫瑰！"男孩子毫无畏惧地跑进了牛栏，"喂，我的爸爸妈妈都好吗？那只猫、那些鹅和鸡都怎样啦？喂，你把小星星和金百合花那两头奶牛弄到哪里去啦？"

五月玫瑰刚刚听到男孩子的声音时不禁猛地一愣，看样子，她本来似乎要用犄角撞他一下的。不过，她的脾气如今不像从前那样暴躁了，在打算朝尼尔斯·豪格尔森冲过去之前，先瞅了瞅他。男孩子还是像离开家门时那样矮小，身上穿着原来的衣服，他的精神气质却很不相同啦。春天刚从家里逃出去时的尼尔斯·豪格尔森走起路来脚步沉重而拖沓，讲起话来有气无力，看起东西来目光无神。但是长途跋涉、重归家门的尼尔斯·豪格尔森走起路来矫健轻盈，说话铿锵有力，双目炯炯有神。他虽然仍旧那么小，然而气度神采上有一股令人肃然起敬的力量。尽管他自己并不开心，可是见到他的人如沐春风，非常高兴。

"哞——哞！"五月玫瑰吼叫起来，"大家都说你已经变了，变好了，我还不相信哩。哞！欢迎你回家来，尼尔斯·豪格尔森，欢迎你回家来！我真太高兴啦，我有好久没有这样高兴过啦！"

"好呀，多谢你啦，五月玫瑰，"男孩子说道，他没料到会受到这样热烈的欢迎，不禁心花怒放，"现在快给我说说爸爸妈妈他们都好吗？"

"唉，自从你走了以后，他们一直很倒霉，遇到的事情也都不顺心。"五月玫瑰告诉他，"最糟糕的是那匹花了那么高的价钱买来的马，站在那里白白吃了一个夏天的饲料却干不了活儿。你爸爸不愿意开枪把他打死，可是又没法子把他卖出去。就是那匹马害得小星星和金百合花离开了这里。"

其实，男孩子真正想问的是同这个毫不相干的另外一件事，不过，他不好意思明明白白地说出来，于是他含蓄地问道："妈妈看到雄鹅莫顿飞走了，心里一定难受得不得了吧？"

"我倒觉得，倘若你妈妈弄清楚雄鹅莫顿失踪究竟是怎么回事，她应该就不会那样难过了。现在，她多半是抱怨自己那个不争气的儿子从家里逃了出去，还顺手把雄鹅带走了。"

"哎哟，原来她以为是我把雄鹅偷走的！"男孩子不胜诧异地说道。"难道她能有什么别的想法吗？"

"爸爸妈妈大概以为我像流浪汉一样整个夏天都四处乱窜去了。"

"他们相信你一定度日如年，"五月玫瑰说，"人们失去了最亲爱的亲人，心里自然会悲伤得不得了，他们是那样伤心。"

男孩子听到这句话后心头一热，便急匆匆走出了牛棚。他来到了马厩里。那马厩虽说地方狭窄得很，不过收拾得十分干净整洁，处处都可以看得出来，他爸爸豪格尔·尼尔森想尽办法让这头新买来的牲口过得舒服。马厩里站立着一匹膘肥体壮、气宇轩昂的高大骏马，由于饲养得法，毛色油光发亮。

"你好，"男孩子说道，"我方才听说这儿有一匹马病得不轻。那绝不会是你吧？因为你看起来那么精神抖擞，那么身强力壮。"那匹马回过头来，把男孩子上上下下打量了半响。"你是这户人家的那个儿子吗？"他慢吞吞地说道，"我听到过许多关于你的不好的话。

不过，你长得很温顺和善，倘若我事先不知道，我决计不会相信那个被小精灵变成小人儿的就是你。"

"我知道得很清楚，我在这个院子里留下了很坏的名声，"尼尔斯·豪格尔森说道，"连我妈妈都以为我是偷了家里的东西才逃走的，不过那也没什么关系，反正我回家来也待不长。在我走之前，我想知道你究竟出了什么毛病。"

"咳咳，咳咳，你不留下来真是太可惜啦，"马叹了口气，说，"因为我感觉出来我们本来是可以成为好朋友的。我其实没有多大的毛病，只是我的蹄子上扎了一个口子，是刀尖断头或者别的硬东西，那东西扎得很深，又藏得很严实，连兽医都没能找出病因。不过，我动一下就被刺得钻心疼痛，根本没法子走路。倘若你能把我的这个毛病告诉你爸爸豪格尔·尼尔森，我想他费不了多少工夫，就可以把我的病治好的。我会高高兴兴地去干点儿有用的活计，我站在这儿白白吃饱肚子却什么事情都不干，真是太丢人啦。"

"原来你不是真得了重病，那太好啦！"尼尔斯·豪格尔森说道，"我来试试把扎进你蹄子里的硬东西拔出来吧。我把你的蹄子抬起来，用我的刀子划几下，你大概不会觉得疼吧？"

尼尔斯·豪格尔森刚刚在马蹄上用小刀划了几下，就听见院子里有人在说话。他把马厩的门拉开一道缝，往外张望，只见爸爸和妈妈从外边走进院子，朝正屋走去。可以清楚地看得出来，忧虑和伤心在他们的脸上留下了痕迹，他们比早先苍老多了。妈妈脸上又比过去增添了几道皱纹，爸爸的两鬓白发丛生。妈妈一边走一边劝爸爸，他应该去找她的姐夫借点儿钱来。"不行，我不能再去借钱啦，"父亲从马厩前面经过的时候说道，"天下没有比欠着一身债更让人难受的了。干脆把房子卖掉算啦。"

"把房子卖掉对我来说倒也无所谓啦，"母亲长舒一口气，说道，"要不是为了孩子，我本来是不会反对的。不过，他说不定哪天就会回来，我们想得出来他必定身无分文、狼狈不堪，如果我们又不住在这里了，叫他到哪里去安身哪？"

"是呀，你言之有理，"父亲沉吟片刻，说道，"不过，我们可以请新搬进来的人家好好地招待他，告诉他我们总是想着他回家的，不管他弄成什么样子，我们绝不会对他说一句重话的，你说这样行吗？"

"好哇，只要他能回到我的跟前来，我除了问问他出门在外有没有挨饿受冻，别的我一句都不说。"

爸爸妈妈说着说着就跨进了屋里，至于他们后来又讲了些什么，男孩子就不得而知了。他如今知道，尽管爸爸妈妈都以为他走上了邪路，可是依然倚门翘首等待着浪子回头，他们对他仍旧满怀着舐犊深情，拳拳父母心溢于言表。他的心里又是喜悦又是激动，恨不得马上就跑到他们身边去。"可是，他们看到我现在的这副怪模样，会更加心酸的。"他想。

正当他站在那里踌躇再三之际，一辆马车辚辚而来，停在大门口。男孩子一看，吃惊得险些喊出声来，因为从车上下来的不是别人，正是放鹅姑娘奥萨和她的爸爸荣·阿萨尔森。奥萨和她的爸爸手牵着手向屋里走去。他们神色端庄，没有说话，可是眼神里散发着美丽的幸福之光。他们快要走过半个院子的时候，放鹅姑娘奥萨一把拉住了她的爸爸，对他说道："您可要记住，爸爸，千万不要向他们提起那只木鞋或者大雁的事情，更不要提到长得跟尼尔斯·豪格尔森一模一样的那个小人儿，因为那个小人儿即使不是他，也一定和他有关。"

"好吧，我不说就是啦，"阿萨尔森说道，"我只告诉他们，你千里迢迢来寻找我，一路上有好几次都亏得他们儿子相助。现在我在北方找到了一个铁矿，财产多得花不完，所以我们父女俩特地到这里来问候他们，看看我们能够帮点儿什么忙，来报答这份恩情。"

"说得真好，爸爸，我知道你很会讲话，"奥萨说道，"就是我刚才说的那件事，你千万别说出来。"

他们走进屋里去了，男孩子真想跟进去听听他们在屋里究竟说了些什么，但是他没敢走出马厩。没过多久，奥萨和她的爸爸就告辞出来了，爸爸妈妈一直把他们送到大门口。说来也奇怪，爸爸妈妈这时候都满面春风，喜上眉梢，似乎获得了新生。

客人们渐渐远去，爸爸妈妈仍站在门口极目眺望。"谢天谢地，这下我总算用不着再伤心发愁啦，你听听，尼尔斯竟然做了那么多好事。"妈妈乐不可支地说道。

"也许他做的好事没有他们说的那么多吧。"父亲眉眼挂笑，然而又若有所思地说道。

"哎呀，瞧你说的，他们父女俩专程大老远地跑来一趟，向我们面谢尼尔斯帮过他们大忙，还要帮助我们以报答这份恩情，难道这还不够吗？我倒觉得，你应当接受他们的好意。"

"不，我不愿意拿别人的钱，不管是借给我的还是送给我的。我想，当务之急是先把欠的债全部还清，然后我们再努力干活儿，发家致富。反正我们俩都还身体结实，干得动活儿。"父亲说到这里，发自内心地大笑起来。

"我相信，你是非要把我们花了那么多汗水和力气耕种的这块土地卖掉了才高兴。"妈妈揶揄道。

"其实你很清楚我为什么开心得哈哈大笑，"爸爸正色说道，"孩子离家失踪这件事把我压垮了，我一点儿也没有力气和心思去干活儿。如今，我知道他还活着，还做了不少好事，走了正道。那你就等着瞧吧，我豪格尔·尼尔森是可以干出点儿名堂来的。"

妈妈转身走回屋里，可是男孩子不得不赶紧蜷缩到一个角落里，因为爸爸朝马厩走了过来。爸爸踏进马厩，凑到马的身边，掀起蹄子，看看能不能找出哪里出了毛病。"这是怎么回事？"爸爸诧异地说道，因为他看到马蹄上刻着一行小字。"把马蹄里的尖铁片拔出来！"他念了一遍，又不胜惊愕地朝四周仔细地察看。可是过了一会儿，他还是认认真真地盯着马蹄子看起来，还不断地用手揪和摸。"哦，我相信，蹄子里面真的扎进东西啦。"他喃喃地说道。

爸爸忙着从马蹄里拔出东西来，男孩子缩在墙角里悄声不语。就在这时候，院子里又有了动静，有一批新的客人大模大样地不请自来。事情原来是这样的：雄鹅莫顿一来到他的旧居附近便再也克制不住自己，他一心要让农庄上的至爱亲朋同自己的妻子和儿女见见面，于是率领着灰雁邓芬和几只小雁浩浩荡荡地飞回来了。

雄鹅来到的时候，豪格尔·尼尔森家的院子里一个人影也没有。他荣归故里，心里喜滋滋的，便无忧无虑地降落在地上。他大摇大摆地带领邓芬到各处转悠一圈，想对她炫耀炫耀他过去还是一只家鹅时生活有多么惬意。他们绕整个庭院一圈之后，发现牛棚的门是开着的。"到这里来瞧瞧！"雄鹅大呼小叫，"你们会看到我早先住得多么舒服。那跟我们现在露宿在草地和沼泽里的滋味可大不一样。"

雄鹅站在门槛上朝牛棚里张望了一眼。"哦，里面倒没有人。"他说道，"来吧，邓芬，你来看看鹅窝！用不着提心吊胆！一点儿危险都没有！"

于是，雄鹅走在前头，邓芬和六只小雁跟随其后走进鹅窝，去开开眼界，见识一下大白鹅在跟随大雁一起去闯荡之前居住得多么阔气和舒服。

"噢，我们那几只家鹅早先就住在这里。那边是我的窝，那边是食槽，早先食槽里总是装满燕麦和水，"雄鹅眉飞色舞地介绍说，"看哪，食槽里还真有点儿吃的东西。"他说着就跑到食槽旁边，大口大口吃起燕麦来。

可是灰雁邓芬惴惴不安。"我们赶快出去吧。"她央求道。

"好的，再吃几口就走。"雄鹅说道。就在这时候，他突然尖叫一声就朝门口跑去，可惜已经来不及啦。那扇门嘎吱一声关上了。女主人站在门外把门闩插上，他们一家子全都自投罗网了。

爸爸从黑马的蹄子里拔出一根铁刺，正扬扬得意地站在那里抚摩着那匹马，妈妈兴冲冲地跑进了马厩。"喂，你快来瞧瞧，看我抓到了一窝子。"她说道。

"不要性急，先看看这里，"爸爸慢条斯理地应声说道，"直到现在，我才找到马干不了活儿的真正毛病所在。"

"哦，我相信，我们时来运转啦！"妈妈兴奋地说道，"你想想，春天不见的那只雄鹅竟然跟着大雁飞走了！它如今飞回来啦，还招引回来了七只大雁。它们通通钻进了鹅窝，我一下子就把它们全关在里面啦。"

"这倒真是稀奇，"豪格尔·尼尔森说道，"你要知道，这么一来，我们可以不再疑神疑鬼，担心是孩子离开家时顺手把雄鹅抱走的。"

"是呀，你说得很在理，"妈妈说道，"不过，我想我们今天晚上就不得不把它们全都宰掉。再过两三天就是圣马丁节①了，我们要赶快把它们宰了，才来得及拿到城里去卖。"

"我觉得把雄鹅宰掉是一桩罪恶，因为他招来了那么一群雁回家，是有功劳的呀！"爸爸豪格尔·尼尔森不以为然地说道。

"哦，那倒也是。"妈妈应声附和，可是一转眼又说道，"倘若在别的时候，可以放他一条活路。不过，现在我们自己都要从这里搬走了，我们没法子再养鹅啦。"

"嗯，这倒也是。"爸爸无可奈何地说道。

"那么，你来帮我把他们抱到屋里去！"妈妈吩咐道。

他们俩走了出去。不一会儿，男孩子就看见爸爸一只胳膊下夹着雄鹅莫顿，另一只胳膊下夹着灰雁邓芬，跟在妈妈身后走进屋里。雄鹅尖声号叫起来："大拇指，快来救救我！"尽管此时此刻雄鹅并不知道大拇指就近在咫尺，但他还是像往常陷入险境时那样呼喊着。

尼尔斯·豪格尔森分明听到雄鹅拼命呼救，可是他倚在马厩门口动弹不得。他之所以迟迟不出来相救，不是因为他知道雄鹅被捆到屠宰凳上对他自己有好处——在那一瞬间，他甚至连想都没有想起这一点——而是因为，如果他跑出去搭救雄鹅，他就要现身在爸爸妈妈面

---

① 盛行欧洲的一个节日，十一月十一日，按习俗家家都吃烤鹅。

前，而他极不情愿那样做。"爸爸妈妈为我操碎了心，"他思忖道，"我又何必再为他们增添几分悲伤呢？"

可是当他们把雄鹅带进屋里，把门关上的时候，男孩子再也沉不住气了。他像离弦之箭一样冲过庭院，跳上房门前的椭木板，奔进了门廊。他习惯性地在那里把木鞋脱下来，光着脚走到门口。可是他实在不愿意让自己的这副怪模样在爸爸妈妈面前露丑，所以他抬不起手臂来敲门。"这是雄鹅莫顿性命攸关的时刻呀，"他心头悚然一震，"自从你离开家门的那一天起，难道他不就成了你最知心的朋友吗？"他这样反躬自问。霎时间，雄鹅和他生死与共的经历全都涌现在他的脑际，他想起了雄鹅在冰冻的湖面上、在暴风骤雨的大海上、在凶残的野兽中间舍命救他的情景。他的心里溢满了感激和疼爱之情，他终于克服了自己的疑惧，不顾一切地拼命用拳头捶打着屋门。

"哦，外面是谁那么心急着要进来？"爸爸嘟囔了一声把门打开。

"妈妈，您千万不要动手宰雄鹅！"男孩子高声大叫。就在这时候，被捆在凳子上的雄鹅和灰雁邓芬惊喜交加，发出一声尖叫。男孩子一听，总算放心了，因为他们还活着。

屋里惊喜交加地发出尖叫声的还有一个人，那便是他的妈妈。"啊，我的孩子，你长高啦，也长得好看啦！"她叫喊起来。

男孩子没有走进屋去，仍旧站在门槛上，仿佛像一个不知道会看到主人什么脸色的不速之客。"感激上帝，我可把你盼回来啦，"妈妈涕泪交流地说道，"快进来呀！快进来呀！"

"欢迎你回家。"爸爸哽咽得再多一句话也讲不出来了。

男孩子还是局促不安地站在门槛上，迟迟不敢举步。他莫名其妙，爸爸妈妈怎么看到他那个小不点儿的怪模样还如此高兴和激动。妈妈走了过来，张开双臂把他拦腰搂住，拖着他进屋。这时候他才陡然发觉，自己长得比原来还高一些了。

"爸爸，妈妈，我变大啦，我又变成人啦！"男孩子喜出望外地喊了起来。

告别大雁

十一月九日　星期三

第二天早上天还没有亮，男孩子就起床出门，朝海边走去。在晨光熹微的时候，他已经来到了斯密格渔村东面的海岸。他是独自前去的，他在离开家之前，到牛棚里去找过雄鹅莫顿，想把雄鹅叫醒了一起去。可是，雄鹅刚回到家就再也舍不得离开，一句话也没有说，只是把脑袋缩在翅膀底下睡过去了。

那一天看样子会是个明媚的大好天，几乎就像今年春天大雁飞越大海来到斯科讷那一天一样好。大海的海面上烟波浩渺，风平浪静，连空气似乎也静止不动了。男孩子不禁想到，大雁们真是挑了一个好日子做长途旅行。

他至今还有些头晕目眩。他一会儿觉得自己是小精灵，一会儿又觉得自己是个真正的人。他看到路旁边有一堵石头围墙的时候，就免不了提心吊胆，不敢走过去，一定要看个仔细，弄明白围墙背后确实没有野兽对他虎视眈眈。转眼间，他又忍不住笑出声来，因为如今他这样又高大又强壮，根本用不着害怕。

他来到海边就站到海岸的最边缘处，好让大雁们看到他那高大的身躯。那天刚好有大批候鸟迁徙，天空中婉转啼鸣之声不绝于耳。他想，没有人能够像他那样听得懂鸟的啁啾。他禁不住得意扬扬地微笑起来。

大雁们浩浩荡荡地飞过来了，一大群接着一大群，络绎不绝。"我的那群大雁千万不要没有向我告别就飞走啦！"他心想。因为他一心要把事情的原委全都告诉他们，还要告诉他们，现在他又是一个真正的人了。

又一群大雁飞过来了，这一群飞得比其他大雁更矫健，鸣叫得比其他大雁更嘹亮。他们身上有一股说不出来的气息告诉他，这就是带着他周游各地的雁群，可是，他不能像前一天那样只消看上一眼就确认无误。

大雁们放慢了速度，沿着海岸来回盘旋。男孩子立刻明白过来，那就是他的雁群。可是他暗暗纳闷，大雁们为什么不飞落到他的身边，因为他们不会看不见他站在那里。

他用尽力气想模仿鸟语，然而想不到舌头直直的，不听使唤了！他再也发不出来那种正确的鸟语了。

他耳际传来了阿卡在空中的鸣叫，可是他再也听不懂她在说些什么了。"这是怎么回事呀？难道大雁们说话的腔调全变啦？"他茫然不知所措。

他朝他们挥舞自己的尖顶小帽，沿着海岸大步奔跑，嘴里放声高喊："我在这儿，你在哪儿？"

然而这样做似乎使得雁群受到了惊吓，他们直蹿上天空，朝海面拐过去了。这时候，他总算明白过来了！大雁们并不知道他又变成人了，他们认不出他来了。

他再也没有办法把雁群呼唤到自己的身边了。人是不会讲鸟语的，他一旦变成了人，就不会讲鸟语了，自然就听不懂鸟的话了。

尽管男孩子为自己终于解开了妖术而兴高采烈，然而就此要同自己最心爱的伙伴分道扬镳，不免让他黯然神伤。他一屁股坐在沙滩上，双手捂着脸。唉，再盯着他们看又有什么用呢？

可是过了半晌，他又听得扑扑的翅膀扇动声。原来领头雁阿卡大婶离开大拇指后心情非常沉重，她忍不住又飞回来一次，再来看个究竟。这时候，男孩子一动不动地静坐着，她就敢飞得离他近一些。蓦地，那熟悉的身影使她豁然开朗，她终于看清楚并认准了他是谁。于是，她落在紧靠着他身边的一个小岬上。

男孩子喜出望外，欢呼起来，他把老雁阿卡紧紧地搂在怀里。别的大雁也都围了上来，用嘴在他身上蹭来蹭去，在他身边挤来挤去。他们叽叽呱呱鸣叫不停，似乎都在表示他们由衷的祝贺。他也不停地对他们说着话，感谢他们带着他做了一次奇妙的旅行。

可是大雁们骤然都异样地沉静下来，而且从他身边缩了回去。他们警觉起来了，似乎想说："要小心哪，他不是那个大拇指啦，他是一个真正的人呀，他不了解我们，我们也不了解他呀。"

于是男孩子站起身来，走到领头雁阿卡面前。他爱抚着她，还轻轻地拍拍她。然后，他又依次抚摩和轻拍那些最初就同他在一起的老雁，像亚克西和卡克西啦，科尔美和奈利亚啦，还有库西和维茜。

然后，他就离开海岸往内陆走去，因为他深知鸟类的悲伤是维持不了多久的。他想，趁他们还在为失去他而伤心难过的时候赶快离开他们。

他踏上堤岸以后，又转过身去看那些朝大海飞去的鸟群。所有鸟群都发出鸣叫，此起彼伏，呼应不绝。唯独有一群大雁悄然无声地朝前飞。男孩子站在那里，目送他们远去。

那群大雁排列对称，队形整齐，他们飞得非常快，他们的翅膀强健有力。男孩子满怀深情地目送着他们远去，心里无限惆怅，似乎在盼望能够再次变成一个名叫大拇指的小人儿，再次跟随雁群飞过陆地和海洋，遨游各地。

名师讲从本书中
得到的写作启示

图书在版编目（CIP）数据

尼尔斯骑鹅旅行记 / （瑞典）塞尔玛·拉格洛夫著；石琴娥译.
一成都：巴蜀书社，2019.12（2020.10 重印）

ISBN 978-7-5531-1248-0

I.①尼…　II.①塞…②石…　III.①童话－瑞典－近代

IV.① I532.88

中国版本图书馆 CIP 数据核字 (2019) 第 291086 号

本书文本解读与视频导读由杨美俊主编　王青（中国传媒大学）解读

尼尔斯骑鹅旅行记（上下）

[瑞典] 塞尔玛·拉格洛夫　著　石琴娥　译

选题产品策划生产机构 | 北京长江新世纪文化传媒有限公司
总 策 划 | 金丽红　黎 波
特约编辑 | 王赛男　范秋明　张雅琴
责任编辑 | 陈亚玲　　　装帧设计 | 郭 璐　　　内文制作 | 张景莹
法律顾问 | 梁 飞　　　封面插画 | 乔一桐　　　责任印制 | 张志杰　王会利
媒体运营 | 刘 冲　刘 峥　洪振宇　　　　　　视频制作 | 田 彤　高 梦

总 发 行 | 北京长江新世纪文化传媒有限公司
电　　话 | 010-58678881　　　　　　　传　　真 | 010-58677346
地　　址 | 北京市朝阳区曙光西里甲 6 号时间国际大厦 A 座 1905 室
邮　　编 | 100028

出　　版 | 巴蜀书社　　　　　　　　　电　　话 | (028) 86259397
地　　址 | 成都市槐树街 2 号　　　　　邮　　编 | 610031
网　　址 | www.bsbook.com
印　　刷 | 三河市百盛印装有限公司
开　　本 | 880 毫米 ×1230 毫米　　1/32　印　　张 | 17.75
版　　次 | 2020 年 6 月第 1 版　　　　　印　　次 | 2020 年 10 月第 2 次印刷
字　　数 | 464 千字
定　　价 | 70.00 元